Colin Harrison

Havana Room

Roman

Aus dem Amerikanischen
von Sepp Leeb

| Hoffmann und Campe |

Die Originalausgabe erschien 2004 unter dem Titel
»The Havana Room« im Verlag Farrar, Straus & Giroux, New York

1. Auflage 2005

www.hoffmann-und-campe.de
Schutzumschlaggestaltung: Katja Maasböl
Foto: Oliver Spies/LOOK
Satz: Buch-Werkstatt GmbH, Bad Aibling
Druck und Bindung: GGP Media GmbH, Pößneck
Printed in Germany
ISBN 3-455-02690-7

HOFFMANN
UND CAMPE

Ein Unternehmen der
GANSKE VERLAGSGRUPPE

Für Dana

Aus der Nacht der Bewußtlosigkeit zum Leben erwacht findet der Wille sich als Individuum, in einer end- und gränzenlosen Welt, unter zahllosen Individuen, alle strebend, leidend, irrend; die Wünsche des Willens sind gränzenlos, seine Ansprüche unerschöpflich, und jeder befriedigte Wunsch gebiert einen neuen. Keine auf der Welt mögliche Befriedigung könnte hinreichen, sein Verlangen zu stillen, seinem Begehren ein endliches Ziel zu setzen und den bodenlosen Abgrund seines Herzens auszufüllen.

SCHOPENHAUER

| Eins |

Beginnen wir mit der Nacht, in der mein altes Leben endete. Beginnen wir mit einem warmen Aprilabend, an dem ein zerknitterter neununddreißigjähriger Mann an der Ecke Park Avenue und Seventy-seventh Street aus einem Taxi steigt. Um ihn herum dampft und brodelt Manhattan. Er braucht etwas zu essen, er will Sex, er muss schlafen, und am liebsten hätte er es in dieser Reihenfolge. Das Taxi braust davon. Es ist ein Uhr nachts, er blickt an seinem Apartmenthaus hoch, mit einem schweren, allumfassenden Ausatmen, in dessen Lungentiefe und hörbarem *Huh* sein ganzes Leben gefunden werden kann – Wunsch und Traum, Trauer und Freude, Sieg und Niederlage. Ja, in diesem einen feuchten Atemzug wirbelt sein ganzes Leben – wie bei jedem Menschen.

Eigentlich war es ihm darum gegangen, rechtzeitig zur Geburtstagsparty seines Sohnes nach Hause zu kommen, als Überraschung. Nicht einmal seine Frau rechnet mit ihm. Aber seine Maschine kam mit Verspätung von San Francisco los, kreiste endlos über La Guardia, und dann herrschte auf dem Weg in die Stadt selbst um diese Zeit noch dichter Verkehr, der Brooklyn-Queens Expressway voll mit drängelnden Rowdys in Offroadern mit getönten Scheiben, Sattelschleppern zur Unzeit, Limousinen aus der Hölle. Jetzt steht unser Mann mit seinem Koffer auf dem Gehsteig, lockert seine rote Seidenkrawatte, öffnet den obersten Hemdknopf. Er hat diese Einengung satt, auch wenn er süchtig ist nach ihren Belohnungen. Und ist er etwa nicht belohnt worden? Aber sicher, natürlich – Prämien und Dividenden und Zinseszins und Eins-zu-drei-Splittings. Und erwartet er etwa nicht viele weitere solcher Belohnungen – halbjährliche Blowjobs der Gattin, prompte Bedienung in der Reinigung, die unverzügliche Einwilligung seiner Sekretärin, alles zu tun, worum er sie bittet? Klar, weshalb auch nicht? Er hat für all diese Dinge *gearbeitet.*

Er ist ein erfolgreicher Anwalt, unser Anwalt. *Mein* Anwalt. Mein eigenes verlorenes Selbst. Er ist vierzehn Jahre bei seiner Kanzlei, schon seit langem als Partner an ihr beteiligt. Auf seiner Mandantenliste stehen eine *große* Großbank (geleitet von Drachen in Anzügen, zum Teil im Besitz des Hauses Saud, niemandem Rechenschaft schuldig), mehrere Baulöwen (hodenkauende Irre), ein Fernsehsender (Marionetten, an den Fäden von Marionetten) und alle möglichen schwerreichen Individuen (Erben, Mauschler, Ehe-Swinger). Er weiß mit diesen Leuten umzugehen. Er ist ein Mann schneller Telefongespräche und effektiver Geschäftsessen und korrekten Papierkrams. Zuverlässig, aber kein Killer. Oder genauer, *eindeutig* kein Killer. Er brüllt nicht, berauscht sich nicht an seiner Macht oder tätigt pausenlos Abschlüsse – keine Tür fliegt aus den Angeln, wenn er vorbeigeht, die Sekretärinnen schauen nicht auf. Eigentlich sollte er ein bisschen smarter sein, aber wahrscheinlich hätte er nicht das Zeug dazu. Sein Haar ist zu dünn, seine Taille um eine Sonntagsausgabe der *New York Times* zu dick. Andererseits funktioniert die Welt dank zuverlässiger, unauffälliger Leute wie ihm, und er weiß das. Die Leute fühlen sich *wohl* in seiner Gegenwart. Die Kanzlei fühlt sich wohl. Deshalb fühlt er sich nur ein wenig unwohl, eben ein bisschen austauschbar. Ihm ist klar, dass es ein langsamer Aufstieg wird. Fünf Jahre für jeden großen Sprung nach oben. Er sieht den Mittelabschnitt auf sich zukommen, das graue Haar, die Steife in den Knien, die Cholesterintabletten. Aber noch ist es nicht ganz so weit. Wo der Aufstieg endet, weiß er nicht, aber wahrscheinlich gehören Golf und ein Boot und der Urologe dazu, und das ist annehmbar, fast. Falls er eine fatalistische Ader hat, hat er sie im Griff. Er wünscht sich viele Dinge und weiß, er wird nur wenige bekommen. Er wünscht sich, er wäre größer, reicher, schlanker und hätte viel mehr Mädchen gevögelt, bevor er geheiratet hat. Andererseits sieht seine Frau Judith, die fünf Jahre jünger ist, ziemlich gut aus. Allerdings wünscht er sich, sie wäre etwas netter zu ihm. Sie weiß, sie sieht noch ziemlich gut aus, zumindest noch eine Weile, bis sie – wie sie viele Male angekündigt hat – den Hals ihrer Mutter bekommt. (Wird es ein teigig aufgedunsenes Grauen werden oder ein Euter aus leerer Haut? Er weiß es nicht; Schönheitsoperationen sind in der Familie nichts Unbekanntes.) Bisher ist er treu und ein guter Familienvater gewesen, und als ihr Sohn noch klein war, hat er ihm sogar ein paar Mal die Windeln gewechselt. Beständig – jahrein, jahraus derselbe Typ. Judith dagegen glaubt an die Neuerfindbarkeit aller Dinge, vor allem ihrer eigenen Person, und hat Shiatsu, Aromatherapie, Yoga und Gott weiß was sonst noch alles ausprobiert. Auf der Suche nach etwas, etwas *anderem.* Scheint frustriert, sogar von ihren eigenen Orgasmen. Will, will *mehr.* Mehr was? Haben er und Judith nicht schon genug? Natürlich nicht. Aber solche Sehnsüchte sind gefährlich. Daher die ständige Neuerfindung. Er versteht nicht, wie das gehen sollte; man ist, was man ist, glaubt er, und damit hat es sich.

Sein Gehalt würde er allerdings gern neu erfinden. Er wird gut bezahlt. Aber ihm stünde mehr zu. Die alten Seniorpartner, die fidel und lüstern auf den Gängen herumtapern, ziehen mehr Geld raus, als sie reinbringen. Obwohl er und Judith in einem jener Apartmenthäuser wohnen, in denen ein grauhaariger Doorman jeden Bewohner mit Namen grüßt, hätte er gern ein höheres Gehalt – achtzig Prozent würden genügen –, denn Judith möchte bald ein zweites Kind. Und Kinder sind in New York City teuer, Totems beträchtlicher Summen. Die Fähigkeit, zwei Kinder durch Säuglingszeit, Arztbesuche, Babysitter, Privatschule, Musikunterricht und Ferienlager zu bringen und gleichzeitig in Manhattan zu leben, erfordert einen steten Strom von Cash. Es sind nicht nur die Kosten für Erziehung und Beaufsichtigung; es ist der Schutz, die Abschirmung. Durch den Anschlag auf das World Trade Center wurden die Kinder der Stadt schon genügend traumatisiert. Da brauchen sie nicht auch noch die ganzen Bettler mit ihren nässenden Wunden, die Irren und U-Bahn-Kacker zu sehen. Man hofft, gewährleisten zu können, dass sie davon weit entfernt und unter Aufsicht sind. Kein Sich-Herumtreiben oder Bummeln oder Streunen, denn wenn man auf dem Heimweg trödelt, zieht man schlechte Erlebnisse geradezu an. Der Kindesentführer, der Perverse, die Meute Teppichmesser zückender, ein Opfer suchender Halbwüchsiger. In Manhattan sind alle Monster nah, wenn nicht geographisch, dann in der Fantasie.

Und die Umrisse der Fantasie werden durch Geld verändert. Die Maßeinheiten von Luxus werden größer. Und dieser Anwalt, dieser Mann, mein eigener Mann, dieser unbehaarte Affe in einem Anzug Größe 54, weiß es. Man isst, was man erlegt, sagt er sich. Erlege mehr, und du wirst mehr essen. Ein weiteres Kind bedeutet eine neue Wohnung, ein größeres Auto. Und dass sie Selma, ihre Babysitterin, noch ein paar Jahre länger behalten werden. Rechnet man die Extras und Vergünstigungen und Urlaube mit, zahlt er Selma 48 000 Dollar im Jahr. Das sind 100 000 Dollar vor Steuern. Mehr, als er in seinem ersten Jahr als Anwalt verdient hat! Wie erstaunlich, dass er das zahlen kann, wie schrecklich, dass er es muss! Und Judith erwartet irgendwann ein großes, holzverkleidetes Sommerhaus auf Nantucket, wie ihre Freundinnen eines haben. Fünfzehn Zimmer, Tennisplatz, beheizter Spritzbeton-Pool, Koi-Teich. »Du schaffst es, ich *weiß*, dass du es schaffst!«, sagt sie zuversichtlich. Er nickt in dumpfer Hinnahme der erforderlichen Arbeitsjahre; er wird vor Erschöpfung bucklig werden. Ja, Geld, er braucht mehr Geld. Er verdient eine Menge, braucht aber mehr! Der Vergütungsausschuss der Kanzlei wird von einem knauserigen Erbsenzähler namens Larry Kirmer geleitet; unser Anwalt, ein Mann mit Niveau, der in Yale den Jahresbericht gemacht hat, hat sich ausgemalt, Kirmer brutal zusammenzuschlagen; diesen Fantasien gibt er sich geradezu lustvoll hin, und das wiederum versetzt ihn in die Lage, in Kirmers Gegenwart gut gelaunt und positiv eingestellt zu erscheinen. Kirmer hat keine Ahnung von den imaginären Verletzungen, die ihm zugefügt worden sind, von den ausgedrückten Augen, den Tritten in den Unterleib, den geheimen Stichen ins Herz. Wenn Kirmer allerdings sein Gehalt verdoppelte, verschwänden die Gewalt- und Vergeltungsfantasien. Das Leben wäre richtig schön.

Jetzt geht unser Mann auf das Apartmenthaus zu und bewundert die Kirschbäume unter den Fenstern, die ihren Höhepunkt gerade überschritten haben, genau wie unser Mann selbst. Passanten, die zu dieser späten Stunde vorübergehen, bemerken nichts Ungewöhnliches an ihm; wenn er einmal auf eine glatte Art gut aussehend war, ist er es nicht mehr; wenn er einmal ein energiegeladener Zwanzigjähriger war, hat er jetzt einen Bauch, ein Mann, der seinem Sohn Timothy an den Wochenenden einen Gummi-Football zuwirft. Ein Mann, dessen Frau es offensichtlich nichts ausmacht, dass er, wenn er vorschlägt, miteinander zu schlafen, pseudowitzige Metaphern aus Wassersport (»in meine Wasserski steigen«) oder Profi-Eishockey (»massiv auf Körper spielen«) verwendet. Ja, anscheinend mag Judith seine konventionelle Männlichkeit. Sie verursacht keine Umgestaltungen ihrer Weiblichkeit. Sie ist, um ehrlich zu sein, Teil von Judiths Leben, ihres *Lifestyle,* wobei sie zwar nicht mit einem Sofa oder Minivan gleichzusetzen ist, aber auch nicht so völlig anders. So ist es ihr auch lieber, und wenn ihrer Ehe Gefahr droht, dann nicht von einer Infragestellung ihrer Konventionalität – durch ein unberechenbares Element, einen dunklen und potenten Ritter –, sondern vom plötzlichen Unvermögen ihres Gatten, den vorhersehbaren Komfort der Ehe weiter zu gewährleisten. Er für seine Person versteht diese Dinge noch nicht, was nichts anderes heißt, als dass er seine Frau nicht wirklich versteht. Er versteht seine Kanzlei und seinen Sohn und den Sportteil der Zeitung. Eigentlich unterscheidet er sich nicht groß von einem Sofa oder einem Minivan. Er hat nie sehr viel verloren oder gewonnen. Nur Dellen und undefinierbare Flecken abbekommen. Seine Sorgen sind somit ziemlich belanglos, seine Risiken ziemlich ungefährlich, seine Leidenschaften unspektakulär, seine Leistungen auf Zuwachs ausgerichtet und angesichts der enormen Vorteile durch seine Klassen-, Rassen- und Geschlechtszugehörigkeit fast eine Selbstverständlichkeit. Wenn er über die Fähigkeit zu tiefem Erstaunen oder echter Brutalität verfügt, ist sie noch unentdeckt.

Bin ich zu streng mit ihm, ist meine Beschreibung gemein und abschätzig? Wahrscheinlich. Immerhin war er durchaus gut aussehend, ganz wohl gelitten, verlässlich in Wort und Tat. Im Büro ein richtiges Arbeitstier. Ein super Typ. Grundsolide, schwer in Ordnung, ein prima Kerl. Seine Taille war nicht wirklich zu dick. Er war sogar einigermaßen fit. Aber es steht mir zu, diesen Mann zu verzerren, Anzeichen von Schwäche und Verfall zu suchen, weil es sein Schicksal leichter erklärbar macht. Und weil dieser Mann – das wissen Sie bereits – weil dieser Mann ich war, Bill Wyeth.

Ich hatte am frühen Nachmittag zum letzten Mal mit Judith telefoniert und ihr gesagt, ich würde am Tag darauf nach Hause kommen. Es war eines dieser ehelichen Gespräche voller Gereiztheit und Subtext. »Timothy ist richtig traurig, dass du nicht da bist«, hatte sie mir gesagt. »Er würde sich so sehr freuen, wenn du *kämst.*«

Fast hätte ich ihr gesagt, ich würde einen früheren Flug nehmen. Aber ich wollte, dass die Überraschung für Timothy auch eine für Judith wäre. Ich war vier Tage weg gewesen. Mein Sohn wurde acht, und er hatte vor, mit seinen Freunden zum Bowling zu gehen, bei einem Training der Knicks zuzusehen und in einem Restaurant zu essen, in dem die Kellner wie Aliens aufgemacht waren. Danach wollten sie alle, von Reizen überflutet, in unserer Wohnung übernachten. Und prompt stieß ich beim Öffnen der Tür in der Diele auf die Spuren ihrer Wolfsrudelaktivitäten: etwa ein Dutzend über den Boden verstreute Turnschuhe, ein Durcheinander aus Jacken und Mützen, ein Haufen Geschenktüten, dann eine höherwertige Stufe von Müll – Geleebonbons, Baseballkarten, turnschuhgeplättete Süßigkeiten, aufsteckbare Vampirzähne, Luftballons, Plastiklöffel, Luftschlangen, Schokoladenkuchen, sogar falsche Gummifinger, aus denen falsches Gummiblut sickerte. Mit Kindern lernt man, häusliche Unordnung und ihre Muster zu lesen wie ein Spurensicherungsexperte, der ein Flugzeugwrack inspiziert. Judith, folgerte ich, hatte die Jungs ins Bett gescheucht und dann die Aufräumaktion ausfallen lassen. Ein vorsichtiger Blick in unser Schlafzimmer bestätigte meine Vermutung; dort lag Judith in erschöpftem Schlaf, während sich ihre Brüste hoben und senkten. (Sie hatte unseren Sohn nicht lange gestillt, und sie waren immer noch ihr »großes Plus«, sagte ich ihr oft, was sie sowohl ärgerte wie freute und was, wie wir beide wussten – und wieder erfahren sollten –, absolut zutreffend war; mit vierunddreißig Jahren hatten ihre Brüste immer noch Marktwert – einen höheren sogar, als wir uns beide hätten träumen lassen.)

Ich schloss leise die Tür – jetzt begann die Nacht, in der mein altes Leben enden sollte – und spähte ins Zimmer unseres Sohnes, wo alle neun Jungen, eng aneinander geschmiegt und verknäuelt wie junge Hunde, in ihren Schlafsäcken lagen. Vielleicht seufzte einer oder warf sich herum oder richtete sein intimes Traumgeflüster an einen Spitzensportler. Ich ließ für Toilettensuchende die Flurbeleuchtung an (wer kann die heiße Schmach von Pipi vergessen, das verstohlene, sich den Unterleib haltende Schlafanzugschlurfen?), wanderte weiter in unsere neue Küche, die fast 100 000 Dollar gekostet hatte, und hob verirrte Teller und Papiertischtuchfetzen auf. Das bunte Chaos der Wohnung ließ einen an nichts weniger denken als an einen über ein Küstenstädtchen hinwegziehenden Hurrikan, der entlaubte Bäume und umgestürzte Pick-ups zurücklässt. Kein Wunder, dass Judith fix und fertig war.

Auf der neuen Arbeitsplatte, einer Art gräulichem brasilianischem

Marmor mit violetten Quarzeinschlüssen (»Er sieht – oh, er sieht einen halben Meter tief aus!«, hatte unser Innenarchitekt angesichts der Aussicht auf weitere Einsätze unseres Geldes frohlockt), lag eine von meiner Sekretärin getippte Liste mit den vollständigen Namen aller Jungen, ihrer Eltern und/oder Stiefeltern und/oder Kindermädchen und deren Telefonnummern (Büro, Privat, Handy); den Namen bestimmter Jungen hatte meine Frau außerdem den Abholzeitpunkt, die Dosierung des Ohrentzündungsmedikaments und dergleichen mehr hinzugefügt. So arglos diese Liste von ihrer Intention her sein mochte, so aufschlussreich war sie soziologisch. Das waren die Söhne von einigen der prominentesten Mittvierziger- oder, im Fall diverser zweiter Ehen, Mittfünfziger-Väter dieser Stadt und ihrer wahrscheinlich nicht weniger prominenten Mütter. Tag für Tag tauchten ihre Firmen und Banken in den internationalen Wirtschaftsblättern auf. Citibank, Pfizer, IBM. Dieses Umstands war ich mir von Anfang an bewusst gewesen. Manche Jungen aus seiner Klasse zählten zu den Favoriten unseres Sohnes, andere nicht. Aber seine Favoriten deckten sich nicht ganz mit den Jungen in der Klasse, deren Eltern warmgehalten werden sollten. Vielleicht hatte ich vorgeschlagen, einige ganz bestimmte Jungen »fairerweise« einzuladen. Vielleicht? Natürlich hatte ich es vorgeschlagen.

Judith hatte nur geseufzt und das Mehr an Anstrengung und Heuchelei abgewogen, den Aufwand, mit mir zu streiten, den Aufwand, es nicht zu tun. »Okay«, hatte sie in Kenntnis meiner Beweggründe schwer atmend erwidert. Zum Teil war das doch der Grund, warum sie mich geheiratet hatte, oder nicht? Um zu essen, was ich erlegte. Unser Sohn hatte währenddessen aufgeregt in die Hände geklatscht. Er war ein großzügiger Junge, und so stieg die Zahl der Eingeladenen von fünf auf acht. Und hier war die Liste mit ihren Namen, die Schrift durch verschütteten Saft zerlaufen, das Ganze mit einem Klecks Schokoglasur garniert.

Ich legte sie beiseite und durchstöberte den Kühlschrank. Ein Rest kalte Nudeln, Achterpacks Karamellpudding für Timothys Pausensnacks. Aber nichts sofort Essbares für einen hungrigen Mann. Ich rief bei dem Thai zwei Straßen weiter an und bestellte irgendein scharfes, fettiges Zeug, das nach fünfzehn Minuten kam – der junge Ausfahrer lächelte, als er das Trinkgeld einsteckte –, und dann verbrachte Bill Wyeth, Ihrer und meiner, die letzten Minuten seines früheren Lebens damit, zu Abend zu essen, sich die Sportergebnisse anzusehen, Rechnungen zu öffnen und seine E-Mails zu lesen. Diese Mehrgleisigkeit und Zweckbestimmtheit, dieses gleichzeitige Bedienen verschiedener Bedürfnisse, hatten etwas Tröstliches. Etwas, aber nicht genug.

Bill Wyeth hat noch ein anderes Bedürfnis, weshalb er, nur um noch mal nachzusehen, ins Schlafzimmer schleicht. Aber Judith schläft wie ein Stein, ihr Atem riecht etwas muffig, ihr Arm ist auf die Decke gesackt, als hätte sie ihm gerade eine Handgranate entgegengeschleudert. Sie ist nicht der Typ Frau, den man mitten in der Nacht aufwecken und besteigen kann. Judith braucht Vorbereitung – eine Beschleunigungsspur, um in Fahrt zu kommen. Sie hatten miteinander geschlafen, bevor er nach San Francisco geflogen war, aber das war fünf Nächte her, und aus Angst, dass es irgendwie *doch* auf der Rechnung an die Kanzlei auftaucht, nimmt er das Pornoangebot der Hotels nie wahr. Jeder Klick, jede Auswahl für immer gespeichert, eine endlose Folge von Daten, die sich hinter uns herzieht wie ein Spinnfaden. Er hatte gehofft, seine frühzeitige Heimkehr könnte sie in Stimmung bringen. Aber da konnte er lange warten. Er muss Dampf ablassen, einen kleinen Schuss im Dunkeln. Er braucht etwas Trost. Nur ein ganz kleines bisschen. Außerdem schläft er dann besser, hat am nächsten Tag mehr Energie, um die Arbeit zu bewältigen, die sich in seiner Abwesenheit angehäuft hat, und um mit Kirmer fertig zu werden.

Judith dreht sich auf den Rücken, ihre Brüste heben sich, sie lässt ihren feuchten, vollen Atem entweichen, und während er sie beobachtet, massiert seine Hand abwesend seinen Unterleib. Ist er frustriert? Schwer zu sagen. In sexueller Hinsicht hat Bill Wyeth das Alter des Akzeptierens erreicht. Er akzeptiert die Tatsache, dass er seiner Frau treu ist. Er akzeptiert seinen Wunsch, jede beliebige Zahl jüngerer Frauen und ein paar ältere flachzulegen, die seine Wege kreuzen. Er akzeptiert, dass es dazu nicht kommen wird. Er akzeptiert, dass es dazu kommen *könnte,* vorausgesetzt, er dächte sich die entsprechenden Ausflüchte aus, leitete die erforderlichen Geldbeträge um und nähme an seinem Tagesablauf subtile Änderungen vor. Er akzeptiert die Tatsache, dass seine Frau im Bett ziemlich unmotiviert geworden ist – »desinteressiert« wäre klinisch, aber höflich. »Faul« wäre aufrührerisch, aber wahr. Er akzeptiert die Tatsache, dass es seine Schuld sein könnte, aber eigentlich eher nicht. Er akzeptiert die Vorstellung, dass die Ehe das beste Arrangement ist, um Kinder aufzuziehen, aber zugleich auch ziemlich hart für die Eltern. Er akzeptiert die Tatsache, dass viele, wenn nicht sogar die meisten Frauen, die er gern aufs Kreuz legen würde, von ihrer Biographie nicht unbeschadet geblieben sind und dass ihre reizvollen Neurosen rasch langweilig würden, und er akzeptiert die Tatsache, dass Judith alles in allem ein wunderbarer Mensch ist und dass er sich außerordentlich glücklich schätzen kann, mit ihr verheiratet zu sein. Vor allem ist sie ihrem Sohn eine liebevolle Mutter, die immer noch Schuldgefühle hat, weil sie ihn nicht richtig gestillt hat, aber keinerlei Probleme mit dem Zeit- und Energieaufwand, der einer Mutter abverlangt wird. Um Mutter zu sein, hat sie ihre Karriere aufgegeben, und weil sie das akzeptiert hat, hat er es auch. Ebenso wie die Tatsache, dass Judith – die reizende, liebevolle, großbusige, gute und nervöse Judith – nie begriffen hat, was er sexuell eigentlich will, und zwar trotz all seiner geduldigen, schonenden Hinweise, was das ist – und es ist keine Stellung und kein bestimmtes Verhalten – nein, überhaupt nicht (na ja, vielleicht ein paar Arten von Verhalten), sondern vielmehr eine Art emotionaler Freigebigkeit ihrerseits, eine Art grundlegender Großzügigkeit, nach der er sich, scheint es, sein ganzes Leben lang gesehnt hat, ohne sie sonderlich oft zu erfahren. Er akzeptiert, dass sie unter Umständen alle möglichen Liebhaber begehrt, die nicht er sind, denn es ist klar – gehen Sie nur durch die Straßen New Yorks –, die Menschen sind unendlich in ihrer Vielfalt. Wahrscheinlich denkt sie an Frauen, und bei mächtigen älteren Männern mit dichtem weißem Haar wird sie *definitiv* schwach, und sie *behauptet,* schwarze Männer nicht attraktiv zu finden (aber das hat sie ein paar Mal zu oft gesagt, als dass er es ihr glauben würde), und abgesehen davon akzeptiert er auch das. Genau so, wie er akzeptiert, dass da draußen in der richtigen Welt, nicht nur in der dünnen Schicht ökonomischen Zuckergusses, in der er sich bewegt, Menschen in allen Größen und Formen ficken und rammeln und lutschen und bumsen und sich gegenseitig Dinge reinstecken – Schwänze, Finger, Zungen, Hände, Fäuste, Spielsachen, Gemüse, Viren etc. – und dass diese Aktivitäten sie häufig glücklich machen und häufig nicht. Er akzeptiert, dass es Frauen gibt, die verlangen, dass ihre Männer haarlos sind, und Männer, die wollen, dass ihre Frauen Gewichte von 150 Kilo stemmen. Er akzeptiert, dass sich einige wenige radikale Lesben tatsächlich genauso Graumarkt-Testosteron spritzen, wie bestimmte schwule Männer ihren postmenopausalen Müttern Östrogenpillen klauen. Er akzeptiert die »klassische« feministische Kritik an den Männern, an der männlichen Vorherrschaft etc. Er akzeptiert die feministische »Besorg's mir«-Revision dieser Kritikpunkte. Er akzeptiert das Entsetzen, das Frauen beim Gedanken an Vergewaltigung befällt – an echte, Mund zuhaltende, Vagina zerfetzende Vergewaltigung. Er akzeptiert seinen gelegentlichen, immer unausgelebten Wunsch, das zu tun. Er akzeptiert, dass er in bestimmten Momenten im Bett mit Judith kurz davor steht, es selbst zu tun. Er akzeptiert, dass das alles nur Augenwischerei ist. Er akzeptiert, dass sie es (seine kraftvolle Leidenschaft! ihre Hilflosigkeit!) ganz, ganz *toll* findet und es bei anderen Gelegenheiten geduldig über sich ergehen lässt wie eine notwendige Verrichtung, so aufregend wie das Auswechseln aufgebrauchter Klopapierrollen. Er akzeptiert, dass die Transvestiten, die auf den hinteren Seiten der *Village Voice* annoncieren, oft besser aussehen als Frauen. Er akzeptiert, dass er sich gelegentlich fragt, wie es wäre, jemandem einen zu blasen oder in den Arsch gefickt zu werden. Er akzeptiert, dass er es nie wissen wird. Er akzeptiert, dass jeder von uns Meter und Kilometer und ganze Kontinente von Zuneigung und Gefühl und Erlösung will, und das auch noch *unbedingt*, und dass wir meistens alles tun, um es zu kriegen, und alles, um es nicht zu kriegen, je nachdem. Wir stecken die Enttäuschung weg, wir sublimieren, wir masturbieren, wir hängen uns an Accessoires auf, wir fantasieren, wir streuen psychosexuelle Gewürze auf unseren Haferschleim. Ja, er akzeptiert das, er akzeptiert alles davon.

Und was er am meisten akzeptiert, zumindest jetzt, ist, dass seine Frau schläft und nicht verfügbar ist, wenn nicht sogar nicht willens. Er kommt nicht zum Zug, jedenfalls nicht heute Nacht – und er akzeptiert *das*, doch, wirklich.

Und so kehrt er, den Mund noch voll nussig-hühnerig-scharfem Thai-Essen, in sein Zimmer zurück und zappt in der Hoffnung auf ein paar Titten und Ärsche durch die Kabelkanäle. Er wird sich mit allem zufrieden geben. Nach Mitternacht sinkt im Fernsehen die Hemmschwelle in Sachen Unanständigkeit rapide, weil sich die Sender verzweifelt jeden zu krallen versuchen, der nicht dem Pornoangebot im Internet auf den Leim gegangen ist. Ihm soll alles recht sein. Er ist keine Ausnahme. Er ist ein typischer Vertreter seiner Spezies. Er ist ein Minivan, vergessen Sie das nicht! Er hat den Mund voll Thai-Essen, Fett an Händen, Gesicht und Hemd, und er beginnt sich ein bisschen selbst zu bearbeiten – wen kümmert es schon, wenn er Fett auf seine Hose kleckert –, um die Rückkopplungsschleife Penis an Kopf, Kopf an Penis in Gang zu bringen. Mit genialen Reflexen schaltet er zwei Dutzend Kanäle durch, erkennt in vielleicht einer Sekunde das Wichspotenzial jeder Sendung, bevor er weiterschaltet – und *ja!* Hier ist so eine Art Spring-Break-Konzert, Mädchen in Bikinis, Typen mit Mützen, die Plattenteller drehen sich, die Mädchen aufreizend mit Sonnenschutz eingeölt, weiße Mädchen, schwarze Mädchen, tanzend, mit hüpfenden Titten, prima, völlig okay, nicht unbedingt Porno, aber ausreichend, seine Rechnungen wird er hinterher erledigen, bring's einfach hinter dich, und er öffnet seinen Gürtel, der Mund brennt vom Essen ein wenig, und dann – dann hört er auf dem Flur Schritte.

»Ja?«, ruft er ängstlich und zieht das Hemd heraus, um seinen Unterleib zu verdecken.

»Ich habe Durst.«

»Klar«, ruft er herzlich, erleichtert, nicht ertappt worden zu sein.

Es ist einer der Jungen, welcher, weiß er nicht, der schläfrig blinzelnd in der Tür steht, warm zerknittert in einem Pyjama, der dem Trikot des neuen Quarterbacks der Jets nachempfunden ist.

»Ich bin Timmys Dad. Du möchtest was zu trinken?«

»Aha. Ja, bitte.«

Der alte Bill Wyeth springt jetzt auf und eilt in die Küche, um dem Jungen ein Glas Milch einzuschenken. Fettarme? Normale? Er entscheidet sich für normale, die dem Jungen schwerer im Magen liegen wird und ihm vielleicht hilft, besser zu schlafen. Er eilt in den Flur zurück. Der Junge ist so verschlafen, dass Bill ihm helfen muss, das von seinen Händen fettig gewordene Glas zu halten. Langsam hebt der Junge das Glas. Die Milch ist genau das, was er will. Ein süßer Junge, lange Wimpern, das Haar vom Kopfkissen zerzaust. Er schluckt den letzten Rest Milch, die einen weißen Schnurrbart über seiner Lippe zurücklässt. »Danke«, sagt er und tappt in Richtung Schlafzimmer davon. Bill folgt ihm, steigt vorsichtig über die anderen Jungen und hilft ihm mit ein paar väterlichen Rückenklapsen in seinen Schlafsack.

Dann zieht er sich ins Wohnzimmer zurück, schließt die Tür ab, findet seine tanzenden Schlampen im Fernsehen und holt sich einen runter – sehr ökonomisch, denn er benutzt den fettigen Thai-Essenskarton als Auffangbehälter. Dann erledigt er eine halbe Stunde lang Rechnungen, wobei er auch etwas für eine Umweltorganisation spendet, die gegen die Erderwärmung kämpft. Steigender Meeresspiegel, zunehmende Versteppung, Weltuntergang garantiert. Nachdem das alles erledigt ist, stellt er das Glas des Jungen in den Geschirrspüler und macht in der Küche sauber. Das wird Judith freuen. Es ist immer gut, der Frau eine kleine Freude zu machen. Irgendwann kniet er nieder und schabt grünen Kaugummi vom Schieferboden, der laut Innenarchitekt sehr pflegeleicht sein soll. Als Nächstes holt er einen Müllsack und füllt ihn mit Partymüll, Erinnerungszetteln, Werbesendungen, dem Mehrzweck-Essenskarton und allem, was er sonst noch an Abfällen finden kann, und wirft das Ganze in den Müllschlucker. Dann steckt er noch einmal den Kopf in das Zimmer der Jungen. Einer von ihnen schnarcht gurgelnd mit verstopfter Nase. Dann zieht sich Bill Wyeth aus und legt sich zu seiner Frau ins Bett. Auf der Spitze seines Penis ist ein Tupfer Restfeuchtigkeit, ein Kitzeln, eine klebrige Erinnerung, als hätten er und Judith tatsächlich gerade miteinander geschlafen. Er verlagert seine Glieder, er windet sich unter der Decke, er lockert Gelenke und lässt Atem entweichen, er schiebt die beruflichen Sorgen, die rasch palmwedelartig an den Wänden des Schlafs hochwachsen, zur Seite. Er hat nichts Unrechtes getan, er ist korrekt und gesetzestreu. Er zahlt seine Steuern und setzt sich in der U-Bahn nicht auf einen Platz für Behinderte. Er hat sich die Ruhe verdient und empfindet jetzt beim Einschlafen fast so etwas wie Glück.

Bill Wyeth befindet sich in Sicherheit.

Am Morgen stürmten die Jungen einer nach dem anderen ins Esszimmer. Judith, früh auf, hatte in der Mitte des Tisches an die zehn verschiedene Sorten Frühstücksflocken aufgebaut.

»Ist Wilson schon auf?«, fragte sie nach ein paar Minuten.

»Er schläft noch«, antwortete unser Sohn, in den Text auf der Rückseite einer Cornflakes-Packung vertieft.

Judith ging aus der Küche. Ich wandte meine Aufmerksamkeit wieder der Zeitung zu.

»Bill?«, kam ihre Stimme aus dem Flur. »Komm mal.«

Ich dachte mir nichts weiter, bis ich Judith neben dem Jungen knien sah, dem ich die Milch gegeben hatte. Sie rieb ihm behutsam den Rücken, versuchte, ihn zu wecken. »Wilson?«, sagte sie. »Wilson, mein Schatz?« Sie hörte auf, ihm den Rücken zu reiben, und wartete auf eine Reaktion, darauf, dass er sich rührte. Aber nichts geschah.

»Wilson? Frühstück ist fertig«, gurrte Judith.

»Mir gefällt nicht, wie er daliegt«, sagte ich.

»Wilson?« Judith versuchte es noch einmal.

Ich fand, das Gesicht des Jungen sah seltsam aufgedunsen aus, seine Finger blass.

»Wilson? Wilson?« Judith wandte sich mir zu. »Ich kriege ihn nicht wach!«

Auch ich schaffte es nicht. Ich kniete nieder und schüttelte ihn. Er fühlte sich kalt an, sein Kopf zu schlaff. »Wir sollten einen Krankenwagen rufen!«

Als Judith zum Telefon rannte, drehte ich Wilson auf die Seite, und aus seinem Mund fiel mit Pizzaklumpen durchsetztes Erbrochenes. Von einem seiner Augen, es war fast ganz geschlossen, war nur ein Spalt Weißes zu sehen; das andere betrachtete ein Plakat Derek Jeters, des großartigen Yankee-Shortstops. Die Oberflächen beider Augen waren trocken. Der Junge sah *tot* aus. Aber das konnte nicht sein. Mir wurde heiß und leicht schwindlig, ich kam mir dämlich vor.

Meine Frau kam zurück und machte, das Telefon am Ohr, die Tür hinter sich zu. »Wir haben ein Problem«, begann sie, bemüht, ruhig zu bleiben. »Wir brauchen einen Krankenwagen … wir haben hier einen achtjährigen Jungen, der nicht mehr atmet … Was? Keine Ahnung! Wir sind gerade aufgewacht! Nein, *wir* sind gerade aufgewacht, er nicht! Oh, bitte, kommen Sie – ich weiß nicht, *wie* lang –« Und dann unsere Adresse und Telefonnummer. »Bitte, machen Sie schnell!«

»Gestern Abend hat ihm nichts gefehlt.«

Die Tür ging auf. Timothy steckte den Kopf herein, Panik im Blick. »Mom?«

»Mach bitte die Tür zu, Timmy.«

»*Mom.*«

»Tu, was ich sage.«

Er sah mich an. »Die anderen Jungen …«

Judith knurrte: »Mach … die … Tür … zu.«

Das tat er. Er tat, was ihm seine Mutter sagte, und würde es auch in Zukunft tun. Jetzt kniete Judith neben Wilson nieder. »Was hast du gesagt? Ihm hat nichts gefehlt?«

»Ja.«

»Hast du bei allen Jungen nachgesehen?«

»Nein, Wilson wurde wach.«

»Was hast du *getan?*« Etwas in Judiths Stimme kippte.

»Ich habe ihm ein Glas Milch zu trinken gegeben und ihn wieder ins Bett gebracht.«

Sie schien in seiner Umgebung nach etwas zu suchen, hob die Schlafsäcke und Kissen der anderen Jungen hoch. »Keine Erdnussbutter?«

»Ich habe ihm Milch zu trinken gegeben«, wiederholte ich.

Aus Wut oder Frustration schüttelte Judith heftig den Kopf. »Er hat eine schwere Erdnussallergie, total verrückte Geschichte!« Sie griff nach Wilsons Rucksack und zog hektisch mit Jets-Emblemen bedruckte Unterwäsche, ein frisches Hemd und Socken heraus. »Ich musste seiner Mutter hoch und heilig versprechen, ihm *nichts* mit Erdnüssen drin zu geben. Nicht einmal ein kleines Stückchen. Nicht einmal *Moleküle*. Das löst in seinem Immunsystem eine Kettenreaktion aus. Sie musste vorher im Restaurant anrufen, um es ihnen zu erklären, und er hat für alle Fälle immer eine Spritze dabei.« Sie sah auf die Uhr. »Es ist zu spät, es ist – sicherheitshalber habe ich die ganze Erdnussbutter in der Wohnung weggeworfen! Auch die Eier und die Cashews habe ich weggeworfen! Ich habe mir alle Süßigkeiten angesehen!«

»Judith, ich habe ihm ein Glas *Milch* gegeben.«

Sie öffnete den Schlafsack des Jungen und schlug ihn auf. In seinem Innern befand sich ein Plastikbehälter mit der Aufschrift EPINEPHRIN-INJEKTION – BEI ANAPHYLAKTISCHEM SCHOCK. »Die Spritze ist leer!«, stieß sie hervor. Sie zog den Schlafsack weiter auf. Neben der schlaffen Hand des Jungen lag eine gelbe Plastikspritze, aus der eine kurze Nadel ragte. »Das ist sie!«, sagte sie. »Er hat versucht – er wusste … oh, er *wusste* es!« Schluchzend beugte sie sich über den Jungen, um ihn zu küssen, als versuchte sie, ihn wieder zum Leben zu erwecken. »O Gott, ich habe seiner Mutter versprochen … ich habe ihr *versprochen* …« Sie blickte auf und sah mich finster an. »War *irgendwas* auf dem Glas?«

»Was sollte darauf gewesen sein?«

»Erdnussbutter zum Beispiel!«

»Nein. Ich hatte höchstens vom Abendessen noch etwas Fett an den Fingern.«

»Was hast du gegessen?«

»Ich habe mir etwas vom Thai-Imbiss kommen lassen, Schatz, es waren keine …«

»O Gott!« Die Hand am Mund, stand Judith abrupt auf. Entsetzt stürmte sie aus dem Zimmer, und als unser beider Leben Minute für Minute immer weiter auseinander brach – die Ankunft der Rettungssanitäter, die Polizei, der Anruf bei Wilsons Eltern, die anderen Jungen, inzwischen völlig aufgelöst, weinend oder nervös durcheinander plappernd, die Wiederbeschaffung des tödlichen leeren Glases (das Erdnussöl noch am Rand, immer noch als die verdichtete Essenz von Erdnüssen riechbar), das Eintreffen der anderen Eltern – als alles, was wir über uns gewusst hatten, sich in nichts auflöste, konnte ich nicht anders, als mich an diesen Schluck Milch zu erinnern – das kühle beschlagene Glas, die nach oben gekrümmte Oberfläche der Milch, wo sie am Glas haftete, die befriedigende Inkarnation flüssiger Liebe, selbst auf Armeslänge fast schmeckbar, nahrhaft und üppig, sicher und rein. Wer hätte das gedacht, wer hätte gedacht, dass ich, Bill Wyeth, ein grundsolider, seine Steuern zahlender Minivan von einem Mann, angesehener Sozius einer renommierten Großkanzlei, einen achtjährigen Jungen mit einem Glas Milch töten würde?

Dann fiel mir ein, dass Wilson einer der Jungen war, auf dessen Einladung ich gedrungen hatte, weil sein Vater Wilson Doan Sr. war, geschäftsführender Teilhaber einer der größten Investmentbanken New Yorks, die wiederum zu den größten Mandanten meiner Firma gehörte, ein Unternehmen mit Niederlassungen in 126 Ländern. Sein Sohn war an meinem Ehrgeiz erstickt – so konnte man es durchaus sehen, doch, wirklich.

Und eine Stunde später stand auf dem Flur des New York Hospital Wilson Doan Sr. vor mir, sein einziger Sohn und Namensträger immer noch und auf ewig tot. Er war ein großer, seltsam aussehender Mann in einem schwarzen Mantel. Seine Frau war weinend und schreiend ins Krankenhaus gestürmt, und als ihr die Schwestern erklärten, dass ihr Sohn *nicht* in der Notaufnahme sei, sondern »schon unten«, war sie vor Verzweiflung stöhnend zusammengebrochen und hatte sich, während die Hoffnung aus ihrem Körper entwich, auf dem Boden gewunden. Das hatte Wilson Doan gesehen. Schlimmer noch, er hatte gesehen, dass ich es sah. Nachdem seine Frau inzwischen ein Beruhigungsmittel bekommen hatte, hielt er seine behaarten Fäuste an den Seiten und sah mich direkt an, und mir wurde bewusst, dass ich ihm einmal, vor Jahren, die Hand geschüttelt hatte – bei irgendeiner Veranstaltung, wahrscheinlich einem Elternabend in der Schule unserer Jungen.

»Es heißt, Sie haben ihm ein Glas Milch mit Erdnussöl daran gegeben.«

»Ja«, sagte ich.

Wilson Doan war ein großer Mann, aber das Auffälligste an ihm waren seine Augen; leicht verschoben, eines höher und größer als das andere, verliehen sie ihm eine verstörende Vielschichtigkeit; eine Hälfte seines Gesichts war öffentlich und suchte die Konfrontation, die andere in ihrer durchdringenden Art privat und distanziert, das kleinere Auge teilnahmslos kalt. Das war vermutlich das Geheimnis seines Erfolgs.

»Wir haben Ihrer Frau absolut *unmissverständliche* Anweisungen erteilt.«

»Ja. Sie hat sie befolgt.«

»Und Sie nicht?«

»Ich wusste nichts davon.«

»Warum nicht?«

»Judith hat mir nichts davon erzählt.«

»Warum nicht?«

»Sie hat nicht mit meiner Rückkehr gerechnet.«

Er sagte nichts, seine Augen ruhten mordlustig auf mir.

»Ich bin früher als geplant zurückgeflogen, um bei meiner Familie zu sein«, fügte ich hinzu. »Es sollte eine Überraschung werden.«

»Ich verstehe.«

Er versuchte, die Fassade der Höflichkeit aufrechtzuerhalten, doch ich konnte sehen, dass er mich schlagen wollte, auf mich eindreschen und mich verprügeln, bis ich kaputt wäre oder, Jahre später, seine Wut verraucht. Und ich wünschte mir, er würde es tun. Ja, ich wünschte es mir. Ich wollte von meiner Schuld erlöst werden; ich wollte die Intimität seiner heißen Fäuste auf meinem Körper, denn indem er mir Schmerzen zufügte, würde ich die seinen spüren, und er wüsste das. Er hätte mich lange schlagen und treten können, und ich hätte die Abreibung als warmen Regen empfunden. Ersehnt, reinigend.

Aber dazu kam es nicht. Stattdessen standen wir angespannt da, er voller Hass auf mich, ich voller Angst vor seinem Hass. Zwei Männer in Anzügen, identisch in Qualität und Stil und meines Wissens sogar hinsichtlich des Orts ihres Kaufes; zwei Männer mit Frauen und Vermögen und Renommees und Sekretärinnen und immer längeren Ohren und Aktien-Portfolios und alternden Eltern. Letztlich wusste er zu viel über mich, um zuzuschlagen. Schlüge er mich, schlüge er sich selbst, beziehungsweise sein Bild von sich, so austauschbar waren wir, und das Schicksalhafte daran, das, was uns widerfahren war, war jederzeit umkehrbar. Mein Sohn, sein fettiges Glas Milch. Er wusste, er hätte das Gleiche getan haben können.

Aber es gab noch einen Grund, warum mich Wilson Doan Sr. damals nicht angriff. Es wäre nicht gut für ihn gewesen. Es hätte sich als unangebrachter Gefühlsausbruch auslegen lassen. Immerhin war er Banker. Wenn er schon in der Öffentlichkeit nicht in der Lage war, sich zu beherrschen, wie sah es dann erst in seinem Privatleben aus? Die Leute würden reden. (Das tun sie immer.) Möglicherweise brächten die *Daily News* eine Meldung. Und das war schlecht fürs Geschäft. Aber seine Zurückhaltung erschreckte mich umso mehr, als ich wusste, dass sein Zorn irgendwann, irgendwo zum Ausbruch käme und dass Wilson Doans Reaktion umso schlimmer für mich würde, je weiter weg sie wäre – je größer die Entfernung und je stärker die zeitliche Verzögerung, mit der die Detonation erfolgte. Jede Minute, die er mich unerfüllt hasste, wäre eine Minute mehr, in der er seine Entschlossenheit sammelte und seine Strategie verbesserte. Zweifellos war das auch ihm bewusst, als er seine Hand mit dem Versprechen an sich selbst zurückhielt, dass meine irgendwann erfolgende Bestrafung weit über eine bloße Abreibung hinausgehen würde.

Was sie auch tat.

Inzwischen frage ich mich, wie Wilson Doan vorging. Ließ er sich von maliziöser Voraussicht leiten oder von organischer Intuition? Oder von beidem, einem Wechsel von undifferenzierter Wut, die sich in klare Momente köstlich bitterer Erfüllung auflöste? Ich weiß es nicht. Ich habe den Mann nie gefragt. Was jedoch feststeht, ist, dass Wilson Doan mich ruiniert hat. Stück für Stück, Pfund um Pfund, Dollar um Dollar. Und am Ende, obwohl nicht viel übrig war, stand das Ergebnis durchaus im Verhältnis zu seinem Anspruch, und dieser Anspruch war, wie die Bodenlosigkeit seines Kummers, hoch.

Die Leute finden es schwer, mit einem Mann zusammen zu sein, der einen achtjährigen Jungen getötet hat. Wer kann es ihnen verdenken? Obwohl sie wissen, dass es ein »verrückter Zufall von eins zu einer Million« war, fragen sie sich dennoch, warum ihn die Frau nicht auf die Erdnussallergie aufmerksam gemacht hat? Dass schon »Moleküle« ausreichten? Oder *hatte* sie es ihm sogar erzählt, und er hatte es vergessen? Schließlich vergessen Ehemänner solche Dinge ständig. Sogar ich begann mich zu fragen, ob Judith es mir gesagt hatte. Es wäre möglich gewesen, als ich sie aus San Francisco angerufen hatte. Doch sie hatte es mir nicht erzählt. Ich war fast sicher. Aber ich war müde gewesen, mir waren unzählige Kleinigkeiten durch den Kopf gegangen. Was war, wenn sie es mir auf eine ganz beiläufige Art erzählt *hatte?* Sie behauptete nie, es mir gesagt zu haben, aber was war, wenn sie sich selbst nicht mehr daran erinnern konnte? Wie konnte jemand eine Formulierung wie »eine Kettenreaktion im Immunsystem« vergessen? Wusste nicht jeder, dass thailändisches Essen oft Erdnussöl enthielt? (Im Artikel über den Tod von Wilson Doan Jr. im Lokalteil der *Times* hieß es: »Die Thai-Restaurant-Besitzer, mit denen unser Reporter sprach, bestätigten alle, dass in vielen ihrer Gerichte Erdnussöl verwendet werde, und sie versicherten, umgehend entsprechende Hinweise in die Speisekarten aufzunehmen.«) Vielleicht, dachten die Leute insgeheim, *hatte er etwas getrunken.* Das hätte alles erklärt. Oder vielleicht *hatten er und seine Frau Streit gehabt.* Vielleicht *alles Mögliche.* Und warum hatte ich nichts gehört? Immerhin war der Junge erstickt! *Irgendein* Geräusch musste er doch gemacht haben? Hatte ich es nicht gehört? Vielleicht hatten sie miteinander geschlafen und es deshalb nicht gehört? *Die Frau hat noch einen tollen Vorbau,* würden die Männer insgeheim denken, die Augen in wölfischem Bescheidwissen zusammengekniffen. Oder vielleicht war ich, der Mörder, mit einer leeren Heroinspritze im Arm flachgelegen. (Eine überraschend hohe Anzahl von Anwälten ist heroinsüchtig.) Vielleicht hatte ich mir mit der Pinzette Haare aus der Nase gezupft und dabei Louis Armstrong gehört – es spielte keine Rolle. Der Tod des kleinen Wilson Doan ereignete sich während meiner Wache, in loco parentis. Ich war verantwortlich. *Bill Wyeth, du warst es.* Ja. *Du bist der Schuldige.* Ja. *Du warst es, du Scheißkerl.* Ja. Nur ich und niemand sonst.

Und es tat mir Leid, schrecklich Leid, aber auch das spielte keine Rolle. Ich stellte mir vor, wie die Mutter des kleinen Wilson Doan untröstlich auf ihr Frühstück starrte. Toast, kalte Eier. Es hieß, sie sei gefährlich deprimiert. Verliere Gewicht und Realitätsbezug. In nicht allzu ferner Zukunft würden Eltern ihre verlorenen Kinder klonen. Die Gesellschaft würde entscheiden, es sei akzeptabel, und sie gewähren lassen. Aber jetzt noch nicht. Vielleicht würden die Doans noch ein Baby kriegen, aber selbst wenn sie massenweise Kinder bekämen, bliebe immer ein Schmerz, ein Schatten. Ich brauchte mir nur vorzustellen, Timothy zu verlieren, um ihre Verzweiflung nachempfinden zu können. Ich hatte ein halbes Dutzend Leben zerstört, ich hatte nicht die Liste mit den Anweisungen für die einzelnen Jungen gelesen, ich hatte in Form von thailändischem Essen und tanzenden Girls Befriedigung gesucht, ich war irgendwie nicht so wachsam gewesen, wie ich es hätte sein können. Das sagte ich mir selbst. Du Idiot, schau doch, was du angerichtet hast. Du und deine blöden abrechenbaren Stunden und deine Rentenbeiträge und dein Zahnfleischschwund. Du bist als Witzfigur bloßgestellt – nein, als Horrorwitzfigur. Es spielt keine Rolle, dass Absurdität die Unwahrscheinlichkeit geschändet hat. Es gibt keine totalen Zufälle. Alle Wirkungen haben Ursachen. Du warst es. Du hast vorgeschlagen, den Jungen einzuladen. Du verdienst, an seiner Stelle zu sterben. Aber das wirst du nicht und das kannst du nicht; du hast eine Familie, für die du zu sorgen hast.

Ja, die Leute finden es *schwierig*. Sie möchten nicht, dass man in die Nähe ihrer Kinder kommt. Sie wollen den Makel, das Mal nicht. Die besten von ihnen lächeln ausdruckslos und entdecken Terminüberschneidungen. Die schlimmsten von ihnen legen eine gewisse anthropologische Neugier an den Tag und untersuchen einen auf Hinweise von Reue – Zähneknirschen zum Beispiel, ein plötzliches Einsetzen des Tourette-Syndroms, das Essen von Glas, ein um den Hals gehängter brennender Reifen vielleicht. Aber wenn man versucht, auch nur annähernd so etwas wie einen normalen Tagesablauf zu absolvieren, wenn man immer noch zu Dingen verpflichtet ist, wie Äpfel zu kaufen und seine Stromrechnung zu bezahlen und seinem Sohn einen Gutenachtkuss zu geben (»Das wird alles wieder gut, mein Großer, ganz bestimmt …«), dann wurstelt man sich gerade so durch und versucht, das Beste aus der Situation zu machen. Und ihnen, denjenigen, die darauf achten, wie fest man seinen Krawattenknoten gebunden hat, gefällt nicht, was sie sehen. Sie sehen einen seufzend sagen: »Da müssen wir jetzt einfach durch.« Das gefällt ihnen nicht, weil es ihnen keine Ruhe lässt. Es ist *keine Strafe*. Sie wollen wissen, ob es »rechtliche Konsequenzen« gibt. Und wenn es nur ein dummer Zufall war, ein Fingernagelschnipsel Gottes, der auf die falsche Stelle gefallen ist? Das ist Amerika. Wenn man nicht eingesperrt wird, wird man verklagt. O. J. Simpson entging dem Gefängnis – obwohl er seiner Frau den Kopf abschnitt –, aber er wurde mit Erfolg verklagt. Sie wollen wissen, wie es sich »auf die Ehe auswirkt«. *Was glauben Sie wohl?*, wollte ich schreien, ohne es zu tun. *Katastrophal natürlich.*

Judith fiel fast sofort von mir ab. Sie schlief nicht mehr mit mir, und mit meinen blöden Wasserski- und Eishockeyanspielungen war ebenso Schluss wie mit vielem anderen. Ungefähr einen Monat danach spürte ich eines Nachts, wie sie sich im Schlaf herumdrehte und von hinten an mich schmiegte, was sie, die Arme um meinen Brustkorb geschlungen, oft getan hatte. Doch noch während es mir warm ums Herz zu werden begann, verkrampfte sie sich, schnappte abrupt nach Luft, zog die Hände zurück und drehte sich auf die andere Seite.

Den Verlust Judiths konnte ich vielleicht noch verkraften, was ich nicht verkraften konnte, war der Verlust meines Sohnes. Er verstand nicht, warum die Leute schlecht über seinen Vater redeten. Ich erklärte ihm, was passiert war, aber die Jungen in der Schule beschimpften ihn, sagten, sein Dad bringe Kinder um. Sagten, er käme auf den elektrischen Stuhl. »Das ist nicht wahr«, sagte Timothy hitzig, als er mir das Gespräch wiederholte. »Das ist nicht *wahr.*« Aber seine Augen durchforschten die meinen nach einer Erklärung, wie alles wieder so würde, wie es vorher gewesen war – *Bitte, Daddy,* flehten seine Augen, *mach es wieder gut* –, und wenn mir das nicht gelang, nähme sein Glaube ab. Die Vorstellung von Dad, von Vater, schrumpfte und kringelte sich in seinem Innern. Er hasste mich, wusste ich, denn ich hatte sein Universum zerstört.

Ja, alle finden es *schwierig.* Die Schule verlangte psychologische Beratung für Timothy und für uns und legte uns nahe, uns um »eine alternative Unterbringung« zu bemühen. Wir mussten ihn wegen der Spannungen von der Schule nehmen, und immer wieder fragte er, warum seine Freunde ihn nicht mehr zum Spielen zu sich einluden. Die anderen Familien, die im Haus wohnten, schienen nicht mehr so interessiert, ihn mit ihren Kindern in den Park mitzunehmen, als könne ein blonder achtjähriger Junge irgendwie eine Bedrohung sein, vielleicht an einem klaren Tag einen Blitz anziehen. Das war ungerecht, aber vorhersehbar. Wir sind nach wie vor abergläubisch, jeder von uns. Affen-Menschen, die Zauberfedern halten und prüfend den Wind schnuppern. Die Sekretärinnen in der Kanzlei, normalerweise gackernd und freundlich grob, verhielten sich mir gegenüber förmlich, vor allem, nachdem mich die Kanzlei aus dem größten Mandat dieses Jahres herausgehalten hatte, einem 400-Millionen-Dollar-Sale-and-lease-back eines Bürogebäudes in Midtown Manhattan. Ich verlor den Blickkontakt zu Menschen. Mein Steuerberater rief nicht mehr zurück. Der Botenjunge aus dem Lebensmittelgeschäft sah die Geldscheine in seiner Hand an, als wären sie pestverseucht. Unser Fahrstuhlführer, der die Rettungssanitäter nach oben und die Leiche des Jungen nach unten gefahren hatte, pfiff leise und sah weg.

Zugleich griff Wilson Doan Sr. an. Er hatte genügend Einfluss in seiner Bank, um eine Neuverhandlung des externen Beratervertrags mit meiner Kanzlei zu erzwingen. Unsere Performance war größtenteils hervorragend gewesen, aber ich blieb dem Gespräch, das in der Bank stattfand, bewusst fern. Wir schickten meinen Kollegen, einen Seniorpartner namens Dan Tuthill. Ein prima Kerl, Tuthill, ein echter Kumpel. In der Kanzlei war er die Perfektion in Person, in allem anderen die reinste Selbstzerstörung: Er aß Dreck zum Mittagessen (Kalbfleisch, deutschen Schokoladenkuchen), ließ sich auf Affären mit nuttigen, waschbäräugigen Frauen ein, die er in Bars kennen lernte, und kaufte Aktien immer auf dem Höchststand. Aber mir gegenüber war er loyal und entschlossen und korrekt. Wie vorher abgesprochen, rief er mit seinem Handy in meinem Büro an, als er das Besprechungszimmer der Bank betrat, und legte es zusammen mit seinen Unterlagen auf den Tisch. Ich schloss die Tür und legte den Anruf auf die Lautsprecher. Das wird übrigens ständig gemacht. Manchmal wird das Gespräch am anderen Ende der Leitung heimlich auf Band aufgezeichnet oder simultan abgetippt. Ich konnte hören, wie sich der Raum langsam füllte, das Aufwärmgeplauder, die mit einem Klicken sich öffnenden Aktenkoffer. Donuts und Bagels auf dem Seitentisch. Das Kaffeeumrühren des Geschäftslebens. Ich merkte, dass Wilson Doan nicht im Raum war. Ohne ihn verlief das Gespräch so weit relativ glatt, und die Leute von der Bank umrissen, wie sie sich im kommenden Jahr die Hilfe unserer Kanzlei vorstellten. Es gab ein paar personelle Fragen, ein halbes Dutzend technischer Probleme und einige geringfügige Beschwerden. Absolut typisch. Dann sagte Amanda Jenks, die Verhandlungsführerin der Bank: »Unser letzter Kritikpunkt betrifft Mr. Wyeth.«

»Würden Sie das bitte näher erklären«, sagte Dan Tuthill.

»Wir finden, Mr. Wyeth stellt ein ernstes Problem dar.«

Eine lange Pause. Ich starrte mein Telefon an.

»Es ist eine Vertrauensfrage«, fuhr sie fort.

»Mr. Wyeth ist ein hervorragender Anwalt«, kam die Stimme Dan Tuthills aus dem Lautsprecher. »Wenn ich mich recht entsinne, haben Sie das bei einer früheren Gelegenheit selbst gesagt.«

Im Raum war es still.

»Er ist ein außerordentlich geschickter Verhandlungsführer.«

Noch mehr Stille.

»Das ist doch grotesk. Wir haben es hier mit einem hervorragenden Mann zu tun.«

»Die Umstände sind zugegebenermaßen ungewöhnlich«, sagte Amanda Jenks.

»Ja, und dessen ist sich jeder sehr bewusst«, antwortete Dan Tuthill.

»Es ist *höchst* problematisch.«

»Gewiss, aber gehe ich etwa nicht recht in der Annahme, dass Mr. Doan *nicht* näher in die aktuellen Rechtsangelegenheiten der Bank involviert ist?«

»Mr. Doan ist für die Bank enorm wertvoll«, erklärte Amanda Jenks gemessen. »Ich glaube, das wissen Sie. Sprechen wir doch ganz offen, Dan, ja? Wir können diesen Vertrag nicht abschließen, wenn Mr. Wyeth beteiligt ist.«

»Beteiligt?«

»An dem für unsere Betreuung zuständigen Mitarbeiterteam, ja.«

»Ihre Bank arbeitet jetzt schon achtzehn Jahre erfolgreich mit dieser Kanzlei zusammen, und dabei waren auf beiden Seiten Dutzende von Mitarbeitern beteiligt. Und diese Beziehung wollen Sie jetzt wegen Bills Zugehörigkeit zu dem für Sie zuständigen Team beenden?«

Amanda Jenks antwortete nicht. Wie um die Stille zu betonen, hustete jemand. »Was stellen Sie uns denn in Rechnung?«, sagte sie schließlich. »Zwanzig, einundzwanzig Millionen im Jahr?«

So hörte ich den Schuss meiner eigenen Hinrichtung.

Danach sagte Dan Tuthill ein paar hochanständige Worte, aber sie gaben nicht nach. Später erfuhr ich, dass Wilson Doan und einige der maßgebenden Seniorpartner meiner Kanzlei eine Woche zuvor im Blind Brook Country Club nördlich von New York eine Runde Golf gespielt hatten, und alles, was es zu sagen gab, war etwa bis zum vierten Loch gesagt worden, damit sie sich ganz auf das Spiel konzentrieren konnten. Sie hatten es auch nicht für nötig befunden, Dan Tuthill Bescheid zu sagen.

Ich wurde aus dem Bank-Team genommen, was meine Arbeitszeit in der Firma um mehr als ein Drittel verkürzte, aber Wilson Doan war noch nicht fertig mit mir, noch nicht annähernd. Wie angekündigt verklagten er und seine Frau mich wegen Vernachlässigung der Aufsichtspflicht auf 40 Millionen Dollar Schadenersatz. Wie sie auf die Summe von 40 Millionen kamen? Mit Sicherheit hatten wir nicht annähernd so viel Geld. Den Fall übernahm Adolphus Clay III, ein berühmter Anwalt, ein kahlköpfiger, triefäugiger Fuchs, der sich vor die Fernsehkameras stellte und erklärte, den Doans gehe es in keiner Weise um Rache, sondern darum, »die Öffentlichkeit« auf die Gefahren von Erdnussprodukten aufmerksam zu machen. »Ich kann Ihnen versichern«, sagte er, »das ist ihr einziger Beweggrund.«

Wie sich manche vielleicht erinnern, war Clay der Mann, der eine 700-Millionen-Dollar-Sammelklage gegen die Tabakindustrie gewonnen hatte, weshalb er natürlich einen zusätzlichen Anreiz hatte, diesen Fall zu übernehmen – als Vorstufe einer weiteren Sammelklage gegen die Nahrungsmittelhersteller, die in ihren Produkten Nussöl verwendeten, ohne auf der Verpackung ausdrücklich darauf hinzuweisen. An dem Tag, an dem er die Klage ankündigte, fiel die Aktie des größten amerikanischen Erdnussölherstellers um zehn Punkte, und die Website zum Thema Erdnussallergien verzeichnete 320 000 zusätzliche Besucher. Ich war aus der Geborgenheit meines eigenen kleinen Privatlebens auf die Sägemesserschneide der amerikanischen Massenkultur getreten. Bei der ersten Konsultation bezifferte mein Anwalt Clays Gewinnchancen auf achtzig Prozent und sagte, selbst eine erfolglose Verteidigung werde mich wahrscheinlich eine Million Dollar kosten, mit einem 100 000-Dollar-Vorschuss, zahlbar sofort, jetzt, hier, auf die Hand.

Als ich Judith davon erzählte, nickte sie und sagte, sie müsse gleich los, zum Friseur.

Ich war nicht dabei, als sich Judith auf ihr Betreiben zum ersten Mal privat mit Wilson Doan Sr. traf, ich erfuhr es erst wesentlich später, aber ich kenne sie gut genug, um jede Wette einzugehen, dass ihr Wunsch, mit ihm zu schlafen, wahrscheinlich bei der Beerdigung aufkam, die sie allein besuchte – ziemlich gut gekleidet, ihre schwarze Seidenbluse nicht so weit, wie sie hätte sein können. Doan wirkte in seiner Trauer überaus stattlich, und das dürfte sie auf subtile Art gereizt haben. Vermutlich fand sie den imposanten, distinguierten Mann in seinem Schmerz unerträglich sexy. Und die seltsame Gewalttätigkeit in seinem Gesicht faszinierte sie mit Sicherheit. Sie traf sich irgendwo diskret mit Doan und gab ihm, indem sie seine Hand berührte oder sich vielleicht auch unverblümt auf seine dicke Wollhose setzte, zu verstehen, dass sie ihn wollte. Für Doan dürfte Judiths bebendes Sich-Anbieten ein unerwartetes Vergnügen gewesen sein, das seine Wut auf mich noch steigerte, nicht milderte. Männer sind sehr wohl in der Lage, ihre Lust von ihrem Kummer zu trennen oder sie, wenn nötig, zu mischen.

Ich hasse Judith deswegen nicht. Nicht mehr so sehr. Sie tat, was sie für das Beste für Timothy hielt. Ich glaube, sie und Wilson stiegen an sechs oder sieben Tagen in einem der kleineren Hotels der Upper East Side ab. Lange Mittagessen, verbummelte Nachmittage. Ich stelle mir vor, Judith war recht energisch in ihren Anstrengungen, recht multipel in ihren Enthusiasmen. Er war vermutlich ein guter Liebhaber, der alte Wilson Doan, besorgte es meiner Frau vermutlich verteufelt gut, bestimmt auf die komische Großes-Auge/kleines-Auge-Tour, und das dürfte sie auf einer gänzlich anderen Ebene angesprochen haben. Für mich steht völlig außer Zweifel, dass Judith sich ihm vollständig auslieferte, dass sie sich mit hüpfenden Brüsten und offenem Mund, die Augen verdreht, ganz dem Augenblick hingab. Warum auch nicht? Sex wird mit zunehmendem Alter drastischer. Zwangsläufig. Die Uhr läuft. Ich stelle mir vor, sie sagte ihm, er könne ihn überall reinstecken, wo er wolle. Es ist nicht anzunehmen, dass Wilson Doan lächelte oder Witze machte oder locker drauf war, denn der Sex war für ihn eine Möglichkeit, es mir heimzuzahlen, und als intelligenter Mann muss er den Hass in seiner Lust gespürt haben.

Die Gefährlichkeit dieses Austausches erregte Judith zweifellos über das übliche Maß hinaus, und sie dürfte dies als weiteren Beweis für die Probleme mit ihrem Mann gesehen haben. An irgendeinem Punkt der Unterhaltung danach gab sie Doan zu verstehen, dass sie sich von mir scheiden lassen und wegziehen werde. Sie plant alles sehr genau, Judith. Sie bezahlte ihre Ausgaben bei diesen Begegnungen mit unserer Familienkreditkarte und machte keinerlei Anstalten, es vor mir zu verbergen. Aber das war nicht ganz so brutal, wie es scheint. Die zwischenmenschliche Dynamik ist hier nämlich recht kompliziert, und man muss es Judith lassen: Was zwischenmenschliche Dynamik angeht, ist sie außerordentlich clever; indem sie sich Wilson Doan schenkte, ermöglichte sie ihm, wie gesagt, ein gewisses Maß an Vergeltung an mir, konnte ihrer Wut auf mich freien Lauf lassen und gewann aus ihrer Entfremdung sogar Trost. Aber das ist nicht alles. Wahrscheinlich wollte sie eine Art symbolischer Buße leisten und hoffte auch, es möge seinen Zorn mildern, wenn sie mit ihm schlief. Oder vielleicht wusste sie auch, dass seine Rache auf jeden Fall käme, und wollte nur schon die Seiten wechseln, bevor er zuschlug. Oder vielleicht war mit Doan zu schlafen paradoxerweise ein Akt schwesterlicher Unterstützung für seine Frau, die sich, nach dem Begräbnis von Gram zerstört, in ein sehr schönes Zimmer in der psychiatrischen Abteilung des New York Hospital zurückgezogen hatte – wobei die dahinterstehende Logik die war, dass sie, Judith, die Unzulänglichkeit der Ehefrau verstand und während deren Schwächephase einige ihrer ehelichen Pflichten übernahm. Oder vielleicht war auch genau das Gegenteil der Fall, vielleicht handelte es sich dabei um einen gezielten Schlag Judiths gegen Doans Frau, mit dem sie diese warnte, auf keinen Fall Timothy zu gefährden, wenn sie nicht riskieren wollte, auch ihre Ehe zu verlieren. Es könnte jedes beliebige dieser Dinge gewesen sein oder ein bisschen von allen. Doch ich glaube, es war auch etwas anderes, und auf eine perverse Art hätte ich Wilson von Mann zu Mann warnen können, dass ihm Judith mehr als ebenbürtig war.

Indem Judith sowohl seine Lust als auch seine Wut bediente, lenkte sie Doan geschickt von seinen rationalen Überlegungen ab, welche Verhaltensweisen seiner Zivilklage gegen Mr. und Mrs. William Wyeth und seiner Hoffnung, Entschädigungen und Geldbußen aus ihrem gemeinsamen Besitz einzutreiben, am förderlichsten wären. In dem Moment, in dem der gute, alte Wilson seinen Knüppel in meine Frau steckte, verspielte er die Interessen seines Anwalts an seiner Klage, die ungetrübte Rechtschaffenheit seiner Frau und die potenziellen Sympathien der Geschworenen. Denn Judith hatte natürlich alles *dokumentiert*. Und nicht nur mit der Kreditkarte und den Telefonunterlagen und ein paar freundlichen, gerade noch nicht kompromittierenden Botschaften an Wilson, die, *nicht* als PRIVAT gekennzeichnet, in sein Büro geschickt wurden (und entsprechend von seiner Sekretärin geöffnet, mit dem Datumsstempel versehen, dreifach kopiert und abgelegt und somit umgehend rechtmäßiges Eigentum der Bank wurden), sondern auch durch sehr spezifische Details: sieben Sets neuer seidener Reizwäsche, mit hochausgeschnittenem Bein, nur einmal getragen, oder genauer: *hinterher*, damit sie auch wirklich nicht nur das eine oder andere graue Schamhaar des guten, alten Wilson Doan enthielten, sondern auch Rückstände desselben Zeugs, das seinen unglücklichen Sohn hatte zeugen helfen: sein Sperma, in getrockneter Form, auf immer und ewig in transparenten Ziploc-Beuteln aufbewahrt. (So vieles im Leben läuft darauf hinaus, was mit dem Sperma passiert, wo es landet – drinnen, draußen, oben oder unten, verschleudert oder empfangen.) Wenn Wilson Doan seinen Rechtsstreit weiterbetrieb, konnte durchaus herauskommen – nein, es käme sogar *bestimmt* heraus –, dass einer der Kläger einen der Beklagten bumste, was nun wirklich höchst zweifelhaft wäre und gar nicht erfreulich für Mrs. Doan oder die Verantwortlichen der Bank. Adolphus Clay III, weiser als die meisten und gerissener als alle, bekam Wind von den nachmittäglichen Lustbarkeiten seines Mandanten, und bald hatten die Doans ihre 40-Millionen-Klage in aller Stille zurückgezogen.

Da ich den Grund hierfür noch nicht kannte, hielt ich diese Entwicklung für einen Sieg, eine Chance, unser altes Leben zurückzubekommen.

»Gute Nachrichten!«, verkündete ich, als ich an besagtem Abend nach Hause kam. Judith kniete in ihrem begehbaren Kleiderschrank im Schlafzimmer. »Es ist vorbei!«

Judith lächelte nur ausdruckslos, wie man es etwa tut, wenn man einem Todkranken zuhört, der von einem neuen Wundermittel erzählt.

»Was machst du da?«, fragte ich.

»Ausmisten.« Sie tauchte wieder in den Schrank, und ich sah Pumps und flache Schuhe und Laufschuhe über ihren Kopf fliegen. Sie fielen auf die Tagesdecke, vor die Kommode, auf den Teppich. Ich kannte mich zwar mit Frauenschuhen nicht besonders aus, aber für mich sahen sie noch völlig in Ordnung aus.

Ich bringe das hier rasch zu Ende – und sei es auch nur um meinetwillen.

Larry Kirmer ging mit mir zu Mittag essen und eröffnete mir, ich sei »im Büro uneffektiv« geworden. Das war nicht unzutreffend, aber auch nicht gerade nett. Er sprach mit der vollen Autorität des Kanzleivorstands. Es gäbe keine Beurlaubung, keine Halbtagsregelung, keine der Wahrung des Gesichts dienende Erklärung. Ich war Partner, aber letztlich änderte das nichts an der Sache. Entsprechend der Abmachung, die ich lange zuvor unterschrieben hatte, bekäme ich den Wert meiner Teilhaberschaft über sieben Jahre hinweg ausbezahlt. Sie zogen es hinaus, damit man den Mund hielt. Wenn ich die Regelung anfocht, konnte die Kanzlei die Zahlungen einstellen. Ich solle die Kanzlei in zwei Wochen verlassen haben, erklärte Kirmer abschließend, und warum nehmen Sie Ihren Resturlaub nicht gleich?

So begann das plötzliche Stottern unseres finanziellen Motors. Wir hatten ungeniert einen riesigen amerikanischen V-8 gefahren, der Tankladungen amerikanischer Devisen verpulverte – angesichts des hohen Benzinverbrauchs Hunderttausende im Jahr. Aber wer hatte sich dabei groß etwas gedacht? Wer hatte sich groß etwas dabei gedacht, als wir unser überschüssiges Geld in eine neue Küche steckten, die wir nicht brauchten? Meine erste Abfindungsrate war eingegangen und vertröpfelte bereits, aber ansonsten wurden keine neuen Dollars und Cents in den Motor gepumpt, und in den nächsten sechs Monaten bremste ich uns auf fünf Meilen pro Stunde herunter. Nichts tun, kaum atmen kostete schon Tausende von Dollars die Woche. Ich löste das Schwab-Geldmarktkonto auf (246 745 Dollar). Ich sah, inzwischen entsetzt, auf die Rechnung über die Monatsrate für die Hypothek (8780 Dollar). Das monatliche Wohngeld (3945 Dollar) war glatter Diebstahl. Wir kündigten Selma, unserer Babysitterin, die loyal und treu geblieben war und die Timothy immer wieder küsste und auf dem Weg zur Tür hinaus weinte. Die private Krankenversicherung kostete monatlich 2165 Dollar. Ich hörte auf, mir die Haare schneiden (62 Dollar) und die Schuhe putzen (4 Dollar) zu lassen, ich machte das Licht aus (0,03 Cent/Stunde), ich kaufte Nudeln (5,90 Dollar/Pfund) statt Fisch (13,99 Dollar/Pfund), ich benutzte die Wegwerfrasierer (20 Stück für 9,95 Dollar) mehrmals. Judith entließ die Klavierlehrerin (75 Dollar pro Stunde). Ich kündigte die Kreditkarten. Die luxuriösen Annehmlichkeiten wurden weniger, fielen schließlich ganz weg. Ich gab die Garage für den Wagen auf (585 Dollar/Monat). Wir hatten vom vorangegangenen Jahr Steuerschulden (43 876 Dollar). Ich ließ das gemietete Klavier abholen (259 Dollar/Monat). Ich kündigte die Zeitung (48 Dollar/Monat) und das Handy (69 Dollar/Monat). Unsere Radkappen wurden gestohlen, und ich ersetzte sie weder mit den originalen des Herstellers (316 Dollar) noch mit der billigen Pep-Boys-Ausführung (48,99 Dollar). Wir fuhren mit zwei Meilen pro Stunde, die Tankanzeige stand auf Null.

»*Wirst* du denn eine neue Stelle finden?«, fragte Judith schließlich eines Abends.

»Natürlich.«

»Nein, jetzt mal im Ernst, Bill.«

»Ich finde eine Stelle, okay?«

Judith hatte ein paar Pfund abgenommen, fünf vielleicht. Es hatte einige ausgedehnte, unerklärte Mittagessen gegeben, und sie hatte ein paar Pfund abgenommen.

»Ich kann verstehen, dass du dir das *unterbewusst* selbst antun musst, weil du dich so mies fühlst. Aber du brauchst es *uns* nicht anzutun.«

Mein Sohn hatte seine Derek-Jeter-Poster abgemacht und mir gegeben und dazu gesagt, ich könne sie verkaufen, wenn ich wolle. *An nichts von alldem ist irgendetwas Unterbewusstes,* dachte ich.

»Ich habe bei mehr als zwanzig New Yorker Anwaltskanzleien angefragt, Judith. Ich war bei sechs Vermittlungsagenturen, ich bin das Verzeichnis der Ehemaligen durchgegangen, ich war mit jedem essen, den ich kenne.« Aber ich war beschädigte Ware. Es hatte sich herumgesprochen. Es war in meinem Gesicht, meinen Augen, meiner Haltung. Auch wenn ich es zu verbergen versuchte und schöne Krawatten trug und erzählte, dass ich »neue Herausforderungen« bräuchte. Sie merken es, wenn einem das Wasser bis zum Hals steht, und sie bemitleiden einen und stellen jemand anderen ein. Es ist Affenlogik, es ist die menschliche Natur.

»Du hast doch die *Yale Law Review* gemacht, du hast zu den Spitzenleuten gehört!«, jammerte Judith. »Wie soll es jetzt weitergehen?«

»Ich warte auf den Rückprall«, gestand ich.

Sie lachte fast. »Den Rückprall?«

»Ich werde nicht zerbrechen«, versprach ich. »Ich werde zurückprallen und wieder nach oben schnellen.«

»Wann?«

»Das weiß ich nicht.« Es war die Wahrheit.

Judiths Stimme war unverhohlen bitter, geringschätzig. »Wie tief *fällst* du noch, bevor du diese Rückprallnummer abziehst?«

Ich antwortete nicht.

»Ziemlich tief, nicht?« Ihre Stimme prallte von der weißen Zimmerdecke zurück.

Und ich dachte, ich würde dich kennen, murmelte ich in mich hinein.

»Und wie soll es eigentlich zu diesem so genannten Rückprall kommen?«, heulte sie. »Wogegen *prallst* du, damit du wieder *hoch*kommst?«

Ich liebte Timothy. Das war, was ich sagen wollte. Er hatte beim Baseball einen ganz passablen Wurf drauf, er saute herum, wenn er seine Frühstücksflocken aß, er putzte nicht regelmäßig seine Zähne, er lernte Schreibschrift und machte mit den großen Ks lustige Fehler, er konnte sich ein ganzes Yankees-Spiel im Radio anhören und mir den Ausgang eines jeden Run sagen, er hob nie seine Handtücher oder seine Unterwäsche oder seine schmutzigen Socken auf, er spendete sein Taschengeld für die Opfer des World Trade Center, er vertrug das Taxifahren nicht, er stand auf Bart Simpson, er übte in der Badewanne, den Atem anzuhalten, er war ein Junge. Er war ein Junge, den ich liebte, bis ins letzte Molekül, und es hatte einen anderen Jungen gegeben, der genauso geliebt worden war, und ich war schuld an seinem Tod. Der Rückprall käme, wenn ich mir, so gut ich konnte, selbst vergeben, mir ein Stückchen Frieden verdient hätte, aber nicht vorher. Das war, was ich im tiefsten Innern meiner eigenen verlorenen Jungen-Natur wusste, aber das konnte ich Judith nicht sagen.

»Hör zu«, sagte ich, »wir verkaufen die Wohnung. Ich tue alles, was ich kann. Das weißt du doch. Ich kann für den Staat arbeiten. Ich verkaufe Immobilien. Ich fahre Taxi, ich unterrichte an einer Highschool. Wir können in eine andere Stadt ziehen, und dort werde ich wieder als Anwalt arbeiten. Du weißt, ich werde alles tun, um für meine Familie zu sorgen.«

Judith antwortete nicht. Stattdessen neigte sie den Kopf, veränderte den Blickwinkel. Was sie als Nächstes tat, machte mir Angst. Sie blinzelte. Sie dachte nach. Und ihr wurde etwas klar – wenn nicht über mich, dann über sich. »Ich weiß nicht, Bill.«

»Was weißt du nicht?«

»Ich weiß nicht, ob ich das kann.«

Ich nickte, verständnisvoll, glaubte ich. »Das ist gerade eine schwere Zeit für uns. Aber da kommen wir schon irgendwie durch.«

Judith verschränkte die Arme. »Ich habe überhaupt kein gutes Gefühl, und zwar in jeder Hinsicht. Wir werden *arm.*« Sie wartete darauf, dass ich reagierte. Das tat ich nicht. »Arm!«, schrie sie.

»Ich würde sagen, wir sind nicht tiefer gesunken als das, was man höflich obere Mittelschicht nennt, Judith. Ich glaube nicht, dass einer von uns beiden auch nur die leiseste Ahnung hat, was wirkliche Armut ist.«

»Jedenfalls *fühle* ich mich arm.«

»Das ist ein subjektiver Eindruck, keine Tatsache.«

»Ich habe auch, was uns angeht, kein gutes Gefühl, Bill, ich habe, was *dich* angeht, kein gutes Gefühl.« Ihre Stimme war schrill, voller Angst. »Ich glaube nämlich nicht, dass du alles wieder hinkriegst. Ich weiß, welche Vorwürfe du dir machst. Dabei war es doch nur ein blöder Unfall! Und du glaubst, du müsstest deswegen *leiden!* Das ist, was in deinem Kopf abläuft. Und ich *will* nicht mit dir leiden! Und ich will auch nicht, dass Timmy leiden muss! Warum kannst du das Ganze nicht einfach abschütteln, warum kannst du nicht einfach irgendwie so tun, als wäre es nicht passiert?«

So tun, als wäre Wilson Doan Jr. nicht im Zimmer unseres Sohnes gestorben? Ich hatte keine Antwort. Ich konnte nur beobachten, wie Judiths Blick durch die Wohnung schoss – als würde alles, was wir besaßen, vor ihr verbrennen – und dann zurück zu mir, ihre Miene erbost, ihre schönen Augen voller Entschlossenheit, ja sogar Hass. Ja, inzwischen hasste sie mich und wollte, dass ich es wusste.

»Du willst nicht bei mir bleiben und es herausfinden, ist es das?«

»Ich glaube nicht, dass du dir im Klaren –«

»Ich bin mir im Klaren darüber, dass du verunsichert bist, weil ich im Moment kein Geld mehr verdiene. Ich bin mir im Klaren darüber, dass dein Gefühl von Sicherheit erschüttert ist …«

»Zerstört – total *zerstört*, Bill.«

»Und ich bin mir im Klaren darüber, Judith, dass du bis zu dem Zeitpunkt, bis dir wieder Geld in deine heiße kleine Hand gedrückt wird, jegliche eheliche Zuneigung aufgegeben hast.«

»Ach, fick dich doch!«

»Schau, genau das ist der Punkt. Du tust es nämlich nicht.«

»Ganz richtig. Warum sollte ich auch?«

»Weil es dir mal gefallen hat.«

»Ach was, ich habe alles Mögliche gemacht, und jetzt mache ich eben andere Dinge«, sagte sie kalt. »Und das müsstest du eigentlich auch verstehen können.«

Keinen Monat später, nachdem sie mich breitgeschlagen hatte, sie die Wohnung verkaufen zu lassen, zog Judith aus. Ja, sie zog aus – nach San Francisco. Meines Wissens kannten wir dort niemanden. Der riesige gelbe Umzugslaster kam, als ich gerade Kaffee kaufen war, und am Abend fuhren die beiden weg, Timothy mit seinem leeren Baseballhandschuh in der Hand. Kein Streit, keine Tränen, ausgeglichen. Als geschähe es gar nicht wirklich. Der Makler wird am Morgen kommen, sagte Judith, es ist alles geregelt. Du brauchst nur noch auszuziehen. Ich nickte betreten. Du musst dir was zum Wohnen suchen, Bill, ja? Sie hatte die Arme über der Brust verschränkt. Die Lippen starr. Die Stimme fest. Du verstehst doch, dass es nicht anders geht. Ich glaube, sie hatte Timothy irgendein Beruhigungsmittel gegeben, weil er nicht protestierte oder weinte, jedenfalls nicht an diesem Tag, und als sie weg waren, als sie mich tatsächlich verlassen hatten, endgültig und für immer, da …

… na ja, da ging es endgültig mit mir bergab.

Ich *weiß*, das ist hässlich, ich weiß, das ist traurig. Wenn man am Straßenrand einen umgestürzten Minivan sieht, mit qualmendem Motor, die Windschutzscheibe blutverschmiert, die Hinterräder in der Luft, fährt man kurz langsamer, um besser sehen zu können, und dann tritt man aufs Gas, um schleunigst wegzukommen. Das tue ich auch. Schließlich gibt es so viele *erfreuliche* Unterhaltungsangebote. Die Sitcoms und die Verlockungen im Internet. Alles *ganz toll.* Ziehen Sie sich das rein, wenn Sie unbedingt meinen. Anschalten, anklicken, abtauchen. Das werden Sie hier nicht nicht bekommen. Hier geht es woanders hin. Hier geht es um das Warten auf den Rückprall.

Eine Zeit lang mietete ich in einem der anonymen neuen Hochhäuser in der West Side Manhattans eine Dreizimmerwohnung, hell und sauber und reizlos, verkleidet mit rosa Granit – ein Apartmenthaus im Zuckerbäckerstil. Der Makler, ein Mann, der drei Handys dabei hatte, spürte meine Einsamkeit und Verstörtheit und erklärte, die

Wohnung sei »ein absoluter Frauenmagnet, glauben Sie mir«. Aber das interessierte mich nicht annähernd so sehr wie die Tatsache, dass das Haus weit abseits meiner bisherigen Kreise zu liegen schien. Niemand, den ich kannte, käme auf die Idee, ich könnte in ein solches Haus gezogen sein. Die Wohnung, die nach Westen lag, nach New Jersey und auch nach Kalifornien, wo Judith und Timothy jetzt lebten, war so groß, dass Timothy sein eigenes Zimmer hätte, und um den Traum am Leben zu halten, dass mein Junge bald im Bett schlafen oder seine Baseballkarten durchsehen würde, während er im Radio verfolgte, wie Derek Jeter Curveballs vernichtete, kaufte ich alle seine Sachen nach, die ich in Erinnerung behalten hatte – Kleider, Schuhe, Videospiele, Yankees-Poster. Aber ich stellte rasch fest, dass ich nicht in der Lage war, meinen Fuß in dieses Zimmer zu setzen, und dass ich sogar Angst davor hatte, so, als ob Timothy selbst nicht mehr lebte und das Zimmer nur eine Gedenkstätte für ihn wäre.

Ein paar Monate nach meinem Einzug begegnete ich einer Nachbarin, einer etwa 40-jährigen Frau mit bläulichem Lippenstift, als ich durchs Foyer ging. »Entschuldigung«, sprach sie mich an und runzelte die Stirn.

»Ja?«, sagte ich.

Sie sah mich mit zusammengekniffenen Lippen an.

»Stimmt irgendetwas nicht?«, fragte ich.

»Ich weiß nicht«, antwortete sie. »Mir ist da was zu Ohren gekommen.«

»Ihnen ist was zu Ohren gekommen?«

»Ja, über Sie.«

»Was ist Ihnen zu Ohren gekommen?«

Sie sah auf meine Füße und auf das Stück Fußboden zwischen uns, dann wieder auf mich. »Ich habe gehört, Sie haben ein Kind umgebracht und sind ungeschoren davongekommen. Weil sie nicht genügend Beweise hatten, um Sie auf den elektrischen Stuhl zu bringen.« Die Hände auf den Hüften, fast erschrocken über ihren eigenen Mut, wartete sie auf meine Antwort. »In diesem Haus gibt es eine Menge Kinder, meine eingeschlossen, und deshalb ...«

»Deshalb wollen Sie jetzt wissen, was es damit auf sich hat.«

»Ja. Genau. Jemand kennt jemanden, der Sie kannte. Die genaue Verbindung haben sie mir nicht gesagt.«

Ich sagte nichts.

»Und?« Ihre Stimme kam zurück, selbstgerechter inzwischen.

Um nicht lauter sprechen zu müssen, machte ich einen Schritt auf sie zu.

»Halt!«

Ich blieb stehen. »Es war ein schrecklicher Unfall«, sagte ich.

»Da habe ich aber was anderes gehört.«

»Das ist aber das, was passiert ist. Glauben Sie mir, ich war dabei.«

»Das glaube ich Ihnen nicht. Ich glaube, dass da noch mehr war.«

Ich verabscheute diese Frau mit ihrem Lippenstift, deren Namen ich nicht kannte, ich hasste ihren Schnüfflerinstinkt, ihre bösartige Bereitschaft, jemanden anhand fadenscheinigster Informationen anzuklagen. Sie war eine gefährliche Sorte Mensch, aber sie versuchte auch, ihre Kinder und die Kinder anderer Eltern zu schützen, und ich bezweifelte, dass ich unter umgekehrten Voraussetzungen viel anders reagiert hätte. »Es war ein schrecklicher Unfall«, wiederholte ich. »Das ist alles, was ich dazu sagen kann. Er hat zwei Familien zerstört.«

»So einfach kann es unmöglich gewesen sein.«

Ich wollte weitergehen.

»Augenblick! Ich finde, Sie sollten sich in der Mieterversammlung dazu äußern.«

»Finden Sie?« Mir fielen die Flyer im Foyer ein. Darauf ging es um die Müllentsorgung und die Unterbringung der Kinderfahrräder. »Und was ist, wenn sie mit meiner Erklärung nicht zufrieden sind?«

»Dann werden Sie wohl ausziehen müssen.«

»Ich habe meinen Mietvertrag mit den Hausbesitzern abgeschlossen, nicht mit der Mieterversammlung«, bemerkte ich.

Das quittierte die Frau mit einem rattigen Lächeln. Sie war froh, dass ich Widerstand geleistet hatte. Es bedeutete, dass es jetzt einen Streitpunkt gab, etwas, wo man ansetzen, die Haut zum Reißen bringen konnte. »Das werden wir sehen«, drohte sie. »*Das* werden wir ja sehen.«

Am nächsten Tag hing am schwarzen Brett ein Zettel, auf dem eine Hausbewohnerversammlung zum Thema »Familiensicherheit« angekündigt wurde. Zwei Tage später wurde das Protokoll dieser Versammlung ausgehängt, und darin stand, »es wurde einstimmig beschlossen, dass die Hausverwaltung unbedingt über die kriminelle Vergangenheit bestimmter Hausbewohner zu informieren ist«.

Das war eine Inquisition und eine Hexenjagd und eine Vampirhatz, die am helllichten Tag von wohlmeinenden Leuten durchgeführt wurde, und sie sollte ihren Zweck erfüllen. Ich spendete den gesamten Inhalt meiner Wohnung – Spielsachen, Möbel, Kücheneinrichtungsgegenstände – der katholischen Kirche zehn Straßen weiter nördlich und zog aus.

Ja, ich zog überstürzt aus und nahm mir eine Wohnung im Textilviertel, wo ich hoffte, dass niemand mich kennen würde. Sie lag im zweiten Stock eines kleinen Hauses ohne Lift in der Thirty-sixth Street zwischen Eighth und Ninth Avenue. Das ist eine üble Gegend, eine der zahlreichen Nischen von schmutzigen, überbevölkerten Nirgendwos mitten in New York, ein paar Straßen von den Rückfronten der Pennsylvania Station und von Macy's entfernt. Irgendwie gefiel mir die dumpfe, schäbige Anonymität des Viertels. Kein Mensch begibt sich freiwillig dorthin. Es wäre Energieverschwendung – eine Nachbarschaft ohne Nachbarn, die der Rede wert wären, nur Druckereien in düsteren, zehn Stockwerke hohen Fabrikgebäuden, wo lange Neonröhren die ganze Nacht hindurch anbleiben und Rauchabzugsschächte aus trüben Fenstern nach oben knicken. Eine Gegend, wo man in einer Stunde eine Nähmaschine repariert bekommt oder für 1,50 Dollar ein fettiges Frühstück. Wo müde Männer auf Rollpaletten Gestelle mit Paillettenblusen herumschieben oder fünf Dutzend in Plastikfolie verpackte Bürostühle auf der Straße stapeln. Nachts gibt es keine interessante Dekadenz, nicht einmal einen Hauch von Pseudo-Chic, nur schlurfende, brabbelnde Gestalten, von denen viele im Hotel Barbadour um die Ecke ein und aus gehen, eine der letzten Ein-Zimmer-Absteigen, die es in der Stadt noch gibt. Traurige, ungewaschene Leute – Zahnstocherkauer und Selbstgeißler. Zauderer und ewige Habenichtse. Von meinem Haus aus, das in der Mitte des Blocks lag, blickte man auf ein Parkhaus, wo eine müde Frau in einer roten Hose in ihrem Van den Angestellten auf dem Weg zum Mittagessen einen blies. Wenn sie danach in die Sonne herauskamen, blieben sie kurz stehen, um an ihrer Hose zu nesteln, nach links und nach rechts zu schauen und dann weiterzugehen. Manchmal spielten die Kinder der Frau vor dem Van, während sie drinnen arbeitete. Die Ninth Avenue hatte einen Waschsalon, einen Deli, einen Zeitungsladen und die tägliche Begegnung mit einem Puertoricaner mit mächtigen Armen zu bieten, der jeden Morgen, immer mit einem White-Castle-Kaffeebecher und oft mit einem blauen Auge, auftauchte und sich den Suff aus dem Leib sang, wenn er in den Sonnenschein hinaustorkelte. »Ich hab die Kubaner erledigt«, hustete er dann, »ich hab die Haitianer erledigt. Ich bring sie alle um.«

Ja, ein ziemlicher Abstieg für den alten Bill Wyeth, jemanden, der in den zwanzig oder dreißig nobelsten Hotels der Welt abgestiegen war (im Conrad in Hongkong, im Connaught in London, im Ritz in Paris etc.), jawohl, Sir, ein Mann, der während der Amtszeit Clintons sogar mal an einem Dinner im Weißen Haus teilgenommen hatte. (Hünenhaft und rotnasig, mit leicht zusammengekniffenen Augen, war der zweiundvierzigste Präsident persönlich auf mich zugekommen, hatte mir die Hand geschüttelt und mit seiner belegten Reibeisenstimme irgendetwas gesagt wie: *Schön, Sie zu sehen, wir sind sehr dankbar für Ihre Unterstützung,* während der Fotograf des Weißen Hauses seine Bilder schoss, und dann war er auch schon weiter, aber mir hatte es, wie er sehr wohl wusste, genügt. Als der Präsident Judith die Hand schüttelte, regredierte ihr Sprachvermögen zu gehauchten, beinahe koitalen Wortfragmenten: »Ja, oh, ich –! Danke! Ja!« Die Kameras klickten, wie sie das bei jedem taten, dem er die Hand schüttelte. Die Fotos von uns beiden mit dem Präsidenten, auf denen wir leicht irre grinsten, kamen genau zwei Tage später in einem großen, steifen, unbefleckten Umschlag, auf dem Luftweg von einem speziellen präsidialen Privatzustelldienst überbracht, der Absender auf dem Kuvert ein schlichtes THE WHITE HOUSE in erhabenen grauen Lettern. Judith ließ die Fotos für 600 Dollar rahmen und nahm das mit ihr und Bill C. nach San Francisco mit, und was aus dem anderen wurde, dem mit mir, dürfen Sie raten.)

Ich habe nicht viele Erinnerungen an meine ersten Wochen in dem Mietshaus in der Thirty-sixth Street, und das hat einen einfachen Grund: Ich entdeckte in meinen Laufschuhen ein Fläschchen mit Judiths alten Schlaftabletten und nahm jeden Tag drei oder vier davon. Damit bringt man sich nicht um, nicht einmal annäherungsweise, wobei ich das auch gar nicht vorhatte. Die Veränderungen sind subtil. Man schwebt, während man sinkt. Man sieht im Schlaf fern. Man spürt tatsächlich, wie sich die Augen im Kopf nach hinten drehen, und es ist in keiner Weise störend. Man vergisst die Socken auszuziehen, bevor man in die Badewanne steigt. Irgendwann kaufte ich von einem Kerl auf der Straße eine Matratze, einen Tisch und einen Stuhl. Ungefähr alle zwanzig Stunden ließ ich mir chinesisches Essen kommen. Die kalten Ingwerhühnchen, die Ameisen störten mich nicht. Ich rasierte mich unregelmäßig, ich benutzte ein T-Shirt als Kopfkissenbezug, ich las die Zeitung von hinten nach vorn.

Irgendwann kamen die Scheidungsunterlagen; ich unterschrieb die rot gekennzeichneten Seiten, ohne sie zu lesen. Kein Sorgerecht, keine Regelung der Besuchszeiten. Unsere alte Wohnung war rasch verkauft, das Geld ging direkt an ihren Anwalt. Es war mir egal. Ich fand, Judith und Timothy sollten jeden möglichen Cent erhalten. Meine Rentenbeiträge, sorgfältigst gehegt und gepflegt und hochgehalten, unterlagen der Güterteilung, und weil ich vielleicht schon wusste, dass ich arbeitsunfähig war, stimmte ich der vollständigen Auflösung meiner sämtlichen Konten zu, wobei selbstverständlich die dabei anfallenden Gebühren und Steuernachzahlungen zu meinen Lasten gingen. Und nach der Aufteilung dieser Summe blieb mir genügend Geld, um eine Weile über die Runden zu kommen, jedenfalls ein paar Jahre.

Diese edelmütige Vernichtung von Vermögen sollte sich bald als überflüssig erweisen; Judiths plötzliche Heirat mit einem jungen High-Tech-Unternehmer entband mich (traurigerweise, denn es hätte eine Quelle von Würde sein können) der Verpflichtung, für den Unterhalt meines Sohnes aufzukommen. Mir blieb nichts anderes mehr, als meine Zukunft abzuleben. Über den neuen Ehemann wollte ich lieber nichts wissen, aber eines Tages, als ich an einem Zeitungsstand in den Wirtschaftsmagazinen blätterte, stieß ich auf ein Porträt von ihm. Es war ein Schock. Der Artikel mit der Überschrift »Junge Erfolgsunternehmer auf dem Absprung« schilderte, warum sein neues Unternehmen so gefragt war. Es hielt das Patent für eine neuartige Lasertechnik zur Datenspeicherung, die ich nicht verstand. Datenspeicherung, im Moment war das geradezu eine Manie der Amerikaner, eine neue Möglichkeit, den Tod zu umgehen. Dem Artikel war ein Hochglanzfoto des neuen Ehemanns beigefügt. Er war jung. Sogar überraschend unbedarft, der Hals zu lang, die Augen zu eng stehend, vielleicht sogar mit einem leichten Silberblick, aber in edles Tuch gewandet, das, da bin ich sicher, Judith ausgesucht hatte. Laut Bildunterschrift war er achtundzwanzig Jahre alt und hatte drei Abschlüsse in Informatik. Stanford, Caltech. Fast noch ein Junge. Ein weiteres Foto: breithüftig und entenfüßig. Wenn ich ein ramponierter Minivan war, dann war er ein neuer Wäscherei-Lieferwagen. Irgendwie hatte ihn Judith quer durchs ganze Land gewittert und ihm schöne Augen gemacht. Ein Zwinkern und ein feuchtes Lächeln, und schon rutscht er auf den Knien auf sie zu. Ich hasste seine Jugend, seinen Verstand, der undurchschaubare, unglaublich wertvolle Dinge begriff. Säugte sie ihn, fragte ich mich elend, drückte sie dieses einfältige, bewundernde Gesicht an ihre wippenden Brüste, wohl wissend, alles Weitere würde sich von selbst erledigen? Wohl wissend, dass er nicht ein Hundertstel der Gefährlichkeit oder giftigen Macht Wilson Doans besaß, ohne sich jedoch daran zu stören; und er, spürte er dieses tiefe, friedliche Langsamerwerden des Pulses, wie *ich* es einmal gespürt hatte, wenn Judiths große, weiche Brustwarzen meinen/seinen Gaumen berührten, und wusste, ja *wusste* er dann, dass er wieder zu Hause war, geparkt, Garagentor zu, so geborgen, wie er es nicht mehr gewesen war, seit er zwei Jahre alt war, und dass diese Frau, diese Mutterfrau, für ihn sorgen, diese wundervollen weichen Dinger gegen sein Gesicht drängen würde, damit er daran saugte, solange er nur tat, was sie wollte, was nichts anderes war, als dass er das Geld herausrückte? Na ja, vielleicht. Oder vielleicht liebte ihn Judith auch wirklich.

Der Witz hatte eine weitere makabre Pointe. Als Judiths neuer Ehemann mit seinem Unternehmen eine Woche später an die Börse ging, belief sich sein Vermögen plötzlich auf 852 Millionen Dollar, und mein Untergang war endgültig besiegelt. Meine Knie wurden – wenn auch nur ganz schwach – tatsächlich weich, als ich den Artikel auf dem Weg die Treppe hinauf zu meiner Wohnung las. Man konnte nur noch den Kopf schütteln, musste sogar fast darüber lachen! Ich hatte gut verdient, hatte für mein Gehalt geschuftet wie ein Schlittenhund, aber die Menge an Vorsorge, die ich für meine Familie angehäuft hatte, war zur Bedeutungslosigkeit verurteilt, auf einen Rundungsfehler im Kontor des neuen Ehemanns reduziert worden.

Dass es Timothy an nichts fehlte und nie fehlen würde – bis auf seinen Vater –, war ein bitterer Trost. Er war noch jung genug, um sich von seines neuen Stiefvaters Supernova an Reichtum blenden zu lassen – das 1800-qm-Haus in Marin County, die Skybox-Sitze bei den Spielen der '49ers, das Strandhaus in Hawaii. Ich, sein Vater, dessen Lenden die Samenzelle für ihn entsprungen war, war plötzlich nur noch ein toter Mond in einer fernen Galaxis, die schwache Stimme eines schrumpfenden, onkelähnlichen Wesens. Eine Zeit lang schrieb ich ihm Briefe und schickte ihm E-Mails und kleine Geschenke. Aber diese Aktivitäten schienen mich zum Weinen zu bringen. Ja, ich weinte über den Verlust meines Sohnes. Über den meiner Frau auch. Oh, auch Judith fehlte mir, alles an ihr. Ich hätte sie auf der Stelle zurückgenommen, ihr alles vergeben. Ich versuchte, am Ball zu bleiben. Aber Timothys Briefe und Anrufe wurden seltener. Es gab nicht viel, worüber wir reden konnten. Ich wusste nichts über seine Schule oder seine Freunde. Ich glaube, er und seine Mutter waren glücklich. Sie war erfolgreich, Judith. Sie schaffte den Übergang. Sie schützte ihren Sohn, sie schützte ihn vor mir, vor dem, was ich getan hatte.

Tage huschten vorbei, Monate trieben dahin. Langsam, aber sicher sank ich auf den Grund. Man könnte zu Recht fragen, wie es kam, dass ich keinen neuen Job fand oder mir nicht wenigstens bis zu einem gewissen Mindestmaß wieder eine Existenz aufbaute. Oder auch nur mit jemandem redete. Die Freunde, die mir blieben, rieten mir, nach Seattle zu ziehen oder Antidepressiva zu schlucken oder in China verbotene Gesundheitsübungen zu machen. Und was meine Einsamkeit angeht, so gibt es in Manhattan sicher ein Übermaß an intelligenten, nachsichtigen Frauen, von denen möglicherweise einige mit mir und meiner Verzweiflung Geduld gehabt hätten, aber ich war der Aufgabe, eine zu finden, nicht gewachsen. Ein besserer Mann hätte sicher Widerstand geleistet, gestritten, gekämpft, seine Rechte und Leistungen und Pflichten behauptet. Aber wie wir immer erst zu spät merken, interessiert es die Welt nicht sonderlich, wer wir einmal waren. Meine Identität erwies sich als genauso austauschbar wie einer der maßgeschneiderten Anzüge, die ich einmal getragen hatte, und ich muss gestehen, dass ich, während ich zusah, wie Stück um Stück meines Lebens davonflatterte – Job, Ehe, Kind, Zuhause, Geld, Freunde –, einer perversen Neugier frönte, was bleiben könnte. Bestimmte lebenslange kleine Angewohnheiten, wie mit den Knöcheln zu knacken und meine Schuhe mit einem Doppelknoten zu binden, verschafften mir unnatürliche Befriedigung und schienen ein zunehmend wichtigerer Beweis zu werden, dass ich tatsächlich von irgendwo gekommen war und nicht klitschnass und blinzelnd und allein, ein neugeborener 40-jähriger Mann, vom Himmel geplumpst war.

Nach und nach gewöhnte ich mich an das Leben in meiner feuchten Wohnung in der West Thirty-sixth Street, so heruntergekommen das Haus auch sein mochte. Die Wohnung bestand aus einem Wohnzimmer, einer kleinen, aber relativ neuen Küche, einem vielleicht zweieinhalb Meter breiten Schlafzimmer und einem kleinen Bad. Dafür, dass niemand mich besuchen kam, hielt ich die Wohnung einigermaßen sauber. Ich verwaltete an einem kleinen Schreibtisch meine Konten, saß auf einem kleinen Sofa, aß an einem einfachen Tisch mit einem einzigen Stuhl, besaß zehn oder elf Teile Geschirr, schlief in einem Einzelbett. Draußen auf dem Flur war der Teppichboden abgetreten wie ein Pfad durchs Gras, die Fenster waren mindestens zehn Jahre nicht mehr geputzt worden, und wer wusste schon, ob die Feuerleitern tatsächlich funktionierten? Den Hausmeister, einen freundlichen pensionierten Latino mit Dutzenden von Schlüsseln an seinem Bund, bekam man gelegentlich zu sehen, wenn er einen Kammerjäger in eine Wohnung ließ oder auf dem Flur Glühbirnen auswechselte, aber in der Regel blieb er im Souterrain, wo er ohne Konzession eine Reparaturwerkstatt für Klimaanlagen betrieb und auf mehrere kleine Enkelkinder aufpasste. Das Haus beherbergte etwa fünfzig Seelen, und da ich meinen Aufenthalt als vorübergehend betrachtete, erzählte ich meinen Nachbarn zunächst fast nichts über mich. Nach einigen Monaten begann ich jedoch, sie mit mehr Neugier zu beobachten, mich auf dem Flur und im Eingangsbereich auf harmlose Gespräche einzulassen, die mir ermöglichten, eine mentale Landkarte des Hauses anzufertigen. Es wurde deutlich, dass etwa ein Viertel der Hausbewohner glücklich und auf dem Weg nach oben war – junge Mädchen mit guten Bürojobs zum Beispiel oder das pakistanische Paar, das, beide Mitte dreißig, in absehbarer Zeit genügend Geld auf die Seite gelegt hätte, um sich eine kleine Wohnung zu kaufen –, während sich der Rest auf unterschiedlich steilen Kurven des Abstiegs befand, jeder ein Beispiel für die groteske Natur der Normalität; die krebskranke, geschiedene, von ihren Kindern verlassene 50-Jährige, die sich die Treppe zu ihrer Wohnung hinaufquälte, der Oberkörper von ihrer Krankheit fürchterlich eingefallen, das Haar durch die Chemotherapie so ausgedünnt, dass ich die glänzende Krümmung ihrer Kopfhaut sehen konnte; der ruinierte Day-Trader, der sich dreimal die Woche hochwertiges Haschisch liefern ließ; die Möchtegerntänzerin mit der schlechten Haut, deren Unvermögen, Arbeit zu finden, sie mehr und mehr in Richtung Prostitution trieb; der manische Geschäftsmann, der eine illegale Austern-Exportfirma betrieb; der Dicke ohne erkennbare Einkommensquelle, der jeden Tag mit seinem Pekinesen und einem roten Stock nach draußen watschelte und ein paar Stunden später mit einer fettigen Tüte Brathähnchen in der einen Hand und einem schwulen Pornovideo aus der Videothek um die Ecke in der anderen zurückkam; der kettenrauchende Ex-Journalist (Autor langer und ehedem wichtiger »New Journalism«-Features in *Sports Illustrated, Esquire, Look, Harper's, McCall's* und der alten *Life*), der, ehemals beinahe berühmt und inzwischen Ende sechzig, hinter seiner Tür den ganzen Tag lang leise hustend kleine Bäusche Füllmaterial für obskure Internetseiten für Sportsüchtige heruntertippte; das russische Paar, bei dem sich Streiten und Ficken nicht unterscheiden ließen; die ältere italienische Frau, die von dem Geld lebte, das die Beteiligung ihres verstorbenen Ehemanns an zwei New Yorker Taxiunternehmen abwarf, die inzwischen an eine bengalische Gesellschaft in Queens verpachtet waren, und so weiter.

Ja, und so weiter. Die Atmosphäre auf den Fluren war undifferenzierte Einsamkeit, der Geruch eine Mischung aus Air-Freshener und Zigarettenrauch, die lautliche Untermalung das Geschnatter von Fernseh-Sitcoms – einschließlich der so beliebten über smarte, beruflich erfolgreiche junge Menschen, die in Apartmenthäusern in Manhattan lebten. Wir, die Leute, die blieben, belauerten uns gegenseitig, denn die Gegenwart von Versagen und Elend der anderen bestätigte unser eigenes.

Judith schickte mir eine Postkarte, in der sie mir mitteilte, sie und Timothy und ihr Mann würden den Sommer und den Herbst in der Toskana verbringen, vielleicht, wenn es heiß würde, ein paar Wochen in Nizza, und dass ich sie, wenn nötig, über ihren Anwalt erreichen könne. Timothy bekäme in jeder Stadt Privatunterricht, fügte sie hinzu. Ich studierte die Postkarte sorgfältig. Judiths Schrift war akkurat und ordentlich und zeigte keine wilden emotionalen Schleifen nach oben und unten, kein nach links geneigtes Übermaß an Beherrschung. Anhand ihrer Schrift konnte ich erkennen, dass sie die Karte in einer Stimmung gut gelaunter Zweckbestimmtheit geschrieben hatte, ein planmäßiges Abhaken ihrer Noch-Erledigen-Liste. *Haus-Sitter suchen, Gärtnerdienst zahlen, bei der Post Nachsendeantrag stellen, versumpftem Ex-Ehemann Postkarte schreiben.* Die glückliche Frau, die glückliche Dinge tat.

Danach rutschte ich noch ein Stück weiter ab. Das Leben, war mir inzwischen klar, war nie, als was es erschien; die Fensterscheibe der Präsumtion wird zertrümmert, der tatsächliche Blick freigelegt, dann erneut zertrümmert. Ja, ich rutschte ein bisschen ab – aber an sich nichts Tragisches. Ich depixillierte, wurde unsichtbar, leerte mich. Ich geriet mit meinen Zahlungen für die Krankenversicherung in Verzug, ich vergaß meine Anwaltskammer-Beiträge zu zahlen, ich hörte auf, meine E-Mails abzufragen, verpasste die neuesten Filme, ging mit niemandem zu Mittag essen, sprach selten, vergaß, was ich las, träumte nichts.

Aber man kann in Manhattan ein unausgefülltes Leben führen und trotzdem gut unterhalten werden. Es spielt keine Rolle, ob man arbeitslos und ohne emotionalen Halt ist. Die Stadt – geheimnisvoll, gleichgültig, in ständigem Wandel begriffen – steht weiterhin zur Beobachtung zur Verfügung. Dabei ist es auch hilfreich, wenn man die guten Anzüge aus seinem früheren Job trägt, weil man dann in Ruhe gelassen wird und in Lokale schlüpfen und die Toilette benutzen kann. Ja, es hilft, anständig auszusehen. Was ich verrückterweise tat – jeden Tag in Anzug und Krawatte, mit meinem Aktenkoffer unterwegs nach Nirgendwo. Der Stadt ist es egal, ob man zu viel Zeit auf einer Parkbank oder an einer Straßenecke verbringt; die Stadt lädt einen ein, von windaufgewirbeltem Unrat umweht, anonym herumzustehen. Die Häuser und Schatten und Gesichter betteln geradezu darum, dass man sich auf einen wandelnden Traum, eine kontemplative Fuge einlässt. Ich wurde nicht völlig zu einem dieser quasselnden Philosophen mit verfilztem Haar und schmutzigen Fingernägeln, aber ich patrouillierte an der Grenze geistiger Gesundheit. Wären Sie auf der Straße an mir vorbeigegangen, hätten Sie einen Mann gesehen, der es eindeutig nicht eilig hatte, sondern nur herumstand und Privatstudien über Dinge anstellte, für die beschäftigte Menschen keine Zeit haben. Die Muster der Taxibewegungen auf den breitesten Avenues. Das nachmittägliche Stroboskopgewitter von Schatten und Sonnenschein auf dem Broadway. Die Art, wie sich Wasser bewegt.

Ja, an einem regnerischen Novembermorgen war es Wasser, das mich interessierte, wie es in der Stadt ankam und wie es sie wieder verließ, nachdem all die Menschen, die ich nicht mehr kannte, davon berührt worden waren. Seinen Anfang nimmt das Wasserversorgungsnetz Manhattans 150 Kilometer weiter nördlich in Form gurgelnder Bäche, aus denen gigantische Wasserleitungen werden, die 27 Meter unter der Erde durchs Grundgestein rauschen und sich nach oben hin in einen Dschungel aus immer dünner werdenden Leitungen verästeln, durch die das Wasser Hunderte von Metern in die Höhe gepresst, in Dachtanks gesammelt und schließlich durch Armaturen aus Eisen, Messing, verchromtem Stahl oder sogar Gold abgelassen wird. Wasser, bis auf das stromaufwärts zugefügte Fluor so rein wie Regen und auf einem relativ konstanten Auf- und Abwärtsdruck gehalten, um allerdings garantiert immer wieder von Rohren aufgenommen zu werden und erdwärts zu fallen – gespült, geleert, abgelassen, aus Hähnen tropfend und sofort vermischt mit Kaffeesatz, Urin, Essensresten, Haaren, Menstruationsblut, einschließlich dem, stellte ich mir vor, von Wilson Doans Frau, ausgespültem Zahnpastaschaum, Schmutz, Erbrochenem, dem kalten Sperma Wilson Doans persönlich (versuchten sie, ein weiteres Kind zu bekommen?), Zigarettenkippen, Adolphus Clay IIIs graumelierten Bartstoppeln, Seifenschaumrückständen von Larry Kirmers 5-Uhr-Arbeitsantrittsdusche, Dan Tuthills zu Konfetti verarbeiteten Kreditkartenbelegen und anderen kleinen Dokumenten kompromittierenden Charakters und den Hautzellen von Selmas reizendem, aber enttäuschtem Gesicht. Dieser schlammige Eintopf, diese Menschheitsbrühe vereinte sich mit dem Regen, wenn er in Schwaden über die Glasfassaden der Wolkenkratzer lief, über Kupferdächer, Teerpappe, Asphaltziegel, Aluminiumgullys, über die Fenster, aus denen mein Sohn geschaut hatte, über Fallrohre, Wasserspeier,

Granitverkleidungen, Ziegel jeder Form und Farbe, Marmor, Sandstein, Verkleidungen aus lackiertem Holz und Vinyl, rostende Feuerleitern, Klimaanlagen, einschließlich derer, die die Haut meiner Frau gekühlt hatte, nachdem sie Wilson Doan gebumst hatte, über Abluftgitter und über die Isolierglasfenster, die mein Büro in meiner ehemaligen Anwaltskanzlei mit Licht versorgten (dort ist jetzt ein neuer Partner, er telefoniert gerade, so selbstsicher, wie ein Mann nur sein kann), und der Regen prasselte gegen die bunten Bleiglasfenster der Kirche, in der um den kleinen Wilson Doan getrauert worden war, gegen die Zedernholzpergola des Penthouse, unter der sein Vater im Sommer Martinis trank ... über all das strömte er nach unten und kam dabei vorbei an Nieten, Schrauben, Nägeln, Bolzen, Mörtelfugen, Dichtmaterial, Fernsehantennenkabeln, Überwachungskameras, entweder beweglich oder feststehend, einschließlich jener an unserem alten Apartmenthaus, die aufgezeichnet hatten, wie der reglose Körper des kleinen Wilson in einen Krankenwagen geladen wurde, und die Milliarden Tropfen dieser senkrechten Flut führten Laub mit sich, Verbrennungsanlagenruß, eine Prise Blei und Schwermetalle, Tauben- und Rattendreck, abgeblätterte Farbe, Rost, Unmengen toter und sterbender Insekten, und dann rauschte der ganze vermengte sedimentäre Wasserfall, kanalisiert und vergessen, unter die Erde zurück ...

... ja, es ist in Manhattan durchaus möglich, nichts anderes zu tun, als in Anzug und Krawatte herumzustreunen und den Lauf des Wassers zu studieren, aber man muss trotzdem höllisch aufpassen, wohin man geht. Was ich an diesem nasskalten Novembertag nicht tat, als ich die Stufen der U-Bahn-Station an der Kreuzung von Sixth Avenue und Thirty-fourth Street hinunterstieg. Der Himmel hatte seine Schleusen geöffnet, und überall waren die Straßen überflutet, Taxis bespritzten Gehsteige, öliges Ablaufwasser gurgelte in Gullys. Ich hatte meine idiotische Verkleidung an diesem Morgen mit einem Regenschirm, einem Regenmantel und einer eine Woche alten Ausgabe des *Wall Street Journal* vervollständigt. Aber ich übersah den schmutzigen Wasserfall, der sich über den Kopfstein der U-Bahn-Treppe ergoss, und als ich die kalte Dusche auf mir spürte – und zur Seite sprang –, stieß ich mit einem jüngeren Mann in einer nietenbesetzten Lederjacke zusammen, der die Treppe heraufeilte.

»Blöder Business-*Arsch.*« Er straffte die Schultern, und ich bemerkte die Ringe in jedem Nasenflügel, den tätowierten Tiger, der sich um seinen Hals schlang.

»Keine Absicht«, stammelte ich. »Tut mir Leid.«

»Das wird es dir allerdings tun.« Damit holte er aus und schlug mir ohne Umschweife und mit Könnerschaft gegen das Kinn, als hätte er das schon viele Male zuvor getan. Ich taumelte rückwärts die rutschige Treppe hinunter und fasste mir an den Mund.

»Wenn du weiter so Leute anrempelst, werden sie dir deine Manager-*Scheiße* sonst wohin schieben, du Pisser.« Er sah mich finster an, bevor er weiter die Treppe hinaufstieg.

Mit schmerzdröhnendem Kopf ging ich erst auf ein Knie nieder, dann auf beide. Schließlich fand ich mein Gleichgewicht wieder und schaute auf. Hatte jemand den Angriff gesehen? Eine Schar halbwüchsiger chinesischer Mädchen trappelte, ganz bunte Regenmäntel und schnatternde Fröhlichkeit, an mir vorbei die Treppe hinunter. Sie nahmen in dem prasselnden Wolkenbruch kaum Notiz von mir. Ich spuckte ein abgebrochenes Stück Backenzahn aus und tastete mit der Zunge über die schmerzende Stelle in meinem Mund, während ich wieder nach oben wankte. Ich sehnte mich nach nichts mehr als nach etwas zu trinken und einem trockenen Ort, um mich setzen zu können. Mir wäre alles recht gewesen. Hauptsache, dort galten noch die Gesetze der Zivilisation. Mein Kopf schmerzte nicht weniger als mein Kiefer. Vor mir walzte eine Gruppe junger Geschäftsmänner mit blauen Regenschirmen, alle mit dem gleichen Firmenlogo, gut gelaunt die Sixth Avenue hinunter. Ich folgte ihnen, eine wankende Gestalt mit einer Hand an der Backe. Die Männer bogen in die Thirty-third Street, bevor sie durch eine große, von immergrünen Topfpflanzen flankierte Tür verschwanden. GEGR. 1847 behauptete die goldene Schrift auf der Glasscheibe. Es war ein Steakhouse aus Manhattans alten Zeiten. Ich war hunderte Male an dem Lokal vorbeigekommen, ohne es jemals zu betreten. Das tat ich jetzt und zog die schwere Tür auf.

Und so – das fettige Glas Milch, der lange gesellschaftliche Abstieg, der unvermutete Schlag ins Gesicht – entdeckte ich den Havana Room.

| Zwei |

Von außen sah man nur die goldene Schrift und die massive Tür – nichts, was darauf hindeutete, wie groß das Lokal tatsächlich war oder was darin vor sich ging und mit wem. Man stieg eine Stufe zum Restaurant hinunter, einem mahagonivertäfelten Gewölbe, behängt mit Ölschinken aus dem 19. Jahrhundert (Eisenbahnen, Expansion nach Westen, Kriegsschiffe unter vollen Segeln), und dort erlag man dem Duft von Steaks. Der Oberkellner begrüßte von seinem Posten jeden Neuankömmling, und sobald man seine Skepsis überwunden hatte, wurde man von zwei blonden Assistentinnen zu einem Tisch gebracht. Man konnte Austern Rockefeller oder schottischen Räucherlachs als Vorspeise bestellen, aber das war lediglich der Auftakt für das 15-Unzen-Filet Mignon au poivre, das unvergleichliche New York Sirloin oder etwa auch das 16-Unzen-Kobe. Richtige Dickmacher und Infarktbomben. Der Preis? Zu hoch natürlich, und hinuntergespült mit Hochprozentigem zum Fünffachen des Ladenpreises. Aber niemanden störte das. Das Lokal setzte jeden Tag vierhundert Mittagessen um, hauptsächlich an Bürobewohner aus der Sixth Avenue und vom Broadway und an vereinzelte Touristen aus dem Mittelwesten oder aus Japan, die fälschlicherweise glaubten, das Restaurant stelle nichts weiter dar als eine urige Übung in Nostalgie und amerikanischer Geschichte. Nach der Mittagspause allerdings, an den sich hinziehenden Nachmittagen und schwellenden Abenden, füllte sich das Lokal mit seinen richtigen Gästen – Nutzflächendealern und Schuldenverschiebern, Sexbeißern und Lügenfressern –, kurzum mit genau den Leuten, die New York seit jeher so grandios machen.

Sobald ich an besagtem regnerischen Wintertag durch die Tür wankte, wurde ich von der dunklen, angenehmen Schwere des Lokals erfasst – von der stuhlverschrammten Wandvertäfelung, der von Lampenrauch verrußten Decke. Nichts war schmuddelig, aber alles hatte Patina, von den Jahrhunderten abgeschliffen. In wenigen Minuten hatte ich ein Glas Whiskey getrunken, das den Schmerz in meinem Kinn linderte, und eine Schale dampfende Fischsuppe gekostet – seit geraumer Zeit mein erster richtiger Genuss, merkte ich. An der Wand neben mir hing eine Karte von Manhattan, auf der die Küstenumrisse der Insel vor ihrer Auffüllung zu sehen waren sowie die inzwischen verschwundenen Flussarme und Wasserläufe und Sümpfe. Daneben hing ein gerahmter Zeitungsbericht über den großen Brand von 1837, der neben der Zahl der Todesopfer dieser Tragödie auch den verlorenen Wert niedergebrannter Geschäfte, Sattlereien und Apotheken angab. Trockenfäule kroch über das vergilbte Papier in die Druckspalten und verwandelte die scharf umrissenen Handsatz-Buchstaben in leere, unleserliche Wolken. Selbst eine große Katastrophe, schien es, geriet irgendwann in Vergessenheit. Und das war ein Trost. Niemand kannte mich hier, merkte ich, niemand verdächtigte mich des Versagens oder eines versehentlichen Mordes, niemand missgönnte mir meine Suppe, meinen schweren Löffel.

Mit einem frischen Hemd kam ich am selben Abend wieder in das Lokal, und am nächsten Tag und am Tag darauf, jeden der nächsten zehn Abende. Ich aß, ich trank, ich unterhielt mich mit allen möglichen Leuten. Scheiß auf die Kosten. Warum hatte mir nie jemand etwas von diesem Laden erzählt? Wo war ich gewesen? In diesen ersten paar Wochen erspähte ich frischgebackene Filmstars und so gut wie tote Politiker, Rapper in ghettoschickem weißem Pelz, die bekannteste Feminismus-Theoretikerin des Landes (eine dicke Serviette in ihre Bluse gesteckt, während sie wild ihr Fleisch kaute), den Bürgermeister und sein sich zankendes Gefolge, das berühmteste Callgirl der Stadt (eine Russin, sie speiste allein, mit Lesebrille und einem Buch) und Mitglieder aller New Yorker Profimannschaften. Auch Präsidenten und Preisboxer hatten dort vor langer Zeit gegessen, aber das interessierte niemanden groß, weil jeden Abend für neue Abwechslung gesorgt war: Jemand ging mit einer Zigarre in der Hand die Treppe hinauf, die zum Churchill und zum Roosevelt Room führte (sechs Monate im Voraus für Privatfeiern zu buchen, Klavier zu mieten, Stripperinnen gestattet), oder saß unglaublich geheimnisvoll an der Junior Bar, wo er ungestraft rauchte und wartete – vielleicht auf Sie. Sie kamen gerade, weil das Lokal nicht neu war und nicht etwa, weil es durch irgendwelche pikanten Soßen oder kunstvolle Anordnung des Gemüses zu plötzlicher Berühmtheit gelangt war; nein, die Grundvoraussetzungen des Geschäfts hatten nichts mit kürzlicher Entdeckung zu tun, sondern mit lange Erwiesenem: dass Sie und ich und wir alle dem Untergang geweiht sind. Auf den Gemälden und Lithographien an den Wänden waren nur längst Verstorbene abgebildet, und unter ihrem unveränderlichen Blick zu essen bedeutete somit, sich darüber im Klaren zu sein, dass es – egal, wie bezaubernd ihr Lächeln, egal, wie dick seine Brieftasche – keine Rolle spielte, ob man mit den hier servierten Köstlichkeiten Lunge oder Leber oder Verdauungstrakt belastete, weil auch das Leben eines Mannes oder einer Frau sozusagen nur eine kurze Mahlzeit am Tisch war und weil man verpflichtet war, gut zu leben und jetzt zu leben und nach der Logik des Fleisches herzhaft zuzulangen.

Bis halb sieben waren jeden Abend alle Tische besetzt, und bald merkte ich, der Gästestamm setzte sich vorwiegend aus Männern zusammen, die auf Firmenkosten aßen, mindestens sieben von zehn. Die Frauen ließen sich in zwei Gruppen unterteilen: die jüngeren, die mit steifem Gang und nur halb verborgener Erwartung zum ersten oder zweiten oder achten Mal da waren, und die nicht mehr ganz so jungen, die allein aufgrund der Tatsache ihrer Anwesenheit so ziemlich alles zu zählen aufgehört hatten, einschließlich der Drinks an dem betreffenden Abend. Die Männer waren in zahlreicheren Altersstufen und Schattierungen vertreten, so erschien es zumindest mir, vielleicht weil es so viel mehr von ihnen gab oder weil ich ihre Vielfalt auf der Suche nach meinem alten Ich studierte – diesem optimistischen Burschen, diesem glücklichen Minivan – und auch nach Versionen meines früheren *künftigen* Ich, nach dem Bill Wyeth, der ich nie sein würde: fünfzig, fest in der Großkanzlei etabliert, jeden Morgen mit Judith Kaffee trinkend, vielleicht ein zweites oder sogar drittes Kind in die Schule bringend, jedes Jahr reicher, jeden August in dem holzverkleideten Haus auf Nantucket. Und all diese früheren Ichs, künftige und vergangene, saßen da – genau genommen sogar im Dutzend: Männer, die nach dem zweiten Drink ihre Oxford-Hemden durchschwitzten, an ihren Handhelds und Handys herumfummelten, jung genug, um sich mehr um ihren Haaransatz zu sorgen als um ihr Herz, alt genug, um gesehen zu haben, wie Kumpel vom hohen Ende der Wippe gestoßen worden waren. Immer nach den verborgenen Geldströmen bohrend, die durch die Stadt liefen, mit Ehrgeiz aufgesext, aber voller Sorge, ihre Penisse könnten, wie ein volatiler Technologiewert, plötzlichen Performance-Downgrades unterworfen werden. Ich hörte eine Menge Witze und sah viel Lächeln, aber meistens war der Gesprächsstoff auf Geld beschränkt, das Lachen hypothekenbelastet, der Ehrgeiz vorher verkauft. Das waren Männer, die wohlhabend und gefragt waren, von Frauen und Kindern geliebt, Männer, die eine Lebensversicherung und saubere Unterwäsche besaßen. Hauptsächlich Republikaner, außer wenn sie mit den Demokraten einer Meinung waren. Über den Zinssatz-Zyklus im Bild. Ölwechsel alle dreitausend Meilen. Üppige Altersvorsorge. Üppige Ironie. Gut abgesichert – genau wie ich es gewesen war.

Die Geschäftsführerin des Restaurants, eine große, dunkelhaarige Brillenträgerin namens Allison Sparks, duldete mich zunächst, weil ich eine geringfügige, aber regelmäßige Einkommensquelle war, stets einverstanden, an Tisch 17 zu sitzen, dem schlechtesten des Lokals, einem Zweisitzer an der Rückwand, der fast an den klirrenden Tellerwärmer stieß. Auf der verrauchten Bühne des Steakhouse lag Tisch 17 im tiefsten Dunkel, und selbst wenn der dort sitzende Gast nichts zum Prickeln der Atmosphäre beitrug, konnte er es auch nicht beeinträchtigen. Allison Sparks, die ich auf Mitte dreißig schätzte, führte das Lokal schon lang und kannte alle seine zähen Zonen und toten Punkte. Ich mochte sie, und ich beobachtete sie aus der Ferne, und ich gebe zu, sie war ein weiterer Grund, weshalb ich jeden Tag, normalerweise in Anzug und Krawatte, wiederkam. Ja, vielleicht sollte ich lieber gleich von Anfang an zugeben, dass, wenn ich Allisons Art nicht so anziehend gefunden hätte – ihre raschelnde, langbeinige Tüchtigkeit, wenn sie vorbeiging, ihre parfümierte Geschäftigkeit –, dass dann alles ziemlich anders gekommen wäre – für mich und für andere, in mancher Hinsicht vielleicht schlechter und in vieler Hinsicht besser.

Wie und warum eine Frau schön ist, ändert sich bei mir mit zunehmendem Alter ständig, denn ich neige dazu, Züge an Frauen wahrzunehmen, die mir als jüngerem Mann nicht aufgefallen wären, und in meinen Zwanzigern zum Beispiel hätte ich Allison nicht als schön bezeichnet. Aber sie war es. Vielleicht nicht in ihren Einzelteilen, aber als Ganzes. Was ich am stärksten spürte, war ihr Selbstvertrauen, ihre Unbeugsamkeit, ihr Drang, alles so zu haben, wie sie es wollte, und nicht anders. Sie schien voller Humor und Ungestüm und sexuellem Verlangen. Sie verkuppelte Leute, löste Probleme, kam zu Entscheidungen. Sie sah auf die Uhr und hielt den Rücken gerade und passte auf, dass kein Lippenstift an ihre Zähne geriet. Das Steakhouse hatte Hunderte von Stammgästen, die in unterschiedlich großen Abständen wiederkamen, und sie kannte alle, wobei sie sich oft an ihr Lieblingsgetränk erinnerte und wie sie ihr Steak haben wollten; das Lokal war ihre Bühne, und sie, nicht der Küchenchef, der wahre Star. In einem konservativen blauen Kostüm gekleidet und oft mit einem Klemmbrett bewaffnet, an dem Großhändler-Weinlisten und Lieferantenrechnungen befestigt waren, führte sie das Lokal mit absoluter Autorität über jeden, den Besitzer inklusive, einen verhutzelten, rotgesichtigen, über 80-jährigen Mann namens Lipper, der einmal wöchentlich im Rollstuhl vorbeikam, dem Personal wahllos die Hände schüttelte, die eine oder andere Kellnerin begrabschte, ein Glas Merlot trank und sich von seiner Pflegerin herumschieben ließ. Er verließ sich darauf, dass Allison auch noch den letzten Cent Gewinn aus dem Laden herausholte, was sie auch tat.

Sie sah mich auch deshalb gern als Gast, weil ich mit dem Personal gut auskam und immer reichlich Trinkgeld gab. Wenn eine neue Bedienung oder eine Hilfe eingestellt wurde, deutete Allison auf den Gast an Tisch 17 und erklärte, dass ich ein Stammgast war, ein Dauerstammgast, der oft über sechs Stunden mit Mittag- und Abendessen verbrachte und nur ein, zwei Mahlzeiten pro Woche ausließ, nicht eingerechnet das Mittagessen am Montag, wenn das Restaurant nach dem Wochenende zum Saubermachen geschlossen war. Mein Stapel aus Zeitungen und obskuren Wälzern sei zu dulden, bekamen sie gesagt, und binnen weniger Monate wurde meine Anwesenheit an Tisch 17 eine der unsichtbaren Gewissheiten des Lokals. Und wenn ich nicht da war, füllte ich den Raum mit meiner Abwesenheit. Bedienungen und Hilfskellner kamen und gingen, wurden eingestellt und entlassen, aber ich war zum Mittagessen immer und zum Abendessen oft an Tisch 17 anwesend, wobei ich jedem, der zum ersten Mal in meine Richtung blickte, wie ein relativ wohlhabender Anwalt oder Geschäftsmann erschien, nicht wie jemand, der wenig Besseres zu tun hatte. Ich wusste selbstverständlich, wie seltsam es war, dass ich so oft dort aß, und ab und zu zwang ich mich, eine Mahlzeit auszulassen, und sei es auch nur, um nicht den Anschein zu erwecken, völlig mit dem Lokal verwachsen zu sein.

Aber ich war es, und ich frage mich, welcher Drang mich, abgesehen von meinem unbehaglichen Interesse an Allison und meiner Freude am Ambiente, immer wieder durch die schwere Eingangstür zurückkehren ließ. Noch zeichnete sich nichts von dem ab, was ich später fand, nichts von dem, was mich sowohl aufbauen als auch ruinieren würde. Deshalb beschreibe ich hier vermutlich mein Vordringen ins Herz der Dinge – den Aufstieg vom Neuling zum alten Hasen, vom Beobachter zum Akteur. Am Anfang tat ich jedoch nichts weiter, als an Tisch 17 zu sitzen und, soweit nötig, freundliche Belanglosigkeiten von mir zu geben und Allison zu beobachten, wie sie, ihr Klemmbrett schwingend, vorbeimarschierte. Ich stellte fest, dass ich nach ein, zwei Drinks vergessen konnte, wie sehr mir mein Sohn und meine Frau fehlten – eine Gnade. Ich beabsichtigte nicht, irgendjemanden kennen zu lernen und mich näher auf ihn einzulassen. Ich wollte lediglich unter Leuten sein. An dem mittlerweile mir gehörenden Tisch 17 sitzend, begann ich jeden Tag mit einer Coke ohne Eis und der Tagessuppe. Es gab Phasen, in denen es im Restaurant ruhig wurde, und am späten Nachmittag war ich eine Stunde lang der einzige Gast. Aber meine Anwesenheit war von solcher Konstanz, dass ich verschwand, vergessen war, wenn sich die Bedienungen setzten und tratschten und die Hilfskellner die Tischtücher wechselten. Ich fand diese Momente friedlich. Ich hatte meine Privatsphäre, aber ich war nicht allein. Schon auf die Andeutung eines Blickes kam jemand herbeigeeilt, um zu fragen, was ich wünsche, aber ansonsten wurde ich in Ruhe gelassen. Nutzte ich diese Zeit? Las ich die Geschichte der menschlichen Zivilisation oder komponierte ich eine Symphonie? Nein, nein und nochmals nein. Trotzdem war ich, auf eine jämmerliche Art, zufrieden; ich war kein Ganzes, sondern eine Ansammlung von Fragmenten und wartete, könnte man sagen, auf das Unerwartete, dass etwas passierte.

In das Dunkel zurückgezogen, beobachtete ich, und es gab viel zu sehen. Die verstohlenen Flirts der Bedienungen – mit den Gästen, mit den Kellnern und untereinander. Ich sah einen sein Essen hinunterschlingenden Mann wie von einem Speer in den Rücken getroffen zusammenzucken, dann, bereits sterbend, Kopf voran auf seinen Teller sacken; ich sah eine kesse kleine Frau sich vorbeugen und ihrem Verehrer, einem Betrunkenen, dem bereits erwartungsvoll die Zunge heraushing, die Uhr vom Handgelenk streifen; ich bekam eine nicht geringe Anzahl von Männern mit, die beim Mittagessen entlassen wurden, und wenn im Lauf des Gesprächs die entsprechende Redewendung fiel (»müssen eine neue Richtung einschlagen« war sehr beliebt, weil es edles Streben und hervorragendes Navigieren suggerierte), wandte der entlassene Mann den Blick ab oder sank niedergeschlagen in sich zusammen, und mir sank jedes Mal das Herz für ihn in die Hose. Eines Abends sah ich, wie eine Frau um die fünfzig in aller Ruhe mit einer Schere das Hemd eines Mannes in Streifen schnitt; ich sah die Gebiss-Schisser und Kartoffel-Fallenlasser, die Gräten-Würger und Löffel-Inspizierer, die Zahnstocher-Nuckler und Pillen-Aufreiher. Ich sah einen rattengroßen Hund aus der Handtasche einer Frau springen und an ihren frittierten Calamari lecken, ich sah einen Mann eine Serviette in seinen Gin Tonic tauchen, um sein Hörgerät zu putzen. Und zwischen ihnen wuselten die Essensträger herum, kleine, gedrungene Männer, hauptsächlich Mexikaner, die weder sprachen noch lächelten, sondern nur mit stoisch resignierten Mienen Tablett um schweres Tablett an die Tische schleppten, wie Bergleute, die Gold schürften, das sie nicht behalten durften.

Und dann noch Folgendes: Wenn man Tag für Tag dasaß, wie ich das tat, fiel einem auf, dass Allison Sparks an bestimmten Abenden – vielleicht einmal die Woche – einen unauffälligen Rundgang durch das Lokal machte, um bei bestimmten ihrer männlichen Stammgäste auf ein paar Worte stehen zu bleiben. Wirklich immer nur auf einige wenige Worte, gefolgt von einem nahezu unmerklichen Nicken oder einem wissenden Aufleuchten ihrer Augen. Jeder Angesprochene schien erfreut, ausgewählt worden zu sein. An einem Abend sprach Allison allerhöchstens mit fünfzehn Männern, wobei sie ihre Intermezzi auf einen Zeitraum von mindestens einer Stunde verteilte, damit sich nicht so leicht ein Schema erkennen ließ. Es sei denn, jemand aß, wie ich, allein und achtete ganz gezielt darauf. Ich gestehe die Eifersucht, die mich packte, wenn Allison sich zu den Männern hinabbeugte, um ihnen ins Ohr zu flüstern, ihre roten Lippen dicht an ihren Wangen, ihre dunklen Augen aufblickend, um sich im Lokal umzusehen, und dann wieder in die ihres Gegenübers schauend, als hätte sie den Blick nie abgewendet, ihre Lachfältchen voller Wärme, wenn sie die Abmachung, worin sie auch bestehen mochte, unter vier Augen besiegelte.

Obwohl sie ihren Zahlungsbeleg längst unterschrieben hatten, blieben diese Gäste dann an ihren Tischen sitzen, wenn Mitternacht näher rückte, um schließlich nach einem verstohlenen Blick auf die Uhr, unter Umständen gefolgt von einem letzten Schluck Dessertwein, aufzustehen und über die knarrenden Dielen fast heimlichtuerisch auf eine kleine, nicht gekennzeichnete Tür auf der linken Seite des Eingangsbereichs zuzugehen, die immer geschlossen blieb und aussah, als führte sie in eine Garderobe oder Besenkammer. Es war eine kleine Halterung aus Messing daran angebracht, in der an bestimmten Abenden eine vergilbte Karte erschien; auf dieser Karte stand eine simple Anweisung: TÜR BITTE GESCHLOSSEN HALTEN. Wenn die Karte erschien, war die Tür nicht abgeschlossen, und die Männer gingen hindurch und schlossen sie hinter sich. Von Tisch 17, der sich sehr weit auf der Seite befand, hatte ich direkte, wenn auch ferne Sicht auf diesen stillen Transit, und an den seltenen Abenden, an denen sich die Tür öffnen ließ, sah ich kein ungewöhnliches Geräusch oder Licht nach draußen dringen. Die Gäste schienen nach links unten zu steigen, und alles, was ihre Gesichter an Helligkeit erreichte, kam von unten und fand nur die Unterseiten von Kinn und Nase, während es die Augenhöhlen in so tiefes Dunkel tauchte, dass der Eindruck entstand, als habe jeder Mann gerade eine Maske seines eigenen Gesichts aufgesetzt. Verständlicherweise fragte ich mich, was dort unten vor sich ging. Unterschieden sich die Personen, die dort Zutritt hatten, in irgendeiner Weise von den anderen Gästen, die im Essbereich oder an der Bar blieben? Nicht auf den ersten Blick. Nicht unbedingt.

Aber im Lauf der Zeit wurde mir immer deutlicher klar, dass die Männer, die auf dem Weg zu dieser Tür an mir vorbeikamen, eindeutig wohlhabend waren, wie ich es einmal gewesen war, und vor allem auch zu glauben schienen, den interessantesten Teil des Abends noch vor sich zu haben. Trotz reichlichem Essen und Trinken gab es noch mehr, was man erfahren oder wetten oder stehlen konnte. Im Lauf meiner inzwischen ruinierten Karriere hatte ich ziemlich viel mit solchen Männern zu tun gehabt. Ihre Pupillen schienen geweitet von der Überzeugung, dass Manhattan eigentlich eine Transaktionsmaschine war – das Schicksal einer Person kam hinein und das einer anderen heraus. Gut gekleidet, vielleicht auf den Fersen wippend, mit einem Finger gegen ein Hosenbein tippend, konnten sie es kaum erwarten, diese Männer, und sie besaßen unverbrauchte Energie und wollten etwas Neues, etwas außer der Reihe. Vielleicht auch etwas *Gefährliches.* Und es hatte nichts mit Sex zu tun, nicht direkt jedenfalls und nicht in erster Linie. Die Stadt war voller Callgirls und Stripperinnen und Escort-Girls und Animierdamen, die für Sex nach Bedarf da waren, und außerdem gaben viele Männer, bevor sie durch diese Tür gingen, ihren Frauen oder Freundinnen einen Abschiedskuss und dazu das Versprechen, in wenigen Stunden nach Hause zu kommen. Ganz sicher war ich mir diesbezüglich allerdings nicht, denn gelegentlich sah ich eine bezaubernde Schwarze ohne Begleitung mit einem blauen Koffer in das Steakhouse kommen und direkt auf diese Holztür zugehen, als handle sie auf eine entsprechende Anweisung, und nachdem Allison dem Oberkellner wortlos zugenickt hatte, wurde sie jedes Mal hineingelassen.

»Was ist dort unten eigentlich?«, fragte ich eines Abends eine Bedienung, als der Zettel wieder an der Tür erschien.

»Im Havana Room?«, sagte sie. »So eine Art Sonderveranstaltung.«

»Eine geschlossene Gesellschaft?«

»Nicht ganz, aber so was Ähnliches jedenfalls.«

Darunter konnte ich mir nichts Rechtes vorstellen. Vielleicht wusste sie es selbst nicht genau. »Was geschieht in diesem Raum?«

Sie hob die Schultern. »Ich habe schon so einiges munkeln gehört, aber ich glaube es nicht so recht.«

»Waren Sie schon mal dort unten?«

»Nein.«

»Nein?«

»Nur ein paar vom Personal dürfen dort hinunter. Eigentlich nur Ha.«

»Ha?«

»Dieser alte Chinese. Sie haben ihn sicher schon mal gesehen. Mit der Glatze. Das Faktotum.«

Ja, ich hatte ihn gesehen, wurde mir bewusst, hager und gebeugt, mit einem großen Adamsapfel und blutunterlaufenen Augen, zwischen sechzig und achtzig Jahre alt. Normalerweise ging er mit einem Schraubenschlüssel oder einem Stück Rohr in der Hand vorbei. Aber trotzdem verstand ich das Ganze noch nicht. »Gibt es irgendeinen Grund, weshalb ich nicht in diesen Havana Room gehen darf?«

Die Bedienung sah sich im Lokal um. »Der Zutritt ist gewissermaßen *verboten*«, erklärte sie ruhig.

»Ich kann also nicht einfach aufstehen und dort runtergehen?«

»Sie würden Sie auffordern, wieder zu gehen.«

»Warum?«

»Weil es eine rein private Angelegenheit ist.« Sie sah mich an, vielleicht mitleidig, dann senkte sie die Stimme noch mehr. »Man muss, na ja, jemanden *kennen*.«

Ich nickte. Natürlich. Ich kannte niemanden. Ich hatte keine Firma, ich hatte keine Beziehungen, ich hatte nicht mal eine vernünftig funktionierende Lüge – diejenige, die wir alle brauchen.

War es unvermeidlich, dass Allison Sparks und ich ins Gespräch kämen? Nein. Das heißt, doch, auf jeden Fall. Sie spürte, dass ich sie beobachtete, wenn sie im Restaurant unterwegs war, da bin ich ganz sicher, genau so, wie ich spürte, dass sie mitbekam, wie ich jeden Tag hereinkam, und verstohlen meine Bücher, meine Einsamkeit beobachtete. Wir lächelten uns nicht an; eher nickten wir, gewissermaßen in stiller Übereinkunft, dass trotz der Gegenseitigkeit unseres Interesses die Zeit noch nicht reif war. Selbstverständlich versuchte ich zu verbergen, dass ich mich von ihr angezogen fühlte, denn ich hatte keinen Grund zu der Hoffnung, ihr könne es umgekehrt ähnlich gehen. Immerhin fiel mir auf, dass sie dafür sorgte, dass ich an Tisch 17 einen sehr guten Service genoss, und ich setzte mich ganz bewusst nie woanders hin. Eine spezielle Art von Kommunikation. Die Frage war eigentlich nur, wer als Erster etwas sagen würde und wann.

In der Zwischenzeit beobachtete ich Allison Sparks unauffällig, und nachdem ich in meinem Beruf mit vielen Menschen zu tun gehabt hatte, bildete ich mir ein, etwas über sie zu wissen. New York hat viele Straßen zum Erfolg, aber es gibt einen ganz speziellen Frauentyp, der sich durch Geschäftsbereiche (Werbeagenturen, Wochenzeitschriften, Immobilienbüros, große Restaurants), die zwangsläufig hektisch sind und in denen eine gewisse Fluktuation normal ist, nach oben arbeitet. Weil sie gut organisiert, fleißig und anfangs bescheiden ist, vermittelt so eine junge Frau den Menschen in ihrer Umgebung ein Gefühl von Sicherheit; andere Frauen finden sie aufgrund ihrer Persönlichkeit attraktiv, und ältere Männer – älter als fünfundfünfzig, sagen wir mal – sehen in ihr eine respektvolle und aufmerksame Tochter. Deshalb kommt sie voran – zunächst. Und sie geht mit Männern aus, die allerdings oft zu schwach für sie sind, weshalb sie ihnen den Laufpass gibt. Nach ein, zwei Jahren bekommt sie einen anderen Titel, und sie trägt mehr Verantwortung, allerdings nur, um festzustellen, dass die Parameter ihres Jobs jetzt Konflikte und neurotische Persönlichkeiten einschließen. Eine Weile versucht sie, diese Herausforderungen mit Freundlichkeit und Taktgefühl zu bewältigen, stellt jedoch fest, dass diese Strategien häufig nicht greifen. Inzwischen hat sie Vorgesetzte ausgemacht, die sie als Verbündete betrachtet, und solche, die sie nicht als solche sieht. Sie richtet sich immer mehr auf das Ergebnis aus und immer weniger auf die Freundlichkeit vortäuschenden Mittel. Ist sie bereit, sich das einzugestehen? Nicht ganz. Währenddessen beherrscht sie immer besser die unterschiedlichen Formen der Arbeitsplatzintimität, mit älteren Männern, jüngeren Frauen, Leuten am Telefon und so weiter. Sie lernt, ihre Stimme einzusetzen, verspielt zu sein, neckisch, liebevoll. Je nach Bedarf versteht sie es, Energie oder Humor oder Zuneigung ebenso abzurufen wie Desinteresse oder vulgäre Wut. Diese Manipulationskünste helfen ihr dabei, allmählich wichtige Erfolge zu erzielen. Sie verdient Geld für den Betrieb, sie löst Probleme. Die jüngeren Frauen in der Firma blicken zu ihr auf, aber den gleichaltrigen Männern beginnt zu dämmern, dass sie mit ihr konkurrieren müssen. Ihre natürliche Begabung ist beängstigend, besonders weil sie ihnen oft einen Schritt voraus zu sein scheint, weil sie irgendein kleines, wesentliches Detail vorhersieht. Mittlerweile neunundzwanzig, befindet sie sich an einem entscheidenden Punkt ihrer Entwicklung; sie steht kurz davor, entweder auf der Stelle zu treten oder extrem erfolgreich zu werden. Wenn sie sehr viele Überstunden gemacht hat, haben die Jahre der Plackerei und Einsamkeit angefangen, sie zu verhärten. Männer kommen und gehen; es wird immer einen neuen geben, denkt sie. Wie einen guten Film – früher oder später. Ein Jahr vergeht. Sie spürt, dass die jüngeren Frauen sie *fürchten* könnten. Noch ein Jahr vergeht. Sie hat gelernt, aggressiv über ihre Gehaltserhöhungen zu verhandeln. Sie beginnt, die Geschäfte, in denen sie einkauft, zu wechseln und Geld für Luxusgegenstände und Dienstleistungen auszugeben, die dazu beitragen, dass sie sich besser fühlt und ihr privates Unglück lindern. Sie fängt an, allein zu reisen, ohne sich Gedanken zu machen, dass sie als eine Frau angesehen werden wird, die jederzeit zu haben ist – weil sie es ist. Das Spektrum der Männer, auf die sie sich einlässt, wird auf einer Seite größer. Sie wird sich mit älteren Männern treffen, zum Teil, weil sie geduldigere Zuhörer sind, aber mehr noch, weil sie Geheimnisse des Überlebens kennen, unsichtbare Techniken der Machtausübung, die sie beherrschen möchte. Ist sie bereit, sich das einzugestehen? Natürlich nicht. Aber sie schämt sich nicht mehr zu sagen, dass sie an Männern wegen ihrer Stellung interessiert ist, wegen ihrer Anbindung an die größeren Zentren von Reichtum und Einfluss und Informationen. Die in Frage kommenden Männer lassen sich für sie jetzt grob in drei Kategorien unterteilen: gut aussehende Jungen, die arm, oft weniger intelligent und mit Sicherheit selbstbezogen sind; Barracuda-Männer Anfang vierzig, die in der Regel geschieden sind und bei ihrem Alter vielleicht schon ein bisschen schwindeln; und schließlich die Millionäre, klein und breit, die inzwischen reich genug sind, um in Ruhe sterben zu können. Umso dankbarer sind sie für elementare Dinge: funktionierende Verdauung, Haare auf den meisten der zu erwartenden Stellen. Sie wissen, sie haben nur noch zehn oder zwölf gute Jahre vor sich. Unsere Frau, inzwischen geht sie auf die fünfunddreißig zu, sieht, dass die wenigen noch verbleibenden Familienvater-Typen sich mit Frauen, die zehn Jahre jünger sind als sie, amüsieren. Sie redet sich ein, sie hasst sie nicht. Sie redet sich ein, sie braucht niemanden.

Das war Allison, soweit ich es bis dahin sah. Und dann, eines Tages, als ich mit dem Mittagessen fertig war, kam sie mit forschem Schritt und ohne Zögern mit einer Tasse Kaffee einfach auf mich zu und sagte: »So, Mr. Wyeth, wie es scheint, haben Sie ziemlich viel Zeit.«

Ich sah in ihre dunklen Augen. »Das stimmt.«

»Sie machen einen ungebundenen Eindruck.«

»Ungebunden, ja. Unbelastet, nein.«

»Jedenfalls scheint es Ihnen hier zu gefallen«, sagte sie nach kurzem Überlegen. Sie beugte sich zu mir vor und gab, ohne dazu aufgefordert zu werden, Zucker und Milch in meinen Kaffee. »Ich gehe mal davon aus, dass Sie nichts dagegen haben«, fügte sie hinzu, als sie den Kaffee mit dem Löffel umrührte.

»Überhaupt nicht. Perfekt. Danke.«

»Das heißt …« Sie hörte auf zu rühren. »Ich weiß, wie Sie ihn mögen.«

»Tatsächlich?«

»Ja, Mr. Wyeth. Bestimmte Dinge entgehen mir keineswegs.«

»Sie können Bill zu mir sagen.«

»Also, wo waren wir?« Sie legte den Kopf auf die Seite. »Ach ja, richtig. ›Ungebunden, ja. Unbelastet, nein.‹«

»Ja«, sagte ich. »Aber das ist kein Geheimnis.«

Sie blinzelte, vielleicht absichtlich. »Und was wäre eines?«

Das ließ mich stutzen. »Das wissen Sie wahrscheinlich besser als ich.«

Sie verlagerte ihr Gewicht von einer Hüfte auf die andere. »Ich frage mich nur, warum Sie *jeden* Tag herkommen.« Das war er – der Punkt des Eindringens in das Leben des anderen. Sobald es dazu kommt, kann man nicht mehr zurück. »Wobei wir uns selbstverständlich freuen, Sie hier zu haben«, fügte sie hinzu.

»Ich hoffe, ich bin nicht Ihr einziger auffälliger Gast.«

»Ich bitte Sie.« Allison seufzte. »Sie müssten eigentlich sehen, wie viel verschiedene verrückte Leute hierher kommen.«

Ich gab einen Laut der Zustimmung von mir und bemerkte, wie Allisons roter Fingernagel nervös am Wollstoff ihrer Hose scharrte.

»Es gibt allerdings eine Sorte Gäste, von denen wir mehr bräuchten.«

»Und das wären?«

»Flirter.«

»Flirter?«

Sie sah mich mit unbeweglicher Miene an. »Obwohl man eigentlich meinen möchte …«

»Was möchte man meinen?«

»Man möchte eigentlich *meinen,* dass es in New York mehr Leute geben müsste, die wirklich *flirten* können.« Allison legte mit offenem Mund den Kopf auf die Seite, um mich zu einer Reaktion zu provozieren.

»Schrecklich«, pflichtete ich ihr bei.

»Schlimmer noch«, antwortete sie. »Unerträglich! Man fühlt sich so *verlassen.*«

Ich konnte nur auf meinen Teller hinab lächeln.

»Sie haben meine *eigentliche* Frage noch nicht beantwortet.«

Ich hob den Blick. »Welche war das?«

»Wir wissen, Sie sind *ungebunden,* aber wir wissen nicht, ob Sie ein *Flirter* sind.«

»Stimmt«, sagte ich, »aber wir wissen das genaue Gegenteil davon.«

Allison schien leicht verwirrt. »Das Gegenteil …?«

»Wir wissen«, begann ich, inzwischen ihrem Blick standhaltend, »dass *Sie* eine Flirterin sind, aber wir wissen *nicht,* ob Sie ungebunden sind.«

»Da haben Sie allerdings Recht.« Allison schaltete rasch und tat meine Schlagfertigkeit mit einem Achselzucken ab. »Aber so soll es auch sein.«

»Ach ja?«

»Trotzdem danke.«

»Für …?«

Sie beugte sich weit über den Tisch. »Es war ein sehr gutes *Wortspiel.*«

»Es war ganz okay«, stimmte ich ihr zu.

»Sind Sie immer so gut in … *Wortspielen?*«

Ich sah ihr nur in die Augen. »Okay, ich gebe auf.«

»Nein, nicht. *Noch* nicht, Mr. Wyeth.«

Ich hielt ihr die Hand hin. »Wie schon gesagt, ich bin Bill.«

»Sehr erfreut«, erwiderte Allison und schüttelte sie leicht, ihre Hand kühl und klein und erfahren, »über die Zufallsbegegnung.«

Und damit entschuldigte Allison sich und rauschte davon, um sich einer mutmaßlichen Krise in der Küche anzunehmen. Es war, dachte ich glücklich, ein belangloser kleiner Plausch gewesen, eine witzige Andeutung von dem, was folgen könnte. Oh, ich mochte sie. Sie mochte mich, wir wussten es beide, aber wer wusste, was es bedeutete? Vielleicht war es Freundschaft, vielleicht war es harmlos, vielleicht war es das Vorspiel zu tollem, packendem Sex. Vielleicht war es eine Vielzahl von Dingen. Die Stadt bietet einem Möglichkeiten. Ob man sie nutzt, ist eine andere Sache.

Und so begannen wir, miteinander zu reden, beziehungsweise hauptsächlich Allison, indem sie mir jeden Tag im Vorbeigehen mit leiser, amüsierter Stimme etwas erzählte: »Die Hetero-Hilfskellner haben Zoff mit den schwulen Kellnern«, oder: »Ich werde meine drogenabhängige Bedienung feuern müssen«, oder: »Eine Frau hat in die Damentoilette gekotzt und will nicht mehr rauskommen.« Ab und zu zeigte sie mir die Prominenten, die an dem betreffenden Abend da waren, oder die Frau, auf die zwei Limousinen vor dem Eingang warteten, eine für sie, die andere für ihre Hunde, oder den Mann, der drei Steaks essen konnte. Es war eine gigantische Show, und sie schmiss den Laden. Dutzende Angestellte, Hunderte Gäste, Geld, das in alle Richtungen floss. Aber obwohl jeder Abend im Restaurant einen einzigartigen Ansturm von Unglück und Erschöpfung darstellte, war das Lokal auch für das bemerkenswert, was konstant war, und ich konnte sehen, dass sich Allison mit seiner umfassenderen Theatralik beschäftigte. Wie in jedem menschlichen Drama gab sich Dummheit den Anwesenden von selbst zu erkennen, die Redlichkeit schlief nachts friedlich, die Schwäche winkte der Stärke, und die Lüsternheit spendierte der Einsamkeit einen Drink. Abend für Abend, wenn sie sich etwa in der Nähe des Oberkellners aufhielt oder um die Ecke zu der teppichbelegten Treppe beugte, die zu den Sälen hinaufführte, bemerkte Allison die eine oder andere Frau beziehungsweise Zweier- oder Dreiergruppen von Frauen, die nur mit einem einzigen Ziel spät an der Bar auftauchten: einen Mann zu finden. Manche hatten Erfolg, während andere aussahen, als könnten sie bis zum Morgen in einem Posaunenkasten enden. An vielen Abenden deutete Allison wie ein Buchmacher auf der Rennbahn mit dem Kopf auf einen Mann oder eine Frau oder ein Paar und flüsterte mir zu: »Achten Sie mal auf den, Bill. Geben Sie ihm noch eine Stunde, ich sag's Ihnen.« Ihr Verdacht blieb selten unbestätigt. Die Kellner mussten Männer und Frauen trennen, die in den Sälen im Obergeschoss übereinander herfielen, oder sie forderten eine Frau auf, ihre Bluse wieder zuzuknöpfen, oder sie halfen einem Betrunkenen auf die Beine, nachdem er auf den Boden gefallen war.

Dieser kleinen Katastrophen musste sich dann immer Allison annehmen, und da ich Zeuge ihrer Arbeit wurde und sah, was sie den ganzen Tag tat, entwickelte sich zwischen uns eine Art intimer Nähe. Sie fühlte sich von mir erkannt, und ich begann zu begreifen, dass sie, obwohl sie mit Dutzenden von Leuten zu tun hatte, hinter ihrer Tüchtigkeit signalisierenden Brille einsam war. Sie wohnte, gestand sie, sehr feudal; ihre Schlafzimmerfenster öffneten sich nach Norden auf die Eighty-sixth Street, direkt auf ein anderes Wohnhaus, aber von ihrem nach Westen liegenden Esszimmer konnte sie auf die sanft gewellten Wiesen des Central Park hinabsehen. Sie hatte die Wohnung von ihrem lang verwitweten Vater, einem Bankdirektor, geerbt, und sie hatte kein gutes Gefühl bei der Sache gehabt, als sie nach seinem Tod dort eingezogen war, denn wer wollte schon in der riesigen Wohnung seines verstorbenen Vaters wohnen? »Vor allem mit den ganzen Tapeten und Gerüchen und allem«, erzählte sie mir. »Wahnsinnig deprimierend.« Aber im Lauf der Zeit hatte sie die Geräumigkeit der Wohnung genauso zu schätzen gelernt wie die Aufmerksamkeiten der alten Nachbarn ihres Vaters, von denen viele ein elterliches Interesse an ihr zeigten. Die Zimmer waren komfortabel – angesichts der scharfen Kanten von Randsteinen und Autos und Gesichtern giert der Körper in Manhattan nach Komfort, und da war Allison keine Ausnahme.

Schon nach wenigen Wochen unterhielten wir uns täglich, normalerweise, wenn der Mittagsansturm vorüber war. Sie setzte sich dann immer und erzählte mir von dem einen oder anderen Mann in ihrem Leben, und hauptsächlich waren es selbstbewusste, intellektuelle Typen, witzig und perfekt in all den Belangen, auf die es ankam, aber irgendwie doch unzureichend. Irgendetwas an ihnen war *minderwertig,* gestand sie mir – nie ihre Leistungen oder ihre verliebten Aufmerksamkeiten oder ihr Geldbeutel – nein, etwas anderes, etwas, was schwer zu beschreiben war für sie. Letzten Endes waren wir natürlich *alle* minderwertig, jeder Einzelne von uns, aber es gab etwas in Allison, was diesen Zug an Männern entdeckte. Hätte ich sie nicht so gern gemocht, hätte ich unter Umständen gesagt, sie sei zu anspruchsvoll, ein bisschen eigen, vielleicht sogar von einer finsteren

Skepsis befallen. Entweder stellte sie zu hohe Ansprüche an ihre Männer, dachte ich, oder sie war nicht wählerisch genug. Aber die Verehrer, die ich zu sehen bekam, wenn sie sich im Restaurant mit ihr trafen, machten einen recht passablen Eindruck, sogar auf mich. Irgendwann fragte ich mich, ob es bei Allison immer nach einem ganz bestimmten Schema lief: Sie lernte einen akzeptablen Mann kennen, ließ sich von ihm zum Essen oder ins Theater ausführen, ging dann rasch mit ihm ins Bett – einmal. *Nur* einmal. Wie nach Schema F. Bald ging es dann zum Nächsten weiter. Was bedeutete das? »Wie es aussieht, bist du aber nicht gerade auf der Jagd nach einem Ehemann«, sagte ich.

»Nein.« Allison hob die Schultern. »Ich glaube nicht, dass ich eine gute Ehefrau wäre. Einmal habe ich es ja immerhin schon ausprobiert.« Sie war mit Anfang zwanzig eine kurze, katastrophale Verbindung eingegangen, gestand sie. »Aber ein *Baby* hätte ich schon gern, wenn ich den richtigen Mann fände. Oder vielleicht könnte ich eins adoptieren ... es gibt doch unzählige *wunderschöne* chinesische Babys, die keine Mutter haben.« Und dabei beließ sie es, ihre Miene ein wenig traurig, sich hütend, über diese Idee auch nur nachzudenken. Um die Wahrheit zu sagen, Allison wusste, dass ihr die Zeit davonlief. Sie hatte sich gut gehalten, wie man so schön sagt, aber sie war eine jener Frauen, deren Strahlen eine tiefere Enttäuschung verbirgt. Sie war noch nicht befriedigt worden. Ihr Körper wirkte weniger mädchenhaft als *unbenutzt*, insbesondere vom Muttersein. Mutterschaft verbraucht Frauenkörper, wenn schon nicht durch Schwangerschaft und Stillen selbst, dann durch die Jahre von zu wenig Schlaf. Den Müttern, die ich kenne, scheint das nichts auszumachen, denn dafür, dass sie sich selbst aufgegeben haben, wurden sie mit Kindern belohnt.

Allisons Problem war natürlich das Restaurant. Seine Leitung war eine enorme, süchtig machende Aufgabe, die sehr viel Zeit in Anspruch nahm. Die Gäste, das Bedienungspersonal, die Köche, die Lieferanten – jede Population war anders in ihren Forderungen. Allison kam um acht Uhr morgens und ging mit Ausnahme einiger weniger Stunden Pause nach dem Mittagessen selten vor neun Uhr abends; sie blieb, bis in der Abendschicht alles von selbst lief, was oft nicht eintrat, denn der Restaurantbetrieb war nur ein Teil des Gesamtspektakels. An einem Nachmittag, an dem nicht viel los war, lud sie mich durch die Schwingtür, die in die Küche führte, in das Labyrinth dahinter ein. Das Restaurant hatte zwei riesige Küchen, eine für die Mahlzeiten, die andere für Gebäck. Die Steaks kamen auf Rollwagen aus Edelstahl aus dem Fleischerraum, wo sie geklopft und portioniert worden waren, und wurden von schwitzenden, genervten Köchen, die Kellner und Hilfskellner als »Arschgesicht« und »Mexiko« titulierten, auf lange, lodernde Grills befördert. Die Bedienungen wurden »Schatz« oder »Süße« gerufen, was sie hassten. Aber das gehörte dazu.

Unter der Küche waren Vorrats- und Zubereitungsräume. Die Gänge waren schmal, wie auf einem Schiff, und die Leitungsrohre verliefen dicht über dem Kopf, rot für den Rauchabzug, gelb für Gas. Allison zog eine dicke isolierte Tür auf – und ich war überrascht; es war der Kühlraum, wo an Haken unter blauem Licht Dutzende von Rinderhälften hingen, datiert und mit Großhändlerstempeln versehen.

»*Hier* würde ich den Abend nicht gern verbringen«, murmelte ich.

»Ich bin das wahrscheinlich gewöhnt.«

Der Raum war kühl, aber nicht kalt, und wir betraten ihn. Die riesigen roten Kadaver – mit Fett marmoriert, kopflos, halbiert, die Brustkörbe durchgesägt, die Beine über dem Huf abgetrennt – schienen sich infolge irgendeiner elementaren Verwandtschaft aller Säugetiere unserer Anwesenheit bewusst zu sein. Das tote Fleisch, in Bälde in Geld und Gelächter verwandelt, würde dadurch wieder zum Leben erweckt und warmes Fleisch werden, diesmal menschliches.

Raumtemperatur und Luftfeuchtigkeit wurden automatisch geregelt, erklärte Allison, damit die Steaks optimal abhängen konnten.

»Wer entscheidet, wann es so weit ist?«, fragte ich und betrachtete dabei ihren Nacken, so dicht vor mir, dass ich mich nur ein wenig hätte vorbeugen müssen, um ihn zu küssen.

»Ich.«

Der Raum war eng, die Decke niedrig, und wir waren allein.

»Ganz schön still hier drinnen.« Allison drehte sich um, sah mich an.

Ich nickte. Nimm sie in die Arme, dachte ich, tu es jetzt.

»Bill, dir ist irgendwas zugestoßen, oder?«

Darauf war ich nicht gefasst, und die Fremdartigkeit des Raums verlieh der Frage noch größere Wucht. »Jedem stößt, glaube ich, irgendetwas zu.«

»Klar«, sagte Allison leise. »Ich habe mich nur gefragt.«

Ich holte Luft, atmete sie wieder aus. »Ich war ein ziemlich erfolgreicher Anwalt, Immobilien, in einer der besten New Yorker Kanzleien. Ich war verheiratet, hatte einen Sohn. Dann ist etwas passiert, ja. Jetzt bin ich allein. Ich bin der Typ, den du jeden Tag siehst.«

Allison nickte, als hätte ich etwas bestätigt. »Möchtest du es mir erzählen …?«

»Kennen wir uns wirklich?«

»Du siehst mich fast jeden Tag.«

Darüber dachte ich nach. »Normalerweise rede ich nicht viel darüber, Allison.«

»Entschuldige. Ich hätte nicht fragen sollen.«

Aber mir hatte die Intimität des Moments gefallen. »Dafür werde ich mich bei anderen Themen gesprächiger zeigen«, sagte ich mit mehr Energie. »Okay?«

Ihr leicht frotzelnder Ton kehrte zurück. »Irgendwie kriege ich es schon noch aus dir raus.«

»Glaubst du?«

»Selbst wenn ich dafür zu extremen Maßnahmen greifen muss.«

»Das hört sich aber gar nicht so schlimm an.«

»Ist es auch nicht.«

Ich bat sie, mit der Führung fortzufahren, was sie auch tat. Als Nächstes waren die Kammern zur Aufbewahrung der Lebensmittel dran, voll mit für den Salat fertig geputztem Gemüse und im Dutzend gelagerten Wachteleiern. Alle Vorräte kamen durch Türen herein, die auf den Gehsteig hinausführten. Ich konnte nicht sagen, wo wir uns in Relation zum Havana Room befanden, ob er über oder neben uns war oder ob es mit seiner Lage zusammenhing, dass man keinen Zutritt zu ihm hatte. Aber ich sah nichts Ungewöhnliches, nur Leitungsrohre und Deckenplatten und über Putz verlegte Kabel. Ich hätte Allison gern nach dem Havana Room gefragt, vermutete aber, dass ich mehr erführe, wenn ich es nicht täte.

»Dann hätten wir noch oben«, sagte sie.

»Ah?«

Sie meinte den ersten Stock, wo sich drei Säle für private Gesellschaften befanden. Der größte hatte ein Klavier und sechzig Sitzplätze und wurde oft für Betriebsversammlungen, Hochzeiten und dergleichen verwendet. Der zweite, ebenfalls groß, war mit besseren Sofas eingerichtet und wurde von verheirateten Frauen mittleren Alters für gesellschaftliche Anlässe bevorzugt. Der dritte Raum, erheblich kleiner, wurde fast ausschließlich abends von Wall-Street-Männern gemietet. Dort kamen die Stripperinnen zum Einsatz. Die Obergrenze waren 25 Männer. Je mehr Männer, sagte mir Allison, umso mehr Probleme hatten sie, und manchmal rannte die Stripperin aus dem Saal, weil sie gebissen oder sonst auf eine ungehörige Art angegangen worden war. »Was erwarten die eigentlich?«, bemerkte Allison dazu.

Ich folgte ihr in den zweiten und dritten Stock, wo sich Möbellager, ein Buchhaltungsbüro, ein Hauptbüro, in dem Allison arbeitete, und Umkleideräume für die Angestellten befanden. Unterwegs zählte ich drei Dutzend Überwachungskameras, und als wir im Hauptbüro Halt machten, beobachtete ich, wie auf sechs Schwarzweißbildschirmen die jeweiligen Ansichten all dessen wechselten, was ich gerade auf meinem Rundgang gesehen hatte, und dazu die Speiseräume, die Bar, jede Registrierkasse und sogar die Straße. Mir wurde klar, dass Allison von ihrem Büro Leute beobachten konnte, mich eingeschlossen. Wurde der Havana Room auf ähnliche Weise überwacht? Ich verfolgte die ständig wechselnden Bildschirmansichten, ohne einen Raum zu entdecken, den ich nicht schon gesehen hatte.

»Tja, das war alles!«, sagte Allison, die vielleicht mein Interesse bemerkt hatte. »Bis auf Has Penthouse, das wir uns nicht ansehen können.«

»Ha?«

»Ja«, sagte Allison. »Ha. Du kennst Ha.«

»Das Faktotum.«

»Ja. Der einzige Mann, dem ich total vertraue.« Hoch über dem munteren Inferno des Restaurants lebte Ha im obersten Stockwerk in einem winzigen Zimmer. Niemand wusste genau, woher er kam oder wie alt er war, sagte Allison, und niemand, der sich auf ihn verließ, bestand darauf, darüber Auskunft zu erhalten. Er könnte in Seattle von Bord eines Schiffes gegangen sein, er könnte zu Fuß über die mexikanische Grenze gekommen sein. Aber man wusste, dass er alles reparieren konnte – Grills, Klimaanlagen, Schneidemaschinen, jeden der 26 Kühlschränke des Restaurants, den Lastenaufzug, die Spülmaschinen, Feuermelder. »Er ist auch sehr mutig«, fügte Allison hinzu.

»Mutig?«

»Sehr sogar.« Nachts, sagte sie, navigierte Ha, nur von seinem Tastsinn geleitet, durch die dunklen Katakomben des Restaurants; vor Jahren hatte eines Nachts, nachdem der Nachtportier gegangen war, ein Dieb eine der Eingangstüren aufgebrochen. Ha, der auf dem Küchenboden gelegen und an einer Gasleitung herumgebastelt hatte, hörte den Einbrecher und erahnte seine Route zu den Küchen. Sofort löschte er in den schmalen Fluren das Licht, schaltete das in der Spirituosenkammer ein und wartete. Wie ein Insekt von der Helligkeit angezogen, tappte der Einbrecher durch die Gänge, und als er in die Höhle mit dem teuren Schnaps schlurfte, warf Ha die Tür zu, verriegelte sie mit einem Leitungsrohr und rief die Polizei. Allison bewunderte ihn und glaubte, denke ich, dass er mehr Geist als Mensch war.

»Er ist der Einzige, der meine Handynummer hat«, sagte sie im Spaß. »Die kriegt sonst niemand.«

»Wie können dich dann deine armen Verehrer erreichen?«

»Sie können mich im Telefonbuch nachschlagen.« Wir gingen die Treppe zum Restaurant hinunter. »Übrigens, seit kurzem gibt es da wieder jemanden«, gestand sie mir. »Nicht, dass *unbedingt* etwas daraus werden wird.«

Ich beobachtete, wie sie federnden Schrittes vor mir die Treppe hinunterging, und war froh, ihr im Kühlraum meine Zuneigung nicht erklärt zu haben. »Dann erzähl mal – nur um mich eifersüchtig zu machen.«

»Du weißt ja, ich frühstücke nicht zu Hause.« Allison nahm an einem der hinteren Tische Platz, und ich setzte mich zu ihr. Am anderen Ende waren zwei Hilfskellner mit Staubsaugen beschäftigt. »Ich frühstücke immer in diesem kleinen Lokal bei mir um die Ecke. Man könnte meinen, ich ginge nicht gern in ein Lokal, ganz gleich in welches, aber ich mag diesen Laden – und meine Wohnung ist irgendwie so groß und zugig, weißt du, irgendwie leer, auch wenn ich meine Küche super finde, deshalb gehe ich in dieses kleine Lokal und esse ein Ei mit Toast, etwas, um in die Gänge zu kommen.« Ihre Stimme war lebhaft, von der Geschichte erregt, und sie hatte unseren intimen Moment im Kühlraum bereits vergessen. »Ich saß also, ohne mir was Böses zu denken, über meinem Frühstück und las Zeitung, als sich so ein großer, stattlicher Mann mit seiner Zeitung neben mich setzte, in einem klasse Anzug, sehr konservativ, und ich sagte mir, hoppla, könnte sein, dass ich da ein kleines Problem kriege.«

»Ich ahne, wie es weitergeht«, sagte ich, insgeheim zerknirscht.

»Ich schaute auf seine Hand und sah keinen Ehering, obwohl man da nie ganz sicher sein kann. Aber ich sagte nichts und sah ihn nicht an, sondern las einfach weiter, obwohl ich natürlich schon *hoffte,* dass etwas passieren würde, und dann beobachtete ich, wie er bestellte und aß, und er hatte tadellose Manieren.« Sie seufzte bei der Erinnerung. »Ich sehe viele Leute essen, ich weiß, was tadellose Tischmanieren sind. Und dann brachte die Bedienung meine Rechnung, weil sie den Tisch wollte. Und ich sah ihn irgendwie weiter an, aber er nahm keine Notiz von mir, und ich musste gehen.«

»Was dir gar nicht gefallen hat.«

»Nein, ganz und gar nicht. Und am nächsten Tag war er nicht da. Aber am Tag darauf schon. Er saß hinter mir, Rücken an Rücken, und ich konnte ihn riechen, und jetzt, das gebe ich zu, hatte ich ein kleines Problem. Dann holt er sein Handy raus und ruft jemanden an, und ich versuche, so viel wie möglich mitzubekommen, weißt du.« Allison lächelte schuldbewusst. »Ich will unbedingt mithören, ich will wissen, mit wem er telefoniert! Es könnte natürlich eine *Frau* sein. Und ich höre ihn sagen: ›Zwei Komma sechs Millionen, darüber lässt sich reden.‹ Das war alles, was er sagte. Und dann hörte er bloß zu und nickte und beendete das Gespräch. Und ich dachte, Aber hallo, der Mann hat Substanz, weißt du?«

»Du hast das große Geld gerochen.«

»Wahrscheinlich. Ich meine, du machst dir keine Vorstellung, wie viele Blender und Angeber und Wichtigtuer rumlaufen, Bill, diese Typen mit gemieteten Jaguars und Goldringen am kleinen Finger. Deshalb war ich jetzt umso mehr interessiert, das muss ich ganz offen gestehen. Man muss schließlich aufpassen, dass man auch an den Richtigen gerät, oder etwa nicht? Deshalb drehte ich mich um und schaute, was er las. Es war die *Financial Times,* die so ziemlich die schärfste Zeitung ist, die man lesen kann. Frag mich nicht, warum. Dieses rosa Papier. So europäisch. Das gefiel mir also auch. Ich überlegte, wie ich ihn ansprechen könnte, und dann sah er auf die Uhr und stand auf und ging. Hinterher redeten die Bedienungen über ihn. Ihnen gefiel er auch. Deshalb dachte ich, komm schon, Allison, du bist doch ein cleveres Mädchen, du brauchst dich nicht zu verstecken, du weißt, wie man so was anpackt. Deshalb beschloss ich am nächsten Tag …«

Sie hielt inne, bedachte mich mit einem teuflischen Lächeln.

»Erzähl ruhig weiter«, sagte ich. »Ich halte es schon aus.«

»Oh, Bill, du willst doch keine Frau wie *mich.*«

»Woher willst du das wissen?«

»Weil ich es einfach weiß. Ich mache schreckliche Dinge. Ich flirte sogar im Kühlraum mit fremden Männern. Ich bin wirklich ganz, ganz schlimm, weißt du. Wankelmütig und verantwortungslos und sehr raffiniert.«

»Das bezweifle ich.« Das tat ich wirklich.

»Vielleicht findest du es eines Tages heraus.«

»Vielleicht. Gott steh mir bei, wenn das der Fall sein sollte. Erzähl weiter. Du hast also beschlossen …?«

»Ja. Ich stand früh auf, suchte ein gutes Kleid heraus und ging etwas früher los, um möglichst zur selben Zeit anzukommen wie er. Und das tat ich auch! Er schaute auf, als ich reinkam, und lächelte mich an. Das war's auch schon. Ich meine, ich sagte hi oder so was. Aber ich triumphierte innerlich, als ich mich setzte! Es ist vollkommen idiotisch, aber trotzdem okay. Dann drehte ich mich um und fragte ihn, ob ich mir einen Teil seiner Zeitung ausleihen könnte. Er sagte ja und reichte ihn mir. Und ich sagte etwas in der Richtung, es sähe so aus, als würde er dort Stammgast. Irgendwas Blödes in der Art, total durchschaubar. Und er sagte, er ginge nur deshalb dort essen, weil er ein paar Termine in der Gegend hätte. Aber nicht mehr lange. Darauf bekam ich richtig Panik und sagte ihm, ich wäre Geschäftsführerin eines Steakhouse und würde mich sehr freuen, wenn er es mal als mein Gast ausprobieren wollte.«

»Sehr subtil.«

»Was hätte ich denn sonst machen sollen! Ich gab ihm meine Karte und sagte, bitte, *bitte-bitte,* rufen Sie vorher an, damit ich …«

»So hast du es aber nicht gesagt.«

»Nein, aber fast. Ich sagte, ich würde sehen, dass er einen guten Tisch bekäme. Er sah auf die Karte und sagte, das wäre ja toll, und stellte sich vor, und wir schüttelten uns die Hand, und das war das Einzige, was ich tun konnte, um nicht seinen Daumen in den Mund zu nehmen.« Allison lächelte. »Ist das nicht fürchterlich?«

»Erzähl mir, wie es weiterging, auch wenn ich es schon weiß.«

»Na ja, zwei Tage später kam er ins Restaurant – er rief vorher an, und ich bekam praktisch einen Herzinfarkt ...«

»Habe ich ihn gesehen?«

»An diesem Abend warst du nicht da.«

»Und?«

»Na ja, sobald ich ihn im Restaurant hatte, *hatte* ich ihn.« Sie nickte sich zufrieden selbst zu, und ich war gerührt über ihr Verlangen und ihre Verletzlichkeit. Dann sah sie etwas in meinem Gesicht. »Ach komm, ich bin nicht dein Typ. Du stehst auf *brave* Frauen. Anständige, zuverlässige Frauen.«

»Du hättest meine Ex-Frau kennen lernen sollen.«

»Das hätte ich wirklich gern.«

»Du hättest sie gemocht.«

»Hätte sie mich gemocht?«

Ich überlegte. »Nein.«

»Warum nicht?«

Zu selbstbewusst. Aber das sagte ich nicht laut. »Also, hast du diesen Typen noch mal gesehen?«

»Ja«, sagte Allison, »das könnte man durchaus sagen.«

»Dann sind also die ganzen anderen Blender abgeschrieben?«

»Ja.« Sie nickte und schlug die Beine anders herum übereinander. »Abserviert.«

Ich war wieder an Tisch 17, als ich eine Stunde später aufblickte und Lipper, den Besitzer, in Begleitung seiner Pflegerin, einer älteren Schwarzen, in seinem Rollstuhl hereinkommen sah. Er runzelte die Stirn, als er an mir vorbeirollte, und paddelte mit den Füßen auf den Boden, um anzuhalten. »Arbeiten Sie für mich?«

Ich schüttelte den Kopf. »Nur ein treuer Gast.«

»Ah, gut, sehr gut. Mögen Sie Steak?«

»Vor allem Ihr Hanger Steak.«

»Gut.« Lipper rückte näher heran. Aus seinen Ohren strudelten Haare, seine unteren Augenlider hingen rosafarben herunter. »Die Leute mögen also noch Steak.«

»Werden es auch immer mögen, glaube ich.«

Er warf einen knochigen Finger nach mir. »Ich weiß, wer Sie sind. Habe gehört, Sie sind ein Freund von Allison. Reden auch während der Arbeitszeit mit ihr. Sie sind Anwalt, stimmt das?«

»So könnte man es nennen.«

Darauf zeigte er eine Menge alter Pferdezähne. »Soviel ich weiß, arbeiten Anwälte sonst in Kanzleien, aber meinetwegen. Allison hat ihre Männer gern um sich, damit sie sie im Auge behalten kann, häh! Ich kenne sie schon einige Jahre ... sie ist schwer auf Draht, kann ich Ihnen sagen ...« Er sah sich im Lokal um, als hörte er plötzlich jemanden seinen Namen rufen. »Sicher, jeder kann seinen Gästen ein Steak servieren! Man brutzelt ein Stück Rindfleisch und klatscht es auf einen Teller. Im Übrigen gibt es in New York eine ganze Reihe fantastischer Steakhouses, habe ich nicht Recht? Da sind das Smith and Wollensky und das Keen's – wirklich ein *sehr* schönes Lokal – und das Peter Luger's in Brooklyn. Dort machen sie verdammt gute Steaks. Aber wir sind ein bisschen anders, ein bisschen was Besonderes. In den sechziger Jahren gehörte das Restaurant eine Weile Sinatra. Wussten Sie das? Jede Menge Mädchen. Drehmöse, nannte ich es immer. Möse kommt, Möse geht.« Ich sah bei Lipper die glückliche Mund-Energie der Alten, bei der alle Gedanken, ungebremst von Anstand oder Vorbedacht, an die Oberfläche steigen. »Wir sind ein paar Mal miteinander ausgegangen, Frank und ich. Ja, er sah dieses Lokal, meinte, so ein Lokal müsste er einfach haben. Könnte durchaus sein, dass er ein paar Mal hier gesungen hat ...« Lipper machte aufgeregt an seinen Hoden herum, als versuchte er, einen auf dem anderen zu balancieren. »Ich war damals noch jung. Wir machen nie Werbung für das Lokal, wissen Sie. Müssen wir nicht. Es läuft auch so bestens. Allison ist sehr gut. Natürlich ist ihr Raum dort unten illegal, die kleine Show, die sie dort abzieht, meine ich. Sie ist sehr vorsichtig, hat nie Ärger gekriegt. Sie hat Ihnen doch sicher davon erzählt. Sie erklärt die ganze Geschichte, macht die Leute neugierig. Ich bin dafür schon zu alt, aber wenn ich jünger wäre, würde ich es auch machen. Einfach nur, um so was mal auszuprobieren. Ich weiß, es ist verboten. Aber wen juckt das schon? Die Hälfte der schönsten Dinge im Leben ist verboten! Zeigen Sie mich doch an, sage ich immer. Wollen Sie einen alten Mann im Rollstuhl verhaften? Mich einsperren? Man braucht Männern nur zu erzählen, man hat da unten einen speziellen Raum, das ist wie Honig für die Bienen, kann ich Ihnen sagen – oh, sie will nicht, dass ich darüber spreche. Wie heißen Sie gleich wieder, Rogers? Ich hatte einen Arzt, der Rogers hieß, hat mir die Zehen gerichtet. Augenblick, ich muss eine Tablette nehmen – ich habe da dieses Piepserdings, das mich daran erinnert …«

Über seiner Schulter erschien eine schwarze Frauenhand, anmutig wie ein fallendes Blatt, und auf der weichen Milchschokoladenhandfläche schwebte eine winzige rote Pille herab. Er pflückte sie heraus und klatschte sie in seinen Mund, wo eine dicke Zunge herunterkam und sie nach hinten schob, so wie die Quetschvorrichtung am Heck eines Müllautos. »Ich kann sie ohne Flüssigkeit schlucken. Okay, wo waren wir – Honig und Bienen … Sinatra, ach ja. Allison weiß das. Sie weiß mehr über Männer, hat sie studiert, ich meine, wir sind da gut sortiert, haben eine gute Auswahl. Jede Menge Männer. Sie hatte auch eine Menge.« Er beugte sich vor, ließ eine knotige Hand auf meinen Arm sinken und sagte verschwörerisch: »Ich will Ihnen mal einen guten Rat geben, junger Mann, weil ich nämlich sehe, dass sie sich für Sie interessiert. Ich kriege mit, was los ist. Sie haben was Sympathisches, deshalb sage ich Ihnen das. Ich bin ein alter Mann, deshalb sollten Sie lieber auf mich hören. Gehen Sie ihr nicht auf den Leim. Ja? Ich meine, fallen Sie nicht auf sie rein, machen Sie sich nicht zum Narren. Darauf hat sie es nämlich angelegt. Sie wird mit Ihnen spielen, sie wird Ihre Schwachstelle finden. Lassen Sie sie schmoren, soll sie ruhig frustriert und emotional werden – *das* ist dann der Moment, in dem Sie mit dem Schwert zustechen! Ja? Es sind die Männer, die *kein* Interesse haben, die sie reizen. Ich habe das immer wieder beobachtet! Die Männer, die ihr nachlaufen und gleich ihr ganzes Herz ausschütten, die kann sie nicht ausstehen! Sie spielt mit ihnen, *quält* sie! Sie hat Tricks drauf, von denen die meisten Männer noch nicht mal was gehört haben!« Seine Augen blitzten verschlagen, und einen Augenblick lang konnte ich den charmanten jüngeren Mann sehen, der er einmal gewesen war. »Einmal wollte sich so ein reicher Kerl ihretwegen sogar *umbringen*! Ich sage ihm, Sie können sich doch so viel Weiber kaufen, wie Sie wollen, wozu also dieser Zinnober? Er hat auf meinen Rat gehört, hat mit ein paar blonden Miezen ein paar Wochen Urlaub auf den Bahamas gemacht, ha! Allison, die hat das völlig kalt gelassen. Was kümmert sie so was? Schätze, er kam darüber hinweg. Wie heißen Sie gleich wieder? Woodrow? Macht nichts, vergesse es sowieso wieder ... jedenfalls, so ein Lokal betreibe ich hier, so einfach ist das. Es ist was Besonderes. Habe ich Ihnen schon erzählt, dass das Lokal mal Sinatra gehört hat? Das war in den sechziger Jahren. Ja, ich habe den Laden hier in den siebziger Jahren gekauft, als er nicht loszukriegen war! Das war, als ich eingestiegen bin. Ja, ich bin eingestiegen und *auf*gestiegen. Ich kümmere mich nicht mehr um die ganze Arbeit hier, komme nur noch ab und zu her und sehe mir an, wie meine Kleinen essen und trinken und sich amüsieren. Wir hatten schon viel Prominenz hier, kann ich Ihnen sagen. Wilt Chamberlain, wenn er in New York war, bei dem standen sie Schlange, jemanden wie ihn hatten sie vorher noch nicht mal gesehen, Sonny & Cher, Joe Frazier – der Boxer, Clint Eastwood, Redford, Billy Crystal, Politiker, wir hatten jeden hier, diesen Puffy Brush, egal wer, ha. Inzwischen schaue ich nur noch von außen zu. Das Geld brauche ich nicht. Ich war früher ein guter Geschäftsmann. Ich habe meine Geschäfte gemacht, ich habe mit *Tinte* unterschrieben, mein Lieber. Solche Leute gibt es heute nicht mehr viele! Jeder will nur noch ein Kissen unter dem Arsch. Ich nicht. Ich habe gearbeitet! Ich bin ein Fossil. Aus Stein, ha. Teile von mir sind das immer noch. Machen Sie doch kein so erstauntes Gesicht. Ich bringe es immer noch! Zweihundert Milligramm von diesem neuen Zeug, und dann geht die Post ab. Einmal im Monat, mehr brauche ich nicht. Ich habe eine Freundin. Sie ist sehr verständnisvoll, kommt zu mir nach Hause. Ist natürlich auch nicht mehr die Jüngste, klar. Wir mögen uns. Sie lässt sich Zeit. Vollauf damit zufrieden, sich hinzulegen oder einfach den Saft zu schlucken.« Wieder das Pferdegebiss, die zwinkernden, amüsierten Augen. »Wir lassen uns hier nicht groß über die menschliche Natur aus, wissen Sie. Wir akzeptieren die menschliche Unzulänglichkeit – das ist meine Philosophie. Dürfte Sie nicht groß schockieren. Sie sind garantiert aus demselben Holz geschnitzt. Ich bin nicht in Ehren ergraut, stört mich allerdings nicht im Geringsten. Mein Geheimnis sind diese Omega-drei-Öle. Nur die beste Sorte, die Sorte, die aus ganz kleinen Fischen gewonnen wird! Das Öl von den großen, Thunfisch und Schwertfisch und so, da ist zu viel Quecksilber drin.« Er tätschelte mir mit Nachdruck den Arm. »Ich weiß, Sie mögen Allison, das tun sie alle, ich kann es Ihnen ansehen, ich habe Sie hier gesehen, mein Lieber. Lassen Sie sich nicht das Fell über die Ohren ziehen, das ist, was ich Ihnen rate. Sie ist cleverer als wir beide zusammen. Hätte ohne weiteres sein können, dass ich sie früher auch …«

Seine alte Pflegerin beugte sich zu ihm herab und flüsterte.

»Seien Sie bloß still! Sie arbeiten für mich, Sie …«

Ohne ein Wort schob sie Lipper fort, und wie ein Kind in einem Buggy nahm er ihr Urteil widerstandslos hin, ohne sich die Mühe zu machen, sich zu verabschieden, stattdessen schon gespannt auf seine nächste Begegnung.

Ich hätte in Lippers Monolog berechtigte Gründe finden können, mir Sorgen zu machen – seine vagen Hinweise auf den illegalen Charakter des Havana Room, auf Allisons amouröse Machenschaften –, aber das tat ich nicht, und nicht nur deshalb, weil sich seine Worte anhörten wie das harmlose und sogar rührende Gefasel eines alten Restaurantbesitzers hart am Rand der Senilität. Sosehr ich Allison mochte, hatte ich mich mit ihr noch nicht wirklich auf etwas eingelassen. Beide nicht mehr gerade die Jüngsten, wussten wir, dass der andere zumindest mit den gängigen biographischen Komplikationen geschlagen war. Sicher, ich war eifersüchtig, dass sie jemand Neues aufgetan hatte, aber ich war auch einfach nur froh, sie jeden Tag zu sehen, zufrieden damit, sie aus der Ferne zu beobachten, wie sie ihre Brille zurechtrückte oder sich eine Haarsträhne hinters Ohr schob, irgendeines dieser reizenden kleinen Dinge, die Frauen tun, und hätte mich damals jemand gefragt, ob ich Allison wenigstens ganz gut kennen würde, hätte ich ja geantwortet. Überdies erwiesen sich meine Stunden im Steakhouse als eine so erfreuliche Abwechslung vom Rest meiner Zeit – in meiner fürchterlichen Wohnung, wo ich wegen Wilson Doan Schuldgefühle hatte, meinen Sohn vermisste, meine ähnlich gescheiterten Nachbarn die Treppe hinauf- und hinunterstapfen hörte –, dass ich keinen Grund hatte, mich weiter mit Lippers ichbezogenem Gefasel auseinander zu setzen.

Aber das begann sich an einem kalten Abend Ende Februar zu ändern, als Allison, lange nachdem ich mit dem Abendessen fertig war, an Tisch 17 kam.

»Gehst du schon?«, fragte sie. Sie blieb vor mir stehen, die Hacken zusammen, ihre Stimme ein wenig unsicher.

»In ein paar Minuten wahrscheinlich.«

Sie sah auf ihre Uhr. Es war fast elf. »Könntest du vielleicht noch etwas bleiben?«

»Bleiben?«

Sie lächelte. »Ich versorge dich mit Kaffee oder Drinks oder Desserts oder sonst was von dem, was wir hier so alles haben.«

Ich sagte ihr, ich sei satt und zufrieden. »Worum geht es?«

Allison holte Atem. »Erinnerst du dich noch, dass ich dir erzählt habe, dass ich jemanden kennen gelernt habe?«

»Sicher. Du wolltest seinen Daumen in den Mund nehmen.«

»Er heißt Jay Rainey, und er hat mich vor ein paar Minuten angerufen, und er braucht einen Anwalt.«

»Im Telefonbuch stehen massenweise Anwälte, Allison.«

Sie schüttelte den Kopf. »Nein, nein, Bill, er braucht heute Abend einen.«

»Heute Abend?«

»Jetzt *sofort.*«

»Warum? Wurde er verhaftet?«

Sie setzte sich an meinen Tisch, was angesichts des vollen Restaurants ungewöhnlich war. »Es hat damit zu tun, dass – also, Jay versucht schon eine ganze Weile, in Downtown Manhattan ein Haus zu kaufen, und der Besitzer, nehme ich mal an, ist irgend so ein unangenehmer Typ, mit dem nicht gut zu verhandeln ist, na ja, und jetzt kommt der Verkäufer plötzlich an und sagt, der Vertrag muss *heute Abend* bis Mitternacht unterschrieben sein, oder das Geschäft platzt.«

Ich schüttelte den Kopf. »Das ist ein Bluff.«

»Das dachte ich auch, aber Jay sagt, was der Verkäufer sagt, stimmt. Es ist wegen irgendwelcher Steuergeschichten oder sonst etwas in der Art und …«

»Hat Jay denn keinen Anwalt?«

»Das ist es ja. Jay wollte seinen Anwalt erst hinzuziehen, sobald ihm die Sache schriftlich vorläge, aber vorher nicht, und jetzt kommt der Verkäufer heute Abend plötzlich mit dem Vertrag an.«

»Wie hoch ist der Kaufpreis?«

Sie bekam große Augen. »Drei Millionen Dollar, glaube ich.«

Nicht viel. Für Manhattaner Verhältnisse eine Bagatelle. »Haben sie schon eine Art Vertrag ausgearbeitet?«

»Ich denke schon.«

»Jay sollte nichts unterschreiben, nicht unter derartigem Druck.«

»Das fand ich auch«, sagte Allison, die sich nicht so leicht etwas vormachen ließ.

»Aber er will dieses Haus unbedingt, stimmt's?«

»Wahrscheinlich. Außerdem glaube ich, der Verkäufer besteht darauf, dass Jay den Vertrag von einem Anwalt durchsehen lässt.«

Ich probierte meinen Kaffee und fühlte mich dabei seltsam elend. »Der Verkäufer lässt Jay keine Zeit, den Vertrag prüfen zu lassen, und besteht gleichzeitig darauf, dass er geprüft wird?«

»Ich weiß, es klingt verrückt. Aber würdest du es trotzdem machen?«

»Das geht nicht.«

»Warum nicht?«

»Aus einer Vielzahl von Gründen. Er braucht einen Grundbuchauszug und eine Flurkarte. Normalerweise muss auch erst einmal die steuerliche Situation geklärt werden. Die kann in manchen dieser großen Eigentumswohnanlagen äußerst kompliziert sein. Abschreibungen, Anteile am Gemeinschaftseigentum, alles Mögliche. Ich habe nicht mit dem Anwalt des Verkäufers gesprochen, ich habe keinen Grundbuchauszug gesehen, ich habe nicht die Zeit, um irgendwelche Kalkulationen durchzuführen, ich habe keine Anwaltsgehilfin, um Dokumente einzureichen – also wirklich, das ist kompletter Irrsinn.«

»Würdest du dir die Dokumente wenigstens ansehen?«

»Ich kann sie mir ansehen, aber das hat nichts zu sagen, Allison.«

Sie war im Begriff aufzustehen. »Aber du siehst sie dir an?«

»Ich wiederhole: Das ist kompletter Irrsinn.«

»Ich sehe zu, dass du Zutritt zum Havana Room erhältst.«

Damit hatte ich nicht gerechnet. »Der Raum, über den du mir nichts sagen wolltest?«

»Ja.«

»Ist er heute Abend geöffnet?«

»Ha sagt, er ist bereit.«

»Wofür?«

Sie schüttelte den Kopf. Sie wollte es mir nicht sagen. Jedenfalls noch nicht.

»Pass bloß auf. Könnte sein, dass es mir dort gefällt.«

»Ja, könnte durchaus sein«, sagte Allison. »Bei den meisten ist es so.«

Ein paar Minuten später folgte ich Allison durch die Tür mit der Messinghalterung und der vergilbten Karte eine Wendeltreppe aus Marmor hinunter – neunzehn Stufen nach meiner Zählung – und war nicht enttäuscht, als ich unten ankam und einen langen, dunklen, von gelblichen Wandleuchtern erhellten Raum betrat. Gruppen von Männern saßen still an der Mahagonibar und in Sitznischen. Die Inneneinrichtung hatte sich in den letzten hundert Jahren oder so nicht nennenswert verändert. Sie hatten die alten Hutablagen, den Messingspucknapf voll vergessener Regenschirme, den abgesplitterten schwarzweißen Fliesenboden gelassen. Allison führte mich an einen der hinteren Tische, den abgeschiedensten, und trug dem alten Barmann auf, mir zu bringen, was ich wollte.

»Bin gleich wieder zurück«, sagte sie.

Darauf nahm ich den Raum neugierig in Augenschein. In Einklang mit dem Namen des Raums nahm die rückwärtige Wand ein Regal mit Hunderten kleiner Kisten mit erstklassigen Zigarren ein – Cohiba, Montecristo, Bolivar –, und unter der drückend niedrigen Blechdecke schmückte jede Sitznische ein Gemälde des vorrevolutionären Kuba, unter dem für den Fall, dass ein Gegenstand genauerer Begutachtung bedurfte, eine kleine Lampe stand. Außerdem stand ein Vorrat an Stiften, Blöcken und Aschenbechern parat, jeder mit dem goldenen Schriftzug des Steakhouse versehen. Auf die Servietten war jedoch in kleinen blauen Buchstaben HAVANA ROOM gedruckt. Die Sitznischen waren zwar nicht so bequem wie die Bar, aber besser geeignet, denn es gab nur acht davon, jede mit so hohen Rückenlehnen, dass man die Gespräche in den angrenzenden Nischen nicht mithören konnte. Das heißt, ganz traf das nicht zu. Ich schnappte ein paar

Gesprächsfetzen vom Nachbartisch auf, wo es um neue malaysische Bonds im Wert von 200 Millionen Dollar ging und wie heute Abend, Leute, *hier und jetzt, in diesem Moment,* ihr Credit Rating raufgehen wird. Und ich entdeckte zwei hoch gewachsene Männer in den Fünfzigern in eleganten Anzügen, die dasaßen und mit großem Interesse eine Röntgenaufnahme von jemandes Knie betrachteten. Einer der Männer hatte einen dicken Meisterschaftsring an seiner Hand.

In der Zwischenzeit kam der Kellner, uralt und unnahbar, durch das verrauchte Schummerlicht geschlurft. Er gab die Bestellungen an den Barkeeper weiter, seinerseits ein müde wirkender Bursche, der kommentarlos und untadelig seiner Arbeit nachging, ohne den riesigen, schwarzäugigen Frauenakt, der sich über ihm räkelte, eines Blickes zu würdigen. Man konnte nicht anders, als auf das Gemälde zu starren; eingesperrt in ihrem schweren Goldrahmen, wirkte die Nackte von ihrem Ausdruck her so spröde wie verrucht und winkte in gemalter Reglosigkeit über Zeit und fleischliche Unmöglichkeit hinweg allen Kommenden zu – eine 150-jährige Auswahl von Seelen, zu der inzwischen auch ich gehörte. *Ich weiß, was du willst,* sagten ihre Augen, und es war mir peinlich, sie anzustarren, sodass ich aufstand und mir das verstaubte Bücherbord ansah, das entlang der Wand gegenüber der Bar angebracht war; darauf standen eine vollständige Ausgabe des New York State Legal Code von 1966, ein kleiner Band mit irischer Lyrik, ein Vogel-Bestimmungsbuch für Nordamerika, eine Umweltstudie mit zahlreichen Randnotizen, in Auftrag gegeben vor dem Bau einer Feriensiedlung an der Küste Floridas, mehrere von Teddy Roosevelts Geschichtswerken, eine King-James-Bibel, Gezeitentabellen für den New Yorker Hafen für den Zeitraum von 1936 bis 1941, eine Betriebsanleitung für eine Corvette, Baujahr 1967, und eine Reihe pornographischer Romane, die einen britischen Banker im Hongkong der siebziger Jahre zum Helden hatten. Diese bunt zusammengewürfelten, sprödseitigen Hinterlassenschaften bestätigten den Eindruck, dass der Raum so voll gestopft war mit den Scherben und Schatten verlorener Leben, dass man dort anonym gemacht wurde; bis auf einen gelegentlichen Wischer über die Zigarrenstummel und toten Fliegen schien es nämlich, als kümmere es niemanden, was geschah, solange man seine Rechnung bezahlte und sich anständig benahm. Die Herrentoilette im rückwärtigen Teil war ein überraschend schlecht gepflegter grüner Sarg, der an Unappetitlichkeit grenzte.

Doch diese offensichtliche Vernachlässigung schien die Klientel anzusprechen, denn die Welt hat zu viele saubere, gut beleuchtete Orte, um Geschäfte zu machen, einschließlich Besprechungszimmer, Golfplatz und Hotelsuite. Jeder hat seine Vorzüge. Aber es gibt bestimmte Geschäfte, denen Sonnenlicht, eine gedruckte Tagesordnung und Saft und Muffins vom Büffet abträglich sind. Wie Ameisenbauten und Kriechpflanzen benötigen solche Transaktionen ein bisschen Feuchtigkeit und Dunkelheit, um zu gedeihen. Die Männer im Havana Room, stellte ich fest, traten normalerweise nur mit denen in Blickkontakt, die sich in ihrer Gesellschaft befanden, und verzichteten auf die berufsbedingte Leutseligkeit von Verkäufern und Geschäftemachern. Stattdessen hatten sie die Schultern hochgezogen und finstere Mienen aufgesetzt und drehten die Köpfe mit verstohlener Gereiztheit nach Vorbeigehenden. Ich sah kein Telefon und keinen Laptop, und falls der Gebrauch dieser Geräte nicht sogar ausdrücklich untersagt war, wurde er, nahm ich an, zumindest nicht gern gesehen. In diesem Raum wurden als technische Hilfsmittel vermutlich der Bluff, die Grimasse und das lange Schweigen eingesetzt. Mit dem Achselzucken eines Mannes konnten Millionen hervorgezaubert oder ein Lebenswerk zunichte gemacht werden.

Kurz nach elf kam Allison zurück. Sie wurde begleitet von einem auffallend großen und kräftigen Mann mit dichtem dunklem Haar und breiten Schultern. Sein Blick schwang wie ein Vorschlaghammer umher, er drehte im Gehen den Kopf und betrachtete aufmerksam den ganzen Raum.

»Bill?«, sagte Allison. »Das ist Jay Rainey.«

Er reichte mir eine seiner mächtigen Pranken, und ich sah in ein freundliches, undurchdringlich attraktives Gesicht.

Allison sah mich mit einem, wie ich fand, leicht irren Blick an und sagte: »Bill ist bereit, sich alles mal anzusehen.«

»Sehr gut, sehr gut«, sagte Jay. »Der Anwalt des Verkäufers und der Katastertyp kommen um halb zwölf.«

»Ich werde sehen, was ich tun kann. Aber versprechen kann ich Ihnen nichts.«

Er nickte, etwas beiläufig, wenn man bedachte, dass ich derjenige war, der ihm half; dann entschuldigte er sich kurz und ging an die Bar. Er befand sich, sah ich, an dem Punkt, an dem ein junger Mann ein älterer Mann zu werden beginnt. Schätzungsweise kraftstrotzende fünfunddreißig Jahre, mit mächtigem Brustkorb, nicht auf die übertriebene Art von Bodybuildern, sondern ein natürliches Exemplar erstklassiger Proportionen. Später erfuhr ich, dass er sich jeden Morgen zu dreihundert Liegestützen zwang, nicht so sehr der Fitness wegen, sondern als tägliche Willensprobe. Als Bollwerk gegen die Verzweiflung. Er sah schwer aus – nicht dick, sondern *schwer*, als ob er aus dichterem, kompakterem Material bestünde. Man konnte sich nicht vorstellen, ihn leicht umzuhauen. Seine Kraft kam von sehr tief innen, die Art von langsamer Maultierkraft, die gut zum Heben und Steigen und für andere Aktivitäten ist – wie Allison sicher schon erfahren hatte.

»Erzählen Sie mir was über sich, Jay«, sagte ich, als er an den Tisch zurückkam.

»Im Grunde bin ich – also, ich kaufe ein bisschen, verkaufe ein bisschen.« Er lächelte. »Nichts Großartiges, nur Sachen, die sich ergeben. Das hier ist ein gutes Haus. Mit mehreren Parteien – kleine Firmen, die ganz passable Mieten zahlen; die Haustechnik ist in Ordnung, und ich glaube, man kann oben noch ein Stockwerk draufsetzen, eine Penthouse-Wohnung zum Beispiel.«

Man kann sich natürlich alles Mögliche einreden. »Drei Millionen, hat Allison gesagt.«

»Ja.«

»Haben Sie einen Anwalt?«

Jay nickte. »Habe ich, habe ich, aber er ist verreist, und der Verkäufer besteht darauf, dass wir das Geschäft noch heute Abend perfekt machen. Sonst hat er gedroht, sein Angebot zurückzuziehen.«

»Hat Ihr Anwalt den Vertrag gesehen?«

»Nein.«

»Könnte ihm der Verkäufer den Kaufvertrag nicht zufaxen?«

Er nickte angesichts dieser berechtigten Frage. »Ich habe in seiner Kanzlei angefragt, ob das ginge, aber er ist gerade in Asien; er schläft, und wenn er aufsteht, ist es schon zu spät.«

Ich summte zustimmend, als wäre das eine absolut einleuchtende Erklärung, obwohl es keine war, weil nur wenige Anwälte, die an Abschlüssen in Asien beteiligt sind, auch unbedeutende Immobiliengeschäfte in Manhattan abwickeln – wo drei Millionen Dollar, wie bereits gesagt, eine Lappalie sind. Und wenn nicht gerade die Zeitzonen geändert worden waren, war es in Fernost jetzt später Vormittag.

»Wie sieht es mit der Prüfung der Grundbucheinträge aus?«, fragte ich. »Solange die Eigentumsrechte nicht eindeutig geklärt sind, können Sie keine Immobilie kaufen.«

»Das habe ich alles veranlasst. Wie gesagt, der zuständige Mann muss in Kürze kommen.«

»Und haben Sie eine Flurkarte?« Damit meinte ich einen offiziellen Plan, in den die Grundstücksgrenzen und die Lage eingezeichnet waren.

»Habe ich.«

»Haben Sie das Gebäude begutachten lassen?«

»Sicher.«

»Haben Sie ein schriftliches Gutachten?«

Er öffnete seinen Aktenkoffer und nahm den Bericht eines Statikers heraus. Ich blätterte ihn kurz durch. Dem Gutachten zufolge konnte man von Glück reden, dass das Gebäude überhaupt noch stand; sobald jemand eine Tür fester zuknallte, würde es einstürzen. Aber so sahen solche Altbau-Gutachten immer aus.

»Wir brauchen also einen Vertragsentwurf, einen Grundbuchauszug, eine Reihe von Steuer- und Übertragungsformularen und etwas Geld. Womit wir bei der Frage wären, wie Sie das Geschäft abwickeln. Ist eine Bank beteiligt?«

»Nein.«

»Alles bar auf die Hand?«

»Nein, die Sache ist etwas speziell.«

Ich wartete, ohne etwas zu sagen.

»Ein Tauschgeschäft«, sagte er. »Vierhunderttausend und ein Stück Land.«

»Wer zahlt die vierhunderttausend?«

»Die anderen.«

Drei Millionen Dollar minus vierhunderttausend ergaben Allisons daumenlutschbare zwei Komma sechs Millionen Dollar.

»Was ist das für ein Stück Land?«

»Ein Grundstück auf Long Island, weit draußen auf der North

Fork, etwa neunzig Meilen von hier, direkt am Long Island Sound. Herrliches Stück Land. Sie wollen ein Weingut und einen Golfplatz darauf errichten.«

Ich nickte. »Vielleicht sollte ich mir den Vertrag mal ansehen.«

»Allison sagte, Sie würden sich um den ganzen Kleinkram kümmern.«

»Ja.«

»Sie kommen jeden Tag her?«, fragte Jay.

»Fast.«

»Dann sind Sie also ausgestiegen?«

»So könnte man es wahrscheinlich nennen. Okay, Jay, ich glaube, es kann nur in Ihrem Interesse sein, wenn Sie sich über Folgendes im Klaren sind.« Ich sah ihm in die Augen. »Erstens, mitten in der Nacht in ein Steakhouse zu marschieren, ist nicht unbedingt die beste Methode, einen Anwalt zu finden. Woher wollen Sie abgesehen davon überhaupt wissen, dass ich tatsächlich Anwalt *bin?* Ich bin zwar einer, aber der Punkt ist, dass ich auch keiner sein könnte. Zweitens, Sie wissen absolut nichts über mich. Ich bin schon eine ganze Weile nicht mehr als Anwalt tätig, Jay. Ich musste ein paar Rückschläge einstecken, ja? Außerdem habe ich schon einige Zeit keinen Kontakt mehr zu irgendwelchen Kataster-Agenturen und kenne auch in den entsprechenden Ämtern niemanden mehr, ja? Ich habe mich nicht über die neuesten Formulierungen auf dem Laufenden gehalten, weiß also nicht, wie sich die Steuerformulare geändert haben könnten. Was ich damit sagen will, ist, ich bin aus der Übung. Mit anderen Worten, Jay, ich bin nicht kompetent, um bei dieser Transaktion als Ihr Anwalt aufzutreten. Ginge es hier um ein kleines Ranchhaus draußen auf Long Island, würde ich mir das durchaus zutrauen. Aber bei diesem Deal geht es um zwei große, wertvolle Immobilien und ein ...«

»Wie viel wollen Sie?«, fragte Jay. Er geriet in Bewegung, arbeitete mit den Schultern.

»Ich versuche hier nicht, mein Honorar in die Höhe zu treiben, Jay.« Ich sah ihn unverwandt an. »Ich versuche hier nur, ehrlich zu sein.«

Seine Brauen senkten sich wütend. »Quatsch.«

»Wie bitte?«

»Ich sagte, das ist Quatsch.«

»Wieso?«

Er hob die Hände, die Handflächen nach oben gekehrt. »Allison hat mir erzählt, Sie haben einige richtig große Geschäfte abgewickelt, den Verkauf dieses Bankgebäudes oben in der Forty-eighth Street. Um wie viel ging es da, dreihundert Millionen? Mit allen möglichen hochkomplizierten Eigentumsrechteverflechtungen.«

Das stimmte, aber ich hatte Allison kein Wort davon erzählt. Allerdings konnte man es problemlos im Internet recherchieren.

»So ist es doch?«

Allison hatte Nachforschungen über mich angestellt. »Na ja …«

»Was na ja? Kommen Sie schon, ich stecke hier enorm unter *Druck*, Bill. Und Sie wollen mir weismachen, Sie wären für so was nicht qualifiziert?« Er beugte sich vor. »Hören Sie, wirklich, wenn es Ihnen ums Geld geht, ich kann Ihnen ein anständiges Honorar zahlen.« Er zog ein Scheckheft aus seiner Anzugtasche. »Ich zahle Ihnen – jetzt, auf der Stelle – einen Vorschuss, und Sie wollen ihn nicht?«

Ich hob die Hände, um ihn zu bremsen. »Lassen Sie mich Ihnen erst ein paar Fragen stellen.«

Er setzte sich zurück. »Schießen Sie los.«

»Wem gehört das Haus, das Sie kaufen?«

»Einer chilenischen Weinfirma.«

»Warum haben sich die Vertragsverhandlungen so lange hingezogen?«

»Keine Ahnung. Zunächst haben sie nicht genügend geboten.«

»Die kaufen draußen auf Long Island unbebaute Grundstücke auf?«

»Klar, warum nicht? Es ist ein schönes Stück Land direkt am Meer.« Jay grinste breit. »Von der Sorte macht Gott keine mehr. Sie wollen Weinstöcke draus machen.«

»Sie meinen, Wein anbauen.«

»Genau.«

»Wie sind Sie auf den Kaufpreis gekommen?«

»Ich hatte, was den Preis des Landes angeht, ziemlich feste Vorstellungen. Sie sind an mich herangetreten, müssen Sie wissen. Wir haben eine Weile rumgefeilscht, aber schließlich wurden wir uns einig.«

»Sie wollten nicht einfach nur das Geld für Ihr Land?«

»Nein.«

»Warum nicht?«

»Ach, mein Gott, weil ich es so einfach besser fand.«

Mit anderen Worten, er dachte, das bräuchte ich nicht zu wissen. »Sie hätten sich also alles in bar ausbezahlen lassen können, haben es aber nicht gemacht? Das ist eigenartig.«

Er biss auf seinen Trinkhalm und sagte: »Ich wollte das Haus. Es ist in gutem Zustand. Außerdem kriege ich dazu noch vierhunderttausend bar auf die Hand. Was soll daran schlecht sein?«

»Wer hat die Verhandlungen für Sie geführt?«

»Ich selbst.«

»Haben Sie schon mal ein so großes Geschäft abgewickelt?«

Er sah mich an. Wieder musste der Trinkhalm dran glauben.

»Hört sich ganz so an, als würde die andere Seite bei diesem Tausch ein ziemlich gutes Geschäft machen«, erklärte ich.

»Ja«, sagte Jay kleinlaut. »Wenn man es wirklich darauf anlegen würde, bekäme man für das Land wahrscheinlich auch vier Millionen, aber ich gebe es für drei her.«

»Warum dieser niedrige Preis?«

Er holte tief und langsam Luft.

»Sie hatten also wirklich niemanden, der das für Sie ausgehandelt hat?«

»Wie bereits gesagt, nein.«

Ich sah in sein großes, attraktives Gesicht. »Hört sich so an, als würden Sie von diesen Leuten über den Tisch gezogen.«

»Es ist genügend Geld«, seufzte er. »Für mich ist es okay.«

»Haben Sie eine Kopie des Vertragsentwurfs, damit ich ihn mir mal ansehen kann?«

Er seufzte. »Nein, noch nicht. Der Verkäufer bringt ihn mit.«

»Dann brauchen Sie also *wirklich* einen Anwalt?«

»Ich schätze schon.« Er reckte seinen Kopf vor. »Ich weiß, das ist alles etwas ungewöhnlich, Bill. Sie können mir gern dafür extra was berechnen, einfach, was Sie für richtig halten.«

Noch war ich nicht wirklich an einem Honorar interessiert. Doch bevor ich ihm sagen konnte, wie riskant es war, einen Vertrag zu unterzeichnen, den man noch nie zu Gesicht bekommen hatte, kam Allison mit zwei Männern in Anzügen in den Havana Room.

»Hallo.« Sie stellte den älteren Mann als Gerzon vor, den Anwalt des Verkäufers. Er hatte zwei Aktenkoffer bei sich und wirkte seriös und gewandt, als er mir die Hand schüttelte und seinen Begleiter als Barrett von der Kataster-Agentur vorstellte. In New York tun solche Katasterprüfer nicht viel anderes, als in zum Teil dreihundert Jahre alten städtischen Unterlagen zu wühlen, um sicher zu gehen, dass keine Ansprüche, Grundstücksbelastungen und Grundpfandrechte auf dem Grundbucheintrag sind und die Reihe der Eigentümer eindeutig und lückenlos ist. In den meisten Fällen ist das nicht besonders dramatisch, und der Katasterprüfer kassiert sein Honorar für die Dienstleistung und die damit einhergehende Garantie.

Gerzon wandte sich Rainey zu. »Wo ist Ihr Anwalt?«

Er deutete auf mich. »Das ist er.«

Gerzon lächelte über mein zerknittertes Hemd, mein nicht gerade professionelles Äußeres. »Pardon.« Er war einer von diesen Männern, die ihren Schneidern detaillierte Anweisungen erteilen. Aber der Anzug war nur das Fundament seiner Eitelkeit. Seine Uhr war ausgesprochen vulgär. Der Ring und die Manschettenknöpfe passten zusammen, der Hemdkragen war massiv gestärkt, der Seidenknoten seiner Krawatte eine Kreation aus weichen Kanten. Auch sein Toupet war sehr gut – obwohl diese Dinger nie gut genug sind.

Die Taxierung beruhte auf Gegenseitigkeit. »Wo haben Sie gearbeitet?«, fragte er.

»Eigene Kanzlei.«

Ein kühles Nicken. »Ich habe nie von Ihnen gehört.«

»Große Stadt. Viele Anwälte.«

»Verstehe.«

Ich wollte nicht, dass er meinte, im Vorteil zu sein. »Also«, fragte ich, »warum verkaufen Sie das Haus Ihres Mandanten im Hinterzimmer eines Steakhouse und nicht in einer Kanzlei?«

»Die Zeit ist das Problem.« Er hob die Schultern. »Wir haben keine mehr.« Er sah Rainey an. »Man hat mir gesagt, hier wäre ein Anwalt, der Mr. Rainey berät. Deshalb sind wir hierher gekommen. Ein Entgegenkommen unsererseits.«

Ich sah auf die Uhr. Fünfundzwanzig nach elf. »Wenn Sie dieses Haus bis Mitternacht verkauft haben wollen, würde ich hier eher von einem Entgegenkommen Mr. Raineys sprechen.«

Gerzon wandte sich Jay zu. »Sollen wir hier jetzt darüber diskutieren, wer wem entgegenkommt? Ich habe Ihnen doch gesagt, bis Mitternacht, oder aus dem Geschäft wird nichts.«

Barrett, der Katasterprüfer, berufsbedingt mit einem feinen Gehör für anwaltliche Tonlagen ausgestattet, schaltete sich ein. »Moment, Moment, falls es nicht zu einem Vertragsabschluss kommt, sagen Sie mir das lieber gleich. Dann könnte ich …«

»Nein, nein, alles klar«, sagte Jay. »Immer mit der Ruhe.« Er sah mich an und zog die Augenbrauen hoch, um mir zu signalisieren, ich solle mich nicht aufregen. »Bei all dem Sachverstand, der hier am Tisch versammelt ist, sehe ich da eigentlich keine Probleme. Und sollten wirklich welche auftreten, kriegen wir das schon hin.«

Gerzon holte Vertragskopien heraus und klappte eine überdimensionale Schildpattbrille auf. Er schien mir die Sorte Mann zu sein, der Gott und die Welt kannte, sich genauestens an Einzelheiten aus dem Leben anderer erinnerte, aber selbst von fast niemandem durchschaut wurde, außer vielleicht von einer Ex-Frau oder den Leuten, die ihn aus berechtigten Gründen verklagt hatten. »Was ist?«, fragte er, durch meine Aufmerksamkeit verunsichert.

»Sind Immobilien Ihr Spezialgebiet?«

»O nein, *nein*«, sagte Gerzon. »Ich wickle alle möglichen Transaktionen ab.« Er lächelte auf eine Art, die mich zu dem Schluss gelangen lassen sollte, dass das anstehende Geschäft eine Lappalie für ihn sei und dass sonst wichtigere Angelegenheiten seine Aufmerksamkeit beanspruchten, telegrafische Überweisungen neunstelliger Summen von ausländischen Banken, Dutzende wichtiger Telefonate, bevorstehende Erstemissionen – ein Zyklon aus Gold und Grandeur.

Barrett reichte Kopien des Grundbuchauszugs für das Meergrundstück herum. Gerzon richtete seine Aufmerksamkeit darauf, aber ich habe Hunderte von Anwälten Tausende von Dokumenten lesen sehen, und wenn sie lesen, wirklich lesen, selbst unter zeitlichem oder sonstigem Druck, kommt eine ganz bestimmte Ruhe über sie, und die gesamte Energie ihrer Persönlichkeit fällt auf das vorliegende Dokument. Gerzon las nicht. Seine Blinzelrate stimmte nicht. Er tat nur so, und das hieß, vermutete ich, dass er tatsächlich ein außerordentlich gutes Gefühl bei der Sache hatte.

»Haben Sie eine Visitenkarte?«, fragte ich.

Er schaute auf. »Ja, natürlich.« Er nahm eine aus einem goldenen Etui und reichte sie mir. »Sie?«

»Ich habe mir noch keine neuen drucken lassen«, antwortete ich.

»Aha«, sagte er und hakte bewusst nicht nach.

Ich betrachtete seine Karte. Es standen zwei Adressen darauf, beide vielsagend. Die erste war in der unteren Fifth Avenue, wo die oberen Etagen der Altbauten in zahlreiche Büros mit unbedeutenden kleinen Firmen aufgeteilt werden. Jemand von außerhalb dachte vielleicht, es wäre eine noble Adresse, aber einem New Yorker konnte man nichts vormachen. Die zweite Adresse gehörte zu einem von Long Islands zahllosen kleinen Bürokomplexen. Ich kenne solche Anlagen. Die Büros machen nicht gerade viel her, alle mit Teppichböden, die Einrichtung im Rent-a-Painting-Stil. Die Sekretärinnen sind jung, ordinär und gut bezahlt. Die Anwälte, normalerweise Burschen aus der Gegend, von denen einige in der Stadt gearbeitet haben, übernehmen vorzugsweise Fälle, in denen es um Grundstücks- und Immobilientransaktionen oder Nachlassangelegenheiten geht – normalerweise einfache Verfahren, die prompte Honorarzahlungen garantieren. Strikt gemieden werden Zwangsräumungen, Mieterklagen, Pro-bono-Fälle, verfassungsrechtliche Mandate von Einwanderern und Minderheiten, Fälle, bei denen man sich nicht den kleinsten Fehler erlauben darf, und so weiter. In dieser Welt kennen die Immobilienmakler die Anwälte, und die Anwälte kennen die Katasterleute, die die Banker kennen, die alle den großen Bauunternehmern bekannt sind, die ihrerseits eindeutige, dauerhafte und herzliche Beziehungen zu den von der Politik eingesetzten Leuten im Bezirks-Gewässeramt und zu den gewählten Mitgliedern des Stadtrates unterhalten, die Änderungen des Bebauungsplans und Ausnahmeregelungen genehmigen. Alles in allem beschwor die zweite Adresse auf Gerzons Visitenkarte eine alteingesessene, wohlhabende Vorstadtkultur herauf, deren Hauptprotagonisten nur in ganz bestimmten Bereichen menschlichen Strebens Weltklasse-Niveau erreicht hatten: im Tunen von Luxusautos, in der nervenschonenden Entfernung der Prostata, in der Not-Neubesodung von Rasenflächen. Dort lebte er wahrscheinlich.

»So, meine Herren«, begann ich. Meine Stimme schlüpfte in einen Tonfall, den ich mehrere Jahre lang nicht mehr benutzt hatte. »Wir haben einen Streitwert von drei Millionen Dollar. Es ist ein Tausch von Eigentum, bei dem Mr. Rainey zusätzlich vierhunderttausend Dollar erhält. Aufgrund dieser monetären Aufwendungen nennen wir im Folgenden Mr. Gerzon den Käufer und Mr. Rainey den Verkäufer.«

»In Ordnung«, sagte Gerzon.

»Wer übernimmt die Gebühren für den Grundbucheintrag, die Grunderwerbsteuer, die Suffolk-County-Aufschläge, die Kosten für die Katasterprüfung, eventuelle Steuernachzahlungen für beide Immobilien und alles andere, worüber ich nicht informiert worden bin?«

»Wir«, sagte Gerzon.

Ich neigte mich Jay zu. »Haben Sie das ausgehandelt?«

»Es ging natürlich vom Kaufpreis ab.«

»Dann gibt es also nichts mehr zu verhandeln?«

Beide Männer schüttelten den Kopf.

Ich wandte mich Jay zu. »Sie brauchen mich nicht.«

»Und ob er sie braucht«, sagte Gerzon. »Er braucht eine anwaltliche Vertretung, damit er hinterher nicht ankommt und sagt, der Vertrag ist ungültig, er hat ihn nicht verstanden.«

»Aber wenn er im Hinterzimmer eines Steakhouse irgendeine Witzfigur auftut, die zufällig Jura studiert hat, ist das völlig in Ordnung für Sie?«

Ich zeigte auf die Kopien des Vertrags, den ich noch nicht gesehen hatte. »Hat Jay das schon unterschrieben?«

»Noch nicht«, sagte Jay. Er war, merkte ich, einer dieser großen, kräftigen Männer, die ständig in Bewegung bleiben müssen, außerstande, sich längere Zeit mit Dingen wie vertraglichen Details zu beschäftigen, die Ruhe und Aufmerksamkeit erfordern. Anscheinend wusste er das von sich, denn etwas in seinem hoffnungsvollen Blick gab mir zu verstehen, dass er sich in meine Hände begab.

»Dann ist Ihnen also klar, dass Sie noch über den Preis verhandeln können?«

»Kann er nicht, verdammte Scheiße noch mal!«, knurrte Gerzon.

»Natürlich kann er das. Noch ist nichts unterschrieben. Es ist kein Preis festgesetzt. Er kann einfach hier rausmarschieren und ins Kino gehen.«

Gerzon sah Rainey an. »Ich sagte, besorgen Sie sich einen Anwalt, keinen Kettenhund.«

»Ist ja gut …«, begann Jay.

»Wir übernehmen alle Gebühren, wir kommen Ihnen total entgegen«, sagte Gerzon.

Mir gefiel er nicht, und mir gefiel die ganze Situation nicht, aber ich zog an der Kette der kleinen Lampe auf dem Tisch und schob den Vertrag darunter, um mir einen besseren Eindruck von dem Geschäft zu verschaffen. Jay erwarb ein sechsgeschossiges Loftgebäude in der Reade Street 162 in Lower Manhattan, nicht weit von der City Hall, wo die Straßen nach der alten Logik von Trampelpfaden und Feldwegen verlaufen. Nach dem Einsturz des World Trade Center spielten die Immobilienpreise verrückt. Einige Leute gerieten wegen weiterer Terrorakte oder wegen der Kontamination durch das chemische Gebräu, das die brennende Unglücksstelle ausströmte, in Panik und verkauften für nichts, während andere standhaft blieben. Hätte ich wenigstens einen Tag vorher Bescheid gewusst, hätte ich im Katasteramt Downtown nachgesehen, wie lange Gerzons Mandanten das Gebäude schon gehörte und wie viel er dafür gezahlt hatte. Das Haus wurde von Voodoo LLC, einer Gesellschaft mit beschränkter Haftung, gegen 35 Hektar Land auf der North Fork von Long Island getauscht. Dem Vertragsentwurf waren Flurkarten des 270 Meter breiten Streifens Land beigefügt, der sich über fast 800 Meter Küste des Long Island Sound erstreckte.

Ich schaute zu Gerzon auf. »Sie tauschen eine drittklassige Downtown-Immobilie mit wenig rentablen langfristigen Mietverträgen, die außerdem durch den Einsturz des World Trade Center verseucht sein könnte, gegen ein riesiges, direkt am Meer gelegenes Stück Land«, sagte ich zu ihm. »Meinem Mandanten fehlt es am nötigen Geld, um die durch den Vertragsabschluss entstehenden Kosten zu tragen, und infolgedessen haben Sie den Kaufpreis enorm gedrückt. Sie rücken gerade mal vierhunderttausend Dollar heraus, was gar nichts ist, rein gar nichts!« Ich wandte mich Jay zu. »Ist Ihnen klar, dass Sie, sobald Sie diesen Vertrag unterzeichnet haben …«

»Bringen wir es hinter uns, Mr. Wyeth«, knurrte Gerzon. »Bringen wir es endlich hinter uns, damit wir nach Hause gehen können.«

Man hätte den alten Kellner, der angeschwebt kam, fast für ein

Wesen aus Zigarrenrauch halten können. Allison gab ihm ein Zeichen. »Na, Leute«, schlug sie nervös vor, »möchte jemand vielleicht noch ein spätes Abendessen, einen Drink oder ein Dessert, bevor wir anfangen?«

Barrett legte seine rosafarbenen Hände auf den Tisch und bestellte das größte Steak, das auf der Karte stand.

»Mr. Gerzon?«

»Für mich nichts.«

»Bill?«

»Ich hätte gern ein Stück Schokoladenkuchen.«

Allison nickte dem Kellner auffordernd zu und sah dann mich an. Hinter ihrem Lächeln war ihr Gesicht angespannt. Irgendetwas an Jay brachte sie aus der Fassung, fand ich, obwohl sich seine große Hand bereits ihren Rücken hinaufgestohlen hatte.

»Hol mir doch eine von diesen Zigarren«, sagte er zu ihr, und als sie ihm eine brachte, betrachtete er sie kurz, führte sie unter seiner Nase hin und her, nickte zufrieden und steckte sie in die Brusttasche seines Jacketts.

»Also gut«, sagte ich, an alle gewandt. »Ich muss darauf bestehen, dass ich vorher noch Gelegenheit erhalte, mir den Vertrag ungestört anzusehen. Besorgen Sie mir ein ruhiges Zimmer, wo ich das hier in den nächsten« – ich sah auf meine Uhr – »neunundzwanzig Minuten lesen kann.«

»Wunderbar«, sagte Jay. »Dann können wir ja …«

»Vierundzwanzig Minuten«, hustete Barrett heraus. »Ich brauche auch noch fünf Minuten, von Anfang bis Ende, nicht mehr, aber auch nicht weniger.«

»Dann also vierundzwanzig.«

Gerzon holte weitere Papiere aus seinem Aktenkoffer. »Da wären auch noch die Grunderwerbsteuerformulare und was wir für das Suffolk County benötigen. Das dauert ebenfalls fünf Minuten.«

Jay war nervös. »Kriegen wir das in neunzehn Minuten wirklich hin? Ich könnte doch einfach …«

»Nein«, sagte ich. »Unterschreiben Sie nichts, solange ich weg bin.«

Allison führte mich wieder die Treppe hinauf, durch Restaurant und Küche, dann einen Flur entlang, in dem Zwiebel- und Kartoffelsäcke gestapelt waren. »Ist das der einzige Weg aus dem Havana Room?«, fragte ich.

»Ja«, rief sie über ihre Schulter. »Also, in meinem Büro ist der Nachtschicht-Buchhalter, deshalb kann ich dich dort nicht unterbringen. Die Rechenmaschine treibt jeden in den Wahnsinn.« Ich beobachtete die Wölbung der Muskeln in jeder ihrer Waden, als wir eine Hintertreppe hinaufstiegen. Was hatte Lipper gesagt? *Sie hat ein paar Tricks drauf, von denen die meisten Männer noch nicht mal was gehört haben.* Wir kamen an Kellnern und einem Tablett mit Kanapees vorbei, bis Allison drei Treppenabsätze höher eine kleine fensterlose Tür öffnete. »Das ist der stillste Platz, den wir haben.«

Es war der Waschraum des Restaurants, den ich bei meinem früheren Besichtigungsrundgang nicht zu sehen bekommen hatte. Eine Frau saß über eine alte Singer-Nähmaschine gebeugt, tappte rhythmisch auf das elektrische Pedal und schob zerrissenen Stoff unter die stichelnde Nadel, während hinter ihr Baumwolltischtücher und Servietten und Kochschürzen in drei großen Waschmaschinen in einem Bleichmittelsturm umhertaumelten.

»Mrs. Cordelli, wir brauchen den Raum kurz«, sagte Allison. Die Frau stand auf und ging. Allison räumte einen kleinen Holztisch frei. »In fünfzehn Minuten klopfe ich an die Tür.«

Ich konzentrierte mich auf die Papiere, und bald hatte ich mir, während meine Aufmerksamkeit durch den intensiven Bleichmittelgeruch des Raums geschärft war, einen Eindruck vom Inhalt des Vertrags verschafft. Er war eine vollkommen legale Spielwiese aus Klauseln, Zusätzen, Vertretungsvollmachten und Treuhandvereinbarungen. Er enthielt Passagen, die schwammig und extrem paranoid waren. Soweit ich es verstand, hatte Jay Rainey »vorbehaltlich einer Überprüfung durch den Käufer«, für die allerdings die Frist abgelaufen war, verschiedene Zusicherungen gemacht, denen zufolge das erworbene Land tatsächlich geteilt werden konnte, frei von unterirdischen Benzintanks war, vom Department of Health eine Genehmigung für mehrere große Kläranlagen bekommen hatte, über Grundwasser verfügte, dessen Gehalt an Perchlorat, einem Rückstand eines von den Kartoffelfarmern Long Islands jahrelang verwendeten Kunstdüngers, die erlaubten Werte nicht überschritt, sich nicht mit indianischen Begräbnisstätten überschnitt, kein Brutgebiet des Fleckensalamanders oder sonst einer gefährdeten, bedrohten oder seltenen Spezies war und mit einer ganzen Reihe von Auflagen belegt war, die bundesstaatlich geschütztes Marschland, Entwässerungserleichterungen, Gebäude-Mindestabstände, Bebauungsdichte und dergleichen mehr betrafen. Umso größer ein Stück Land, desto komplizierter ist in der Regel seine Veräußerung. Der Käufer, Voodoo LLC, vertreten durch Gerzon, hatte alle diese Auflagen geprüft und nicht eine von ihnen geändert. Was eigenartig war – normalerweise kommt es bei Veräußerungen großer Grundstücke in letzter Minute noch zu Auseinandersetzungen über die unterschiedlichsten Rest-Streitpunkte, bei denen die beiden Parteien vor der endgültigen Vertragsunterzeichnung einen letzten Vorteil herauszuschlagen versuchen.

Außerdem schien es Voodoo LLC so eilig zu haben, das Haus in der Reade Street loszuwerden, dass sie sich nicht sonderlich ausführlich mit den Eigentumsverhältnissen des Grundstücks auf Long Island befasst hatten. Ich sah keine Offenlegungspflicht, etwaige Schulden, Grundpfandrechte oder richterliche Entscheidungen betreffend. Und Jay verlangte für den Fall der Übernahme des Reade-Street-Anwesens keine Wertverbesserungen, keine Berücksichtigung bestimmter Mängel und keine Absicherungen gegen nachträglich entdeckte Mängel. Und Gerzon hatte ein paar aalglatte Passus hineingemogelt, dass Jay »keinerlei Ansprüche oder Schadensersatzforderungen« an Voodoo geltend machen könne, sollten irgendwelche Probleme auftauchen.

Ungewöhnlich war auch, dass keine Bank an der Finanzierung des Geschäfts beteiligt war. Normalerweise gestalten Firmen Immobilientransaktionen mit Vorliebe so, dass sie ihre kostbaren Barreserven möglichst wenig angreifen müssen. Andererseits handelte es sich hier um ein Tauschgeschäft, was möglicherweise positive steuerliche Auswirkungen hatte ... ich brauchte eindeutig mehr Zeit. Früher hätte ein Vertrag wie der vor mir liegende eine mehrtägige Prüfung erfordert. Dass keine Hypothek abbezahlt oder aufgenommen wurde, war möglicherweise ebenfalls von Nachteil. Trotz all ihrer Exzesse fungieren Banken als Korrektiv gegen einige der unvernünftigsten oder illegalsten Praktiken, da sie in der Regel unabhängige Gutachter mit der Bewertung einer Immobilie beauftragen, auf die eine Hypothek aufgenommen werden soll. Nicht so in diesem Fall. Bei diesem Vertrag handelte es sich um eine ganz schnelle Nummer, und der Grund, warum Jay keinen Anwalt hatte, war garantiert, dass kein anständiger Anwalt bei so einem Geschäft mitgemacht hätte, ohne darauf zu bestehen, dass der Vertrag von vorn bis hinten umgeschrieben würde. Wahrscheinlich waren beide Parteien rechtlich angreifbar. Eine von ihnen machte ein Riesengeschäft, aber ich wusste nicht, welche.

Die Tür ging auf, und Allison stand da.

»Bist du so weit?«, fragte sie gut gelaunt.

»Ich will damit nichts zu tun haben.«

»Warum nicht?«

»Viel zu undurchsichtig, das Ganze.«

»Bitte, Bill.«

»Ich versuche doch nur, ihn zu *schützen*, Allison.«

»Er kennt die Risiken, glaube ich.«

»Das bezweifle ich.«

»Es ist ihm sehr wichtig, Bill.«

»Mag ja sein, Allison. Aber ich habe ihn gerade erst kennen gelernt.«

»*Mir* ist es sehr wichtig.«

Ich drehte den Vertrag um. »Irgendjemand wird hier übers Ohr gehauen, und das werde ich ihm sagen, Allison.«

Keine Minute später waren wir zurück im Havana Room.

Jay sah auf die Uhr. »Es wird knapp.«

Auf meinem Platz wartete ein riesiges dampfendes Steak, das ich nicht bestellt hatte, und der Kuchen, den ich bestellt hatte, und Barrett hatte bereits Butter auf seiner Krawatte. Jay, konnte ich sehen, hatte ein, zwei Drinks gekippt, während ich weg gewesen war.

»Und?«, fragte er. »Haben wir grünes Licht?«

»Ich glaube, wir sollten kurz reden, Jay.«

Gerzon deutete auf seine protzige Uhr. »Herrgott noch mal, bei mir ist es sieben vor zwölf. Und denken Sie nicht, dass ich meine Uhr zurückstelle.«

Ich beugte mich zu Jays Ohr vor. »Ich nehme mal an, Sie werden diesen Vertrag unterschreiben, ganz gleich, wie faul das Ganze ist, ganz gleich, wie dringend ich Ihnen davon abrate.«

Er sah mir in die Augen und nickte kaum merklich.

»Sie wollen es also unbedingt machen.«

Wieder ein stummes Ja.

»Ihnen ist doch klar«, fuhr ich fort, »dass Gerzon, entweder was die Frist oder den Preis angeht, blufft und wahrscheinlich ermächtigt ist, über eins von beidem zu verhandeln.«

Jay schüttelte den Kopf.

»Dann werde ich es Ihnen zeigen, einverstanden?« Ich sah Gerzon in die Augen und riet den Betrag. »Mein Mandant wird diesen Vertrag nicht unterschreiben, wenn Sie nicht dreihunderttausend Dollar mehr drauflegen.«

Gerzons Gesicht fältelte sich nach hinten, als wäre er plötzlich in einen Windkanal getreten. »Was?«

»Ja, wir streichen die vierhunderttausend Dollar durch und setzen stattdessen siebenhunderttausend Dollar ein. Sie zeichnen beide Beträge ab. Keinerlei Aufwand.«

»Sind Sie verrückt geworden!«

»Das wird ständig gemacht. Fragen Sie Donald Trump.«

»Fragen Sie ihn doch.«

»Das brauche ich nicht. Ich habe es ihn tun sehen.«

»Sie sind ja nicht mehr ganz bei …«

»Mr. Barrett, haben Sie mal gesehen, wie ein neuer Betrag in einen Vertrag eingesetzt wurde?«, unterbrach ich Gerzon, mittlerweile ausgesprochen zuversichtlich.

»Ja, klar.«

Jay wandte sich mir zu. »Bill, die Sache ist …«

Ich legte ihm die Hand auf den Arm. »Sagen Sie nichts. Lassen Sie das Ihren Anwalt regeln.«

Allison beobachtete den Wortwechsel mit großen Augen.

»Na, was ist, Gerzon?«

Er hatte bereits sein Handy herausgeholt. Sein Gesicht war ein bitterer Knoten, als er aufstand und den Raum verließ.

»Jetzt platzt das Geschäft!«, protestierte Jay, inzwischen außer sich. »Das ist doch Wahnsinn!«

»Na ja, vielleicht …«, setzte Allison an.

Jay fuhr mich fassungslos an. »Bill, jetzt platzt das Geschäft!«

»Das glaube ich nicht.«

Wir saßen kurz da. Der Katastertyp stopfte sich währenddessen Kuchen in den Mund.

»Da ist er wieder!«

Gerzon kam zurück und machte sein Handy aus. »Hundertfünfzig«, verkündete er und setzte sich wieder. »Höher kann ich nicht gehen.«

Ich hatte richtig geraten. »Dreihundert.«

»*Zwei.*«

»Zwo-fünfundsiebzig«, sagte ich. »Wir werden keinen Bankscheck verlangen.«

»Zwei-fünfund*zwanzig.*«

»Zwo-siebzig.«

»Also hören Sie!«

»Zwo-siebzig«, wiederholte ich.

»Zwei-*fünfzig*, verdammt noch mal.«

Ich antwortete nicht.

»Ich sagte zwei-fünfzig.«

Ich wandte mich Jay zu. »Wussten Sie, dass auf Long Island in der zweiten Hälfte des zwanzigsten Jahrhunderts bei erstklassigen Meergrundstücken die Wertsteigerung fast sechstausend Prozent betrug?«

»Nein.«

»Sie könnten dieses Land noch fünf Jahre behalten und Ihren Gewinn problemlos verdoppeln.«

»Hm …«

»Ich sagte zwei-fünfzig!«, schrie Gerzon.

Ich beugte mich zu ihm hinüber und sagte leise: »Zwo-siebzig.«

»Zwei-fünfundfünfzig, endgültig.«

Ich sah zu, wie der Sekundenzeiger auf meiner Uhr zehn Sekunden heruntertickte. »Zwo-siebzig.«

»Zwei-sechzig, mein letztes Wort.«

»Zwo-fünfundsechzig, mein letztes Wort«, antwortete ich.

»Zwei-fünfundsechzig. *Abgemacht.*«

»Abgemacht«, sagte ich. »Ihre Hand drauf.«

»Sie mieser Scheißkerl«, zischte Gerzon.

»Ich weiß, Sie sind stinksauer auf mich. Geben Sie mir trotzdem die Hand.«

Das tat er. Ich wandte mich zu Jay. »Sie bekommen zweihundertfünfundsechzigtausend Dollar zusätzlich für dieses Land.«

Er nickte perplex.

»Wow«, hauchte Allison. »Das war ja ganz schön …« Sie sah mich nur an. *Sexy,* hatte sie, glaube ich, sagen wollen, tat es aber dann doch nicht.

»Sie nehmen doch Bargeld, oder?« Gerzon hob seinen zweiten Aktenkoffer auf den Tisch.

»*Bares* Bargeld? Scheine?«, fragte Jay.

»Ja.«

»Schätze schon. Warum?«

»So lauten meine Anweisungen.« Gerzon klappte seinen Aktenkoffer auf, verbarg aber seinen Inhalt. Wahrscheinlich hätte ich mehr verlangen können. Er zählte mit Bankbanderolen versehene Geldbündel ab. Zehntausend das Bündel. »Quittieren Sie mir den Erhalt.«

»Waschen Sie irgendwas, Gerzon?«, fragte ich.

»Lecken Sie mich doch«, brummte er und blätterte die letzten fünftausend herunter. »Hier geht alles mit rechten Dingen zu. Alles sauber.«

Jay wandte sich an Allison. »Hast du eine Tüte oder so was?«

»Klar, ich denke schon.« Sie ging hinter die Bar.

»Das wär's«, sagte Gerzon. »Sie können es zählen.«

»Werde ich auch«, sagte ich und tat es, Bündel für Bündel. Der Betrag stimmte. Allison kam mit einem Karton zurück, in dem ursprünglich Mineralwasser transportiert wurde. Ich packte das Geld hinein.

»Kann ich jetzt unterschreiben?«, fragte Jay.

Ich berichtigte die Verträge. »Ja.«

Dann begann der Schreibkram. Wir hatten noch vier Minuten. »Ich habe den Bankscheck für die vierhundert …«, leierte Gerzon und reichte rasch die Dokumente herum. »Mr. Barrett hat seinen Scheck, danke … ich kann das unterschreiben … der Grundbuchauszug, Ihre Kopie … Sie unterschreiben hier, die Quittung für das *Blut,* das Ihr Anwalt aus dem Arm meines Mandanten gezapft hat … Und hier ist die Besitzurkunde, ja, das Grunderwerbsteuerformular …«

In ungefähr einer Minute hatten wir alle Dokumente fertig. Gerzon richtete seinen Packen mit Papieren ordentlich aus, holte einen

Datumsstempel aus seinem Aktenkoffer, prüfte das Datum, stellte Stunde und Minute ein und stempelte jedes Blatt, wumm, wumm, wumm, ab. »Und … das wär's, *fertig.*«

Jay, den Karton mit dem Geld neben sich, hüstelte. »Elf Uhr neunundfünfzig … und *Mitternacht,* meine Herren.«

»Wiedersehen, allerseits.« Barrett stand auf, um zu gehen. »Morgen wird alles ins Grundbuch eingetragen.«

Gerzon zog einen Schlüsselbund aus der Tasche und warf ihn auf den Tisch. »Alles Ihre«, sagte er zu Jay, ohne mich anzusehen.

Jay nahm die Schlüssel mit seltsamer Vorsicht an sich. Dann holte er einen einzigen Schlüssel aus seiner Tasche und gab ihn Gerzon. »Der ist für das Schloss der Kette am Ende der Zufahrt.«

Und das war er – der Moment, der Höhepunkt. Dachte jeder von beiden, den anderen hereingelegt zu haben? Gerzon schüttelte Jay und überraschenderweise auch mir noch einmal die Hand, sein Händedruck eine schmerzhafte Warnung. Und dann glitt sein Blick von jedem von uns ab, und er ging.

Allison kam mit einer Flasche und drei Gläsern über den Fliesenboden zurück. Sie gab Jay einen Kuss und suchte in seinen Augen nach Freude. »Das war vielleicht aufregend!«, rief sie, aber mir war klar, dass sich das nur am Rand auf das eben abgewickelte Geschäft und das wunderbare Erscheinen eines Kartons voller Geld bezog. Jay lächelte sie an, aber als sie sich umarmten, ihr Kopf und ihre Brüste zwischen seinem mächtigen Brustkorb und seinen Armen verschwunden, waren seine Augen woandershin gerichtet, so, als schauten sie durch die Mauern des Gebäudes, und es war keine erkennbare Freude oder Befriedigung in ihnen, eher Traurigkeit, die Entschlossenheit eines Menschen, dem eine lange und schwierige Reise an ein nur ihm bekanntes Ziel bevorsteht. Ich hätte das nicht in Jays Miene sehen sollen, aber ich sah es.

»Das müssen wir feiern.« Jays Stimmung schien sich zu bessern. »Ich kenne da ein nettes Plätzchen. Ich weiß gar nicht, wie ich Ihnen danken soll, Bill.«

Er wollte sich erkenntlich zeigen, aber ich winkte beiden ab.

»Über Ihr Honorar reden wir morgen, ja?«

»Klar«, sagte ich. »Nur zu. Alles bestens. Mir jedenfalls hat es eine Menge Spaß gemacht. Passen Sie gut auf diesen Karton auf. Herzlichen Glückwunsch, Jay. Jetzt gehört Ihnen und dem Rest dieser ganzen Gauner ein Stück der Insel Manhattan.«

»Möchten Sie es sich ansehen?«, fragte er, seine Stimme inzwischen wieder energisch. »Ich fahre morgen früh hin.« Dann schnappte er sich seinen Mantel, nickte mit einem strahlenden Lächeln dem Kellner zu und sah auf Allisons Gesicht hinab. Ihr Kopf nach hinten gesunken, der Hals bloßgelegt, der Blick verträumt. Sie war für ihn bereit, und es war ihr egal, ob jemand es mitbekam. Sie waren, sollte ich feststellen, jeder auf seine Art verzweifelt, aber verzweifelte Menschen haben es so an sich, auf einer Wellenlänge zu liegen und sich zu finden, bevor es zu Ende geht. Aber jetzt war gerade ein magischer Moment, und es schien, als brodelte der Havana Room in einem Kondensat aus Geld und Rauch und Lampenlicht. Ich sah ihnen nach; Allison hatte sich eng an Jay geschmiegt, der, den Karton unterm Arm, die Zigarre in der Tasche, dem Ausgang zustrebte. Gegen meinen Willen, trotz meiner Zuneigung zu Allison, mochte ich ihn. Manchmal findet man jemanden einfach spontan sympathisch. Genau besehen war das ein weiterer Grund, warum das Ganze weiterging. Das war die Erklärung, die ich mir selbst oder jedem anderen gegeben hätte. Aber die Wahrheit ist komplizierter; wenn ich auch nicht erkennen konnte, ob sie auf- oder abwärts gerichtet war, so spürte ich doch die Steilheit von Jays Flugbahn – und die ungeheure Geschwindigkeit, mit der sie auf einen Zielpunkt zusteuerte, den ich unbedingt mitbekommen wollte. Das ist dieselbe emotional befrachtete Anziehung, die Politiker und Footballtrainer und Filmregisseure hervorbringt. Ihre Gläubigen glauben. Man mag den Betreffenden nicht nur, man möchte etwas über ihn herausfinden, etwas enorm Wichtiges und Wahres – man möchte sehen, ob er gewinnt oder verliert, lebt oder stirbt.

| Drei |

Jetzt, nahm ich an, würde der Abend schmerzlos in Vergessen ausklingen. Ich bestellte mir zu meinem Schokoladenkuchen einen weiteren Drink. Im Havana Room war es dunkel und gemütlich, und die Männer, die anscheinend ihre eigene Schwerkraft genossen, gingen zwischen Bar und Toilette hin und her. Die Gespräche waren gedämpft. Man konnte in dem Gemurmel Geld hören, man konnte Probleme hören, die losgeschraubt und auseinander genommen wurden. Ich hörte gierig zu, denn natürlich hatte früher auch ich diese Dinge getan, war auch ich früher gern im großen chaotischen Mittelpunkt des Geschehens gewesen, hatte Komplikationen weggefeilt, die Bruchstelle verklebt, nach der nickenden Zustimmung der Gruppe Ausschau gehalten. In großen Kanzleien wie meiner alten gibt es im Wesentlichen zwei Sorten Anwälte; die erste ist der stinkfreundliche, Aufträge jagende Opportunist, der akzeptiert, dass Männer und Frauen gefallene, flügellose Geschöpfe sind, und der wegen des Spiels und des Geldes und des eng gestrickten Beziehungsgeflechts dabei ist, wegen der Dinge also, die sich bei einer Karriere anhäufen; die zweite, seltenere Sorte ist der emotional über den Dingen stehende Gelehrte, der mehr an der Reinheit des Gesetzes interessiert ist als an der Unreinheit der Menschen. Diese Männer (und normalerweise sind es Männer) hätten ohne weiteres Geistliche oder Wissenschaftler sein können und sind möglicherweise enttäuscht, keinen Sitz im Supreme Court zu haben. Sie werden dafür bezahlt, juristische Organisationsformen (Trusts, Eigentümergesellschaften, Fusionen) zu entwerfen, die sich für die richtige natürliche oder juristische Person öffnen wie Tulpen in der Sonne, aber ansonsten verborgen, undurchschaubar, unzerstörbar bleiben. Beide Sorten von Anwälten können, politisch gesehen, gefährlich sein, und beide haben ihre Mängel. Die Schulterklopfer und Gruppengrinser neigen dazu, zu viel zu trinken, auf Geschäftsreisen herumzuvögeln, unrentable Mandanten mit den falschen Problemen anzuziehen und plötzlich auf dem Tennisplatz zu sterben. Die Rechtspriester verabscheuen die chaotische, sich wiederholende Arbeit, die das täglich Brot der Kanzlei ist. Bei ihnen kann man sich nicht darauf verlassen, dass sie bei gesellschaftlichen Anlässen freundlich plaudern oder mit ihren überspannten politischen Ansichten hinter dem Berg halten. Sie lassen der Rechtschaffenheit kein Profitdenken im Wege stehen. Sie neigen dazu, den Bezug zu den jüngeren Partnern zu verlieren und ewig zu leben. Ich hatte natürlich zur ersten Sorte Anwalt gehört und muss gestehen, dass ich mich freute, wenn ein Mandant mit den Worten »Bill, ich bräuchte da Ihren Rat« oder etwas Ähnlichem zu mir kam – dankbar, gebraucht zu werden, begierig, mich nützlich zu machen. Das ist zum Teil der Grund, weshalb es Männern Spaß macht, über Unterlagen und Tagesordnungen zu brüten – es vermittelt ihnen das Gefühl, nützlich zu sein oder zumindest nicht nutz*los*; es lässt sie in einem Netz über dem Nichts auf und ab federn. Ich hatte mein kleines Scharmützel mit Gerzon genossen, das Gefeilsche um hohe Summen, den unerwarteten Sprint auf zugewucherten Denkbahnen. Ich hatte ein wenig an der alten beruflichen Gemeinheit geleckt, am Gift der Gerissenheit – und es hatte gut geschmeckt.

In dieser besseren Stimmung betrachtete ich den Raum, der sich trotz der späten Stunde zu füllen begonnen hatte. Ein paar Männer sahen auf ihre Uhren. Sie warteten auf etwas. Aber worauf? Was konnte in der Stadt weltlicher Genüsse noch neu und ungewöhnlich sein? Und würde es ohne Allison beginnen?

Jetzt kam Ha, das chinesische Faktotum, herein, und er bewegte sich mit einer solch gebeugten Demut, dass ihn die Männer kaum ansahen, als er sich hinter die Bar begab. Ich wartete, ob ihm der Kellner oder der Barmann Beachtung schenkten. Taten sie nicht. Ebenso wenig schien dies Ha zu kümmern; sein Gesicht war eine heitere Maske aus Falten. Allison hatte etwas in der Richtung gesagt, dass er bereit sei, und hier war er, im Raum, und hantierte, offensichtlich absolut termingerecht, hinter der Bar herum.

Aber ich war nicht der Einzige, der Ha beobachtete; er hatte das Interesse eines distinguiert aussehenden Mannes an der Bar auf sich gezogen, in dem ich eine von New Yorks literarischen Größen einer vergangenen Ära erkannte. Der Mann wurde von einem jugendlichen Gefolge begleitet, und jeder Ruhm-Lecker hatte sich in eine

Pose geworfen, die er für geeignet hielt, die Aufmerksamkeit des Stars auf sich zu lenken. Ich hatte den Mann einmal bewundert; er war ein scharfsinniger Skeptiker und eine dynamische Persönlichkeit im Leben der Stadt gewesen, allerdings äußerst ausschweifend in seinen privaten Vorlieben, und es wurde mit jedem Jahr schwerer, sich an seine ursprünglichen literarischen Leistungen zu erinnern.

»Sie da!«, rief er Ha laut zu. »Ich bin hier, um herauszufinden, ob Sie ein Schwindler sind!«

Ha reagierte nicht, zuckte mit keiner Wimper.

»Was Sie wahrscheinlich sind!«

Der Mann hatte die Aufmerksamkeit der Anwesenden auf sich gezogen, die ihn wiedererkannten, und er genoss es, nickte denen, die ihn von ihren Plätzen grüßten, ernst zu. Am berühmtesten war er mittlerweile möglicherweise als Urheber seiner eigenen Selbstzerstörung, bekannt für seine Auftritte in den Bars der Stadt, wo man ihn dabei beobachten konnte, wie er, über seinen Drink gekrümmt, zwanzig Jahre alten Klugscheißern vierzig Jahre alte Geschichten erzählte. Aber in einem Maßanzug sah er immer noch gut aus, und er gab Unsummen für die Instandhaltung seines Gebisses aus.

»Alles fauler Zauber«, legte er deutlich alkoholisiert los, »ein Taschenspielertrick, eine Zirkusnummer.« Er deutete drohend auf die Anwesenden. »Wer von Ihnen steckt da sonst noch mit drin? Wer von Ihnen spielt dieses falsche Spiel sonst noch mit?«

Die Männer an den Tischen, ebenfalls den weltlichen Genüssen nicht abgeneigt, hörten Feindseligkeit und sahen Alkoholismus, und als sie den Blick abwandten, richtete er seine Kommentare wieder an das um ihn versammelte grienende Jungvolk, das sich zweifellos an seiner geheimen Macht über ihn weidete, da er sie wesentlich mehr brauchte als sie ihn. »Ja, ja, wir werden schon sehen!«, ertönte seine Stimme in Beantwortung einer ungehörten Frage. »Wir werden sehen, wie die menschliche Gier hinters Licht geführt wird!« Er hieb mit der Faust auf den Tresen, als riefe er die Bluthunde der Inquisition, aber er war in dieser Geste nur noch mumifizierte Kraft, nur noch verlorene Sättigung. Und in dem tiefen und schrecklich verschleimten Husten, das daraus resultierte, war er auch der Tod, nachhallend angekündigt. Aber noch nicht. Ein frischer Drink wanderte in seine Hände, und bald wartete er wieder aufgekratzt wie die anderen.

Dann hörte ich einen Tumult die Treppe herunterkommen.

»Dann lade ich mich eben selbst ein!«, ertönte eine aufgebrachte Stimme. »Wo ist er?«

Die Gestalten im Raum blickten erwartungsvoll auf. Ein kleiner Mann in einer Wolljacke erschien in der Türöffnung und spähte mit zusammengekniffenen Augen durch den Zigarrenrauch. Schnee sprenkelte seine Schirmmütze. Enttäuscht wandten sich die Männer ab. Wen auch immer sie erwartet hatten, dieser Mann war es nicht, und er legte sich bereits mit dem Kellner an, der auf mich deutete.

Der Mann stapfte ungelenk los, und dann blickte ich in ein rotes Gesicht um die sechzig, verlebte sechzig allerdings – vom Leben gezeichnet und hündisch.

»Guten Abend«, sagte ich. Nachdem der Abend bereits wesentlich mehr Unterhaltung geboten hatte als erwartet, befand ich mich in einer Stimmung satter Nachsicht.

»Wo ist Jay?«, fragte der Mann.

Ich legte die Gabel ab. »Nicht hier.«

Vorwurfsvoll blickte der Mann auf die Teller auf dem Tisch, auf die leeren Gläser. »*War* er hier?«

Ich sagte ihm, ja.

»Wann? Eben noch?«

»Bis vor ungefähr einer halben Stunde.«

»Wer sind Sie?«, wollte er wissen.

»Ich bin ziemlich oft hier, ich habe ihn erst heute Abend kennen gelernt.«

Der Mann zuckte zusammen. »Jetzt kommen Sie schon! Ich muss ihn unbedingt finden!«

»Ich weiß nicht, wo er ist. Er wollte noch ein bisschen ausgehen.«

Der Mann betrachtete mein Gesicht, gelangte offensichtlich zu dem Schluss, dass ich die Wahrheit sagte, und ließ sich zu meiner Überraschung mir gegenüber auf die Sitzbank plumpsen.

»Ich will mich nur ganz kurz setzen, ein bisschen ausruhen. Hab zwei Stunden am Steuer gesessen.« Er zog die Handschuhe aus und entblößte riesige Hände, die Finger so verkrümmt und geschwollen, dass es fast wehtat, sie anzusehen, die Nägel vor Schmutz starrend. »Herrgott, bin ich müde. Musste auf dem Gehsteig parken. Von Nordosten kommt Schnee, wird sicher bald richtig schlimm.« Er schob das Geschirr beiseite, allerdings nicht, ohne begehrliche Blicke auf ein paar labbrige Pommes frites zu werfen. »Haben Sie denn wenigstens eine *Ahnung,* wo er sein könnte?«

»Eigentlich nicht.«

Er nahm die Mütze ab. Sein Haar schien mit Motoröl gestyled. »Und wissen Sie vielleicht, wo ich ihn heute Nacht noch finden kann …« Sein Gesicht verzog sich zu einem anzüglichen Grinsen. »Wissen Sie, was ich meine?«

Wahrscheinlich in Allisons Wohnung. »Vielleicht sehe ich ihn morgen downtown.«

»Nein, dann ist es schon zu spät.« Er befühlte mit dem Daumen einen seiner Zähne, als sei er locker.

»Sind Sie ein Freund von ihm?«

»Ein Freund?« Er schüttelte den Kopf. »Die Leute nennen mich Poppy.« Er reichte mir nicht die Hand, sondern sah sich stattdessen im Havana Room um. »Ganz schön schnieker Laden das hier, ein einziger Haufen Arschlöcher. Wollten mich erst nicht reinlassen.«

»Haben Sie versucht, ihn anzurufen?« Ich nahm an, Jay wollte nichts von ihm wissen.

»Klar hab ich das.« Poppy bemerkte meinen unaufgegessenen Kuchen. »Wollen Sie den noch?«

Ich machte eine einladende Geste. Er zog den Teller zu sich heran, kaute eine Minute lang gründlich und leerte dann eines der Wassergläser.

In diesem Moment kam der Barmann an unseren Tisch. Er nickte mir entschuldigend zu und richtete sich an Poppy.

»Sir, das hier ist eine private Veranstaltung.«

»Die Tür war nicht abgeschlossen.«

»Die Tür war geschlossen, Sir.«

»Ich hab sie aufgemacht.«

»Sir, man hat mir gesagt, auf unserem Gehsteig steht ein mit Kartoffeln beladener Pick-up.«

Poppy nickte. »Das ist meiner.«

»Sir, wir bitten Sie dringend, ihn wegzufahren.«

»Werde ich.« Die Zähne mit dunklem Kuchen verschmiert, grinste er mich an. »Wenn ich fertig bin.«

»Sir, der Wagen stört außerordentlich …«

Poppy drehte sich herum. »Er wird noch viel mehr stören, wenn ich die ganzen Kartoffeln vor Ihren Laden hier kippe, meinen Sie nicht?«

»Sir, wie es aussieht, werden wir wohl die Polizei rufen müssen.«

»Meinetwegen. Rufen Sie sie.«

»Sir?«

»Aber rechnen Sie mal nicht damit, dass die Ihnen an die neuntausend gefrorene Kartoffeln wegräumen.«

Der Barmann entfernte sich.

»Haben Sie was zu schreiben?«

Hatte ich. Er schob eine geprägte Serviette vor sich hin und versuchte zu schreiben. »Also schön, ich …« Die Serviette riss.

Ich reichte ihm eine andere. Er versuchte es wieder.

»Was haben Sie denn?«

»Schlechte Durchblutung. Über die« – er hielt seine rechte Hand hoch, schlenkerte die steifen Finger – »ist mir vor sechzehn Jahren ein Gabelstapler gefahren. Hat höllisch wehgetan, kann ich Ihnen sagen.« Er hob die Linke. »Und in der hier – in der habe ich dieses Wiederholungsbewegungsdings. Die Sehnen alle total verklebt. Keine Kraft mehr zum Zupacken.«

Mit der zweiten Serviette hatte Poppy mehr Erfolg. Wie ein Junge, der seine Initialen in einen Baum ritzt, führte er den Stift langsam über das Papier. Bei jedem fertigen Buchstaben gingen seine Augenbrauen hoch. »Da. Geben Sie ihm das.«

»Darf ich es lesen?«, fragte ich.

»Ich werde Sie nicht daran hindern.«

Auf der Serviette stand:

JAY – Es gibt ein Probelm mit Hershul & der Raupe. Es ist nicht meine Schulld. Komm schnell rauß. Ich kann nichts machen. Ich warte die ganze Nacht.
Poppy

Er setzte die Mütze wieder auf, erhob sich. »Kann ich mich drauf verlassen, dass Sie ihm das geben?«, fragte er.

Ich steckte den Zettel ein. »Ich sehe, was ich tun kann.«

Er schaufelte eine Hand voll Pommes vom Teller und füllte sie in seine Jackentasche. »Aber versuchen werden Sie's, oder?«

In diesem Moment wurde ich auf die schöne Schwarze im blauen Abendkleid aufmerksam, die ich zuvor am anderen Ende des Raums gesehen hatte. Die Männer schienen jetzt gespannt. War sie es, auf die sie gewartet hatten?

»Sie versuchen es doch, oder?«, wiederholte Poppy.

Ich sah wieder ihn an. »Sicher.«

»Ich meine *heute Nacht*«, hustete er. »Und zwar so schnell wie möglich.«

»Ja, sicher«, murmelte ich. Die Schwarze, groß und elegant, begrüßte jeden Gast mit einem Handschlag und einem warmen Lächeln. Der Literat war erwartungsvoll von seinem Hocker gerutscht.

»Hey, hey, ich rede mit Ihnen!«, sagte Poppy. »Ich glaube, Sie können ihn finden. Sie kennen doch auch seine Freundin, wo sie zu finden ist. Ich habe gehört, sie schmeißt den Laden hier.« Er deutete auf die Serviette. »Jay weiß schon, was damit gemeint ist, ganz bestimmt.«

Ich nickte. »Okay.«

Er war misstrauisch. »Ich kann Ihnen das nicht erklären. Es ist hundert Prozent vertraulich.«

»Das ist mir klar, ja.«

»Sagen Sie ihm, ich musste wieder zurück.«

Die Frau hörte dem Wortgeplänkel des Literaten zu. Er kam sich sehr geistreich vor in seinem Rausch, aber er streute seine Zigarettenasche auf ihre Schuhe, und sie schwebte davon, um andere zu begrüßen.

»Ich muss zurück, habe ich gesagt.«

»Klar.«

»Wegen des Schnees.« Ohne mich aus den Augen zu lassen, zog Poppy den Reißverschluss seiner Jacke zu. Er schien bereits die Schultern gegen die Kälte draußen hochzuziehen. »Wenn Sie es ihm nicht ausrichten, haben Sie ein echtes Problem. Er wird's erfahren. Er wird's rauskriegen.«

Mir gefiel nicht, wie sich das anhörte.

»Und sagen Sie ihm, ich weiß nicht, wie es passiert ist.«

»Okay.« Ha, stellte ich fest, hatte ein zusammengerolltes weißes Tuch auf die Bar gelegt. Er entrollte das Bündel und hob eine Lasche an. In dem gefalteten Tuch blitzte etwas auf.

»Ich habe noch Kaffee im Wagen.«

»Okay, Poppy«, sagte ich.

»Er muss die Nachricht unbedingt kriegen.«

Jetzt füllte Ha in der Spüle hinter der Bar einen Plastikeimer mit Wasser. »*Wird* er.«

»Sagen Sie ihm, es hat was mit Herschel zu tun.«

Die elegante Schwarze kannte fast jeden Mann im Raum, merkte ich. »Ich sagte doch, ich werde mich darum kümmern.«

Poppy sah, dass ich abgelenkt war. »Es geht nicht anders, ich muss unbedingt zurück. Das muss er verstehen. Wird er auch, wenn er sieht, was passiert ist.«

»Gut.«

»Wahrscheinlich muss er jemanden mitbringen, der ihm hilft. Meine Hände sind zu nichts mehr zu gebrauchen. Es ist ein Riesenproblem, auch das müssen Sie ihm sagen.«

»Okay.«

»Sie machen einen anständigen Eindruck. Ich verlasse mich auf Sie.«

Poppy stand auf und ging, aber nicht, ohne vorher die Schale mit Nüssen auf der Bar zu bemerken, die er ausgiebig plünderte. Ich las die unbeholfene Serviettennachricht noch einmal, ohne schlau daraus zu werden. Wie konnte ich sie Jay zukommen lassen? Wenn er und Allison ausgegangen waren, um zu feiern, konnten sie weiß Gott wo sein. Beide hatten wahrscheinlich ein Handy, aber ich hatte ihre Nummern nicht. Ich konnte die Auskunft anrufen. Allison hatte gesagt, dass ihre Privatnummer im Telefonbuch steht. Musste sie ja auch, wenn man es sich genauer überlegte. Schließlich sollte sie erreichbar sein, wenn das Restaurant mitten in der Nacht abbrannte.

»Hören Sie«, sagte ich zum Kellner, »ich bin gleich wieder zurück. Ich muss oben kurz mal telefonieren. Halten Sie mir so lange den Tisch frei, ja?«

Er hob die Schultern. »Dann beeilen Sie sich aber.«

Die Bemerkung erschien mir unnötig grob, doch ich ignorierte sie und eilte zum niedrigen Eingang des Havana Room, vorbei am Literaten, dem gerade vom Barmann gewaltsam die Rechnung präsentiert worden war. Ich stieg die abgenutzte Marmortreppe hinauf, auf der sich mein Schatten vor mir erhob. Als ich oben am Eingang die Auskunft anrief, sah ich Tom Brokaw auf einen späten Imbiss hereinkommen. Imponierender Mann, Brokaw. Gewandt, eloquent, Ruhe ausstrahlend, zutiefst amerikanisch in seinem Auftreten. Garantiert hatte er auch niemanden mit einem Glas Milch umgebracht. Bei der Auskunft hatten sie Allisons Nummer, und ich hinterließ ihr eine allgemein gehaltene Nachricht über Poppy und hängte auf. Fast im selben Moment begann das Telefon zu läuten.

»O hall-o-*ho*, Bill«, kam Allisons Stimme aus dem Hörer – amüsiert, samten, entspannt.

»Das ging aber schnell. Weißt du die Nummer des Münztelefons?«

»Sicher. Hab sie sogar gespeichert.«

»Bist du zu Hause?«

»Nein. Ich habe diese tolle Funktion, dass alle Anrufe an mich weitergeleitet werden, egal, wo ich gerade bin.«

»Ich habe in deiner Wohnung angerufen.«

»Ich weiß.«

»Aber dort bist du nicht.«

»O nein. Ich bin bei Jay. In seinem großen, männlichen Offroader. Klingt doch irgendwie richtig sexy im Gegensatz zu Geländewagen, findest du nicht?«

»Ich muss Jay etwas …«

»In so einem Offroader richtig durchgeschüttelt zu werden ist doch gleich ganz was anderes, da kann man ja gar nicht genug kriegen.«

»Bist du ein bisschen beschwipst, Allison?«

»So könnte man es nennen. Wir sind bereits unterwegs. Ich bin sowieso schon spät dran. Aber die Männer werden warten. Wir haben nur eine kurze *Spritztour* gemacht.«

»Hier scheint es jeden Augenblick loszugehen.«

»Nicht ohne mich«, sagte sie. »In drei Minuten sind wir da. Ich gebe dir jetzt Jay.«

Er kam an den Apparat. »Hallo, Mann«, atmete er ins Telefon. »Können Sie vielleicht morgen in mein Büro kommen, um alles zu klären …«

»Deshalb rufe ich nicht an.«

Ich erzählte ihm von Poppy und auch von den Kartoffeln. Er bat mich, ihm die Nachricht vorzulesen.

»Oh, Scheiße«, brummte er, dann legte er die Hand über das Telefon. Ich bildete mir ein, einen Ton weiblichen Widerspruchs zu hören. Dann kehrte das Hintergrundgeräusch zurück, das Rauschen des Verkehrs. Während ich lauschte, merkte ich, dass eine ältere Frau in einem langen Pelzmantel darauf wartete, das Telefon zu benutzen.

»Ich habe kein Handy«, sagte sie zum Oberkellner. »Meine Schwester hatte eins und hat davon einen Hirntumor bekommen.«

Der Oberkellner nickte über ihren gesunden Menschenverstand.

Ich lauschte weiter. »Vielen Dank«, ertönte Allisons Stimme, ein Stück von Jays Telefon entfernt.

»Bill?«

»Jay, ich glaube, ich sollte mir morgen einige der Dokumente noch mal ansehen. Insbesondere den Grundbuchauszug.«

»Klar.« Aber er hörte gar nicht zu.

»Gute Nacht, Jay.« Ich wollte in den Havana Room zurück. »Und noch mal herzlichen Glückwunsch.«

»Haben Sie für heute Abend noch was vor, Bill?«, fragte Jay.

»Ich habe vor zu schlafen, irgendwann.«

»Ich habe da ein Problem. Ich bräuchte Hilfe.«

»Ich bin müde, Jay. Wirklich. Es ist fast eins.«

»Halt, halt, legen Sie noch nicht auf ...«

Ich hörte gedämpfte Stimmen, Allison, die etwas sagte, vielleicht protestierte, Hintergrundrauschen. Trotz der späten Stunde kamen immer noch Leute ins Steakhouse. Der alte Literat wurde vom Kellner samt Gefolge aus dem Havana Room eskortiert. »Aber der Abend ist doch noch jung!« Seine Knie knickten bei jedem Schritt ein. »Es geht doch erst los! Ich habe die Messer gesehen!«

»Bill«, ertönte Jays wässrige Handystimme wieder an meinem Ohr, »ich brauche unbedingt jemanden, der mit mir nach Long Island rausfährt und mir bei etwas hilft. Es dauert höchstens drei, vier Stunden ... könnte sein, dass ich jemanden brauche, der zupacken kann, zwei kräftige Hände, mehr nicht.«

Wenige Stunden zuvor hatte ich dem Universum eine zusätzliche Viertelmillion Dollar für ihn abgeluchst, und jetzt brauchte er mich als Landarbeiter? Aber ich war höflich. »Zwei kräftige Hände?«

»Ja, die von Poppy sind zu nichts mehr zu gebrauchen.«

Ich sah, wie die Tür des Havana Room zuging. »Geben Sie mir die Nummer, ich rufe Sie zurück.«

Ich ging die neun oder zehn Schritte durch das Foyer. Inzwischen war die Tür zu. Ich versuchte den alten Türgriff aus Porzellan. Nichts. Die gelbe Karte war aus der Messinghalterung entfernt worden.

»Geschlossen«, verkündete der Oberkellner.

Ich kam mir betrogen vor. »Aber eben war sie doch noch offen.«

»Ja«, sagte er, ohne von seinem Reservierungsbuch aufzusehen. »War sie.«

Ich versuchte den Griff, riss daran. Er war erstaunlich stabil, ohne jedes Spiel, gerade so, als wäre er an einer Wand befestigt.

»Sir!«, rief der Oberkellner scharf.

»Ich war grade da unten, mein Essen steht noch auf dem Tisch!«

»Bedaure«, sagte er ohne Mitgefühl.

»Allison Sparks hat mich nach unten mitgenommen«, sagte ich.

»Ja«, antwortete er, »aber Sie sind gegangen. Und jetzt ist die Tür abgeschlossen.«

»Das verstehe ich nicht«, protestierte ich.

»Ich muss Sie bitten, sich von der Tür zu entfernen.«

»Ich bin doch niemandem im Weg, ich …«

»Bitte, Sir.« Seine Stimme bekam etwas Ominöses.

Inzwischen hatte die Frau im Pelzmantel das Münztelefon in beiden Händen.

Ich holte meinen Mantel, trat, gereizt und enttäuscht, in die Kälte hinaus und beobachtete, wie der Schnee fiel. Allison hatte gesagt, sie würde in drei Minuten hier sein, aber es wurden mehr, eher zehn. Ich sah vereinzelte Kartoffeln im Rinnstein liegen. Der Winterwind in den Seitenstraßen der Sixth Avenue ist wie eine Ohrfeige, steckt einem einen kalten Finger in den Kragen, weckt einen auf. Aber er erinnert einen nicht daran, dass man fehlbar und dumm ist. Endlich fuhr ein grüner Geländewagen an den Straßenrand und blendete kurz auf, während die Scheibenwischer weiter den wirbelnden Schnee beiseite schoben. Allison, in einem Mantel mit ausladender Kapuze, sprang heraus und rannte im schneeigen Licht vor dem Eingang auf mich zu. Ihr Haar war nicht unbedingt gekämmt, ihr Make-up verschmiert und vernachlässigt, die Wangen gerötet.

»Manchmal werde ich einfach nicht schlau aus diesem Kerl, wirklich nicht.«

Ich warf einen Blick auf Jay, der hinter der verschneiten Windschutzscheibe des Geländewagens nur schemenhaft zu erkennen war. »Ich dachte, es wäre alles optimal gelaufen heute Abend, mit dem Vertragsabschluss und allem.«

»Ist es ja auch. Wir haben uns blendend amüsiert. Vor zehn Minuten ging es ihm noch bestens, *bestens*.«

Sie wirkte nicht so betrunken wie kurz zuvor am Telefon, und ich fragte mich, ob das Ganze nur eine Bekundung ihres Glücks gewesen war. »Was ist passiert?«

In ihren Mantel verkrochen, beugte sich Allison zu mir vor. »Dein Anruf, Bill.«

»Hat er dir gesagt, worum es sich dreht?«

»Nein, aber er war nach deinem Anruf sehr beunruhigt. Ich konnte es ihm ansehen.«

Eine Schneeböe pfiff die Straße herunter, und wir rückten näher zusammen. »Er möchte, dass ich mit ihm nach Long Island rausfahre.«

»Hilfst du ihm?«, fragte sie. »Ich mache mir Sorgen, wenn er allein fährt.«

»Eigentlich hatte ich gehofft, du würdest mich wieder in den Havana Room mitnehmen, damit ich mir diese Zirkusnummer ansehen kann oder was ihr dort unten veranstaltet.«

Sie blinzelte gegen den Schnee in ihren Augen an. »Wer sagt, dass es eine Zirkusnummer ist?«

»Was passiert dort unten? Machen Ha und die Schwarze irgendwas?«

Allison runzelte angewidert die Stirn. »Es ist richtig pervers, Bill, ja.« Sie sah auf die Uhr. »Sie müssen ohne mich angefangen haben. Ha hat wohl nicht mehr gewartet.«

»Ich will wieder da runter.«

»Wenn du Has ersten Teil versäumt hast, hast du nichts mehr davon.«

»Das verstehe ich nicht.«

Sie nickte. »Ich nehme dich schon wieder mit, keine Sorge.«

»Wann?«

»An einem anderen Abend. Bald.« Sie sah sich nach Jays Wagen um, dessen Warnblinkanlage aufblitzte, als wartete er auf mich. »Er sagt, er fährt auf jeden Fall raus.«

Sie bat mich, Jay zum zweiten Mal an diesem Abend zu helfen, und unwillkürlich hoffte ich, es würde mich ihr empfehlen. Ich blickte voller Frustration in Allisons Gesicht und spürte unerwarteterweise ihre eigene. Für sie war der ganze Abend eine unerledigte sexuelle Angelegenheit. Der Schnee rieselte sanft auf ihre Kapuze, und da war sie, Lungen und Lippen, Augen und Brüste, und sie *wollte*, sie wollte unbedingt, sie wollte ihn oder mich oder es oder alles, und dieses Verlangen hatte zur Folge, dass auch ich sie wollte. »Bitte, Bill?«, hauchte sie. »Hilfst du ihm?«

»Ich sollte nach Hause gehen, schlafen. Ich bin müde.«

Sie sah mich kurz prüfend an. »Du siehst aber nicht müde aus.«

»Ich bin es aber. Müde und alt.«

»Mädchen stehen bekanntlich auf alte Männer«, sagte Allison. »Sie finden ihre Falten interessant.«

Ich dachte an Judith und Wilson Doan, an seine eigenartigen Augen und wie er beim Begräbnis seines Sohnes in einem schwarzen Mantel dagestanden hatte. Daran dachte ich, und es erinnerte mich an andere Dinge, und plötzlich dachte ich an Timothy, wie er in einem Landhaus in der Toskana ganz allein einen Fußball gegen eine alte Steinmauer schoss. Ich hoffte, dass sein Stiefvater gut zu ihm war, ihn liebte, nicht zu sehr damit beschäftigt war, wie er drei Viertel einer Milliarde Dollar ausgeben sollte. Darüber wollte ich aber lieber nicht nachdenken, über nichts von all dem, und die Aussicht auf eine spätnächtliche Fahrt nach Long Island bekam plötzlich neuen Ablenkungswert.

»Na schön«, brummte ich. »Meinetwegen.«

»Danke.«

»Aber du nimmst mich wieder in den Havana Room mit.«

»Ehrenwort.«

»Ich möchte wirklich sehen, was …«

»Ich weiß, ja. Ehrenwort, Bill.«

»Abgemacht.«

»Fahrt bitte vorsichtig«, sagte sie. »Beide.« Sie reckte sich und küsste mich auf die Wange. »Kommst du morgen vorbei?«

»Klar«, sagte ich.

»Gut. Das fände ich schön.«

Und dann war Allison weg, durch die Tür gewirbelt, gefolgt von Schnee.

Es wäre immer noch Zeit gewesen, die Tür des Geländewagens zu öffnen und Jay unter einigem Gedruckse abzusagen, aber das tat ich nicht. Stattdessen blieb ich unter der Markise des Steakhouse stehen und ließ den Wind gegen meine Wangen klatschen. Seitdem habe ich allen Grund, mich zu fragen, warum ich auf den korrigierenden Schritt, den vernünftigen Rückzug verzichtete. Ich war müde, und ich hätte schlafen gehen sollen. Mit Sicherheit hatte ich auf Allison angesprochen, etwas Aufrichtiges in ihrer Stimme gespürt, irgendeinen unterschwelligen Notruf vielleicht. Aber das war nicht allein der Grund, warum ich durch den höher werdenden Schnee auf Jays Wagen zuging, es war mehr als das, und das wirft kein gutes Licht auf mich: Ich witterte in Jay eine animalische Schwäche, und ich wollte herausfinden, worin sie bestand. Um genauer zu sein: Ich witterte ein Problem, und es war nicht unbedingt das, das Poppy Sorgen bereitete. Ich witterte Kanten und Veränderung und Konflikt. Ein richtiges Problem, das nach einer Lösung verlangte. Eine Lösung erfordert einen Kunstgriff, und ein Kunstgriff bedeutet ein Spiel. Wie ich an diesem Abend bereits bewiesen hatte, hatte ich einmal etwas von Problemen und Kunstgriffen verstanden, und etwas in mir war froh über eine weitere Herausforderung.

In dieser Hinsicht war ich ein Dummkopf. Ich hatte vergessen, dass jedes richtige Spiel gegen einen Gegner, oder auch gegen zwei gleichzeitig, gespielt wird, und dass dabei im Hintergrund der Zufall dem einen oder dem anderen die besseren Chancen zuteilt. Wer gewonnen und wer verloren hat, ist oft schwer festzustellen, oder es geht unentschieden aus, oder das Ergebnis ist letztlich umkehrbar. Wie zum Beispiel Wilson Doan Sr. festgestellt hatte. Ja, das alles hatte ich vergessen, und deshalb ging ich auf die Beifahrerseite des Offroaders und öffnete die Tür. Jay hatte denselben guten Mantel und seinen eleganten Anzug an, den er wenige Stunden zuvor getragen hatte. Er blickte zu mir auf, die Augen ein wenig stumpf, fand ich, die Hände aufs Lenkrad gestützt.

»Das ist wirklich sehr nett von Ihnen«, sagte er leise.

Ich machte es mir bequem und bemerkte einen Baseball auf dem Armaturenbrett. Ich griff danach. Ein Baseball fühlt sich immer gut an in den Händen. »Das ist nicht gerade das, was ich heute Nacht vorhatte.«

»Da geht es Ihnen nicht allein so.«

Der Karton mit dem Geld war hinter seinem Sitz. »So, wie es sich angehört hat, war Ihre kleine Spritztour mit Allison recht amüsant. Tut mir Leid, dass ich Sie gestört habe.«

Die meisten Männer hätten als Antwort darauf entweder verlegen oder stolz gelächelt. Aber Jay blinzelte nur, behielt die Lippen geschlossen. Ich hatte irgendwie das Gefühl, dass Allison nicht der Typ Frau war, auf den er stand. Er deutete aufs Handschuhfach. »Da ist eine Dose mit Tabletten drin. Könnten Sie mir die mal geben?«

Ich öffnete das Fach und fand ein unbeschriftetes Döschen.

»Danke.« Er schüttelte drei Tabletten heraus und schluckte sie. Dann steckte er das Döschen in seine Brusttasche.

»Soll ich fahren?«

»Nein, nein, es geht schon.«

Und es ging tatsächlich. Bis wir durch den Tunnel und in Queens waren, saß er aufrecht da und fuhr mit forscher Aggressivität.

»Ziemlich gut, diese Pillen«, bemerkte ich.

»Allerdings.«

»Alles okay?«, fragte ich.

»Aber klar, nur ein bisschen müde.«

Er hatte keine Lust zu reden, weshalb ich es bleiben ließ. In einer verschneiten Nacht nimmt der Verkehr auf dem Long Island Expressway, immer eine Rennstrecke verrückter Fahrer, geradezu aberwitzige Züge an, und um uns dem Verkehrsfluss anzupassen, beschleunigten wir auf achtzig Meilen und rauschten in östlicher Richtung an Reklametafeln und Einkaufszentren und Ausfahrtschildern vorbei, ohne dass Jay ihnen irgendwelche erkennbare Beachtung schenkte. Nichts in seinen Augen deutete darauf hin, dass er kurz zuvor ein Haus erworben hatte oder seine Feier mit Allison hatte beenden müssen, und unwillkürlich musste ich an die seltsam abgestumpfte Traurigkeit denken, die ich in seinem Gesicht gesehen hatte, als er sie umarmt hatte. Sein Mund im mit Lichtpunkten durchsetzten Dunkel des Geländewagens war starr, sein Blick auf die Straße geheftet, und ich glaubte, eine ganz bestimmte Sorte Mann in ihm zu erkennen, einen Mann, der vom Leben gezeichnet ist und dennoch nicht aufgibt. Ich habe ein paar von dieser Sorte kennen gelernt. Weil ein solcher Mann Schmerzen ertragen hat, weiß er, er kann mehr ertragen. Er erwartet es sogar; Leiden, so weit er es sieht, liegt in der Natur der Dinge, in der Logik des Universums. Normalerweise sind solche Männer unerbittliche, sogar selbstquälerische Arbeiter, fähig, lange Phasen der Isolation und Einsamkeit sowie Anfälle lähmender Melancholie zu ertragen. Sie weigern sich, Antidepressiva zu nehmen, sie weigern sich, zu viel zu reden; stattdessen warten und warten sie mit der Geduld einer Katze darauf, dass die Stimmung umschlägt. Sie trinken am Morgen allein Kaffee, sie rauchen auf der Veranda Zigaretten. So einer war Jay. Solche Männer glauben an Glück, sie halten nach Zeichen Ausschau, und sie vollführen private Rituale, die ihrer Verzweiflung Struktur geben und ihr Warten markieren. Sie sind relativ leicht auszumachen, aber schwer zu durchschauen, vor allem in den Jahren, in denen sich ein Mann selbst am gefährlichsten ist und die etwa mit fünfunddreißig beginnen, wenn er, falls er sich nicht schon selbst zerstört hat, seine Verluste ebenso aufzurechnen beginnt wie seine Gewinne, und die mit etwa fünfzig enden, wenn er, falls er sich nicht schon selbst zerstört hat, gelernt hat, dass die Wucht der Zeit besser behutsam und in kleinen Teilen aufgefangen wird. Zwischen diesen beiden Punkten sollte er allerdings lieber auf der Hut sein und sich wappnen für die gefährliche Reise, die ihn lockt – der Ansturm, das Streben, der hohe Anspruch, der Traum. Ja, lassen Sie es mich noch einmal sagen. Stille Männer mit Träumen können gefährlich sein.

Der Highway wurde trostloser, als wir den Rand von Long Islands weitflächigen Vororten hinter uns ließen und die letzten dreißig Meilen Felder und Wiesen in Angriff nahmen. Obwohl schon weit vom Ostrand von Queens entfernt, befanden wir uns noch ein gutes Stück innerhalb des New Yorker Stadtgebiets. In gewissem Maß ist das Geld auf Long Island, von einer Spitze zur anderen, immer New Yorker Geld, das entweder von dort kommt oder dorthin wandert. Anders ist es auch gar nicht möglich, weil außer Kartoffeln und Motorbooten und frischem Fisch alles, was auf der Insel auftaucht – jede Waschmaschine, jeder Balken Bauholz, jeder Karton Orangensaft –, auf seinem Weg nach Osten durch die Stadt kommt. Achtzig Meilen von der City entfernt, gabelt sich die Insel in einen nördlichen und einen südlichen Teil, und da die South Fork bereits voll mit Ferienhäusern ist und es dort zugeht wie in den Hamptons, kommt als Nächstes die North Fork an die Reihe; einmal runter vom Highway, kamen wir an Schildern vorbei, die neue Golfplätze, Wohnungsbauvorhaben und Weingüter ankündigten. Ich hatte ein wenig Ahnung von diesem Grundstücks-Spiel. Dabei kommt es natürlich darauf an, sich ein riesiges Stück Land zu sichern, vorzugsweise für so wenig Geld wie möglich, es »geschmackvoll« zu teilen, sprich: so, dass es reiche Käufer anzieht, und dann die ganze Chose zu verkaufen. Wenn sich der Verkäufer geschickt anstellt, kann der Gewinn enorm sein.

»Sie sehen ja, was hier draußen los ist«, murmelte Jay. »Der reinste Goldrausch.«

»Warum haben Sie das Land ausgerechnet jetzt verkauft?«

»Der Zeitpunkt war genau richtig«, sagte er geheimnisvoll.

Falls es geteilt werden durfte, konnte ein großes Stück Land wie das von Jay einiges mehr wert sein als das, wogegen er es eingetauscht hatte. Wenn im Bebauungsplan Grundstücksgrößen von 4000 Quadratmetern mit Grüngürtelreserven vorgesehen waren, ließen sich immer noch an die siebzig Grundstücke herausschlagen, zwanzig davon am Wasser. Man musste vielleicht noch eine Million für Wasser, Straßen, Bauanträge investieren und die Politiker auf die Bermudas schicken, aber selbst dann noch konnte jemand mit dem nötigen Geschick und Durchsetzungsvermögen seinen Einsatz in fünf Jahren verdreifachen.

»Schon versucht, das Land zu teilen?«, fragte ich.

Er schüttelte stumm den Kopf, bog mehrere Male ab und hielt schließlich im Dunkeln an einem mit einer Kette abgesperrten Feldweg, der direkt zum Long Island Sound führte. Er stieg aus und ließ die Kette auf dem Boden liegen. Ich bemerkte das Schild eines Immobilienmaklers: HALLOCK PROPERTIES. Jay zog es heraus und warf es ins Gras.

»Ist das Ihr Land?«

»Ja.«

»Mittlerweile nicht mehr.«

»Offiziell jedenfalls nicht, Herr Anwalt.« Er setzte sich wieder hinters Steuer.

»Ich dachte, Sie hätten Gerzon den Schlüssel gegeben.«

»Einen habe ich behalten.« Er fuhr langsam an. »Man sollte immer einen Zweitschlüssel behalten, wissen Sie.«

Bevor er sich auf beiden Seiten weit öffnete, führte der Weg durch ein kleines Fichtengehölz.

Jay beugte sich zur Windschutzscheibe vor. »Wo ist er?«

In dem schneeschwirrenden Dunkel konnte ich erkennen, dass wir durch eine alte Farm fuhren. Riesige Nebengebäude, ein paar ausrangierte Traktoren. Jay wich Furchen und Schlaglöchern aus. »Sie haben die Straße nicht in Schuss gehalten.«

»Kennen Sie dieses Land?«

»Ich bin hier aufgewachsen, Mann.«

»Hier, auf diesem Stück Land?«

»Jawohl. Halten Sie mal nach Spuren Ausschau.«

Aber ich sah nichts. Das Land erstreckte sich flach und weit an beiden Seiten der Straße. Wir kamen an Schuppen mit Bewässerungspumpen vorbei, an Stapeln mit Rohren, an drei uralten, in einer Reihe stehenden Bäumen, kahl, aber dennoch majestätisch. Der Schnee klatschte gegen das Auto.

»Noch weit bis zum Wasser?«

»Vierhundert Meter.«

Am Ende des Wegs stand ein schwer beladener Pick-up, hinter dem ich die phosphoreszierende Weite des Long Island Sound erkennen konnte. Es war ein großer Pick-up, mit Doppelbereifung an der Hinterachse und ähnlich groß wie ein Müllauto, nur dass er hinten eine mit Kartoffeln gefüllte Stahlmulde hatte. Außerdem schien auf der Fahrerseite die Tür zu fehlen. Als wir näher kamen, stieg ein Mann aus der Fahrerkabine. Er zog sich die Mütze tief in die Stirn und kam direkt auf Jay zu. Es war Poppy, der aus einem Becher Kaffee trank.

»Wo ist Herschel?«, brüllte Jay.

Poppy schüttelte angesichts der Sinnlosigkeit der Frage den Kopf. »Komm endlich, es ist schlimm.«

Ich fühlte mich nicht besser, als ich das hörte. Wir stiegen aus und folgten Poppy an den Rand des Kliffs.

»Seien Sie vorsichtig«, warnte mich Jay und packte mich an der Schulter. »Hier geht es über fünfzig Meter runter.«

Der Wind pfiff vom Meer herein und fegte die Klippe hoch, sodass uns da, wo wir standen, Schnee ins Gesicht flog, obwohl wir nach unten schauten. Poppy richtete seine Taschenlampe auf zwei breite Fahrzeugspuren, die direkt in den Abgrund führten. »Er ist hier einfach runter.«

Jay spähte, so gut es ging, nach unten. »Ist er tot?«

Poppy hob die Schultern. »Wenn er bei Tag gearbeitet hat, ist er schon acht Stunden da unten.« Er trat in den Sand. »Wegen dem Schnee hat er wahrscheinlich den Rand der Klippe nicht gesehen.«

»Wann hast du ihn gefunden?«, fragte Jay.

»So gegen zehn.«

Das schien mir glaubhaft, denn Poppy war erst nach Mitternacht im Havana Room aufgetaucht.

»War er noch am Leben?«, fragte ich entsetzt.

»Woher soll ich das wissen?«, knurrte Poppy. »Möglicherweise schon. Aber bewegt hat er sich nicht mehr.«

»Sind Sie nicht zu ihm runter?«

»Nein, völlig unmöglich. Nicht mit meinen Händen.«

»Haben Sie die Polizei verständigt?«, fragte ich, inzwischen zitternd.

Poppy sah Jay wütend an, und obwohl Poppy nicht groß war, machte ich einen Schritt zurück.

»Immer schön mit der Ruhe, Bill«, sagte Jay. Er nickte Poppy zu. »Also schön, du bist also nicht runter.«

»Wie denn auch?«

Ich spähte nach unten, konnte aber nicht viel erkennen.

»Nicht so weit vor. Der Sand gibt nach, es gibt keine feste Begrenzung.«

Entgegen meiner Erwartung ging es nicht senkrecht nach unten, sondern nur ziemlich steil. Ich wagte mich weiter vor. »Da!«

Gut zehn Meter unter uns war eine Planierraupe, die rechte Seite nach unten gewandt, von einer Gruppe kahler Bäume gehalten. Im Führerhaus lag ein Mann. Er rührte sich nicht. Die Raupe schien rückwärts den unebenen Abhang hinuntergerutscht und unbeschädigt zum Stehen gekommen zu sein. Die große Schaufel vorne lag auf dem Sand auf, und der Gelenkarm des Grabenbaggers hinter dem Führerhaus war hochgeklappt und angelegt.

Jay spähte mit zusammengekniffenen Augen in das Schneetreiben. »Bill, ich hätte da eine Frage an den Juristen.«

»Ja.«

»Wie schwierig oder einfach ist es, ein Immobiliengeschäft rückgängig zu machen?«

»Wenn beide Seiten einverstanden sind und noch kein Grundbucheintrag erfolgt ist, einfach.«

»Wenn die Typen von Voodoo morgen früh einen Toten auf ihrem Land finden, könnten sie dann das Geschäft rückgängig machen?«

Ich überlegte kurz. »Ja. Sie könnten geltend machen, es sei möglicherweise ein Verbrechen begangen worden, sie hätten den Kauf unter falschen Voraussetzungen getätigt. Sie könnten es mit einer gerichtlichen Verfügung untermauern. Sie könnten versuchen, die Zahlung einzustellen, Konten einzufrieren. Sie könnten alles Mögliche machen.«

»Ich bekäme mein Haus also nicht.«

»Nein«, sagte ich.

Er betrachtete die Planierraupe. »Ich glaube, wir könnten sie hochziehen.«

»Du spinnst ja wohl«, sagte Poppy.

Jay schüttelte den Kopf. »Jedenfalls müssen wir ihn hier wegschaffen.«

»Wie?«

»Fahr die Kiste einfach hoch. So steil ist es doch gar nicht. Sie hat schon größere Steigungen geschafft.«

»Du hast sie ja wirklich nicht mehr alle!«, protestierte Poppy. »Du bringst uns noch alle um.«

»Sie wollen die Leiche bewegen?«, fragte ich. »Das dürfen Sie nicht.«

»Und wenn es nicht zu steil ist«, warf Poppy ein, »warum ist er dann nicht selber raufgefahren?«

»Keine Ahnung. Weil er einen Herzinfarkt hatte vielleicht.«

»Aber das weißt du doch gar nicht«, sagte Poppy.

Jay ignorierte ihn. »Hast du noch dieses dicke Stahlseil in der Scheune?«

»Schon, aber wozu, verdammt noch mal?«

Ich verfolgte ihre Unterhaltung mit wachsender Besorgnis.

»Ich habe gesehen, der Vierfünfer ist beladen.«

»Das geht unmöglich«, erklärte Poppy.

»Natürlich geht es. Jedenfalls, wenn ich die Raupe in Gang kriege.«

»Du bringst noch jemanden um. Mich nicht, aber irgendjemand. Wahrscheinlich dich selbst. Das Seil wird reißen und zurückschnellen und dir den Kopf abreißen.«

»Danke, Poppy, wirklich vielen Dank.«

»Dann hat deine Freundin keinen mehr, der an ihren Titten nuckelt.«

»Du bist ein echter Gentleman, Poppy. Immer schon gewesen.«

»Das könnt ihr nicht machen, Leute«, warf ich ein. »Rufen Sie die Polizei. Das ist deren Sache.«

Poppy deutete drohend auf mich. »Warum hast du *ihn* eigentlich mitgebracht?«

»Weißt du um drei Uhr morgens vielleicht jemand Besseres?«

Poppy schüttelte den Kopf, sein Widerstand war aufgebraucht. »Ich hab gewartet, Jay, mehr nicht.«

»Du hast sowieso schon viel getan«, sagte Jay in milderem Ton. »Jetzt müssen wir nur noch eins tun. Hol das Seil.«

Poppy stieg brummend in seinen verbeulten Pick-up und fuhr weg.

Jay kletterte den Abhang hinunter, und trotz aller Bedenken schlitterte ich hinter ihm den überfrorenen Sand hinunter. Die Planierraupe sah aus wie ein gelbes Spielzeug, das achtlos in einen riesigen Sandkasten geworfen worden war, aber aus der Nähe war sie gigantisch und in sichtbar schlechtem Zustand. Der gelbe Lack war rostzerfressen, die Hydraulikschläuche mit Isolierband umwickelt. Der Fahrer, Herschel, war ein gedrungener Schwarzer in einem Holzfällerhemd, der mit gerecktem Kinn, die Augen zum Himmel gerichtet, mit weit gespreizten Beinen im Fahrersitz hing. Er hätte fünfzig, er hätte siebzig sein können. Der Schneesturm hatte seinen Kopf und Körper mit Eis überzogen. Er war mausetot.

Jay hangelte sich an der Planierraupe entlang. »Oh, Herschel«, stöhnte er. »Was machst du hier draußen bloß?« Er kletterte an der Seite des schweren Gefährts hoch und kniete neben dem Toten nieder. Seine Stirn berührte die Hand des Mannes. »Du hast doch gesagt, du wärst letzte Woche schon fertig geworden! Warum bist du noch mal hier rausgekommen?« Er sackte mit gesenktem Kopf gegen die riesigen Ketten der Raupe. »Oh, Herschel, Mann …«

Ich fand meine Anwesenheit störend und zog mich deshalb in das Dunkel zurück, wobei ich mich fragte, was Herschel Jay bedeutet hatte. Die zwei Gestalten hätten gegensätzlicher nicht sein können – weiß und schwarz, jung und alt, lebendig und tot –, aber Jays unverkrampfter Umgang mit dem Toten deutete darauf hin, dass sie sich nahe gestanden hatten. Schließlich richtete er sich auf und kletterte ins Führerhaus. Er wischte über eine der Anzeigen, schaute darauf und drehte dann den Schlüssel in der Zündung. Nichts geschah. Er versetzte der gefrorenen Leiche einen heftigen Stoß, aber sie bewegte sich nicht. Die handschuhlose Hand des Toten war um den Knopf des Schalthebels gelegt, aber sie hielt ihn nicht umklammert, sondern berührte ihn zufällig.

Er schob und zog, aber die Hand saß fest. »Festgefroren.«

»Passen Sie auf, dass Sie die Haut nicht verletzen«, rief ich.

»Ja, verdammte Scheiße, das weiß ich auch!«, brüllte Jay in das Schneetreiben, sein langer Mantel flatterte hinter ihm. »Bill, kommen Sie rauf hier!«

»Was?«

»Sie sollen hier raufkommen, ich brauche Sie.«

»Wozu?«

»Kommen Sie!«

Unbeholfen kletterte ich zum Führerhaus hoch. Ich hatte ein schlechtes Gefühl bei der ganzen Sache. »Herrgott noch mal, Jay, ich sollte im Bett liegen. Nicht hier rumstehen!«

Das Gesicht des Toten starrte nach oben in das Schneetreiben. Auf seinen Augäpfeln hatte sich eine Schneekruste gebildet. Er trug eine Digitaluhr, deren winzige rote Sekundenanzeige blinkte, als ob ihr Besitzer jeden Moment einen Blick darauf werfen würde. Ich stellte fest, dass er keine Socken trug und Hausschuhe anhatte, keine über die Knöchel reichenden Stiefel.

»Legen Sie einfach die Hände drauf. Versuchen Sie, sie zu erwärmen.«

»Sind Sie verrückt?«

»Ja, bin ich.«

»Ich halte doch nicht Händchen mit einem Toten.«

»Anders kriege ich diese Kiste aber nicht von hier weg.«

»Warum holen Sie nicht die Polizei?«

»Das geht nicht, Herr Anwalt«, sagte er mit tiefer, entschlossener Stimme. »Das geht einfach nicht.«

Mir kam der Gedanke, ich könnte den sandigen Abhang hinaufklettern, in Jays Geländewagen steigen, sehen, ob die Schlüssel steckten, den Karton mit dem Geld herausnehmen und auf den Boden stellen und einfach wegfahren. Zurück nach Manhattan, den Wagen auf einem unbebauten Grundstück stehen lassen, in meine Wohnung gehen. Die Treppe hoch, Schlüssel ins Schloss, ab ins Bett, gute Nacht, Mond, und von Salma Hayek träumen. Das könnte ich tun. Das könnte ich *jetzt* tun.

Aber ich tat es nicht. Stattdessen legte ich meine warmen Hände um die große kalte Hand, die steif gefroren war. Ich zählte bis dreißig, dann klatschte ich meine Hände gegeneinander, um sie zu wärmen, und versuchte es noch einmal. Nach mehreren Versuchen waren meine Hände taub, und Herschels Hand war unverändert. Ich hatte nicht in Yale Jura studiert, um mit einem Toten Händchen zu halten; dafür hatte ich in meinen Zwanzigern und Dreißigern nicht zehn Jahre lang siebzig Stunden die Woche gearbeitet, und ich hatte keine Ahnung davon, als ich zu Allison ja gesagt hatte. Es war verrückt. Trotzdem beschäftigte sich mein Verstand mit dem Problem und suchte nach einer Lösung. »Wir haben noch Kaffee«, fiel mir ein. »In Ihrem Wagen.«

»Genau!«, entfuhr es Jay.

Im nächsten Moment war er auch schon die Böschung hinaufgeklettert und goss aus der großen Thermoskanne Kaffee auf Herschels Hand. Durch den Schein der Taschenlampe stieg Dampf hoch. »Das müsste gehen«, sagte er und rüttelte heftig am Schalthebel. Er goss mehr Kaffee über die Hand. »Es ist – *da.*«

Jay schob den Schaltknüppel zur Seite, und jetzt ragte die Hand einfach in den leeren Raum. »Jetzt wollen wir mal sehen, ob wir die Kiste in Gang kriegen.«

Zwischen Herschels gefrorenem Bauch und dem Lenkrad war nicht viel Platz. Jay verkrümmte sich zu einer kauernden, halb aufrechten Haltung, mit dem Hinterteil am Unterleib des Toten. »Herschel, Mann, tut mir Leid«, murmelte er. »Wenn du bloß nicht so *dick* wärst …« Er drehte den Schlüssel. Nichts geschah. Er versuchte es noch einmal. Ich hörte ein schwaches Klicken.

Jay kletterte aus dem Führerhaus nach unten und klappte den Deckel des Werkzeugkastens hoch, der in den untersten Tritt der Planierraupe integriert war. »Hat wahrscheinlich das Licht angelassen. Die Batterie ist fast leer.« Er nahm eine Spraydose heraus, lehnte sich gegen die Motorhaube und sprühte in den schornsteinförmigen Metalltrichter, der daraus hervorragte. »Äther«, bemerkte er dazu. »Direkt auf den Anlasser. Gibt einen Mordsfunken.«

Jay warf die Spraydose in den Werkzeugkasten zurück, holte nach einigem Herumkramen eine andere, kleinere Dose heraus und stapfte, die Hand immer auf den mächtigen Zähnen der Schaufel, im weichen Sand vorne um die Raupe herum. Trotz seiner Jugend und seiner unübersehbaren körperlichen Vitalität schien es ihn sehr anzustrengen. Er schraubte den zwischen den Tritten auf der anderen Seite des Führerhauses hervorstehenden Tankdeckel ab, hielt die Dose mit der Öffnung nach unten dagegen und schlug von hinten auf sie drauf. Dann pulte er mit dem Finger einen Klumpen einer wie blaue Butter aussehenden Masse heraus und schmierte ihn in den Einfüllstutzen.

»Was ist das?«, rief ich.

»Gel.« Er schmierte mehr davon in den Tankstutzen. »Erwärmt den Diesel.«

Er warf die Dose in das Dunkel und kletterte auf das Dach des Führerhauses. Die Bedienungshebel für die Baggerschaufel und die Hydraulik befanden sich an der hinteren, nach unten geneigten Seite des Führerhauses, die Hebel für die große Vorderschaufel und die Raupe selbst auf der nach oben gewandten Seite.

»Bringen Sie mir einen Stock«, rief Jay. »Einen mit einer Gabelung an einem Ende.«

Ich hatte kalte Füße und Sand in den Schuhen, aber ich blickte mich um und entdeckte ein paar Meter weiter einen abgestorbenen Baum. Ich brach einen etwa einen Meter langen Ast ab und stapfte zu Jay zurück. Er nahm mir den Stock ab. »Normalerweise kann man sich im Sitz nach vorn und hinten drehen.«

Diesmal setzte er sich auf Herschels Schoß. Unwillkürlich schaute ich zum Gesicht des Mannes, um zu sehen, wie es war, wenn Jay auf einem saß. Aber seine steinerne Maske veränderte sich natürlich nicht. Jay drehte den Zündschlüssel. Der Motor klickte, machte eine Umdrehung und sprang an. Die Planierraupe vibrierte laut. Mich überkam eine Art banger Freude. Hinter der Raupe begann Sand wegzurieseln. Jay drehte sich nach hinten und drückte mit dem Stock gegen die Hebel. Einer der mächtigen Hydraulikarme senkte sich langsam, bis er auf dem Sand auflag. Jay machte den Motor aus.

Wir kletterten den Abhang hinauf. Poppy war mit dem Stahlseil zurückgekommen und saß in dem großen Pick-up. An seinem Lenkrad war mit Klebeband wie eine körperlose Hand ein Arbeitshandschuh befestigt, und ich nahm an, dass Poppy wegen des besseren Halts seine verkrüppelten Finger dort hineinsteckte. Er sprang zu Boden, und er und Jay befestigten beide Enden des dicken Abschleppseils mit einem Splint an einem Ring am Heck des Pick-up. Dann zogen sie die Schlaufe zu der Planierraupe hinunter, wo sie Jay an einem Ring oben an der Schaufel festmachte. Ich konnte seine Handgriffe im schwankenden Lichtkegel seiner Taschenlampe verfolgen. Währenddessen zog Poppy ein dickes Stück Holz aus dem Gestrüpp, legte es parallel zur Abrisskante auf den Boden und führte das Stahlseil darüber, damit es glatt über das Holz lief und nicht in den Sand schnitt. Sie hatten Erfahrung mit so etwas und mussten nicht viel reden. Als sie fertig waren, lag das verdoppelte Seil von der Raupe zum Pick-up lose auf dem Holzstück.

»Das ist doch kompletter Wahnsinn«, rief ich. »Sie sind gerade dabei, gegen das Gesetz zu verstoßen. Lassen Sie das lieber, Jay. Das ist Sache der Polizei. Ich bin Anwalt, hören Sie lieber auf mich!«

»Ich will es aber so machen«, sagte Jay. »Poppy, starte den Pick-up. Lös die Handbremse noch nicht. Ich lasse inzwischen die Planierraupe an. Wenn ich hupe, bin ich so weit. Dann fahre ich vorsichtig los und du auch. Aber bleib im niedrigsten Gang. Ich werde ganz langsam fahren, falls ich überhaupt vom Fleck komme. Ich will nicht, dass das Seil reißt – sonst falle ich rückwärts runter. Aber lass das Seil auch nicht schlaff werden. Immer schön straff. Bill, Sie stellen sich mit der Taschenlampe hierhin. Poppy kann nämlich nichts sehen und ich auch nicht, aber ich kann Sie sehen und Poppy im Rückspiegel auch.«

»Das ist doch der reinste Irrsinn. Ich …«

»Bill, ich ziehe das durch, ob Sie nun helfen oder nicht.«

»Ich mache da nicht mit – auf gar keinen Fall.«

»Dann eben nicht.« Er streckte mir die Hand entgegen. »Danke für alles, was Sie bisher für mich getan haben. Wenn mir etwas zustößt, war es schön, Sie kennen gelernt zu haben.«

»Wie bitte?«

»Na, wenn die Raupe rückwärts den Abhang runterfällt, bin ich Fischfutter, Mann. Fünfzig Meter fast senkrecht nach unten, ein paar Mal überschlagen und dann voll ins Meer. Dort unten ist gerade Flut. Wie gesagt, Fischfutter.«

Und damit rutschte er in seinen guten Schuhen den Abhang hinunter. »Hey!«, rief ihm Poppy hinterher. »Lauf nicht so viel rum.«

Bevor ich jedoch fragen konnte, warum, zog sich Poppy in den Pick-up zurück. Ich hatte kein gutes Gefühl bei der Sache, aber ich leuchtete, wie mir aufgetragen worden war, mit der Lampe auf die Führerkabine. Poppy winkte mir kurz zu. Von meinem Standort am Rand des Kliffs konnte ich beide Männer sehen. Ich gab Jay ein Zeichen. Er war auf Herschel gestiegen und ließ die Planierraupe wieder an. Er hob die Stabilisierungsstütze und dann die große Vorderschaufel, damit sie sich nicht im Boden verfing. Es folgte ein kurzer Hupton. Ich gab Poppy ein Zeichen, und der Pick-up fuhr einen halben Meter nach vorn. Das Stahlseil spannte sich. Die Raupe bewegte sich nicht. Dann bebten die Ketten und drehten sich dreißig Zentimeter, und hinter der Raupe löste sich bröckelnd etwas Sand. Ich signalisierte Poppy, mit aller Kraft zu ziehen. Mit einer Hand bediente Jay die Schaltung, mit der anderen lenkte er. Die Raupe begann sich nach oben zu bewegen, zuerst einen halben Meter, dann einen ganzen. Der Schnee wurde von ihr heruntergerüttelt, die Ketten fraßen sich in das gefrorene Dünengras. Mir drangen Dieselschwaden in die Nase. Ich konnte den Motor des Pick-up überdrehen hören. Das Stahlseil war gespannt. Jetzt spritzten von den durchdrehenden Reifen des Pick-up Eis und Erde davon. Aber die Raupe kam trotzdem weiter nach oben. Das Seil wurde schlaff. Dann schoss der Pick-up etwa anderthalb Meter vorwärts und zog die Planierraupe ruckartig mit sich. Danach bewegten sich die zwei schweren Gefährte in Einklang miteinander, und die Planierraupe erreichte, ein paar Zweige mit sich ziehend, den Rand des Kliffs, dessen Kante sie, statt über sie zu kippen, unter sich eindrückte, sodass Jay fast nach vorn geschleudert wurde und hinter der Raupe ein zehn Meter langer Hahnenschwanz aus Erde und Sand und Schnee hochwirbelte, bis sie sichere fünf Meter vom Rand entfernt war. Ich schwang die Taschenlampe hin und her, und der Pick-up hielt an.

Poppy sprang aus der Fahrerkabine und kam zurückgelaufen. »Es hat geklappt!«

»Allerdings!«, sagte Jay, der auf dem Toten saß. Er ließ den Motor der Planierraupe laufen und kletterte herunter.

Poppy stand vor dem Toten und bekam ihn zum ersten Mal richtig zu sehen. Die ins Nichts ragende steife Hand schien ihn am meisten zu faszinieren. »Für so eine Scheiße werde ich langsam echt zu alt«, brummte er. Dann durchströmte ihn wieder sein natürliches Gift. »Ich habe keine Lust mehr, jedes Mal nach New York zu fahren, wenn es Probleme gibt, weißt du?«

»Es wird keine Probleme mehr geben«, sagte Jay. »Das einzige Problem haben wir heute Nacht aus der Welt geschafft.« Er langte in seine Hosentasche, zog einen Packen Scheine heraus, schälte fünf Fünfziger davon ab. »Hier, Poppy, für deine Mühe und alles.«

Poppy hielt das Geld in der Hand. Es war mehr, als er erwartet hatte. Er deutete auf den Pick-up. »Allerdings glaube ich, der Achsantrieb ist gerade in'n Arsch gegangen.«

»Lässt sich die Kiste noch fahren?«

»Im ersten Gang, mit zehn, fünfzehn Meilen vielleicht noch.«

»Dann fahr sie in die Scheune zurück.«

»Okay. Was willst du mit ihm machen?« Er deutete mit dem Daumen auf die Leiche.

»Fahr die Raupe bitte zur blauen Scheune rüber.«

»Auf das *alte* Land, meinst du?«

»Ja, genau das meine ich, Poppy. Und stell sie dort ab.«

Über eine Grundstücksgrenze. Warum? fragte ich mich. »Moment mal …«

Poppy begriff den Plan. »Als ob er die Raupe gerade an der Scheune abgestellt hätte, als ob er … richtig?«

Jay atmete schwer. »Klar. Sieh auch zu, dass der Schalthebel wieder unter seiner Hand ist, sorg dafür, dass es *perfekt* ist. Warte, bis etwas Schnee auf den Raupenspuren zu liegen gekommen ist. Vielleicht solltest du mit dem Pick-up auch noch mal die Straße rauf und runter fahren. Sag, du bist gerade nach Hause gekommen.«

»Ich war weg, was erledigen.«

»Dann rufst du bei der Polizei an und sagst, du hast ihn gefunden.«

»Okay.«

»Damit will ich nichts zu tun haben«, sagte ich. »Das sprengt alles den Rahmen des gesetzlich Erlaubten. Ganz gewaltig sogar. Jay, entweder fahren Sie mich jetzt in die Stadt zurück, oder Sie bringen mich zu einem Bahnhof. Jedenfalls bringen Sie mich von hier weg.«

Aber Jay erteilte weiter Poppy Anweisungen. »Du wirst den Zaun umlegen und wieder aufstellen müssen.«

»Ich weiß.«

»Sind wir uns da einig?«

»Ich meine, Herschel war ja schon tot«, sagte Poppy, die ganze Logik noch einmal durchgehend.

»Genau das sage ich doch die ganze Zeit. Du hast ihn dort draußen auf der Planierraupe entdeckt und dann bei der Polizei angerufen.«

»Stimmt ja auch. Er sieht noch genauso aus, niemand hat *ihn* von der Stelle bewegt.«

»Damit will ich nichts zu tun haben.«

»Das verlangt ja auch niemand von Ihnen.« Jay wandte sich wieder Poppy zu. »Sobald du über den Zaun bist, fährst du mit der Raupe direkt zur Oststraße – aber pass auf die Abflussrinne in dem Stück auf, wo wir immer Kohl angebaut haben, und dann nimmst du den Feldweg, bis du zu der Hauptzufahrt zur blauen Scheune kommst. Bleib immer schön auf der Hauptzufahrt, denn es kommt bestimmt zu starken Verwehungen. Spätestens in einer halben Stunde hat der Schnee sämtliche Spuren ver…«

»Außerdem werden alle, die herkommen und wieder wegfahren, Krankenwagen und so, sie werden über alles drüberfahren, was noch übrig ist. *Dadurch* werden die Spuren auch verwischt.«

»Ja«, sagte Jay ruhig.

Poppy rieb kräftig die Hände aneinander.

»Also hören Sie mal«, begann ich. »Sie …«

»Hey!«, unterbrach mich Jay. »Er war schon tot, ja? Herschel hatte es am Herzen. Ich habe ihn gefragt, ob er sich das noch zutraut. Er hätte mit den Planierarbeiten schon vor einer Woche fertig sein sollen! Als es noch warm war! Ich habe ihm gesagt, ich würde es sonst selbst machen.«

Dann stand ich da, Schnee im Gesicht, mit kalten Füßen, wie gelähmt angesichts des Verlaufs des Abends.

»Das Ganze war einfach Pech«, erklärte Jay. »Klar? Er sollte verschiedene Stellen planieren, das Land für die Übergabe bereitmachen. Die alten Gräben zuschütten, eine reine Gefälligkeit.« Ohne mit einer Wimper zu zucken, sah er mich mit offenem Mund an, und ich fragte mich, ob der Mann gewalttätig war. »Er rief mich an und sagte, er wäre fertig, aber anscheinend war er es doch nicht, wahrscheinlich hat er mich angelogen.«

»Und wie kam es, dass *Sie* ihn gefunden haben, Poppy?«, fragte ich. »Haben Sie einen Spaziergang gemacht?«

»Ich hab die Raupe gesehen. Da wollte ich wissen, was los ist.«

»Für Herschel ändert das doch nichts an der Sache«, sagte Jay. »Außerdem sind morgens oft Leute am Strand unterwegs. Da brauchen nur ein paar Kinder auf die Raupe zu klettern, wer weiß, was da alles passieren kann? Poppy ruft sowieso gleich die Polizei. Ich kann es mir nicht leisten, dass dieses Geschäft platzt, Mann. Und überhaupt, was macht es schon groß für einen Unterschied, ob Herschel hier oder dort drüben gestorben ist?«

Ich hätte sagen können, für Jay machte es auf jeden Fall einen gewaltigen Unterschied, weil er mitten in der Nacht bei starkem Schneefall aus der Stadt hier herausgefahren war, um die Leiche woandershin zu bringen, aber mir war klar, dass ich mit dieser Feststellung nichts erreichen würde. Ich wollte bloß noch weg.

»Da«, sagte Poppy. Er deutete auf die Zufahrtstraße. Die Scheinwerfer eines Autos kamen auf uns zu.

»Nimm den Pick-up, Poppy«, ordnete Jay an. »Ich hab's mir anders überlegt. Fahr ihn mit ausgeschaltetem Licht zur Scheune. Um die Raupe kümmere ich mich.«

Sie eilten zu ihren Fahrzeugen. Poppy entfernte das Stahlseil vom Heck des großen kartoffelbeladenen Pick-up, sprang da, wo früher die Tür war, in die Fahrerkabine und rumpelte langsam die Straße entlang. Währenddessen machte Jay das Seil von der Planierraupe los, zog es Hand über Hand in die Schaufel, kletterte ins Führerhaus hoch, setzte sich wieder auf Herschels gefrorenen Bauch, drehte mit windgepeitschtem Haar und Mantel die Raupe parallel zur Küste und holperte mit ausgeschaltetem Licht, das schwere Gefährt auf dem unebenen Untergrund stark auf die Seite geneigt, in das Dunkel davon.

Ich blieb mit Jays Geländewagen zurück. Die Scheinwerfer kamen immer näher. Über dem Land lag nur Dunkelheit, und beide Fahrzeuge waren bereits verschwunden. Mir war klar, dass der Geländewagen nicht zu übersehen wäre, und ich rannte durch den Schnee davon. Nach etwa zwanzig Metern sprang ich über den Rand des Kliffs und warf mich, die Brust in den verschneiten Sand gedrückt, die Beine vom eisigen Wind umpfiffen, zu Boden.

Das Auto kam näher, fuhr langsamer. Ein Polizeiwagen, aber ohne Blaulicht. Er fuhr langsam im Kreis, sodass das Scheinwerferlicht Jays Wagen streifte, und hielt an. Wenn sie darin den Karton mit 265 000 Dollar fänden, würde es interessant. Ein Taschenlampenstrahl schoss direkt auf das Fahrerfenster, beleuchtete den fallenden Schnee, wanderte auf die Beifahrerseite, fand nichts, schwenkte über den Boden, hielt auf dem Nummernschild inne. Ich erwartete, eine Gestalt aussteigen und das Fahrzeug inspizieren zu sehen, aber stattdessen wendete der Streifenwagen, dessen Reifen wieder auf festen Untergrund griffen, unter leisem Knirschen und verschwand in der Richtung, aus der er gekommen war, während die roten Lichter kleiner wurden.

Ich stand auf und hatte nur noch einen Wunsch: Nichts wie weg. Wo waren Poppy und Jay? Vielleicht war ihnen der Streifenwagen irgendwo an der Straße begegnet. Ich überlegte, ob ich den Abhang hinunterrutschen und an der Küste entlanggehen sollte. Aber es war bitter kalt, und hinter mir pfiff der Wind vom Sound hoch. In Jays Wagen wäre es wärmer, und vielleicht hatte er den Schlüssel stecken lassen. Ich lief über den gefrorenen Boden und sprang hinein. Sieh bloß zu, dass du hier wegkommst, Billyboy. Der Schlüssel steckte nicht im Zündschloss. Ich sah unter dem Sitz nach. Nichts. Im Handschuhfach fand ich eine Bedienungsanleitung, einen weiteren stark abgenutzten Baseball, eine Versicherungspolice (aus der hervorging, dass Jays Versicherungsschutz abgelaufen war), eine leere Packung Munition und seltsamerweise ein Programm mit den Sportveranstaltungen einer Privatschule in Manhattan, in dem die donnerstagabendlichen Basketballspiele der Mädchenmannschaft eingekreist waren. Zufällige, nutzlose Dinge. Ich legte sie alle zurück und drückte mich verzagt in den Sitz.

Dann tauchte eine Gestalt aus dem Dunkel auf. Jay in seinem langen Mantel. Ich öffnete die Fahrertür.

»Haben Sie das Auto gesehen?«, fragte er.

»Allerdings, Jay. Es war die Polizei.«

Das Gesicht von der Kälte zusammengekniffen, setzte er sich auf den Fahrersitz.

»Warum ist die Polizei angerückt, Jay?«

Statt zu antworten, schloss er die Augen, und es schien, als söge er die Luft in tiefen Zügen in sich hinein. »Okay … nur einen Augenblick.«

»Alles okay?«

Er nickte und zog die Schlüssel aus der Tasche.

»Soll ich fahren?«

»Nein, nein, es geht schon.«

»Brauchen Sie noch ein paar von diesen Pillen?«, fragte ich.

»Lassen Sie mich einfach …« Er stieg aus, öffnete die hintere Tür, legte sich auf den Rücksitz.

»Jay?«

»Mir fehlt nichts«, sagte er. »Ich habe alles im Griff … Tun Sie mir nur einen Gefallen und erzählen Sie Allison nichts davon.«

Ich langte nach hinten und nahm ihm die Schlüssel ab. »Wir beide verschwinden jetzt von hier.«

Ich fuhr mit dem Geländewagen auf demselben Weg zurück, den wir gekommen waren, fort vom Meer. Der Schnee begann bereits, die Spuren des Polizeiwagens zu verdecken, und häufte sich auf der Westseite der Straße in Verwehungen aus fragilen Hügeln und Tälern. Als wir an den großen Scheunen vorbeikamen, bemerkte ich etwas, was ich zuvor übersehen hatte, ein bescheidenes Farmhaus, ein Stück von der Straße zurückversetzt, fast eine Fata Morgana im Schnee, die Fenster dunkel, die Veranda schneeverweht. Dort hatte einmal jemand gelebt.

Am Tor zur Hauptstraße wartete der Streifenwagen auf uns. Er war so raffiniert geparkt, dass jeder Fluchtversuch des Geländewagens im Entwässerungsgraben geendet hätte. Ich hielt an und machte den Motor aus, ließ aber die Scheinwerfer brennen.

»Was ist?«, wollte Jay wissen.

»Die Cops.«

Er stöhnte und ließ sich auf den Sitz zurückfallen.

Die Polizisten stiegen aus und kamen auf den Geländewagen zu, die Hände an ihren Pistolen, die Taschenlampen erhoben wie Keulen.

»Wer ist da?«, fragte einer.

Ich ließ das Fenster herunter. »Hallo, Officer.« Ich machte mir wegen des Kartons mit Geld hinter meinem Sitz Sorgen.

»Kleine Spritztour?« Einer der Polizisten leuchtete auf den Rücksitz. »Wen haben Sie denn da dabei?«

»Das ist mein Freund«, sagte ich.

»Das ist hier aber kein lauschiges Plätzchen für Verliebte, Mister«, sagte der Polizist. »Sie befinden sich hier auf Privatbesitz.«

»Es ist nicht so, wie Sie denken.«

Er grinste mit fröhlichem Sadismus. »Wie ist es denn dann? Das wollte ich immer schon mal wissen.«

»Hey ist das etwa Dougie?«, rief Jay vom Dunkel des Rücksitzes.

»Wen haben Sie da hinten dabei?«

»Dougie«, legte Jay los, »hast du diese Kleine jetzt endlich geheiratet?«

»Wer ist das denn? Jay? Jay Rainey?«

Jay setzte sich auf und öffnete die Tür und fiel halb in den Schnee. »Na, was glaubst du wohl?«

Der Cop schüttelte lachend den Kopf. »Jay, wir dachten, du wärst inzwischen ein waschechter Stadtmensch.« Er schüttelte Jay die Hand, dann deutete er auf mich. »Und wer ist das?«

»Das?«, antwortete Jay beiläufig. »Das ist mein Anwalt, Jungs.«

»Dein Anwalt?«

»Up*town*, Mann. Der Beste, den man für Geld kriegen kann.«

Der Cop richtete die Lampe auf mein Gesicht, sodass ich blinzeln musste. »Haben Sie auch was getrunken?«

Ich schüttelte den Kopf. Ins Wageninnere wehte Schnee.

»Was dagegen, wenn ich Sie kontrolliere?«

»Nein.«

Er kam näher und schnupperte flüchtig an mir. »Getrunken *haben* Sie was, aber es ist schon ein paar Stunden her, und gegessen haben Sie auch was, und jemand hat Zigarren oder so was geraucht.«

»Stimmt«, sagte ich. »Nicht schlecht.«

Der andere Cop lachte. »Der riecht eine Möse in einem Swimmingpool.«

»Ich muss wieder einsteigen«, sagte Jay.

Dougie half ihm und schloss die Tür. Dann streckte er die Hand aus. »Haben Sie was, um sich auszuweisen?«

Ich zeigte ihm meinen Führerschein.

»Haben Sie was, aus dem hervorgeht, wer Sie *sind,* meine ich.«

Ich kramte in meiner Brieftasche. »Das ist meine alte Visitenkarte.«

Der Polizist pflückte sie aus meinen Fingern. »Hey, von dieser Kanzlei habe sogar ich schon gehört. Arbeiten Sie nicht mehr für sie?«

»Äh, nein.«

»Wurde Ihnen die Zulassung entzogen?«

»Wie bitte?«

»War nur ein Witz.«

»Mir wurde nicht die Zulassung entzogen.«

»Ich wollte nur sichergehen, dass Sie Jay seriös vertreten, Mr. William Wyeth.« Er nickte seinem Partner zu. »Okay, nachdem der Wagen nicht gestohlen ist und nachdem Sie nichts getrunken haben und der Eigentümer des Grundstücks bei Ihnen ist, wenn auch offensichtlich nicht ganz im Vollbesitz seiner geistigen Kräfte, glaube ich nicht, dass es irgendwas zu beanstanden gibt.« Allerdings steckte er meine Visitenkarte ein. »Wir haben von der Straße aus Lichter gesehen und dachten, dass sich vielleicht jemand auf dem Grundstück zu schaffen macht.« Er sah mich an. »Was machen Sie beide übrigens so spät noch hier draußen?«

»Er wollte mir das Land zeigen«, sagte ich. »Er hat, na ja, ordentlich einen drauf gemacht und wollte, dass ich es mir ansehe.«

»Ich habe gehört, Jay will es verkaufen.« Er bückte sich und sagte, an den Rücksitz gerichtet: »Komm bloß wieder hierher zurück, Jay, bevor dich die Großstadt auffrisst, hast du gehört?«

Es kam keine Antwort. »Bringen Sie den Kerl da wohlbehalten nach Hause, ja?«, sagte er darauf leise zu mir. »Jay und ich, wir kennen uns schon lange. Haben zusammen Baseball gespielt, bevor …« Er verstummte.

»Bevor …?«, hakte ich nach.

Aber er hatte sich schon abgewandt. »Passen Sie einfach auf ihn auf, ja?«

»Klar«, sagte ich, begierig, wegzukommen.

Das Polizeiauto setzte im Schnee zurück, dann fuhr es vor uns davon. Ich ließ den Geländewagen vorwärtsrollen. »Jay?«

Er sagte nichts.

»Jay«, sagte ich trotzdem, »Sie brauchen einen anderen Anwalt.« Ich wartete auf eine Antwort. Ich vergaß nicht, die Kette hinter uns wieder einzuhängen und das Vorhängeschloss zuzudrücken. Ich fuhr auf die Hauptstraße und achtete auf den Gegenverkehr. Neunzig Minuten zurück in die Stadt. »Ich meine, das ist nicht, was ich mache, nicht, was ich mal gemacht *habe,* nicht, was ich machen *will.*« Um seine Reaktion zu sehen, sah ich zu ihm nach hinten.

Er zeigte keine. Er war weg, schlafend in den Sitz gekuschelt wie – ja, wie ein kleiner Junge.

Inzwischen war es spät, nach vier Uhr morgens. Der Abend erschien mir unwirklich, Szenen eines seltsamen, kalten Traumes. Von dem Moment an, als ich fünf Stunden zuvor den Havana Room betreten hatte, hatte nichts mehr einen Sinn ergeben. Ich fuhr nach Westen, auf die Lichter von Manhattan zu. Ich hatte die Heizung voll aufgedreht und wünschte, der Cop hätte meine Visitenkarte nicht eingesteckt. Er hatte sie doch gar nicht gebraucht, oder? Ich sah auf den Rücksitz. Jay war total weggetreten, sein Atem strich geräuschvoll durch seine Nasenlöcher, und hin und wieder hustete er stark belegt. Von Zeit zu Zeit murmelte er im Schlaf. Mir gefiel nicht, was passiert war, mir gefiel meine Mittäterschaft nicht. Es war selbstverständlich in Ordnung gewesen, dass Jay die Planierraupe nach oben gefahren hatte, weil sie für jemanden darunter eine Gefahr darstellte. So viel war vertretbar. Die Rechte der Lebenden stehen über den Rechten der Toten. Und meine Mitwirkung bei dieser Handlung schien, für sich genommen, einigermaßen vertretbar. Aber die Leiche weiter vom eigentlichen Ort ihres Todes zu entfernen, war höchst problematisch. Natürlich bekam Herschel, gerade weil er tot war, nicht mehr mit, dass seine Leiche mehrere hundert Meter über das verschneite Farmgelände transportiert wurde. Aber gerade der Umstand, dass er nichts davon mitbekam, machte einen Teil meiner Einwände aus. Tote haben eindeutig ein Recht, von den Lebenden auf angemessene Weise aufgefunden zu werden – das heißt, in den Begleitumständen ihres Todes gelassen zu werden, damit ihre Angehörigen die Möglichkeit haben, sich mit dem Tod auseinander zu setzen, die Geschichte zu Ende zu bringen, einen Schlusspunkt zu setzen. Das Prinzip der Unantastbarkeit einer Leiche leitet sich von gesellschaftlichen und stammesgemeinschaftlichen Grundsätzen her. Zudem hatte ich den Polizisten nicht erzählt, was wir getan hatten. Ich hatte sie belogen, und zwar ungeachtet der Tatsache, dass Polizisten sich oft sehr für Lügen interessieren, insbesondere wenn sie nachts beiseite geschaffte Leichen betreffen.

Aufgrund all dessen bekam ich das ungute Gefühl, dass ich fiel, und zwar *wieder*, noch weiter weg von meinem früheren Leben, noch weiter weg von Timothy. Und er fehlte mir so sehr, mir fehlte das sanfte Plumpsen, mit dem sein Kopf gegen meine Brust sank, als er ein Baby in meinen Armen war, die Lippen im Schlaf in ständiger Bewegung, mir fehlten die unerwarteten Rülpser und die unschuldigen Pupse, die blonde Entchenflaumigkeit seines Haars nach dem Baden, dösend, sein ruhig atmendes Gewicht auf meiner Brust. Als ich jetzt, Jahre davon entfernt, durch die Nacht fuhr, durchbohrte mich diese Erinnerung wieder und wieder. Wo war er? In meinem Kummer sagte ich es fast laut. Wo war mein Sohn? Der Junge, der auf meinen Schultern saß und mich lenkte, indem er am einen oder am anderen Ohr zog, der Junge, der mit fünf Jahren die Sportseite las, der Junge, der im ganzen Bad Zahnpastastreifen hinterließ, die Handtücher über den Fußboden verstreut, feuchte Fußabdrücke den Flur hinunter stempelnd? Der Junge, dem ich jeden Abend Punkt neun einen Gutenachtkuss gab. *Mein Junge, wo bist du?* In einem anderen Land, in den Armen eines anderen Mannes, an einem fernen Ort, wo du darauf wartest, dass dich dein Vater holen kommt.

Ich brauste durch den Schnee. Für die Uhrzeit kamen wir rasch voran. Wenn man von Osten kommt, ist New York eine Abfolge von Subtraktion und Addition. Zuerst kommt dunkles, kiefernkarges Nichts, das suburbaner Einheitsbebauung und neuen Bürogebäuden weicht, die wiederum in das übliche Vorstadtgewucher übergehen. Sobald Queens näher kommt und die Gebäude gedrungen und kompakt werden und immer näher aneinander rücken, schrumpfen die Gärten, und aus Doppelhaushälften werden Reihenhäuser. Gleichzeitig werden die Straßenbeläge schlechter, die Ausfahrten häufiger, die Autofahrer irrer, und dann ist man im eigentlichen Queens, vor sich die hoch aufragende Wand von Manhattan, ein vom Himmel hängender Dreihundert-Meter-Bildteppich aus Stein, und dann rauscht man unter den East River hinunter in den Halogen-irren Tunnel, wo man, selbst wenn man es nicht sowieso wollte, von den anderen Verkehrsteilnehmern mehr oder weniger genötigt wird, achtzig Meilen zu fahren, dann wieder hoch auf die eigentliche Insel, die City an diesem Abend ein gedämpftes Schneedorf. Hinter mir schlief Jay. An der ersten roten Ampel sah ich zu ihm nach hinten; sein Gesicht war schlaff, fast so, als wäre er der zweite Tote des Abends, doch dann gab er ein knurriges Husten von sich und hob den Kopf.

»Sie haben geschlafen wie ein Stein«, sagte ich.

»Ja.«

»Ich fahre erst zu mir, und dann können Sie allein nach Hause fahren.«

»Okay. Super.«

»Ich prüfe morgen noch, wie versprochen, Ihre Besitzurkunde.« Ich ließ einen Schneepflug an mir vorbeirumpeln. »Aber dann will ich *nichts* mehr mit der ganzen Sache zu tun haben, Jay. Betrachten Sie mich nicht mehr als Ihren Anwalt.«

Ich bog in die Thirty-sixth Street. Der Himmel begann sich zu erhellen, und in einer Stunde würde die Sonne beginnen, über die Ostseiten der Gebäude zu wandern. »Wir sind da.«

Jay schien nicht zu merken, in welch einem schäbigen Viertel ich wohnte.

»Ich muss jetzt raufgehen und schlafen«, sagte ich zu Jay. »Glauben Sie, Sie können fahren? Sonst rufe ich Allison an.«

»Nein, nein.« Er zog sich hoch. »Es geht schon.« Er öffnete die Tür. »Ganz schön kalt.«

Mir gefiel nicht, wie er aussah, aber trotzdem stieg ich aus und ließ die Fahrertür für ihn offen. »Trauen Sie sich das wirklich zu? Vergessen Sie vor allem nicht, Sie haben einen Karton voll Geld dabei.«

»Nein, nein, kein Problem.«

Ich wartete auf irgendeine Form des Danks oder eine Anerkennung der Außergewöhnlichkeit des Abends. Aber nichts dergleichen kam. Ich ging die Stufen zum Eingang hoch und ließ die Tür hinter mir zufallen. Dann blieb ich jedoch, vielleicht aus Sorge, hinter der Glasscheibe stehen und beobachtete ihn.

Eine Weile passierte nichts, und ich überlegte, ob ich wieder nach draußen gehen und darauf bestehen sollte, ihn nach Hause zu fahren. Er schien kaum in der Lage, gerade zu stehen. Doch dann hievte er sich vom Rücksitz hoch und tappte auf wackligen Beinen zur Heckklappe. Er öffnete sie, sah die Straße hinauf und hinunter und beugte sich dann nach drinnen. Ich konnte nicht sehen, was er tat, aber er machte etwas mit den Händen. Ich sah kurz etwas, was aussah wie ein dickes Plastikrohr, aber es verschwand wieder. So stand er etwa eine Minute lang vornüber gebeugt da, was in Anbetracht des Ortes und der Uhrzeit eine zu einem Überfall geradezu einladende Haltung war, und unwillkürlich musste ich an den Puertoricaner denken, der sich auf der Suche nach einer Schlägerei im Viertel herumtrieb. Aber Jay richtete sich auf und schloss die Heckklappe. Er benötigte zwei Versuche. Wie konnte ein so großer, kräftiger Kerl so schwach sein? Er tappte an der Fahrerseite entlang, rutschte einmal fast aus, erreichte die Tür. Dann blieb er, die Arme auf das Dach gelegt, wie ein ausgepumpter Läufer stehen.

Ich wollte gerade nach draußen gehen, als er auf den Fahrersitz rutschte. Die Tür ging zu, der Geländewagen fuhr los. Ich trat vor die Tür, um zu sehen, ob er es schaffte, nach links in die Eighth Avenue abzubiegen, was der logische nächste Schritt gewesen wäre, wenn er zu Allison wollte. Er bog nicht ab, sondern fuhr auf der Thirty-sixth Street weiter nach Osten. Möglicherweise hatte er vor, zuerst quer durch die Stadt zu fahren und dann erst hoch zu ihrer Wohnung. Ich trat auf die Straße hinaus und beobachtete seine zwei Häuserblocks entfernten Hecklichter. An der Seventh Avenue bog er nach Süden. Er war eindeutig nicht auf dem Weg zu Allisons Wohnung. Nein, Jay Rainey, wer immer er sein mochte und in welchem Zustand auch immer er sich befand, war woandershin unterwegs.

| Vier |

Hier nun eine kurze Geschichte der Liegenschaft Manhattan: ein Gebirgszug aus Gestein, so alt wie der Mond; zwölftausend Jahre mahlender Gletscher, die, zu Beginn der Zeitrechnung auf dem Rückzug befindlich, sowohl eine unter Kies und Sand begrabene Insel aus Grundgestein zurückließen als auch einen breiten, in eine geschützte Bucht mündenden Fluss; lückenlos mit Eichen, Ahornen, Ulmen und Kastanien bestandenes Land; Unendlichkeiten von Austern, Muscheln, Fisch, Rotwild, Bibern, Kaninchen und Füchsen; Algonquin-Indianer und ihre belaubten Fußpfade; Henrik Hudson und die Dutch East India Company; Peter Stuyvesant und seine *bouwerij*; Fortschritte beim Bau von Segelschiffen; King Charles II und sein kleiner Bruder, der Duke of York; 1720 der Aufstand schwarzer Sklaven, der die Segregation ihrer Unterkünfte beschleunigte; 1763 der Vertrag von Paris, mit dem ganz Nordamerika an England abgetreten wurde; die Übernahme des größten Algonquin-Pfads als »broad way«, als breiter Weg von Norden nach Süden; eine herrliche Platane in der Wall Street, unter der Männer mit Kastorhüten mit Wertpapieren handelten; Robert Fulton und sein zischendes Steamboat, das den Handel flussaufwärts erleichterte; der große Brand von 1835, der das Handelsviertel zerstörte; der Erie Canal, der Manhattan mit dem Landesinneren verband und ermöglichte, unermessliche Mengen Bauholz, Rye-Whiskey, Vieh und landwirtschaftliche Erzeugnisse flussabwärts in den Schlund der neuen Stadt treiben zu lassen; die Verlängerung des Broadway über die gesamte Länge der Insel; die durch mehrere Kartoffel-Missernten ausgelöste Hungersnot von 1846, die die Stadt mit billigen irischen Arbeitskräften überschwemmte; die fehlgeschlagene Revolution von 1848, die die Stadt mit billigen deutschen Arbeitskräften überschwemmte; die Barackenstädte in der Mitte der Insel, die so viel Pestilenz, Kriminalität und schockierende Unmoral beherbergten, dass die Stadtväter beschlossen, das Land für einen zentral gelegenen Park zu räumen; die Bereitschaft, Buchten entlang der Ufer des Hudson River mit Austernschalen, Flaschen, toten Pferden, Kanonenkugeln, Lederschuhen und allem möglichem anderem zu füllen; der Bürgerkrieg, der Kaufleute reich machte; Fortschritte bei der Eisenverarbeitung; Cornelius Vanderbilt und seine Pennsylvania Railroad; die oben erwähnte Sauberkeit und Reichhaltigkeit des Wassereinzugsgebiets nördlich der Stadt, das eine vielköpfige und stetig wachsende Bevölkerung versorgen konnte; die Entdeckung von Öl im westlichen Pennsylvania; Bankier J. P. Morgan und seine riesige, fast aus dem Gesicht springende Nase, so hässlich, dass sie Leute, die sich ihm sonst widersetzt hätten, einschüchterte; 1878 Thomas Edisons Erfindung der Glühbirne, die sofort unaufhaltsam wurde und zur Verkabelung der Stadt führte; die Umstellung der Züge von Dampf auf Elektrizität; die Bordelle der Lower East Side, die die sexuellen Gelüste unzähliger junger Männer entfachten; »Boss« Tweed, der, obwohl er 160 Millionen Dollar stahl, die Einbürgerung von Ausländern beschleunigte, darunter hunderttausender Italiener und osteuropäischer Juden, von denen viele in die Lower East Side drängten und die Bordelle frequentierten; die Erfindung der elektrischen Hochbahn zur Beförderung dieser Massen; der Börsenboom; die Dokumentation von Pestilenz, Kriminalität und schockierender Unmoral der Lower East Side durch den Fotografen Jacob Riis; das Aufkommen von patentrechtlich geschützten Arzneimitteln, häufig aus wenig mehr bestehend als aus Opium und so angenehm, dass ihre Konsumenten vergaßen, dass sie an der Ruhr starben; der Börsencrash von 1894; das Veralten der Segelschiffe aus Holz; die Entwicklung von Gusseisen-Architektur; Fortschritte bei der Raffinierung von Rohöl; die Erfindung des Verbrennungsmotors; das neue und unaufhaltsame Telefon, das zur Verkabelung der Stadt führte; Fortschritte bei der Herstellung von Baustahl; der Erste Weltkrieg, der die Stadt mit billigen schwarzen Arbeitskräften aus dem Süden überschwemmte und Kaufleute reich machte; die Zerstörung Europas; der neue und unaufhaltsame Rundfunk; das Veralten des Pferdes; der Aufstieg Harlems zum Zentrum schwarzer Kultur, größtenteils aus dem Süden; die Prohibition und das Aufkommen von Flüsterkneipen mit illegalem Alkoholausschank; das Vorhandensein oder Fehlen von Grundgestein, auf dem jetzt hohe Bürogebäude errichtet werden konnten; der Börsenboom; die Vermarktung einer gewissen vollgefressenen, ironischen Selbstgefälligkeit, die alle möglichen Zulieferer dieser Haltung florieren ließ, darunter Dutzende berühmter Bars, Hotels und Clubs; die schummrigen Varietés, die die sexuellen Gelüste unzähliger junger Männer entfachten; die neuen und unaufhaltsamen Ozeandampfer; der Börsencrash von 1929; die Wirtschaftskrise, während der Chrysler Building, Empire State Building, Waldorf-Astoria und Rockefeller Center fertiggestellt wurden; das neue und unaufhaltsame Kino; der Zweite Weltkrieg, der Kaufleute reich machte; die Umwandlung des alten Times-Square-Varietés in ein Kino; die Schwarzenunruhen von 1943 in Harlem; die Zerstörung Europas; der Bau des United-Nations-Komplexes, der den rundum verglasten Wolkenkratzer in der Stadt einführte; der wachsende Zustrom von Puertoricanern, von denen viele in die von Italienern und Juden verlassene Lower East Side strömten; Fortschritte bei der Raffinierung von Rohöl, aus denen ein neues Produkt namens »Jet«-Benzin hervorging; das neue und unaufhaltsame Fernsehen; die sinkenden Kosten von Inlandflügen; die Sechziger-Jahre-Schwarzenunruhen in Harlem; der Börsenboom; der Ausbau des landesweiten Autobahnnetzes aus Interstate Highways, das dem Fernlastverkehr Auftrieb verschaffte; der Bankrott der Eisenbahnen und 1966 der Abriss der alten Pennsylvania Station (hoch, neoklassizistisch prunkvoll, in Stein gehauene *civitas*), der einen Proteststurm auslöste; das Aufkommen von Heroin, so angenehm, dass Abhängige täglich Straftaten zu begehen begannen, um ihre Sucht zu befriedigen; die Umwandlung von Times-Square-Filmtheatern in Pornokinos, die die sexuellen Gelüste unzähliger junger Männer entfachten; der Einsturz und Abriss der verfallenden, überholten Hafenanlagen auf beiden Seiten der Insel; die Weißenflucht aus der Stadt; die Börsenbaisse; die Errichtung der 110-stöckigen Twin Towers des World Trade Center; die Vorstädte als Zufluchtsstätte; die Stonewall-Schwulenunruhen im Village; die Vorstädte als Ödnis; das Aufkommen von hochwertigem Kokain, so angenehm, dass es den Leuten nichts ausmachte, sich damit Löcher ins Hirn zu brennen; der Börsenboom; die Bevölkerungsexplosion in Haiti, Indien und Pakistan; der Jumbo-Jet und das Sinken der Preise im internationalen Flugverkehr; das Aufkommen von Crack, so angenehm, dass es Männer dazu bringen konnte, zufrieden an einem Stuhlbein zu nuckeln; der Zerfall der UdSSR; die Weißenflucht zurück in die Stadt zwecks Immobilienspekulation und heiterer Geselligkeit; das hoch aufragende, mit massigen Zinnen versehene Gebäude von Donald Trumps Ego; der Börsencrash von 1987; das Veralten von Ozeandampfern; die Schwarzenunruhen von 1994 in Howard Beach; die Slums im Tompkins Square Park, die so viel Pestilenz, Kriminalität und schockierende Unmoral beherbergten, dass die Stadtväter beschlossen, das Land zu räumen; die Vermarktung einer gewissen vollgefressenen, ironischen Selbstgefälligkeit, die alle möglichen Zulieferer dieser Einstellung florieren ließ, darunter Dutzende berühmter Bars, Hotels und Clubs; eine postkommunistische Welle trampelnder, ginsengkauender chinesischer Einwanderung; die neue Popularität des Internet, die zur Verkabelung der Stadt führte und die sexuellen Gelüste unzähliger junger Männer entfachte; die Umwandlung von Times-Square-Pornokinos in Touristenhotels; der Börsenboom, angeheizt vom Internet; Cafés voller Menschen, die sich über Internet und Börsenkurse unterhalten; die Börsenimplosion nach der Jahrtausendwende; und natürlich der durch zwei Passagier-Jets hervorgerufene Einsturz der zwei Türme des World Trade Center, der – würden manche sagen – den wahren Beginn des einundzwanzigsten Jahrhunderts markiert.

Im Innern dieser Metamorphose war immer die juristische Ameisenarbeit von Einzelpersonen und Firmen verborgen, die in gieriger Verfolgung ihrer Interessen jeden Quadratzentimeter der Insel, und sogar die Rechte an der smogverseuchten Luft über ihr, unablässig kauften, verkauften, verpachteten, mit Hypotheken belasteten und neu teilten. Und mögen auch die Details dieser Gier – die gestapelten und zu Papier gebrachten Geheimnisse, wem die dreißig- oder vierzigtausend Gebäude der Insel gehören und wie viel für sie bezahlt worden ist – nahezu endlos erscheinen, sind dennoch fast alle an einem einzigen Ort untergebracht: Zimmer 205, Surrogate Court, 31 Chambers Street in Lower Manhattan.

Und das war, wo ich am nächsten Morgen unter einem nichts Gutes verheißenden Himmel stand, mit den Füßen aufstampfte und aus einer warmen Tüte mit gebrannten Erdnüssen knabberte, die ich von einem Straßenverkäufer gekauft hatte. Das 1901 errichtete Gebäude war ein überladener klassizistischer Klotz, dessen Eingang riesige Bronzepuritaner bewachten. Ich hatte schlecht geschlafen, fast überhaupt nicht, und als das graue Tageslicht den Luftschacht vor meinem Fenster herunterkroch, schrak ich aus dem Schlaf hoch in der Hoffnung, die Ereignisse der vergangenen Nacht würden irgendwie als gutartig in Erinnerung bleiben. An so manchem Morgen, an dem ich in meiner schmuddeligen Zelle in der Thirty-sixth Street erwacht war, hatte ich in dem halbsekündigen Blinzeln bis zum Wachzustand festzustellen gehofft, dass ich noch in meiner Achtzimmerwohnung in der Upper East Side wohnte, Timothy noch in seinem Pyjama schliefe und Judith, mit ihren Kaffeeritualen beschäftigt, für eine kurze Rückenmassage verfügbar wäre. Aber an diesem Morgen hätte mir eine schlichte Rückkehr in die einsame, putzrissige Unschuld des Vortages Erleichterung, ja sogar eine Art gebrochenen Glücks beschert.

Aber von wegen. Der Anblick von Herschels steif gefrorener, schneebedeckter Grimasse – anbetungswürdig und göttergleich wie eine Steinfigur von den Osterinseln – hatte mich an den verschneiten, beschatteten Fassaden des Broadway entlang verfolgt, als ich die langen Straßenzüge zur Chambers Street hinuntergegangen war. Man schafft keine Leichen anderswohin, machte ich mir selbst Vorhaltungen, nicht mitten in der Nacht, wenn es niemand sieht. Weiße Anwälte, die ganz besonders, nicht einmal solche mit einer Pechsträhne, schaffen keine toten Schwarzen anderswohin, ganz egal, wie einleuchtend die Begründung ist. *Und belügen deswegen dann auch noch die Polizei.* Ich konnte nur hoffen, dass ein paar Tage verstreichen würden, Poppy und Jay jegliche Fragen von Herschels Angehörigen plausibel beantworten könnten, der Mann in Frieden bestattet würde und es sich damit hätte. Wenn Jay schlau war, würde er die Bestattungskosten übernehmen.

Und wenn ich schlau war, hätte ich nichts mehr mit ihm zu tun, egal, was Allison sagen oder versprechen mochte. Das Problem war, dass mein Name für immer und ewig auf seine Verkaufsdokumente entführt worden war und dass ich selbst als sein One-Night-Stand-Anwalt, wenn auch nur mir selbst gegenüber, verpflichtet war, dafür zu sorgen, dass das Geschäft korrekt abgewickelt wurde. Nachdem ich keine Gelegenheit gehabt hatte, die Dokumente vorher einzusehen, und in Anbetracht der dubiosen Vorgänge von vergangener Nacht, wollte ich Einsicht in die Grundbucheinträge des Anwesens Reade Street 162 nehmen. Entscheidend ist hier das Wort »Eintrag«.

Eine Besitzurkunde muss ausgefertigt, überreicht und angenommen werden, aber gültig ist sie erst, wenn sie ins Kataster eingetragen ist. Erst dann wird der Haufen Ziegelsteine, der Kasten Holz *Eigentum*. Genau besehen, ist der Eigentümerwechsel jedes Eigentums eine mysteriöse Angelegenheit; der konkrete Gegenstand selbst bleibt unverändert, aber seine Bezeichnung, der ihm verliehene Name, ändert sich augenblicklich. Dreihundert Jahre früher wurde der Verkauf einer Liegenschaft nach englischem Recht mit dem Zerbrechen eines Stocks besiegelt, das die Besonderheit und Endgültigkeit des Augenblicks symbolisierte.

Jetzt gingen die Messingtüren des Gerichtsgebäudes auf, und ich folgte den anderen die Treppe hinauf. Ich war vor Jahren einmal in dem Gebäude gewesen, und es hatte sich nicht nennenswert verändert. Im Innern geht man, vorbei an den Ankündigungen für Polizeiversteigerungen konfiszierter Autos, über gelbliche Marmorböden zu breiten Treppen, die prunkvoll zu den verschiedenen Räumen der städtischen Finanzbehörde führen. Hier endet die Illusion von Pracht abrupt. Zimmer 205, wo die Farbe wie abblätternde Platanenrinde von der Decke hängt, ist unterteilt in ein Archiv und einen Bereich, in dem die archivierten Dokumente auf Mikrofichegeräten eingesehen werden können. Der Raum wird von zwei deutlich unterscheidbaren Sorten von Menschen frequentiert: Anwälten in guten Anzügen und dem Rest der Menschheit; die dem Rest der Menschheit Zuzurechnenden sehen in der Regel aus wie Drogensüchtige, Säufer, Kleinkriminelle und Verrückte – die üblichen Hänger und Penner. So heruntergekommen sie jedoch erscheinen mögen, spielen diese Männer und Frauen im Wirtschaftsleben der Stadt eine wichtige Rolle; sie sind die freiberuflichen Urkunden-Zieher, die für die Kataster-Agenturen und Anwaltskanzleien arbeiten. Sie kennen sich auf eine freundliche Du-kannst-mich-mal-Art und wetteifern um die Benutzung der Mikrofichegeräte und Urkunden-Suchmaschinen und um die Aufmerksamkeit des geschwätzigen Russen, der die so überaus kostbaren Mikrofichekassetten herausgibt. (Dass in der Hauptstadt des Welthandels die für den Besitz von Privateigentum maßgeblichen Dokumente von einem Mann beaufsichtigt werden, der unter dem kommunistischen Sowjetregime aufwuchs, sei hier geflissentlich übersehen.) Der Ablauf ist folgender: Man legt dem Sachbearbeiter die Adresse vor. Darauf sucht er die fortlaufende Nummer des Häuserblocks und des Grundstücks heraus, die man dann im Nebenraum in einen der Computer eingibt, der wiederum Hypotheken- und Kaufurkundennummer sowie die entsprechende Microfiche- und Seitennummer angibt. Diese Angaben werden dann zusammen mit einem kleinen Zahlungsbeleg (zu erwerben in der Kassenstelle am Ende des Flurs, besetzt von schwarzen Frauen mittleren Alters, die sich auf Kosten des Steuerzahlers über ihr Liebesleben unterhalten) wieder dem Sachbearbeiter vorgelegt, der einem darauf eine Mikrofichekassette aushändigt, die dann, Seite für verschwimmende Seite, durchgesehen werden kann. Jede Hilfestellung wird mürrisch geleistet, und man steht selbstredend unter dem Verdacht der Dummheit.

Der tiefere Sinn der Steuermarken auf den Urkunden wird nie erklärt, aber wenn man weiß, wonach man sucht, was in meinem Fall zutraf, dann erschließt sich einem ganz von selbst ein Reichtum an Informationen, von denen der beständig in die Höhe schießende Wert von Grundbesitz in Manhattan nicht die geringste ist. Vom lange zurückliegenden Jahr 1697 bis zum April 1983 erhob die Stadt New York eine Grunderwerbssteuer von 1,10 Dollar pro tausend Dollar Schätzwert. 1983 erhöhte die Stadt angesichts des rasant steigenden Wertes von Eigentumswohnungen diese Steuer auf vier Dollar pro tausend Dollar Schätzwert, die auch heute noch gelten und wahrscheinlich bis in ferne Zukunft gelten werden. So konnte ich mir ausrechnen, dass das Anwesen Reade Street 162, also das Haus, das Jay Rainey am Abend zuvor im Havana Room durch Tausch erworben hatte, 1912 9000 Dollar wert gewesen war, 1946 112 000 Dollar, 1967 212 000 Dollar, 1972 402 000 Dollar, 1988 875 000 Dollar, 1996 1,5 Millionen Dollar und 1998 2,2 Millionen Dollar, wobei letztgenannte Summe von einer juristischen Person bezahlt worden war, die sich Bongo Partners nannte. Voodoo LLC, die Firma, die auf dem mir vorliegenden Kaufvertrag als Eigentümer des Hauses eingetragen war, wurde *nicht* in den Grundbucheinträgen geführt.

In gleichem Maß verärgert wie verwirrt, saß ich eine Weile nur da, wobei mir keineswegs entging, wie sich klammheimlich der Greifarm juristischer Abstraktion um mein Bein legte. Gab es also doch eigentumsrechtliche Probleme. Warum hätte es auch einfach oder unkompliziert sein sollen? Das war ein Immobiliendeal, der in einem

Steakhouse begonnen und mit einem Toten auf einer Planierraupe geendet hatte! Da hast du den Salat, Bill Wyeth! Du hast Scheiße gebaut! Was die Stadt New York anging, war – jetzt, in diesem Moment – Bongo Partners der ins Grundbuch eingetragene Eigentümer des Anwesens Reade Street 162. Falls Voodoo LLC nicht der rechtmäßige Verkäufer war, könnte Jay sein wertvolles Meergrundstück gegen nichts eingetauscht haben – er könnte betrogen worden sein. Und wenn das der Fall war, konnte mich Jay problemlos wegen Vernachlässigung meiner beruflichen Sorgfaltspflicht verklagen! Der Katastertyp hätte sich eigentlich vergewissern sollen, dass die Eigentumsrechte eindeutig geklärt waren, dass das Haus tatsächlich Voodoo LLC gehörte. In der allgemeinen Hektik hatte ich ihm keine Fragen gestellt. Warum hatte er uns nicht gesagt, dass der eingetragene Besitzer Bongo Partners war? Mir fielen verschiedene Erklärungsmöglichkeiten ein, von denen keine erfreulich war. Zwischen den respektlosen Namen beider Firmen bestand natürlich höchstwahrscheinlich ein Zusammenhang. Voodootrommeln, Bongotrommeln – irgendetwas in dieser Richtung. Jay Rainey konnte mir nicht gestohlen bleiben, noch nicht zumindest. Ich kopierte die Dokumente und steckte sie in meine Aktentasche.

Ich war schon auf dem Weg nach draußen, als mir Lippers Behauptung einfiel, das Steakhouse habe einmal Frank Sinatra gehört. Vielleicht stimmte das, was ganz witzig gewesen wäre, und da mir ohnehin nach einer kleinen Ablenkung war, ließ ich mir die Grundbuchauszüge für die Adresse des Restaurants in der West Thirty-third Street heraussuchen. Die Herkunft des Anwesens stellte eine kurze Geschichte New Yorks dar; ursprünglich hatte es in Form zweier unerschlossener Grundstücke der First Presbyterian Church gehört; fünfzehn Jahre später wurde das erste, schmalere Grundstück, immer noch unerschlossen, an die Pennsylvania Railroad verkauft, die, nachdem sie in diesem Teil der Stadt zahlreiche Gleistrassen hatte, am Westrand des Grundstücks einen »behelfsmäßigen, mit Eisenstreben versehenen Lokschuppen« errichtete. Dieses lange, schmale Rechteck, wurde mir klar, bildete den Grundriss des Havana Room und erklärte, warum er wesentlich tiefer lag als das Erdgeschoss des Steakhouse. 1845 schließlich verkaufte die Kirche das größere Grundstück an einen Engländer, der 1847 die Urfassung des Restaurants baute, ein

»Steaks and Ale House«. 1851 kaufte er den Lokschuppen, baute ihn allem Anschein nach um und integrierte ihn in sein bereits bestehendes Gebäude. In den Jahren 1877 bis 1879 wechselte der zusammengelegte Besitz, möglicherweise wegen des damaligen Börsencrashs, mehrere Male den Eigentümer und wurde 1921, als die wilden Zwanziger gerade richtig in Fahrt kamen und die Leute auswärts aßen, mit einem östlich angrenzenden Brownstonehaus zusammengelegt und erneut verkauft. Die Grunderwerbssteuer deutete auf einen enormen Wertzuwachs hin, was ich dahingehend auslegte, dass die drei Häuser mit Erfolg in ein einziges umgebaut worden waren und sich großer Beliebtheit erfreuten. Aber nicht lang; wegen ausstehender Steuerzahlungen wurde das Restaurant während der Wirtschaftskrise von der Stadt konfisziert und wenig später verkauft. Seitdem war die Aufteilung des Anwesens unverändert geblieben, und die Eigentümer wechselten in der Zeit zwischen den dreißiger und sechziger Jahren, als die Situation in der Gastronomie ähnlich schwierig war wie heute, etwa alle zehn Jahre. Danach blieb das Haus längere Zeit im Besitz einer aufstrebenden Firma: von 1972 bis 1984 war es City Partners, Ltd.; von 1984 bis 1988 City Partners & Co.; von 1988 bis zum gegenwärtigen Zeitpunkt City Partners Real Investment Trust – eine Immobilien-Holding. Die Besitzverhältnisse des Restaurants hätten nicht stereotyper und langweiliger sein können. Frank Sinatra, dieser mafiaverbandelte, hurenbumsende Egomane von einem Schnulzensänger, war in den Grundbucheinträgen nirgendwo zu finden. Was überraschender war, auch der alte Lipper nicht.

Wem das Steakhouse gehörte, brauchte mich allerdings nicht zu interessieren. Ich musste Jay finden und ihn auf Bongo Partners und seinen möglicherweise ungültigen Kaufvertrag hinweisen.

Sein neu erworbenes Haus lag in TriBeCa, nicht weit von der City Hall, ein fünfminütiger Spaziergang durch die Stadt. Deshalb machte ich mich zu Fuß auf den Weg dorthin, ohne freilich im Hup-and-Go des Broadway Trost zu finden. Es war lediglich ein weiterer Winterdonnerstag. Der Schnee von vergangener Nacht war bereits schmutzig, und der Himmel sah nach Regen aus. Der nicht nur den Schnee in der Stadt wegschmelzen würde, sondern auch den ganzen Schnee draußen auf Jays Farm. Unsere Reifenspuren und Fußabdrücke von vergangener Nacht wären verschwunden. Aber vielleicht bedeutete das, dass irgendwelche Raupenspuren in der Erde zum Vorschein kämen – die älteren Zeugnisse von Herschels Aktivitäten am Tag zuvor. War das gut? Würde es Poppys Schilderung des Hergangs bestätigen? Irgendetwas an dieser Schilderung störte mich, merkte ich. Was war es? Kehr zu dem zurück, was dir beigebracht wurde, dachte ich. Und das war Folgendes: Während meines Jurastudiums arbeitete ich einen Sommer lang bei der Staatsanwaltschaft von Brooklyn, und dort gab es einen erfolgreichen älteren Ankläger namens Coover, der eine Beförderung in die Verwaltung ablehnte und stattdessen – abgesehen davon, dass er sich durch das Kauen der Plastikstäbchen zum Kaffeeumrühren die Zähne ruinierte – eine Verurteilung nach der anderen durchboxte. Er war eine stille Legende. Er hatte jede Menge aalglatter Jurastudenten kommen und gehen sehen – hauptsächlich gehen, zu lukrativen Jobs in der Wirtschaft – und war nicht sonderlich beeindruckt. Ich war da keine Ausnahme, und in Anbetracht dessen, wie ich mich damit herumschlug, die Regeln der Beweisführung mit dem Jargon der Polizeiprotokolle in Einklang zu bringen, bestand dazu auch keinerlei Anlass. Aber als ich dort gerade anfing, hatte mich Coover über einem simplen Festnahmeprotokoll in Zusammenhang mit einem Verstoß gegen das Betäubungsmittelgesetz brüten sehen und im Vorbeigehen gemurmelt: »Huldigen Sie Chronos, junger Mann.« Über diesen Ausspruch zerbrach ich mir eine Weile den Kopf, bis mir einfiel, dass Chronos der Gott der Zeit war, was mich schließlich die unumstößliche Wahrheit simpler Chronologie begreifen ließ. Ich vergaß diese Lektion nie, und hier war sie wieder, von entscheidender Bedeutung für das Verständnis dessen, was am Tag zuvor passiert war.

Aber ich war bereits um die Ecke der Reade Street gebogen und musste jetzt den Hausnummern folgen. Da war Nummer 162, in einer Reihe ähnlicher Gebäude, mit hohen Fenstern auf die Straße hinaus, von seiner Architektur her zweckbestimmt, aber elegant in seiner Schlichtheit und eindrucksvoll in seiner Größe. Die Fenster waren doppelt verglast, die Fassade gereinigt und neu verfugt, das abgeschlossene Foyer auf dem neuesten Stand, die Messingbeschläge poliert. Ich hielt die Hand an die Verglasung des Foyers. Dank des Besitzes eines solchen Hauses hat sich schon so mancher ein sehr schönes Leben gemacht, und ich konnte gut nachvollziehen, dass Jay dieses Haus haben wollte, das ihm, wie er sicher wusste, zeit seines Lebens feste Mieteinnahmen brächte, wenn er das wollte. Auf der gegenüberliegenden Straßenseite stand ein fast fertiges Apartmenthaus, ein Nachzügler des jüngsten Wirtschaftsbooms. Um die Ecke duckte sich die Sorte Bar, in der europäische Touristen Filmstars Seite an Seite mit aufgedonnerten Mädchen aus Jersey zu erspähen hoffen, die ihrerseits für Filmstars gehalten zu werden hoffen.

»Bill!«, ertönte eine Stimme. »Sind Sie mir zuvorgekommen!«

Ich drehte mich um und sah Jay in seinem Geländewagen am Straßenrand halten. Er sprang heraus, in einem eleganten Anzug mit blauer Krawatte, geschniegelt und gestriegelt, bereit für den Berufsalltag, ein großer und energiegeladener Mann, der das genaue Gegenteil des schlaffen Wracks war, das ich nur sieben Stunden zuvor mitbekommen hatte. *Das* war der Mann, dem ich im Havana Room ursprünglich begegnet war, stattlich und selbstbewusst. Er blickte nach oben und breitete die Arme aus. »So, das ist es! Und das Geld ist bereits auf der Bank, Mann.«

Ich ließ mir von ihm die Hand schütteln, warnte ihn aber: »Wir müssen reden.«

Sein Lächeln gefror. »Klar, ich weiß, dass wir das müssen, aber erst sehen wir uns das Haus mal an.«

Er zog den Schlüsselbund heraus, den er am Abend zuvor von Gerzon erhalten hatte, und schloss die Eingangstür auf. Das Foyer war staubig, und jemand hatte einen dicken Packen Pizzadienst-Werbezettel durch den Briefkastenschlitz geschoben. Er ging auf die breite Treppe zu, die nach oben führte.

»Einen Augenblick, Jay.« Ich legte eine Hand auf die Schulter seines Mantels. »Was ist passiert, nachdem wir weggefahren sind? Wurde Herschels Leiche gefunden? Hat sich die Polizei der Sache angenommen?«

Er drehte sich um. »Ich habe heute Morgen Poppy angerufen – er sagte, ein Krankenwagen wäre gekommen, und sie hätten Herschel für tot erklärt. Es war nicht ganz einfach, ihn von der Raupe runterzukriegen.« Er zuckte mitfühlend zusammen. »Sie mussten ein Heißluftgebläse verwenden.«

»Und dann?«

»Haben sie ihn ins Riverhead Hospital gebracht. Seine Leiche soll heute Nachmittag abgeholt werden. Ich habe der Familie heute Morgen schon Blumen geschickt. In Riverhead gibt es ein großes Bestattungsinstitut, die machen eine Menge Beerdigungen für Schwarze.«

Ich hielt in Jays Gesicht nach Besorgnis Ausschau. Er schien die Ruhe in Person. Vielleicht war er aber auch ein raffinierter Lügner. »Poppy hat doch gesagt, er hätte Herschel um zehn Uhr abends mit der Raupe arbeiten sehen.«

»Ja und?«

»Irgendwie eigenartig, dass er bei dieser Kälte so spät noch mit einer Planierraupe unterwegs war.«

Jay hob die Schultern. »Er war in Verzug.«

Darüber dachte ich kurz nach. »Poppy hat auch gesagt, er hätte die Planierraupe gesehen.«

»Na und?«

»Um zehn Uhr nachts? Aus einem Kilometer Entfernung?«

»Die Planierraupe hat Scheinwerfer, und zwar gute.«

»Aber wie will sie Poppy von der Straße gesehen haben, wenn sie das Kliff runtergerutscht ist?«

Jay sah mich an. »Da haben Sie allerdings Recht.«

»Da fällt mir ein, hat er nicht etwas in der Richtung gesagt, wenn Herschel tagsüber gearbeitet hätte, wäre seine Leiche ungefähr acht Stunden dort draußen gewesen. Das hat er gesagt.«

»Tatsächlich?«

»Das heißt, Poppy hat ihn *nicht* nachts arbeiten sehen.«

Jay hob die Hände. »Poppy bringt ständig Dinge durcheinander, Bill. Als kleiner Junge hat er mal einen Vorschlaghammer auf den Kopf gekriegt. Er hat nicht mal die vierte Klasse geschafft.«

Ich war nicht überzeugt. »Ist Ihnen aufgefallen, dass Herschel keine Socken anhatte?«

»Nein.«

»Da fragt man sich natürlich schon, wie kommt jemand dazu, bei dieser Kälte ohne Socken auf einer Planierraupe zu arbeiten.«

»Er war ein ziemlich zäher alter Bursche.«

Zähe alte Burschen halten meines Wissens ihre Füße schön warm, aber ich ritt nicht weiter darauf herum. »Die ganze Geschichte stinkt zum Himmel«, brummte ich. »Und zwar ganz gewaltig. Ich helfe Ihnen bei einem Immobiliendeal und schaffe am Ende einen toten Schwarzen beiseite. *Ihren* toten Schwarzen, nur damit wir uns da klar sind. Das gefällt mir ganz und gar nicht, Jay.« Ein Spritzer meiner Spucke traf sein Gesicht. »Und dann laufen wir der Polizei über den Weg? Also, ich weiß nicht.«

Jay hielt die Hände hoch. »Ich wusste nicht, dass Herschel das Kliff runtergerutscht war. Davon stand nichts auf Poppys Zettel, ja? Ich weiß, Sie machen sich deswegen Sorgen. Aber das brauchen Sie nicht. Es ist alles in bester Ordnung. Poppy hat alles geregelt. Er hat es mir heute Morgen erzählt. Er kennt Herschels Familie schon lange.«

»Und was war da draußen nun eigentlich los?«

Er nickte in Erwartung der Frage. »Ich habe Herschel vor einer Woche gebeten, verschiedene Planierarbeiten für mich zu machen. Die Straße war total ausgespült, und wir hatten auf der anderen Seite des Grundstücks noch eine Menge Kies. Er und seine Familie haben auf dem Nachbargrundstück ein altes Haus gemietet. Ich habe immer noch ein paar Pick-ups und diese Planierraupe in der Scheune.«

»Und was ist mit der Polizei?«

»Ich habe sie heute Morgen angerufen«, sagte Jay. »Ich kenne diese Burschen von klein auf. Es ist alles in Ordnung. Herschel hatte ganz offensichtlich einen Herzinfarkt.«

»Warum ist das offensichtlich?«

»Na, wie er da gesessen hat, tot, auf der Planierraupe. Ohne die geringste Schramme. Und er hatte schon lange Herzprobleme, Perikarditis, Lungenödeme. Bei körperlicher Anstrengung in der Kälte kommt es häufig vor …«

Ich hatte keine Lust, mir von einem Laien irgendwelche medizinischen Fachausdrücke anzuhören. »Haben sie Sie gefragt, warum Sie ausgerechnet in der Nacht, in der Herschel starb, da draußen waren?«

»Ja, haben sie.«

»Was haben Sie gesagt?«

»Ich habe ihnen gesagt, ich hätte gerade den Vertrag unterschrieben und wollte mich vergewissern, dass Herschel die Planierarbeiten gemacht hatte.«

»Was der Wahrheit ziemlich nahe kommt.«

»Der erste Teil davon *ist* die Wahrheit, Bill. Was sonst? Herschel hat nicht rechtzeitig mit den Planierarbeiten angefangen, und dann hatte er es plötzlich furchtbar eilig, damit fertig zu werden, bevor es zu stark zu schneien begann. Er ist trotz der Kälte mit der Planierraupe losgefahren und bekam einen Herzinfarkt.«

»Und wenn sie mit der gleichen Frage zu mir kommen?«

An dieser Stelle wurde Jays Gesicht schlaff, und er sah durch mich hindurch, den Blick scheinbar auf seine eigenen Gedankengebilde gerichtet. Ich hatte den Eindruck, als erinnerte er sich an eine Idee oder Überzeugung. »Ich kann mir nicht vorstellen, dass sie Sie fragen werden«, sagte er.

Ich schnitt das Problem mit den Besitzverhältnissen an. »Ich habe mir den Grundbuchauszug für das Haus angesehen, und ich glaube, da gibt es ein Problem.«

»Glauben Sie, hm?« Jay hob den Packen Werbezettel auf und warf sie in den Müll. »Ich nicht.«

»Voodoo LLC ist nicht der gegenwärtig eingetragene Eigentümer des Hauses.«

»Ach was, Mann, das *weiß* ich«, antwortete Jay und studierte den Belegungsplan des Gebäudes. »Alles nur halb so wild. Nur irgend so ein juristischer Papierkrieg. Das hätten Sie nicht nachzuprüfen brauchen.« Er wandte sich mir zu. »Aber könnten Sie mich vielleicht heute Abend vertreten, mit jemandem reden?«

»Jay, hören Sie mir eigentlich zu? Ich glaube nicht, dass Ihnen dieses Haus gehört.«

»Und ob mir dieses Haus gehört!« Er stieß mit der Faust gegen das Treppengeländer und versetzte es in Schwingungen.

»Dann erklären Sie mir das mal genauer.«

Aber das interessierte ihn nicht – er stieg bereits die Treppe hinauf und brachte sie mit seinem Gewicht zum Knarren. »Das ist nur so eine Firmenmantelgeschichte, Bill, alles halb so wild. So etwas ist völlig normal.« Seine Stimme prallte von der Blechdecke hoch über uns zurück. »Also wirklich. Das müssten Sie doch eigentlich am besten wissen, jemand mit Ihrer Erfahrung. Aber ich möchte, dass Sie heute Abend mit jemandem reden, dass Sie wieder als mein Anwalt auftreten, dem Mann ein bisschen schöntun, was eben nötig ist. Gehen Sie mit ihm essen.«

»Kommt überhaupt nicht in Frage.«

»Wieso?«

»Ich steige aus.« Ich wandte mich zum Gehen. Und ich hätte in diesem Moment wirklich gehen sollen, hätte zurück auf den verschneiten Gehsteig stapfen und nicht eher stehen bleiben sollen, als bis ich es in sicherere Gefilde der Plausibilität geschafft hätte, aber Jay kam mir nach und zog ein Stück Papier aus seiner Brusttasche. »Das ist für gestern Abend, für den Vertragsabschluss.«

»Ich habe Ihnen nie ein Honorar genannt.«

»Ich habe es geschätzt.«

Es war ein Scheck über 25 000 Dollar. Sehr großzügig. Sogar zu großzügig. Halt-den-Mund-Geld. Ich gab ihm den Scheck zurück. »Ich will das nicht. Ich will *aussteigen.*«

»Na schön.« Er nickte. »Wenn Sie meinen.«

»Aber was muss ich tun, um, rein rechtlich gesehen, zu verstehen, was gestern Abend passiert ist? Es sieht so aus, als hätte der Katastermann ...«

»Sie brauchen nur heute Abend mit diesem Typen essen gehen, dann werden Sie alles verstehen.«

»Wer ist der Mann?«

»Der Verkäufer.«

»Der Kerl, dem dieses Haus gehört hat?«

»Ja.«

»Dann also auch der Kerl, dem jetzt Ihre alte Farm gehört.«

»Genau.«

»Warum haben Sie sich mit ihm zum Abendessen verabredet?«

»Habe ich doch gar nicht. Er rief mich vor einer halben Stunde an und sagte, er müsste mir noch verschiedene Unterlagen geben. Bestand darauf. Ich habe gerade seinen Scheck eingelöst und wollte ihn deshalb nicht vor den Kopf stoßen. Ich habe ihm nicht gesagt, dass ich nicht kommen kann. Heute Abend geht es bei mir unmöglich. Wenn Sie wollen, können Sie ihn alles über diesen ganzen Papierkrieg fragen, Bill. Er wird es Ihnen erklären. Einverstanden?«

»Ich soll nur mit ihm essen gehen?«

»Ja. Fragen Sie ihn, was Sie wollen.«

Ich hob die Schultern. Das genügte Jay. Er stand auf. »Lassen Sie mich Ihnen doch wenigstens noch das Haus zeigen. Fangen wir im Keller an.«

Das taten wir, um uns dann nach oben vorzuarbeiten. »Es gibt acht Gewerbeeinheiten«, sagte Jay. »Einige Mietverträge müssen verlängert werden, und wenn Sie wollen, können Sie mir dabei helfen.«

»Nein.«

»Wie Sie meinen. Jedenfalls ist es eine hervorragende Lage. Die Gegend hier ist gerade ziemlich in. Gute Restaurants, jede Menge Galerien.« Er deutete auf eine Reihe alter Schraubenlöcher, die die Mitte der breiten Treppe hinaufliefen. Sie waren abgeschliffen und mit Spachtelmasse gefüllt worden. »Sehen Sie das?«, sagte er. »Früher lief hier mal eine lange Metallrutsche die Treppe runter.«

»Für Produkte, die dort oben hergestellt wurden.«

»Genau. Im neunzehnten Jahrhundert Kastorhüte, dann Stühle. Anfang des zwanzigsten waren es eine Weile Baseballhandschuhe.«

Inzwischen beherbergte das Haus Firmen, die Logos entwarfen.

Wir klopften bei einer kleinen Firma, die sich RetroTech nannte, und ein junger Inder öffnete die Tür.

»Ist Mr. Cowles zu sprechen?«, fragte Jay.

»Er telefoniert gerade«, sagte der Mann. Er hatte einen britischen Akzent.

»Ich bin Jay Rainey, der neue Hausbesitzer. Das ist Bill Wyeth, mein Anwalt. Ich wollte mich nur mal vorstellen.«

Er führte uns nach drinnen. Es war eine kleine, aber offensichtlich gut gehende Firma. Grüner Teppichboden, Schreibtischlampen aus Messing, Aktenschränke aus Eiche, hochwertige Kaffeemaschine. Über eine Hand voll Monitore tröpfelten hell leuchtende Informationen.

»Sehr schön eingerichtet, Ihr Büro«, sagte Jay, nachdem er sich kurz umgesehen hatte.

»Ja, wir fühlen uns sehr wohl hier, danke.«

»Ist Mr. Cowles inzwischen zu sprechen?«

»Ich sehe mal nach.«

Er verschwand einen Flur hinunter, und als er kurz darauf zurückkehrte, folgte ihm ein großer, gut gekleideter Mann, der aussah, als könnte er zwanzig Jahre früher etwas Rugby gespielt haben. »Guten Tag, die Herren«, ertönte eine dröhnende englische Stimme. »Ich bin David Cowles.« Seine Augen streiften mich und landeten auf Jay. »Sie müssen der neue Besitzer sein.«

Beide Männer schienen über die Größe des anderen überrascht. Sie schüttelten sich die Hände.

»Freut mich, Sie kennen zu lernen«, sagte Jay. »Tolles Büro haben Sie hier.«

»Wir geben uns Mühe, ja«, sagte Cowles.

»Was machen Sie so?«, fragte ich.

»Ach, ein bisschen von diesem und eine Menge von jenem.« Cowles lächelte über diese vage Antwort. »Im Wesentlichen entwickeln wir proprietäre Finanzsoftware, wir machen ein bisschen in Momentum Trading mit Wertpapieren, wir grasen alles ab, versuchen zum richtigen Zeitpunkt auf den Zug aufzuspringen und dann auch wieder rechtzeitig abzuspringen.«

»Sind Sie schon lange hier?«, fragte Jay.

»Etwas über ein Jahr.«

»Von London hierher gezogen?«

»Ja.« Cowles sah Jay an. »Sieht ganz so aus, als hätten Sie Erkundigungen über uns eingezogen.«

»Nein«, sagte Jay freundlich. »Nur so eine Vermutung.«

»Möchten Sie sich ein wenig umsehen?«

»Sicher. Ich habe das Büro schon mal besichtigt«, sagte Jay. »Mit dem Vorbesitzer. Aber damals waren Sie, glaube ich, nicht da.«

Der Rundgang dauerte ein paar Minuten. Hinter einem Schreibtisch mit Familienfotos hatte Cowles' Büro einen schönen Blick nach Westen mit den unregelmäßigen Ziegelsteinbauten der näheren Umgebung, überall Schornsteine, die über Schrägdächer ragten.

»Erinnert mich ein bisschen an London«, sagte Cowles lachend. »Nur ein bisschen, gerade so viel, dass ich es vermisse.«

Auf dem Schreibtisch bemerkte ich angekaute Stiftenden, mehrere Taschenrechner, Stapel von Zeitungsausschnitten, einen Aschenbecher voller Kippen. Cowles war ein Schwarzseher, ein Tüftler und Raucher.

»Ihr Mietvertrag läuft noch wie lange, ein Jahr?«, fragte Jay.

»So ist es. Bisher war der Standort sehr günstig für uns. Selbst unter den momentanen wirtschaftlichen Verhältnissen wachsen wir.«

»Brauchen Sie mehr Platz?«

»Ich weiß nicht.« Cowles lächelte mich an. »Mal sehen, wie entgegenkommend mein Vermieter ist.«

»Das angrenzende Büro steht leer.«

»Ich weiß.«

»Allerdings habe ich schon einen Interessenten dafür.«

»Dann schlagen Sie ruhig zu«, sagte Cowles. »Uns reicht der Platz hier.«

Jay sah auf die Wand von Cowles' Büro. »Könnte sein, dass Sie ein wenig von den Bauarbeiten mitbekommen.«

»Viel Lärm?«

»Etwas. Aber ich kann sie bitten, Sie möglichst wenig zu belästigen, hauptsächlich an den Wochenenden zu arbeiten.«

»Dafür wären wir Ihnen sehr dankbar.«

»Machen Sie sich da mal keine Sorgen.« Jay deutete auf die Fotos. »Nette Familie.«

»Ja … danke.« Cowles' Blick fiel auf die Bilder. Es war eine Aufnahme von einem süßen kleinen Mädchen mit dunklem Haar dabei, das mit einem Baby, einem Jungen, dasaß. Und zwei Fotos von zwei Frauen, die eine älter, die andere jünger und blond, jede zusammen mit Cowles abgebildet. »Ich weiß, das ist etwas eigenartig«, sagte er, als er mich die Stirn runzeln sah. »Meine erste Frau starb vor ein paar Jahren.« Er griff nach dem Foto der älteren Frau. »Sie ist – sie war die Mutter meiner Tochter, und deshalb, finde ich, ist es in Ordnung, ein Bild von ihr hier stehen zu haben.« Sein Schmerz war immer noch in seinem Gesicht. »Ich habe, so schnell ich konnte, wieder geheiratet, eigentlich vor allem wegen meiner Tochter.« Er wandte sich mir zu. »Haben Sie Kinder?«

»Ja, das heißt – doch, ja«, stotterte ich. Ich kam mir vor, als hätte ich einen Schlag auf den Kopf bekommen. »Einen Sohn.«

Einen Augenblick standen wir verlegen da, drei Männer, die in verschiedene Gedankenkokons gehüllt waren.

»Also dann«, sagte Cowles. »Ich muss wieder an die Arbeit.«

»Haben Sie die Vorbesitzer mal kennen gelernt?«, fragte ich. »Sie hatten einen etwas eigenartigen Namen.«

»Meinen Sie Bongo Partners?«, sagte Cowles. »Aber sicher. Übrigens auch Fish-and-Chipper. Schlossen ihre New Yorker Mietverträge in ihrem Londoner Büro ab. Wegen der ganzen Dollar-Pfund-Geschichte. Sehr anständig, diese Burschen, haben mich nicht zu sehr geschröpft.«

Ich wollte ihn fragen, ob er etwas von Voodoo LLC wusste, aber wir hörten, wie unten jemand laut gegen die Eingangstür hämmerte.

»Vielleicht hat jemand seinen Schlüssel vergessen«, sagte Jay. »Wir sehen mal besser nach.«

Wir verabschiedeten uns von Cowles, und ich folgte Jay die breite Treppe hinunter. Unten angekommen, konnten wir draußen in der Wintersonne jemanden sehen – eine kleine, etwa sechzigjährige Schwarze in einem der Witterung angemessenen Mantel, Handschuhen und einer roten Wollmütze.

»Himmel Arsch«, brummte Jay. Er öffnete die Tür. »Mrs. Jones? Sie sind extra in die Stadt gekommen?«

»Ja, Jay Rainey, das bin ich.«

Er hielt ihr die Tür auf. »Kommen Sie doch rein.«

Sie sah ihn stirnrunzelnd an und kam nicht nach drinnen.

»Woher wussten …«

»Poppy hat mir gesagt, dass Sie vielleicht hier sind. Deshalb habe ich einfach so lange geklopft.«

»Haben Sie die Klingel probiert?«

»Klingel habe ich keine gesehen.«

»Wollen Sie nicht ins Warme reinkommen?«

»Nein, will ich nicht. Ich sage, was ich zu sagen habe, und verschwinde wieder. Ich brauche nicht viel von Ihrer Zeit, wenn Sie das meinen, Jay Rainey, nicht viel Zeit.«

Also gingen wir in die Kälte hinaus.

»Das ist mein Anwalt, Bill Wyeth.«

Die alte Frau nickte mir zu, aber es war ein abschätziges und misstrauisches Nicken. »Na schön. Sie haben also Ihren Anwalt dabei. Haben Sie mit mir gerechnet?«

»Nein«, sagte Jay. »Warum?«

»Na, weil Sie einen Anwalt dabeihaben.«

»Wir haben uns gerade das Haus angesehen«, sagte ich.

»Hat Poppy Ihnen erzählt, dass ich komme?«, fragte sie.

Jay schüttelte den Kopf. »Was kann ich für Sie tun, Mrs. Jones? Tut mir wirklich Leid, das mit Herschel. Ich habe …«

Sie fuchtelte verbittert vor seinem Gesicht herum. »Jay Rainey, kommen Sie mir bloß nicht damit. Ich bin in die Stadt gekommen, um Ihnen zu sagen, dass Sie was tun müssen.«

»Und was?«

»Etwas für die *Familie.*« Ihre Augen, gelblich und alt, blinzelten nicht. »Herschel hat fast vierzig Jahre für Ihre Familie gearbeitet.«

»Das weiß ich«, sagte Jay.

»Er hat sich die ganzen Jahre, wo es Ihrer Familie so schlecht ging, um die Farm gekümmert, und dann, als Ihr Vater krank wurde, und dann, als er starb! Sie waren ja die meiste Zeit weg, Sie *wissen* nicht, wie es damals war.«

»Ja.«

»Deshalb müssen Sie jetzt *irgendwas* tun.«

»Sie meinen Geld.«

»Genau das meine ich, ja. Ich meine Geld! Herschel war alles, was wir hatten.« Sie sah mich missbilligend an, einen Fremden, der ihre Angelegenheiten mitbekam. »Meine Jungen kennen Sie, beide, Robert und Tyree, sie haben inzwischen jeder selbst Familie, sie sind die, die immer mit Herschel gearbeitet haben, aber Sie kennen Tommy und seinen Vetter Harold nicht.«

Jay schwieg.

»Sie sind *stinksauer.*«

»Also gut ...« Jay warf mir einen Blick zu, versuchte, versöhnlich zu klingen.

»Ich habe gesagt, sie sind *stinksauer,* und das heißt nichts Gutes!« Mrs. Jones stampfte mit dem Fuß auf. »Sie haben mich heute Morgen angerufen und gesagt, sie haben es von Tyrees Frau gehört, die gesagt hat, sie findet es ziemlich eigenartig, wie sie den Daddy von ihrem Mann einfach so da draußen in der Kälte gelassen haben und überhaupt, und die beiden finden das alles eine riesige Schweinerei! Und dann kam auch noch dazu, dass die Sanitäter mit einem Heißluftgebläse anrücken mussten, um ihn überhaupt von der Raupe runterzukriegen.« Sie reckte Jay herausfordernd das Kinn entgegen. »Das nenne ich echte *Missachtung,* wirklich, weil es nämlich heißt, der arme Mann ist gestorben, und niemand hat ihm geholfen! Er hat da draußen in der Kälte gesessen und den Himmel angefleht, und kein Mensch auf der Welt hat was davon *gewusst*! Niemand hat mitbekommen, dass er ganz allein gestorben ist, dass er *ohne Beistand gestorben ist*! Er ist einfach an seinem schwachen Herz gestorben, so schwach, dass er sich nicht mehr bewegen konnte! Das hat ihnen

Tyrees Frau alles erzählt. Sie war wütend, und sie hat geweint, und sie war stinksauer. Ja, das war sie! Und da sind sie auch stinksauer geworden, und wie, kann ich Ihnen sagen. Und glauben Sie nicht, dass ich Ihnen hier was vormache, nicht, was das angeht, ganz bestimmt nicht. Diese beiden sind *gefährlich,* Jay Rainey, und sie haben einen *Grund,* wütend zu sein, das ist alles, was ich sage. Kein Mensch hat an *ihn* gedacht, kein Mensch hat sich um einen alten Schwarzen gekümmert! Einfach ganz selbstverständlich davon auszugehen, Herschel würde immer schön brav tun, was man ihm sagt, ganz gleich, *wie* kalt es draußen ist! Und Ihr Vater, er hat nie Sozialversicherung für Herschel gezahlt. Darum hat er immer noch gearbeitet! Und darum ist er so geendet! Ein Mann mit dreiundsiebzig, der hat bei so einer Kälte im Freien nichts zu suchen, und die Familie – wir sind *stinksauer!* Haben Sie gehört? *Stinksauer!* Und Sie wissen ja, Harold, er hat immer zu Herschel aufgeschaut. Und jetzt ist er *groß,* Harold, er hat einen Club oder so was hier in der Stadt, er hat einen Haufen Geld, und Leute arbeiten für ihn, und mit so einem legt man sich besser nicht an. Er hat die ganze Geschichte mitbekommen, und ich *weiß,* er findet das gar nicht gut. Der Junge kann vielleicht hochgehen! Was der schon alles angestellt hat, *huuh!* Damit will ich lieber erst gar nicht anfangen! Er wurde vor fünf Jahren aus dem Gefängnis entlassen, und ich glaube fast, es war wirklich seine Schuld, dass er da reingekommen ist. Ich will lieber gar nicht dran denken, auf was der alles für Ideen kommt. Ah-ah, nein! Dieser Junge ist *gefährlich,* das habe ich schon immer gesagt.« Sie presste die Lippen zusammen, und ihre billige Theatralik war sowohl total durchsichtig als auch absolut überzeugend.

»Und deshalb«, fuhr sie fort, denn sie spürte ihren Vorteil. »Sie waren immer gut zu Herschel, Jay Rainey, und deshalb glaube ich, bin ich Ihnen eine Warnung schuldig.« Sie wartete, um zu sehen, ob er verstand. Dann wandte sie sich an mich, als wäre ich ebenfalls beteiligt. »Damit will ich nichts weiter sagen, als dass diese Jungen nicht mehr auf mich hören. Abgesehen davon, sind sie auch keine Jungen mehr. Damit war Schluss, als sie vierzehn oder fünfzehn wurden. Inzwischen sind sie Männer. Die meiste Zeit leben sie hier in der Stadt.« Sie sah kurz weg. Ich fragte mich, ob sie vielleicht die Straße hinunterspähte. »Harold, sagen sie, er hatte *Glück,* dass er so lange ins Gefängnis musste, weil er nämlich einen anderen so verprügelt hat, dass er …«

»Bitte bestellen Sie ihnen, dass wir eine faire Regelung finden werden«, sagte Jay.

»Ha, sie wollen hunderttausend Dollar.«

»Das ist viel Geld, Mrs. Jones.«

Sie sah mich finster an. »Dann, Mr. Wyeth, sagen Sie es ihm.«

Ich sah Jay an. »Was soll ich ihm sagen?«

»Sagen Sie ihm, dass es *nicht* viel Geld ist. Das weiß ja sogar eine *alte* Frau! Jede Menge Dinge kosten mehr. Jede Menge *Probleme* kosten mehr.«

»Mrs. Jones«, sagte Jay. »Herschel hatte ein schwaches Herz. Wie viel Herzinfarkte hatte er schon? Vier? Einmal habe ich ihn sogar selbst ins Krankenhaus gefahren. Ich habe, ich weiß nicht wie oft, den Arzt für ihn bezahlt.«

Sie presste wieder die Lippen zusammen und schüttelte den Kopf. »Aber Sie haben ihm auch gesagt, er soll bei dieser Kälte rausgehen und diese Planierarbeiten machen.«

»Darum habe ich ihn eine Woche *zuvor* gebeten, als es noch ziemlich warm war«, antwortete Jay mit gepresster Stimme. »Es waren vielleicht vier Stunden Arbeit. Wahrscheinlich hat er es ständig rausgeschoben, und dann wurde es kalt.«

Sie schüttelte bereits den Kopf. »Nein, er *war* vor fünf oder sechs Tagen schon draußen. Er *war* fertig, weil Herschel nämlich an diesem Tag Apfelmus gemacht hat. Er hat im November die runtergefallenen Äpfel eingesammelt und im Keller gelagert, und er fängt mit dem Apfelmusmachen immer erst dann an, wenn er mit der Feldarbeit für den Winter fertig ist. Das hat Herschel immer so gemacht, wissen Sie, schließlich kenne ich ihn schon mein Leben lang. Ich *kenne* den Mann. Er hatte seine Gewohnheiten. Er war *fertig* auf den Feldern! Er hatte am Morgen fünf Scheffel Äpfel in der Küche stehen, er hatte sich das Schälmesser und das Schneidbrett rausgelegt, er hatte den Fernseher an, einen Sportsender, er hatte bestimmt nicht vor, in so einem Schneesturm irgendwelche Planierarbeiten zu machen.«

Jay schüttelte den Kopf, um zu widersprechen. »Aber wahrscheinlich war er noch nicht ganz fertig. Was hätte er sonst auf der Planierraupe gemacht? Ich war eine Woche oder so nicht mehr draußen gewesen und …«

»Ich habe doch mit ihm darüber *geredet*!«, kreischte Mrs. Jones. »Er hat gesagt, Sie hätten ihn immer wieder angerufen und gesagt, es ist wichtig, dass er bis dann und dann fertig wird, und er war krank an dem einen Tag und ist trotzdem raus, und das, obwohl ich ihm *gesagt* habe, dass er krank ist. Aber das ist schon fast eine Woche her, Jay Rainey! Er *war* ganz fertig mit der Arbeit! Gestern hat er seine Äpfel gewaschen und ist dann in den Keller, weil er gesagt hat, dass er mehr Einmachgläser braucht, und dann ist er rausgegangen und mit der Raupe losgefahren, und irgendwann merke ich dann, dass er nicht nach Hause kommt. Es wird immer später, und wir machen uns schreckliche *Sorgen!* Und dann kriegen wir um vier Uhr morgens einen Anruf, dass er *tot* ist! Auf der Planierraupe! Ich weiß nicht, was er da draußen wollte. Aber so, wie ich die Sache sehe, hat er für *Sie* gearbeitet, wenn er auf der Raupe war.«

»Aber wenn er doch schon …«, begann Jay, verstummte jedoch wieder, als er merkte, dass ein Streit die Erinnerung an einen Toten verletzen könnte. »Sei's, wie es sei. Wir werden schon zu einer Einigung kommen.«

Es war ein Patt. »Mrs. Jones«, fragte ich, »nur aus Neugier: Welches Spiel lief im Fernsehen? Die Knicks?«

Sie sah Jay an. »Sie sollten sich lieber einen anderen Anwalt nehmen.«

»Wie bitte? Warum?«

»Er legt mir Dinge in den Mund.«

»Wie bitte?«

»Herschel hat sich immer Tiger Woods angesehen, wie er den Ball *ganz* weit geschlagen hat.«

Eins der Winter-Golfturniere, in den frühen Runden. »Ich sehe meinen Fehler ein.«

»Wirklich?«

»Ich dachte, es wäre nachts passiert«, sagte ich.

»Herschel fährt doch nicht mitten in der Nacht zum Planieren los! Denken Sie etwa, er ist verrückt! Es war nach dem Mittagessen.« Frustriert sah Mrs. Jones von Jay zu mir und wieder zurück. »Was reden wir hier überhaupt noch lange? Ich werde den Jungen sagen, dass

Sie gesagt haben, Sie zahlen der Familie das Geld, Jay Rainey. Ich werde ihnen sagen, Sie hätten gesagt, Sie zahlen es *gern*! Ich werde ihnen sagen, Sie finden, das ist eine *gute* Summe, das ist eine *faire* Summe! Dass es Ihnen aufrichtig *Leid* tut um Herschel. Ja, das werde ich ihnen sagen! Sie rechnen damit, dass ich sie noch heute Morgen anrufe. Sie halten sich genau auf dem Laufenden! Sie wissen, dass das Ihr neues Haus ist, weil ich es ihnen erzählt habe. Poppy hat mir die Hausnummer gesagt, und ich habe sie ihnen gesagt. Ist das soweit klar? Ich werde ihnen sagen, Sie haben gesagt, Sie werden zahlen! Ich glaube, darauf lassen sie sich ein. Aber sicher bin ich da nicht. Diese Jungen hören nicht mehr auf mich, Jay Rainey. Die sind inzwischen ganz schön *wild*! Sie sind mit ihren Mädchen und Autos unterwegs und was weiß ich noch alles, da habe ich keinen Einfluss mehr drauf.« Sie knöpfte den obersten Knopf ihres Mantels wieder zu und zog ihre Handschuhe straff. »Dann will ich mal wieder los.«

Ohne noch etwas zu sagen, drehte sie sich schroff um und entfernte sich auf dem verschneiten Gehsteig. Ich wandte mich Jay zu. »Diese kleine alte Frau hat Sie gerade nach allen Regeln der Kunst *ausgenommen.*«

Jay sah ihr nach. »Etwas muss ich für sie tun. Aber ich kann nicht für Herschels ganzes Leben bezahlen. Er sollte lediglich die Zufahrt in Schuss bringen, die Löcher mit Kies auffüllen. Ich habe ihn im Voraus bezahlt, ich habe ihm ausdrücklich gesagt, er soll es machen, solange es noch warm ist, weil dann auch die Raupe besser läuft. Ich war mir sicher, dass er damit fertig war. Es war nicht viel Arbeit.«

»Was hat er so nah am Kliff gemacht?«

»Keine Ahnung. Wegen des Schnees war nicht zu erkennen, was er gemacht hat. Und überhaupt, warum war die Raupe im Rückwärtsgang? Aber machen Sie sich deswegen mal keine Gedanken, ja? Das ist mein Problem.«

Ich war froh, das zu hören.

Jay fragte: »Wie fanden Sie Cowles, diesen Typen vorhin?«

»Ganz in Ordnung, würde ich sagen.«

»Haben Sie die Familienfotos gesehen? Die erste Frau war richtig schön«, sagte er. »Ich glaube, er hat sie sehr geliebt.«

Es war eigenartig, dass er so etwas Mitfühlendes sagte, und wir standen in plötzlichem, nicht unangenehmem Schweigen da. So freunden sich Männer manchmal an, glaube ich. Sie entscheiden sich rasch. Jay blickte auf seine Handflächen, schaute dann weg. Der Augenblick hatte etwas Verletzliches und Vergängliches, und ich achtete sehr genau darauf, denn ein Mann, da sind wir uns doch einig, ist eine Art Schalentier. Da ist die gehärtete Oberfläche, die er der Welt präsentiert, das Gesicht und die Worte und das Verhalten, aber sehr oft entspricht das alles nicht annähernd dem Wesen unter der Schale. Mit gehärtet meine ich zusammenhängend, Angriffe abwehrend und fähig, von anderen anerkannt zu werden; ich meine nicht unveränderbar – ganz im Gegenteil. Aber die Schale ist immer da, sie wächst von innen nach außen, blättert ab, bricht weg, und der bebende Glibber darunter bleibt größtenteils verborgen. Der äußere Schein ist weniger irreführend als unvollständig. Was man sieht, ist, was man kriegt, aber was man nicht sieht, ist ebenfalls, was man kriegt. Einen Augenblick schien Jay schalenlos, nicht daran interessiert, sich vor meiner Musterung oder meinem Urteil zu schützen.

»Ja, ich glaube, er war verrückt nach ihr«, wiederholte er. »Haben Sie auch so eine? Eine Frau, die Sie nicht loslässt?«

»Ich war verheiratet.«

»Ach ja?«

»Sie hat mich verlassen.«

»Sagten Sie nicht, Sie haben einen Sohn?«

»Ja. Ich habe ihn nicht mehr gesehen, seit er …« Ich konnte den Satz nicht zu Ende sprechen.

Jay machte den Mund auf, sagte aber nichts. In Gegensatz zu seinem Auftreten dreißig Minuten zuvor wirkte er erschöpft oder mutlos, als wäre ihm die Luft rausgelassen worden, und ich merkte, dass das jetzt das dritte Mal war, dass ich in weniger als einem Tag ein solches Auf und Ab mitbekommen hatte; das erste Mal war im Havana Room gewesen, als er ein Hoch gehabt hatte, und dann vor dem Steakhouse, als er ein Tief hatte; das zweite Mal war beim Bergen der Planierraupe gewesen, Hoch, und auf der Fahrt in die Stadt zurück, Tief.

»Alles in Ordnung?«, fragte ich.

»Klar.« Er richtete sich auf. »Hier.« Er reichte mir einen Zettel mit einer Adresse in Uptown. »Das ist dieses Lokal.«

»Was für ein Lokal?«

»Na, wo Sie sich mit diesem Typen treffen sollen. Heute Abend um sechs. Mit diesem Weintypen aus Chile.«

»Wie heißt er?«

»Marceno oder so ähnlich.«

»Warum können Sie das eigentlich nicht selber machen?«, fragte ich. »Hört sich doch ziemlich wichtig an.«

»Ich habe einen anderen Termin.«

»Wichtiger als dieser?«

Jay wich meinem Blick aus. »Ja, wirklich.«

Vielleicht würde ich es tun, vielleicht auch nicht. Vielleicht wäre es das Vernünftigste, zuerst mit Allison zu sprechen. Und vielleicht sollte ich ohnehin mit ihr sprechen. Ich ergatterte ein Taxi, das in Richtung Uptown unterwegs war, nannte dem Fahrer die Adresse des Steakhouse, schleuderte sie ihm durch das Nachrichtengeschnatter aus dem Radio zu. Er grunzte und fuhr los. Draußen begann Regen gegen die Fenster zu klatschen, eine plötzliche dunkle winterliche Entleerung des Himmels, und während Lower Manhattan verschwommen an mir vorbeiwischte, ließ ich mich in den Sitz zurücksinken; es war, als rollte ich durch einen Wolkenbruch bedeutungsloser Daten von überall her, imstande, jedes einzelne Info-Tröpfchen zu erkennen, aber ihrem kollektiven Kälteschauer entzogen. Dieser Gedanke brachte mich darauf, den Zettel anzusehen, den Jay mir gegeben hatte. Er hatte die Adresse des Restaurants in schrägen Druckbuchstaben geschrieben, aber das war nicht, was meine Aufmerksamkeit erregte. Der Zettel war offensichtlich von einem Stück Firmenbriefpapier abgerissen worden, denn auf die Rückseite war SICHERHEIT, ZUVERLÄSSIGKEIT UND PROMPTE LIE... gedruckt. Was brauchte oder benutzte Jay, das sicher und zuverlässig war und prompte Lieferung erforderte?

Fünfzehn Minuten später saß ich an Tisch 17 und studierte die Tagessuppen.

Nachdem ich bedient worden war, kam Allison mit ihrem Schreibbrett vorbei. »Da ist ja unser Hinterzimmeranwalt.« Sie ließ ihren Finger meine Schulter berühren und blieb dicht neben mir stehen. »Und, was habt ihr beiden gestern noch so alles angestellt?«, fragte sie.

»Hat dich Jay nicht angerufen?«

»Noch nicht.« Sie hob die Schultern. »Und …?«

»Ist ja auch seine Sache«, sagte ich.

»Komm schon, *mir* kannst du es doch erzählen.«

»Wir sind rausgefahren und haben uns sein Land angesehen.«

»Mehr nicht?«

Ich hob die Hände. »Mehr nicht.«

Allison gefiel meine knappe Antwort nicht. »Wann bist du nach Hause gekommen?«

»Er hat mich kurz vor fünf bei mir zu Hause abgesetzt«, sagte ich. »Aber jetzt hör zu, ich möchte, dass du mich auf die Gästeliste des Havana Room setzt. Oder was eben nötig ist. Sieh zu, dass sie mich reinlassen.«

Sie sah sich um, um sich zu vergewissern, dass niemand mithörte. »Klar. Ich habe doch gesagt, dass ich das mache.«

»Wann ist das nächste Mal?«

»Das ist unterschiedlich. So viel weißt du inzwischen.«

»Ein-, zweimal die Woche, habe ich mitbekommen.«

»Immer, wenn Ha bereit ist.«

»Warum hängt das von Ha ab?«

»Warum? Weil Ha, auch wenn du und deinesgleichen das nicht wissen, ein Künstler ist.«

»Ein Künstler? Der was macht?«

»Das wirst du schon sehen.«

Ich erinnerte mich, wie er das zusammengefaltete weiße Tuch, in dem sich das blitzende Instrument befand, auseinander gerollt hatte. »Übrigens hat das Restaurant nie Frank Sinatra gehört, jedenfalls nicht offiziell.«

»Ich weiß. Das erzählt Lipper nur. Hast du es nachgeprüft?«

»Ja, habe ich.«

»Lipper ist ein richtiger alter Lügner, wirklich.«

»Du weißt doch sicher auch, dass ihm das Haus nicht gehört.«

»Klar gehört es ihm«, sagte Allison.

»Nein, es gehört ihm nicht.«

»Das Haus gehört ihm, Bill. Das *weiß* ich.«

»Nein, es gehört einer Gesellschaft. Ich bin sicher, er hat nur einen langfristigen Pachtvertrag.«

»Lipper hat das Lokal also nur *gepachtet?*«

»So sieht es aus.«

Sie seufzte. »Weißt du, ich habe ihn gebeten, mich prozentual am Gewinn des Restaurants zu beteiligen, aber das wollte er nicht. Und weißt du was?« Sie beugte sich vor, die Zähne fest auf der Unterlippe. »Das ist *mein* Restaurant. Ich schmeiße den Laden hier, ich sorge dafür, dass er gut läuft. Es ist wirklich meiner, Bill. Er *gehört* mir, weißt du? Lipper rührt keinen Finger. Der Buchhalter schickt ihm ein paar Mal im Monat ein paar Abrechnungen, und er kommt ab und zu mit seiner Pflegerin an. Ich bin es, die sich für ihn *abarbeitet.*«

Einer der Kellner winkte ihr zu.

»Könnte sein, dass es mit dem Fisch Probleme gibt«, sagte sie. »Ich bin gleich wieder zurück.«

Ich sah ihr hinterher. Die Frage, wem eine Immobilie gehört, ist immer interessant; hier hatten wir eine Situation, in der ein Gebäude einen rechtmäßigen Eigentümer hatte, eine Gesellschaft, und jemand anderen, Lipper, der behauptete, sein offizieller Eigentümer zu sein, und eine weitere Person, Allison, die behauptete, sein moralischer Eigentümer zu sein. So läuft es allerdings häufig; jeder, der Immobilienrecht macht, wird bald in ein Reich menschlicher Angelegenheiten befördert, wo die Zwänge hinter einer Entscheidung oft enorm sind und Tod, Scheidung, Krankheit, Dummheit, Gier, sexuelle Unüberlegtheit, Kummer – alles – beinhalten. Alles, was im menschlichen Geist ist, kommt durch Ziegelsteine und Mörtel zum Ausdruck, was auch heißt, dass es immer eine Geschichte gibt. Ich kann mich noch gut an einen kleinen Puertoricaner erinnern, der mich in meinem ersten Jahr als Anwalt aufsuchte. Er sah aus, als hätte ihm das Leben übel mitgespielt, aber zu einem anständigen Hemd hatte es trotzdem gereicht, wenn auch nicht zu einer Krawatte. Er war mir von den Sozii und Seniorpartnern zugeschanzt worden, weil er ihrer kostbaren Zeit nicht würdig war; ich ging von derselben Annahme aus. Aber keine Minute später war mir klar, dass ich mich getäuscht hatte. Er hatte ganz bewusst mich und nicht irgendeinen Anwalt in Queens aufgesucht, sagte er, weil er diese Angelegenheit diskret und korrekt abgewickelt haben wollte. Er wollte, was jedoch unausgesprochen blieb, den kulturellen Beistand einer Midtown-Kanzlei mit jeder Menge Juden und WASPs. Er hatte Prostatakrebs und musste dringend etwas unternehmen. Ihm gehörten drei Wohnhäuser, eine Autolackiererei, eine Werkstatt, eine Klärbehälter-Reinigungsfirma auf Long Island, ein fünfzigprozentiger Anteil an einer Tankstelle und eine Reihe kleinerer Immobilien. Er war 1962 in die Vereinigten Staaten gekommen und hatte einen Job als Anstreicher gefunden. »Ich war drei Jahre hier, und dann frage ich meinen Freund, dem ein Deli gehört, was machst du eigentlich mit deinem Geld, und er sagt, ich kaufe Ziegelsteine. Ich sage, warum? Und er sagt, Ziegelsteine, weil sie immer wachsen. Ziegelsteine wachsen. Aber Geld, Geld wächst nicht so wie Ziegelsteine.«

Nachdem er nicht mehr lange zu leben hatte, musste er seine Besitztümer verteilen, bevor sich seine Familie darum zu streiten begann, was unvermeidlich zu ihrer Wertminderung führen würde. Was nicht weniger wichtig war, er hatte aus drei außerehelichen Verhältnissen vier Kinder. Weder wusste seine Ehefrau von einer der Geliebten, noch wusste eine der Geliebten von einer der anderen Frauen. Eine dieser Affären, gestand er mir unter einigem Husten, hatte er dreißig Jahre zuvor, »als ich noch jung war – *guapo,* wissen Sie – mit guten Haaren«, mit einem Rockette-Showgirl gehabt, das seitdem zweimal verheiratet und wieder geschieden war und zurzeit in einer winzigen Wohnung in Brooklyn wohnte. »O Mann«, sagte er lächelnd, die Augen leuchteten von der Erinnerung plötzlich auf, »konnte dieses Mädchen vögeln. Sie hat mir buchstäblich den Schwanz gebrochen.« Mit einer anderen Frau hatte er eine längere Beziehung gehabt. Ihr gemeinsames Kind war mit einem Herzfehler geboren worden und musste jede körperliche Anstrengung vermeiden. Fünfzehn Jahre hatte sie klaglos für den Jungen gesorgt, sagte mein Mandant. Dann begann er zu weinen. »Er hat nie einen Ball geworfen, war nie am Strand schwimmen.« Er hatte arrangiert, dass einer seiner Cousins die Frau heiratete und dem Jungen ein Vater war. Überraschenderweise hatte es geklappt. »Das war das Beste, was ich in meinem ganzen Leben je getan habe«, sagte er. Er wollte seine Immobilien verkaufen, um seine Kinder der Liebe zu versorgen. Die Immobilien, glaubte er, könnten zehn bis zwölf Millionen Dollar bringen. Ich saß da, ein selbstgefälliger Fünfundzwanzigjähriger, der noch dachte, Recht wäre das, was sie einem beim Studium beibrachten, und sagte, ich würde mir die Sache mal ansehen. Was ich auch tat. Die Immobilien waren neunzehn Millionen Dollar wert, und mein Mandant starb zwei Wochen nachdem die Verträge fertig waren. Er hing bereits am Beatmungsgerät, als er sie zwischen zwei Morphiuminjektionen unterzeichnete.

Oder der Fall des milliardenschweren Baulöwen, der eines der alten Nobelhotels in der Nähe der Public Library kaufte und es für 116 Millionen renovierte, damit er seine Mutter im Rollstuhl hineinschieben und ihr sagen konnte, es gehöre ihm. Seine ganze Karriere, erfolgreich wie sie war, hatte allein dem Zweck gedient, sich seiner Mutter zu beweisen. All das erfuhr ich von seiner makellos schönen Frau auf einem Partydampfer, unterwegs im Long Island Sound. Ihre Brüste waren perfekte Raketenspitzen aus Fleisch, die allerdings auch verdächtig echt aussahen. Sie war seine dritte Frau, und sie wusste, sie hatte noch ein paar Jahre, bevor sie ausgetauscht würde. Ich sah in ihr eine gute, aber schwache Frau, deren Schönheit hinderlich gewesen war, weil sie nur Männer angezogen hatte, die sie hatten erobern wollen. Als sie ausgetrunken hatte, warf sie plötzlich ihr Eis und den Limonenschnitz ins Meer, dann auch noch das Glas, und danach wandte sie sich, das Gesicht wunderschön, die Augen verbittert, mir zu und sagte: »Alles wegen seiner Mutter, die er *hasst*!« Ich hatte nur genickt. »Warum will er keine Kinder?«, fragte sie. »Das ist alles, was *ich* will.« Sie wurde binnen eines Jahres ausgemustert und ersetzt, und als die Renovierung des Hotels abgeschlossen war, nahm ich an der Einweihungsfeier teil und bekam mit – es war ja auch nicht zu übersehen –, dass die Mutter des Baulöwen in ihrem gepolsterten Lehnsessel eingeschlafen war, der Mund offen, das Gebiss trocken in der Luft, der Gehstock zwischen ihre knochigen Knie geklemmt.

In diesem Moment kam Allison mit schwingenden Hüften zu mir zurück. »Fisch«, sagte sie. »Man möchte meinen, damit könnte es keine Probleme geben! Jemand fängt ihn, jemand kauft ihn, jemand kocht ihn.« Sie ließ sich auf den Stuhl plumpsen. »Vielleicht sollte ihn sich Ha mal ansehen.«

»Warum sollte sich Ha den Fisch ansehen?«

»Er hat sehr viel Ahnung davon.«

Aber das interessierte mich nicht; ich machte mir wegen der vergangenen Nacht Sorgen. »Allison, was kannst du mir sonst noch über Jay erzählen? Wo arbeitet er, etwas in dieser Richtung?«

Sie holte tief Luft, atmete wieder aus. »Ich weiß nicht, wo er arbeitet.«

»Darüber hat er nie gesprochen?«

»Ich glaube, er hat gesagt, er ist in der Baubranche.«

»Wenn du ihn anrufst, tagsüber, wo rufst du ihn an?«

Sie lächelte ein gequältes kleines Lächeln. »Ich *rufe* ihn nicht an.«

»Du rufst ihn nicht an?«

»Nein. Komisch, nicht?«

»Er ruft dich an?«

»Ja.«

»Warst du mal in seiner Wohnung?«

»Nein.«

»Weißt du, wo er wohnt?«

»Nein.«

»Hast du eine Telefonnummer, unter der du ihn erreichen kannst?«

»Nein.«

»Nein?«

»Peinlich, nicht? Er will sie mir nicht geben.«

»Keine Privatnummer?«

»Nein.«

»Keine Handy-, keine Büronummer? Ich bin ziemlich sicher, er hat ein Handy.«

Allison spielte am Rand ihres Schreibbretts herum. »Manchmal mache ich mir Sorgen, dass er mich gar nicht richtig mag.«

»Warum? Nur weil er dir nichts über sich erzählt? Hast du mal im Internet nachgesehen?«

»Natürlich. Nichts.«

»Er ruft dich nur an und fragt, ob ihr euch treffen könnt?«

»Mehr oder weniger.«

»Was ist eigentlich aus deinen Überlebensregeln für toughe alleinstehende New Yorkerinnen geworden?«

»Ich habe mich nicht dran gehalten.«

»Was macht ihr zwei so? Ich versuche mir ein Bild von dem Kerl zu machen.«

»Er ruft mich hier im Restaurant an. Wir treffen uns in meiner Wohnung.«

»Und dann?«

»Na ja, du weißt schon.«

»Sag es mir.«

»Normalerweise, du weißt schon, machen wir miteinander rum, und dann koche ich ihm was zu essen.«

»Ihr trefft euch also nicht abends?«

Diese Frage hatte sie nicht erwartet. »Normalerweise nicht.«

»Wann dann?«

»Nachmittags, wenn hier nicht viel los ist, so gegen drei, vier.«

»Geht ihr manchmal zusammen essen?«

»Nicht oft«, gab sie zu. »Er sagt, er möchte sich in meiner Wohnung mit mir treffen.«

»Und du lässt dich darauf ein, weil ...«

Hier biss sich Allison auf die Lippen und senkte den Blick und fand dann eine Zigarette in ihrer Tasche. Ich hatte ihr ziemlich zugesetzt. Aber ich setzte ihr noch weiter zu. »Die Besuche dauern nicht lange, richtig? Etwa ein, zwei Stunden?«

»Ja«, sagte sie. »Na und?«

»Das ist nicht gerade lang für ein Rendezvous, für eine Liebesbeziehung.«

»Geht dich das etwa was an?«

»Ist er am Anfang voller Energie, und wird er dann immer schlapper?«

»Ja! Genau so war es letztes ...« Sie sprach nicht zu Ende. Stattdessen blickte sie zu einem bulligen Mann in einem weißen Kittel auf, der in den Raum gewalzt kam.

Es war der Küchenchef des Restaurants. »Das darf doch nicht wahr sein!«, rief er. »Schon wieder Schwertfisch!«

»Soll ich ihn mir mal ansehen?«, fragte Allison.

»Der reinste Dreck! Eine einzige Beleidigung! Dieser Kerl ist kein Großhändler, er ist ein Gauner! Er sagt praktisch, esst meine Scheiße, nehmt meine köstliche Scheiße und würgt sie runter! Genau das ist es, was der Kerl sagt!« Er machte kehrt und ging wieder.

Allison stand auf. »Möchtest du mal sehen, womit ich mich heute herumärgern darf?«

Ich folgte ihr durch die Schwingtür mit dem kleinen Fenster, an langen Zubereitungstischen und baumelnden Stahltöpfen vorbei.

Ein Mexikaner spritzte mit einem Schlauch den Boden ab. Der Küchenchef wartete auf uns, vor sich ein nasses Abtropfbrett mit einem kopflosen, einen Meter langen Fisch darauf. Ich hätte gesagt, es war ein Gelbflossenthunfisch. Jemand war dabei, ihn zu putzen.

»Ich esse doch keine Scheiße!«, schimpfte der Küchenchef. »Schauen Sie!«

Der Fisch war in der Mitte aufgeschlitzt, und er hob eine Hälfte des rosafarbenen Fleisches hoch, um uns eine milchig weiße, bleistiftdicke Röhre zu zeigen, die sich durch das Fleisch wand. Sie sah etwa einen halben Meter lang aus und zuckte bei jeder Berührung feucht zurück.

»Ja, okay«, sagte Allison. »Ich werde ihn anrufen.« Sie sah mich an. »Ich muss mich jetzt darum kümmern.«

»Würmer! Parasiten!«, schrie der Küchenchef, als ich mich zum Gehen wandte. »Ich kann das nicht haben! Keine Würmer!« Er nahm sein Hackbeil und drosch damit auf den Fisch ein. Wir traten zurück. »Nein – keine Würmer!« Er hackte auf das rote Fleisch ein, zerhäckselte es. »Sagen-Sie-Ih-rem-Scheiß-Fisch-händ-ler-er-soll-ge-fäl-ligst-Fisch-lie-fern!«

Zu Manhattans zahlreichen unwirklichen Räumen gehört einer, der von innen wie ein Hausboot aus Kaschmir wirkt, das fünfzehn Stockwerke über dem Central Park South schwebt. Voll mit Kissen und Tüchern und Ganesh-Statuen, ist der Raum das luftige Liebesnest eines Moguls, jede Oberfläche verziert, die Sitarmusik einmal mehr, einmal weniger im Vordergrund. Aus dieser Warte ist der Park ein großer dunkler See, auf dem die Lichter der Taxis unter den Bäumen hindurch auf die andere Seite der Stadt tauchen wie Mini-U-Boote, unterwegs zu den beleuchteten Apartmenthäusern am anderen Ufer. Die vielen Kerzen im Raum, die in den Fenstern flackern, erwecken den eigenartigen Eindruck von stummen Explosionen über dem Park.

Der Raum ist in Wirklichkeit ein Restaurant, nur zwei Tischreihen tief, und hier saß ich jetzt in meinem einzigen guten Anzug, spielte mit einem reich verzierten Messinglöffel und wartete auf Marceno, den neuen Besitzer von Jay Raineys elterlicher Farm. Mir gegenüber saß, ohne ein Wort zu sagen, eine dunkeläugige Frau mit einer sehr kleinen Nase, von einem Chirurgen perfekt verkleinert, makellos und spitz und klein. Die Nase betonte den schönen und enormen Mund der Frau, einen Mund, der alles verhieß, eine Höhle der Lust, die auch die glühendsten Dränge aufnähme, solange nur für das *Wohlergehen* seiner Besitzerin gesorgt wäre. Ich hatte mir große Mühe gegeben, diesen Mund nicht anzusehen, als sich die Frau als Miss Allana vorstellte, Mr. Marcenos New Yorker Repräsentantin. Der Name klang wie einer dieser einlullend synthetischen Namen von Autos oder Medikamenten. Miss Allana sprach mit einem knackigen südamerikanischen Akzent und sah, wie ich es verstand, keinen Anlass, weiteren Smalltalk zu machen, sondern saß stattdessen nur da und blickte auf einen imaginierten fernen Ort, zu dem – Reinigungsdienst inklusive – billige Mund-Glotzer wie ich keinen Zutritt hatten.

»Ah, Mr. Rainey«, ertönte hinter mir eine Stimme, und es war Marceno persönlich, ein kleiner Mann mit gebräuntem Gesicht und dunklen Augenbrauen. Genauso selbstbewusst, wie er reich war, dachte ich. Er stellte seinen Aktenkoffer ab und schüttelte mir die Hand.

»Leider bin ich nicht Jay Rainey«, sagte ich und stellte mich vor.

Mr. Marceno lächelte giftig, tupfte seine Fingerspitzen aneinander. »Dann sind Sie der Herr, der mich gestern Abend so viel Geld gekostet hat?«

Ich konnte sehen, dass der Betrag eine Lappalie für ihn war. »Ja.«

Er hob die Augenbrauen in Richtung Miss Allana, dann wandte er seine Aufmerksamkeit wieder mir zu. »Vielleicht hätte ich statt Mr. Gerzon *Sie* engagieren sollen.«

»Ich habe lediglich versucht, die Interessen meines Mandanten zu vertreten.«

»Selbstverständlich. Und warum kann Ihr Mandant nicht kommen?«

»Er ist leider kurzfristig verhindert.«

»Ich verstehe.« Er nickte wieder der Frau zu. Ihr Desinteresse an der Unterhaltung war schmerzhaft erotisch. »Ja, so etwas kann vorkommen, doch. Es freut mich, dass er seinen Vertreter geschickt hat. Gefällt Ihnen der Blick, Miss Allana?«

Das schien eine Art romantischer Code, denn sie nickte, und der Mund lächelte, langsam und feucht wie ein Meeresgeschöpf, das spürt, dass Nahrung nahe sein könnte.

»Unser Problem ist folgendes, Mr. Wy-eth«, begann Marceno, nachdem wir bestellt hatten. »Wir haben das Land gekauft, das Mr. Rainey verkauft hat.«

»Eigentlich hat er sein Land mehr oder weniger gegen Ihr Haus getauscht.«

»Lassen Sie es mich anders ausdrücken. Der neue Besitzer seines Landes ist eine Firma, die sich Voodoo LLC nennt, ja? Sehr witzig, *Voodoo.*«

»Aha.«

»Wir haben Voodoo LLC gekauft.«

»Wann?«

»Vor dem Tausch des Landes.«

»War der Tausch eine der Bedingungen für den Kauf von Voodoo?«

»Ja.«

»Warum haben Sie nicht gewartet, bis der Tausch perfekt war?«

»Das war nicht nötig. Wir wussten, dass es zu dem Tausch kommen würde.«

Ich nickte. »Deshalb haben Sie die Mantelfirma gekauft, die in der Folge ihr Bürogebäude gegen ein Stück Land getauscht hat.«

»Ja.«

Ich verstand es immer noch nicht. »Was wissen Sie über Bongo Partners, die Gesellschaft, die als Besitzer des Anwesens in der Reade Street eingetragen ist?«

Marceno lehnte sich zurück. »So kompliziert ist die Sache gar nicht. Ursprünglich gehörte das Bürogebäude Bongo. Sie überschrieben das Haus auf eine neu gegründete Gesellschaft namens Voodoo. Das war vor drei Tagen.«

»Und deshalb ist der Eigentümerwechsel im Grundbuch noch nicht eingetragen.«

»Ganz richtig. Ich sehe, Sie haben das geprüft.«

Und ich konnte sehen, dass er Geduld mit mir hatte, dass er andere Dinge besprechen wollte. »Nur um sicherzugehen, dass ich nichts missverstanden habe. Ursprünglich gehört das Haus in der Reade Street Bongo Partners, einem Zusammenschluss englischer Investoren. Es ist eine reguläre kommerzielle Immobilieninvestition. Sie überschreiben das Haus auf eine neue Eigentümergesellschaft namens Voodoo und verkaufen Voodoo an Ihre Firma. Dann tauscht Voodoo, die inzwischen Ihnen gehört, das Haus gegen eine Fünfunddreißig-Hektar-Farm auf der North Fork von Long Island.«

»Ja.«

»Etwas eigenartig, finden Sie nicht?«

»Wieso?«

»Warum haben Sie das Land nicht direkt von Jay Rainey gekauft?«

Marceno lächelte mit seltsamem Sadismus, und irgendwie wusste ich, er hielt mich für den Gelackmeierten. »Weil Ihr Mandant, Mr. Wy-eth, es nicht *verkaufen* wollte.«

»Das verstehe ich nicht.«

»Er wollte sein Land nicht *verkaufen*, er wollte es nur gegen dieses Haus *tauschen*.«

Ich wollte auf den Mund der Frau schauen, aber das hätte mich abgelenkt.

»Er wollte kein Geld für das Land?«

»Nein, er wollte unbedingt das Haus.«

»Speziell *dieses* Haus?«

»Ja. Ehrlich gestanden, kann ich nicht verstehen, warum er sich auf dieses Geschäft eingelassen hat. Das Haus ist, na ja, ein Haufen Ziegelsteine. Das Land ist für immer. Weinstöcke sind für immer, Mr. Wy-eth. Aber vielleicht bin ich da auch voreingenommen.« Er sah Miss Allana an. »Ich bin ein sehr romantischer Mensch, das ist mein Fehler.«

Sie lächelte und schaute weg.

»Wahrscheinlich gingen damit irgendwelche Steuervorteile einher«, überlegte ich laut. »Hätte er zuerst das Land verkauft, hätte er Gewinnsteuer …«

»Damit haben wir uns befasst«, unterbrach mich Marceno. »Das hatten wir anfangs nämlich auch gedacht. Wir wären sogar bereit gewesen, ihn dafür zu entschädigen.«

»In welcher Reihenfolge lief das Ganze ab?«

»Wie bitte?«

»Wer hat wen zuerst gefunden?«

»Wir wollten Land kaufen«, antwortete Marceno. »Dabei wurden wir auf Mr. Raineys Farm aufmerksam. Dann teilte uns unser Makler mit, das Land wäre nicht verkäuflich, nicht im üblichen Sinn jedenfalls. Mr. Rainey würde es nur gegen ein ganz bestimmtes Haus tauschen. Das war sehr ungewöhnlich. Man riet uns, uns mit dem Hauseigentümer in Verbindung zu setzen, bei dem es sich, wie Sie ja bereits selbst festgestellt haben, um Bongo Partners handelte. Natürlich hatten sie nie etwas von uns oder Mr. Rainey gehört. Sie fanden das Ganze eher amüsant. Möglicherweise hatten sie ohnehin mit dem Gedanken gespielt, das Haus zu verkaufen. Deshalb, ja, sie waren bereit zu verkaufen. Unsere Anwälte rieten ihnen, es auf eine neue Gesellschaft zu überschreiben, die wir dann kaufen sollten. Das war für uns mit gewissen steuerlichen Vorteilen verbunden sowie mit Haftungsabsicherungen. Deshalb haben wir das alles so schnell wie möglich gemacht. Wir haben Voodoo unter der Auflage gekauft, das Haus gegen das Land tauschen zu können. Es ging alles reibungslos über die Bühne.«

»Die Abschlussfrist, die Sie meinem Mandanten gesetzt haben, war verdammt knapp.«

»Wir haben Mr. Gerzon Anweisung erteilt, das Geschäft schnellstmöglich zum Abschluss zu bringen, das gebe ich gerne zu. Wie er das mit Mr. Rainey im Einzelnen gehandhabt hat, entzieht sich meiner Kenntnis.«

Der Druck, den Gerzon auf Rainey ausgeübt hatte, hatte also, mit anderen Worten, einen realen Hintergrund gehabt. »Wieso diese Eile?«

»Weil wir dieses Land schnellstmöglich nutzen wollen, Mr. Wyeth. Wenn man Weinreben pflanzt, zählt jeder Tag.«

»Haben Sie Kopien dieser Verträge?«

Er griff in seinen Aktenkoffer, schnippte mir einen kleinen Packen Dokumente hin. »Hier drinnen finden Sie alles. Die Übertragung der Eigentumsrechte an dem Haus in der Reade Street von Bongo auf Voodoo, dann einen Tag später auf Mr. Rainey.«

»Dieser ganze Papierkrieg nur, weil Rainey unbedingt dieses Haus haben wollte?«

»Ja.« Und dann sagte Marceno, vielleicht weil er meine Nachdenklichkeit spürte: »Nachdem ich Ihnen hiermit Verschiedenes erklärt habe, können Sie mir jetzt vielleicht auch etwas erklären. Aber zuerst lassen Sie mich Ihnen etwas über meine Familie erzählen, Mr. Wyeth. Wir betreiben schon fast zweihundert Jahre Weinanbau. Unser Stammsitz befindet sich im Llano del Maipo, nicht weit von Santiago. Wir haben sehr gute Cabernet-Sauvignon-Reben, außerdem Pinot Noir und Merlot. Im Moment fangen wir gerade an, Syrah anzubauen, oder Shiraz, wie Sie diese Rebsorte nennen würden. Das ist, was wir tun. Wir betreiben kontrollierten Anbau. Umfangreiches Beschneiden, um die Kraft zu zügeln.« Er sah Miss Allana an. Sie lächelte wieder und schaute weg. »Wir wollen eine Konzentration der Frucht. Wir achten sehr genau darauf, wie wir mit dem Land und den Menschen umgehen. Wir sind sehr zurückhaltend, was den Einsatz von Herbiziden und Pestiziden angeht. Wir können uns auch insofern glücklich schätzen, als Chile eines der wenigen Phylloxera-freien Weinanbaugebiete ist. Wir können französische Rebsorten auf französischen Wurzeln verwenden. Keine französischen Reben, die, wie bei Ihnen in Kalifornien, auf amerikanische Wurzeln gepfropft werden. Wir sind sehr erfolgreich. Aber wir würden gern ein wenig expandieren. Meine Familie hat schon seit Jahrzehnten mehrere Wohnungen in Manhattan, es ist eine Stadt, die wir lieben. Und jetzt finden wir die North Fork von Long Island sehr reizvoll. Uns ist zu Ohren gekommen, dass es inzwischen einige sehr schöne Merlots gibt. Sie sind teuer, aber der Markt holt auf.«

»Wie meinen Sie das?«

»Es ist noch teuer, dort Wein herzustellen, ja. Die Grundstückspreise sind hoch, die Reben brauchen drei, vier Jahre, bis sie tragen, dann noch einmal zehn Jahre, bis sie guten Wein tragen. In den großen historischen Weinanbaugebieten sind sowohl die Kosten für das Land als auch für die Reben mehr oder weniger gesunken. Für das alles wurde vor so langer Zeit bezahlt, dass es kein Kostenfaktor mehr ist. Das Gleiche ist inzwischen auch in Napa und Sonoma eingetreten. Das Land ist abbezahlt, die Rebstöcke sind im Boden. Wie Sie wissen, ist großer Wein eine Frage der Trauben. Und davor ist er eine Frage des Bodens. Es ist nicht sehr viel, was wir in der Winzerei tun können. Doch zurück, wo war ich stehen geblieben?«

»Dass Sie gern nach New York kommen«, half ihm Miss Allana auf die Sprünge, ihre Stimme kehlig und feucht. »Sie sind gern hier.«

»Ja. Das stimmt. Und dann komme ich hierher und höre von den North-Fork-Weinbergen, und selbstverständlich werde ich neugierig und bitte meinen Chauffeur, mich dort hinaus zu fahren, um mir das Land anzusehen, und ich komme mit völlig verdreckten Schuhen und Karten zurück und …!« Er zügelte sich selbst. »Es ist unglaublich, ein Gottesgeschenk, dessen wir uns gerade erst bewusst zu werden beginnen. Und das Land, das wir von Mr. Rainey erworben beziehungsweise mit ihm getauscht haben, ist ebenfalls etwas ganz Besonderes. Seine Lage ist höchst außergewöhnlich, denn wir haben festgestellt, dass es dort im Herbst, ja, rein statistisch, etwa vier Gradtage mehr gibt, vier warme Tage mehr als fünfzehn Meilen weiter östlich. Das ist wichtig, damit die Beeren für die Ernte reif werden. Jeder Gradtag mehr verringert unser Risiko, erhöht unser Ertragspotenzial vor dem ersten Frost. Und es gibt etwa fünfzig Millimeter mehr Niederschläge. Eintausendeinhundert Millimeter pro Jahr statt eintausendundfünfzig. Um einen wirklich großen Merlot anzubauen, bewässert man nicht. Man lässt die überschüssigen Beeren abfallen und verwendet nur, was übrig bleibt. Das erfordert Selbstdisziplin. Aber so machen es die Franzosen schon seit tausend Jahren. In Bordeaux ist es verboten, Weinreben künstlich zu bewässern, wussten Sie das?«

Er wartete auf eine Antwort. »Äh, nein«, sagte ich.

»Wir haben uns auch die anderen Wetterdaten angesehen. Nur fünf Tage im Jahr über zweiunddreißig Grad Celsius und weniger als ein Tag pro Jahr unter achtzehn Grad minus, unter Berücksichtigung historischer Werte wohlgemerkt. Keine langen Hitzephasen, kein starker Frost, der die Wurzeln absterben lässt. Das ist sehr gut!« Er nickte begeistert. »Und die Bodenwerte sind gut. Der Boden besteht aus Lehm – porös, sandig und krümelig. Sehr, sehr gut. Für den Weinanbau einer der besten auf der ganzen Welt, wussten Sie das? Wir haben in Chile ein Bodenlabor mit achttausend Bodenproben. Unser Boden ist vulkanisch, völlig anders. Aber wir untersuchen alle Böden. Wir haben unseren Agronomen hergeschickt, um sich das Land anzusehen, und wir haben unsere eigenen Bodenneigungsberechnungen angestellt, ja? Beträgt der Neigungswinkel mehr als elf Grad, setzt sich der Wasserdampf nach unserem Dafürhalten in den tief liegenden Bereichen fest, und es kommt nicht zum Vertrocknen der Blätter, das wir haben möchten. Wir können Pilzbefall bekommen, wir bekommen schreckliche Graufäule. Deshalb, die Neigung des Landes ist sehr wichtig. Wir haben uns mit der ganzen

Gegend sehr genau befasst, Mr. Wy-eth. Wir haben uns neun verschiedene große Areale angesehen. Um ehrlich zu sein, gab es eines, das uns noch etwas mehr zugesagt hätte, aber eine französische Gesellschaft hat es uns vor der Nase weggekauft. Andererseits war Mr. Raineys Land größer und der Quadratmeterpreis geringfügig niedriger, weshalb wir uns entschieden, seines zu erwerben. Unsere Maklerin hat uns darauf aufmerksam gemacht.«

»Hallock Properties?«, fragte ich. Ich erinnerte mich an das Schild an der Zufahrt.

»Ja.« Marceno sah zu Miss Allana, dann lächelte er mich an.

Ich merkte, ich hatte gerade einen Fehler gemacht.

Aber er fuhr fort: »Wenn wir Land kaufen, legen wir großen Wert auf ein gutes Verhältnis zur einheimischen Bevölkerung – das leuchtet doch ein, oder? Wir möchten, dass die Einheimischen froh sind, dass wir gekommen sind. Wir versuchen, Beziehungen aufzubauen, wir versuchen, dafür zu sorgen, dass die Ortsansässigen das Hinzukommen der Marceno-Familie als Bereicherung empfinden. Wir beschäftigen schließlich Menschen aus der Gegend, wir sind auf lokale Händler angewiesen. Wir brauchen das Wohlwollen der Leute.«

»Klingt vernünftig.«

Er beugte sich vor. »Es *ist* vernünftig. Es ist auch vernünftig, anzunehmen, Mr. Wy-eth, dass wir, wenn wir ein Stück Land kaufen … nein, wir erwarten, dass das, was wir sehen, auch das ist, was wir bekommen.«

Ich sagte nichts und dachte natürlich an Herschel auf der Planierraupe.

»Haben Sie mich verstanden?«

»Was haben Sie denn gesehen?«

»Wir haben ein herrliches, am Long Island Sound gelegenes Stück Farmland mit gutem Wasserablauf gesehen, die Art von Lage, wo man ein schönes Weingut mit einem Verkostungszentrum mit Meerblick bauen könnte.«

»Ist das denn nicht auch das, was Sie bekommen haben?«

»Wir wissen nicht, was wir bekommen haben, Mr. Wy-eth. Wir haben Bodenuntersuchungen vorgenommen, aber das waren nur Stichproben. Gestern, nachdem wir die Übernahme des Hauses von Voodoo LLC vertraglich geregelt hatten, aber *bevor* Mr. Gerzon gestern Abend mit Mr. Rainey zum Abschluss kam, sind wir nach Long Island rausgefahren, um uns das Land anzusehen. Jemand hatte sich kurz zuvor mit einer Planierraupe darauf zu schaffen gemacht.«

»Mit einer Planierraupe?«

»Ja, irgendwelche Erdbewegungen. Für mich sah es so aus, als hätte er ein tiefer liegendes Stück auffüllen wollen, aber es begann gerade zu schneien. Deshalb war es nicht richtig zu erkennen. Aber die Kettenspuren konnte ich sehen.«

»Und das war gestern?«

»Ich sagte Ihnen doch, gestern Nachmittag, Mittwoch.«

Ja, bei Tageslicht, was zu dem passte, was Mrs. Jones gesagt hatte. »Um welche Uhrzeit?«

Marceno verdrehte den Kopf. »Kurz nach vier Uhr. Und das waren nicht nur ein paar Spuren, Mr. Wy-eth. In meiner Jugend habe ich auf dem Weingut meiner Familie selbst mit einer Planierraupe gearbeitet. Dort draußen hat jemand stundenlang irgendwelche Erdbewegungen vorgenommen.«

Der zeitliche Ablauf war nicht ganz eindeutig, aber es hörte sich so an, als wäre Herschel bereits das Kliff hinuntergerutscht, als Marceno sich das Land ansah. Die Planierraupe selbst hatte Marceno nicht gesehen.

»Mr. Wy-eth, ich weiß, wie das in einem landwirtschaftlichen Betrieb ist. Erde wird von da nach da bewegt, Löcher werden gegraben, Dinge in der Art. Aber auf diesem Stück Land war lange nichts mehr gemacht worden. Ich habe es schon sechsmal zu Fuß begangen. Und dann sehe ich an dem Tag, an dem wir den Vertrag unterschreiben wollen, überall Raupenspuren. Was hat das zu bedeuten, frage ich mich. Warum diese Erdbewegungen? Was wollen sie vor uns verbergen?«

Natürlich hatte ich keine Antwort für ihn, aber mir war inzwischen der Gedanke gekommen, dass die Person, die diese Planierarbeiten durchgeführt hatte, den Zeitpunkt dafür nicht nur auf den Einbruch der Dunkelheit abgestimmt hatte, sondern auch auf die bevorstehenden Schneefälle. Wenn der Betreffende – Herschel, wie es schien – um, sagen wir, 13 Uhr mit dem Planieren begonnen hatte und die Schneefälle um 15 Uhr eingesetzt hatten, also etwa neunzig Minuten vor Einbruch der Dunkelheit, dann war die Zeitspanne, in der die Eingriffe noch vor der am selben Abend erfolgenden Vertragsunterzeichnung hätten entdeckt werden können, extrem kurz. »Was geschah dann weiter?«, fragte ich vage.

»Es wurde dunkel, und unser Fahrer meinte, in Kürze würden sehr starke Schneefälle erwartet und wir sollten lieber bald in die Stadt zurückfahren.« Er sah die Frau an und sagte rasch etwas auf Spanisch. Sie errötete und wandte sich, die Lippen amüsiert zusammengepresst, ab. Einen Teil davon bekam ich mit. Etwas in der Art von: *Sobald ich mit diesem blöden Gringo hier fertig bin, werden wir beide …* »Deshalb blieb mir nicht genügend Zeit, um mich noch weiter umzusehen.«

Ganz richtig. Ihm blieb nicht genügend Zeit, um die Planierraupe mit Herschels gefrorener Leiche zu entdecken, die fünfzehn Meter den Hang zum Meer hinuntergerutscht war.

»Warum haben Sie den Vertrag trotzdem unterschrieben, obwohl Sie doch wegen des Landes noch eine Frage hatten?«

»Ich habe versucht, Ihren Mandanten anzurufen, aber er war nicht zu erreichen. Ich rief die Maklerin an, und sie sagte, wenn wir das Geschäft platzen ließen, gäbe es bereits einen anderen Interessenten. Dieses Risiko wollte ich nicht eingehen. Deshalb gab ich grünes Licht für den Vertragsabschluss.« Er sah mich an, ohne zu blinzeln, sein Mund vor Wut klein gesaugt. »Heute Morgen erzählt mir dann mein Vorarbeiter, er hätte *neue* Spuren und außerdem Kartoffeln im Schnee gefunden. Und ich denke mir, gestern Nachmittag habe ich aber keine Kartoffeln im Schnee gesehen, und wie sind die am nächsten Morgen da hingekommen?«

Ich stand kurz davor, in die Hose zu machen, aber stattdessen biss ich mir, so fest ich konnte, auf die Zungenspitze.

»Ich wüsste gern, was da vertuscht wird, Mr. Wy-eth! Ich hätte gern, dass uns Jay Rainey das sagt! Er kennt das Land. Er ist darauf aufgewachsen. Es sind fünfunddreißig Hektar, Mr. Wy-eth. Nicht so wahnsinnig viel. Aber es könnte uns viel Zeit und eine Menge Geld kosten, das herauszufinden. Der Schnee wird bald schmelzen, vielleicht schon morgen. Wir wollen wissen, womit wir es hier zu tun haben. Unterirdische Benzintanks? Herbizidverseuchte Böden? Ich weiß, die Kartoffelbauern haben jahrelang Arsen eingesetzt, und in vielen alten Scheunen steht das Zeug noch säckeweise herum. Es könnte alles Mögliche sein. Wasser bewegt sich unter der Bodenoberfläche. Seitlich, aufwärts, abwärts. Ich mache mir Sorgen, dass ich möglicherweise Rebstöcke anpflanze, und in drei Jahren stoßen ihre Wurzeln dann auf irgendein Gift. Die Rebstöcke könnten eingehen. Oder, schlimmer noch, wir finden Herbizid-Rückstände in unserem Wein, wir finden Spurenelemente. Wir verwenden Roundup, ganz hervorragendes Zeug, das zersetzt sich zu Wasser. Das finden wir gut. Andere Farmer haben in der Vergangenheit allerdings wirklich übles Zeug verwendet. Man kann fürchterliche Dinge in seinen Wein bekommen. Man muss die Rebstöcke herausreißen, Mr. Wyeth! Ganz schreckliche Sache. Teuer und sehr schmerzhaft. Deshalb sind wir vorsichtig. Wir sind gründlich.«

»Ja.«

»Wie es für mich aussieht, hat die Planierraupe versucht, auf einer Fläche von knapp einem Hektar etwas zusätzliche Erde zu verteilen, ja? Die Pflugtiefe, um Rebstöcke einzusetzen, beträgt in Ihren Maßeinheiten vierundzwanzig Zoll. Das ist dort draußen so üblich und allgemein bekannt. Tiefer als bei Kartoffeln. Ich vermute, ja, er hat wahrscheinlich zu verhindern versucht, dass unsere Leute beim Pflügen auf irgendetwas stoßen. Wenn nämlich der Boden gefriert und auftaut, müssen Sie wissen, kommen Dinge hoch. Aber wenn man über ihnen Erde aufschüttet, bleiben sie möglicherweise länger verborgen. Wir wollen wissen, was das Problem ist, Mr. Wy-eth. Wir wollen das Problem so beheben, dass es nicht die Aufmerksamkeit der Einheimischen auf sich zieht. Oder der Umweltbehörden, okay? Ich habe gehört, wenn das Amt für Umweltschutz eingeschaltet wird, werden die Verzögerungen normalerweise in Jahren gemessen. *Jahren!* Sie können sicher verstehen, dass wir auf keinen Fall wollen, dass unser Einstand durch negative Publicity irgendwelcher Art getrübt wird, Mr. Wy-eth.«

»Da muss ich mit meinem Mandanten sprechen.«

»Ja. Wissen Sie, wir dürfen beim Aufbau unseres Weinguts keine Zeit verlieren. Wir haben die Finanzierung fertig, wir haben einen Pflanzplan, wir wollen mit dem Bau der ersten zwei Scheunen beginnen. Wir müssen das Land vorbereiten. Die Rebstöcke werden im Mai eingesetzt, aber bis dahin gibt es noch eine Menge zu tun. Das Land muss gepflügt und geeggt, geebnet und gedüngt werden, Tausende von Pfosten eingesetzt. Für die Rebsorte, die wir anbauen wollen, haben wir für das Einsetzen der Rebstöcke ein Zeitfenster von zwei Wochen, damit die Wurzeln tief genug vordringen, um die Sommerhitze zu überstehen – andernfalls warten wir ein Jahr länger, Mr. Wy-eth. Deshalb brauchen wir Mr. Raineys Hilfe bald, sehr bald.«

»Ich werde mit ihm sprechen.«

»Wir hätten gern, dass er mit uns zu dieser Stelle kommt und uns sagt, was genau wir dort unter der Erde finden werden. Ich möchte, dass er auf eine Stelle im Boden zeigt und sagt, graben Sie *hier,* und dann werden wir finden, was er vor mir verstecken will. Wir wollen keine Rebstöcke einsetzen und dann feststellen, dass wir sie wieder herausreißen müssen.«

»Das ist absolut verständlich.« Ich biss in mein Brötchen, aber es hätte genauso gut meine Faust sein können.

»Wir wissen schon einiges über Mr. Rainey, wir wissen, er ist dort draußen aufgewachsen. Ich habe ihn anzurufen versucht, ich war bisher verdammt entgegenkommend.«

Das bezweifelte ich nicht.

»Ich hätte gern in einem Tag eine Antwort, bitte.«

»Ich werde sehen, was ich tun kann.«

»Ja«, sagte er. »Sonst werden Sie sehen, was wir tun können.« Er zog etwas aus seiner Brusttasche. »Hier«, sagte er. »Ich glaube, das ist Ihre.«

Er gab mir dieselbe alte Visitenkarte, die ich in der vergangenen Nacht dem Polizisten gegeben hatte.

»Das ist doch Ihre, oder?«

Ja. Die Beschriftung, so ordentlich und förmlich, Name und Adresse, mein Name, mein Titel, alle meine alten Telefonnummern, ganze vier und die E-Mailadresse, alle Bedeutungsträger eines früheren Lebens. Mir wurde übel vom Anblick der Visitenkarte. Ich hatte sie gegen Ende der vergangenen Nacht neunzig Meilen von hier diesem Polizisten gegeben, und da war sie wieder? Wie? Wie jeder gute Geschäftsmann stand Marceno vielleicht bereits in gutem Einvernehmen mit der örtlichen Polizei, hatte sie möglicherweise sogar gebeten, ein Auge auf Eindringlinge zu werfen, und ließ, als er angerufen und über den Vorfall in Kenntnis gesetzt wurde, einen seiner Leute hinausfahren, um die Visitenkarte abzuholen.

»Ich habe noch etwas für Sie, Mr. Wy-eth.«

»Ja?«

Er sah Miss Allana an. Sie griff nach unten – langsam, weiter mit kerzengeradem Rücken und übereinander geschlagenen Beinen – und hob eine Handtasche hoch, aus der sie einen braunen Umschlag zog. Marceno nahm den Umschlag, öffnete ihn und ließ zwei Dokumente herausgleiten. Selbst über den Tisch hinweg konnte ich erkennen, dass es eine Klageschrift war.

»Bitte übermitteln Sie das an Jay Rainey.« Er reichte mir eines der Dokumente. »Und diese Kopie – diese Kopie ist für Sie.«

Mein Blick flog über die erste Seite. Ich war als Beklagter aufgeführt.

»Augenblick ...«

»Wenn er uns eine gute Antwort gibt, werden wir sie zerreißen.«

»Hören Sie, ich ...«

»Sie waren bei seinem Vertragsabschluss mit Voodoo LLC Mr. Raineys anwaltliche Vertretung.«

»Aber ich habe nichts ...«

»Und laut Aussagen der örtlichen Polizei haben Sie Mr. Rainey gestern Nacht auf das Land hinausbegleitet. Und sich ohne Befugnis Zutritt dazu verschafft, sollte ich vielleicht hinzufügen.«

Marceno stand auf, ebenso Miss Allana, und sie gingen ohne ein weiteres Wort. Er würde sie in ein Hotel oder Apartment bringen und eine Weile mit ihrem schönen Meeresgeschöpfmund verbringen, und ich würde eine Weile mit einer Klageschrift verbringen. Vor mir landete ein großer dampfender Teller mit Tandori Chicken, aber ich schob ihn beiseite und las die erste Seite des Dokuments. Da hatten wir es, Jay Rainey und ich gemeinsam als Beklagte aufgeführt, Behauptungen von Betrug, Fehlverhalten, ungenauer Darstellung und was sie sich sonst noch alles hatten einfallen lassen, die geforderte Entschädigung nicht weniger als zehn Millionen Dollar. Den Schriftsatz hatte irgendein Juniorsozius einer drittklassigen Kanzlei heruntergespult. Das ist ganz einfach; man nimmt eine alte Klage, ändert die Namen und Adressen, formuliert den Text ein bisschen um. Es war nur ein Bluff, eine Maßnahme, um sich jemandes Aufmerksamkeit zu versichern. Ja, dafür gedacht, einem die Säure in die Kehle hochsteigen zu lassen, dafür gedacht, einen daran zu erinnern, dass

Fehler kostspielig sind und Angstmache weiß Gott sehr billig. Aber selbst solche aufgeplusterten Manöver haben es nun einmal so an sich, dass sie den Betroffenen still und leise den Nerv ziehen; solche Rechtsstreitigkeiten zu gewinnen ist teuer, und sie zu verlieren eine Katastrophe, sie werden Bestandteil Ihrer psychischen Geschichte, sie zwängen Ihr Leben in ein Raster aus Anträgen und Gesuchen und Gerichtsterminen. Aber schlimmer noch, ich fürchtete den unbekannten Zusammenhang zwischen Herschel, die gefrorenen Augen zu einem dunklen Himmel erhoben, und Marcenos diszipliniertem Zorn. Alte schwarze Farmhelfer mit sechzigjähriger Berufserfahrung enden nicht ohne Socken in einem Schneesturm auf einer Planierraupe.

War, was dann kam, Glück? Nicht ganz. Hauptsächlich eine Vermutung, als ich draußen auf der Straße stand, Wind schlug gegen meine Backen, wütend auf Jay und ein bisschen beunruhigt und dazu die Klageschrift, die dick zusammengerollt wie eine Zeitschrift in meiner Tasche steckte. Es war nämlich ein Donnerstagabend im Februar, und Jay hatte in dem Mädchenbasketball-Spielplan, den ich am Abend zuvor in seinem Auto entdeckt hatte, alle Donnerstagabendspiele eingekreist. Außerdem hatte er am Nachmittag gesagt, am Abend einen wichtigen Termin zu haben. Nein, es war keine große geistige Leistung, aber ich hatte trotzdem eine Weile dafür gebraucht. Ich nahm mir in der Nähe des Plaza Hotel ein Taxi. Die Schule befand sich nur zwanzig Straßen weiter, und ich kannte sie gut, denn es war eine, in die Timothy später möglicherweise gekommen wäre.

Die Turnhalle der Schule befand sich um die Ecke vom Haupteingang, und ich konnte die Anfeuerungsrufe aus den hohen, beleuchteten Fenstern gellen hören. Ich ging an dem Kontrolleur am Eingang vorbei, ohne ihn anzusehen, und folgte einem Flur voller Zinntrophäen, viele davon fünfzig oder achtzig Jahre alt, in eine kleine, altmodische Turnhalle. Sie war voller Eltern. Sie sahen müde und ziemlich wohlhabend aus, viele von ihnen eindeutig auf dem Nachhauseweg vom Büro, aktenkofferbewehrt, gefangen im hektischen Zeitdruck von elterlichen Pflichten und Berufstätigkeit. Das waren lauter Leute mit Berufen und Ehen und Monate im Voraus verplanten Mittagessen; ich war einmal einer von ihnen gewesen und zog unwillkürlich den Kopf ein, nicht weniger aus Scham als aus Angst, jemanden zu treffen, den ich kannte. Es lässt sich nie vorhersehen, wem man an solchen Orten über den Weg läuft, und es war durchaus möglich, dass ich Vätern oder Müttern von Timothys alten Freunden begegnete, oder sogar Leuten, die Wilson Doan kannten. Dieser Gedanke ließ mich fast wieder umkehren, und ich war froh, dass ich einen Anzug anhatte, als ob mich das vor etwas schützen könnte.

Die Heimmannschaft lag neun Punkte im Rückstand. Ich fand einen Sitz auf der Tribüne. Das Spiel ging zu Ende – noch acht Minuten im letzten Viertel. Die Mädchen auf dem Spielfeld waren verschwitzt und aufgeregt und hatten rote Gesichter; die meisten von ihnen hatten Brüste oder Ansätze von Brüsten, und sie machten an ihren Haaren und Trikots herum, aber nach den Maßstäben der Welt waren sie Kinder. Ich hielt in der Menge nach Jay Ausschau und entdeckte ihn nach einer Minute auf der anderen Seite der Turnhalle in dem Bereich, der für die Anhänger der anderen Schule reserviert war. Er saß in der obersten Tribünenreihe vornübergebeugt direkt an der Wand.

Etwas in mir zuckte zusammen. Vielleicht war es die Art, wie Jays mächtiger Körper sich eifrig herauslehnte. Er spähte fasziniert durch ein kleines Fernglas, aber er verfolgte, schien es, nicht das Spiel. Der Ball flog vor ihm hin und her, die Mädchen kreischten, der Trainer brüllte Anweisungen. Aber das Fernglas bewegte sich nicht. Schließlich legte er es weg und schlug ein Notizbuch auf. Er kritzelte ein paar Sätze, vermutlich in den gleichen schrägen Blockbuchstaben, mit denen er auf die Rückseite des Stücks Briefpapier geschrieben hatte, schloss die Augen und schrieb dann noch einmal etwas. Ich beobachtete einen Akt der Anbetung. Er steckte das Notizbuch in seine Brusttasche und hob wieder das Fernglas.

Ich überlegte, ob ich zu Jay gehen sollte, aber mir wurde klar, dass ich möglicherweise mehr über ihn erführe, wenn ich ihn von der anderen Spielfeldseite beobachtete. Vielleicht kannte er eines der Mädchen auf dem Spielfeld. Vielleicht war er ein Lüstling, der einer von ihnen nachstellte. Vielleicht würde das Allison interessieren. Das Spiel ging weiter. In der Turnhalle war es warm, und ich knöpfte meine Jacke auf. Es sah so aus, als würde das Gästeteam mit einem Dutzend Punkten Vorsprung gewinnen. Der Trainer schrie, die Menge feuerte die Heimmannschaft an. Eine Spielerin des Gastgeberteams musste nach dem fünften Foul vom Feld.

»Wechsel«, rief der Sprecher, ein näselnder Halbwüchsiger in Sakko und Krawatte. »Neu ins Spiel kommt die Nummer fünf, Sally Cowles.«

Von der Zeitnahme trat ein Mädchen vor und lief unter kurzem höflichem Applaus aufs Feld. Sie war hoch aufgeschossen, mit langen Beinen, und ein bisschen linkisch in ihrem weiten Trikot und den Shorts, aber sie nahm rasch ihre Position auf dem Spielfeld ein. Cowles, Sally Cowles. Das musste die Tochter des Engländers sein, den wir am Morgen kennen gelernt hatten, oder? Allerdings hatte ich das Foto auf Cowles' Schreibtisch nicht gut genug gesehen, um mir ganz sicher zu sein. Sie sah aus wie vierzehn, noch sehr mädchenhaft, die Brüste noch nicht entwickelt, und ihr Körper schoss mehr in die Höhe, als dass er Rundungen bekam. Aber ihre großen Augen und das gut geformte Gesicht verhießen Schönheit. Ich sah wieder zu Jay hinüber. Jetzt folgte sein Fernglas dem Spielgeschehen, den Aktionen des Mädchens, sollte ich besser sagen, und als das Spiel einmal auf seiner Seite des Felds unterbrochen wurde, als Sally Cowles mit verschwitztem Gesicht, die Augen hellwach, die Knie gebeugt, nur etwa zehn Meter von ihm entfernt stand und auf den Pfiff des Schiedsrichters wartete, um das Spiel fortzusetzen, ließ Jay Rainey sein Fernglas sinken und sah sie an.

Ich schaute von einem zum andern und versuchte zu verstehen, was sie verband, aber dann rief hinter mir jemand meinen Namen. Nichts Gutes ahnend, drehte ich mich um, und da war Dan Tuthill, fünf Reihen über mir, der gute alte Dan Tuthill, ein bisschen grauer geworden und wesentlich schwerer. Er winkte überschwänglich, sagte etwas zu seiner neben ihm sitzenden Frau und begann dann die Tribüne herunterzusteigen, sein ausladender Bauch von einer grünen Turnhose umspannt.

»Na so was, Bill, gut siehst du aus!«, sagte er, als er mich erreichte, schnaufend wie der reiche Dicke, der er war. »Gerade sage ich zu Mindy, ich glaube, das *muss* Bill Wyeth sein, einfach nicht zu glauben, schön, dich mal wieder zu sehen.«

Wir schüttelten uns mit der alten verschwörerischen Vertrautheit die Hände. »Bist du hier, um deiner Tochter zuzusehen?«, fragte ich.

»Ja, im zweiten Viertel hat sie einen Korbleger gemacht. Reines Glück, dass er reingegangen ist. Und du?«

»Ich bin hier, na ja, um mich mit einem Mandanten zu treffen.«

Er nickte, möglicherweise beeindruckt. »Jemand, den ich kenne?«

»Höchstwahrscheinlich nicht.«

Er wusste, ich würde es ihm nicht sagen.

»Wie geht's in der Kanzlei?«, erkundigte ich mich.

»Frag mich nicht.« Seine Gesichtszüge sackten gequält zusammen. Das hatte ich immer schon an Dan gemocht; man konnte genau sehen, was in ihm vorging, egal, ob gut oder schlecht. »Also, ich kann dir sagen, nicht auszuhalten! Niemand weiß mehr, wer das Sagen hat. Die ganzen Jungen sind sauer auf die Alten, weil sie die ganzen Prämien einstecken. Ich gelte inzwischen als Alter. Die *richtig* Alten sind nervös. Letzte Woche haben sie zwei Anwälte gefeuert, und zwei weitere sind von allein gegangen. Der reinste Albtraum, Bill. Der Vorstand ist eine Schlangengrube.«

»Ich dachte, du *wärst* inzwischen im Vorstand«, sagte ich und spähte gleichzeitig zu Jay hinüber, ob er noch auf seinem Platz war.

»Das war einmal.« Er zuckte angesichts des unaufhaltsamen Vergehens der Zeit mit den Achseln. »Jedenfalls, Bill, schön, dich zu sehen. Schön, dass du weiterhin im Geschäft bist.« Er knuffte mich herzlich in den Arm. »*Gut* siehst du aus, richtig fit. Gehst du ins Fitness-Studio?«

Ich lachte. »Ich ernähre mich hauptsächlich von Steak.«

»Von dieser Diät habe ich auch schon gehört, sollte ich vielleicht auch mal ausprobieren. Nichts als Protein oder so ähnlich … Weißt du, Billy, es tut mir *immer noch* Leid – diese ganze Geschichte damals …«

»Tja«, sagte ich.

»Bist du irgendwo gelandet – verzeih bitte die Ausdrucksweise?«

»Ich habe eine Bruchlandung hingelegt, Dan. Drücken wir es mal so aus.«

»Aber es sieht so aus, als hättest du Arbeit?«, fragte er behutsam.

»Ich könnte jederzeit mehr brauchen.«

In seinem Kopf arbeitete es, als er mich ansah. An diesen Blick konnte ich mich erinnern. Dan stand auf Geschäfte, er stand auf schnelle Entscheidungen, er stand auf Action. »Wir sollten essen gehen.« Seine Stimme war nachdenklich. »Wir könnten über Verschiedenes reden, weißt du?«

»Du brauchst mir nur zu sagen, wann.«

Er zog einen Organizer aus der Tasche. »Ich schärfe mir ständig ein, dieses Ding bloß nicht fallen zu lassen …« Er drückte auf einen Knopf, studierte den winzigen Bildschirm. »Übermorgen? Eins? Harvard Club?«

»Abgemacht.«

»Hat mich wirklich gefreut, dich zu sehen. Ehrlich gestanden, es tut sich einiges – darüber kann ich hier nicht sprechen, aber wir holen das nach, ja?« Er schüttelte mir die Hand, als wäre er es, der mich brauchte, und kehrte zu seiner Frau zurück. Ich wusste nicht, was ich von der Begegnung halten sollte, außer dass sie überraschend erfreulich gewesen war und bestätigte, dass man immer einen anständigen Anzug parat haben sollte. Ich passte immer noch ins Bild. Tatsache war, niemand von den anwesenden Eltern sah mich in irgendeiner Weise komisch an; ich war lediglich ein weiterer Typ in den Vierzigern mit einer Krawatte. Es fühlte sich gut an, es fühlte sich *möglich* an.

Dann drehte ich mich um, um nach Jay zu sehen. Er war weg.

Aber vielleicht konnte ich ihn noch einholen. Entschuldigungen murmelnd, lief ich die Stufen der Tribüne hinunter und eilte in der Hoffnung, seine große Gestalt vor mir zu sehen, auf die Straße hinaus. Auf gut Glück ging ich nach Osten in Richtung Lexington Avenue, vorbei an den erleuchteten Fenstern von anderer Leute Leben.

In diesem Moment spürte ich, wie sich eine Hand unter meine Achselhöhle schob.

Eine heisere Stimme: »Ganz ruhig.«

Neben mir gingen zwei große, gut gekleidete Weiße.

»Nehmen Sie meinetwegen die Brieftasche«, sagte ich. »Aber lassen Sie mir den Ausweis, okay?«

»Keine Aufregung.«

»Die Kreditkarten sind mir egal, ich …«

»Hey, keine *Auf*-regung.«

Sie bugsierten mich auf eine in zweiter Reihe geparkte Stretch-Limo zu. Ein dritter Mann sprang heraus und öffnete die hinteren Türen.

»Hören Sie, ich habe bereits mit Marceno gesprochen! Ich habe die Klageschrift hier in meiner Tasche, ich bin mir über den Sachverhalt im Klaren, ich weiß, er meint es ernst.«

Einer der Männer sah achselzuckend den anderen an. »Weißt du, was der Kerl da quatscht?«

Ein Taxi fuhr vorbei, ohne anzuhalten. Sie schoben mich in die Limousine, nahmen links und rechts von mir Platz. Der Sitz war weich, und ich sank bequem zurück. Auch die beiden Männer sanken neben mir in die Polster.

Der rechts von mir sagte: »Los«, und das Auto setzte sich in Bewegung.

»H. J. hat gesagt, er ruft an, wenn.«

Wir fuhren in Richtung Downtown. »Wer ist H. J.?«, fragte ich.

»Er ist der Gentleman, bei dem wir in Lohn und Brot stehen.«

Der Akzent war irisch, nahm ich an. »Jetzt machen Sie aber mal einen Punkt.«

»Wir führen nur unseren Auftrag aus.«

»Ich glaube, Sie haben den Falschen.«

Der Mann rechts neben mir murmelte etwas Unverständliches, und anstatt mir, gleich hier im Auto, in den Kopf zu schießen, eine Sauerei, die jemand hätte wegmachen müssen, beugte er sich vor und machte den Fernseher in der Konsole vor uns an. Es kam CNN, und wir sahen eine kurze Zusammenfassung der Lage in Nahost.

»Das stimmt doch hinten und vorne nicht, Denny«, erklärte der Mann links von mir. »Kein Wort davon, wem das ganze Scheißöl tatsächlich gehört.«

»Mein Cousin hier drüben war übrigens beim zweiten Golfkrieg dabei.«

»Jetzt hören Sie doch«, versuchte ich es noch einmal. »Ich bin der falsche …«

»Hat er jemanden umgebracht? Hat er es diesen Kameltreibern gezeigt?«

»Nach seiner Zählung hat er einundvierzig abgeknallt«, sagte der Kerl, der Denny hieß. »Außerdem hat er ein paar irakische Lkw erwischt, sie mit einem Granatwerfer richtig zerlegt.«

»Hören Sie, Sie suchen doch gar nicht nach mir, Sie suchen wahrscheinlich …«

»In Queens gibt es einen Typen, der diese Dinger verkauft.«

»Echt?«

»Ohne Scheiß, Mann. Für achttausend Dollar.«

Der Mann links von mir nickte. »Da könnten wir hinterher eigentlich gleich hinfahren, sobald wir mit Andrew Wyeth hier fertig sind.«

»Bill Wyeth, nicht Andrew Wyeth.«

»Das war doch dieser berühmte Maler, dieser Künstler, oder nicht?«

»Ja, typische amerikanische Landschaften, Maine, das alles. Jede Menge Felsenküste und Meer.«

»Aber auf jeden Fall ein großer Amerikaner.«

»In gewisser Weise wahrscheinlich schon.«

»Na, Billy, sind Sie auch ein großer Amerikaner?«

Gauner, die einen Gaunertraum lebten. Doch sie schienen mir nicht weiter übel gesinnt, weshalb ich den Mund hielt. Der Wagen bog auf der Twenty-third Street nach Westen, fuhr dann auf dem West Side Highway, wo sie den Fernseher ausmachten, in Richtung Süden bis hinunter zur Spitze von Manhattan, um den Battery Park herum, dann auf der Ostseite der Insel auf dem FDR, wo ziemlicher Verkehr herrschte, wieder nach Norden, dann auf dem Harlem River Drive um das obere Ende der Insel, dann wieder die West Side hinunter nach Süden.

»Wie lang sollen wir das noch machen?«, fragte Denny.

»So lange, wie H. J. sagt.«

»Ich muss mal.«

»In der Thirty-fourth, Ecke Ninth ist ein McDonald's.«

Wenige Minuten später hielten wir an. Einer nach dem anderen gingen sie auf die Toilette.

»Sie?«

Ich schüttelte den Kopf. Zu viel Schiss.

Wir fuhren noch einmal um die Insel, und danach, es war fast Mitternacht, hatten die beiden die Schnauze voll.

»H. J. kann mich aber echt mal, Mann.«

»Das ist unser Job. Wenn du so was für Geld machst, ist das dein Job.«

»Seid ihr beiden bestechlich?«, fragte ich. »Ihr könntet mich zu einem Geldautomaten bringen, mein Konto abräumen, mich mit ein bisschen Taschengeld laufen lassen, damit ich was trinken gehen kann.«

Der Mann links von mir lachte. »Sie sind echt in Ordnung.«

Dann klingelte im Auto ein Handy, und die drei Männer setzten sich auf. Der Mann links von mir ging dran.

»Okay«, sagte er und senkte die Stimme. »Wir sind gleich da.«

Wir fuhren in die West Twenties, gar nicht so weit von meiner Wohnung. Die Limousine hielt am Straßenrand, und ich wurde die Treppe eines alten Fabrikgebäudes hinaufgeführt. Die Männer blieben jetzt dicht an meiner Seite, schoben mich vorwärts, eine angespannte Hand unter meinem Arm. Ich spielte mit dem Gedanken an Flucht, wusste, es hätte keinen Sinn. Wir gingen auf eine schwarze Metalltür zu.

»Das ist, wo *wir* aussteigen«, sagte einer der Männer.

»Wie meinen Sie das?«, fragte ich.

»Unsereins ist da drinnen unerwünscht.« Er sah mich amüsiert an. »Was nicht heißt, dass uns das groß was ausmacht.«

Die Tür ging auf. Vier Schwarze in guten Anzügen kamen nach draußen. Ich wurde ihrem festen Griff übergeben. Die Tür ging rasch hinter mir zu. Drinnen hörte ich Rap-Musik hämmern, und sie wurde lauter, als ich hastig durch einen dunklen Gang aus lackiertem Sperrholz bugsiert wurde. Wir kamen an mehreren jungen schwarzen Mädchen vorbei, die kichernd vor einer Tür mit der Aufschrift PRIVAT herumstanden, und ich wusste, dass der Anblick eines Weißen mittleren Alters in dieser Umgebung eine Sensation für sie war, unnormal, so unwahrscheinlich wie ein Rentier. Dann wurde der Flur von roten Lichtern eingefärbt, in der Luft hing Marihuanageruch. Wir kamen an einem Treppenhaus vorbei, wo zwei Schwarze halbherzig auf einen dritten einschlugen. Sie drehten sich überrascht um, als sie uns sahen.

»Mal halblang«, murmelte einer meiner Begleiter.

»Ist er ein Cop?«

Sie schoben mich weiter, eine Treppe hinauf. Auf dem Treppenabsatz passierten wir eine Gruppe schwarzer Teenager, die einen Pitbull beobachteten, der in einem Meter Höhe von einem dicken, verknoteten Seil hing. Der Hund hatte das Seil zwischen den Zähnen.

»Yo«, sagte einer meiner Begleiter. »Wie lang?«

»Neun Minuten.«

Die Augäpfel des Hunds drehten sich, und er schüttelte, Schaum an den Lefzen, wild den Kopf.

»Was ist der Rekord?«

»Sechsundzwanzig.«

Wir stiegen eine weitere Treppe hoch, vorbei an Werbebroschüren, Bildern von Rappern und gerahmten Albumcovern. Eine große Schwarze in Goldlamé und Sonnenbrille ging an uns vorbei. »Hi, Baby«, murmelte sie. Wir erreichten eine Glastür, auf die mit einer Schablone HANDJOB PRODUCTIONS geschrieben war.

»Da rein, yo.«

Ich betrat ein kleines Büro mit einem Schwarzglasfenster, durch das man auf die Tanzfläche des Clubs sehen konnte. Die Männer folgten mir und zogen die Tür hinter sich zu. Auf der einen Seite des Raums befand sich ein unbenutztes Mischpult mit Plattenspielern und Tape Decks, auf der anderen saß ein unglaublich fetter Schwarzer in einem roten Seidenumhang. Er hatte ein Security-Headset und eine goldene Sonnenbrille auf, deren Gläser mit irgendeinem schimmernden holographischen Material beschichtet waren. Sein Sessel war erhöht, sodass er aus der Vogelperspektive auf die Tanzfläche hinabsehen konnte. Neben ihm stand eine 200-Gallonen-Öltonne mit einem Schlitz im Deckel. Um uns herum und durch den Fußboden kam das dumpfe Pochen der Bässe. Gelegentlich ein begeistertes Juchzen. Unten auf der Tanzfläche bewegten sich Hunderte von Körpern in einer wogenden, stroboskopumzuckten Masse, und dazu zog eine Rap Group ihre stereotype kettenschwingende Sackgrabsch-Nummer ab.

»Yo, H. J., das ist der Typ.«

H. J. deutete auf einen Stuhl, auf den ich mich setzen sollte, und winkte die anderen Typen nach draußen.

»Wir warten gleich vor der Tür, Bro.«

Er hielt es nicht für nötig, mich anzusehen. Stattdessen beobachtete er ein paar Minuten lang das Geschehen auf der Tanzfläche und sprach in sein Headset. »Schau mal, was diese Nigger dort drüben bei der roten Couch machen.« Er beugte sich vor und schaute. »Nein, der Typ in dem grünen – ja, *er.* Er geht mir auf den Sack. Sag dem Nigger, ich bin in seinem *Kopf.* Alles klar … cool, Mann. Yo, Antwawn? Antwawn, ich will jetzt sofort die Schachtel hier oben sehen. Bring sie rauf.«

»Hey«, sagte ich. »Würden Sie mir vielleicht mal sagen, was ich hier soll?«

»Man redet nicht, wenn jemand bei der Arbeit ist«, kam die Antwort. »Antwawn, ich will deinen Arsch hier oben sehen, und zwar in spätestens …« Er drehte sich herum. »Wie haben Sie mich gerade genannt? Sie nennen mich ›Hey‹?«

»Ich habe Sie gefragt, warum Sie mich hierher gebracht haben?«

Ein breites Grinsen unter der Sonnenbrille. »Weißer Mann, was sind denn das für Manieren? Ich heiße H. J.«

»Freut mich, Sie kennen zu lernen«, sagte ich. »Aber jetzt sagen Sie mir, warum ich hier bin.«

Die Tür ging auf. Ein junger Mann mit Dreadlocks und einem Tattoo von Duffy Duck auf dem Arm trug eine Geldkassette herein. Das war vermutlich Antwawn. Er sah mich an. »Wer's'n das?«

H. J. ignorierte die Frage. »Mach sie auf.«

Antwawn schloss die Kassette auf und neigte sie zu H. J. Selbst von da, wo ich saß, konnte ich sehen, dass sie voll Geld war. »Okay?«

H. J. öffnete die Kassette, nahm einen dünnen Packen Scheine heraus und steckte sie ein. Dann nahm er eine Rolle Klebeband und wickelte es ungefähr fünfmal um die Kassette. »Das reicht«, sagte er zu sich selbst. Er setzte mit einem dicken Filzschreiber seine Unterschrift auf das Band. »Schließ sie in den Safe.«

Antwawn kniete unter das Pult, öffnete eine Tür, legte die Kassette hinein, schloss den Safe.

Unten auf der Tanzfläche juchzten sie. »Wie viele Mädchen hast du da draußen?«, fragte H. J.

»Neunzehn. Und Serena an der Kasse.«

»Hast du heute LaQueen da?«

»Ja.« Antwawn grinste. »Willst du sie?«

»Sag ihr, sie soll raufkommen, mir was zeigen.«

Als Antwawn ging, kam ein anderer Mann in einem Veloursamthemd herein. Über einen seiner Unterarme zog sich eine üble Narbe. Er sah uns an. »Wer ist der Weiße da?«

»Nur zu Besuch. Lass sehen.«

Der Mann mit der Narbe zog eine kleine silberne Pistole heraus.

»Gut. Hat er sich gewehrt?«

»Eigentlich nicht, Boss.«

H. J. ließ die Pistole durch den Schlitz in die Öltonne fallen. Er zog eine Handvoll Geldscheine aus seinem roten Mantel, gab sie dem

Mann. »Hier.« Sie stießen die Fäuste aneinander, und der Mann mit der Narbe ging.

Jetzt wandte er sich mir zu. »Arbeiten Sie für diesen Jay Rainey?«

»Nein.«

»Das soll ich Ihnen glauben?«

Ich hob die Schultern.

»Meine Tante sagt, sie hat heute mit Ihnen geredet.«

»Hauptsächlich mit Rainey. Ich war zufällig dabei.«

»Was wollte sie?«

»Geld.«

»Ganz genau. Aber sie hat einen Fehler gemacht.«

»Und der wäre?«

»Die Zahl hat nicht gestimmt.«

Ich sagte nichts.

»Ich sage, die Zahl hat nicht gestimmt, sie ist zu *niedrig.*«

»Ich habe gehört, was Sie sagen.«

»Missachten Sie meine Leute?« Hinter seinem Kopf zuckten die Lichter.

»Nein.«

»Hassen Sie Schwarze?«

»Nein.«

»Finden Sie, sie sollten arm bleiben und Aids und diese ganze Scheiße kriegen?«

»Nein.«

»Halten Sie Schwarze für dumm?«

»Nein.«

»Das glaube ich schon. Ich glaube, Sie haben Vorurteile gegen Schwarze.«

»Ich bin sicher, Sie haben ein paar Vorurteile gegen Weiße.«

»Sie hassen den schwarzen Mann.«

»Nein.«

»Sie hassen seine Überlegenheit.«

»Nein.«

»Sie hassen seine sexuelle Potenz.«

»Nein.«

»Sie hassen alles an ihm.«

»Hassen Sie Weiße?«, fragte ich.

Er atmete durch die Nase. »Ja.«

»Sie hassen den weißen Mann?«

»Ja, das tue ich.«

Ein Mädchen steckte den Kopf herein. Ihre Lippen hatten die Farbe von Taxis. Sie trug hochhackige Schuhe, einen Tanga und ein Fransentop. Alles in der Farbe von Taxis.

»Komm her, LaQueen.«

»Oh, ich weiß, was du willst«, sagte sie mit einer hohen, glücklichen Stimme, die an kleine Pillen denken ließ, die Menschen hohe, glückliche Stimmen verliehen. Sie sah mich. »Wer's'n das?«

»Nur so ein Weißer, der keinen Plan von nichts hat.«

»Willst du'n bisschen Spaß haben?«

»Komm her. Wie mein Daddy immer gesagt hat, Mädchen, du siehst besser aus als ein Scheck von der Wohlfahrt.«

Sie sah mich kurz neckisch an. »Nicht kucken, Mister.«

Ich kuckte. Sie kniete zwischen seinen mächtigen wabbeligen Schenkeln nieder, teilte den roten Morgenmantel. Aber alles, wofür ich Augen hatte, war die bezaubernde dunkle Violine ihres Rückens, ihre Fußgelenke zusammen, die Absätze abstehend.

»Sachte, Baby.« Dann hob er ihr Gesicht von sich. »Du stehst auf mein Ding, hm? Du stehst auf mein Monster.«

»Und wie, Baby.«

»Sag es, sag, ich steh auf dein Monster.«

»Ich steh drauf, H. J. Du bist mein *Diesel*-Nigger.«

Er drückte ihren Kopf wieder herunter. Dann sah er hoch, um sich über ihren auf und ab bewegenden Kopf hinweg an mich zu wenden. »Meine Tante sagt, Sie – Sie haben meinen Onkel Herschel trotz der Kälte rausgeschickt, und er bekam – einen Herzinfarkt. Jeder, der Onkel Herschel gekannt hat, wusste, dass er ein schwaches Herz hatte.«

»Ich weiß nicht, was mit ihm war. Er hat für Jay Rainey gearbeitet.«

H. J.s Füße klopften eine Art langsamen Rhythmus. Ich sah eine Pistole in einem Halfter an seinem Unterschenkel. »Sie nehmen – Geld von ihm, das ist – das Gleiche.«

»Das ist nicht genau das, was …«

H. J. sah mich an, zeigte seine Goldzähne. »Wollen Sie auch einen Blowjob?«

»Nein danke«, sagte ich, so gelassen ich konnte.

»Weil Sie nämlich den *Eindruck* machen, als – als ob es Ihnen *gefällt.* Ich habe Ihre Augen gesehen.« Er sah auf den Kopf des Mädchens. »Sieht *lecker* aus.«

»Nein danke«, sagte ich.

»Was – irgendwas nicht in Ordnung mit meiner Kleinen?«

»Nein«, sagte ich.

»Nicht gut genug für Sie?«

»Das habe ich nicht gesagt.«

»Ist sie vielleicht *zu schwarz* für Sie.«

»Nein.«

»Sehen Sie, weiße Männer wie Sie, sie haben *Angst* vor der schwarzen Frau. Und die weißen Frauen, *sie* wollen den schwarzen Mann. Und die schwarze Frau, sie interessiert der weiße Mann nicht. *Alle* wollen sie den schwarzen Mann. Das gilt auch für die Chinesinnen und die Latinas. Sobald sie *schwarz* probiert haben, wollen sie *nie mehr* was anderes!« Er ließ seine Hand auf den Kopf des Mädchens fallen, rubbelte ihn und lächelte mich hasserfüllt an. »Vielleicht müssen Sie das zu *schätzen* lernen. Wissen Sie, ich werde LaQueen sagen, sie soll es Ihnen besorgen, nach mir. Kann sein, dass sie nicht will, aber sie wird es tun. Habe ich Recht, Baby?«

Sie nickte, gab eine summende, voll-mundige Bestätigung von sich.

»Dann können Sie sich – selbst überzeugen, Junge.«

Ich sagte nichts. Wir lebten in verschiedenen Filmen, beide beängstigend. H. J. flüsterte dem Mädchen zu: »LaQueen, lass dir Zeit.« Er schob seine ausgeflippte Sonnenbrille auf die Stirn hoch und sah mich aus seltsam kleinen und einfühlsamen Augen über seinen gewaltigen Backen an. »Meine Tante, sie sagt, sie haben Herschels Arsch draußen auf der Planierraupe gefunden, erfroren. Erfroren! Wie kommt es, dass Sie einen Schwarzen erfrieren lassen, Junge? Das geht nicht, verstehen Sie, was ich sage? Irgendwas ist da *faul,* und wir werden diesen Poppy oder Popeye oder wie der Kerl sonst heißt finden!« Er fasste an seine Wade und zog die Pistole heraus, richtete sie auf mich. »Da juckt es einen schon in den Fingern! Der weiße Mann hat Herschel nie auch nur einen Dreck gezahlt! Er hat dreißig Jahre lang auf diesem Land geschuftet und keinen Cent dafür zu sehen gekriegt!« Er ließ seine Hand auf LaQueens Schulter ruhen, hielt das Tempo. »Ich will eine Entschädigung! Sie werden die Entschädigung zahlen! Wir haben gehört, das Land wurde für vierzehn Millionen verkauft!«

»Da haben Sie sich verhört.«

»Klappe! Ich will dreihundert …«

»Da sind Sie bei mir an der falschen Adresse.«

»… tausend Dollar. Täuschen Sie sich da mal nicht, Mr. Wyeth. Ich glaube, wir haben genau den richtigen Motherfucker! Wir haben Sie im Auge, wir wissen, wo Sie rumhängen, wir wissen, wo das neue Haus von diesem Rainey ist. Wir wissen alles, Junge.«

Zum Teil war das Bluff, hoffte ich. »Das müssen Sie schon Rainey erzählen«, sagte ich.

Er stöhnte und rollte mit dem Kopf und sah erwartungsvoll nach oben. »Los, LaQueen, nur zu, Sister!« Das Mädchen legte sich fester, schneller ins Zeug. »Zeig's mir!«, schrie er. Er drückte das Mädchen fest auf sich, hielt ihren Kopf mit beiden Händen voll drauf, sodass ihre Füße in würgender Panik ein bisschen zu strampeln anfingen, seine Knie zitternd vor Lust, und als der Moment kam, hielt er die Pistole triumphierend über seinen Kopf – »Aaah, der Wahnsinn!«, brüllte er – und schoss in die Decke und dann noch einmal. Ich zuckte zusammen. »Oh, Sister!«, stieß er hervor, sackte nach hinten und stieß das Mädchen von sich, sodass ein riesiger feuchter schwarzer Penis sichtbar wurde, der zwischen seinen Schenkeln hochsprang. Er neigte den Kopf vor, betrachtete sein Ding, sah dann mich an, der ihn, der es ansah. Das Mädchen legte den Kopf auf seinen Oberschenkel und leckte, die Augen kalt und abschätzig auf mich gerichtet, mit obligatorischer Ehrfurcht seinen erschlaffenden Ständer. Im Raum roch es wie angebrannt. H. J. packte sein Security-Headset. »Antwawn, komm hoch und schaff mir diesen weißen Kerl aus den Augen.« Er richtete die Pistole auf mich. »Du beschaffst mir mein Geld«, sagte er und streichelte dabei den Kopf des Mädchens, das an ihm lutschte. »Du Pisser von einem Anwalt beschaffst mir dieses gottverdammte Scheißgeld, oder ich finde dich und mache dich zur Sau oder was außer deiner vollgeschissenen Hose noch von dir übrig ist.«

| Fünf |

Der nächste Morgen war strahlend blau und herrlich …

… wenn man nicht total überdreht war. Und das war ich, kaffeezappelig, hektisch, unterwegs in einem Rent-a-Wreck, mit dem ich aus der Stadt zu Jay Raineys alter Farm rausfuhr, mein panisches Herz in einem fort plappernd: *Es ist schlimm, sie sind schlimm, es ist schlimm.* Wie jedermann sonst *vergesse* ich lieber, dass ich sterben muss, möchte ich auch nicht daran erinnert werden, sehe ich meinen letzten Atemzug lieber als ein Ereignis in weiter Ferne, die Jahre in, sagen wir mal, den Zeiteinheiten gemessen, die nötig sind, um ein wichtiges neues Medikament zu entdecken, zu testen, zu verbessern, genehmigen zu lassen und zu vermarkten. Ja, gebt mir zwei oder drei dieser Epochen, ein paar neue Hirnanreger und Knorpelverdicker, und alles ist bestens; die ausgelassene amerikanische Spaßgesellschaft, in der ich sterbe, wird für mich unerkennbar sein. Aber vorerst ist das Verstreichen der Tage noch unheilvoll. Ich spüre, wie die Vergangenheit ein paar Zentimeter hinter mir wegsinkt, wie ein dunkler Wind kalt an meinen Ohren saugt, an meinen Nackenhärchen zerrt, röchelt wie ein erstickender Achtjähriger. Gestern ist *nicht* gestern, es ist für immer verschwunden und verloren, zusammengebrochen, verwest, auf dem Friedhof stöhnend. Tag für Tag sehe ich, dass meine Zukunft wesentlich weniger enthält als meine Vergangenheit – immer weniger Stücke Schokoladenkuchen, saubere Hemden, neue Zeitungen, heiße Tassen Kaffee, die Milch in einer verführerischen Wolke strudelnd. Ja, ich bekomme es viel leichter mit der Angst zu tun als früher. Ich gerate leichter in *Panik.* Ich nehme Drohungen *sehr ernst.* Zum Beispiel glaube ich, dass eine Drohung *real* ist, wenn ein durchgeknallter Schwarzer ohne Hose eine Pistole zieht und abdrückt. Wenn das passiert, dann *flüchtet* man.

Ja, man flüchtet und stolpert und lässt sich von Leuten anschreien und sieht den Pitbull immer noch an dem Seil hängen und hört Kids, die mit dem Finger zeigen und lachen und *Mister! Yo!* sagen. Und man stolpert weiß im Gesicht in die kühle Luft auf der Straße hinaus und rennt mit null Luft und wenig Kondition so schnell und so weit, wie man kann, bevor man einem Taxi winkt, und das war, was ich tat, und dann kam ich in meiner schäbigen Wohnung an und stürmte die Treppe hinauf, voller Dankbarkeit über die abblätternde Farbe und den abgetretenen Teppichboden, die halb verstopfte Spüle, das durchhängende Bett – endlich in meinem Luxusdrecksloch, dem schönsten Ort auf der ganzen Welt.

Und wo ich dann kein Auge zumachte, sondern im Dunkeln hin und her überlegte, ob ich zur Polizei gehen sollte. Immerhin hatten mich H. J.s Gorillas entführt, und er selbst hatte eine Schusswaffe auf mich gerichtet. Viele liebgewonnene, in Ehren ergraute Gesetze waren gebrochen worden. Andererseits, welche Beweise hatte ich in Anbetracht der Tatsache, dass ich unversehrt war? Und zweifellos könnte H. J. jede beliebige Anzahl von Leuten aus seinem Club aufmarschieren lassen, die sagen würden, das alles wäre nie passiert. Und dann würde er seinen toten Onkel Herschel erwähnen, und das stieße jeden interessierten Polizisten auf die Frage nach seiner Leiche. Und das wollte ich nicht.

Hing allerdings H. J.s Verbitterung mit Marcenos Klage zusammen? Schließlich war das, was Herschel mit der Planierraupe getan hatte, passiert, bevor er gestorben war. Und H. J.s Wut war darauf zurückzuführen, *dass* Herschel auf einer Planierraupe gestorben war, und nicht, *weshalb* er auf dieser Planierraupe gewesen war. Diesen Überlegungen zufolge hatten die zwei Probleme potenziell nichts miteinander zu tun. Aber ich war beunruhigt. Ich war auf eine Weise beunruhigt, die einen dazu bringt, sich aufzusetzen und die billige Lampe neben dem Bett anzumachen und an seinem Fingernagel zu pulen und sich dabei die ganze Zeit zu fragen, warum der Eindruck entstanden war, als könnte sich Mrs. Jones nicht erklären, warum Herschel überhaupt auf der Planierraupe gewesen war. Oder warum H. J., als er mir drohte, gesagt hatte, er oder seine Leute würden Poppy suchen. Das war übrigens interessant. Und vielleicht auch logisch, wenn man berücksichtigte, dass es Poppy gewesen war, der nach der »Entdeckung« von Herschels Leiche den Krankenwagen gerufen hatte. Aber Mrs. Jones hatte auch gesagt, es sei Poppy gewesen, der ihr von Jay Raineys Haus erzählt hatte. Wie war das möglich? Aus welchem anderen Grund könnte Poppy die Adresse des Hauses gewusst haben, als dass Jay sie ihm gesagt hatte? Und weshalb könnte Jay das getan haben? Allem Anschein nach war Poppy nur ein langjähriger Farmhelfer mit kaputten Händen. Warum hätte er die Adresse eines bestimmten Hauses in Manhattan kennen müssen? Und woher wusste H. J. außerdem, dass die alte Rainey-Farm verkauft worden war? Na ja, vielleicht, weil der neue Besitzer, Marceno, oder seine Arbeiter am Tag davor aufgetaucht waren, am Morgen nach dem Vertragsabschluss. Allerdings machte H. J. nicht den Eindruck, als würde er sich auf einer alten Farm herumtreiben. Er hatte sich um seinen Hip-Hop-Club zu kümmern. Und das hieß, dass es ihm jemand, wahrscheinlich Mrs. Jones, erzählt hatte. Aber sie war am Morgen zuvor so zeitig, gegen 10 Uhr, vor Jay Raineys Haus aufgetaucht, dass sie aller Wahrscheinlichkeit nach so früh von der North Fork losgefahren war, dass sie die Ankunft der neuen Besitzer nicht mitbekommen haben konnte, und das vor allem dann, wenn sie um dieselbe Zeit aus der Stadt losgefahren waren. Das legte die Vermutung nahe, dass sie noch einmal mit H. J. telefoniert hatte, nachdem sie Jay vor seinem Haus gedroht hatte. Ja, *das* ergab einen Sinn, *das* erklärte vielleicht, weshalb H. J. gewusst hatte, wie ich aussah, sodass seine Männer mir hatten folgen können. Mrs. Jones, fünfzig Kilo rechtschaffener Entschlossenheit, hatte mich ihm beschrieben.

Aber selbst angenommen, sie hatten ein Foto von mir gehabt (eine Internetsuche in alten Ausgaben von in New York erscheinenden juristischen Publikationen hätte wahrscheinlich ein fürchterliches, fünf Jahre altes Schwarzweißporträt zutage gefördert), woher hatten sie gewusst, wo sie mich finden würden? Waren sie mir am Tag zuvor von Jays Haus zum Steakhouse zu meiner Wohnung zum indischen Restaurant zum Basketballspiel gefolgt? Höchst fraglich. Da war es schon wahrscheinlicher, dass sie Jay gefolgt waren, ihn dann aus den Augen verloren hatten – er war schnell verschwunden –, mich aus der Turnhalle kommen sahen, mich erkannten und mich schnappten.

Jetzt kam ich zum zweiten Mal innerhalb von sechsunddreißig Stunden ans Ende des Long Island Expressway und fuhr auf Landstraßen zur North Fork weiter, die ganze Zeit von dem Wunsch begleitet, mein Leihwagen, ein ramponierter Lieferwagen mit gesprühten Buchstaben auf der Tür und Jesus-Abziehbildern auf den Scheinwerfern, hätte eine anständige Heizung. Ich schlürfte meinen Kaffee und stellte bibbernd immer mehr verworrene Fragen an mich selbst und fühlte mich getrieben – nicht in den Wahnsinn, sondern in den kalt-rationalen, ultraparanoiden Teil meiner selbst. In mein altes, tüchtiges, schlitzohriges Anwalts-Selbst. Ich begann zu sehen, dass das, was mit Marceno, H. J., Poppy, Mrs. Jones und Jay Rainey lief, in seiner Gesamtheit eine Maschinerie, meinetwegen auch ein Getriebe, bildete, das mit einem anderen, kleineren Getriebe verzahnt war, das wiederum vor allem von Jay und dem Haus in der Reade Street angetrieben wurde, das er unbedingt haben wollte, von dem Haus, in dem sich die Firma von David Cowles befand, dessen Tochter, Sally Cowles, Jay offenkundig so faszinierte, dass er heimlich die Spiele ihrer Schul-Basketballmannschaft besuchte. War sich Jay selbst über diese zwei Problemkomplexe im Klaren? Und wie passte Allison in dieses Bild? Trotz ihres Drängens, ich solle Jay helfen, hatte sie sich nur sehr vage über seinen Grundstücksdeal geäußert. Der Umstand, dass er mir den umständlichen Erwerb des Hauses in der Reade Street nicht erklärt hatte, ließ vermuten, dass er nicht wollte, jemand erführe davon, dass er es auf dieses Haus abgesehen hatte *und auf kein anderes.* Und Marcenos Chronologie legte die Vermutung nahe, dass Jay beschlossen hatte, das Haus in der Reade Street zu kaufen, und die Farm erst *danach* zum Verkauf ausschrieb. Wenn ich – von dem schmerzhaft geläuterten Standpunkt, den ich jetzt vielleicht einnehme – zurückblicke, sehe ich, dass in dem Moment, als Jay von der Basketballtribüne in die Nacht von Manhattan verschwand, er seine lange verfolgten Vorstellungen beschleunigt umzusetzen versuchte. Was er wollte, schien so nah, dass seine natürliche Vorsicht Ballast für ihn wurde und er sie über Bord warf. Falls er mich bei dem Basketballspiel gesehen hatte, konnte er sich vermutlich denken, weshalb ich ihn suchte, was natürlich bedeutete, dass ihn auch andere suchten. Und falls er mich nicht gesehen hatte, änderte dies zumindest nichts an der Tatsache seines abrupten Verschwindens, was darauf hindeutete, dass er sich verwundbar fühlte, während er Sally Cowles beobachtete, wie sie das Spielfeld hinauf- und hinunterrannte. Vielleicht hatte er gespürt, dass er zu weit gegangen war. Egal, was von beidem zutraf, mein Verhältnis zu Jay hatte sich geändert. Jetzt *jagte* ich ihn.

Entlang der zweispurigen Landstraße, die sich in östlicher Richtung auf den Atlantik zuschlängelte, zog eine bezaubernde, klassisch amerikanische Traumlandschaft an mir vorüber, fast zu schön, um wahr zu sein – dreihundert Jahre alte Salzwasser-Cottages, spitztürmige Kirchen und schindelverkleidete Farmhäuser, silberne Scheunen neben mächtigen, uralten Ahornen. Der oberflächliche Eindruck, den ich zwei Nächte zuvor von Jays dunklen gefrorenen Feldern gewonnen hatte, war, merkte ich jetzt, unzureichend gewesen, um die Kräfte zu verstehen, die am Wert seines Besitzes zu Werke waren. Die sanft gewellten Felder und Wiesen waren eine herzerwärmende Zeitverwerfung in eine weniger komplizierte Epoche. Viele Menschen finden solche Unverfälschtheit beängstigend anziehend, denn sie lässt sie Terrorismus und Erderwärmung und genetische Beratung vergessen, lässt sie vergessen, dass die Zeit nur in eine Richtung läuft, zumindest für diejenigen von uns, die noch an den Mast eines westlichen Rationalismus gebunden sind. Solche Orte beschwören eine verloren gegangene Ära psychischer Befindlichkeit herauf, die Zeit vor Nixon, als Cadillacs wie Raketen aussahen und Silikon nur zum Abdichten von Fenstern verwendet wurde. *Die* Zeit, als Amerika das großartige, gute Land war. Und dafür werden die Leute bereitwillig zahlen, und sie werden die Preise des 21. Jahrhunderts zahlen. Ich überholte einen Traktor mit einem Anhänger voll Heu; in der Gegenrichtung flogen hintereinander drei weiße Stretch-Limousinen vorbei, die wer weiß wen beförderten – Firmenchefs, Profisportler, Filmstars? Ein paar Meilen weiter kam ich an zwei Golfplätzen vorbei, dann an einem halben Dutzend Weingütern, jedes ein kostspieliger, großzügiger Gebäudekomplex aus Schindeln und Glas inmitten exakt ausgerichteter, 1,20 Meter hoher, an Spalieren gezogener Reben, die sich bis zum Horizont erstreckten. In den Fällen, in denen veraltete landwirtschaftliche Gebäude oder bescheidene Wohnhäuser an die Hauptstraße grenzten, wurden diese aufgekauft und abgerissen. Und so waren auch die großen Projekte, die ich sah, das Ergebnis der Zusammenlegung mehrerer Grundstücke gewesen, eine kostspielige und zeitaufwändige Methode, ein größeres Stück Land zusammenzulegen, und typischerweise nur dann angewendet, wenn die Preise extrem anziehen. Aber wie Jay gesagt hatte, war die Aussicht auf Weltklasse-Weinberge und -Weingüter, die nur einen Steinwurf von New York City entfernt lagen – das, um es noch mal in Erinnerung zu rufen, immer noch mehr Reichtum beherbergt als irgendeine andere Stadt auf dem Erdball, selbst als London oder Hongkong oder Kuwait City –, eine todsichere Investition. Fügt man dieser Nähe zu New York verschiedene andere Faktoren hinzu – die in unmittelbarer Nachbarschaft erfolgende Erschließung der Hamptons, die jüngsten Beschränkungen im Flächennutzungsplan, die zur Unterbindung ebendieser Entwicklung erlassen wurden, und Amerikas beständig zunehmenden Bevölkerungsanteil an Menschen im Rentenalter –, und diese todsichere Investition wird zu einer Art Zeitlupen-Bankraub.

Noch mehr Indizien erwarteten mich, als ich in dem idyllischen Flecken Southold Halt machte und das Maklerbüro Hallock Properties fand, von dessen Schildern, erinnerte ich mich, eines auf Jays altem Besitz im Gras gelegen hatte. Die Fenster des Immobilienbüros zierten Listen großer Grundstücke, komplett mit Luftaufnahmen von Wäldern und Wiesen und herrlichen Strandabschnitten, überschrieben mit DER LETZTE UNGESCHLIFFENE DIAMANT! oder DIE GESCHICHTE WIEDERHOLT SICH NICHT!

Ich betrat das Maklerbüro; es entsprach ganz den Erwartungen, ein wuselnder Bienenstock aus Büroabteilen, die Wände bepflastert mit Häuserlisten. Ich gab mich einer kurzen Meditation über die Preise hin. Ein Trailer auf 400 Quadratmetern? Mit 195 000 Dollar sind Sie dabei. Eine kurz mal aus dem Boden gestampfte Ein-Zimmer-Hütte auf 2000 Quadratmetern? 320 000 Dollar. Unerschlossene, nur 2000 Quadratmeter große Meergrundstücke kosteten 475 000 Dollar. 8000 Quadratmeter sumpfiges, mit Gestrüpp bewachsenes Land an einer brackigen Bucht? 950 000 Dollar. Ein schniekes Sechs-Zimmer-Haus am Wasser mit Gourmet-Küche, »Schaukelstuhl-Veranda«, Tennisplatz und »unvergesslichem Blick«? Mindestens 1,5 Millionen. Land für den Weinanbau? Die Preise fingen bei drei Millionen an und schossen auf den Mond. Was mit den Hamptons und Martha's Vineyard und Nantucket und Malibu und Pebble Beach und Coral Gables passiert war, passierte im Augenblick hier. Es war schließlich Amerika; irgendjemand musste immer reich werden.

Die Makler standen oder saßen und sprachen in ihre Headsets, zogen Akten oder Computermonitore zu Rate, die Frauen attraktiv und tough, in den Dreißigern und Vierzigern, und die wenigen Männer älter und irgendwie abgehalftert – an die schwimmenden Balken ihrer Karrieren geklammert.

»Was kann ich für Sie tun?«, fragte eine Frau, die sich als Pamela vorstellte. Ihre Frisur erinnerte mich an eine Schale Frosties.

Ich sagte ihr, ich wolle mit jemandem über das große Stück Land in Jamesport sprechen, das sie vor kurzem angeboten hätten. »Diese alte Farm oben am Sound«, fügte ich hinzu.

»Ich bin nicht sicher, welche …?«, sagte sie und inspizierte dabei höflich meine Schuhe.

»Es wurde gerade von irgendwelchen chilenischen Weinherstellern gekauft.«

Pamela runzelte höflich die Stirn. »Damit hatten wir nichts zu tun.«

»Aber ich habe doch Ihr Schild auf dem Grundstück gesehen.«

»Nein.«

Ich sah auf ihre Frosties-Frisur, was sie nervös machte. »Wer dann?«

»Das weiß ich nicht.«

»Wurde es von mehreren Maklern angeboten?«

Sie wirkte selbst für eine Immobilienmaklerin zwielichtig. »Nicht, dass ich wüsste.«

Sogar ich wusste schon genug über diese Gegend, um mir darüber klar zu sein, dass große Grundstücke mit Zugang zum Meer nicht allzu oft angeboten wurden. »Der Käufer des Landes hat mir gesagt, einer Ihrer Mitarbeiter hätte ihn ausdrücklich darauf hingewiesen« – und hier warf ich einen Blick auf ein paar handschriftliche Notizen in meiner Hand – »dass es für das Grundstück einen zweiten Interessenten gäbe, der es sofort erwerben wollte, sollte der Käufer vom Vertrag zurücktreten.«

Sie sah immer noch rasch blinzelnd auf meine Schuhe.

»Vielleicht sollte ich in diesem Zusammenhang auch noch erwähnen, Pamela, dass ich ein auf Grundstücksgeschäfte spezialisierter Anwalt aus New York City bin.«

Jetzt sah sie, ein angespanntes Lächeln in ihr Gesicht gepappt, zu mir auf. »Da müssen Sie mit Martha sprechen. Aber vorher müssen

Sie sich über eines klar werden. Dieses Land, die alte Rainey-Farm, wurde nie von uns angeboten. Es war nie *offiziell* auf unserer Liste.« Sie senkte die Stimme. »Ich weiß nicht, was *Martha* möglicherweise gesagt oder getan hat. Vielleicht hat sie eines unserer Schilder an der Straße aufgestellt – oder sonst etwas. Sie ist … sie könnte gesagt haben … egal was, ich will es jedenfalls auf keinen Fall wissen.«

Ich machte mir betont wichtigtuerisch ein paar Notizen.

»Wie war Ihr Name gleich wieder, Mr. …?«

»Bill Wyeth.«

Ich folgte Pamela durch die abgeteilten Büros und einen vertäfelten Gang hinunter.

»Martha?«, rief sie, als wir eine geschlossene Tür erreichten.

Keine Antwort. Pamela öffnete die Tür, und der Raum, den wir betraten, hätte nicht unterschiedlicher sein können – ein typisches Maklerbüro, mindestens fünfzig Jahre alt, voll gestopft mit Akten, gelben topographischen Karten und aufgerollten Steuertabellen. Eine alte, ziemlich korpulente Frau saß trotz der frühen Stunde schlafend in einem Lehnsessel. Ihr Schürzenkleid war ein bisschen zu weit aufgefallen, und sie hielt einen Löffel in der Hand. Auf dem Tisch neben ihr waren ein Glas Tee und eine dicke Biographie des Herzogs von Windsor. An den Sessel gelehnt war ein Stock.

»Martha!«, rief Pamela. »Hallo-o?«

»Ja?« Die ältere Frau wachte blinzelnd auf.

»Das ist Mr. Wyeth«, verkündete Pamela giftig.

»Einen schönen guten Tag.«

»Er ist hier, um sich nach der alten Rainey-Farm zu erkundigen.«

»So?«

Die Frauen sahen sich gegenseitig an. »Ich lasse Sie beide jetzt lieber allein«, sagte Pamela, »bevor ich noch vollends verrückt werde.«

Sie entfernte sich, und ihre Absätze klickten flott den Flur hinunter.

»Wären Sie vielleicht so nett?« Martha deutete auf die Tür. Als ich sie schloss, deutete sie fächelnd auf den Stuhl ihr gegenüber. »Pammy ist eine schreckliche Frau. Eine richtige Schlampe. Ein *Flittchen*, hätte man früher gesagt.«

»Oh?«

»Ja, wir sind aneinander gekettet, und keine von uns ist darüber sonderlich begeistert! Alles, was sie weiß, habe ich ihr beigebracht, aber es gibt keinen Respekt, keine Loyalität mehr.«

»War das Ihre Firma?«, riet ich.

»Sie ist es immer noch.« Sie nickte trotzig. »1906 von meinem Vater gegründet.« Sie wurde auf ihr Schürzenkleid aufmerksam und zog es zu. »Ich war das Nesthäkchen. Ich bin dreiundachtzig, Mr. Wyeth, nur damit Sie sich ein Bild machen können, wie lange ich schon in diesem Geschäft bin.«

»Da haben Sie bestimmt einiges erlebt.«

»O ja«, stimmte sie mir zu. »Ich weiß noch, wie die Kartoffel-Trucks zu Dutzenden die Hauptstraße entlangbrummten. Wir hatten einen Doktor, im Winter bezahlten wir ihn mit Brennholz, im Sommer mit Obst und Gemüse. Kein Mensch kannte diesen Ort. Das schönste Fleckchen Erde, das es gab. Inzwischen ist das alles anders. Ich will gar nicht erst damit anfangen. Jeder hatte sein Wasser aus dem eigenen Brunnen. Wenn gerade Saison war, konnte man zu jeder Mahlzeit Austern essen. Oder Hummer. Wir hatten eine richtig nette Kirchengemeinde.«

Gieß ein bisschen Wasser auf ihre Mühlen, dachte ich. »Wie viel hat landwirtschaftlicher Grund und Boden in Ihrer Jugend gekostet, Martha?«

»Ein Hektar vielleicht siebenhundertfünfzig Dollar.«

»Und was zahlt man heute da draußen dafür?«

»Seit sie hier mit dem Weinanbau begonnen haben, um die einhundertzwanzigtausend.«

Jay war übers Ohr gehauen worden, merkte ich. Ich deutete auf eine Karte der Gegend. »Und wie sieht die Zukunft aus?«

»Ganz einfach«, seufzte sie. »Millionärsvillen am Wasser. Millionärsvillen im Landesinnern. Weinberge, die irgendwelchen Reichen gehören. Weingüter, die noch Reicheren gehören. Alle großen Farmen werden auf Weinanbau umstellen. Wegen der Probleme mit der Wassernutzung ist das nur eine Frage der Zeit. Weinbau ist eine sehr umweltverträgliche Anbauform. Geringer Wasserverbrauch, geringer Einsatz von Pestiziden. Das gefällt den Behörden. Viele dieser Weinbauern treten außerdem aktiv für den Umweltschutz ein.« Sie hielt den Löffel in ihre Teetasse. »Ein Wunder, dass die Welt so lang gebraucht hat, uns zu finden.«

Mir gefiel die alte Martha Hallock. »Kriege ich nicht auch noch den Rest Ihrer Verkaufsmasche zu hören?«

»Was gibt es da noch viel zu erzählen? Zweiundachtzig Strände und Weingüter. So etwas hat das Napa Valley nicht zu bieten. Und dazu noch idyllische New-England-Landzungen und -Farmhäuser? Und die längste Erntesaison in diesen Breiten? Und nur zwei Stunden von New York City entfernt? Jahrelang waren die Hamptons das Nonplusultra. Das ist jetzt vorbei. Sie haben sie ruiniert, und wir hier sind noch da. Und wir haben einen Flächennutzungsplan mit sehr strengen Auflagen.«

»Für Ihre Branche ist das sicher nicht gerade von Nachteil.«

»Wenn ich dreißig Jahre jünger wäre, würde ich mühelos fünfzig Häuser im Jahr verkaufen. Ich würde Königen Kohlköpfe verkaufen. Aber ich bin zu alt, Mr. Wyeth. Die Leute haben Angst vor alten Menschen. Denken wahrscheinlich, der Tod ist ansteckend. Ist er ja vielleicht auch. Ich habe vor drei Jahren mein letztes Haus verkauft, und das war das meines Nachbarn. Zählt also eigentlich gar nicht. Ich bin alt geworden. Wofür außer mir vermutlich niemand etwas kann. Mir gehört die Hälfte der Firma, aber ich bringe nichts mehr ein. Inzwischen können sie mich jeden Tag rauswerfen. Warten nur noch darauf, dass ich sterbe. Damit sie mich mit der Schubkarre auf den Müll verfrachten können.«

Das glaubte ich nicht. Für eine Dreiundachtzigjährige war sie noch schwer auf Draht. »Wie lange können Sie sich noch halten?«

»Ich? Ein, zwei Minuten vielleicht.«

»Will Pamela Sie auszahlen?«

»Sie will mich aus*sitzen.*«

»Was werden Sie tun?«

»Tja, ich habe noch ein Ass im Ärmel, wie mein Vater immer zu sagen pflegte.«

»Und das wäre?«

»Ich kenne mich hier in der Gegend aus.« Sie sah mich pflichtschuldig nicken. »Nein, nein, das tue ich wirklich. Ich war mit meinem Vater und den Landvermessern unterwegs. In den amtlichen Karten sind viele Dinge nicht eingetragen. Ich kenne die Wasserläufe und Flutlinien. Ich weiß noch, was 1957 passiert ist, die große Flut damals. Ich weiß, wie die Grundstücksgrenzen mal verlaufen sind.« Sie tippte an ihren Kopf. »Das ist immer noch was wert, Mr. Wyeth. Von Tag zu Tag weniger, aber ein bisschen was trotzdem noch.«

»Und bestimmt wissen Sie auch, wie man mit den alten Farmerwitwen reden muss.«

»Ja, das weiß ich. Sie kennen mich, sie trauen mir. Nicht diesen Schicksen in ihren Cabrios. Die Hälfte der Mädchen unterhalten sehr gute Beziehungen zu den Projektentwicklern und Bauunternehmern. Sie wissen schon, *Beziehungen.* Lange Mittagspausen, wer weiß wo! Kommen ins Büro zurück, als hätten sie sich durchs Gebüsch geschlagen. Pamela stellt lauter Mädchen ihrer Sorte ein.« Sie hob die Schultern, eine mehr an sich selbst gerichtete Geste. »Was an sich nicht dumm ist. So sind sie leichter einzuschätzen.«

»Haben Sie Kinder, Martha?«

Sie hob ihr Gesicht zu mir hoch, und ich wusste, dass ich ihr mit dieser Frage einen Stich versetzt hatte. »Ich habe viele Fehler gemacht, Mr. Wyeth. Die meisten hatten was mit Männerschuhen zu tun.«

»Wie bitte?«

»Mit Männerschuhen. Ich habe so einige am nächsten Morgen auf dem Bettvorleger stehen sehen, wenn Sie wissen, was ich meine.« Ihre Augen blitzten teuflisch. »Ich weiß, das hört sich etwas unglaubwürdig an, wenn man mich *jetzt* sieht.«

»Ich bin sicher …«

»Nein, nein, ich bin eine alte Schachtel. Jedenfalls, als es Zeit wurde, eine Familie zu gründen … ach ja, das ist, was ich wirklich bereue. Andererseits, so falle ich niemandem zur Last.« Sie betrachtete ihren Tee. Ich hatte wenig Zweifel, dass jedes Wort, das sie mir sagte, wahr war, aber auch mit absoluter Berechnung gesprochen. Die Einsame-alte-Frau-Nummer. Ich nahm sie ihr allerdings auch nicht ganz ab. Zog man dreißig Jahre von ihr ab, bekam man eine mit allen Wassern gewaschene dreiundfünfzigjährige Geschäftsfrau – geschickt im Verhandeln, knallhart, immer auf den Punkt und mit einer hervorragenden Beobachtungsgabe. Die Frau, die ich vor mir hatte, *war* diese Frau, plus dreißig Jahre mehr Erfahrung.

»Aber jetzt«, sagte sie. »Was kann ich für Sie tun?«

»Was wissen Sie über die Rainey-Farm?«

»Schöner Besitz. Um die fünfunddreißig Hektar. An der North Road gelegen, leichter Anstieg nach Westen, sehr wenig tief gelegene Bereiche. Könnte an manchen Stellen vielleicht ein paar Erdbewegungen vertragen. Das Kliff ist nicht hundertprozentig stabil – sie haben in den letzten hundert Jahren mindestens fünfzehn Meter verloren, müsste wahrscheinlich irgendwie befestigt werden. In der ersten Hälfte des letzten Jahrhunderts Kartoffeln. Sechsundsechzig hatten sie dann die Braunfäule, stellten deshalb auf Kohl und Blumen um, wechselten ein paar Mal die Anbaufrucht. Eine Weile hatten sie eine Baumschule, dann wieder was anderes. Russell Rainey war ein ausgesprochen netter Mensch. Ich kannte ihn gut. Es ist ein sehr schönes Stück Land.«

»War Russell Rainey Jay Raineys Vater?«

Sie schüttelte heftig den Kopf. »Nein, nein. Russel Rainey war Jays *Großvater.*«

»Wo ist der Vater?«

»An einem Ort, an dem es sehr, sehr heiß ist.« Sie schnalzte mit der Zunge. »Hoffe ich.«

»Haben Sie das Land für Jay Rainey verkauft?«

Sie sah mich an. »Das hat er privat abgewickelt.«

»Aber hatten Sie denn nicht trotzdem Kontakt mit dem Käufer, einem gewissen Mr. Marceno?«, hakte ich nach.

»Ich bin eine alte Frau, Mr. Wyeth. Ich schlafe in meinem Stuhl ein. Ich habe ein Auge, das schon sehr schwach ist, ich bekomme nachts Krämpfe in den Füßen, und ich nehme eine Menge Herzmittel. Da fällt es mir, ehrlich gesagt, schwer, mich von einem Tag auf den anderen zu erinnern, was ich getan habe.« Sie rührte in ihrem Tee. »Und wissen Sie, auch wenn ich nur ein einfaches Mädchen vom Land bin, das gelernt hat, ab und zu ein Stück Land zu verkaufen, habe ich in meinem Leben viele Menschen kennen gelernt. Ich habe auf der Insel hier Geschäftsleute und Filmstars kennen gelernt, zwei Senatoren und drei Gouverneure und massenweise Kongressabgeordnete, alle *möglichen* Leute. Ich habe den Schah von Persien kennen gelernt, als er hierher kam, um sich ärztlich behandeln zu lassen. Ich habe Joe DiMaggio und General Westmoreland und Jackie Gleason kennen gelernt. Deshalb, werden Sie sehen, Mr. Wyeth, habe ich gelernt, dass Leute, die etwas von ihrem Geschäft verstehen, auch *er-*

klären, was ihr Geschäft ist. Eher früher als später. Das ist bei erfolgreichen Leuten so üblich. Sie haben mich hier über so *viele* Dinge reden lassen. Und ich weiß nicht, warum Sie hier sind.«

»Ich bin Jay Raineys Anwalt, Martha. Ich lebe in New York. Ich habe den Kaufvertrag für die Farm geprüft und ihm geraten, ihn nicht zu unterschreiben. Irgendwie kam mir die Sache nicht ganz koscher vor. Er hat es trotzdem getan. Jetzt steckt Jay – er hat Probleme, und der Käufer setzt ihn mächtig unter Druck.«

»Will er den Kauf rückgängig machen? Das kann er nicht. Warum außerdem? Es ist ein schönes Stück Land.«

»Nein, auf dem Land ist etwas vergraben, und Marceno will unbedingt wissen, was es ist.«

»Und er will möglichst schnell mit dem Anbau beginnen?«

»Richtig. Er setzt Merlot-Reben ein, und sie werden die ersten drei Jahre keinen verwertbaren Ertrag bringen.«

»Ich kenne das«, sagte sie.

»Und ich nehme an, Sie kennen auch Marceno?«

Beiläufig griff sie nach der Biographie des Herzogs von Windsor und blätterte eine Seite um. Oben auf ihrem Kopf war ihr Haar ziemlich dünn.

»Ich bin bei Ihnen sehr wohl an der richtigen Adresse, Martha. Marceno sagte, ein Makler aus diesem Büro hätte ihm zu verstehen gegeben, es gäbe einen zweiten Interessenten für das Land, falls der Vertrag mit ihm nicht zustande käme. Ich nehme mal an, er hat mit Ihnen gesprochen.«

Sie blätterte wieder um.

Ich machte einen halben Schritt nach vorn. »Gab es einen zweiten Interessenten?«

»Die Welt ist voller Interessenten.«

»Sie wollten ihm also nur Druck machen?«

Jetzt sah sie zu mir auf. »Ja.«

»Warum? Warum haben Sie das getan?«

»Warum ich das getan habe?«, fuhr sie mich an. »Weil es Jays Chance war, frei zu sein! Diese ganzen Weinfirmen sind so groß! Sie haben genügend Geld, um ein bisschen Sand abtragen und wegschaffen zu lassen. In dieser Familie hat es genügend Leid gegeben. Wie geht es Jay, Mr. Wyeth?«

»Wie es aussieht …« Sie hatte das Thema gewechselt, merkte ich. »Wie es aussieht, ganz gut.«

»Oh, das freut mich. Ich habe ihn vor ein paar Monaten zum letzten Mal gesehen … er wirkte ein bisschen müde … Er war ein unglaublich, wirklich *unglaublich* schöner Junge. Ein absolut schöner Junge, sehr gut in Football und Baseball, soweit ich mich erinnere … Das ist jetzt über fünfzehn Jahre her.« Sie schloss ihr Buch. »Sein Vater bewirtschaftete dieses Stück Land. Ohne großen Erfolg. Er war kein netter Mensch, in keiner Hinsicht. Die Statur hat Jay von ihm. Aber die Mutter war sehr nett, sie hat ihn gegen seinen Vater in Schutz genommen. Er ist vom Wesen her ganz nach ihr geraten. Sie hat ihm alles beigebracht. Jay war charmant und kam bei den Sommermädchen immer sehr gut an, wissen Sie. Nichts Angeberhaftes. Ja, ich kannte seine Mutter. Sehr nette Frau. Aber nicht glücklich, wissen Sie. Wollte mehr Kinder. Nervöse Frau. Die schrecklichen Auseinandersetzungen mit ihrem Mann haben ziemlich an ihr gezehrt. Aber sie hatte Jay, sie war so stolz auf ihn, er war ihre Belohnung. Die Entschädigung für ihren *Ehemann*.«

Mrs. Hallock sagte das letzte Wort, als schmeckte sie unerwartet einen kleinen bitteren Gegenstand auf ihrer Zunge. »Der Unfall muss ihr einfach den Rest gegeben haben. In dieser Nacht … sie hat einfach die Nerven verloren. Ihr Mann« – wieder dieser Ton – »taugte einfach nichts, brachte nichts zuwege, soff sich nur langsam zu Tode.«

»Ein Unfall …?«

Martha sah mich durchdringend an. »Kennen Sie Jay schon lange?«

»Nein. Erst seit kurzem.« Seit drei Tagen, sagte ich nicht.

»Ach so.«

»Sie haben etwas von einem Unfall erwähnt?«

»Das hätte ich nicht tun sollen. Es steht mir nicht zu, mich dazu zu äußern. Das ist seine Sache.« Sie ließ die Hände auf die Sessellehnen sinken und umschloss sie. »Nett von Ihnen, dass Sie mich besuchen gekommen sind, Mr. Wyeth. Und ich bin sicher, die Probleme werden sich von allein lösen. Auf diesem Stück Land gibt es nichts als einen Meter Lehm über weiß Gott wie viel hundert Metern herrlichem Sand. Es ist tadelloses Land, und ich werde den neuen Eigentümer anrufen, um das noch einmal klarzustellen.«

Aber ich war noch nicht ganz so weit, mich in Luft aufzulösen. »Sie scheinen Jay und seine Familie recht gut zu kennen, Martha«, sagte ich. »Und es sieht ganz so aus, dass Sie den Verkauf seines Landes vermittelt *haben.* Und von daher tragen Sie sowohl dem Käufer als auch dem Verkäufer gegenüber eine gewisse Verantwortung. Das wissen Sie, glaube ich, sogar besser als ich. Der Käufer ist mit der Anschuldigung an mich herangetreten, dass dort draußen etwas zugeschüttet wurde, und zwar unmittelbar vor Vertragsabschluss. *Stunden* davor, Martha. Wie sich herausstellt, besteht zu dieser Annahme berechtigter Anlass. Der Käufer ist ein vielbeschäftigter Mann. Um haltlose Vorwürfe in den Raum zu stellen, ist ihm seine Zeit zu schade. Er wird dieser Sache nachgehen, bis sie zufriedenstellend aufgeklärt ist. Wie die Sache aussieht, wird er Jay aller Wahrscheinlichkeit nach verklagen, um ihn zum Einlenken zu bringen. Hoffen wir mal, dass Sie nicht auch belangt werden.«

»Machen Sie sich doch nicht lächerlich, Mr. Wyeth.«

»Ich werde Sie morgen anrufen, um zu sehen, ob Sie bis dahin vielleicht mehr Einsicht zeigen, wie dieses Problem gelöst werden kann.«

»Vielleicht bin ich ja noch am Leben, um dann das Telefon abzunehmen.«

Ich werde nicht gern wütend auf alte Frauen – sie haben naturgemäß schon so genügend Probleme –, aber sie war keine große Hilfe gewesen. Wir starrten uns finster an, und dann ging ich.

Auf dem Weg nach draußen kam ich an Pamela vorbei. »Danke«, rief ich hinter mich.

Sie sah über ihre Schulter. »Ich glaube nicht, dass Sie das aufrichtig meinen.«

»Eine harte Nuss.«

»Übrigens, haben Sie irgendwelche Grundstücke gesehen, die Sie interessieren?« Sie nahm ihr Headset ab. »Aber deswegen sind Sie ja wahrscheinlich nicht hergekommen.«

»Nein.« Ich legte die Hand an die Tür, um zu gehen. »Irgendein Tipp?«

»Sie könnten versuchen, ihren Neffen zu finden, er weiß normalerweise Bescheid, wenn irgendetwas los ist.«

Das interessierte mich nicht sonderlich. Aber ich wollte nicht unhöflich sein. »Wer ist das?«

Pamela rümpfte die Nase. »Ein widerlicher kleiner Kerl. Richtig unheimlich. Alle nennen ihn Poppy.«

Zurück in der Stadt, gab ich den Lieferwagen zurück, und auf dem Weg zum Steakhouse kam ich an einem Kerl vorbei, der Handyverträge verscherbelte. Ich ging in den Laden und schloss den billigsten Vertrag ab, den sie hatten.

»Ich habe gehört, von den Dingern kriegt man Krebs«, sagte ich im Spaß, als ich an dem Gerät herumfingerte.

Der Verkäufer, ein kleiner Schwarzer mit traurigen Augen, nahm meine Bemerkung für bare Münze. »Ich glaube, das stimmt. Ich glaube, irgendwann lässt sich das auch nachweisen.«

»Das sollten Sie mir aber wahrscheinlich nicht sagen.«

»Wenn die wollen, dass ich lüge, sollten sie mir mehr zahlen.«

Im Steakhouse war wenig los, der Mittagsansturm war vorüber, das Personal saugte den Teppichboden. Tisch 17 war wie immer frei.

»Ist Allison hier?«, fragte ich die Bedienung.

»Sie hat für den Fall, dass Sie vorbeikommen, eine Nachricht für Sie hinterlassen.«

Ich öffnete den Umschlag. Die Nachricht lautete: *Komm in den Havana Room.*

Ich bestellte nichts zu essen, sondern stand auf und fand die kleine Tür im Eingangsbereich unverschlossen vor. Auf der gewundenen Treppe war es dunkel.

»Hallo?«, rief ich. »Allison?«

Der lang gestreckte Raum war schwach beleuchtet, in der Luft hing alter Zigarrenrauch. Kein natürliches Licht fiel auf die Gemälde, den schwarz-weißen Fliesenboden. Auf der Bar stand ein Gestell mit schmutzigen Gläsern. Allison saß am hintersten Tisch.

»Hallo, Bill«, hörte ich ihre Stimme.

Auf der einen Seite hatte sie einen Stapel mit Restaurant-Schreibkram liegen, auf der anderen standen ein Whiskeyglas und eine Flasche Maker's Mark. Verlegen über ihre Verletzlichkeit, lächelte sie mich unsicher an.

»Arbeitest du oder trinkst du?«, fragte ich.

»Ich trinke.«

»Und das auch noch ganz allein.«

»Wo warst du gestern Abend?«, fragte sie zaghaft.

Ich überlegte, ob ich ihr vom Abend zuvor erzählen sollte, von Jays Besuch des Basketballspiels, von der Anklageschrift. »Ich war verhindert.«

Allison lächelte. »Gegen deinen Willen?«

»Wenn du es genau wissen willst, ja.«

Aber sie glaubte mir nicht. »Also, ich denke mal, ich war ganz schön dumm«, erklärte sie. »Naiv und dumm.«

»Wegen Jay?«

»Ja. Ich meine, wahrscheinlich habe ich mir einfach zu viel erhofft.« Sie schob ihr Whiskeyglas ein Stück über den Tisch. »Er kam gestern Abend vorbei – ich sagte, ich würde uns was kochen, so gegen halb elf –, und wir wollten uns einen schönen Abend machen. Also habe ich hier gegen neun Schluss gemacht. Und er kam zu mir, alles wie verabredet.«

Das hieß, wurde mir klar, dass Jay von dem Basketballspiel direkt zu Allisons Wohnung gefahren war, und das möglicherweise nicht, weil er mich gesehen hatte oder weil H. J.s Leute nach ihm suchten.

»Er blieb im Wohnzimmer, während ich Essen machte, und ich merkte, dass er seinen Aktenkoffer in der Küche gelassen hatte, und …« Sie hob die Schultern. »Es waren alle möglichen Papiere drin, weißt du, sehr interessant.«

»Da konntest du einfach nicht anders.«

»Ich weiß, es war nicht richtig. Aber ich sah seinen Terminkalender unter den ganzen Sachen und habe einen Blick reingeworfen.« Sie hob das Glas und stürzte den letzten Fingerbreit Whiskey hinunter. »Ich war einfach nur *neugierig*, hoffte irgendwie, ihn besser kennen zu lernen, mehr nicht. Er erzählt mir *nie* was.«

»Im Gegensatz zu den anderen Typen.«

Allison nickte. »Sie erzählen mir zu viel.«

»Jede menschliche Beziehung hat ihre Machtverhältnisse.«

»Also, Jay hat zu viel Macht.«

»Gefällt dir das?«

»Es nervt mich.«

»Und reizt dich.«

»Woher weißt du das?«

»Das liegt doch auf der Hand.«

Allison nickte. »In erster Linie nervt es mich. *Jetzt,* meine ich.«

»Was will er von dir?«

Das ließ sie stutzen. Sie blickte auf. »Ich habe keine Ahnung.«

»Stellt Jay dir Fragen? Will er etwas über dich wissen?«

»Wie was zum Beispiel?«

»Na ja, Allison, wenn ich ein Liebesverhältnis mit dir hätte …«

»Was ich dir wirklich *nicht* raten würde.«

»… würde ich fragen, wie es kommt, dass du so viel arbeitest, obwohl du das doch gar nicht nötig hättest, und warum du eigentlich immer noch in der Wohnung lebst, in der dein Vater gewohnt hat, und wie es kommt, dass du nie deine Mutter erwähnst oder wo du aufgewachsen bist oder ob dein Vater wieder geheiratet hat oder warum du gegenüber Lipper so loyal bist, obwohl du so tust, als würdest du dich über ihn ärgern, und – mal sehen, das sind nur die, die mir spontan in den Kopf kommen – und, na schön, warum du so chronisch unzufrieden bist, wo es doch durchaus sein könnte, dass du dir *selbst* gegenüber am strengsten bist, und …«

»Hör auf.«

»… und dann würde ich fragen, ob du es in Wirklichkeit nicht gern hättest, dass man etwas über dich weiß, du aber zugleich Angst hast, was dann passieren könnte, dass du Angst hast, abgelehnt zu werden, wenn jemand die Wahrheit über dich kennt, weshalb du deinen Kopf mit diesem anstrengenden Menschengewusel und mit Arbeit voll stopfst, damit du nur ja nie …«

»Hör auf! Bitte. *Bitte,* Bill!«

»Na schön.«

»Das war ganz schön brutal.«

Ich konnte nicht widersprechen.

»Aber es zeigt etwas …« Sie schenkte sich nachdenklich ein frisches Glas ein.

»Es zeigt, dass ich dich unterbrochen habe?«

»Wovon habe ich … ach ja, der Terminkalender! Nicht, dass ich einen Verdacht hatte oder so was. Aber okay, es war indiskret und nicht richtig. Er sah Nachrichten, bekam nichts davon mit. Ich habe mir dieses Ding fünf Minuten lang angesehen. Absolut schamlos.« Allisons Augen leuchteten boshaft auf. »Habe es praktisch *auswendig* gelernt.«

»Standen denn viele Termine drin?«

»Na ja, der ganze *übliche* Kram, wann er zum Zahnarzt muss und den Wagen in die Werkstatt bringt, solches Zeug eben, und verschiedenes anderes …« Allison blickte auf, Tränen in den Augen. »Er hat eine andere!«

»Nein, das glaube ich nicht.«

»Hat er aber! Er hat Verabredungen mit ihr, *regelmäßige* Verabredungen.« Sie drückte einen Fingernagel gegen ihre Wimpern. »Ich darf darum *betteln,* dass er sich mit mir trifft, und das alles nur – aber natürlich, *hallo!* –, weil er eine feste Freundin hat. Er trifft sich schon seit Monaten regelmäßig mit ihr! Ich bin jede Woche durchgegangen, jede einzelne in diesem Jahr!«

»Wie heißt sie?«

»Das weiß ich nicht! Und das ist auch etwas, was mir Sorgen macht! Ihr Name fängt mit O an. Er schreibt nie ihren vollen Namen, nur O, um sich daran zu erinnern. Olivia oder Olympia oder Orgasmia oder was weiß ich, *Scheiße.*«

Wenn Jay eine feste Freundin hatte, erschien sein Verhalten bei dem Basketballspiel, sein Interesse an Sally Cowles noch eigenartiger. Ein großer, gut aussehender Typ mit einer festen Freundin, der mit einer Frau wie Allison ein bisschen was nebenher laufen hatte, sah mir nicht nach der Sorte Mann aus, der einem jungen Mädchen nachstellt. Darauf konnte ich mir keinen Reim machen. »Sieht er sie oft?«

»Ständig!« Ihre Bitterkeit verschärfte sich. »Meinst du etwa, das würde ich nicht merken, wenn ich mal, ganz aus *Versehen,* in seinen Terminkalender schaue. Ich bitte dich, so blöd kann doch niemand sein.« Doch dann wich die Schärfe aus Allisons Stimme, so, als wünschte sie sich, sie wäre so blöd, als wäre ihr das lieber.

»Besteht die Möglichkeit, dass er den Aktenkoffer absichtlich stehen gelassen hat, weil er *hoffte,* du würdest reinsehen?«

»Vielleicht. Wenn überhaupt etwas, wirkte er ziemlich abwesend. Aber egal, es ist dieses O, das mir Sorgen macht, Bill. O ist ein Buchstabe, der sehr sexy ist, wenn man es sich genauer überlegt.« Sie sah mich Mitleid heischend an. »Er steht für Öffnung. Er öffnet sich und lässt was rein. Es bedeutet, *sie* öffnet sich und lässt *sein* Zeugs rein.«

»So was machen Typen nun mal«, sagte ich.

»Ich *weiß,* wie das so ist, Bill! Aber mit *mir* machen sie es nicht.

Deshalb dachte ich, ich frage ihn einfach, ich bin einfach ganz tapfer und gehe zu ihm rein und mache den Fernseher aus und frage ihn rundheraus. Ich habe diese tolle Paella gemacht. Ich wollte sie ihm ins Gesicht klatschen!« Jetzt lächelte sie. »Ich nahm den Topflappen und hob die Pfanne tatsächlich hoch, um zu sehen, wie schwer sie war, aber dann wurde mir klar, dass ich den Teppich versauen würde.«

»Hat er nicht gemerkt, dass du sauer warst?«

»Nein ... Ich trug nur das Essen ins Esszimmer. Er sah nicht mal fern, stand nur am Fenster, dachte an Ophelia oder wie sie auch heißt.«

»Das weißt du doch gar nicht.«

Allison antwortete nicht und nahm stattdessen einen weiteren kräftigen Schluck Whiskey, und als sie das Glas abstellte, hatte sich in ihrer Miene etwas verändert, ihre bittere Enttäuschung war von der Sehnsucht darunter abgelöst worden. Mir wurde schockartig bewusst, wie still es im Raum war; all die normalen Geräusche des Restaurants, der Staubsauger und das Stimmengewirr, waren weg. »Ach, Bill«, hauchte sie und schob das Haar aus ihrem Gesicht. »Ich weiß einfach nicht.« Sie war, sah ich, eine der Frauen, denen ihre Sexualität nicht peinlich war. Dass sie mit einem Mann über einen anderen Mann gesprochen hatte, hieß nicht, dass sie einen von beiden, oder überhaupt jemand Bestimmten, vorzog. Der Mann – egal, welcher – war temporär, das Verlangen permanent, die Leere unerträglich. Der Mann war etwas, was eine Zeit lang ins Bild passte – eine Nacht, einen Monat, eine veränderbare Selbstwahrnehmung. Das ist ein gefährlicher, attraktiver Zug an einer Frau. Als Mann sieht man, dass sie in der Lage ist, den letzten Kerl schnell zu vergessen. Was ermutigend ist. Sie ist in der Lage, sich in eine alles auslöschende Leidenschaft zu katapultieren, eine Leidenschaft, die imstande ist, ihre eigene Oberflächlichkeit zu vergessen. Natürlich heißt das, dass man auch selbst leicht vergessen werden wird, aber das ist später und danach. Ich würde gern sagen können, dass ich all diese Dinge in diesem Moment klar in meinem Kopf hatte. Aber das war nicht der Fall. Stattdessen beobachtete ich, wie Allison ihren Blick, fast herausfordernd, wieder auf mich warf und wie ihr diffuses Verlangen in eine Art wütendes Bedürfnis überging, das sich in alles Mögliche verwandeln konnte, ihr Mund verzogen, ein wenig grausam, sogar ein wenig hässlich, doch dann schloss sie die Augen und seufzte. Sie öffnete die Lippen und atmete schwer. »Bill?«, hauchte sie. Sie zog erwartungsvoll die Augenbrauen hoch. »Komm her.«

Ich ging zu ihr, und sie hob eine Hand, die ich ergriff. Sie drückte sie leicht, ein Lächeln auf den Lippen. Sie rollte den Kopf nach vorn, sodass ihr Haar das Gesicht verhüllte, und das war eine Einladung für mich, sie zu berühren, was ich auch tat, mit einer Hand, mit der ich ihren straffen, festen Hals streichelte. Ich ließ meine Finger hinter ihr Ohr gleiten. Sie seufzte, schaute dann zu mir auf, und es war der gleiche Blick, den sie ein paar Abende zuvor Jay Rainey geschenkt hatte, keine Kopie, sondern das Original, lüstern und zärtlich und sehnsüchtig, und in ihrem Atem roch ich den Whiskey, die Süße ihrer Berauschtheit. Sie wollte nicht speziell mich, wusste ich, sie wollte nicht irgendjemand Bestimmten, nicht Jay, nicht einmal unbedingt einen Mann, sie wollte nur. Wie wir alle. Sie *wollte* und *brauchte*, und ich war zufällig gerade da. Sie war bereit, sich allem oder jedem hinzugeben, der sie gerade wollte. Die Bedingung war beidseitiges Vergessen. Sie war an diesem Moment der Möglichkeit angekommen. Sie war früher dort gewesen und würde sicher wieder dort sein, viele Male, und ihre wahre Lebenskurve war aus diesen Punkten konstruiert. Sie schloss die Augen und öffnete den Mund, wartend, und trotzdem, entgegen allem, was ich wusste und weswegen ich mir gerade Sorgen machte, war ich selbst sehr lange einsam gewesen, ja, es war schmerzhaft lange her, dass eine Frau meine Zuneigung gewollt hatte, und deshalb beugte ich mich langsam vor und legte meinen Mund auf ihren.

Es war ein langer und guter Kuss, feucht und Whiskey-rauchig, aber ich beendete ihn, behutsam. Allison lächelte und artikulierte stumm *Danke* und ließ dann den Kopf sinken, und ich konnte sehen, dass der Moment vorüber war.

»Und, kannst du dich zufällig noch erinnern, was für heute in Jays Terminkalender stand?«, sagte ich so beiläufig wie möglich.

»Ja, *kann* ich. Er geht an einen Ort, der sich Red-Hook-Käfige nennt – wie jede Woche ein-, zweimal.«

»Red-Hook-Käfige …?«

»Klingt irgendwie ziemlich gruselig, nicht? Als ob er an einem blutigen Haken hängen würde oder so was. Ich glaube, dort geht er heute Nachmittag hin. Red-Hook-Käfige. Was übrigens völlig in Ordnung ist, solange er sich nicht mit O trifft. Miss *O*, wer auch immer sie ist, dieses Miststück. Red Hook. In diesem Brooklyner Viertel gibt es jede Menge Bars, vielleicht ist es ja auch nur so eine Kneipe, in der sich irgendwelche Leute vom Bau treffen.«

Sie täuschte sich. Ich wusste, was die Red-Hook-Käfige waren, weil ich an einem verregneten Samstagnachmittag mit meinem Sohn mal dort gewesen war. Allison fiel behutsam wieder in sich selbst zurück, und das einzig Richtige war, sie allein zu lassen. Das einzig Richtige war, auf der Stelle nach Red Hook zu fahren.

»Einen Augenblick noch, Mr. Wyeth.«

»Was?«

Sie packte meine Hand, rieb die Knöchel. »Ich muss dir was sagen.«

Wären wir in der Nähe eines Betts gewesen, hätten wir jetzt darin gelegen, entfremdeter Freund hin oder her. »Ja?«

»Aber die Sache hat einen *Preis.*«

»Und der wäre?«

»Du musst mir versprechen, nicht zu *urteilen.*«

»Worüber?«

»Über etwas, was wir tun.«

»Wer ist wir?«

»Willst du denn nicht das Was wissen?«

»Wer, was – gern auch beides.«

»Du wirst es herausfinden.«

»Wann?«

»Heute Abend.« Sie sah mir weiter in die Augen. »Im Havana Room.«

»Heute Abend?«

»Ha sagt, er ist wieder so weit.«

»So schnell?«

»Manchmal«, sagte Allison langsam, mit betrunkener Heiterkeit, »passieren Dinge schneller, als man es er-*wartet.*«

»Um wie viel Uhr?«

»Komm so gegen Mitternacht. Bis dahin bin ich wieder nüchtern, verspreche ich dir. Ich werde in Topform sein. Du wirst *schwer* beeindruckt von mir sein.« Sie wackelte mit dem Finger. »Ach, und noch etwas.«

»Was?«

»Hat dir schon mal jemand gesagt, dass du sehr gut küsst?«

Wenn ja, war es sehr lange her. »Du bist ziemlich betrunken, Allison. Besorg dir etwas Kaffee, ja?«

Bevor ich die Marmortreppe erreichte, sah ich mich noch einmal nach Allison um. Im Dunkel der fernen Sitznische ließ sie, vielleicht verzweifelt, den Kopf hängen. Vielleicht war es ein Fehler gewesen, sie zu küssen. Vielleicht hatte ich es sehr genossen und wollte es wieder tun. Und vielleicht würde ich das auch. Dann stieg ich die Treppe hinauf, drehte den Türknauf und huschte in der Hoffnung, niemand würde mich sehen, auf den Eingang des Restaurants zu.

Die Bedienungen rauchten und schwatzten an einem Tisch im hinteren Ende des Restaurants, und mehrere Hilfskellner waren damit beschäftigt, Besteck zu sortieren und Servietten zusammenzulegen. Niemand von ihnen sah mich. Ja, niemand sah mich, bis auf einen – es war Ha höchstpersönlich, der in seinem weiten Overall im Eingangsbereich auf einer Leiter stand und eine Glühbirne auswechselte. Er sah mich aus dem Havana Room kommen, und er beobachtete, wie ich wartete, um mich zu vergewissern, ob die Bedienungen und die Hilfskellner etwas gemerkt hatten, und er sah mich überrascht zu ihm hochschauen, und als sich unsere Blicke trafen, wusste er, so schien es, alles über mich: dass ich ein einsamer, ungebundener Mann war, der zu oft im Steakhouse aß, im Moment in irgendwelchen Schwierigkeiten steckte und gerade aus dem Havana Room kam, wo Allison, eine Frau, die er jeden Tag sah, betrunken und allein am hintersten Tisch saß; dass dort unten etwas zwischen uns passiert war. Ja, als ich in Has verwittertes chinesisches Gesicht sah, die faltige Haut, die weit auseinander stehenden, nicht blinzelnden Augen, da sah ich, dass er diese Dinge über mich wusste.

Ich dagegen wusste nichts über ihn. Vor allem nicht, warum er es war, der die Termine für die Veranstaltungen im Havana Room bestimmte.

Aber ich wusste etwas anderes – ich wusste, dass in der Zeit, als Robert Moses, der große, dickköpfige Architekt des modernen New York, Erbauer von Highways und Parks und Badeanstalten, darauf bestand, dass der Brooklyn-Queens Expressway gebaut würde, um den Verkehrsfluss zwischen New York City und den rasch wachsenden Vororten von Long Island, Connecticut und New Jersey zu beschleunigen, der erhöhte Highway durch und über die Arbeiterviertel mit ihren gedrungenen Reihenhäusern errichtet wurde, die einmal den Männern als Unterkunft dienten, die im Brooklyn Navy Yard und in den Hafenanlagen am East River gearbeitet hatten. Falls überhaupt ein Gedanke daran verschwendet wurde, was aus den Gebäuden unter dem Highway würde, änderte es nichts an ihrem Schicksal, das darin bestand, dem Lärm und Dreck der Straße unterworfen zu werden, dem unaufhörlichen Regen aus Radkappen, leeren 10-W-40-Ölkartons, Milkshake-Bechern, Tüten mit dem Erbrochenen von Kindern, die das Autofahren nicht vertrugen, verlorenen Yankee-Caps, benutzten Windeln, Zigarettenkippen, Bierflaschen, weggeworfenen Tonbandkassetten, Kondomen, Wassermelonen, Kühlerverschlüssen und Gott weiß was sonst noch allem, was aus Autos und Lkws fällt oder geworfen wird. In den Schatten dieser rostenden, rauschenden Stadtautobahn ducken sich Geschäfte, die auf einen solchen marginalen Standort angewiesen sind, wo die Mieten niedriger sind, der Schmutz ignoriert wird, die Parkplätze reichlich und nicht polizeilich überwacht sind: Pornoshops, Taxigaragen, Car Services und dergleichen. Es ist eine üble Gegend; hier war es zum Beispiel, dass ein New Yorker Polizist, der nach Dienstschluss zwölf Stunden lang getrunken hatte, einen Teil davon in einem Strip-Club, mit seinem Van mit über siebzig Meilen eine schwangere Latina und ihre zwei Kinder überfuhr, ein Zwischenfall, der in den Augen derer, die an solche Orte glauben, vier Seelen in den Himmel beförderte und eine auf die Titelseite der Boulevardblätter. Die Stadt hat diese Risse, tiefe Klüfte in der Landschaft, in die schlechtes Zeug fällt, und hier machte ich mich aufgrund dessen, was Allison mir erzählt hatte, noch am selben Nachmittag auf die Suche nach Jay.

Das Gebäude in Red Hook, das ich suchte, befand sich in der Third Avenue. Ich betrat es in gedrückter Stimmung, denn ich erinnerte mich, wie sehr es Timothy hier gefallen hatte, als wir einige Jahre zuvor hier gewesen waren, und jetzt zurückzukehren, war ein Maß dafür, wie tief ich seit damals gesunken war. Aber ich ging weiter. Im ersten Raum, einer schummrigen Höhle voller Flipper- und Videospielautomaten, wurden billige Sport-Memorabilien und Junk-Food verkauft. Jungen in schlecht passenden Little-League-Trikots liefen wild durcheinander. Ich konnte Rockmusik und alle paar Sekunden ein lautes metallisches Scheppern hören. Hinter einem Durchgang erschien ein wesentlich größerer Raum, unter diesem Schild:

35 MPH:	Kinder unter 9
45 MPH:	9-Jährige und älter
55 MPH:	10-Jährige und älter
65 MPH:	11-Jährige und älter
75 MPH:	13-Jährige und älter
85 MPH:	17-Jährige und älter
95 MPH:	Nur mit Genehmigung der Geschäftsleitung

Hinter einem hohen Netz schossen Ballmaschinen Baseballs auf die Batter. Ich blieb kurz hinter der 45-mph-Maschine stehen, wo ein etwa zehnjähriger schlaksiger Junge mit einem Aluminiumschläger Ball um Ball schlug. Die Bälle wirkten ziemlich schnell, aber er traf etwa jeden dritten. Ein Mann mittleren Alters mit einer grünen Jets-Kappe trat vor und korrigierte die Haltung des Jungen, während der Ball an seinem Kopf vorbeizischte. In Brooklyn ist Baseball immer noch etwas Heiliges, auf eine Weise, wie es das in der East Side von Manhattan nie sein könnte, und die Red-Hook-Käfige sind Teil einer Welt, in der vergessene alte Männer auf den holprigen Spielfeldern öffentlicher Parks auf Gartenstühlen sitzen, auf unangezündeten Zigarren herumkauen und rauchende Raketen von jungen Werfern fangen, von Jungen, deren Mütter am Abend vor dem Spiel die Trikots bleichen, einem Spiel, das meistens von einem Polizisten oder Feuerwehrmann geleitet wird und das, wenn es auf dem Ty-Cobb-Little-League-Feld nicht weit von der Avenue X stattfindet, nicht nur von den schwarzen Bewohnern der Sozialwohnungen auf der anderen Straßenseite und den Müttern und Vätern auf den Betontribünen verfolgt wird, sondern auch von den Männern, die mit dem Wartungszug der N-Linie der U-Bahn unterwegs sind, Männern, die mit ihren riesigen gelb-schwarzen Gefährten auf dem erhöhten Gleisabschnitt anhalten, von dem man direkt auf das Right Field sieht; bei den seltenen Gelegenheiten, bei denen ein Junge einen Ball bis zur Home-Run-Mauer schlägt, steigt einer der Männer lässig in das

Führerhaus des schweren Gefährts und zieht an der Signalpfeife, während der Junge die Bases umrundet. Das ist Brooklyn, Brooklyn-Baseball.

Ich ging weiter. Von Jay keine Spur. Hinter jeder Ballmaschine ein Knäuel schreiender, Hot Dogs mampfender Jungen, und der Lärm war beachtlich. Am 75-mph-Käfig beobachtete ich, wie sich einer der Jungen zu weit über die Plate beugte und einen Ball direkt an die Schläfe seines Schutzhelms bekam; sein Trainer fasste in den Drahtkäfig, drückte auf den roten Stoppknopf und ging seinen Spieler hochheben, der die Verletzung abschüttelte. Natürlich dachte ich an Timothy, inzwischen zehn, durchaus in der Lage, einen Schläger so fest zu schwingen wie viele dieser Kids.

Im hinteren Ende des Gebäudes befand sich der 95-mph-Käfig, und durch die zahlreichen Schichten Maschendraht konnte ich eine große Gestalt in Shorts und T-Shirt sehen, die spektakuläre Bälle schlug. Andere sahen ihm zu, und als ich näher kam, merkte ich, es war Jay, aus dessen Mund etwas aus grünem Plastik stand. Er schlug einen fantastischen Ball. Ich erkannte, dass das Ding zwischen seinen Zähnen ein Inhalator war; zwischen den Schlägen drückte er darauf und spritzte die Chemikalien, die er enthielt, in sich hinein.

Besorgt und fasziniert mischte ich mich unter die anderen. Ich wusste natürlich, dass Jay ein großer, kräftiger Mann war, aber sein Körper war immer von einem Anzug oder einem dicken Wintermantel verhüllt gewesen; hier, jetzt, sah ich ganz deutlich einen Mann von knapp einem Meter neunzig, hundert Kilo schwer, kräftig in Armen, Brust und Rücken, mit einem bisschen Extra um den Bauch und, besonders auffällig, extrem muskulösen Beinen, die unter den Knien zu mächtigen, von Adern überzogenen Waden anschwollen, so dick wie die eines Comic-Superhelden, dreimal so umfangreich wie normal und auf seltsame, ja sogar verwirrende Weise unwiderstehlich – herrliche Früchte aus Muskeln, die sich weit von der Vertikalen seiner Beine nach außen wölbten – Beine, die Allison wahrscheinlich zwischen den ihren gehabt hatte. Jay und ich waren keine sexuellen Rivalen, aber wir waren es auch nicht unbedingt *nicht*. Ich fragte mich, ob Allison unseren intensiven, aber einzigen Kuss nur wenige Stunden zuvor im Havana Room mit den anhaltenden Freuden verglich, die Jay ihr bereitete. Die Frage war lächerlich, aber die

Antwort war natürlich ja, und wenn ich jetzt Jays unübersehbare Vitalität sah, hielt ich es für möglich, dass Allison unsere kurze Intimität mit einem Achselzucken als dumm oder falsch abtun würde.

»Ein echter Freak, der Typ da«, feixte einer der Jugendlichen, die ihre Finger in das Drahtgeflecht gehakt hatten. »Nuckelt die ganze Zeit an diesem Ding, irgend so ein komisches Kokaingas oder was.«

»Das sind Hirn-Steroide, mit denen kannst du schneller schlagen. In der Major League pfeifen sie sich das Zeug heimlich rein, bevor sie aus dem Dugout kommen.«

»Komm, erzähl doch keinen Scheiß.«

»Ich erzähl hier keinen Scheiß, Mann! In der Major League ist bei jedem Dugout so'n kleines Klo dabei. Da gehen die Typen rein, ziehen sich das Zeugs rein, und dann kommen sie raus und schlagen. Warum, glaubst du wohl, werden immer wieder neue Home-Run-Rekorde aufgestellt? Das ist nicht wegen dem Muskelzeugs, das ist wegen dem *Hirn*zeugs.«

»Du hast doch keine Ahnung, Mann, du redest nur Scheiße.«

»Dann schau doch mal, was der Typ für einen *Schlag* draufhat, Penner.«

Und den hatte er wirklich. Er labberte die Bälle nicht nur irgendwie zurück oder schlug irgendwelche Kerzen, nein, er schwang den Schläger parallel zum Boden und drosch den Ball genau wieder in das Fangnetz auf der anderen Seite zurück, einen nach dem anderen. Dann verfehlte er einen Ball, und er knallte gegen den Zaun vor mir. Jay stieß einen unterdrückten Wutschrei aus, dann verpasste er sich zwei Spritzer von dem Mittel, das ihn buchstäblich aufzupumpen schien, bevor der nächste Ball kam.

Den erwischte Jay nicht richtig, sondern semmelte ihn mit voller Wucht in fünf Metern Höhe in das Fangnetz. Er brüllte wieder los und drosch den Schläger auf den Boden.

»Siehst du?«, sagte der Junge und strich über seinen flaumigen Schnurrbart. »Der Typ tickt echt nicht richtig. Diese ganzen Anabolika, der hat schon einen Dachschaden.«

Jay stellte sich in Position und machte einen Probeschwung, dann nahm er die Grundhaltung ein und holte voll aus, die Knie gebeugt, den Kopf aufrecht, den rechten Ellbogen angehoben und ein bisschen nervös. Der mechanische Arm hob sich, und Jay wog und bog sich, wie es die Trainer nennen, und als der Ball kam, war er vorbereitet und drosch ihn ins Fangnetz.

»Haaa!« Sein zufriedener Aufschrei hatte etwas Sexuelles, Mörderisches.

»Hast du gesehen?«, sagte der eine Junge. »Hast du das gesehen?«

»Deine Mama hab ich gesehen.«

»*Deine* Mama hat meinen Baseballschläger gefickt.«

»Ja, den, den ihr deine Schwester gegeben hat, als sie fertig war.«

»Du meinst den, an dem du drei Stunden *geleckt* hast.«

»Seid doch still«, sagte ein dritter Junge. »Jetzt schlägt er andersrum.«

Ich beobachtete, wie Jay von rechts auf links wechselte und noch einmal etwa vierzig Bälle schlug. Wenn er links schlug, war er nicht annähernd so treffsicher und verfehlte jeden zweiten Ball. Auf beiden Seiten gleich gut schlagen können beim Baseball allerdings nur die allerwenigsten, und ich fand es schon erstaunlich, dass er es überhaupt probierte, vor allem da die Bälle mit Major-League-Tempo ankamen. Sein Hemdrücken wurde zwischen den Schulterblättern dunkel, und dann ging an der Ballmaschine ein rotes Licht an und zeigte das Ende der Trainingseinheit an.

»Das war nichts«, knurrte sich Jay selbst an. Er spuckte den Inhalator aus, warf ihn in die Luft und schlug mit dem Schläger danach. Er zerbrach, und der metallene Druckbehälter flog in unsere Richtung und schlitterte über den Boden.

»Das macht er jedes Mal«, sagte der eine der Jungen. »Deshalb weiß ich auch, dass es Hirn-Steroide sind.«

Jay schob seinen Helm hoch und begann, die Handschuhe auszuziehen. Ich wich einen Schritt zurück, denn ich dachte, es wäre vielleicht nicht richtig, ihn dort zur Rede zu stellen, vor so vielen Leuten und während er einen Baseballschläger in der Hand hielt und unter dem Einfluss des Mittels stand, das er inhaliert hatte.

»Yo, Mister«, rief einer der Jungen. »Was ist in dem Ding da eigentlich drin?«

»Ich sehe mal nach«, sagte der andere und flitzte in den Käfig. Jay beobachtete ihn teilnahmslos. Der Junge hob den Druckbehälter vom Boden auf und rannte zurück.

»Was ist es?«

Die Jungen studierten das Kleingedruckte, und ich stellte mich zu ihnen, um ebenfalls zu schauen.

»Ad-ren-o-dingsbums.«

»Zeig mal her, du Analphabet.«

»Hey, yo, *Mister*«, krähte einer der Jungen.

Plötzlich erschien ein korpulenter Mann Mitte zwanzig in einem Rangers-Jersey, beugte sich tief zu dem Jungen hinab und redete, hin und wieder zu Jay aufblickend, streng auf ihn ein.

»Okay, *okay*«, protestierte der Junge. Dann rannten er und die anderen Kids mit ihrer Beute weg.

Adrenalin. In Sprayform. Schlug man damit wirklich schneller? Auf eine verrückte Art ergab das sogar einen Sinn. Jay öffnete die Käfigtür und drängte sich durch die Menge, seine Yankee-Cap tief in die Stirn gezogen, eine Jacke und eine Trainingshose um die Schultern geschlungen, den Blick zu Boden gerichtet, das Gesicht wütend und entschlossen und ohne etwas von seiner Umgebung, mich eingeschlossen, mitzubekommen. Ich achtete darauf, dass er mich nicht sehen konnte, denn seine taumelnde, aggressive Kraft, die durch das Zeug, das er in seinen Körper gepumpt hatte, zweifellos noch verstärkt wurde, machte mir Angst. Zudem wirkte er zutiefst allein, bedrohlich in seiner Massivität. Meine geplanten Erklärungen erschienen mir kleinkariert und sogar idiotisch, aber ich beschloss, zum Angriff überzugehen, und folgte ihm in zehn Meter Abstand, als er in den vorderen Raum verschwand, ohne sich von jemandem zu verabschieden, obwohl die Kommentare des Jungen den Anschein erweckt hatten, dass Jay hier kein Unbekannter war. Ich kämpfte mich durch einen plötzlichen Zustrom achtjähriger Jungen, von denen jeder Timothy ein paar Jahre früher hätte sein können, und beobachtete, wie Jay durch die Eingangstür in die Kälte hinaus verschwand. Als ich die Tür erreichte, hatte er bereits die drei südwärts gerichteten Fahrspuren der Third Avenue überquert und verschwand unter dem tiefen schattigen Dröhnen des Expressway. Auf der anderen Straßenseite versprach eine Leuchtreklame XXX Videos & Partnerkabinen. Ich hatte ihn wieder verpasst, beziehungsweise hatte ich ihn gefunden und dann entkommen lassen. Unmöglich, unglaublich *blöd.* Oder hatte ich einfach Angst vor ihm? War es klüger, ihn laufen zu lassen?

»Jay!«, rief ich in dem Bemühen, meine Stimme über den Fluss aus dichtem Verkehr zu erheben, der vor mir vorbeiströmte. Ich trat auf die Fahrbahn, wartete auf eine Lücke im Verkehr.

»Yo, Mann«, rief neben mir eine heisere Stimme. »Mit dem würde ich mich lieber nicht anlegen.«

Aus dem Hauseingang hinter mir kam ein Gesicht, ein Mann, ein paar Jahre jünger als ich, das Haar um seinen Kopf gegelt. Er hätte weiß sein können, war angezogen wie ein Latino und redete wie ein Schwarzer. Heutzutage lässt sich das immer schwerer sagen. Ich drehte mich wieder nach Jay um, sah dann zur Ampel.

»Warum?«, antwortete ich, während ich weiter Jay im Auge behielt. »Warum sollte ich mich nicht mit ihm anlegen?«

Durch den Verkehr hindurch konnte ich Jay in seinen Offroader steigen sehen.

»Dieser Typ? Ich will dir mal sagen, was mit dem ist, ja? Gefährlich ist der. Ganz ohne Scheiß.«

»Ach was.«

Im Innenraum wurde es dunkel, die Scheinwerfer gingen an.

»Jay!«, rief ich noch einmal und machte einen Schritt nach vorn.

»Sehe ich etwa so aus, als würde ich dir irgendeinen Scheiß erzählen?«, sagte der Mann.

Ich beobachtete, wie der Verkehr langsamer wurde. »Jay! Jay!«

Sein Geländewagen drängelte sich auf die andere Seite der Avenue und fuhr nach Norden, in Richtung Manhattan, davon.

»Ich sag dir, komm dem lieber nicht zu nahe!« Sein Daumen zuckte in Richtung der Trainingsanlage. »Hast du nicht gesehen, was das für ein Gorilla ist, die sollten ihn lieber rausschmeißen. Zieht sich irgendwelche Drogen rein und macht den Kids Angst. Dieses Zeug macht einen kaputt, es macht einen verrückt. Die Bullen, die kümmern sich auch einen Dreck.«

»Was, was?«

»Dieser Typ, er hat sich so einiges geleistet, ja? Belassen wir's einfach dabei. Du bist nicht von hier, oder? Sonst hätte ich dich schon mal gesehen.« Der Mann unterstrich das Gesagte mit einem nachdrücklichen Nicken, als hätte ich seine Behauptung in Frage gestellt. »Einmal ist einer mit ihm in Streit geraten, ey, das war echt hart. Verstehst du, was ich meine?« Er trat vor, packte mich an der Jacke, riss daran. Instinktiv wich ich zurück, aber es war zu spät. Sein Gesicht war ganz dicht an meinem, sein warmer Atem stank. »Einfach so, hä? Als würde er bloß den Reißverschluss deiner Scheißjacke runterziehen, ha!«

Das hielt ich für unwahrscheinlich. Ein Gerücht, ein Schauermärchen. Trotzdem war mir etwas zwiespältig zumute. »Wie oft kommt er hierher?«

»Ständig, aber ganz unregelmäßig. So ungefähr dreimal die Woche.«

Demzufolge wohnte er wahrscheinlich nicht weit von hier, dachte ich. »Kennst du jemand, der sich etwas Geld verdienen will?«

Er sah mich an, als hinge mir ein toter Fisch aus dem Mund. »Was quatschst du da?«

»Du hast doch gehört, was ich gesagt habe.«

»Kannst du das noch mal sagen?«

»Ich sage, ich will wissen, wo er wohnt, und dafür zahle ich hundert Dollar. Jemand könnte nach ihm Ausschau halten, ihm nach Hause folgen.«

»Den Scheiß kannst du jemand anders erzählen.« Er zog einen verzinkten Dachpappennagel aus seiner Tasche und begann daran zu saugen.

Ich schrieb meine neue Telefonnummer auf. »Der Typ macht ganz einfach das: Er folgt diesem Typen da nach Hause. Mit dem Auto, egal wie. Er macht nichts. Nichts. Redet nicht mit ihm, gar nichts. Nur die Adresse. Dann ruft er unter dieser Nummer an«, ich reichte ihm den Zettel, »und gibt die Adresse durch. Dann sagt er mir, wie er bezahlt werden will. Wenn es sein muss, komme ich noch mal hier raus.«

»Jetzt hör aber mal, willst du mich hier verarschen oder was?«

»Ganz genau«, sagte ich. »Das ist es, was ich mache. Ich verarsche dich.«

Der Nagel zuckte hoch und runter. »Hundert sind nicht gerade üppig.«

»Ich zahle dreihundert.«

»Ohne Scheiß, dreihundert?«

»Ganz genau. Wie heißt du?«

»Alle nennen mich Helmo.« Er lächelte mit verstecktem Stolz. »Du weißt schon, wegen den Haaren und allem.«

Ich nickte. »Okay, Helmo.«

»Wer bist du?«

»Wen interessiert schon, wer ich bin?«

Helmo machte Scherenfinger und nahm mir den Zettel aus der Hand. »Genau, wen interessiert das schon?«

Es bestand zumindest die Möglichkeit, dass Jay zu seinem neuen Haus gefahren war, weshalb ich an der City Hall aus der U-Bahn stieg und die Reade Street hinunterging, vorbei an den Mexikanern, die in den koreanischen Delis Blumen schnitten, vorbei an den Lieferwagen und ramponierten Taxis. Als ich das Haus erreichte, hielt ich nach Jays Geländewagen Ausschau. Nichts. Aber hinter einigen Fenstern des Hauses brannte Licht. Ich drückte auf mehrere Klingelknöpfe, bis jemand den Türöffner betätigte. Im Innern sah ich neue Pizza-Angebote und Werbezettel auf dem Boden liegen sowie eine Mülltonne voll Putzbrocken, Lattenwerk, Abfällen. Hatte Jay mit den Renovierungsarbeiten begonnen? Je mehr ich über ihn nachdachte, desto seltsamer erschien er mir. Da hatte er gerade für drei Millionen ein Haus gekauft und dann drosch er in Brooklyn Baseballs durch die Gegend? Ein Kerl, der eine Freundin namens O hatte und zu den Basketballspielen einer Mädchen-Privatschule ging? Ich versuchte die Kellertür, doch sie war abgeschlossen, dann stieg ich die hohe, steile Treppe hinauf, in der Hoffnung, Jay mochte, noch in seinen verschwitzten Baseballsachen, in einem der Büros sein. Ich klopfte an verschiedene Türen, erhielt aber keine Antwort.

Als ich wieder nach unten ging, öffnete sich die Tür von RetroTech, und David Cowles streckte den Kopf heraus. »Haben Sie eben unten geklingelt?«

»Das war ich, ja.«

»Bill, nicht?«

»Ja, Bill Wyeth.«

»Ich wollte nur wissen, wen ich reingelassen habe.«

»Nur mich. Ich suche Jay.«

Cowles hatte ein Auge auf einem Computermonitor. »Ich habe ihn nicht gesehen.«

»War er denn hier?«

»Ja, er war heute schon hier, und wir haben … oh, Augenblick, das

Telefon. Kommen Sie doch rein, bis ich fertig bin.« Ich folgte Cowles zu seinem Büro, und als ich es betrat, stand er am Fenster.

»Sehr gut«, sagte er in den Hörer. »Ganz durch?« Er lauschte und nickte. »Sicher, in Ordnung.« Er hielt eine Hand über den Hörer. »Ich bin sofort fertig, Mr. Wyeth, nur noch einen Moment Geduld. Hier – nehmen Sie doch Platz. Meine Tochter möchte …« Er nahm die Hand vom Telefon. »Ja, ja, gut, ich lege es um, mach nur.«

Dann legte er das Gespräch auf die Lautsprecher, und ich konnte ein Klavier hören, ein melodisches und romantisches Stück, das in den Raum trillerte. Ich hätte gesagt, es war »Für Elise« von Beethoven, doch die Klangqualität über das Telefon war ebenso dürftig wie die Ausführung. Aber Cowles freute sich; er lächelte und sah das Telefon an und nickte mit dem Kopf zur Musik. Dann hörte die Musik auf. »Gut, gut!«, rief er in der Art eines aufmunternden Vaters begeistert.

»Hat's dir gefallen?«, ertönte eine Mädchenstimme. »Ich habe mich nur einmal verspielt.«

Cowles lächelte mich an. »Sehr gut, aber üb ruhig noch ein bisschen.«

»Daddy, ich habe es schon fünfmal geübt!«

»Wie oft hast du es fehlerfrei hingekriegt?«

»Gar nicht.«

»Möchtest du morgen patzen?«

»Nein! Du hast vielleicht Nerven!«

»Ich finde jedenfalls, du solltest noch ein bisschen üben, Schatz.«

»Daddy! Du bist echt *gemein.*«

»Das stimmt«, sagte Cowles liebevoll. »Das ist nun mal so.«

»*Daddy!*«

»Ich habe gerade jemanden hier, Sally, deshalb muss ich jetzt Schluss machen.«

»Eine Pianistin«, sagte ich, nachdem er aufgelegt hatte.

»Na ja, wohl kaum. Aber es macht ihr Spaß, und sie nimmt im Steinway-Showroom an einem Konzert teil.«

»Bei Steinway?«

»In der Fifty-seventh Street. Waren Sie schon mal da? Tolle Instrumente! Dutzende. Ebenholz, Mahagoni, alles. Sogar einer von John Lennons Flügeln. Eigentlich sollte man ihn nicht anfassen, aber alle tun es. Sie veranstalten dort Konzerte von Klavierschülern, und natürlich haben sie nichts dagegen, wenn man einen Flügel *kauft*, wenn man schon mal da ist. Nur, damit Sie sich eine Vorstellung machen können.«

Ich nickte, aber gleichzeitig überlegte ich, ob ich ihm sagen sollte, dass Jay zum Basketballspiel seiner Tochter gekommen war. Er würde mich fragen, was das zu bedeuten hatte, und ich könnte es ihm nicht sagen. Aber warum hatte ich Cowles bei dem Spiel nicht gesehen? Natürlich könnte er keine Zeit gehabt haben, oder seine Frau war dort gewesen, und ich hatte es nicht mitbekommen.

»Aber jetzt«, sagte Cowles, »Sie suchen Mr. Rainey?«

»Haben Sie ihn gesehen?«

»Er war heute Morgen hier. Ist es wegen des Mietvertrags?«

Ich sah ihn forschend an. »Wegen des Mietvertrags?«

»Ja, mein Mietvertrag. Er sagte doch, Sie und ich, wir sollten in den nächsten Tagen noch mal darüber sprechen?«

Ich gab einen vagen Laut des Begreifens von mir.

»Er bot mir an, mit der Miete runterzugehen.«

»Tatsächlich?«

»Ich habe mich bereit erklärt, meinen Vertrag zu verlängern, was er auch wollte, aber ich konnte die Miete ein wenig herunterhandeln – durchaus vertretbar in der augenblicklichen Situation.«

»War er entgegenkommend?«

Cowles lächelte. »Für einen geldgierigen Vermieter schon. Er scheint – ist er neu in diesem Geschäft?«

»Wieso fragen Sie?«

Cowles ließ den Blick über seine Familienfotos wandern und zum Fenster hinaus auf die Dächer von Lower Manhattan. »Nur so ein Gefühl, nicht mehr.«

Eine Minute später trat ich wieder auf die Straße hinaus. Der kalte Mantel des Abends hatte sich gesenkt. Das Vernünftige wäre gewesen, nach Hause zu gehen, mir was zu essen kommen zu lassen und alles, was ich in Erfahrung gebracht hatte, aufzuschreiben. Chronos ein bisschen huldigen. Ich war mal ziemlich gut im Lösen komplexer Probleme gewesen, aber in diesem Fall wusste ich nicht weiter. Zu viele Informationsscherben. Martha Hallock hatte, sehr zum Missfallen ihrer Geschäftspartnerin, den Immobilientausch zwischen Jay und Marceno abgewickelt. Um das Geschäft unter Dach und Fach zu bringen, hatte sie Marceno wahrscheinlich belogen. Sie wusste ziemlich viel über Jay. Es hatte einen Unfall gegeben. Poppy war ihr Neffe. Wie passten diese Details zusammen? Mrs. Jones hatte mich so gut beschrieben, dass ich erkannt worden war. Oder hatten sie vielleicht ein Foto von mir? Allison Sparks dachte sich nichts dabei, im Privatleben eines Mannes herumzuschnüffeln. Und sie dachte sich auch nichts dabei, es mir zu erzählen. Was sonst noch? Jay trieb sich in Brooklyn herum und traf sich wahrscheinlich regelmäßig mit einer Frau namens O. Er hatte einen etwas eigenartigen Hang zu Aufputschmitteln, darunter auch Adrenalin in Sprayform. Seine Gelegenheitsfreundin, Allison Sparks, dachte sich nichts dabei, von einem arbeitslosen Anwalt geküsst zu werden, der am Abend zuvor gezwungen worden war, bei einer Weltklasse-Fellatio zuzusehen. Sie dachte sich nichts dabei, sich seine Zunge in den Rachen schieben zu lassen, und sie dachte sich nichts dabei, ihm zu sagen, dass es ihr gefallen hatte. Bei der Fellatio zuzusehen hatte ihn wahrscheinlich auch aggressiver gemacht. Derzeit kamen die Gelüste, die aufgestauten Sehnsüchte hoch. Jay, der den Baseball treffen wollte, Martha Hallock, die verbittert auf den Tod wartete, Helmo, der für ein paar Dollar bereit war, Jay nachzuspionieren, Allison, die Befriedigung suchte. Mit diesen Dingen konnte man sich total verrückt machen. Cowles' Tochter spielte Klavier. Jay hatte Cowles' Miete gesenkt, angeblich, damit er nicht auszog. Marceno wartete auf seine Informationen. H. J. wartete auf sein Geld. Beide erwarteten von mir, dass ich ihnen diese Dinge beschaffte, beide hatten mir in aller Deutlichkeit gedroht. Was sonst noch? Mit welchen anderen Stücken konnte ich mich quälen? Ha, so hatte Allison mehr oder weniger bestätigt, hatte das Sagen im Havana Room – der an diesem Abend geöffnet wäre.

Ja, das hatte sie mir in ihrer verführerischen Betrunkenheit gesagt. Der Havana Room wäre an diesem Abend geöffnet. Und ich war eingeladen.

| Sechs |

Ein weiterer Abend in der Stadt. Geduscht und rasiert, die Brieftasche voll Geld. Und was hast du aussehensmäßig so drauf, Kumpel? Beste Schuhe, bester Anzug, super Seidenkrawatte. Beunruhigt, H. J.s Leute könnten herausgefunden haben, wo ich wohnte. Solange man sich nicht sicher war, konnte man nie wissen. Ein rascher Blick die Straße hinauf und hinunter. Dann schnell an der goldenen Schrift und den Töpfen mit Immergrün vorbei durch die schwere Tür. Sofort der Steakgeruch. Dann Tisch 17, wie immer. Ein Hanger Steak, wie immer. Ölgemälde und Tafelleinen. Noch keine Allison. Mexikanische Lehrlinge, die mit dampfenden Tabletts durch den Raum schwirren. Wegen Jay beunruhigt, ja. Fest entschlossen, mir einen schönen Abend zu machen, ja. Der Laden war bis auf den letzten Platz besetzt, ein Ozeandampfer von Steakessern, ein Fleischatorium. Dem Lippenstift und dem Aftershave nach zu schließen, das die Treppe hinaufstrebte, in den Sälen oben einiges los, an der Bar einiges los, Beine-Übereinanderschlagen, Auf-die-Uhr-Sehen, Manschetten-schießen-Lassen. Ich sah mich um, fragte mich, welche von den anderen Männern in den Havana Room gehen würden. Und dann tauchte Allison auf, sie kam aus der Küche, den Blick auf mich gerichtet, die Zunge aus dem Winkel des Mundes spitzend, den ich sechs Stunden zuvor geküsst hatte. Sie steuerte in einem roten satinartigen Kleid auf mich zu, das mir mehr zeigte, als ich bis dahin gesehen hatte. Knie, Ausschnitt, entschlossene Haltung. Sie sah gut aus, Allison, und sie wusste es, als sie sich zu meinem Ohr herabbeugte.

»Bill!«, flüsterte sie. »Ich bin *schockiert.*«

»Warum?«

»Du hast die Situation schamlos ausgenutzt!«

»Das könnte ich auch behaupten«, konterte ich.

Allison sah mich unverwandt an, ihre Gedanken in der Hinterhand, so dicht vor mir, dass ich das Mascara auf ihren Wimpern sehen konnte, und ich wusste nicht, ob sie das Intermezzo wenige Stunden zuvor bereute. »Um zwölf«, sagte sie. »Um zwölf ist die Tür offen.«

Natürlich war ich pünktlich da, ging lässig die Treppe hinunter und über den Fliesenboden zu dem Tisch ganz hinten, an dem ich zuvor gesessen hatte, Wandleuchter und Gemälde neben mir. Andere Männer folgten, und ich glaubte, einige vom ersten Mal, als ich hier unten gewesen war, zu erkennen, darunter auch die zwei großen Männer, die sich die Röntgenbilder angesehen hatten. Mein Blick wanderte zu dem riesigen schwarzäugigen Akt über der Bar. Der uralte Barkeeper darunter, das weiße Haar bis zur Auflösung verwuschelt, achtete nicht darauf, was um ihn herum geschah, als er Biere vom Fass, Highballs, Drinks pur und on the rocks und in Schnapsgläsern und das letzte Glas heute Abend, Ehrenwort, fertig machte. Innerhalb zehn Minuten kamen zwei Dutzend Männer nach unten und besetzten Tische und Barhocker.

In diesem Moment wankte der alternde Literat, den ich beim ersten Mal gesehen hatte, herein. Irgendwie schien er immer zu wissen, wann der Havana Room offen war. In seinem Anzug und dem dicken Mantel war er ein Haufen eleganten Ruins, aber das Alkoholquantum dieses Abends hatte ihm die Maske spöttischer Erheiterung über die hoffnungslosen Bemühungen der Menschen weggerissen und etwas Bösartigeres, hasserfüllt Verzweifelteres zum Vorschein gebracht. Er packte mich fest am Arm.

»Ich komme hierher«, lallte er, »ich weiß, was hier gespielt wird.«

»Und was denken Sie, dass …?«

»Ich befasse mich …« Aber in diesem Moment kippte er zur Seite. »Das kann nicht wahr sein, einfach nicht möglich!« Er begann zu torkeln, und ich stützte ihn, allerdings nur, um in ein anzüglich grinsendes Gesicht zu blicken, dessen Augenbrauen in ständiger Belustigung hochgezogen schienen, während aus den Augen abgrundtiefe Verzweiflung sprach. »Sie, Mister, *wissen* Sie denn nicht, was sie hier machen, *begreifen* Sie denn nicht … absolut das Letzte, die endgültige …«

Der Oberkellner kam mit drei Hilfskellnern an, und der Mann wurde weggebracht.

Eine Minute später erschien Allison. Sie hatte ihr Haar gebürstet und etwas mehr Lippenstift aufgetragen.

»Meine Herren«, verkündete sie laut und ließ damit sofort Ruhe im Raum einkehren, »das ist der Moment, in dem wir neuen Teilnehmern – von denen wir heute Abend ein paar haben – erklären, worum es im Havana Room geht. Deshalb werde ich jetzt den kompletten Einführungsvortrag halten, was allerdings nicht lange dauern wird, und dann werden wir die Tür abschließen. Es freut mich zu sehen, dass so viele von Ihnen kommen konnten.« Sie nickte mehreren Männern zu – und diesen, schien es, ganz bewusst –, und ich spürte einen Stich der Eifersucht.

In diesem Augenblick kam die schöne Schwarze, die ich beim letzten Mal gesehen hatte, mit ihrem blauen Koffer herein. Sie ließ einen langen Wintermantel von ihren Schultern gleiten und hängte ihn hinter die Bar. Sie trug ein rüschenbesetztes Cocktailkleid mit dezenten goldenen Epauletten auf den Schultern und dazu passenden überdimensionierten Knöpfen, eine etwas theatralische Aufmachung, fand ich. Sie öffnete den blauen Koffer und nahm ein goldenes Tablett mit zwei an den Seiten angebrachten Seidengurten heraus. Diese streifte sie sich über die Schultern und hielt den Bauchladen wie ein Zigarettengirl aus früheren Zeiten vor sich.

Allison beobachtete sie dabei, wandte sich dann wieder den Männern zu und fuhr fort: »Wie Sie vielleicht wissen, ist der Havana Room seit über hundertfünfzig Jahren ohne Unterbrechung geöffnet, unter anderem als Flüsterkneipe, als Wettsalon und in den dreißiger Jahren ein Jahr lang sogar als Opiumhöhle. In Anbetracht des Umstandes, dass es nur einen Zugang zu ihm gibt und dass er aufgrund seiner tiefen Lage besonders gut abgeschirmt ist, mag seine Verwendung für derlei verruchte Zwecke fast zwangsläufig erscheinen. Alles weniger Zwielichtige wäre geradezu eine Enttäuschung, finden Sie nicht auch?« Die Männer lächelten, erfreut, sich in die lange Stadtgeschichte von Laster und Gesetzlosigkeit einbezogen zu fühlen. »In jüngerer Vergangenheit«, fuhr Allison fort, »dient er vorwiegend als Bar für unser fantastisches Restaurant dort oben. Und bis auf das eine oder andere routinemäßige Erscheinen der Polizeibehörden war der Havana Room im vergangenen Jahrhundert in seinen jeweiligen Formen nur *dreimal* geschlossen. Ich kann Ihnen auch genau sagen, wann das war. Am 23. November 1963, dem Tag nach der Ermordung John F. Kennedys, und dann zwei Tage lang während des New Yorker Stromausfalls von 1977 und schließlich eine Woche lang nach dem Anschlag auf das World Trade Center. Und Sie, meine Herren« – an dieser Stelle lächelte Allison über den offenkundig einstudierten Charakter ihrer Ansprache – »sind nicht die einzigen illustren Gäste dieses Lokals. Wir wissen, dass zu den Männern, die an ebendiesen Tischen gesessen haben, Ulysses S. Grant, »Boss« Tweed und Babe Ruth gehören. Ja, nachdem er den Boston Red Sox abgekauft worden war. Wir wissen, dass Charles Dickens anlässlich eines seiner gefeierten Aufenthalte in New York hierher gebracht wurde. Mark Twain hat oben gespeist und wurde nach hier unten eingeladen, was er jedoch ablehnte. Es war in diesem Raum, dass Franklin Delano Roosevelt zum ersten Mal in Erwägung zog, 1927 für das Gouverneursamt des Staates New York zu kandidieren. Es war auch in diesem Raum, dass die letzten Einzelheiten eines von Joe Louis' Titelkämpfen im alten Madison Square Garden geklärt wurden. Was noch? Billie Holiday traf sich hier mit einem ihrer Freunde, und sie stritten sich, heißt es. Ach, und Eisenhower war als Gast hier, bevor er im Zweiten Weltkrieg zu Ruhm und Ehren kam. In den achtziger Jahren wurde der Raum eines Morgens außer der Reihe für Jacqueline Kennedy Onassis geöffnet, als sie draußen auf der Straße in Ohnmacht fiel.«

»Was ist mit Elvis?«, ertönte eine Stimme. »Ich habe gehört, er …«

»Ja, das stimmt. Elvis mietete den Raum in den siebziger Jahren nach einem Auftritt im Madison Square Garden. Ich könnte noch lange so fortfahren, meine Herren, aber Sie haben schon verstanden, worauf ich hinauswill. Wir sind stolz auf die Geschichte des Havana Room, vor allem auf die Anziehungskraft, die er auf bedeutende und erfolgreiche Männer wie Sie selbst ausübt.«

Inzwischen hatte das schöne schwarze Zigarettengirl, wenn es das war, was sie war, im hinteren Ende des Raums begonnen, den Männern ihren Bauchladen zu zeigen.

»Aber jetzt lassen Sie uns zum entscheidenden Punkt kommen«, fuhr Allison, nachdem sie kurz Luft holte, fort. Die Hände vor sich verschränkt, bot sie ein Bild selbstsicherer Gelassenheit. »Wir wissen, unsere Gäste führen ein arbeitsreiches und anstrengendes Leben, und wozu wir ihnen hier verhelfen wollen, ist eine kurze Verschnaufpause. Nicht mehr und nicht weniger, meine Herren. In wenigen Augenblicken werden wir, nicht länger als sechzig Minuten, die Tür abschließen. Sie werden eingeschlossen. Mit allem Komfort, sollte ich vielleicht hinzufügen. Unser Getränkeangebot dürfte keine Wünsche offen lassen. Zum Schluss möchte ich Sie noch darauf hinweisen, dass alle unsere Zigarren selbstverständlich aus Kuba kommen – und kostenlos sind. Wir haben die besten Marken: Cohiba, Montecristo, Excalibur, alle. Sollten Sie bei der Wahl Hilfe benötigen, wird Sie Ihr Kellner bestens beraten. Und ja, Sie dürfen, Sie werden sogar ermuntert und *aufgefordert,* hier zu rauchen, trotz der drakonischen Antirauchergesetze, die die Stadt erlassen hat und die wir mittels metaphysischer Semantik zu umgehen wissen. Wir hoffen, Sie werden Ihren kurzen Aufenthalt im Havana Room genießen.«

Ich konnte spüren, wie Allison den Raum voller Männer auf ein gedankliches Nebengleis zog, uns in ein anderes Bezugssystem lotste – vielleicht die Gesetze der Wahrnehmung änderte. Es machte mir nichts, dass sie mich nicht direkt angesehen hatte, denn ich konnte spüren, dass ich staunend dasaß.

»Wir ersuchen Sie, außerhalb dieser vier Wände kein Wort über den Havana Room zu verlieren, denn Zutritt erhält man nur mittels einer Einladung, ausgesprochen nach Ermessen der Geschäftsleitung. Dies dient dem Zweck, die Exklusivität der Gäste und hochklassigen Service zu gewährleisten. Bevor die Tür wieder geöffnet wird, kommt unsere Zigarettengöttin Shantelle« – Allison warf einen kurzen Blick auf Shantelle, die geheimnisvoll lächelte – »noch einmal mit ihrer Auswahl von Köstlichkeiten zu Ihnen. Allerdings muss ich Sie darauf hinweisen, dass sie selbst nicht dazu gehört. Sollten Sie am Kauf eines dieser Dinge interessiert sein, können Sie es sich auf Ihre Rechnung setzen lassen, ohne dass es dort einzeln aufgeführt oder spezifiziert wird. Ich wünsche Ihnen allen einen vergnüglichen Abend. Vielen Dank.«

Und nach diesen Worten steckten die Männer die Köpfe zu kurzen Unterhaltungen zusammen. Dann betrat Ha den Raum, ging hinter die Bar und schob einen Glastank auf Rädern dahinter hervor. Während ich ihn bis dahin immer in Arbeitskleidung gesehen hatte, trug er diesmal eine frisch gebügelte weiße Uniform und hatte einen kleinen Edelstahlkoffer bei sich. Eine Reihe von Männern beobachteten ihn neugierig. Er flüsterte Allison etwas zu, dann trat er zurück. Mittlerweile hatte Shantelle ihren Bauchladen abgenommen und hinter Ha einen Stapel Porzellanteller auf die Bar gestellt.

»Meine Herren!«, rief Allison. »Wie es aussieht, sind wir so weit. Können wir?« Sie wartete, bis es im Raum still wurde und sie die Aufmerksamkeit jedes Mannes hatte. »Sie alle sind gebildet und weit gereist, und viele von Ihnen haben vom Fugu gehört, einem japanischen Fisch, der in Tokio als Delikatesse gilt und Gerüchten zufolge auch in ein, zwei New Yorker Lokalen erhältlich ist. Für diejenigen, die es nicht wissen sollten: Der Fugu ist bekannt dafür, dass sein Verzehr sehr gefährlich ist, wenn er nicht von einem speziell dafür ausgebildeten Koch zubereitet wird. Zehn Jahre ausgebildet, sollte ich vielleicht hinzufügen.« Sie lächelte selbstironisch. »Was jetzt kommt, ist nicht ganz einfach. Mal sehen, ob ich es richtig hinbekomme, ja? Der Fugu gehört der Familie der Tetraodontidae an, Klasse Osteichthyes, Ordnung Tetraodontiformes. Bekannt auch unter der Bezeichnung Kugelfisch oder Puffer. Normalerweise wird er roh verzehrt, und wenn er in Japan richtig zubereitet wird, spürt man beim Verzehr ein prickelndes, taubes Gefühl um die Lippen sowie eine interessante Benommenheit. Bei unsachgemäßer Zubereitung ist der Fisch beim Verzehr entsprechender Mengen tödlich.« Sie nickte mit Nachdruck. »Ja, und ziemlich schnell, je nachdem, wie viel man von seinem Gift aufnimmt. In Japan sterben jedes Jahr fünfzig bis sechzig Menschen an Fugu-Vergiftung. Zu den giftigsten Teilen gehören Leber, Haut, Muskeln und Eierstöcke. Diese Bestandteile des Fisches sind reich an Tetrodotoxin, dem Hauptgift, das etwa tausendmal wirksamer ist als Zyanid. Da Tetrodotoxin hitzebeständig ist, macht Kochen den Verzehr des Fisches nicht ungefährlicher. Die für einen Erwachsenen tödliche Dosis würde auf einen Stecknadelkopf passen, zirka ein bis zwei Milligramm.«

»Wie wirkt das Gift?«, kam eine Stimme aus dem Raum.

»Ich bin kein Arzt«, sagte Allison, »aber wenn ich es richtig verstanden habe, blockiert das Gift die Natriumkanäle der Nervenmembran. Das heißt, die Nerven können die Muskeln nicht mehr zum Kontrahieren bringen. Das hat eine Lähmung zur Folge, zu deren verschiedenen Abstufungen wir gleich kommen werden. Eine vollständige Vergiftung führt jedenfalls zu Atemstillstand, Herzfunktionsstörungen, Ausfall des zentralen Nervensystems und dergleichen mehr.«

»Haben Sie das Gegengift hier?«

»Nein.«

»Warum nicht?«

»Weil es keines gibt.« Während die Anwesenden diese problematische Tatsache verdauten, hielt Allison kurz inne, nickte Ha zu und fuhr dann fort: »Wo war ich stehen geblieben? Ach ja, die Todesfälle. Doch, in den letzten Jahrzehnten ist es erwiesenermaßen zu mehreren hundert Todesfällen gekommen, und zwar vorwiegend in Japan. Den besonderen Reiz dieses Fisches macht seit jeher die – sehr reale – Möglichkeit aus, dass es sich dabei um die letzte Mahlzeit handelt.« Sie lächelte gefährlich. »Der Verzehr des Fugu war im Lauf der Geschichte immer wieder verboten, zeitweise generell, zeitweise nur für bestimmte Bevölkerungsschichten. Bis zum heutigen Tag bleibt er die einzige Delikatesse, die laut Gesetz dem japanischen Kaiser und seiner Familie nicht serviert werden darf.«

»Ich sehe nicht, was daran so reizvoll sein soll«, brummte jemand.

»Oh, ich schon«, meldete sich ein anderer zu Wort.

»Der Geschmack soll unwiderstehlich sein«, erklärte Allison in Beantwortung dieser beiden Einwürfe. »Aber darüber hinaus scheint den Menschen ein tief verwurzelter Drang innezuwohnen, von dem zu kosten, was ihnen verboten ist.« Sie betrachtete die Männer vor ihr, als wollte sie sehen, ob sie diesen Drang hatten. »Auch wenn wir verstehen können, dass manche Menschen eine besondere Vorliebe für den Fugu entwickeln, erscheint sie uns doch als ein etwas lahmes Vergnügen, nicht *besonders* provokativ, nicht *besonders* interessant. Hier in New York hat sich diese Mode jedenfalls nicht durchsetzen können, was an der unbestrittenen Seltenheit sowohl des Fisches wie der Köche liegen mag, die ihn zubereiten können, möglicherweise aber auch an dem Umstand, dass sich die New Yorker an gewisse Gefahren gewöhnt haben, an die *alltäglichen* Gefahren, wenn Sie so wollen, und deshalb der Vorstellung nicht viel abgewinnen können, vierhundert Dollar für ein Stück Fisch auszugeben, das gerade mal ein taubes Gefühl um den Mund auslöst.«

Sie hielt kurz inne, und in dieser Pause schien jeder Mann für sich abzuwägen, worin die alltäglichen Gefahren des Großstadtlebens bestanden und ob er sich tatsächlich an sie gewöhnt hatte. Niemand widersprach Allisons Ausführungen, und dies schien die kollektive Bestätigung zu sein, dass sie Recht hatte, und mehr noch, dass die Belastung durch die normalen Gefahren anstrengend genug war und eher nach Ablenkung verlangte.

»Als gefährlichster Fugu«, resümierte Allison, »gilt nach gängiger Auffassung der Torafugu, der im Winter vor der Küste Koreas gefangen wird. Was jedoch vielen nicht bekannt ist, ist, dass es über dreihundert Fugu-Arten gibt, wobei die in Japan verzehrte die am weitesten verbreitete ist. Ebenfalls nicht allgemein bekannt ist, dass diese Delikatesse, wie übrigens auch viele Fische aus der Fugu-Familie, ursprünglich aus China kommt. In Japan ist Fugu als Gericht erst seit einigen hundert Jahren bekannt, während er in China, sowohl in heute noch existierenden Formen wie in inzwischen ausgestorbenen, seit fast drei*tausend* Jahren verzehrt wird. Wenn ich deshalb sagte, wir würden uns hier im Havana Room für Geschichte interessieren, meinte ich damit nicht nur den guten, alten Franklin Roosevelt und seinen Zwicker.«

Sie wartete und ließ den Blick durch den Raum wandern. Mehrere Männer hatten sich gespannt vorgebeugt. »Unter den ungefähr dreihundert Fugu-Arten gibt es eine extrem seltene: den Shao-tzou, der aus der Region Jiangsu in China kommt. Ausgesprochen wird das *show-zu*.« Allison stellte sich neben den Wassertank, den Ha hinter der Bar hervorgeschoben hatte, und sah hinein. »In den letzten zwanzig Jahren«, fuhr sie fort, »galt dieser Fisch als so selten – wenn nicht sogar ausgestorben –, dass keines der wenigen Exemplare, die dennoch gefangen wurden, über die Grenzen Jiangsus hinauskamen. Und dies trotz der sattsam bekannten Tatsache, dass die Japaner für einen begehrten Fisch fast jeden Preis zu zahlen bereit sind.« Allison blickte auf. »Aber irgendwie ist es Ha dennoch gelungen, eine Quelle aufzutun – eine Geschichte, die Sie gleich hören werden. Trotzdem ist der Fisch äußerst selten und extrem teuer. Er muss dem Koch lebend geliefert werden, und ich brauche Ihnen wohl nicht eigens zu schildern, wie schwierig es ist, einen lebenden Fisch aus einem schlammigen Fluss in China in dieses Lokal in New York City zu schaffen. Unser Lieferant hat einen Dauerauftrag von uns, aber wir können nie genau sagen, wann wir einen Fisch bekommen. In der Regel erhalten wir nur ein, zwei Male im Monat einen Fisch, manchmal keinen, und *wenn* wir einen Fisch bekommen, organisieren wir sofort die Veranstaltung, deren Zeuge Sie jetzt werden und an der Sie vielleicht teilnehmen werden.« Allison lächelte mich direkt an, und ich fragte mich, ob sie mir in neckischer Aggressivität kaum merklich das Kinn entgegenreckte. Doch dann blinzelte sie und fuhr in ihrem Vortrag fort. »Diesen Monat haben wir Glück – ich glaube, wir haben zwei bekommen. Außerdem ist der Shao-tzou nur saisonal erhältlich, da er normalerweise nur in den fünf Monaten des Jahres gefangen wird, in denen er aus größeren Tiefen hochkommt, um vor der Küste von Jiangsu zu fressen und zu laichen. Manchmal treffen die Fische tot oder in so schlechtem Zustand bei uns ein, dass sie sich nicht mehr zum Verzehr eignen. Der Großhandelspreis für einen Fisch beträgt fast zweitausend Dollar. Ich weiß, das ist enorm, und dies um so mehr, als ein Fisch nur zwei, drei oder vier kulinarisch verwertbare Portionen ergibt. Niemals mehr. Sobald der Shao-tzou eine gewisse Größe überschritten hat, ist sein Fleisch fast ungenießbar und die Giftstoffe sind so konzentriert, dass der Verzehr, egal, in welcher Menge, nicht mehr sicher ist. Aber die Sache ist das Geld und den Aufwand wert, meine Herren. Den Shao-tzou mit einem normalen Fugu zu vergleichen ist nämlich – nun ja, es ist etwa so, als vergliche man eins unserer texanischen Longhorn-Steaks mit einem Burger bei McDonald's. Es *gibt* keinen Vergleich. Beide Fische sind extrem gefährlich, aber die Wirkungen sind unterschiedlich und verschiedenartig.«

Jetzt rollte Ha einen Hackblock nach vorn. Was auf dem Block lag, bedeckte eine weiße Serviette. Ha wirkte aufrechter und würdevoller als bei den Gelegenheiten, bei denen ich ihn bisher gesehen hatte.

Allison sah sich im Raum um. »Noch irgendwelche Fragen?«

»Ich wüsste gern, welche Wirkung der Fisch hat, wenn man sich tatsächlich traut, ihn zu essen«, rief ein Mann.

Allison nickte, als hätte sie mit dieser Frage gerechnet. »Er hat eine ganze Reihe von Wirkungen, aber nur eine, die uns interessiert.«

»Und die wäre?«

»Paralytische Euphorie.«

»Was?«

Diesmal sprach sie langsamer. »Paralytische Euphorie. Für kurze Zeit, weniger als fünf Minuten, verfällt der Betreffende in einen Lähmungszustand – er kann atmen und mit den Augen blinzeln, aber nicht viel mehr – und dennoch fühlt er sich euphorisch. Es ist gerade diese Unfähigkeit, sich zu bewegen, die das Lustgefühl steigert.«

Im Raum wurde es still, als die Männer die Wahrscheinlichkeit abwogen, ob Allisons Behauptungen der Wahrheit entsprachen. Angesichts ihrer Selbstsicherheit und Intelligenz und nichts beschönigenden Darstellung sprach einiges dafür. Wenn diese Behauptungen sich allerdings als wahr herausstellten, so schienen sich die Männer insgeheim zu fragen, was bedeutete das dann? Wie wäre ein solcher veränderter Bewusstseinszustand im Vergleich zu den erinnerten Wirkungen der verschiedenen Opiate, Amphetamine, Psychopharmaka, Stimulanzien, Antidepressiva oder Halluzinogene, die sie im Lauf der Jahre vielleicht genommen hatten oder auch nicht? Allison sagte nichts in diesen langen Sekunden. Während die Anwesenden in Gedanken einen, in seiner Gesamtheit gesehen, zweifellos recht umfangreichen Schatz an Drogenerfahrungen durchgingen, schienen viele darunter zu sein, die man euphorisch hätte nennen können, und vielleicht sogar ein paar, die mit einem quasi paralytischen Zustand verbunden gewesen waren; aber es gab keine, die man als paralytisch *und* euphorisch in Erinnerung hatte, weshalb sich die Phase individueller Betrachtung wieder zu einer Atmosphäre kollektiver Neugier zusammentat.

»Ist es *sexuelle* Euphorie?«, kam eine Stimme. Es folgte etwas Gelächter, das aber leicht unbehaglich klang.

»Diese Frage wird immer gestellt«, sagte Allison ernst, ein wenig wie ein Arzt, der einem übermäßig besorgten Patienten antwortet. »Dazu kann ich nur sagen, dass die einzelnen Teilnehmer ihre Erfahrungen unterschiedlich beschreiben, aber ihre Schilderungen scheinen alle auf eine grundsätzliche Wirkung hinzudeuten, auf ein *allumfassendes* Lustgefühl.« Ihre Augenbrauen zuckten hoch. »Allerdings muss ich gestehen, Berichte gelesen zu haben, in denen es heißt, die Hoden des Fisches seien, in heißem Sake serviert, ein Aphrodisiakum.«

Diese Mitteilungen schienen bestenfalls entmutigend, denn keiner von uns wusste, ob sie richtig waren, wenige von uns wollten, dass sie falsch wären, und alle mussten jetzt ihre Vorstellungen von paralytischer sexueller Euphorie neu überdenken, eine Idee, die ebenso paradox wie reizvoll schien. Doch Allison ließ sich zu keinen weiteren Spekulationen hinreißen. Sie schüttelte zurückhaltend den Kopf und sagte: »Eine solche Wirkung wird in China vielen Lebewesen zugeschrieben – Hirschen, Stieren, Bären, allen möglichen Tieren. Aber uns interessiert kein Wunschdenken. Und abgesehen davon geht es uns hier um hohe *Kunst*, meine Herren, nicht um billige Sensationsmache.«

»Ach, hören Sie doch auf«, kam wieder eine Stimme.

»Außerdem wissen wir nicht einmal, welches Geschlecht dieser Fisch hat, einmal davon ausgehend, dass er nicht offensichtlich schwanger ist. Ha, das trifft doch zu, oder? Können Sie das durch bloßen Augenschein feststellen?«

Er schüttelte den Kopf. »Ziemliche Sauerei, das herauszufinden.«

Es folgte allgemeines Gemurmel. Die Anwesenden wurden ungeduldig. »Meine Herren«, rief Allison laut, »da ist noch mehr, was ich Ihnen sagen muss. Bitte hören Sie bei dem, was nun kommt, gut zu.«

Im Raum wurde es still.

»Diejenigen von Ihnen, die über ein gutes Kurzzeitgedächtnis verfügen, werden sich noch an das erinnern, was ich eingangs gesagt habe – dass im Vergleich zu normalem Fugu die Wirkungen beim Verzehr von Shao-tzou unterschiedlich und verschiedenartig sind. Beim Shao-tzou gibt es drei Rezepte mit lustvoller Wirkung. Deren Übersetzungen aus dem Chinesischen lauten Sonne, Mond und Sterne. Und damit wären wir bei dem Punkt, bei dem das Können des Kochs von ganz entscheidender Bedeutung ist, meine Herren. Der Sonne-Effekt wird durch das Toxin aus den Nieren des Fisches hervorgerufen, der Mond-Effekt durch das aus der Leber und der Sterne-Effekt durch das aus dem Hirn. Doch nun, was heißt das genau? Wer die Sonne-Portion isst, verfällt in einen Lähmungszustand und spürt eine starke Hitze, die sich in Wellen die Wirbelsäule hinauf- und hinunterbewegt. Beim Genuss der Mond-Portion soll man eine tiefe Dunkelheit wahrnehmen, die von einem in Bewegung befindlichen Leuchten durchdrungen wird, ähnlich dem Mond, der nachts am Himmel emporsteigt und dann untergeht. Und die Sterne-Portion, die immer als Letzte serviert wird, führt zu einem Gefühl des Emporschnellens, Sich-Überschlagens und Drehens, einer Art unkontrolliertem Fliegen, das wahrscheinlich auf eine Beeinträchtigung der vom Innenohr zum Gehirn führenden Nerven zurückzuführen ist.

Ich weiß, das hört sich sehr reizvoll an. *Ist* es auch. Aber ich muss Sie noch auf ein paar Dinge hinweisen. Wir gewähren unseren Gästen nur eine einzige Portion dieses Fisches, auf Lebzeiten. Ich führe sogar eine Namensliste. Das hat zwei Gründe. Der erste ist, dass die Geschwindigkeit, mit der das Gift, speziell das aus der Leber, im Körper abgebaut wird, je nach Gesundheitszustand und Alter des Mannes, der es zu sich nimmt, variiert. Viele von Ihnen sind in den Vierzigern und Fünfzigern, und trotz – oder vielmehr wegen – der Tatsache, dass Sie, sowohl als Einzelpersonen wie als Ganzes, erfolgreich und charmant und sexy und großartig sind, ist Ihre Leber nicht mehr das, was sie einmal war. Viele von Ihnen nehmen Medikamente gegen erhöhten Blutdruck oder Cholesterinspiegel und dergleichen mehr, nicht zu reden davon, was Sie alles trinken.«

»Sagen Sie bloß nichts gegen das Trinken«, warf ein Witzbold ein. »Es ist das Einzige, was mich noch am Leben hält.«

»Und das ist auch, woran uns gelegen ist«, entgegnete Allison wie aus der Pistole geschossen. »Wenn wir nicht gerade einen Leberenzym-Test mit Ihnen machen würden, ist es uns nicht möglich festzustellen, wie schnell oder langsam Ihre Leber das Gift abbaut, das Sie ihr so bereitwillig aufbürden. Äßen Sie den Fisch ein zweites Mal, und sei es auch Wochen später, bestünde die Möglichkeit, dass dies zu einem dauerhaften Schaden oder gar zum Tod führt. Und das wollen wir nicht.«

»Sie sagten, es gäbe zwei Gründe. Was ist der andere?«

Allison nickte. »Der zweite Grund ist, dass es heißt, bestimmte Personen könnten vom Verzehr des Shao-tzou sehr leicht abhängig werden. Sie erinnern sich vielleicht, dass ich vorher den Begriff *unwiderstehlich* verwendet habe.«

»Süchtig nach Fisch?«

»Entweder physisch abhängig von seinen chemischen Substanzen oder psychisch von dem Erlebnis, das er auslöst.«

»Das, noch einmal, worin genau besteht?«

»Genau lässt sich das schwer beschreiben. Gäste haben diese Erfahrung so geschildert, dass sie, wie ich bereits sagte, in einen Zustand fast vollständiger Lähmung verfallen und in ihrer Euphorie alles wesentlich intensiver wahrnehmen – Licht, Geräusche, die Luft auf der Haut. Sie fühlen sich tot und paradoxerweise zugleich in höchstem Maße lebendig. Das sagen die meisten, die Shao-tzou gegessen haben – dass sie sich *gleichzeitig* lebendig und tot fühlten. Das scheint eine Erfahrung zu sein, die sie im Nachhinein sehr hoch schätzten. Ein paar verlieren das Bewusstsein und wachen mit Kopfschmerzen auf, die noch bis weit in den nächsten Tag hinein anhalten. Das könnte jedem von Ihnen passieren. Aber diejenigen, die eine solch außergewöhnliche Erfahrung hatten, möchten sie normalerweise wiederholen. Das Problem, wenn man von dem Fisch abhängig wird, besteht darin, dass er Sie, wenn er Sie nicht langsam umbringt, sofort umbringt. Aus der Geschichte wissen wir von Personen, die in der Hoffnung, eine stärkere Wirkung zu erzielen, eine zu große Portion gegessen haben. Und es ist tatsächlich so – sie sterben. In der chinesischen Literatur gibt es Geschichten von Adligen, die anderen ihre Portionen wegaßen und tot umfielen. So, das war also meine Einführung. Sie dauert immer länger, als ich denke. Doch jetzt möchte ich Ihnen unseren Koch, Mr. Ha, vorstellen, der Ihnen gleich etwas über sich selbst erzählen wird. Er wird Ihnen schildern, wie er zu uns in den Havana Room gekommen ist, und dann werde noch einmal ich übernehmen und ein paar Dinge sagen, damit wir endlich beginnen können. Meine Herren, hören Sie bitte aufmerksam zu, was Mr. Ha Ihnen zu sagen hat.«

Ha trat vor und verneigte sich ehrerbietig. Ich spürte unter den Anwesenden eine gewisse Gereiztheit über diese weitere Verzögerung.

»Guten Abend allerseits. Mein Name ist, ja, Mr. Ha.« Er lächelte verlegen. »Ich weiß, das hört sich an wie Witz. Ha-ha. Genau so. Ich bin von China. Ich lebe hier ungefähr zehn Jahre, deshalb bin ich nicht richtiger amerikanischer Staatsbürger. Aber ich bin sehr froh hier, dass ich für Miss Allison arbeite. Jetzt erzähle ich Ihnen eine Geschichte. Bevor ich komme nach Amerika, ich lebe ganzes Leben in China, und viele von diese Jahre ich habe gearbeitet für chinesische Regierung. Eigentlich ich arbeite für die Volksbefreiungsarmee, aber das ist in China Regierung. Ich komme aus der Provinz Jiangsu in China. Dort ich wurde ausgebildet 1965 und 1966 am Jiangsu-Institut für Kochen. Danach ich habe gearbeitet in Maos Küche in Beijing. Mein Titel ist stellvertretender Inspektor für Fisch. Ich lerne dann alles, was wir wissen über Fisch. Wir lernen, wie man zubereitet Fisch für die Diplomaten aus Sowjetunion und Nordkorea und Kuba. 1971 ich bekomme Spitzenkochmütze, sodass ich bin offizieller Koch von chinesische Regierung. Ich bin achtunddreißig Jahre alt. Ich studiere Shao-tzou-Fisch. Vorsitzender Mao mag diese Fisch. Obwohl sehr alt, er versucht zu haben die Fisch einmal im Monat. Mao sehr vorsichtig mit die Fisch. Wir machen nie Fehler. Wir säubern Fischmesser nach jedem Schnitt in Meerwasser und Essig. Dann wir trocknen es jeden Morgen in Sonne. Wir machen es auf japanische Art, *sashi* oder *chiri, kara-age,* Sie wissen, frittiert, sogar *hire-zake,* sehr gefährlich, Fisch in heißen Sake geben, weil Alkohol macht Gift schnell ausbreiten. Wir kochen auch chinesische Art, in Reis und Suppe. Ich bin sehr stolz, das für mein Land machen. Vorsitzender Mao mag meine Fisch sehr, sagt viele freundliche Dinge zu Ha. In dieser Zeit, ich mich erinnere, als Nixon kommt nach China. Wir sagen, wir ihm geben Shao-tzou, wir ihn machen so glücklich, dass er muss sterben. Aber das natürlich nur Spaß. Mr. Kissinger, alle sagen zu schlau.

Dann passieren viele große Dinge in China. Mao, er stirbt 1976, China beginnt zu ändern, Volksbefreiungsarmee ändert auch, und bald ich nicht mehr Küchenchef, ich werde in Behörde gerufen, dass ich Essen koche für Fabrik in kleine Stadt in Westchina, heißt Hua Xing, wo Luft ist sehr schlecht wegen Nickelschmelzerei. Ich werde in diese Stadt geschickt, und meine Kinder und meine Frau, sie müssen auch kommen und sie bekommen Ruhr und sehr traurig, das zu sagen, sie sterben. Ich bin trauriger Mann, weil meine Kinder sterben und meine Frau ist gestorben und ich habe kein gutes Herz. Ich verliere mein Herz. Ich verbringe zu viel Zeit zusehen Vögel, ich schlafe zu viel in Park, obwohl ich habe gutes Bett. Dann ich werde älter und habe satt China. Vielleicht ich bin noch nicht so alt, aber ich fühle alt. Dann Deng Xiaoping kommt zu Macht, und ich weiß nicht, was China ist. Ich weiß, Kommunismus hat nicht funktioniert so gut, aber ich weiß auch nicht neues China. Deshalb ich komme nach Vereinigte Staaten, ich will nicht sagen, na ja, ich komme illegal in diese Land, das ist alles, was ich sage. Ich glaube nie, ich werde wieder Koch. Ich komme arbeiten für Miss Allison. Putzen, reparieren Elektrokabel, diese Dinge. Diese ganze große Rindfleisch ist neu für mich! Ich habe nie gesehen. Wir haben diese große Rindfleisch zu diese Zeit nicht in

China. Nur etwas Wasserbüffel. Aber ich sage zu Allison, ich weiß, wie man schneidet Fisch, wenn sie will, dass ich mache. Ich ihr zeige, wie man Filet macht in China, und ihr gefällt. Aber ich habe keine Genehmigung, Koch zu sein. Dann einmal letztes Jahr ich bin in Chinatown, Fisch für sie kaufen. Ich sehe an chinesisch Fisch, alles tiefgefroren. Großer Kübel, zu schmutzig. Toter Fisch und tote Krabben. Nicht gut für Sie. Frisch Fisch viel besser. Aber ich sehe bei tote Fisch ein Shao-tzou. Ich sage, das kann nicht sein, ich muss Fehler machen. So viele Jahr. Shao-tzou sehr, sehr schwer zu finden, sogar in China! Hauptsächlich findet in Flüsse. Hässlicher Fisch. Shao-tzou heißt kleines Schwein. Aber in New York alles kommt in Stadt, sogar komische Leute, die ich vorher nie gesehen! Warum also nicht Shao-tzou-Fisch? Kleines-Schwein-Fisch. Deshalb, okay, ich kaufe Fisch. Ich glaube, es kostet drei Dollar fünfundsiebzig Cent, auch wenn tot ist. Sie nicht wissen, was für Fisch ist. Die Frau, sie nie zuvor hat gesehen. Außen sie ist chinesisch, aber innen amerikanisch. Zu lang in Vereinigte Staaten. Ich nehme Kleines-Schwein-Fisch nach Hause und ich mache sehr gute Foto und ich lege ihn in Kühltruhe hier. Allison nicht weiß.« Er sah Allison verlegen an.

Sie machte eine wegwerfende Handbewegung, eine Geste der Nachsicht.

»Ich verstecke also Fisch in Kühltruhe, mit meine Namen auf kleine Zettel, wenn jemand ihn findet. Dann ich gehe in Bibliothek mit meine Foto von Fisch, und sie haben sehr großes Buch von jede Fisch auf der Welt. So ich finde Shao-tzou-Fisch, ich schlage nach, ich sehe Bild in Buch, ich sehe Bild in meiner Hand. Selbe Auge. Selbe Kiemen. Selbe Mund. Ich zahle für Fotokopie, gute Qualität. Ich bin ein bisschen glücklich, ein bisschen fühle komisch. Warum schwimmt Fisch jetzt zu mir?«

Ha sah auf den Hackblock, ergriff eine Ecke der weißen Serviette und hob sie hoch, sodass ein Satz blitzender Messer sichtbar wurde. Er blickte wieder auf. »Dann der große französische Koch hier findet die Fisch von mir in Tiefkühltruhe. Er erzählt Allison. Er ist sehr wütend auf Ha. Ich bin nur Mann, der sauber macht. Ich sage, ist nicht so schlimm, kleiner Fehler ich mache. Allison immer sehr beschäftigt, nicht interessiert in gefrorene Fisch, das gehört alte Chinese. Aber ich gehe zurück zu Fischhändler in Chinatown und zeige Bild.

Ich sage, kannst du mir besorgen mehr von diese Fisch, und sie sagen, zeig uns Bild, dann wir dir sagen. Ein Monat später sie mir senden Zettel. Sie sagen ja. Ich sage wie viel. Sie sagen, wenn tot, dann einhundertvierzig Dollar, vielleicht mehr. Fisch ist sehr schwer zu fangen. Ich sage, erstes Mal kostet drei Dollar fünfundsiebzig Cent. Sie sagen, das war großer Fehler. Sie sagen, wenn ich will Fisch lebend, ich zahle vielleicht zweitausend Dollar. Für Fisch sehr teuer zu leben in Flugzeug. Teurer als für mich oder Sie. Deshalb ich sage, schickt mir tote Fisch, größten. Sie schicken mir Fisch. Kostet mich zweihundertsechzig Dollar, weil sie mich so betrügen. Aber mir egal. Ich will sehen, ob ich ihn aufschneiden kann, ob ich erinnere von Jiangsu-Institut für Kochen. Ich hole Fisch in Downtown. Er ist groß. Jemand hat Flosse abgerissen. Aber ich nehme und lege in große Rindfleisch-Kühltruhe. Diesmal ich besorge gutes Fischmesser.«

Er hielt eines der Messer hoch. Gekrümmt, dünn, etwas länger als dreißig Zentimeter. »Ich lasse Fisch weich werden und schneide auf. Allison findet mich, und ich sage, es ist nichts, nur ein Fehler, es tut mir Leid. Aber sie sagt, warum du einfrierst diese komischen Fische bei mein Rindfleisch? Ich erzähle ihr die Geschichte, weil ich Miss Allison mag sehr gern. Vielleicht wie Sie, hm. Sie sagt, kannst du gefrorene Fisch kochen und komische Sachen machen lassen wie Fugu-Fisch. Ich sage nein, nur lebend Fisch, gefroren nicht gut. Dann sie sagt, besorge lebend Fisch, wir werden sehen. Sie wird zahlen. Ich sage, Fisch ist zweitausend Dollar, und sie sagt, wir zahlen, besorge Fisch. Ich sage, ich nicht weiß, ob es gute Idee …«

»Aber ich war natürlich *neugierig*, meine Herren, sehr neugierig«, unterbrach Allison. »Neugieriger als ich bei *vielen* Dingen bin.« Und was das für Dinge waren, bliebe unserer Fantasie überlassen, sagte ihr Gesichtsausdruck. »Als ich sah, was Ha mit dem lebenden Fisch machte, als er einen bekam, und wie er ihn zubereitete, wurde mir klar, über welch außergewöhnliche Fähigkeiten er verfügte! Wie geschickt er war! Wie ich bereits sagte, gibt es in ganz New York *vielleicht* ein, zwei japanische Restaurants, in denen Sie Fugu bekommen, aber keines, und damit meine ich *kein einziges*, das chinesischen Shao-tzou auf der Speisekarte hat. Der Fisch selbst ist möglicherweise verboten. Was sage ich, natürlich ist er es, rein technisch gesehen. Aber wie gesagt, ich war neugierig …«

»Ich bin fertig«, sagte Ha.

»Meine Herren, falls jetzt jemand von Ihnen gehen will, steht ihm das selbstverständlich frei. Wir möchten, dass Sie nur bleiben, wenn Sie auch ein gutes Gefühl bei der Sache haben.« Sie sah sich im Raum um. »Alle bleiben? Sehr gut.« Sie nickte Shantelle zu, die die Treppe hinauf verschwand, um die Tür abzuschließen.

»Jetzt noch ein paar letzte kurze Worte, bevor wir beginnen. Der Verlauf des Abends sieht folgendermaßen aus. Ha wird den Fisch töten, ihn putzen und untersuchen, und dann wird er mir sagen, wie viel Sonne-, Mond- und Sterne-Portionen er hat. Er wird mindestens eine von allen dreien haben. Manchmal hat er eine zusätzliche Portion Sonne oder Mond. Aber nur manchmal, abhängig vom jeweiligen Fisch. Die Reihenfolge ist immer Sonne, Mond, Sterne. Diejenigen von Ihnen, die an einer bestimmten Portion interessiert sind, können mit den Schiefertäfelchen, die Sie von Shantelle erhalten werden, ihr Gebot abgeben. Schreiben Sie bitte mit der Kreide, die sie Ihnen geben wird, Ihr Gebot darauf und halten Sie es hoch. Schreiben Sie bitte in großen Ziffern. Diejenigen von Ihnen, die nicht mitbieten, werden gebeten, still zu bleiben. Es gibt pro Portion nur eine Runde, was bedeutet, es wird blind geboten, verstehen Sie? Nur ein Gebot – außer für die letzte Portion, die ich wie bei einer normalen Auktion versteigern werde. Hier können Sie also gegeneinander bieten. Sobald Ihr Gebot angenommen ist, zahlen Sie per Kreditkarte. Trinkgelder jedweder Art sind nicht nötig. Wie bereits gesagt, wird die Abbuchung von Ihrer Karte auf dieselbe Weise erfolgen wie bei Ihren Restaurantrechnungen. Es wird weder Havana Room noch Shao-tzou-Fisch noch sonst etwas Verfängliches darauf auftauchen. Ihnen ist also absolute Diskretion garantiert.«

Sie sah Ha an. Er rührte im Wasser des Fischtanks, und ein Schwanz klatschte auf die Oberfläche. Er zog die Hand heraus, schlug seinen weißen Ärmel zurück, zog unter dem Tank ein breites rechteckiges Gittersieb mit einem Griff hervor. Dieses hielt er in den Tank.

»Okay, was noch?«, fuhr Allison fort. »Das Aufteilen einer Portion unter mehreren Personen ist nicht gestattet, und falls sich der Betreffende unerklärlicherweise entscheidet, seine Portion, oder einen Teil seiner Portion, *nicht* zu essen, wird sie weggeworfen. Der Fisch wird vor Ihnen getötet und zubereitet, meine Herren, nach Sushi-Art zerlegt. Sie können Ihre Hände oder eine Gabel oder Stäbchen benutzen, aber um der optimalen Wirkung willen raten wir Ihnen, die ganze Portion möglichst in etwa dreißig Sekunden zu verzehren.«

»Was machen wir, nachdem wir den Fisch gegessen haben?«

»Gute Frage. Shantelle?«

Shantelle hatte sich in die dunkle hintere Ecke des Raums zurückgezogen, wo sie jetzt eine dicke Decke zurückschlug, unter der ein bequemer, weit ausladender Ledersessel zum Vorschein kam. Diesen schob sie nach vorn in das Quadrat aus Licht.

»Bevor Sie Ihre Portion essen, und auf jeden Fall unmittelbar danach, empfehlen wir Ihnen, rasch in diesem extrem bequemen Sessel Platz zu nehmen. Sie werden fast gänzlich die Kontrolle über Ihre Muskeln verlieren, und wenn Sie sitzen, werden Sie nicht fallen oder sich verletzen. Wie gesagt, die volle Wirkung hält nur etwa fünf Minuten an.« Sie sah auf ihre Uhr. »Dann lassen Sie uns anfangen. Doch zuerst, möchte jemand den Fisch sehen?«

Gehorsam kamen wir von unseren Stühlen nach vorn und spähten in den trüben Tank, wo wir einen bräunlichen, etwa einen halben Meter langen Fisch sahen, kastenförmig und ohne Schuppen, mit einem platten, nichtssagenden Gesicht. Seine hoch stehenden Augen wirkten seltsam intelligent. Der Körper des Fisches war unappetitlich weich, seine Haut klebrig, Rückenflosse und Schwanz eingerissen. Kein Fisch, der für Schnelligkeit oder Schönheit geschaffen war, ein Gründler, ein Müllschluckerfisch. Er schwamm träge an den Wänden des Tanks entlang, machte kehrt, hatte es nicht eilig – ein Fisch, sinnierte ich, ohne Land oder Meer oder Zukunft.

»Macht nicht viel her«, flüsterte der Mann neben mir.

Wieder zurück auf unseren Stühlen, sahen wir zu, wie Ha das Gittersieb vorsichtig von einem Ende des Tanks zum anderen bewegte und den Fisch gegen die Glaswand drängte. Dieser setzte sich unter heftigem Spritzen gegen seine Gefangennahme zur Wehr. Ha drückte den Fisch weiter gegen die Wand des Tanks und griff nach einer Art Spieß oder Eiszerkleinerer. Dann hielt er seine lange, blitzende Klinge über den Fisch. Wir warteten.

»Muss genau richtig sein«, murmelte Ha.

Er spähte in das Wasser, und wir sahen, wie er Atem holte, ihn anhielt und dann mit der Klinge nach unten stieß. Danach ließ er das Sieb sofort los und hob den zappelnden, aufgespießten Fisch in die Luft. Die Klinge war von oben senkrecht in die Nase des Fisches eingedrungen, hatte sein Maul durchbohrt und war unten wieder ausgetreten. Ha inspizierte den Fisch. »Sehr gesund«, stellte er fest.

Er nagelte den Fisch auf sein Brett, hielt mit der anderen Hand seinen Rücken, nahm ein kurzes Messer und durchtrennte rasch sein Rückgrat. »Jetzt«, verkündete er mit der smarten Freundlichkeit eines Fernsehkochs, »machen wir sehr gute Shao-tzou-Fisch.«

Er ging in die Knie, beugte sich über den Fisch. »Zuerst sehen wir an, was Sie essen.« Er schlitzte den Bauch auf und stocherte in grünlich-schwarzem Glibber. »Vielleicht eine Krabbe, eine Muschel. In China füttert böser Junge in meine Dorf manchmal mit Fleisch von Katze, wenn zu viel Katzen in Dorf. Sehr hässliche Fisch. In China man nennt diese Fisch ›Fluss-Schwein‹.«

Mit raschen Handbewegungen entfernte er die Organe des Fisches und ließ sie in kleine blaue Keramikschalen fallen. Dann trennte er den Kopf des Fisches ab, löste das Hirn heraus und legte es in einen weitere Schale. Nach jedem Handgriff warf er sein Messer in einen großen Eimer auf dem Boden und nahm ein identisches anderes aus seinem blitzenden Vorrat, sodass die Flüssigkeiten eines Teils des Fisches nicht mit einem der anderen in Berührung kamen. Nachdem Hirn und Organe herausgelöst waren, warf er die Reste des Kopfs in einen anderen Eimer, hob sein Brett hoch, wischte es ab, warf das Handtuch in den Eimer, drehte das Brett dann um. Jetzt häutete er den Fisch rasch und filetierte ihn.

Währenddessen machte Shantelle ihre Runde durch den Raum. Sie reichte jedem Mann ein Schiefertäfelchen und ein Stück Kreide, und ich konnte sehen, dass die meisten, wie ich, zwischen dem Wunsch, Shantelle zu betrachten, und der Faszination, die Has Aktivitäten auf sie ausübten, hin und her gerissen waren. Mit der Tafel in der Hand beobachtete ich, wie er die Filets auf ein neues Schneidbrett hob, Haut und Rückgrat in den Eimer schabte, dann das alte größere Schneidbrett ganz beiseite legte.

»Wie viele, Ha?«, ertönte Allisons Stimme.

Er beugte sich vor, um die Filets zu betrachten, nahm an einem einen korrigierenden Schnitt vor – der Fleischfitzel flog sofort in den

Eimer –, untersuchte dann die Organe in den jeweiligen Schalen. »Ich habe nur eine Sonne, nur einen Mond und wie immer nur einmal Sterne«, verkündete er.

»Okay, das ist die übliche Anzahl. Diejenigen von Ihnen, die für die Sonne-Portion mitbieten wollen, schreiben bitte Ihr Gebot auf«, forderte Allison die Anwesenden auf. »Denken Sie daran, die Sonne ist die Portion mit der starken Hitze.« Sie sah sich im Raum um. Die Männer machten einen abwartenden, unschlüssigen Eindruck. Aber ich sah mehrere, die sich über ihre Täfelchen beugten.

»Bitte heben Sie Ihre Gebote … ich sehe 75 Dollar, das wird nicht reichen, ich sehe 100 Dollar, das auch nicht, 50 Dollar, Sie sollten sich was schämen, Sir, dieser Fisch kam von der anderen Seite der Welt, ich sehe 250 Dollar, ja, schon besser, ich ignoriere die niedrigeren Gebote, ich sehe – Sie können Ihr 100-Dollar-Gebot runternehmen, Sir – ich sehe 300 Dollar. Ich sehe 600, *er* ist eindeutig am meisten motiviert, 600 Dollar, das wird die billigste Portion des Abends, kann ich Ihnen versprechen, 600 Dollar zum Zweiten – und zum Dritten. Verkauft an den Herrn mit der grünen Krawatte.«

Unverzüglich war Shantelle neben ihm, einem Mann Mitte vierzig mit schütterem Haar, und er gab ihr eine Kreditkarte.

»Bitte kommen Sie nach vorn.«

Allison nahm ihn in Empfang, und er stand vor uns, ein wenig verlegen, der Erste zu sein, vielleicht ein wenig besorgt, vor allen Anwesenden als Trottel bloßgestellt zu werden. Shantelle kam mit dem Zahlungsbeleg und einem Stift zurück. Sie lächelte gefällig, als er unterschrieb. Währenddessen bereitete Ha die Portion Shao-tzou-Sushi zu. Seine Finger klopften und rollten Reis und Algen und falteten alles ineinander, bis die winzige Delikatesse fertig war.

»Bekomme ich Sojasoße?«, scherzte der Mann.

»Leider nicht.«

»Also, dann mal los.« Er nahm sein Sushi, hielt es vor seinen Mund, sah Ha an, sah Allison an und schob es dann behutsam in den Mund. Er kaute langsam und schluckte.

»Wie schmeckt es?«, rief jemand.

»Ganz *hervorragend*«, sagte er.

»Bitte«, sagte Allison und führte ihn an der Hand zum Sessel.

Wir beobachteten ihn.

»Ich fühle mich völlig okay«, erklärte er. »Wirklich vollkommen normal.«

Shantelle hatte die Schiefertafeln der erfolglosen Bieter eingesammelt, sie abgewischt und ihnen zurückgegeben.

»Ich bin – okay, okay – da … es …« Der erste erfolgreiche Bieter packte die Lehne des Sessels, dann ließ er den Kopf nach hinten sinken. Seine Finger entspannten sich, seine Füße rutschten nach vorn, und er schmiegte sich in das bequeme Leder, die Augen noch offen, aber ausdruckslos. Er atmete tief durch die Nase, als kostete er einen guten Wein. Dann fiel sein Mund auf, und seine Lider wurden schwer. Die Augen schlossen sich flatternd, sein Gesicht noch entspannt, einem fernen Vergnügen zugewandt, als lauschte er gepflegtem, schwebendem Jazz.

»Ist er krank?«, fragte eine besorgte Stimme.

Allison hob eine Hand. »Warten Sie.«

Der Mann mit der grünen Krawatte erschlaffte weiter, sein Kopf wankte auf seinen Schultern sanft hin und her. Die Muskeln um seine Augen sowie seine Lippen zuckten. Diese Bewegungen deuteten auf Überraschung und ein intensives inneres Erlebnis hin, die lustvolle Wahrnehmung von Licht auf einer schlafenden Gestalt. Sein Gesicht schien sich in einem Konzentrationskoma zu festigen, begierig, so viele Eindrücke aufzunehmen wie möglich. Die Finger an seinen beiden Händen zitterten, als fühlte er sich unerträglich gut, und er stöhnte unartikuliert, während sich das Wohlgefühl durch seinen Mund Luft machte.

»Um Gottes willen!«, rief einer der Männer. »Stirbt er?«

Im Raum herrschte weiterhin atemlose Stille, die Männer sahen sich gegenseitig an, unschlüssig, ob sie besorgt oder entsetzt oder amüsiert sein sollten. Allison behielt aufmerksam ihre Uhr im Auge.

»Der Mann sieht krank aus!«, kam Protest. »Ich verlange, dass Sie …!«

Allison hob, während sie die Uhr im Auge behielt, einen ruhigen Finger. »Zur Ausbildung eines Shao-tzou-Kochs gehört unter anderem, das Körpergewicht des Essers zu schätzen und die Portion darauf abzustimmen. Mr. Ha ist ein *Künstler,* meine Herren, kein Mörder. Bitte, haben Sie etwas Vertrauen.«

In quälender Anspannung verstrich eine weitere halbe Minute, dann begann die Intensität der Lust nachzulassen, und wir sahen, wie das Bewusstsein allmählich wiederkehrte. Er blinzelte, hob den Kopf, hustete, fokussierte den Blick, verlor den Fokus, blinzelte wieder, mahlte trocken mit dem Mund, setzte sich dann in seinem Sessel auf und nahm den Raum und den Rest von uns wieder wahr.

»Oh«, sagte er mit tiefer, nachdenklicher Stimme. Er gab ein zufriedenes Seufzen von sich. Dann bemerkte er die erwartungsvollen Blicke, die auf ihm ruhten, und nickte. »Ja, es war unglaublich …«

Er machte sich daran, aufzustehen.

»Warten Sie bitte noch ein wenig, Sir«, sagte Allison und drückte ihn behutsam in den Sessel zurück. »Lassen Sie Ihren Körper erst wieder richtig zu sich kommen.«

Er sah zu Allison auf und lächelte kokett. »Können wir das noch mal machen?«

»Nein«, sagte Allison, ohne auf seine versteckte Andeutung einzugehen.

»Halt, Sie verstehen das nicht«, protestierte er. »Sagen Sie mir einfach, was ich zahlen muss! Ich traue mir das auf jeden Fall zu.« Entgegen Allisons Drängen erhob er sich unsicher, seine stockenden Schritte wohl ebenso Folge des Erstaunens wie seiner körperlichen Schwäche.

Er wurde von Shantelle beruhigt und zu seinem Platz geführt.

»Wir haben noch *zwei* Portionen Shao-tzou«, verkündete Allison. »Als nächstes haben wir das Stück Mond, wobei der Klingenabstrich von der Leber kommt. Bitte schreiben Sie Ihre Gebote auf. Außerdem möchte ich Sie bei dieser Gelegenheit daran erinnern, dass das Höchstgebot bei der letzten Runde lediglich 600 Dollar betrug.«

Diesmal beugten sich mehr Männer über ihre Schiefertafeln, und ich konnte ein paar von ihnen sehen, die sich umblickten, andere Männer beobachteten, dann wegwischten, was auf der Tafel gestanden hatte, und eine andere Zahl schrieben.

»Ich bitte um Ihre Gebote«, sagte Allison laut. »Heben Sie die Tafeln hoch. Also dann. Ich sehe 800 Dollar, 900 Dollar, 2000 Dollar, 1000 Dollar, ist das richtig? Ja, sehr schön, im Augenblick ist das Höchstgebot 2000 Dollar, bitte, Sir, nicht Ihr Gebot ändern, ah! 3316 Dollar, ein etwas ungewöhnliches Gebot, ich glaube, wir haben einen Gewinner mit 3316 Dollar.«

Diesmal kam ein jüngerer, korpulenter Mann in einem Blazer nach vorn, flott und selbstbewusst. Er nickte zu den anderen Männern zurück, trat vor Ha hin, schnappte sich das Stück Sushi, drehte sich uns zu und schob sich das ganze Ding in den Mund.

»Das nenne ich Entschlossenheit«, bemerkte Allison.

Er schluckte und ging zum Sessel.

»Haben Sie uns etwas zu sagen?«, erkundigte sich Allison. »Irgendetwas Amüsantes?«

»Nein«, sagte er ruhig.

Er schloss die Augen und ließ den Kopf nach hinten sinken. Allison ging auf ihn zu, bewegte seinen Kopf nach vorn und zur Seite, wandte sich dann den Anwesenden zu. »Was Sie hier sehen, ist *Kunst*, meine Herren. Mr. Has Kunst. Das Gift des Shao-tzou ist so tödlich, dass auch nur eine Scheibe Fleisch mehr oder ein versehentlich zu großer Schnitt durch das Organ – in diesem Fall die Leber – tödliche Folgen hätte. Aber Mr. Ha ist ein Meister seines Fachs.«

Ha nickte kaum merklich, dann inspizierte er eines seiner Messer. Währenddessen sackte der korpulente Mann im Sessel auf eine Seite, das Gesicht schlaff, der Mund fast geschlossen, ein dünner Speichelfaden seitlich am Kinn hinunterlaufend. Seine Lippen zitterten ruhig, als wiederholten sie für sich eine Liturgie der Ergebenheit. Diesmal sah die Gruppe mit geringerer Besorgnis zu. Einige Männer, bemerkte ich, maßen die Zeitdauer selbst, indem sie zu dem Mann im Sessel sahen und dann auf ihre Uhren. Er fuhr mit seinem privaten Gebet fort, bis es zu einem sprachlosen Pusten degenerierte, zu einem wohligen Schnaufen, das zu atemlosem Keuchen wurde, während sich seine Augenbrauen anerkennend nach oben krümmten. Wir waren gebannt. Niemand zweifelte daran, dass er in Gefilde unbekannter Wonne befördert wurde.

Und dann, gerade als sie den Höhepunkt erreichte, fiel diese Wonne von ihm ab, und seine Beine kamen zur Ruhe und seine Augenbrauen senkten sich. Er begann aufzutauchen. Er begann sich zu erinnern, dass er lebte, und öffnete bei vollem Bewusstsein die Augen, die Atmung fast normal, seine Hautfarbe gesund.

»Und?«, erkundigte sich Allison für den Rest von uns.

»Einfach Wahnsinn, das Licht kam hoch wie ein riesiger Mond …« Er wandte sich Ha zu und ließ seinen Arm vorschnellen. »Sie sind ein

Rockstar, Mann!« Er stand auf, trat ein- oder zweimal in die Luft, plumpste dann zurück. »Ich sehe die ganze Zeit die Oberfläche des Todes, Mann, die wogende Oberfläche von Knochen oder dem *Mond* oder was, und es sendet einfach nur dieses weiße Todeslicht aus, das sich so klasse anfühlt, und ich kann mich nicht *bewegen,* Mann.«

Er versuchte wieder aufzustehen, fiel in den Sessel zurück, schaffte es schließlich doch und blieb stehen. Er wankte auf Ha zu. »Hey Mann, machen Sie mir doch einfach noch schnell einen *Kleinen* von den Dingern da, nehmen Sie einfach das Zeug, das Sie in den Kübel geworfen haben, na kommen Sie schon! Sie haben noch *massenweise* von dem braunen Zeug …«

»Tut mir Leid, tut mir Leid!«, rief Ha. Er zückte das Messer. »Nicht, nicht! Sie können diese Fisch nicht haben!«

Der junge Mann hielt die Hände hoch, zog sich zurück. »Okay! Klar. *Entschuldigung.* Ich wollte nur, darf ich Ihnen einfach bloß gratulieren, Sie sind der Künstler, der …«

»Ihre Gebote bitte, meine Herren«, übertönte ihn Allison. »Wir haben nur noch *eine* Portion übrig, die Sterne. Eben gerade war das Höchstgebot etwas über dreitausenddreihundert Dollar. Noch *eine* Portion übrig, nur eine, und es kann Wochen, vielleicht sogar Monate dauern, bis wir wieder einen Shao-tzou bekommen.«

Allison erinnerte die Männer daran, dass jetzt offen geboten werden konnte, dass mehrere Gebote möglich waren, dass das Höchstgebot den Zuschlag erhielt. »Genau wie bei Sotheby's«, fügte sie hinzu. Die Gebote begannen bei 3400 Dollar und hatten drei Durchgänge später 6050 Dollar erreicht. Es waren zwei Männer, die von den beiden Seiten des Raums gegeneinander boten. Die Erhöhungsschritte sanken von fünfhundert Dollar auf hundert auf fünfzig, bis einer der Männer bei einem Gebot von 6750 Dollar frustriert den Kopf schüttelte und aufgab. Der erfolgreiche Bieter ließ sich im Sessel nieder, lockerte seine Krawatte, trank ein Glas Wasser, sah auf seine Uhr, die den Anschein erweckte, als hätte sie nur geringfügig weniger gekostet als sein Stück chinesisches Sushi, und schlang den Happen hinunter.

»Dann mal los«, sagte er, sichtlich zufrieden darüber, demonstrieren zu können, dass er fast siebentausend Dollar für einen Bissen giftigen Fisch ausgeben konnte. Ich mochte ihn nicht, muss ich gestehen, und es ärgerte mich, dass er gleich zu einem einzigartigen, kostspieligen Vergnügen kommen würde und ich nicht.

Fast eine Minute verging, und der Sterne-Gewinner sah Allison verärgert an. »Es passiert nichts.«

»Warten Sie einfach«, sagte sie.

»Tue ich doch. Ich habe gewartet. Ich fühle mich ganz normal.«

»Nur eine Minute«, sagte Allison.

Wir warteten.

»Ein Blindgänger«, sagte der Gewinner. »Ich will mein Geld zurück.«

»Wenn man ein üppiges Abendessen hatte, kann es manchmal …«

Aber sie brauchte nicht zu Ende sprechen. Der Sterne-Gewinner sackte zurück, als wäre er von einem Kissen voll Sand getroffen worden. Seine Arme verharrten in einer Art Schlafwandler-Starre. Die Wirkung seiner Portion schien abrupter einzusetzen, denn sie kam nicht nur spät und nicht allmählich, sondern mit einer Heftigkeit, die ihn für seine Ungläubigkeit zu strafen schien. Von den drei Männern erweckte der Letzte am ehesten den Eindruck, eine Art Schmerz zu verspüren. Seine Füße strampelten ein wenig, als litte er stumm.

Eine Minute verstrich; der Mann zeigte keine der Reaktionen, die bei den ersten zwei Männern zu beobachten gewesen waren, und ich fragte mich, ob er das Erlebnis wirklich genoss. Dann schien es, als wäre *zu viel* Zeit vergangen. Allison sah auf ihre Uhr, das Lächeln auf ihren Lippen leicht erstarrt, ein wenig besorgt, fand ich, und ich ertappte sie bei einem raschen Blick auf Ha, der ihre Besorgnis mit einem bedächtigen, beruhigenden Blinzeln zur Kenntnis nahm. Genau in diesem Moment streckte sich der Körper des Mannes im Sessel steif aus, die Beine kerzengerade, die Arme an den Seiten, sein Nervensystem leitete einen Blitzschlag der Ekstase durch ihn hindurch, und er hob sein Gesicht in die Höhe, einem unsichtbaren Schauspiel entgegen, öffnete seinen Mund bis zum Anschlag und gab eine Art stummen Schrei von sich – zutiefst verstörend. Und dann *kam* der Schrei – ein lungensprengendes Brüllen, das den Raum erfüllte, ein Mann, der aus Leibeskräften über einen Canyon schrie, die gesamte Aufmerksamkeit der Natur beschwor, die Götter vom Himmel herunterrief.

»Wahn*sinn*«, flüsterte ein anderer Mann fassungslos.

Im selben Moment fiel der Mann im Sessel lautlos in sich zusammen, nahm, nachdem er seine Erfahrung aus sich selbst heraus geboren hatte, die Fötalhaltung ein und kam benommen und sichtlich erschöpft zu sich. Allisons Verkrampfung löste sich, und ich sah sie ausatmen.

»Das waren keine Sterne«, sagte der Mann, als er die Augen öffnete.

»Nicht?« Allison kam zu ihm, um dafür zu sorgen, dass er sitzen blieb.

»Das waren *Feuerwerksraketen!* Sie haben mein Gesicht berührt! Ich konnte ihr Brennen auf meinem Gesicht spüren. Drei von ihnen schossen einfach durch mich durch.« Er hob die Hände und betrachtete seine Finger, als wären sie möglicherweise ebenfalls versengt worden. »Bei Gott, ich schwör's. Richtig brennend. Voll durch mich *durch.* Kleine glühende Kohlestückchen, Funken. Ein großer ging direkt in meinen Mund und dann nach unten durch mich durch und durch mein Arschloch wieder raus.« Er richtete sich an die anderen Männer. »Ich liege da, mein Körper ist tot, und ich kann diese Funken sehen, kleine rote Kometen, die auf mich zukommen und einfach durch mich durchgehen. Das werde ich nie vergessen. Ich meine, ich habe Acid und auch sonst alles Mögliche genommen, aber noch *nichts* wie das hier.«

»War es angenehm?«

Er kniff ein Auge zu. »Absolut. Pure Lust, ja.«

»Und mit diesem Bekenntnis zu Mr. Has absolutem Künstlertum«, erklärte Allison mit einer weit ausholenden Armbewegung triumphierend, »sind wir hier fertig, meine Herren! Diejenigen von Ihnen, die keinen Fisch bekommen haben, sind eingeladen, wieder hierher zu kommen, und denjenigen von Ihnen, die einen bekommen haben, wünschen wir für die weitere Zukunft alles Gute. Denken Sie bitte daran, außerhalb dieses Raumes nicht darüber zu sprechen, was Sie heute Abend gesehen haben. Wie immer werde ich viele von Ihnen in den kommenden Tagen und Wochen im Restaurant sehen. Dank an Mr. Ha und Dank an unsere bezaubernde Shantelle. Gute Nacht!«

Im Raum erhob sich höflicher, etwas ambivalenter Applaus, aber ansonsten blieb es still. Der alte Kellner, gefolgt vom Barkeeper, tauchte wieder auf, und mit der Aussicht auf neue Drinks wurde es im Raum lauter, und die Atmosphäre entspannte sich. Mehrere Männer steckten ihre kostenlosen Zigarren an. Wie einige andere konnte ich nicht recht glauben, was ich gesehen hatte, und ich beobachtete die Gesichter der ersten zwei Männer, die den Fisch gegessen hatten, als sie den Männern um sie herum ihre Erfahrungen schilderten. Ich musste an die Behauptung des alten Literaten denken, dass die Vorführung Schwindel sei, vorgetäuschte Drogenerfahrungen eingeschlossen. Hatte er möglicherweise Recht? Wie konnte ich, ohne selbst von dem Fisch zu essen, Gewissheit erlangen, dass das Ganze kein Theater war?

Inzwischen stand der letzte Esser des Fischs auf, machte einen Schritt, wartete, bis er sicher auf den Beinen stand, ging dann zu seinem Platz. Diese Gelegenheit nutzte Shantelle, um den bequemen Sessel in seine Ecke zu schieben, und ich hatte nichts dagegen, sie von hinten zu betrachten, ihre weichen Hüften, ihr geschmeidiges Links-rechts-links. Es machte mir auch nichts aus, dass mich Allison dabei ertappte. Sie kam zu mir und ließ ihre Finger auf eine ganz bestimmte besitzergreifende Art auf meine Schulter fallen.

»War es eine gute Show?«

»Toll.«

»Höre ich da einen gewissen Unterton heraus?«

»Hörst du, ja.«

Allison sah sich im Raum um. Sie hatte noch Verschiedenes zu erledigen. »Dann brauchst du also noch weitere Beweise?«

Ich wollte gerade antworten, aber sie entfernte sich, um mit Ha zu sprechen, der am Aufräumen war. Er machte auch noch etwas an dem Fisch herum, schnitt etwas aus ihm heraus, tauchte es in Wasser, wickelte es in ein Stück Kohl. Ich wollte wissen, was er da machte und warum Allison ihm dabei zusehen wollte, aber ich wurde durch Shantelle abgelenkt, die neben mir stehen blieb. Ihr goldener Bauchladen enthielt eine durchdachte Auswahl aus kleinen Kaviargläsern, Spitzenkarten für Knicks-Spiele und Broadway-Aufführungen, Duty-Free-Spirituosen, französischen Zigaretten, Damenarmbanduhren, Kondom/Viagra-Kombipackungen, Schweizer Schokolade, nicht rückverfolgbaren Telefonkarten über unterschiedlich hohe Beträge, Victoria's-Secret-Geschenkgutscheinen in Höhe von 500 Dollar, Goldmünzen und mehreren von prominenten Yankees-Spielern signierten Baseballs.

»Haben Sie einen Derek Jeter?«, fragte ich, während ich mir die Bälle ansah.

»Ich glaube schon«, kam Shantelles Stimme. Sie deutete auf einen. »Ja.«

Mir gefiel, wie sich das Leder in meiner Hand anfühlte, als ich den Ball hochhob. Jeters Unterschrift war kompakt, nicht schnörkelig schwungvoll. Irgendwie hatte ich ein gutes Gefühl bei dem Ball, er war etwas, was meinem Sohn gefallen würde. Ja – *etwas, was meinem Sohn gefallen würde.* »Ist der echt?«

»Aber ja«, schnurrte sie. »Wir beziehen sie über einen absolut seriösen Händler.«

»Ich nehme ihn.«

Und das tat ich dann auch. Der Preis war ein Witz, aber nicht, wenn man ihn an Timothys freudiger Überraschung maß, falls ich ihm den Ball zukommen lassen konnte.

Als ich wieder aufsah, machte Ha zwanghaft die Arbeitsplatte sauber. Er sprühte sie mit Spülmittel aus einer Flasche ein, wischte dann erneut darüber. Alles, was er berührte, wanderte in den grünen Eimer. Messer, Lappen, Fischstücke, Reisreste, alles. Dann fasste er unter die Platte und zog einen Beutel Grillkohle heraus. Ha riss den Beutel auf, leerte ihn zur Hälfte in den grünen Eimer, fügte zum Schluss etwas Wasser hinzu. Er nahm eine Saugglocke, schlug damit auf den Inhalt des Eimers ein, warf die Saugglocke hinein, zog seinen weißen Kittel und die Mütze aus, warf sie ebenfalls hinein, ließ ihnen Gummihandschuhe und Schutzbrille folgen und setzte schließlich den Deckel auf den grünen Eimer. Dann verschloss er ihn mit Klebeband.

»Grillkohle?«, rief ich Allison zu.

»Sie absorbiert die ganzen schädlichen Stoffe«, erklärte sie. »Er entsorgt es sicher.«

»Verdünnt von der New Yorker Kanalisation.«

»Etwas in der Art.«

»Ein Gift unter unzähligen Giften?«

Allison nickte. »Wie Männer.«

»Sind Männer nun unzählig oder giftig?«

»Beides«, sagte sie. »Genau wie Frauen.«

Sie nickte einigen Gästen, die gingen, zum Abschied zu. »Ja«, sagte sie zu einem, »ich sage Ihnen Bescheid, wenn es wieder so weit ist.«

Jetzt kam sie zu mir und setzte sich mir gegenüber. »Und?«

»Ich glaube es nicht«, sagte ich ihr. »Es muss ein Trick sein.«

»Ist es aber nicht«, sagte Allison. »Das Zeug wirkt.«

»Das glaube ich einfach nicht.«

»Und ob du es glaubst. Du willst es zwar nicht, aber du *glaubst* es.«

»Nein.«

Sie hob die Schultern. »Probier's doch einfach selbst aus, dann wirst du schon sehen.«

»Das ist zwar nett von dir, aber nein danke.«

»Angst?«

»Das Zeug ist giftig.«

»Sagtest du nicht gerade, du glaubst es nicht?«

»Das mit der Giftigkeit glaube ich, aber den ganzen Hokuspokus nicht.«

»Ohne das Gift kriegst du den Hokuspokus aber nicht. Wenn du das eine glaubst, glaubst du auch das andere.«

»Bedaure«, sagte ich.

»Glaubst du wirklich, es ist Schwindel?«

»Es könnten ein paar Schauspieler sein. Oder vielleicht waren die Bieter auch echt, aber Ha hat etwas mit dem Fisch angestellt, LSD darauf getropft oder irgendwas.«

»Nichts davon ist Schwindel«, sagte Allison unumwunden.

»Ich bin einfach nicht überzeugt.«

»Wovon *bist* du dann überzeugt?«

»Von anderen Dingen. Ich finde andere Dinge überzeugender, Allison.«

Allison seufzte, schob einen Finger meinen Kragen entlang. »Bill?«

»Ja?«

»Kannst du dich überzeugen, deinen Mantel zu holen und draußen auf mich zu warten?«

Im Taxi fiel sie über mich her, schlug ihr Bein über meines, hielt mein Gesicht in ihren behandschuhten Händen, und ich lehnte mich zurück und genoss es – allerdings nicht ohne mir Sorgen zu machen, ob vielleicht H. J.s Leute draußen auf mich gewartet hatten und jetzt irgendwie hinter uns herfuhren. Ich wusste, dass sie auch dazu fähig wären. Sie hatten mich einmal gefunden, also würden sie mich vielleicht noch einmal finden.

Irgendwo in den East Eighties sagte Allison dem Taxifahrer, er solle anhalten, und im nächsten Moment spazierten wir durch das Foyer des Hauses, in dem sie wohnte; Allisons Gruß an den uniformierten Doorman auf seinem Hocker war so scharf und schnell wie ein geschleudertes Messer – und hatte fast die gleiche Wirkung; sein Kopf sank wieder auf seine Brust, und er sagte nichts. Ich war, wusste ich, nicht der erste Mann, der Allison über die marmornen Schachquadrate des Foyers folgte, aber nie würde ich das von ihrem Türsteher zu hören bekommen.

Oben öffnete sich der Lift auf eine riesige Wohnung, tief wie ein Tennisplatz.

»Wow, was für eine große …«

»Ich zeig sie dir am Morgen«, unterbrach mich Allison. »*Komm* schon.«

Also folgte ich ihr direkt ins Schlafzimmer. Das Bett war groß genug für drei Leute. Allison sah mich an, warf ihre Handtasche auf einen Stuhl, dann zog sie ihre Kleider aus. Schuhe, über den Teppich geschleudert, Kleid, auf den Stuhl geworfen, BH, ein kurzes Schnappen, und ihre Brüste waren vor mir, Slip, runter über die Knie, weggeschnippt.

»Jetzt Sie, Mister.«

Im Handumdrehen war ich ebenfalls nackt und schmeckte die Salzigkeit ihrer Haut, ihrer Nippel in meinem Mund. Es war schmerzhaft lange her, dass ich eine Frau, irgendeine Frau, in den Armen gehalten hatte, und ich war Allison dankbar dafür, dass sie sich mir schenkte oder mich zu ihr mitnahm, sehr, sehr dankbar, als sie mich auf den Rücken stieß und ihn mir mit unverhohlener Hingabe lutschte. Im nächsten Moment war ich bereits in ihr, und wenn ich auch nicht gerade ein Held war, so doch brauchbar und genügend standfest, und außerdem gab sich Allison völlig unkompliziert – sie führte ihn ein und nutzte ihn als Instrument ihrer Lust. So, als rührte sie mit einem Löffel Teig. Es gibt nichts Vergleichbares wie die samtene Feuchtigkeit einer Frau, und mein Kopf schwirrte.

»Moment«, sagte Allison plötzlich. »Nimm ihn kurz raus!«

»Was?«
»Alles okay. Nicht schlappmachen.«
Verdutzt wälzte ich mich im Dunkeln von ihr.
»Bin gleich wieder zurück.«
Sie fischte etwas aus ihrer Handtasche und rannte ins Bad. Das Licht blitzte auf, kurz bevor sich die Tür schloss. Ich wusste nicht, ob ich es ärgerlich oder verletzend oder lustig finden sollte. Dann ging die Tür auf, und Allisons nackter Schatten huschte durch das Dunkel ins Bett zurück.
Ich fragte mich, ob ich etwas in ihrem Atem roch. »Alles in Ordnung?«
»Nur eine letzte kleine Maßnahme.«
»Mhm«, sagte ich, als wüsste ich Bescheid, während ich mich gleichzeitig an die obskuren Stellen, wo bestimmte empfängnisverhütende Mittel zum Einsatz kamen, zu erinnern versuchte.
»So«, gurrte Allison und packte mich. »Wo waren wir stehen geblieben?«
Wir begannen von neuem, und natürlich sorgte die Unterbrechung für ein neues Ansteigen der Lust. Ich spürte, wie ihre Hände mich an sie zogen, so fest, dass ihre Stirn gegen meine Nase stieß. »Wenn ich mich ein bisschen eigenartig verhalte, Bill«, flüsterte Allison im Dunkeln, ihre Lippen an meinem Hals, »dann nimm es bitte nicht persönlich, ja? Pass einfach auf mich auf, ja?«
»Ja.« Aber ich hätte alles gesagt.
»Gut«, hauchte Allison. Sie zog mich näher an sich und biss mir plötzlich so fest in die Unterlippe, dass sie blutete. »Und jetzt«, forderte sie mit einem seltsamen, keuchenden Flüstern, einer Stimme, die ich bei ihr nie zuvor gehört hatte, »jetzt fick mich, was das Zeug hält, mach so lange, wie du …«
Das tat ich. Aber es dauerte nicht besonders lange, ein, zwei Minuten vielleicht, und dann, als ich fertig war, mein eigenes Stöhnen gestöhnt hatte, merkte ich, dass sie schlaff in meinen Armen lag.
»Allison?«
Mit ausdruckslosem Blick sank ihr Kopf zurück – und mich durchfuhr die Erinnerung an Wilson Doan Jr.
Mittlerweile blankes Entsetzen. »Allison? Hey!«
Ich setzte mich auf. Mit den Armen in den Hüften, lag sie leblos auf

dem Bett. Ich machte die Nachttischlampe an. Sie atmete langsam, mit geschlossenen Augen, gelegentlich zuckend. Ich ergriff ihre Hand, tief besorgt, ich könnte etwas Falsches getan, sie irgendwie verletzt haben, sodass sie sterben oder in Lebensgefahr schweben würde.

»Allison?« Nichts. Dann ein träges Blinzeln, die Zunge auf ihrer Unterlippe. *Wenn ich mich ein bisschen eigenartig verhalte, pass einfach auf mich auf.*

»Alles okay?«

Nichts. Das Zittern eines Lächelns spielte seltsam um ihre Mundwinkel.

Mir fiel ein, dass sie die Spülung nicht betätigt hatte, als sie kurz zuvor ins Bad verschwunden war.

Ich sprang hoch, stürzte ins Bad und schloss die Tür, ließ meine Hand auf der Suche nach dem Schalter fächermäßig über die Wand gleiten und wurde vom Anblick eines nackten Mannes erschreckt. Er sah auch nicht besonders gut aus. Die Augen panisch, das Haar zerzaust, der Ansatz eines Bauchs. Der Spiegel. Ich wartete, bis meine Augen sich an die Helligkeit gewöhnt hatten, dann durchsuchte ich den Badezimmerschrank. Make-up, Antibabypillen, Tylenol, das Übliche. Nichts Interessantes. Ich sah in die Kloschüssel. Nichts. Nichts in der Tasche des Bademantels an der Tür. Vielleicht hatte ich einfach – vielleicht sollte ich besser in den Abfalleimer sehen. Ich kniete nieder. Ja, da, in ein Nest aus Kosmetiktüchern und Zahnseide geworfen, lag ein kleines, mit einem breiten Deckel verschlossenes Glas. Ich hielt es ans Licht und schwenkte in einer essigartigen Flüssigkeit ein paar Fitzel von irgendeinem weißen Zeug und ein Stück Kohl herum. Ich schraubte den Deckel ab und roch am Inhalt des Glases.

Fischgeruch. Ja, Fischgeruch. Ohne Frage das, was von einem kleinen Stück Fisch übrig war. Shaou-tzou-Fisch.

Wäre ich ein anderer Mann als der, der ich bin, hätte ich Allisons Zustand vielleicht auf irgendeine Art schamlos ausgenutzt. Sie lag besinnungslos auf dem Bett, das Gesicht gelegentlich heftig zuckend, vollkommen wehrlos, fickbar, ermordbar. Ich hätte alles mit ihr machen können, ihre Schubladen durchwühlen, ihr den Kopf kahl rasieren. Und ich will auch nicht verleugnen, dass ich wütend war; unter dem Vorwand sexueller Zuneigung hatte sie mich eiskalt dazu benutzt, den Krankenpfleger für sie zu spielen, während sie auf Trip war. War es das, was sie mit ihren Männern machte? Spitzte sie sie an, damit sie das eine Vergnügen mit dem anderen kombinieren konnte? Der Fisch, wurde mir klar, musste wirklich gut sein, dass sie ein solches Risiko einging. Für den nicht sehr wahrscheinlichen Fall, dass sie sich erbrechen müsste, drehte ich Allison auf die Seite, und dabei sah ich, dass sie ein wenig ins Bett uriniert hatte. Das war traurig und ein bisschen rührend und höchst eigenartig, und meine Wut auf sie verrauchte. Was für eine wunderbare, einsame Frau. Was für eine Verschwendung ihrer Vitalität. Ich deckte sie zu, vergewisserte mich, dass sie es warm hatte. Sie wachte nicht auf. Fast eine Stunde lang prüfte ich alle paar Minuten ihren Puls. Er ging regelmäßig. Auch ihr Atem blieb regelmäßig. Wie viel Fisch hatte sie gegessen? Genug, um eine starke Wirkung zu erzielen, wesentlich stärker als die Wirkung, die am Abend zuvor die Männer verspürt hatten. Aber nicht so stark, dass sie in Gefahr war. Eine Dosis, die – na ja, genau richtig war. Eine Kunst, hatte sie gesagt, eine Kunst.

Eine Stunde später brachte ich Allison dazu, sich aufzusetzen und etwas Wasser zu trinken, und sie murmelte etwas mehr oder weniger Zusammenhängendes und sagte danke, es gehe ihr gut, ich solle ihr bitte verzeihen, und schlief wieder ein, wobei sie mich diesmal fest an sich drückte – als bedeutete ich ihr etwas.

Kurz nach sechs wachte ich auf, schoss kerzengerade hoch, und einen Augenblick lang wusste ich nicht, wo ich war. Dann sah ich Allison neben mir, die ein seidenes Kopfkissen umklammert hielt. Sie atmete entspannt und hatte ein Nachthemd angezogen. Oder hatte ich es ihr angezogen? Ich konnte mich nicht erinnern. Ich betrachtete sie. Inzwischen ging es ihr wieder gut. Warm, ruhig atmend. Ich wand mich behutsam aus dem Bett, spürte einen Anflug des alten häuslichen Rhythmus. Mann, Frau, Bett. Kaffee, Sonnenlicht, und wo ist meine Hose? Es war eine verrückte Nacht gewesen, und ich wollte mich in meine Wohnung zurückziehen, mich duschen und rasieren. In der Küche genehmigte ich mir ein paar Schlucke von dem Orangensaft im Kühlschrank und überflog nebenbei Allisons Bücher, erstaunlich viel katholischer Mystizismus und natürlich Romane von toughen jungen Autorinnen.

Ich wanderte an den Fenstern im Wohnzimmer entlang und beobachtete, wie draußen der Tag begann, die Sonne auf Ziegel und Regenrinnen fiel, die Taxis auf der Avenue zahlreicher wurden. Ich gestehe meine Wehmut in diesem Moment. Man erreicht ein bestimmtes Alter und weiß, dass ins Bett zu hüpfen nicht so einfach ist, wie es einmal war – nicht, dass es das jemals gewesen wäre. Aber jetzt sickerte die Realität schneller herein. Leute reiben sich mit begrenzten Erwartungen und vorsichtiger Geduld aneinander. Sie hatte mich in ihre Wohnung gelockt, damit sie sich eine Dosis von ihrem Fisch reinziehen konnte und beim Einschlafen gefickt würde. Fisch-gefickt. Erklärte das die Prozession netter Luschen, mit denen sie vor Jay Rainey etwas gehabt hatte? Typen, bei denen man sich darauf verlassen konnte, dass sie sich nicht an ihr vergingen, wenn sie auf Trip war?

Und wie stark berührte mich das? Ich war nicht sicher. Ich ließ meine Stirn gegen die kühle Fensterscheibe sinken, wodurch das Glas leicht beschlug, und richtete den Blick langsam auf die andere Straßenseite. Dort sah ich eine Frau in einem weißen Morgenmantel Kaffee in eine Tasse gießen. Ich konnte sie im Morgenlicht ziemlich gut erkennen. Jung, aber auch nicht so jung. Sie war nicht meine Frau. Aber sie hätte es einmal sein können. Die demographischen Parameter lagen nicht weit daneben. Ich sah ihr zu, wie sie Milch in ihren Kaffee goss. Sie griff in den Küchenschrank und nahm vier Müslischalen heraus, eine nach der anderen. Hier war eine Mutter, die pflichtbewusst den Tag begann. Keine Frau, die einsame Fischfickpartner abschleppte. Ihre Ganzheit machte mich traurig, ließ mich nicht nur an Judith in den guten Zeiten denken, sondern auch an die Mutter des kleinen Wilson Doan. Ich hatte ihren Sohn umgebracht. Wer kann den Kummer einer Mutter ermessen? Wer kann sagen, wie tief er reicht? Jetzt sah die Mutter auf die Uhr an der Wand und verließ die Küche. Was war mit meinem Leben passiert? Es war von der erwarteten Flugbahn, dem geplanten Vektor abgekommen, ein rissiger, unkrautdurchsetzter Highway nach nirgendwo.

Ja, das Bild von Häuslichkeit auf der anderen Straßenseite erfüllte mich mit Sehnsucht und Schmerz – da war es, so nah wie vom Logenplatz bei einer Broadway-Vorstellung –, und ich wollte mich schon abwenden, als ich die Frau zwei Fenster weiter ein Zimmer betreten sah. Sie beugte sich behutsam über ein Bett und weckte anscheinend jemanden, der daraufhin aufstand, sich etwas zum Anziehen überwarf und das Schlafzimmer verließ. Hinter einem größeren, näher am Park gelegenen Fenster ging Licht an. Die Gestalt erschien – sie trug ein viel zu großes kariertes Männerhemd – und setzte sich an ein Klavier. Es war eine junge Frau, eigentlich ein Mädchen …

… Sally Cowles.

Ja, es war Sally Cowles, die sich ans Klavier setzte, das Profil mir zugewandt. Die Frau – ihre Stiefmutter, vermutete ich – erschien mit einem Glas Saft, nickte aufmunternd und deutete auf ein Notenblatt. Sally Cowles übte Klavier. Sally Cowles wohnte genau gegenüber von Allison Sparks. Jay Rainey war besessen von Sally Cowles. Mir fiel Allisons Geschichte ein, wie sie Jay in dem kleinen Frühstückslokal in der Nähe ihrer Wohnung kennen gelernt hatte. Er hatte ihr erzählt, er sei nur wegen eines Geschäfts in der Gegend. Doch was für einen anderen Grund könnte Jay gehabt haben, sich in dieser Gegend aufzuhalten, als Sally Cowles? Er hatte keine Geschäfte außer dem Haus in der Reade Street, keinen Grund, in die Upper East Side zu kommen.

In diesem Moment kam Allison in ihrem Seidennachthemd aus dem Schlafzimmer.

»Morgen!«, rief sie gut gelaunt.

»Hi.«

Sie kam von hinten auf mich zu, rieb mit den Händen über meine Brust. Ich drehte mich um. Allison lächelte mich an, forschte nach meiner Stimmung. Sei nicht böse auf sie, sagte ich mir. Es ist nur die Einsamkeit. Die übliche alte Leier. Auf ihrer Seite und auf meiner.

»Ach, ihr Männer seid alle gleich.«

»Sind wir das?«

»Na ja, *größtenteils.*«

Ich gab irgendeinen Laut von mir. »Und warum sind wir alle gleich, größtenteils?«

»Ach, nichts. Es ist nur, weil Jay das auch immer gemacht hat.«

»Was?«

»Hier zu stehen und über die Straße zu schauen.«

Ja, natürlich, dachte ich, während mir alle meine Befürchtungen erneut durch den Kopf schossen. Er hat dich nur deshalb in dem Glauben gelassen, du hättest ihn verführt, damit er in deine Wohnung kommen und die junge Sally Cowles beobachten konnte.

| Sieben |

Als ich wenige Minuten später Allisons Wohnung verließ, fragte ich mich, was beunruhigender war, Allisons berechnende Verführung oder der Umstand, dass Sally Cowles direkt ihr gegenüber wohnte. Allison hatte mich das Mädchen beobachten sehen, und das in aller Deutlichkeit, und nach ihrer beiläufigen Bemerkung, Jay habe das Gleiche getan – ein unverhohlener Versuch, ihre Befürchtungen zu zerstreuen –, hatte ich nichts gesagt, sondern sie nur verständnislos angesehen, um dann wieder auf die andere Straßenseite zu schauen. Daraufhin machte Allison zwei schockierte Schritte zurück, die Arme plötzlich über der Brust gekreuzt, die Augen zitternd und bestürzt, als hätte sie einen Schlag ins Gesicht bekommen. Warum waren die zwei Männer, die zuletzt in ihre Wohnung gekommen waren, *beide* auf ein junges Mädchen fixiert, das gegenüber wohnte? Einen Augenblick lang dachte ich, Allison würde zum Telefon stürzen und die Polizei anrufen. Aber sie blieb wie angewurzelt stehen. Tatsache war, wir waren beide perplex – als einander Fremde bloßgestellt, als in Jays seltsamer psychischer Maschinerie gefangene Silhouetten. Fast wäre ich damit herausgeplatzt, dass das Mädchen die Tochter eines seiner Mieter war und dass er von ihr besessen zu sein schien, doch ich konnte mich gerade noch zurückhalten.

Aber Allison hatte gesehen, dass ich es ihr fast gesagt hätte. »Du *weißt*, wer dieses Mädchen ist!«, fuhr sie mich an. »Ich kann es dir ansehen!«

Ich griff nach meinem Mantel, spürte den Derek-Jeter-Ball in der Tasche. »Ich gehe jetzt besser.«

Allison gefiel mein übertrieben ruhiger Ton nicht. »Was ist da los?«

Ich sagte es ihr nicht, weil ich es nicht wusste. Was *war* hier los? Während ich, eingezwängt zwischen Pendlern auf dem Weg nach Downtown, mit der U-Bahn nach Hause fuhr, wusste ich nicht, weswegen ich mir mehr Sorgen machen sollte, wegen H. J. oder Marceno oder Sally Cowles. Das beschäftigte mich so stark, dass ich mich, nur wenige hundert Meter von meiner Wohnung entfernt, die Schultern gegen die Morgenkälte hochgezogen, an mein Mittagessen mit Dan Tuthill an diesem Tag erinnerte. Er war eine Verbindung zu meinem alten Leben, eine, die ich mir erhalten wollte. Ich würde ausgiebig duschen, mich zusammenreißen und Tuthill beim Mittagessen dezent um irgendwelche Job-Tipps anhauen. Ich beschleunigte meine Schritte, und fast im selben Moment sah ich auf dem Gehsteig einen alten Mann an mir vorbeigehen, der eine auffällige rote Seidenkrawatte trug, die derjenigen auffallend ähnlich sah, die Judith mir viele Weihnachten zuvor geschenkt hatte, zu einer Zeit, als ich nachts noch keine Leichen wegschaffte oder mit Frauen schlief, die von psychedelischem Fisch abhängig waren. Der Mann, der in einem Militärparka und einer Wollmütze an mir vorbeischlurfte, hatte eine gewisse triumphierende Energie in seinem Blick, als hätte er die Taschen voller Konterbande, und die rote Seidenkrawatte, die an ihm so völlig fehl am Platz wirkte, hätte mich warnen sollen, dass dies genau der Fall *war.*

Als ich um die Ecke bog, sah ich eine Traube Obdachloser, Bürojungen und Textilarbeiterinnen vor meinem Haus, von denen sich einige um einen Haufen Gerümpel auf der Straße rauften. Jemand hatte mit einem Auto angehalten und schaufelte Kleidungsstücke und Haushaltsgegenstände in den Kofferraum. Ich kam näher. Das Zeug sah aus wie – wie *meins.* Ich sah zu meinem Wohnungsfenster hoch. Es war zertrümmert, Glas, Rahmen und alles.

Ich rannte los und stürmte ins Haus, die Treppe hinauf. Im zweiten Stock fand ich meine Wohnungstür offen, eine Angel herausgerissen, das Schloss zersplittert. Der Anblick war so unglaublich, dass ich dachte, ich hätte mich im Stockwerk geirrt. Sie – wer immer sie waren – hatten die Wohnung leer geräumt, buchstäblich alles, was ich besaß, aus den zwei Fenstern geworfen: Bett, Tische, Stühle, Kleider, Töpfe und Pfannen, meinen alten, lange nicht benutzten Tennisschläger, Kontoauszüge, Scheckheft, Scheidungsunterlagen, das Essen im Kühlschrank, einfach *alles* davon, Badetücher, Bücher, Kissen, den Teppich, CDs, das Putzmittel unter der Spüle, die Stereoanlage, die sauberen Socken, den ganzen schäbigen Müll eines noch schäbigeren Lebens. Ich sah in die Schränke. Leer, nicht ein Kleiderbügel. Ich sah unter der Spüle nach. Nichts. In der Ecke pfiff der Heizkörper, als der Dampf in den Heizungsrohren des Hauses hochstieg. In frischer Nacktheit war die Wohnung auf ihre Essenz reduziert: erbärmlich, schmutzig, klein. Ein Loch.

Doch halt – eine Sache hatten sie mit einem Anflug von Sadismus im Wohnzimmer gelassen: einen Besen, beiläufig gegen die Wand gelehnt. Ich ging ans Fenster und sah hinaus. Mein ehemaliger Besitz war zwanzig Meter über den Gehsteig und in den Rinnstein verstreut. Was auf die Straße hinausgepurzelt war, wurde immer wieder von dieselqualmenden Lkws überrollt.

Im Schlafzimmer kringelten sich an der Wand, an der mein Bett gestanden hatte, 50 Zentimeter hohe rote Sprühlack-Buchstaben: GIB MIR WAS ICH WILL. Wie vor den Kopf geschlagen, sank ich auf ein Knie nieder.

»Niemand hat sie gesehen«, ertönte hinter mir eine Stimme. Es war der nette und nicht besonders tüchtige Hausverwalter. Er hielt einige Umschläge in der Hand. »Das heißt, sie haben gesehen, dass es zwei Kerle waren, mehr nicht.«

»Weiße? Schwarze?«

»Wie gesagt, mehr hat niemand gesehen.« Er ließ den Blick über die nackten Wände gleiten. »Ich habe bei der Polizei angerufen, aber wer weiß, wann sie auftauchen.«

Er hielt die Umschläge hoch. »Ihren Briefkasten haben sie auch aufgebrochen. Erwarten Sie was Bestimmtes?«

Wie betäubt von dem Vorfall, schüttelte ich den Kopf.

»Sie, äh …« Er betrachtete mich in der Absicht, der Sache auf den Grund zu gehen. »Demnach wissen Sie wohl, warum sie das getan haben? Sie wissen, wer diese Leute sind? Die Polizei wird bestimmt viele Fragen haben.« Er sah mich bedeutungsvoll an, wie ein Mann, der in seinem Leben schon zu viel gesehen hat – verblutete Leichen in Badewannen, steif in ihren Betten zusammengekrümmte Witwen, in Brand geratene Küchen, leblos auf der Treppe liegende Säufer. »Ich weiß nicht, wer schuld an dem Ganzen ist, weiß nicht, ob die es sind oder *Sie*. Ich weiß nicht, ob Sie was getan haben, weswegen irgendwelche Leute stinksauer auf Sie sind, und ob sie noch mal herkommen werden, verstehen Sie?«

»Ich weiß, was Sie meinen«, sagte ich.

»Deshalb habe ich Ihnen Ihre Post gebracht, nur für den Fall, wissen Sie …«

»Für den Fall, dass ich mich hier eine Weile lieber nicht mehr blicken lassen will.«

»Ganz richtig, ja.«

»Ich werde für die Tür, das Fenster, alles aufkommen.«

Er nickte, nicht besänftigt, und seine Stimme zeigte seine wahre Stimmung: »Warum ziehen Sie nicht aus, Mr. Wyeth? Ich meine, *jetzt.* Wir wollen hier keinen Ärger. In diesem Haus wohnen nur friedliche Leute.«

»Ich …«

»Die Polizei ist bereits unterwegs, Mr. Wyeth. Sie werden einige Fragen an Sie haben.«

Ich nahm ihm die Post aus der Hand, steckte sie in meine Manteltasche und ging auf den Flur hinaus. Draußen sah ich einen Mann, der einen Bilderrahmen in der Hand hielt – Timothy in seinem Baseball-Dress, den Schläger auf die Schulter gelegt, ein glückliches Grinsen im Gesicht.

»Geben Sie her«, sagte ich. »Das ist mein Sohn.«

»Du kannst mich mal.«

»Das gehört alles mir!«, brüllte ich.

»Nicht mehr.«

»Gib das Bild her.«

Er begann, den Rahmen auseinander zu brechen, und ich hob auf, was einmal ein Bein meines Küchentisches gewesen war. »Du kannst den ganzen Kram hier haben«, erklärte ich und fuhr mit den Händen über die Kleider und Schuhe und Küchenstühle, den ganzen Kram. »Aber lass mir das Bild meines Sohnes!«

»Leg den Prügel weg.«

»Nein«, sagte ich.

»Einen Scheiß geb ich dir …«

Der tote Herschel auf einer Planierraupe, der mysteriöse Jay Rainey, die seltsamen nächtlichen Aktivitäten Allisons – vor Ärger über sie alle holte ich mit dem Tischbein aus und traf den Mann an der Schulter. Er jaulte auf, außer sich vor Wut.

»Ich bring dich um, du Drecksau!«

»Von wegen!«, knurrte ich so sehr außer mir, wie ich es bisher noch nicht erlebt hatte. »Ich prügel dich so lange, bis du mir dieses Bild gibst, ist das klar? Also, was ist?« Ich holte mit dem Tischbein aus wie mit einem Baseballschläger. »Voll auf den Kopf, kapiert?«

Er schleuderte das Foto zu Boden, und das Glas sprang. Ich griff danach. Ich wollte das Gerümpel nach meinem Scheckheft und weiteren Fotos von Timothy durchwühlen, aber ein Polizeiwagen bog um die Ecke. Ich machte mich aus dem Staub, drückte mich die Straße hinunter, inzwischen kaum mehr als ein Stadtstreicher, gejagt und allein.

Ich war in einem neuen Hemd zum Mittagessen unterwegs und nur noch einen Block vom Harvard Club entfernt, als mir klar wurde, wen ich anrufen musste. Martha Hallock.

»Sie schon wieder?«, sagte sie. »Der Großinquisitor?«

»Jay wird mächtig Ärger kriegen, Martha. Ich versuche, ihm zu helfen.«

»Das bezweifle ich.«

»Es sind alle möglichen Leute hinter ihm her, Martha, und ich kann ihn nicht erreichen.« Ich versuchte, die Wut und die Angst aus meiner Stimme zu nehmen. »Sie waren doch am Zustandekommen dieses Deals beteiligt, oder? Inzwischen setzen ihn diese Leute gewaltig unter Druck. Und mich auch. Wir müssen ...«

»Da kann ich Ihnen leider nicht helfen.«

»Danke«, sagte ich und fügte hinzu: »Sie blöde alte Hexe.«

Es kam keine Antwort, nur eine Reihe pfeifender, flacher Atemzüge. Endlich kehrte Marthas Stimme zurück, nicht mehr trotzig, sondern eher irgendwie bedrückt. »Wie schlimm ist es?«

»Ziemlich«, sagte ich. »Und ich weiß nicht mal, wo er ist.«

»Also, das weiß ich auch nicht.«

»Aber Sie könnten mir sagen, worum es hier eigentlich geht.«

»Das könnte ich ...«

»Aber?«

»... aber ich habe meinen Besen nicht hier.«

»Ihren Besen?«

»Ja, die blöde alte Hexe möchte zu dem unhöflichen New Yorker Anwalt kommen und mit ihm reden, aber sie hat keinen Besen. Allerdings *könnte* die blöde alte Hexe morgen Vormittag den Zehn-Uhr-Bus in die Stadt nehmen, denke ich.«

»Der unhöfliche New Yorker Anwalt würde sich geehrt fühlen.«

»Die alte Hexe ist dick und schlecht zu Fuß«, fuhr Martha fort, »und wird Hilfe brauchen.«

»Da sehe ich keinerlei Probleme. Würde sie auch gern irgendwo schön essen gehen?«

»O ja.«

»Wie wär's mit Mittagessen in einem hervorragenden alten Steakhouse?«

»Spitze, wie wir zu sagen pflegten, als ich jung war, damals im siebzehnten Jahrhundert.«

»Hexen werden ziemlich alt.«

»Zu alt, Mr. Wyeth, das ist das Problem.« Sie legte auf.

Jetzt stand ich vor dem Harvard Club, noch nicht ganz in der Verfassung hineinzugehen. Ein kalter Manhattan-Regen, die Sorte, von der nichts als Unbill zu erwarten ist, fegte in dicken Schwaden über die Avenue und klatschte gegen das Gebäude. Ich sah Dan Tuthill an der Garderobe im Vorraum auf mich warten. Er schaukelte auf den Absätzen, inspizierte die Manschetten seines Hemds und sah, auch wenn das unmöglich war, ein bisschen dicker aus als zwei Tage zuvor. Ich trat ein, und er schüttelte mir die Hand. Wir gingen schnurstracks in den Speiseraum, wo wir einen Tisch zugewiesen bekamen. Nachdem wir bestellt hatten, fragte ich: »Wie geht's Mindy?«

»Gut. Das heißt, du weißt ja, wie es war mit mir ...« Dan seufzte. »Es geht, na ja, wir haben die Kinder, sage ich immer.«

»Und was macht dein Leben als Anwalt?«

»Das Übliche. Zuhälter und Arschmaden.«

»Was von beidem bist du?«

»Mal dies, mal das – je nach Bedarf.«

»Was macht mein spezieller Freund Kirmer?«

Dans Lächeln fiel in sich zusammen. »Kirmer? Er schmeißt inzwischen den Laden, Bill.«

»Und was machen ...?«

»Die ganzen anderen Typen? Alle weg. Er hat jeden Einzelnen von ihnen abserviert. Mit Stromkabel gefesselt und in den Fluss geworfen.« Er lächelte. »Nichts ist mehr wie früher, Bill, die Sekretärinnen, wie alles organisiert ist. Ich komme mir vor wie ein Dinosaurier, und das mit vierundvierzig!« Er lächelte zum Kellner hoch. »Scotch on the rocks, einen doppelten.« Er sah wieder mich an. »Und mir gefällt nicht, woher der Wind inzwischen weht. Um *wettbewerbsfähig* zu sein, musst du heute tausend Anwälte angestellt haben! Das Geschäft ist so global, so komplex. Diese ganzen jungen Inder, die in New York und Bombay eine Zulassung als Anwalt haben und dazu noch einen Abschluss in Informatik oder Biotechnologie. Sie sind tatsächlich cleverer als du oder ich, Bill, das ist die traurige – und beschissene – Wahrheit. Deshalb bewegt sich die Kanzlei jetzt in eine Richtung, in die viele von den Alten nicht mitgehen können.«

»Aber du sitzt fest im Sattel, oder?«

»Sie müssen mich auszahlen, wenn ich aussteige, und das wird nicht gerade billig für sie.« Wir saßen da, und Dan paddelte mit dem Löffel in seiner Suppe, um den Dampf aufsteigen zu lassen. »Ich habe gehört, du hast nicht viel gemacht«, sagte er behutsam.

»Ich?«, sagte ich. »Nein.«

»Nicht mal ein bisschen Arbeit?«

»Ein bisschen. Aber sehr wenig.«

»Machst du irgendwas anderes?«

Ich schüttelte den Kopf.

»Was sie mit dir gemacht haben, Bill, war schlicht kriminell.«

Ich zuckte die Schultern. »Sie hatten gute Anwälte.«

»Allerdings.« Dan beugte sich vor. »Deshalb, hör zu. Ich werde Kirmer sagen, er kann mich mal gern haben.«

»Du willst aussteigen?«

»Und das schleunigst. Sollen diese Säcke in ihrem eigenen Saft vergammeln. Ich habe ein bisschen was auf die hohe Kante gelegt, ich kriege meinen Anteil als Teilhaber ausbezahlt, und ich habe Mindys Vater.«

»Das verstehe ich nicht ganz.«

Dan setzte sich zurück und rieb sich die Brust, was, erinnerte ich mich, hieß, dass er eine Geschichte zu erzählen hatte. »Du weißt ja, ich bin kein Kostverächter, ich habe immer was nebenher laufen.«

»Das habe ich mir immer schon gedacht«, sagte ich.

»Du dagegen hast ja den Hosenladen immer schön zu gelassen.«

»Ich bin eben Konformist«, sagte ich. »Stinklangweilig.«

Er brummte.

»Wie dem auch sei, Mindys Vater.«

Er konnte es kaum erwarten, darüber zu sprechen, merkte ich. »Ziemlich verrückte Geschichte, Bill. Etwas, womit du nie rechnen würdest. Vor drei Wochen ruft mich Mindys Dad an, sagt, er möchte Golf spielen. Ich sage okay, und wir fahren zum National in East Hampton raus. Wunderschön. Er ist ein ziemlich außergewöhnlicher Typ, hat in den siebziger Jahren mit den Fluggesellschaften ein Vermögen gemacht. Er muss so an die zweihundert Millionen haben. Kann vom Zinseszins leben.«

»Kriegt Mindy etwas davon?«

»Ja, eines Tages, aber der Kerl wird bestimmt neunzig, mindestens. Er hat einen Ruhepuls von vierundfünfzig, Blutdruck siebzig zu vierundneunzig.«

»Sympathisch?«

»Nein. Ganz und gar nicht. Ein richtiger Scheißkerl. Spielt alle gegeneinander aus. Hat nicht genügend mit sich selbst zu tun. Seine Frau ist vor zehn Jahren gestorben, und jetzt hat er diese schöne Japanerin, die mit ihm zusammenlebt. Das ganze Haus ist voll mit irgendwelchem japanischem Kram. Bambusmatten, Jadesachen. Und jeden Abend Fisch und Reis. Er sieht richtig gut aus, richtig *relaxed*. Wenn du mich fragst, kümmert sie sich um alles. Diese Geschichte mit den unterwürfigen Asiatinnen? Alles Quatsch. Sie ist diejenige, die den Laden schmeißt. Er hat schon lange nichts mehr zu melden.«

»Na ja, immerhin sitzt er immer noch auf über zweihundert Millionen Dollar.«

»Wir spielen also ein paar Löcher. Ich warte einfach ab. Nichts. Er spielt gut, ich katastrophal. Ich schlage die Bälle weiß Gott wohin.«

»Nervös.«

»Und wie. Und dann ist am sechsten Tee eine Bank. Er sagt, setzen wir uns doch.«

»Jetzt kommt's.«

»Ja.« Dan nickte, als die Vorspeise kam. »Wir setzen uns. Er zieht seinen Golfhandschuh aus und legt ihn auf mein Knie. Sagt, hör zu, ich weiß, du fickst eine andere Frau außer meiner Tochter, vielleicht sogar mehr als eine.«

»Er hat dieses Wort benutzt?«

»Ja, *ficken,* was natürlich ein schlechtes Zeichen ist. Weil es wütend klingt.«

Ich stimmte ihm zu. »Sehr aus dem Bauch raus.«

»Ich denke mir, o nein, er ist sauer, er zieht mir mit seinem Siebenereisen eins über. Er sagt, frag mich nicht, woher ich das weiß, jedenfalls weiß ich es. Die Welt ist klein.«

»Und? Stimmt es?«, fragte ich.

Dan hob die Handfläche. »Da muss ich mich auf das fünfte Amendment berufen, Senator.«

»Na schön.«

»Und dann sagt er, ich weiß, Mindy ist eine Nervensäge. Ich habe sie großgezogen. Ich weiß, wie sie ist. Aber du darfst sie nicht verlassen. An diesem Punkt mache ich mir schon mehr oder weniger in die Hosen. Ich sage, okay. Er sagt, nein, das meine ich wirklich. Ich weiß, sie hat Übergewicht. Eigentlich hat er fett gesagt. *Er* hat dieses Wort benutzt, bei *seiner* Tochter! Ich habe sozusagen abgewinkt, du weißt schon, ist nicht weiter tragisch. *Ich* bin schließlich auch fett. Aber sie ist fett geworden. Richtig fett. Sogar absichtlich fett. Das nur unter uns, Bill, aber es stellt ein Hindernis dar. Ein sexuelles Handikap. Die einzige Art, wie es, ehrlich gesagt, noch geht, ist von hinten.«

Ich hob die Hände vor meine Brust. »Hör zu, ich habe dich nicht gebeten, mir das zu erzählen – was nicht heißt, dass es nicht hochinteressant wäre.«

»Keine Sorge, das hat alles seinen Grund. Es hängt sogar mit deiner Zukunft zusammen.«

»Die Position, die du beim Sex mit deiner übergewichtigen Frau einnimmst, hat Auswirkungen auf meine Zukunft?«

»In gewisser Weise schon. Hör einfach zu. Also, Mindys Vater sieht mich an und sagt …«

In diesem Moment läutete mein Handy.

»Geh schnell dran.« Dan war gereizt. »Das mögen sie hier nicht.«

»Martha?«, meldete ich mich auf gut Glück. »Haben Sie es sich anders überlegt?«

»Yo, Mann!« Eine Männerstimme. »Ist das die richtige Nummer?«

»Wie bitte?«

»Hey, ich suche da einen Typen, er hat mir diese Nummer gegeben. Aus Brooklyn.«

Dan beobachtete mich.

»Helmo?«, fragte ich.

»Ja. Ich habe die Adresse, die, über die wir geredet haben. Dieser Rainey ist heute Vormittag wieder aufgetaucht, hat eine Stunde Bälle geschlagen. Ich bin ihm nach Hause gefolgt. Ich will meine dreihundert Piepen.«

»Wie ist die Adresse?«

»Für wie blöd hältst du mich eigentlich?«, knurrte er in mein Ohr. »Erst lässt du die dreihundert rüberwachsen!«

»Okay, dann treffen wir uns«, schlug ich vor.

»In einer halben Stunde vor dem Red Hook.«

»Das geht nicht.«

»Und warum nicht, verdammte Scheiße?«

Ich machte mir Sorgen, Dan könnte die Stimme an meinem Ohr hören. »Wie wär's um drei Uhr nachmittags?«

»Aber dass du auch wirklich kommst. Sonst erzähle ich Rainey von dir.«

Ich steckte das Handy ein.

»Wer war das?«, fragte Dan.

»Ein Typ, der mich wahrscheinlich reinlegt.«

Er nickte nüchtern. »Okay, also wo war ich? Ach ja, Mindys Vater, richtig. Wir sitzen auf der Bank am sechsten Tee. Und er sagt, ich weiß alles, was du gerade denkst oder denken wirst. *Ich weiß es.* Ich sitze also da, fühl mich wie Schischkebab. Bin pürierter Schwiegersohn. Dann sagt er, ich weiß genau, was für ein Kerl du bist.«

»Was?«

Den Mund voll Essen, nickte Dan nachdrücklich. »Er sagt, ich weiß genau, was für ein Kerl du bist. Dann sagt er, aber du darfst sie nicht verlassen. Ich sage, ich habe nicht vor, sie zu verlassen, das würde den Kindern zu sehr wehtun. Er lässt sich nichts vormachen. Er sagt, er hat im Lauf der Jahre zwanzig oder dreißig seiner Freunde das Gleiche sagen hören. Trotzdem verlassen sie dann ihre Frauen, sobald die Kinder aus dem Haus sind. Mindy wird dich nie verlassen, sagt er. Dazu hat sie nicht den Mumm, selbst wenn sie es wollte. Sie ist schwach. Das stimmt. Außerdem, sagt er, außerdem liebt sie dich zu sehr, von den Kindern erst gar nicht zu reden. Ich komme mir wie ein Schwein vor, als er das sagt. Er hat natürlich Recht, Mindy mit ihren Mondkalb-Augen, wie sie mir an den Lippen hängt, wie sie schaut, ob ich glücklich bin, wie sie schaut, ob ich was zu trinken habe. Sie würde *alles* für mich tun, Bill, an meinen beknackten Zehen lutschen, alles … was mir natürlich total auf den Wecker geht! Sie hat jede Selbstachtung verloren, sie will nur geliebt werden, aufgefüllt werden, wie der Zweitausend-Liter-Öltank, den ich im Keller habe. Riesig, extragroßes Fassungsvermögen! Genau so ist Mindy, sie liegt im Bett, ihre fetten Beine von sich gestreckt, und ruft nach mir, so ungefähr, ach, komm doch bitte, mach's mir, bitte, *bitte,* und dazu winkt sie mit den Armen und stöhnt, ach, komm doch und sag mir, es ist alles gut. Und irgendwie bricht es mir das Herz, aber irgendwie nervt es mich auch wahnsinnig.« Hier hielt Dan kurz inne, die Augen zusammengekniffen, um den Mund ein böses kleines Lächeln. »Ich stehe auf diese dünnen Mädchen, die so richtig harte Nüsse sind, Mann – die raffinierten, zickigen, die man erst knacken muss.«

Er atmete schwer aus, stürzte seinen Drink hinunter.

»Hey, Dan«, sagte ich. »Wir sind noch kaum mit der Suppe fertig.«

»Ja, und dann sagt er, ich will dir einen Vorschlag machen. Und ich, okay, und wie sieht der aus? Und er, wenn du jetzt nicht zusagst, kriegst du dieses Angebot nie wieder. *Nie.*«

»Und?«

»Er sagt, zwei Millionen Dollar und du versprichst mir, meine Tochter nie zu verlassen.«

»Zwei Millionen?«

»Ich kriege erst mal den Mund nicht auf. Denk dran, für ihn ist das nicht besonders viel Geld. Er sagt, ich weiß, du willst wissen, was der Haken an der Sache ist, was die Bedingungen sind. Ich sage, na ja, klar. Ich versuche, ganz locker zu sein, als ich es sage, aber mir bleibt fast das Wort im Hals stecken. Er sagt, ich würde einem anderen Mann nie sagen, er soll nicht rumvögeln. Das wäre unrealistisch. Man muss den großen Hund jagen lassen und das alles. Also, das sind meine Bedingungen, sagt er. Erstens, du verlässt Mindy nie. *Nie.* Einfach so. Ein bisschen beängstigend. Zweitens, du lässt dich sterilisieren. Damit, selbst wenn du nebenher was laufen hast, niemand von dir schwanger wird, und drittens, du verwendest das Geld genau so, wie ich dir sage, und verschleuderst es nicht einfach.«

»Also nichts von wegen einen Weinberg kaufen.«

»Keinen Weinberg, kein Schloss in Schottland, nichts dergleichen.«

»Und?«

»Er sagt, du kannst es dir überlegen, während ich abschlage. Sobald ich den Abschlag gemacht habe, sagt er, komme ich zurück und bekomme deine Antwort. Wenn du keine Antwort gibst, sagt er, fasse ich das so auf, aus dem Geschäft wird nichts. Wenn du nein sagst, mache ich dir dieses Angebot nie wieder. *Nie.*«

»Und das glaubst du?«

»Absolut.«

»Sagt er dir denn, wie du das Geld verwenden musst, bevor du einwilligst, es anzunehmen?«

»Das habe ich ihn gefragt. Die Antwort war nein.«

»Ganz schön hart.«

Dan nickte, wenn auch nicht ohne ein gewisses Maß an Respekt vor dem Alten. »Dann sagt er, wenn du ja sagst, stelle ich dir einen Scheck aus und gehe davon aus, dass du zu deinem Wort stehst. Außerdem schickst du mir eine Kopie der Rechnung für die Vasektomie.« Dan warf die Hände in die Luft, die Gabel über seinem Kopf. »Bill! Er will einen Beleg dafür, dass sie mir die Eier weggesäbelt haben! Dann geht er zum Abschlag, legt seinen Golfball aufs Tee und holt den Driver raus.«

»Er erzwingt eine Antwort.«

»Ja, und ich bin ein bisschen sauer … und ein bisschen schockiert.«

»Richtiger Hodenpoker.«

»Total.«

»Eine regelrechte Entmannung, wenn der Schwiegervater auf einer Sterilisation besteht.«

»Wem sagst du das?« Dan schob seinen leeren Teller von sich. »Er legt sich also den Ball zurecht, nimmt den Schläger und drischt ihn raus. Der Ball verschwindet. Dann zieht er sein Tee raus und kommt zu mir zurück. Ich sitze noch auf der Bank. Ich habe mich nicht von der Stelle gerührt.«

»Du hast beschlossen, ja zu sagen.«

»Ich habe beschlossen, nein zu sagen.«

»Tatsächlich?« Das sah nicht nach dem Dan Tuthill aus, den ich in Erinnerung hatte, immer auf der Suche nach der nächsten Cash-Pfeife, an der er nuckeln konnte.

»Aber sicher. Ich meine, so einfach lasse ich mich nun auch wieder nicht kaufen! Der kann mich mal! Mindy hat einen Arsch wie ein runzliger Wasserball! Sie versucht es zu verbergen, aber ich sehe es trotzdem. Außerdem senkt Vögeln meinen Testosteronspiegel! Deshalb denke ich, noch ein paar Jahre, lass die Kinder mit der Schule fertig werden, dann kann ich mich von ihr trennen und Jagd auf die Cha-cha-chas machen, die ich ständig in den Bars sehe.« Er beugte sich wieder zu mir vor, einen schläfrigen Ausdruck um die Augen. »Machst du dir eigentlich eine Vorstellung von dem Fick-Potenzial, das da draußen rumschwirrt, Bill? Sogar für einen fetten, alten Sack wie mich? Ihre Eierstöcke schmettern wie Trompeten von den Bergen! *Mach uns schwanger, mach uns schwanger, unternimm etwas gegen dieses ganze Ös-tro-gen!* Sie können gar nicht anders, Bill! So sind sie programmiert, es ist biologisch. Diese ganzen Apartmenthäuser voller unverheirateter Frauen? Östrogenpaläste!« Er deutete auf seine Brust. »Ich bin goldrichtig. Ich bin wohlhabend, körperlich unattraktiv und absolut unheiratbar. Total kontra-intuitiv, und die meisten Frauen würden es nie zugeben. Ich bin ideal für die Frauen, die Sex, irgendeine Art von Sex, brauchen, sich aber auf niemanden einlassen wollen, auf den sie sich dann vielleicht doch einlassen könnten! Verstehst du das? Es ist eine Nische. Es *sagen* zwar alle, dass sie die guten Jungs oder die künftigen Ehemänner suchen, aber das sind genau die, bei denen sie Panik kriegen! Bei Typen wie *mir*, da wissen sie, dass sie nichts zu befürchten haben. Verstehst du? Ein bisschen amüsantes Geplauder, ein paar Drinks, ein bisschen Gerammel, bis bald, hab deine Visitenkarte verloren, was soll's, wo kein Schaden, da kein Kläger. Habe ich etwa nicht Recht?«

»Also, ich weiß nicht.« Irgendwie hörte sich das trotz meines unschönen Abgangs aus Allisons Wohnung an diesem Morgen ganz schön hart an.

»Die Mädels sind verzweifelt, Mann! Sie wollen es zwar nicht zugeben, und sie *würden* es auch nie im Leben zugeben, aber so ist es! Deshalb denke ich mir, ich gehe auf die fünfzig zu, ich bin wieder

Single, ich specke dreißig Kilo ab, ich habe zehn Jahre Cha-cha-cha vor mir, auf die ich mich freuen kann.«

»Aber deine Kinder.« Ich musste an meinen Sohn denken. »Für sie wäre es ein schwerer Schlag.«

Er winkte ab. »Ich lasse sie noch etwas größer werden. Außerdem wissen sie sowieso, dass es nicht so toll läuft.«

Davon wollte ich nichts hören.

Er lächelte. »Also, Mindys Vater kommt zurück und sagt, und? Genau so – und? Werde ich mir etwa von irgendeinem Typen, irgendeinem Arschloch, das *seine* Frau verlassen hat, die Eier abschnippeln lassen? Werde ich mit dieser Frau leben, die mich in den Wahnsinn treibt, die ganze Chose? Kommt überhaupt nicht in Frage! Bin ich etwa irgendein Affe an der Kette? Du kannst mir gestohlen bleiben mit deinem Geld! Ich verdiene selber genug! Der kann mich mal, ich lasse mich nicht kaufen, richtig?«

»Richtig«, sagte ich solidarisch.

Dan setzte sich zurück, legte die Hände auf seinen Bauch, als wäre das Ganze ebenso gegessen wie seine Suppe. »Ich schaue also zu ihm auf und sage: ›Zwei Millionen, hast du gesagt?‹«

»Und er sagt: ›Ja.‹«

»Und ich sage: ›Mach da mal drei draus.‹«

»Wie bitte?«

»Und *er* sagt Ja! Abgemacht!«

»Moment – *was?*«

»Er war einverstanden! Drei Millionen. Wir schütteln uns die Hände! Ich sehe ihm in die Augen! Tatsache ist, wir kriegen beide ein bisschen feuchte Augen. Er hat mich sogar umarmt. Und die Sache ist abgemacht. Ich stehe zu meinem Wort. War sogar ein gutes Gefühl, ein sehr gutes Gefühl, Bill! Ich weiß, jetzt kann mir nichts mehr passieren. Eigentlich bin ich sozusagen sogar schon *tot.* Torschluss, Zug abgefahren oder wie du es sonst nennen willst. Es ist aber auch ein *gutes* Gefühl. Weil ich das Geld genommen habe, kann ich jetzt nichts mehr vermasseln! Ich weiß das, ich akzeptiere das, okay? Und jetzt fühle ich mich richtig, richtig gut.«

»Dann hast du dich also auch sterilisieren lassen?«

»War ein Klacks. Hat ein paar Tage ein bisschen wehgetan, mehr nicht.«

»Und was ist mit deinen Cha-cha-chas?«

Er hob die Schultern. »Was soll's? Wie es scheint, habe ich gar nicht mehr so großes Interesse.«

»Rein psychisch?«

»Wahrscheinlich. Ist letztlich aber auch egal.«

Ich sah ihn an. Dans Stimmung war solchen Schwankungen unterworfen, dass ich nicht wagte, die Sache noch weiter zu forcieren. »Dann hast du mich also gebeten, mit dir zu Mittag zu essen, um mir erzählen zu können, wie jemand dir auf dem Golfplatz drei Millionen Dollar dafür gegeben hat, dass du dir die Eier abklemmen lässt?«

»Nein, Bill, ich wollte mit dir zu Mittag essen, weil ich dir einen Job anbieten will, du Blödmann.«

Das verstand ich nicht.

»Wie du dich vielleicht erinnerst, muss ich mit dem Geld machen, was er sagt. Und er will, dass ich damit eine eigene Kanzlei gründe, eine Boutique-Kanzlei. Er hielt mir eine regelrechte Ansprache, wie talentiert ich doch wäre und wie viel Energie ich hätte, und der Grund, dass ich ständig fremdginge, wäre doch nur, dass ich von meinem Weg abgekommen wäre, dass ich in einer so großen Sozietät unterginge und meine Talente dort nicht zur Geltung kämen. Ich würde meine Zeit mit meinen Cha-cha-chas vergeuden, während ich doch etwas aufbauen könnte, etwas Großes. Er sagte, ich solle die drei Millionen als Startkapital verwenden, er würde jede Menge Banker kennen, die mir helfen würden. Es war großartig. Er ist ein großartiger Mann, kann ich dir sagen. Weise. Sehr, sehr weise. Deshalb nehme ich das Sack-ab-Geld, meinen Anteil an der alten Kanzlei und ein paar andere Rücklagen. Ich habe Räumlichkeiten in der Fifty-third Street, ein Dot-com-Mietvertrag, den ich übernommen habe. Die Firma ging pleite, die Büros standen ein Jahr leer. Der Makler hat sie mir praktisch so überlassen, sagte, der ursprüngliche Mieter hätte Panik gekriegt, weil ihm das Wasser finanziell bis zum Hals stand. Deshalb, eigentlich habe ich das Ganze geschenkt bekommen. Ich nehme acht meiner Langzeitmandanten mit, außerdem ein paar kleinere neue. Ich habe ein paar junge Anwälte aus der Kanzlei, die mit mir kommen wollen. Lauter Leute, die was drauf haben. Und dann noch ich.« Er machte eine Pause, beobachtete, wie ich dieses Szenario aufnahm. »Was ich brauche, ist ein Typ, der alles, was reinkommt und rausgeht, unter die Lupe nimmt. Den Jungen fehlt dafür die Erfahrung. Die können nicht still sitzen, die wollen Action. Woran absolut nichts auszusetzen ist. Ich werde sie wie Hunde an die Leine nehmen. Aber ich brauche jemanden in der Mitte.«

»Auch jemand Billiges.«

»Okay, zugegeben. Ich kann kein Spitzengehalt zahlen. Aber es ist ganz anständig. In ein paar Jahren machen wir den dicken Reibach. Ich meine, wie viel verdienst du jetzt?«

Fast musste ich grinsen. Der Verkäufer bei Brooks Brothers heute Morgen hatte die Stirn gerunzelt, als ich mein schmutziges Hemd auf dem Weg nach draußen in einen Abfalleimer warf. »Nicht genug«, sagte ich.

Dan stupste mit der Zunge in seinem Mund herum. »Darum, hör zu, das ist ein Schritt nach oben, ein Schritt in dein altes Leben zurück. Du kannst mir helfen, ich kann dir helfen.«

»Hast du Personal, Sekretärinnen, Faxgeräte, diesen ganzen Kram?«

»Wir können jederzeit loslegen.«

»Wann genau?«

»Dienstag. Ich gebe zu, ich hätte mich früher bei dir melden sollen.«

Ein paar Jahre zuvor hätte ich das als Beleidigung aufgefasst. Aber jetzt nicht mehr. Er wusste, ich hatte keinen Job. »Hat es mit deiner ersten Wahl nicht geklappt?«, sagte ich.

Dan sah mir in die Augen.

»Du kannst es mir ruhig sagen«, sagte ich. »Ich kann es verkraften.«

»Ich hatte jemanden, klasse Mann, und er hatte schon zugesagt, aber dann hat er letzte Woche ein anderes Angebot bekommen. Ich hatte ihm den Vertrag schon zugeschickt, aber er hatte ihn noch nicht unterschrieben. Er hat mich ganz schön in die Bredouille gebracht. Dann sah ich dich bei dem Spiel.«

»Richtig.«

»Bist du beleidigt?«

»Nein.«

»Gut.«

»Wie viel willst du mir zahlen, Dan?«

Er sagte es mir. Angesichts meiner Erfahrung war es ein Witz. Angesichts der Tatsache, dass ich ein arbeits- und obdachloser Herumtreiber war, der versuchte, nicht wegen Wegschaffens einer Leiche oder Schlimmerem festgenommen zu werden, war es ziemlich viel.

»Da wirst du aber noch was drauflegen müssen«, sagte ich.

»In neun Monaten, sobald etwas Geld reinkommt, kriegst du eine fünfundzwanzigprozentige Gehaltserhöhung.«

»Leg jetzt schon zwanzig Prozent drauf, zwanzig in neun Monaten, oder versuch dein Glück beim nächsten Kerl, der dir bei einem Basketballspiel über den Weg läuft.«

Er sah mich an. »Das ist ein bisschen üppig.«

»Du bist derjenige, der am sechsten Abschlag drei Millionen gekriegt hat.«

»Fünfzehn Prozent jetzt, zwanzig in neun Monaten.«

»Zwanzig jetzt, fünfzehn in neun«, sagte ich.

»Abgemacht.«

»Abgemacht.«

Wir gaben uns die Hand. Wir sprachen über die weiteren Details des Jobs, die Organisation, die Adresse, alles, aber ich hörte nur mit halbem Ohr zu, so froh war ich, wieder in der Welt zurück zu sein. »Das schon mal für den Anfang«, sagte er und langte in seinen Aktenkoffer.

»Du hast schon Papierkram mitgebracht? Du wusstest, ich würde ja sagen?«

Er lächelte nur. Begierig, mich mit den Fällen und Mandanten vertraut zu machen, die er mitbrachte, warf ich einen kurzen Blick in die Unterlagen. An einige Fälle erinnerte ich mich – infolge der Trägheit des Prozesswesens waren sie in den dazwischenliegenden Jahren nicht weit gediehen –, aber die meisten waren neu und erinnerten mich wieder an den Grundkonflikt, der allen menschlichen Aktivitäten innewohnt; vor mir lagen Vergehen wie Nichtzahlung, Vertragsbruch, Nichterfüllung, unlauterer Wettbewerb, Urheberrechtsverletzung, Patentverletzung und Fehlerhaftigkeit des Produkts. Der juristische Fachjargon überdeckte nicht wirklich die Bitterkeit und Gier und Abneigung, die sich in jedem Fall anstauten, aber wenigstens bekämpften sich die gegnerischen Parteien mit zivilisierten Mitteln, nicht mit Entführung und Einschüchterung.

»Warte, ich habe noch etwas«, sagte Dan und griff wieder in seinen Aktenkoffer.

»Was?«

»Da. Sie haben sie mir innerhalb eines Tages gemacht.« Er reichte mir eine Schachtel mit Visitenkarten, auf denen mein Name und meine neue Telefonnummer standen, die Adresse der Firma, alles.

Ich fächerte die Karten auf. Ihre steife Neuheit hatte etwas Befriedigendes. »Also, das finde ich echt gut.«

»Habe ich mir schon gedacht. Verleiht dem Ganzen einen offiziellen Anstrich.« Er beobachtete, wie ein Boot mit Eiscreme vor ihm auf den Tisch schwebte. »Nur noch eins, Bill.«

»Ja?«

»Ich möchte auf keinen Fall, dass – dass du mit irgendwelchen Problemen zu mir kommst.«

»Wie meinst du das?«

»Ich meine, mit irgendwelchen unguten Geschichten, irgendwelchen schlechten Mandanten. Keine Probleme.«

»Jeder hat Probleme.«

»Sicher«, sagte er. »Ich meine, richtige Probleme. Wie zum Beispiel komische Mandanten, für die du arbeitest, oder sonst etwas …«

»Mach dir da mal keine Sorgen«, sagte ich und begann, mir Sorgen zu machen.

Sechzig Minuten später stand ich im Eingang des Gebäudes mit den Ballmaschinen und entdeckte Helmo. Er bemerkte mich sofort, und um nicht nach mir rufen zu müssen, signalisierte er mir mit einem kurzen Anheben des Kinns, dass er mich gesehen hatte. Ich folgte ihm über die Straße in den Schatten des Brooklyn-Queens Expressway. Er roch nach chinesischem Essen.

»Ich habe übrigens nachgedacht«, sagte er.

»Worüber?«

»Über deine Zähne.«

»Über meine Zähne?«

»Ja. Sind gut.«

»Na und?«

»Ich finde, dreihundert sind zu wenig.«

»Warum?«

»Deine Zähne sind zu gut. Genau wie deine Klamotten. Ein Typ, der so gute Zähne hat, der kann mehr abdrücken.«

Ich schüttelte den Kopf. Jeder war auf seinen Vorteil bedacht, versuchte, da ein paar Prozent mehr rauszuschinden, hier einen Nachlass zu kriegen. Mich eingeschlossen.

»Willst du seine Adresse oder nicht?«

»Wie viel?«, brummte ich.

»Fünfhundert.«

Ich pulte sie aus meiner Brieftasche. Helmo gab mir einen Zettel, auf dem in Blockbuchstaben Jays Adresse geschrieben stand. »Du musst nach hinten gehen, an der Seite hoch. Er wohnt über der Garage. Ich habe ihn selbst reingehen sehen.«

»Woher weißt du, dass es nicht die Wohnung von jemand anders ist, von jemand, den er kennt, zum Beispiel?« Ich dachte an Allisons Befürchtungen, er könnte eine andere haben. »Einer Freundin vielleicht?«

Helmo nickte verschlagen. »Sieh es dir selbst an, dann wirst du schon merken, dass dort niemand anders wohnt.«

»Soll heißen …?«

»Schau's dir einfach selber an. Vertrau einem einfachen Mann von der Straße.«

Ich sah auf die Adresse in meiner Hand, sie befand sich in der Nähe von Fifth Avenue und Seventeenth Street. »Das ist ja nur ein paar Straßen von hier.«

»Geschäft ist Geschäft, Chef.«

Ich wollte keine Zeit verlieren.

»Warum suchst du ihn überhaupt?«, fragte Helmo. »Hat er was ausgefressen?«

Wenn Jay wieder zum Trainieren hierher kam, konnte ihm Helmo von meinen Nachforschungen erzählen und vielleicht ein zweites Mal abkassieren.

»Nein, nein«, sagte ich. »Ich versuche ihm nur zu helfen.«

»Bei was, seinen Kopf aus der Schlinge ziehen oder irgend so was?«

»Etwas in der Art.«

Dann machte ich mich auf den Weg, zu Fuß. Unter dem Expressway die Third Avenue entlang, dann auf der Seventeenth Street den

Hügel hinauf. Früher ein italienisches, vielleicht auch irisches Viertel, aber inzwischen immer mehr Latino und Großstadt-Mix. Das ist, was inzwischen alles ist, Großstadt-Mix. Wenn man in so einer Gegend als Weißer in einem guten Anzug unterwegs ist, ist das nicht viel anders, als würde man seine Anwesenheit durch einen über einem schwebenden blau-weißen NYPD-Hubschrauber ankündigen. Ich kaufte in dem Deli an der Ecke eine Giants-Kappe und einen Karton Milch und stellte, um mein Jackett und die Krawatte zu verbergen, den Mantelkragen hoch. Die Kappe tief in die Stirn gezogen, trottete ich mit der Papiertüte in der Hand weiter und versuchte, mich meiner Umgebung anzupassen. Man kann durchaus jemand anderes sein. Man ist nicht unbedingt dies oder das. Nur irgendein Typ. Man sieht keine Leute an, weil man kein Interesse an ihnen hat, und wenn man kein Interesse hat, dann gibt es auch keine Probleme, wir haben hier keine Probleme.

Ich erreichte die Seventeenth Street und fand die Adresse. Hinter dem Haus stand eine Garage. Die Wohnung darüber, schien es, war nachträglich schwarz draufgesetzt worden. Die Außenverkleidung war aufgeworfen, die Fenster windschief, das Dach wieder und wieder geflickt. Das sollte das Zuhause eines Mannes sein, der in Downtown Manhattan ein Bürogebäude für drei Millionen Dollar gekauft hatte? Eine absurde Vorstellung. Hinter der Garage erhob sich ein sieben Meter hoher Maschendrahtzaun, von Efeu überwuchert, mit Müll umrandet. Ein Einbrecher könnte zwar darüberklettern, aber froh würde er dabei nicht, und wenn man auf der Garagenseite herunterfiel, landete man auf einem auseinander genommenen Motorboot und einem Haufen Betonsteine. Folglich war die Wohnung über der Garage gut geschützt; der einzige Zugang war die hölzerne Außentreppe an der Seite. Ich sah hinter mich – niemand beobachtete mich. Ich ging durch das Tor. Auf der Seite des Vorderhauses hatte jemand den Versuch, es neu zu tünchen, frühzeitig abgebrochen: Leiter, Farbkübel, Bürsten, alles lag auf dem Boden herum. Aus dem wild wuchernden Unkraut erhob sich ein verrottender Haufen aus kostenlosen Zeitungen, Telefonbüchern, Werbebroschüren, einer auslaufenden Autobatterie und allem Möglichen, wofür niemand mehr Zeit hatte. Ich stieg die Treppe hinauf und spähte durch das einzige kleine Fenster. Das Rollo war heruntergelassen, Fehlanzeige. Ich versuchte die Tür – abgeschlossen. Ich klopfte leise. Nichts. Vielleicht war die Adresse falsch. Vielleicht hatte mich Helmo gelinkt. Nichts, was ich gesehen hatte, bewies, dass Jay hier wohnte. Als ich die Treppe hinunterstieg, fiel mir auf, dass die Trittflächen ziemlich ramponiert waren. Sogar die Setzstufen wiesen senkrechte Kratzer auf. Und die Abnutzung ergab ein Streifenmuster, das auf Wiederholung hindeutete, auf etwas Schweres, das regelmäßig nach oben oder unten geschafft wurde.

Als Nächstes versuchte ich das Garagentor; es ging hoch. Ich duckte mich darunter hindurch und schloss es hinter mir. Im staubigen Zwielicht erkannte ich Jays Geländewagen, der von der Fahrt drei Nächte zuvor noch ein paar Matschspuren an den Seiten hatte. Die Türen waren verriegelt. Ich spähte durch die Fenster; nichts. Aber an den Wänden der Garage waren etwa zwei Dutzend hoher, schmaler Gasflaschen aufgereiht. Ich wandte meine Aufmerksamkeit ein paar Schachteln an der Rückwand der Garage zu. Sie enthielten hauptsächlich Autozubehör, außerdem Strickzeug und Bücher über das Sammeln von Puppenhäusern. Wahrscheinlich nicht von Jay. Was noch?

Ich schlüpfte unter dem Garagentor hindurch nach draußen, hob eine der Farbdosen vom Boden auf und stieg die Treppe hinauf. Die Wohnungstür war alt, mit neun Glasscheiben. Ich blickte mich um, sah zur Straße hin. Wenn man in Betracht zieht, worin mich Jay schon alles verwickelt hat, sagte ich mir, ist das hier rein gar nichts. Ich schlug mit der Lackdose gegen eine der unteren Scheiben, und das Glas ging gerade so sehr kaputt, dass ich ein paar Stücke herausbrechen konnte. Ich schaute wieder zur Straße; niemand sah, wie ich die Dose ins Gras warf. Ich griff durch die Öffnung und löste die Verriegelung des Türschlosses. Aber die Tür ließ sich nicht öffnen. Nach kurzem Tasten fand ich unter dem Türknauf einen Riegel.

Drei Minuten, sagte ich mir – rein und dann aber nichts wie weg. Da brach ich also wenige Stunden, nachdem jemand in meine Wohnung eingebrochen war, in die Wohnung von jemand anderem ein. *Klasse.* Ich drehte den Knauf und schloss die Tür hinter mir. Jay würde zwar merken, dass jemand eingebrochen war, aber er wüsste nicht, wer.

Das Zimmer war eine drei mal vier Meter große Mönchszelle.

Man kam direkt ins Schlafzimmer. Ein einfaches Feldbett, ordentlich gemacht. Daneben ein Anrufbeantworter, dessen rotes Lämpchen blinkte. Auf einer Seite stand eine riesige Edelstahlkiste mit einem kleinen Fenster im Deckel, nicht unähnlich einem Sarkophag des Weltraumzeitalters. Sie war der größte Gegenstand im Zimmer, und eine rasche Inspektion ihrer Schalter und Anzeigen ergab, dass es eine hyperbolische Sauerstoffkammer war.

Sauerstoff. Der Mann brauchte Sauerstoff?

Neben der Kammer standen drei Sauerstoffflaschen wie die in der Garage. Sauerstoff in Flaschen ist rezeptpflichtig, erinnerte ich mich, und gilt als Medikament. Man muss sich dafür von einem Arzt ein Rezept ausstellen lassen. Gefüllt sind die Flaschen sehr schwer. Sie mussten angeliefert werden, und wurden vermutlich mit einer Sackkarre oder etwas Ähnlichem die Außentreppe hinauf- und hinabbefördert, daher die Abnutzungsspuren auf den Stufen.

Am Fuß des Bettes stand ein Sauerstoffkompressor, der rhythmisch schnaufte, ein Geräusch wie Wellenrauschen an einem Strand.

Unter dem Bett entdeckte ich zwei Kisten und zog sie hervor. Hineinsehen? Ich war schon so weit gegangen, deshalb ja. Die erste Kiste enthielt Werkzeug: Hämmer, Schraubenzieher, Steckschlüssel. In der zweiten waren Socken, Jeans, Unterwäsche, T-Shirts, alles ordentlich zusammengelegt. Solche Ordentlichkeit ist deprimierend, gerade so, als träfe jemand Vorkehrungen für seinen Tod. Ich machte die Kisten zu und schob sie unters Bett zurück. In Jays Schrank hingen zehn nach Farben geordnete Anzüge, jeder mit passendem Hemd und Krawatte, darunter auch der, den er an dem Abend getragen hatte, als ich ihn im Havana Room kennen gelernt hatte. Es waren teure, gut aussehende Sachen, aber in dem winzigen Zimmer wirkten sie wie Kostüme für eine Theateraufführung. Hier war ein Mann, der spartanisch lebte, der in der Zeit ausziehen konnte, die erforderlich war, seine Habseligkeiten die Treppe hinunterzutragen. Ohne die Sauerstoffkammer musste er dafür vielleicht viermal auf und ab gehen. Ganz hinten im Schrank, unter einem Regenmantel, stand der Mineralwasserkarton, den ihm Allison am Abend des Vertragsabschlusses gegeben hatte. Ich kippte ihn zu mir, um hineinzusehen: Das Geld war weg, alles. Zweihundertfünfundsechzigtausend Dollar. Wo bewahrte er sie auf?

Sekunden, die wegbrannten. Ich sah auf die Uhr. Ich war jetzt eine Minute in der Wohnung. Der Anrufbeantworter lockte. Was sonst noch? Die Kochnische in der Ecke sah unbenutzt aus. Im Kühlschrank war kein Essen, nur ein Karton Orangensaft, mehrere Fläschchen mit Vitaminen und ein Dutzend alter Pappschachteln. Ich nahm eine heraus und öffnete sie. Darin klimperten Fläschchen, deren Etiketten den Aufdruck UNIVERSITY OF IOWA HOSPITALS PHARMACY trugen und dazu den handschriftlichen Vermerk: Adrenalin, 500 mg. Auf einer anderen stand Dextroamphetamin. Prednison in 10-mg-Pillen. Auf einer anderen stand »Andro«. Darin befanden sich Dutzende kleiner Inhalatoren, die mit Beclomethason, Ventolin, Serevent oder Albuterol beschriftet waren. Lauter Mittel, um die Atemwege zu erweitern, mehr Sauerstoff in die Lunge zu bekommen. In einer zweiten Schachtel befand sich ein Fläschchen mit weißen Tabletten, das die Aufschrift Singulair trug. Auf keinem der Behältnisse stand der Name eines Arztes, der das Mittel verschrieben hatte.

Im Tiefkühlfach: Hot Dogs, Brot, Tiefkühlgerichte, Eis.

Das Bad war picobello. Ein Handtuch. Kulturbeutel. Ich sah hinein. Rasierzeug, nichts Ungewöhnliches. Im Spiegelschrank keine Tabletten. Keine Kondome, keine elektrischen Nasenhaar-Entferner. Neben der Toilette war ein Stapel Lesestoff, und es war nicht das übliche Sammelsurium aus Hochglanzmagazinen und *New-Yorker*-Cartoonsammlungen: Hier lagen, einige Artikel durch umgeknickte Ecken markiert, mehrere Ausgaben des *Journal of American Pulmonary Specialists, The Report of the Oxygen Therapists Association,* ein Ausdruck von »Asthma and the Pulsed Administration of Synthetic Adrenalin«, *Clinical Tests of Respiratory Function,* das *Research Journal of the New York Hospitals' Endocrinology Association* und so weiter. Jay litt eindeutig an einer Störung der Atemwegsfunktionen und behandelte sich deprimierenderweise mehr oder weniger selbst. Ich hörte, wie ich angespannt ausatmete, und legte alles wieder so zurück, wie ich es vorgefunden hatte. Ich sah auf die Uhr. Um Gottes willen, schon sechs Minuten.

Ich kehrte ins Schlafzimmer zurück und blieb wie angewurzelt stehen – fasziniert, traurig, perplex. Soweit Jays Leben einen physischen Mittelpunkt hatte, war er das, und was für ein einsamer

Mittelpunkt es war. Ich sah keinen Fernseher, keine persönliche Post, keinen Hinweis auf irgendeine Form von Vergnügen oder Entspannung. Kein Wunder, dass er Allison nicht erzählt hatte, wo er wohnte.

Neben dem Bett standen ein Holzschreibtisch und ein Stuhl. Darauf waren ein Werbekalender einer Heizölfirma und – ein aus großer Entfernung aufgenommenes Foto von Sally Cowles. Sie hatte ihre Schuluniform an und ging an einem sonnigen Nachmittag mit zwei Freundinnen eine Straße entlang. Den Bäumen nach zu schließen, war das Foto im Spätherbst oder zu Beginn des Winters aufgenommen worden. Die Mädchen trugen Mäntel, aber keine Handschuhe oder Mützen, und die Fassaden der Gebäude deuteten darauf hin, dass es eine wohlhabende Gegend war. Die Upper East Side vielleicht, im Hintergrund ein Blumenladen. Gab es in der Nähe von Allisons Wohnung einen Blumenladen? Um die Ecke in der Avenue? Die Mädchen gingen mit selbstvergessener Fröhlichkeit dahin: baumelnde Rucksäcke, ihre Schuluniformen verknittert, Wind in den Haaren, die Socken passend, aber unterschiedlich lang. Ich versuchte mir vorzustellen, wie Jay dieses Foto betrachtete. Es hatte in keiner Weise etwas vordergründig Sexuelles, zumindest nicht für mich. Aber bestimmte Männer, wusste ich, gerieten beim Anblick eines Mädchens in Schuluniform in Verzückung. Die darin liegende Unschuld verschaffte ihnen Lustgefühle, und manchmal wurde ich wohl oder übel an eine Geschäftsreise nach Tokio erinnert, auf der ich fast zehn Jahre zuvor von drei betrunkenen japanischen Geschäftsmännern in ein Striplokal im berühmten Vergnügungsviertel Shinjuku mitgeschleppt worden war, wo ich zusammen mit zweihundert weiteren japanischen Geschäftsleuten einem vorpubertären Mädchen nach dem anderen beim Ausziehen ihrer karierten Schuluniformen und weißen Söckchen zugesehen hatte. Mich hatte der Anblick kalt gelassen – ich bevorzuge ältere Frauen mit den Spuren der Schwerkraft auf ihnen, mit Augen, die vor lauter *Fehlen* von Unschuld rauchen –, aber die Japaner waren von dem Anblick wie gebannt gewesen, und einige hatten sogar teure Kameras hervorgeholt und die Beine spreizenden Vorführungen ganz ungeniert für eine spätere Betrachtung festgehalten. War Jay so ein Mann? Ich konnte es nicht glauben, ich wollte es nicht glauben.

Was ich allerdings tun wollte, war, den Anrufbeantworter abzuhören. Vielleicht hatte Allison doch seine Nummer. Aber stattdessen zog ich die Schreibtischschublade heraus. Vielleicht bewahrte Jay dort seine geschäftlichen Unterlagen auf, Kopien des Kaufvertrags für das Haus in der Reade Street zum Beispiel. Aber die Schublade enthielt nur ein paar Stifte und Gummiringe und einen Block Bestellformulare von Brooklyn Oxygen and Hospital Supplies, bedruckt mit dem Firmenmotto SICHERHEIT, ZUVERLÄSSIGKEIT UND PROMPTE LIEFERUNG. Das, erinnerte ich mich, passte zu dem Zettel, den Jay mir zwei Tage zuvor mit der Adresse des Restaurants gegeben hatte, in dem ich mich mit Marceno getroffen hatte.

Was noch? Los, los, trieb ich mich selbst zur Eile an, finde die wichtigen Sachen. Ich bemerkte eine an die Wand geheftete Liste:

Jeden Tag:
300 Liegestütze, kein O
500 Sit-ups, danach O okay
Zeitungen lesen (für Gesprächsstoff)
Eine Seite des Wörterbuchs lesen
Fußpflege nicht vernachlässigen, auf Infektionen achten
Kein Stress wegen ESK

Da war also das O, das Allison so in Aufruhr versetzt hatte. O für Oxygen, Sauerstoff, der offensichtlich in die Garage unter der Wohnung geliefert wurde. Das war der Grund, weshalb das Garagentor offen gelassen worden war: damit die leeren Flaschen abgeholt werden konnten; aller Wahrscheinlichkeit nach, wurde mir bewusst, standen die regelmäßig auftauchenden Os, die Allison in Jays Terminkalender entdeckt hatte, für die Liefertermine. Ein Mann, der Sauerstoff braucht, will natürlich wissen, wann er kommt.

Hiermit war ein Geheimnis gelüftet, das meine Investition von fünfhundert Dollar und die paar U-Bahn-Fahrten mehr als aufwog. Doch was war ESK? Und warum könnte sich Jay deswegen stressen? Standen die Buchstaben für eine Person, eine andere junge Frau, der er nachstellte? Neben der Liste hing ein kleiner gerahmter Zeitungsausschnitt mit einem Foto. Es zeigte einen jungen Mann in einem weiten Baseballdress und einem Schutzhelm beim Schlag. Der Schläger war fast am Ende seiner weiten Kurve angelangt und der Batter von seinem ungeheuren Schwung aus dem Gleichgewicht geraten. Die Überschrift lautete: ERZIELT HOMER BEIM DUELL DER INTERCOUNTY-SPITZENREITER. Ich sah auf das Datum; der Ausschnitt war fünfzehn Jahre alt.

John »Jay« Rainey aus Jamesport schlug beim gestrigen Intercounty-Summer-League-Spiel an der Bethpage High School einen überragenden Drei-Run-Homer und sicherte damit den 3:1-Sieg seines Teams.

Für Rainey, der in dieser Saison mit 16 Homeruns in 23 Spielen bester Spieler der Bulldogs war, ging der Traum eines jeden Baseballspielers in Erfüllung, als er vor kurzem nach Abschluss seiner zweiten College-Saison von den New York Yankees unter Vertrag genommen wurde. Rainey wird in drei Wochen bei ihrem Top-Farmteam mit dem Training beginnen.

Seinen Homer erzielte er gegen Tino Salgado, den besten Werfer von Bethpage, der in dieser Spielzeit auf eine Quote von 6:1 kam. Bis zum Homerun der Bulldogs hatte Salgado einen Shutout geworfen.

»Ich habe ihn gut ankommen sehen«, sagte Rainey nach dem Spiel. »Ich bin sehr froh, dass wir gewonnen haben.«

Von einem Major-League-Team unter Vertrag genommen zu werden ist natürlich eine große Ehre, aber das war nicht, was meine Aufmerksamkeit erregte. Der Zeitungsbericht legte die Vermutung nahe, dass sich Raineys Zustand nach dem Erscheinungsdatum des Artikels verschlechtert hatte, denn kein Major-League-Team nimmt ein junges Talent unter Vertrag, ohne es vorher einer gründlichen ärztlichen Untersuchung zu unterziehen. Martha Hallock hatte einen Unfall erwähnt. War das der Grund für Raineys Probleme?

Zeit zu verschwinden, egal, wie gern ich noch geblieben wäre. Aber an der Tür wurde ich noch einmal von der Sauerstoffkammer zurückgehalten, so schlank und stromlinienförmig, ein raketenförmiger Sarg. Ich drückte auf den mit einer Sprungfeder versehenen Deckel, worauf er langsam aufging und den Blick auf ein weißes körperlanges Polster freigab. Seine Makellosigkeit war deprimierend. So ungefähr der einsamste Platz, den man sich vorstellen kann. Im Innern befanden sich ein Leselicht sowie ein Stift und ein Schreibblock. Ich öffnete den Block: *Lieber Mr. David Cowles,* stand auf dem obersten Blatt. *Diesen Brief zu schreiben fällt mir außerordentlich schwer. Seit vielen Jahren …* Der Brief endete. Auf der nächsten Seite stand, *Lieber David Cowles, vor vielen Jahren hat Ihre verstorbene Frau, Eliza Carmody …* Auf dem dritten Blatt stand, *Lieber David, ich habe im linken Ohr auf der Innenseite der Knorpelkrümmung einen kleinen Hubbel. Normalerweise schenkt man so etwas keine Beachtung, aber …*

Jetzt hörte ich draußen oder vielleicht auch unten in der Garage ein Geräusch. Ich hatte es ohnehin überreizt – schon fast zwölf Minuten in der Wohnung. Ich warf den Block mit den angefangenen Briefen in die Sauerstoffkammer zurück, drückte den Deckel nach unten, bis er zuschnappte, und sah mich im Zimmer um, um mich zu vergewissern, dass ich alles unverändert hinterließ. Ich schlüpfte nach draußen und verschloss die Tür wieder von außen, ohne mir die Mühe zu machen, das zerbrochene Glas mit dem Fuß beiseite zu schieben …

… dann ging ich, wütend auf mich selbst, noch mal nach drinnen und steuerte direkt auf den Anrufbeantworter zu. Ich behielt den Handschuh an und drückte auf den Abspielknopf.

»Hör zu, du Zipfel!«, dröhnte Poppys Stimme durch das Rauschen. »Zahl diesen Typen bloß dieses Scheißblutgeld, ja? Herschels Familie, irgendwelche Kerle, die für sie arbeiten, sind gerade hier. Sie sind hier! Ja, hier, hast du verstanden? Haben mich heute Nachmittag im Diner gefunden. Hast *du* ihnen erzählt, dass ich dort immer essen gehe? Ich verstehe das nicht, Jay. Sie haben mich einfach mitgenommen. Sie hören jedes Wort, das ich dir gerade sage. Meinen, ich wüsste was über Herschel, aber ich weiß nicht, was sie meinen. Ich habe ihnen gesagt, okay, ich habe den Krankenwagen gerufen, aber er war schon tot. Sie denken, wir haben ihn umgebracht! Sie wollen nicht zur Polizei gehen. Das behaupten sie jedenfalls, was …?« Die Stimme wurde unverständlich. »Ja, sie haben – ich meine, ich habe ihnen deine Telefonnummer gesagt, Jay, und wo deine Freundin im Steakhouse arbeitet, ja? *Irgendwas* muss ich rausrücken, aber das ist alles, was ich habe, und ich weiß nicht, was ich ihnen sonst sagen soll. Ich habe ihnen gesagt, das ist alles, was ich weiß. Zahl einfach das Geld, Jay, zahl …«

Das war's. Ende der Nachricht. Meine Finger zitterten, aber ich drückte auf den Knopf für gespeicherte Nachrichten. Nichts. Zeit zu verschwinden. Aber ich ging nicht. Noch ein Letztes; ich wählte auf Jays Telefon meine neue Handynummer. Seine Nummer erschien auf meinem Display, und ich speicherte sie.

Nachdem ich das getan hatte, huschte ich aus dem Zimmer, zog die Tür hinter mir zu und rannte die Treppe hinunter. Die Mütze tief in die Stirn gedrückt, ging ich zur Straße vor und wieder den Hügel hinunter. Hatte mich jemand gesehen? In der Third Avenue ergatterte ich ein Fluchttaxi, und der Fahrer machte eine Art indische Comedy-Sendung an, oder war es Bangladesch? *Urmatta-eshi-ohva-lindi-halaloo,* ertönte eine Männerstimme. *Heh-heh,* kam die Reaktion. *Durmeshala-burmatta-valnahnah-galod-pulurshindaloo!* Und dann, *Heh-heh.*

Ich machte es mir bequem – die Fahrt von Brooklyn nach Midtown Manhattan würde eine Weile dauern. Ich wollte in Jay nicht weiter einen Gegner sehen, denn er lebte eindeutig unter höchst widrigen Umständen, und dies in einem Maß, dessen ich mir bisher nicht bewusst gewesen war. Aber diese Widrigkeit seiner Lebensumstände beunruhigte mich auch; ein Mann, der nachts Sauerstoffflaschen braucht, macht sich über Drohungen gerichtlicher und anderer Natur nicht im selben Maß Gedanken wie ein anderer. Tatsache war auch, dass mir mein Einbruch in Jays Wohnung zu keinerlei Informationen verholfen hatte, mit denen ich mir Marceno vom Leib halten könnte. Was hatte ich dann überhaupt in Erfahrung gebracht? H. J.s Leute bedrohten Poppy. Ich musste Allison warnen, oder etwa nicht? Und Jay, den irgendetwas mit Sally Cowles verband, versuchte einen seltsamen Brief an ihren Vater aufzusetzen. Hatte er das Haus in der Reade Street aus einem Grund gekauft, der sie betraf? Was noch? Der Knorpel in seinem Ohr hatte etwas mit dem Problem zu tun. Sein Kühlschrank war voller Schwarzmarkt-Medikamente. Und schließlich wollte er sich wegen jemand oder etwas, was ESK hieß, keinen Stress machen.

Ich beugte mich über die Abtrennung des Taxis. Der Fahrer sah in den Rückspiegel. »Fahren Sie mich zur New York Public Library«, sagte ich.

Varanasi-amattagobi-halapur-geshura-nanaloo!

Heh-heh.

Zwei Stunden später wusste ich, dass die Luft, die ein Mensch auf Meereshöhe atmet, etwa 21 Prozent Sauerstoff enthält. In Städten mit starker Luftverschmutzung wie New York, Los Angeles oder Tokio kann dieser Wert auf 18 Prozent sinken. Ein Mensch atmet pro Stunde etwa einen halben Kubikmeter Luft ein, zieht das Zeug tief in seine Lungenflügel, bringt seine roten Blutkörperchen zum Glühen, wenn sie mit Sauerstoff in Berührung kommen, und gibt wie ein Baum oder Hund oder Wurm Kohlendioxid an die Atmosphäre ab. Ein ganzes Fünftel des eingeatmeten Sauerstoffs wird vom Hirn verbraucht. Bei Kindern wachsen die Lungen kontinuierlich, in der Pubertät dann sehr schnell, aber sie wachsen auch nach Erreichen der vollen Körpergröße noch weiter. Bei Männern kann die Lungenkapazität bis zum Alter von fünfundzwanzig Jahren zunehmen. Die Lungenkapazität eines Menschen hängt, wie nicht anders zu erwarten, sehr stark mit seiner Körpergröße zusammen, und bei Jay betrug das maximale Lungenfassungsvermögen wahrscheinlich um die 6800 Milliliter. Bei gesunden Menschen sind die Grenzen der körperlichen Leistungsfähigkeit jedoch nicht von den Lungen abhängig, sondern vom Blutkreislauf. Das ist der Grund, weshalb kleinere Menschen größeren davonlaufen können oder warum Leistungssportler, um den Anteil an roten Blutkörperchen zu erhöhen, vor einem wichtigen Wettkampf oft an sehr hoch gelegenen Orten trainieren. Sobald jedoch ein Mensch die dreißig überschritten hat, beginnt die Lungenkapazität ausnahmslos zurückzugehen. Die nachlassende Fähigkeit, Sauerstoff zu absorbieren, ist übrigens eine der medizinischen Definitionen des Alterns. Die Kurve der menschlichen Lungenkapazität fällt jedoch, eine Erkrankung ausgenommen, so langsam und allmählich ab, dass wir ein hohes Alter erreichen können.

Das war noch nicht alles. ESK, die Sache, derentwegen sich Jay keinen Stress machen wollte, war die Abkürzung für exspiratorische Sekundenkapazität, mit der das Verhältnis der aktuellen Lungenkapazität einer Person zu der Körpergröße, Alter und Geschlecht entsprechenden Standardkapazität angegeben wird. Ein normaler ESK-Wert ist 85 oder höher. Die pathologischen Auswirkungen einer Erkrankung lassen sich an einem niedrigen ESK-Wert ablesen. Zum Beispiel ist das durchschnittliche Absinken der ESK bei langjährigen Rauchern verglichen mit der von Nichtrauchern ziemlich auffällig. Bei einem starken Raucher in den Fünfzigern ist die Lungenkapazität oft so weit zurückgegangen, dass er oder sie einen ESK-Wert von 45 oder 50 hat, wie ihn ein gesunder Nichtraucher erst mit hundert Jahren bekäme, würde er denn so lang leben. Aber das langsame Rauchen eines Bergs wunderbar schädlicher Zigaretten ist nicht das Einzige, was zu einer niedrigen ESK führt. Andere Ursachen sind organische Erkrankungen wie schweres Asthma, Mukoviszidose und Lungenfibrose oder schädliche Umwelteinflüsse wie Luftverschmutzung, Asbest und Toxine. Beeinträchtigen sie die Elastizität der Lunge und ihre Fähigkeit, Sauerstoff zu absorbieren, können diese Bedingungen zu einem bleibenden ESK-Rückgang führen. Einen reversiblen mechanischen ESK-Rückgang können sie verursachen, wenn sie lediglich zu einer Reizung der Bronchien führen, die sowohl die Luftzufuhr in die Lunge reduziert als auch eine übermäßige Schleimsekretion hervorruft. Dem Inhalt seines Kühlschranks nach zu schließen, tat Jay alles, was man zu diesem Thema nachlesen konnte, um seine Atmung unwesentlich zu verbessern, und verabreichte sich zu diesem Zweck Steroide, Bronchodilatatoren und was seine Sauerstoffaufnahme und -verwertung sonst noch erhöhen könnte. Seine Gesichtsfarbe, wurde mir nach kurzem Überlegen bewusst, war normalerweise ziemlich gut, was darauf hindeutete, dass seine Selbstbehandlung erfolgreich war. Die Inhalatoren, las ich, erhöhten die Widerstandsfähigkeit des Lungengewebes, und Prednison brachte das Gewebe zum Schrumpfen. Nahm er diese Mittel ständig oder nur, wenn seine ESK sank? Anders ausgedrückt, wie hoch war seine Kapazität, wenn er keine Medikamente nahm? Vermutlich ziemlich niedrig, nahm ich wegen der enormen Sauerstoffmengen, die Jay benötigte, an. Eine ESK unter 60, für sich allein genommen bereits ein sehr schlechtes Zeichen, erfordert, zumindest phasenweise, zusätzlich inhalierten Sauerstoff, und inhalierter Sauerstoff ist, wie Jay zweifellos wusste, ein Pakt mit dem Teufel.

Je öfter man Sauerstoff inhaliert, desto länger lebt man. Personen mit niedrigen ESK-Werten, die vierundzwanzig Stunden am Tag mit Sauerstoff versorgt werden, leben länger als Personen mit demselben ESK-Wert, die nur fünfzehn Stunden Sauerstoff bekommen, und diese wiederum leben länger als Personen, die nur zehn Stunden welchen bekommen. Und so weiter. Aber je öfter man zusätzlichen Sauerstoff inhaliert, desto abhängiger wird der Körper davon und desto eingeschränkter das Leben. Jay versuchte eindeutig, selbst in Phasen starker körperlicher Belastung möglichst wenig zu inhalieren – zum Beispiel beim Baseballtraining, eine Betätigung, die ihm zweifellos Spaß machte und ihm gleichzeitig ermöglichte, Dampf abzulassen und seine ehemaligen Talente zu spüren. Vielleicht erklärte das die Kürze seiner Aufenthalte in Allisons Wohnung. Außerdem drängte sich hier natürlich die Frage auf, wie er Sex mit ihr hatte. Mit einem Baseballschläger nach einem Ball zu schlagen ist erheblich weniger anstrengend als Sex. Hatte Jay eine Sauerstoffmaske, wenn er Allison nagelte? Unwahrscheinlich. Ausgefallen und krank, aber unwahrscheinlich. Ich las weiter. Wahrscheinlich brauchte Jay eine Reserve-Sauerstoffquelle, und ich fragte mich, ob das Gerät hinten in seinem Geländewagen, das er in der Nacht, in der wir die Planierraupe das Kliff hochgezogen hatten, benutzt hatte, möglicherweise ein so genannter Sauerstoff-Konzentrator war, ein relativ kostengünstiges Gerät, das Sauerstoff aus der Luft zieht und speichert.

Nachdem die Sauerstoffaufnahme nachts, vor allem in der REM-Phase, zurückgeht, verwendete er die Sauerstoffflaschen vermutlich hauptsächlich dann. Die hyperbolische Kammer, erfuhr ich, dient dazu, das Körpergewebe mit so viel Sauerstoff wie möglich zu sättigen. Die Wirksamkeit dieser Prozedur beschränkt sich auf die Randmargen der messbaren Sauerstoffaufnahme, aber sie hilft, bestimmten Arten von Infektionen und Gewebeverhärtungen vorzubeugen. Jay ließ nichts unversucht. Aber ungeachtet dessen, hieß es in den Büchern, sinkt die ESK unaufhörlich, und sobald sie den Wert 11 unterschreitet, hat das den Tod zur Folge. Kein Wunder, dass Jay sich deswegen keinen Stress zu machen versuchte.

Beim Verlassen der Bibliothek erinnerte ich mich an die Post, die ich eingesteckt hatte, und sah sie durch. Marceno hatte, vielleicht über die New Yorker Anwaltskammer, meine mittlerweile ehemalige Adresse herausgefunden und mir ein Formular für schriftliche Beweisfragen zugeschickt, wobei es sich im Wesentlichen um einen Fragebogen handelt, der der Vorbereitung auf eine eidesstattliche Aussage dient. Ich warf ihn in den Müll und ging hastig die restliche Post durch. Ich erwartete nichts, über das ich mich freuen könnte, weshalb ich nicht mit einer Postkarte aus Casole d'Elsa rechnete, einer auf einem Hügel gelegenen toskanischen Stadt mit herrlichen, Hunderte von Jahren alten Steintürmen. Sie war von meinem Sohn, in seiner schlampigen Schrift:

Lieber Dad, Mom liebt Robert nicht mehr. Sie sagt, vielleicht fliegen wir nach New York. Ich weiß jetzt den Unterschied zwischen gelato und Eiscreme.

Viele Grüße, Timothy

P.S. Italienische Kids stehen nicht auf Baseball.

In meinem ganzen Leben habe ich kein Dokument so gründlich studiert wie dieses. Nicht, als ich für das Jura-Examen büffelte, nicht, als ich die endgültige Vertragsfassung für den Verkauf eines 562 Millionen teuren Bürogebäudes in Midtown prüfte. Die Tatsache, dass Judith meine Adresse mitgenommen hatte, war zumindest nicht uninteressant. Was sagten Judith und Timothy über mich? Redeten sie über mich, fragte sie ihn, ob ich ihm fehlte, fragte er sie, was ich machte? Und woher wusste er, dass sie Robert nicht mehr liebte? War das der Grund, warum er die Postkarte geschrieben hatte? Timothy hatte die Karte selbst adressiert, was zwei verschiedene Dinge bedeuten konnte: entweder, dass er meine Adresse unter Judiths Sachen entdeckt hatte, höchstwahrscheinlich in ihrem Adressbuch oder was für ein schickes elektronisches Teil sie sonst benutzte, weil er vermutete oder wusste, dass die Kontaktaufnahme mit mir verboten war, was weiterhin besagte, dass er eine Briefmarke abgezweigt und die Postkarte heimlich eingeworfen hatte – für einen Jungen seines Alters eine komplizierte Angelegenheit. Die andere Möglichkeit war, dass ihm Judith die Adresse einfach gegeben hatte, woraus man schließen konnte, dass sie von der Postkarte wusste und möglicherweise auch ihren Inhalt kannte. Und das wiederum hieß, dass sie ihre

Existenz befürwortete, womit sie eine direkte Nachricht an den Ehemann war, dem sie vor nicht allzu langer Zeit den Laufpass gegeben hatte: *Unser Sohn möchte mit dir kommunizieren, und ich habe nichts dagegen*. Wer weiß?

Ich hatte eine Idee. Ich machte mich rasch auf den Weg zu dem großen Sportgeschäft ein paar Straßen weiter in der Nähe der Grand Central Station, wo Väter Geburtstagsgeschenke für ihre Kinder kaufen, bevor sie mit dem Zug von der Arbeit nach Hause fahren. Das Geschäft war bis acht Uhr geöffnet. Ich kaufte einen Fielder-Handschuh und eine neue Yankees-Kappe und packte alles zusammen mit dem Ball, signiert vom großen Derek Jeter, fünffacher All-Star, Besitzer von vier World-Series-Meisterringen, in eine Schachtel mit der Aufschrift TIMOTHY WYETH, C/O JUDITH WYETH, AMERICAN TOURISTAS EN IL VILLAGGIO D'CASOLE D'ELSA, TUSCANA, ITALIA (POSTINO: PER FAVORE PORTARE, GRAZIE). Das kam halbwegs hin und war für jemanden, der seit der Amtszeit Clintons nicht mehr in Italien gewesen war, gar nicht so schlecht. Als Absender klebte ich eine meiner neuen Visitenkarten auf die Schachtel. Judith würde die Karte gründlich untersuchen, sehen, ob die Adresse eine gute war, die Papierqualität prüfen. Das hieß, falls das Paket ankam. Aber ich war da recht zuversichtlich. Ich war schon in einigen dieser toskanischen Städtchen gewesen. In der Regel gibt es ein Postamt, einen Beamten, der brav Briefmarken verkauft, Pakete wiegt. Niemand hat es besonders eilig, aber erledigt wird alles. Im Winter ist in der Toskana nicht viel los, sehr wenig ausländische Touristen. Eine Amerikanerin wie Judith fiel da auf.

Ich brachte das Paket zu einem Overnight-Überseeversand.

»Amerikanische Touristen in einer italienischen Kleinstadt?«, sagte der Mann am Schalter.

»Ja, ihr Mann ist der Chef einer amerikanischen Firma.«

»Demnach könnte er also regelmäßig Firmenpost aus den Staaten bekommen?«

»Durchaus möglich, ja.«

»Vielleicht kennt ihn unser Mann vor Ort.« Er zuckte die Schultern. »Man kann nie wissen.«

Das musste genügen. Man muss schießen, um zu treffen, man muss jagen, um zu töten.

Gleich um die Ecke von der Bibliothek gibt es ein gutes Hotel, das Bryant Park, und sie hatten ein Zimmer, sagte der Portier. Genau der richtige Ort, um sich für ein, zwei Nächte zu verkriechen. Er erkundigte sich nach meinem Gepäck, und ich sagte, ich hätte keins. »Späte Besprechung im Büro«, log ich. »Und morgen eine sehr frühe.« Er quittierte diese Erklärung mit einem Achselzucken. Wenige Minuten später stand ich am Fenster und beobachtete den Verkehr. Nach meinem Mittagessen mit Dan Tuthill schien es mir noch weniger ratsam, wegen der Verwüstung meiner Wohnung zur Polizei zu gehen. Falls Dan Wind davon bekam, zog er sein Angebot bestimmt sofort zurück. Anwälten, die gegen das Gesetz verstoßen, wird die Zulassung entzogen. Nein, ich musste mich durch dieses Problem hindurchlavieren und -winden und -ducken. Sie hatten Poppy gefunden. Am nächsten Tag wollte Martha Hallock in die Stadt kommen. Ich würde mich mit ihr treffen und sie ins Steakhouse einladen, versuchen, noch mal mit Allison zu reden. Und was Jay anging, holte ich mein Handy heraus und rief ihn an. Fehlanzeige. Der Anrufbeantworter nahm den Anruf entgegen, piepte ohne vorherige Ansage. Ich hinterließ meine Nummer. Er konnte weiß Gott wo sein. Er konnte bei Allison sein, wurde mir klar. Vielleicht lag er in der Sauerstoffkammer und konnte das Läuten nicht hören. Abgesehen von seinen täglichen Medikationen schien er keinen Zeitplan zu haben, keinen festen Tagesablauf, den ich vorhersehen konnte; er tat nichts, als Sally Cowles zu umkreisen. Ich erinnerte mich an das Fragment eines Briefes an ihren Vater, in dem von dem Knorpel in seinem Ohr die Rede war. Hatte er Hörprobleme? Hatte Sally welche? Nicht, wenn sie Klavier spielte, nicht, wenn …

Ich wusste, wo ich Jay finden würde.

| Acht |

In den nächsten zwölf Stunden versuchte ich fünfzigmal, Jay telefonisch zu erreichen, und sollte sich das nach Belästigung oder Nachstellen anhören, dann stimmt das auch. Ich sollte schon in zwei Tagen meinen neuen Job antreten, und als ich jetzt am Fenster meines Hotelzimmers stand und zuhörte, wie das Telefon endlos bei ihm läutete, war mir sehr deutlich bewusst, dass ich mich wieder ins Spiel zurückgebracht hätte, wenn ich in Dan Tuthills neuer Kanzlei ein paar brauchbare Jahre abliefern könnte – und es gab keinen Grund zu der Annahme, dass ich das nicht könnte. Mit dem wirtschaftlichen Auf und Ab waren Kanzleien geschrumpft und gewachsen, aufgesplittert und neu zusammengefügt worden; niemand würde sich dafür interessieren, was ein paar Jahre zuvor mit mir passiert war. Letztlich vergessen die Menschen doch. (Sie *vergessen,* dass George W. Bush einmal ein erfolgloser Ölmanager mit einem Alkoholproblem gewesen war und Hillary Clinton einmal einen braunen Afro und schiefe Zähne gehabt hatte.) Ein paar gute Jahre, mehr brauchte ich nicht. Ich konnte Berge von Papier fressen, ich konnte Monsterstunden durchziehen. Und vielleicht wäre ja auch die Kanzlei als Ganzes erfolgreich. Dan bekam von seinem Schwiegervater private finanzielle Unterstützung, wenn er sie brauchte. Und wenn er den schmalen und geraden Pfad beschritt, käme er schnell ins Geschäft. Ein Boot war zu meiner Rettung gekommen, und ich musste zusehen, dass ich an Bord kam – und nicht vom Strudel von Jay Raineys seltsamem Leben erfasst wurde.

Da ich gern gewusst hätte, wo wir standen, rief ich Allison an und erreichte sie im Steakhouse.

»Sieh mal einer an, wen haben wir denn da?«, sagte sie. »Der Mann, der wieder anruft.«

»Natürlich rufe ich wieder an.«

»*Immer* tun sie das aber nicht.«

»Was da passiert ist …«

»Ich möchte gleich als Erstes klarstellen, dass ich mich, entgegen aller Erwartungen und aller bisherigen Verhaltensmuster, in aller Form entschuldigen möchte.«

»Tatsächlich?«

»Ich glaube, ich war gestern Morgen etwas *stachlig.*«

»Na ja …«

»Ich hatte Kopfschmerzen.«

Ich fragte nicht, warum. »Aber jetzt geht es dir wieder besser.«

»Ja.«

»Ich habe schlechte Laune und Vorwürfe erwartet.«

»Bis gestern hättest du die auch bekommen.«

»Was ist passiert?«

»Ein Eintreffen, ein etwas *unerwartetes* Eintreffen.«

»Wer?« War Jay aufgetaucht?

»Kein Wer, ein Was.«

»Fisch?«

»Fisch. Er hebt meine Laune.«

»Bist du abhängig von diesem Zeug, Allison?«

»Nur psychisch. Aber jetzt, kommst du mich besuchen?«

»Ja, aber ich bringe jemanden mit.«

»Wie bitte?«, war ihre schrille Reaktion.

»Eine ältere Frau.«

»Wie *viel* älter.«

»Ungefähr fünfzig Jahre.«

»Wer ist es?«

»Die Frau, die Jays Farm verkauft hat.«

»Ist das immer noch nicht aus der Welt. Gibt es deswegen immer noch Probleme?«

»Ja. Willst du es hören?«

»Nein, will ich nicht. Ich will von meinem *Fisch* träumen.«

Ich holte Martha Hallock an der Ecke Forty-third Street und Third Avenue ab, wo der Luxusbus nach Manhattan Leute von Long Islands North Fork ablädt, und im niedrigen Licht eines Wintertags stieg sie mit ihrem Gehstock aus und sah müder aus, als ich sie in Erinnerung hatte. Für sie war es eine große Anstrengung; ich bezweifelte, dass sie ohne den Stock gehen konnte. Aber nachdem sie sich die Mühe gemacht hatte, musste einiges auf dem Spiel stehen. Ich half ihr in den Leihwagen, den ich vom Hotel aus gemietet hatte, und wir fuhren in Richtung Downtown.

»Hier hat sich einiges geändert.« Sie sah aus dem Fenster. »Als ich jung war, kam ich sehr oft in die Stadt.«

»Viele Schuhe gesehen?«

»Ja.« Sie lächelte, erfreut, dass ich mich an ihre Ausdrucksweise erinnerte. Die Falten um ihre Augen fielen in sich zusammen. »Viele Schuhe, Mr. Wyeth. Große, kleine. Schöne, derbe. Dafür war die Stadt gut. Ich konnte reinkommen und ein Abenteuer haben und dann raus aufs Land verschwinden, und zu Hause bekam niemand etwas davon mit. Einmal habe ich einen Mann in der Schlange vor einem Kino kennen gelernt. Er wusste nicht, welchen Film er sich ansehen sollte, und ich schlug ihm vor, sich den anzusehen, in den ich wollte.«

»Was war es für ein Film?«

»Ach, du meine Güte, keine Ahnung. Ich glaube nicht, dass ich fünf Minuten davon gesehen habe.« Sie stellte die Handtasche in ihrem Schoß zurecht. »So war ich. Manche Mädchen sind so, und die meisten Leute verurteilen sie deswegen.«

Wenige Minuten später hielten wir vor dem Steakhouse, und ich half ihr aus dem Auto und die Treppe hinunter, in das Gewölbe aus Mahagoni und Ölgemälden. Die Tür zum Havana Room, bemerkte ich, war geschlossen.

»Sehr schön!«, rief Martha Hallock. »Immer noch.«

»Wie bitte?«

»Hier war ich vor Jahren mal essen!« Sie warf einen Blick in den hinteren Teil des Lokals und ließ ihn dann über die weißen Tischdecken und das Besteck, die in den Ecken stehenden Wasserkrüge nach vorn schweifen. »Es hieß, das Lokal würde Frank Sinatra gehören. Es sieht noch genauso aus.«

»Na ja, den Teppichboden haben wir wahrscheinlich neu verlegt«, sagte Allison, die mit ihrem Schreibbrett auf uns zuschwebte. »Hallo, ich bin die Geschäftsführerin.«

Martha Hallock taxierte Allison missbilligend. »Und was tun Sie da so?«

»Ich kümmere mich um die Wünsche der Gäste.«

»Sie tut mehr als das«, fügte ich hinzu.

Martha nickte skeptisch. Allison führte uns zu Tisch 17.

»Brauchen Sie irgendetwas?«, fragte sie. »Ein Kissen, sonst etwas?«

»Einen Drink«, sagte Matha. »Damit wäre mir jetzt am meisten geholfen.«

»Bill?«, sagte Allison. »Was darf ich dir heute bringen?«

»Nichts. Ich kann auf die Bedienung warten.«

»Aber *irgendetwas* muss es doch geben, was du gern hättest?«

Martha Hallock sah zu Allison hoch. »Im Moment ist er beschlagnahmt, meine Liebe. Tut mir Leid, er gehört jetzt mir.«

»Dann muss ich mich wohl gedulden«, sagte sie. »Hat mich gefreut, Sie kennen zu lernen.« Sie sah mich an. »Ich hoffe, das Essen schmeckt dir.«

Martha beobachtete Allison, wie sie sich entfernte. »Ich würde sagen, Sie kennen sie.«

»Na ja, ich esse ziemlich oft hier.«

»Ich wiederhole. Ich würde sagen, Sie kennen sie.« Der Kellner erschien. »Ich hätte gern einen Gimlet, dann das New York Sirloin, gut durch.«

»Sehr gern, Ma'am.«

»Damit meine ich *angebrannt,* so gut durch, dass der Koch streikt.«

»Bevor wir anfangen«, sagte ich, »hätte ich gern, dass Sie sich über die Situation, über *meine* Situation im Klaren sind.«

Martha betrachtete mich. Wie viel komplizierte Probleme hatte sie in ihrem Leben schon angepackt? Städter, vor allem New Yorker, neigen dazu, die Leute vom Land in puncto Durchblick zu unterschätzen. Sie bedachte mich mit einem nachsichtigen Nicken. »Mr. Marceno glaubt, auf seinem Land ist etwas vergraben, was dort nicht hingehört«, begann sie, ihre Stimme selbstbewusst und analytisch. »Dabei stützt er sich auf den Umstand, dass die Polizei wenige Stunden nach Vertragsunterzeichnung Jay Rainey und seinen Anwalt, Sie, auf dem Land angetroffen hat. Er ist auch misstrauisch, weil es am Nachmittag vor dem Vertragsabschluss zu massiven Erdbewegungen gekommen zu sein scheint.«

»Es ist auch …« Ich verstummte. Besser, ich hörte erst zu.

»Mr. Marceno ist sich offensichtlich *nicht*, zumindest *noch* nicht, der Tatsache bewusst, dass in derselben Nacht Herschel Jones auf dem angrenzenden Grundstück tot auf seiner Planierraupe aufgefunden wurde, gestorben an einem Herzinfarkt. Es ist allgemein bekannt, dass Mr. Jones lange Jahre für Jay Rainey und seine Familie gearbeitet hat. Er war ein anständiger Mann, von allen gemocht. Die Polizei wurde von einem anderen Mann verständigt …«

»Poppy«, sagte ich.

»Ja …«

»Der Ihr Neffe ist.«

Dass ich das wusste, war eine Überraschung für sie. »Das ist leider wahr«, sagte sie nach kurzem Nachdenken. »Poppy rief bei der Polizei an, um Herschels Tod zu melden. Er hatte schon lange Herzprobleme, vier Herzinfarkte in den letzten paar Jahren, und zufällig hatte ihn der Arzt, der den Totenschein ausstellte, wenige Wochen zuvor untersucht, als er ihn wegen einer Panikattacke aufsuchte, und ihn bei dieser Gelegenheit ausdrücklich vor schwerer körperlicher Anstrengung und Arbeit in der Kälte gewarnt. Das hätte Herschel Jay sagen sollen. Aber Jay hätte ihn bei dieser Kälte auf keinen Fall nach draußen schicken dürfen.«

»Ich glaube nicht, dass er das getan hat.«

Martha hielt die Hand hoch. »Weil die Leiche steif gefroren war, riet man den Angehörigen, ihn einäschern zu lassen, was sie auch getan haben. Habe ich so weit alles richtig dargestellt? Ist es das, worum es hier geht?«

Ich nickte.

»Das Problem ist, dass Mr. Marceno hinter Jay her ist?«

Ich überlegte, ob ich ihr von H. J. und seinen netten Limousinenfahrern erzählen sollte. Nicht nötig. »Mr. Marceno setzt Jay und mich gewaltig unter Druck. Ich kann Jay nicht finden. Ich will nicht mit Marceno reden, noch nicht jedenfalls. Sie haben am Telefon selbst gesagt, dass es eigentlich kein großes Problem sein dürfte, etwas Sand aufzugraben. Aber jetzt sind Sie bereit, mit mir zu reden?«

»Ja.«

»Wissen Sie, was da draußen ist, was Herschel zugeschüttet hat?«

»Nein.«

»Wirklich nicht?«

»Wirklich nicht.«

»Warum sind Sie dann hier?«

»Weil mir klar geworden ist, dass Sie und Jay keine Ahnung haben, womit Sie es hier zu tun haben.«

»Mit einem chilenischen Weinhersteller mit sehr viel Geld, der auf der wunderschönen North Fork von Long Island Fuß fassen will, oder?«

»Ja, aber auch nein.«

»Das verstehe ich nicht, Martha.«

Sie schüttelte den Kopf und schien sich damit abgefunden zu haben, mir etwas Nachhilfe erteilen zu müssen. Sie öffnete ihre Handtasche und holte eine Flurkarte heraus. »Das ist der Teil der Insel, auf dem Jays Land liegt«, sagte sie. »Die Grundstücke sind nicht gekennzeichnet oder mit Namen versehen, aber ich weiß, wem sie gehören. Jetzt schauen Sie mal.«

Die Karte, auf der das Land zwischen dem Long Island Sound und der North Road eingezeichnet war, sah folgendermaßen aus:

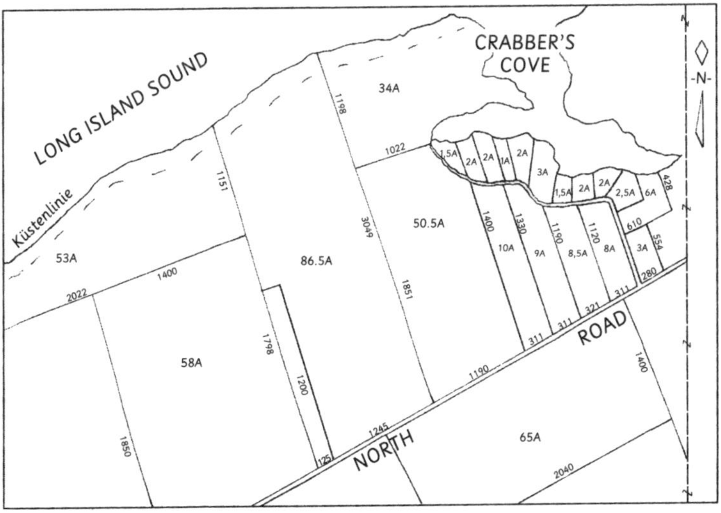

Dann beschriftete Martha Hallock die Grundstücke, worauf sie folgendermaßen aussah:

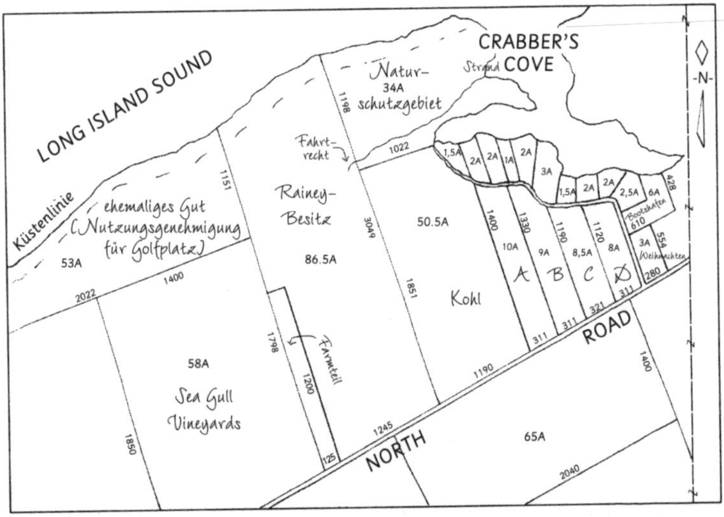

»Okay«, sagte sie, »dann nehmen wir uns mal die einzelnen Grundstücke vor. Also das ehemalige Gut, auf das ein Golfplatz kommen soll, hat ein paar schöne, hohe Felsvorsprünge und ist sonst sanft gewellt. Es hat einmal den Reeves gehört, sehr nette Leute, die das Land dann aber verkauft haben. Seitdem ist nicht groß etwas damit passiert. In den sechziger Jahren hat sich dort eine Kommune niedergelassen. Sie lebten alle in der alten Scheune und versuchten Ziegenkäse zu machen. Sie können sich ja denken, wie es weiterging.«

»Wie?«

»Alle Mädchen wurden schwanger, und die Jungen ließen sich Bärte wachsen, und sie merkten, dass die Welt nicht noch mehr schlechten Ziegenkäse brauchte.«

Ich grinste. Aber Martha Hallock sah mich finster an. »Dummheit, Mr. Wyeth – sie hält die Welt in Gang. Was Grundbesitz angeht, bringt Dummheit die Dinge in Bewegung. Sie ist sogar noch wichtiger als Geld, wenn Sie es genau wissen wollen. Dann wurde das Land von einem Mann aus North Carolina gekauft, der meinte, es wäre ideal für einen Golfplatz. Er hatte schon ein Dutzend erschlossen. Zahlte zu viel, aber die Erschließungsrechte blieben erhalten. Ich habe es ihm verkauft. Er ließ die Gutachten erstellen, holte die Genehmigungen ein, die zehn Jahre gültig sind. Diese zehn Jahre sind übrigens in achtzehn Monaten um. Allerdings verspekulierte er sich dann an der Börse und war nicht mehr in der Lage, das Land zu erschließen. Okay, jetzt, dieses große Areal hier, die Sea Gull Vineyards – fürchterlicher Name für ein Weingut, man denkt ständig an Vogeldreck in seinem Wein –, die Besitzer, die Hoyts, bauten mit als Erste hier draußen Wein an, und mittlerweile sind ihre Reben sehr gut. Guter Wein mit einem schlechten Namen. Bräuchte einen neuen. Die Erschließungsrechte wurden vor zehn oder fünfzehn Jahren an das County verkauft. Man kann es nur landwirtschaftlich nutzen. Aber Mrs. Hoyt hat multiple Sklerose, und ihr Mann bekam Depressionen, und es ging immer mehr abwärts mit ihnen. Und jetzt hier, daneben, im Osten angrenzend, ist Jays Land. Dieser schmale Streifen wurde für die Farmgebäude abgetrennt und separat ins Grundbuch eingetragen. Sie können selbst sehen, es ist ein schönes Stück Land, von der North Road bis ans Wasser. Hauptsächlich eben, mit einem guten Brunnen, weit genug vom Meer zurückversetzt, gutes Land. Es befand sich lange in Familienbesitz, kam von väterlicher Seite. Beachten Sie bitte, es ist in der Mitte unserer Karte, es ist das Schlüsselgrundstück. Hier drüben, an der kleinen Bucht, ist das Naturschutzgebiet. Es hat mal zum Land von Jays Familie gehört. Sehr schön, aber landwirtschaftlich nicht nutzbares Brachland. Marschen und herrliche Vögel. Mit einem kleinen Ruderboot kann man Krabben fangen. Das Land wurde 1965 oder 66 dem Staat New York überschrieben. Bei dieser Überschreibung wurde ins Grundbuch eingetragen, dass der Eigentümer des angrenzenden Stück Lands, also von Jays Land, auf einer unbefestigten Straße das Fahrtrecht von einem Grundstück zum anderen hat. Behalten Sie das in Erinnerung. Der Eigentümer von Jays Land hat als Einziger offiziell Zugang zum Wasser. Mit anderen Worten, Zugang zu den Marschen und so weiter, aber auch zu …«

»Wahrscheinlich gibt es dort einen kleinen Strand.«

»Ja, einen wunderschönen kleinen Sandstrand, genau am Ende der Bucht. Sehr abgeschieden. Abgeschirmt durch eine Gruppe Norfolk-Kiefern, die vor hundert Jahren gepflanzt wurden. Einer der schönsten Strände am Sound, total abgeschieden.«

»Davon hat Jay nie etwas erzählt.«

»Wahrscheinlich interessierte es ihn nicht weiter.« Sie deutete auf die kleine Bucht, die Crabber's Cove hieß. »Umgeben von Luxusvillen. Erreichbar über eine Straße, die dann dort endet. Große Grundstücke, die meisten knapp einen Hektar groß. Die Teilung wurde Anfang der achtziger Jahre vorgenommen, und die Grundstücke gingen damals für rund neunzigtausend weg.«

»Was würden sie heute kosten?«

»Oh, mindestens vierhunderttausend.«

»Nicht übel.«

»So ist es nun mal, Mr. Wyeth, aufwärts, seitwärts, dann wieder aufwärts. Aber jetzt, sehen Sie her.« Sie deutete auf das Grundstück, das als Bootshafen bezeichnet war. »Es hat mal Kyle Lorton gehört, der so schmutzig nach Hause kam, dass seine Frau verlangte, dass er sich im Garten mit einem Schlauch abspritzte. Nackt. Man konnte es von der Straße sehen. Sein Hintern sah aus wie ein alter Apfel, der in der Sonne liegen gelassen wurde. Seine Vorderseite übrigens auch nicht anders. Kyle hatte die Hummerboote. Davon lebte er. Mit normalen Leuten konnte er nicht. Deshalb mochten ihn die Hummerleute. Er war schmutzig und stank und hatte schwarze Zähne und konnte alles reparieren.«

»Hummer gibt es jetzt aber keine mehr.«

»Richtig. Giuliani, Ihr alter Bürgermeister, ließ wegen des West-Nile-Virus ganz New York mit Gift einsprühen.«

»Das, wie sich herausstellte, eigentlich harmlos war.«

»Ja, nur nicht für alte Menschen und Hummer. Das ganze Moskito-Gift wurde in den Long Island Sound gespült und tötete unsere Hummer. Wenn Sie mich fragen, hätten sie die alten Menschen sterben und die Hummer leben lassen sollen. Jetzt sind die Hummerfischer ruiniert, und Kyle Lorton ging pleite. Dazu kam dann auch noch, dass er zwanzig Jahre lang einfach irgendwo sein Öl entsorgt hat und vom DEC erwischt wurde. Allerdings hat das Grundstück von früher noch eine kommerzielle Meeresnutzungsgenehmigung, die inzwischen unmöglich zu bekommen ist, übrigens als Einziges an der Bucht. Außerdem hat es eine Drei-Meter-Fahrrinne, die Lorton selbst schwarz ausgebaggert hat, und das heißt, man kommt dort mit ziemlich großen Booten rein.«

»Dann hängen da also alle diese Grundstücke dran?«, fragte ich und studierte dabei die Karte. »Sie wurden alle zusammengelegt. Ist es das, was Sie damit sagen wollen?«

»Ja«, fuhr Martha Hallock fort. »Auch die Kohlfarm hat ihre Erschließungsrechte verkauft. Wahrscheinlich isst kein Mensch mehr Kohl. Diese kleinen Streifen, A, B, C, D, die alle zwischen drei und vier Hektar groß sind, stehen kurz vor dem Verkauf. Dort werden Mais und Kartoffeln angebaut. Wirklich Kartoffeln, die man sonst auf der North Fork nicht mehr so oft findet, bis auf die Fingerlinge. Das hier sind Weihnachtsbäume. Der Typ hier kommt allerdings auf keinen grünen Zweig, weil es zu viele Leute gibt, die Weihnachtsbäume verkaufen, und Amerika immer weniger ein christliches Land ist. Wir sind Heiden, Mr. Wyeth, von Jahr zu Jahr mehr, und das sage ich schon seit vierzig Jahren.« Sie seufzte. »Und das es ist nun, was Mr. Marceno vorhat, Mr. Wyeth.«

Sie reichte mir eine abgeänderte Karte, die folgendermaßen aussah:

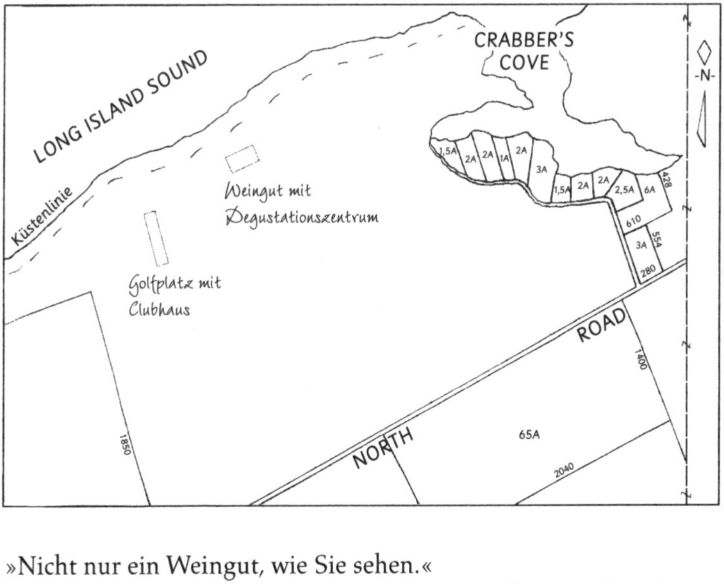

»Nicht nur ein Weingut, wie Sie sehen.«

»Ein Großprojekt«, sagte ich. »Haben sie alle Grundstücke gekauft?«

»Alle bis auf Streifen A, wo der Besitzer noch etwas mehr Geld rausschinden will, das er auch bekommen wird. Alles andere gehört ihnen bereits, oder sie haben einen Vertrag dafür.«

Ein riesiges Stück Land, das da zusammengelegt wurde. Bei so etwas kam es vor allem darauf an, dass man listig und schlau vorging, nach dem Prinzip *divide et impera,* teile und herrsche; man führte die Kaufverhandlungen über verschiedene Makler, stimmte die Landkäufe zeitlich so aufeinander ab, dass man nie zwei aneinander grenzende Grundstücke gleichzeitig erwarb, und zog das Ganze so schnell wie möglich durch, damit die Preise nicht zu stark anzogen. Selbst wenn das manchmal darauf hinauslief, dass man Pachtverträge kaufte statt Land, war es im Immobiliengeschäft dennoch gängige Praxis. Das Land unter dem Rockefeller Center war zum Beispiel zusammengelegt worden, indem man sich die Nutzungsrechte für 229 vergammelnde Brownstone-Häuser sicherte. Zu Beginn meiner Karriere hatte ich in den East Sixties ein riesiges Areal zu schaffen geholfen, indem ich neun kleine Grundstücke aufkaufte, eins davon nur fünf Meter breit. Die Kanzlei hatte ganz bewusst mich vorgeschickt, weil ich jung und harmlos aussah. Ich fand das selbstverständlich ungeheuer spannend. Die neun Verkäufer verkauften an neun verschiedene Körperschaften, eine mit einem koreanisch klingenden Namen, eine andere mit einem jüdischen und so weiter. Die Verkäufer hätten also selbst dann nicht unbedingt etwas gemerkt, wenn sie sich untereinander abgesprochen hätten. Selbstverständlich war jede der als Käufer auftretenden Körperschaften nichts weiter als ein Haufen Papier, der sich im Besitz unseres Mandanten, einer holländischen Bank, befand.

»Ein riesiges Stück Land. Jetzt sehe ich es. Das sind ja – wie viel? – über achtzig Hektar?«

»Ja. Es gibt noch eine ganze Reihe anderer großer Grundstücke auf der North Fork, aber nur die wenigsten von ihnen liegen am Wasser, eignen sich für den Weinanbau, haben die entsprechende Nutzungsgenehmigung, haben ein eigenes Naturschutzgebiet mit Privatzugang, haben Zugang zu einer geschützten kleinen Bucht und stehen auch noch zum *Verkauf.*«

»Um wie viel geht es hier? Ich meine, um wie viel Geld?«

»Das teuerste Stück war das alte Gut, weil es ans Meer grenzt und die Genehmigung für den Golfplatz hat. Das hat etwa sechs Millionen gekostet. Das Möwendreck-Weingut brachte wegen der Qualität der Reben drei Millionen.«

Ich musste an die grotesk hohe Summe denken, die H. J. in Zusammenhang mit dem Verkauf von Jay Raineys Land genannt hatte. Die Zahl war irrsinnig hoch, aber in diesem Zusammenhang betrachtet, schien sie gar nicht so aberwitzig. Die Einheimischen mussten geahnt haben, dass sich da etwas tat – sie hatten die schwarzen Lincolns vorfahren sehen, Männer in Anzügen, die auf schlammigen Feldern herumstanden, in der Wochenzeitung kleingedruckte Auflistungen von Grundstückverkäufen –, und natürlich hatte das alles für Gerede gesorgt, das auch zu Mrs. Jones und schließlich zu H. J. durchgedrungen war, der wie Jay Rainey aus der Gegend stammte. »Aber wenn Sie berücksichtigen, dass neue Reben eingesetzt, ein Golfplatz und vielleicht Luxusbehausungen gebaut werden sollen, steigen die Gesamtkosten auf über – wie viel? – zwanzig, dreißig Millionen?«

Sie schüttelte den Kopf. »Zweiundvierzig Millionen, Mr. Wyeth, in mehreren Phasen. Ein Zehn-Jahres-Projekt. Dazu gehört auch ein schönes Degustationszentrum am Ende von Jays Land. Golf und Wein. Zweiundvierzig Millionen.« Sie beugte sich verschwörerisch vor. »*Sie haben das Geld.* Eine lateinamerikanische Firma, die bestes am Meer gelegenes Land in den Vereinigten Staaten von Amerika kauft, bekommt sehr leicht lateinamerikanisches Geld. Das sind clevere, mit allen Wassern gewaschene Leute. Die machen in acht oder neun Ländern Geschäfte.«

»Wie sieht es mit den Genehmigungen der lokalen Behörden aus, dem Flächennutzungsplan?«

»Haben sie. Oder sie kriegen sie irgendwie durch. Das ganze Land gehört zur Kommune Riverhead, was die Sache deutlich erleichtert. Diese ganzen arbeitslosen Schwarzen im Zentrum von Riverhead, wissen Sie. Verdrängt von den Mexikanern und Guatemalteken, die für weniger arbeiten und in Zelten leben würden, wenn wir sie ließen. Riverhead hat gewaltige soziale Probleme. Die Stadt hat Industriebetriebe verloren. Eines der Aerospace-Unternehmen, Grumman, hatte eine große Fertigungsanlage, machte aber dicht, was schlagartig zu enormen Steuereinbußen führte. Die Einkaufszentren an der Peripherie haben Geld von der Main Street abgezogen. Die

Stadt braucht dringend neue Steuereinnahmen, Mr. Wyeth. Ein Projekt wie dieses bedeutet neue Arbeitsplätze«, sagte sie stolz. »Es dürfte also nicht sonderlich schwer sein, es durchzubringen. Außerdem haben sie jemanden aus der Gegend angeheuert, der die ganzen wichtigen Leute kennt. Einen alten Hasen. Jemand, der einiges zurechtbiegen kann, wenn es irgendwo Probleme gibt.«

»Wen?«

»Mich.«

Der Karte zufolge war das Degustationszentrum etwa an der Stelle geplant, wo Herschel das Land planiert hatte. War das der Grund für Marcenos Befürchtungen? Ich studierte weiter die Karte. »Man könnte private Ausflugsboote oder kleine Kreuzfahrtschiffe in die Bucht einlaufen und am Bootshafen anlegen lassen und die Passagiere zum Golfplatz oder zum Weingut hochfahren.«

»Jetzt fangen Sie an, wie ein richtiger Projektentwickler zu denken.« Martha Hallock lächelte. »Nur fünf Meilen weiter gibt es einen kleinen Flugplatz. Mit dem Tragflächenboot – übrigens eine sehr schöne Fahrt – sind es fünfundvierzig Minuten bis Manhattan. Sie haben einen Strand, ein Naturschutzgebiet, alles, was dazu gehört.«

»Warum machen sie das nicht auf der South Fork, in den Hamptons, wo es mehr Geld gibt und die berühmten Strände?«

»Weil die Hamptons zu voll sind, zu stark verbaut, und weil man dort ein Stück Land wie dieses nicht mehr findet. So etwas gibt es dort einfach nicht mehr. Alles zerstückelt. Außerdem ist die South Fork für den Weinanbau nicht so gut geeignet. Der Boden ist anders, die Saison ist geringfügig kürzer, und die Genehmigungsausschüsse befinden sich fest in der Hand von Damen, die sich regelmäßig zum Lunch treffen und Blumengeschäfte führen.«

»Höre ich da eine gewisse Bitterkeit heraus?«

»Die Hamptons sind grauenhaft, Mr. Wyeth. Einfach scheußlich. Snobs und Langweiler. Haben alle Silberlöffel im Hirn stecken. Sie schauen schon seit fünfzig Jahren auf die North Fork herab. Glauben Sie mir, ich weiß, wovon ich rede. Und nachdem sie die South Fork ruiniert haben, suchen sie was Neues und wollen sich die North Fork unter den Nagel reißen. Alle großen Immobilienmakler haben hier Filialen aufgemacht und wollen mich aus dem Geschäft drängen. Sollen sie meinetwegen. Aber dann sollen sie und alle anderen, die unsere Fork haben wollen, auch dafür *zahlen.* Dann sollen sie die alten Farmer und Fischer reich machen.«

Ich stieß mit dem Finger auf die Karte. »Wenn sowieso schon alles unter Dach und Fach ist, wo liegt dann das Problem?«

»Bei den lokalen Behörden kann ich ihnen helfen«, sagte Martha. »Aber bei allem, was den Umweltschutz angeht, hat der Staat New York mitzureden. Auf dieser Ebene kenne ich niemanden. Der Staat hat Zeit, den Staat interessiert es nicht, dass Mr. Marceno das Geld zwischen den Fingern zerrinnt. Außerdem gibt es in diesem Naturschutzgebiet ein Feucht-Biotop. Es ist in den Karten eingezeichnet. Feucht-Biotope sind bundesstaatlich geschützt. Wollte man hier also eine Nutzungsänderung durchsetzen, müsste das in Washington geschehen.«

»Das könnte fünf Jahre dauern.«

»So ist es. Ohne weiteres. Sie sehen, Jays Land fällt nach Osten ab, und das Wasser fließt in dieses Feuchtgebiet ab. Sie wollen wissen, was da im Boden verborgen sein könnte, bevor sie ihn umpflügen, Mr. Wyeth. Denn sobald sie ihn umpflügen und etwas finden, sind sofort die staatlichen Behörden zur Stelle. Dann können sie nicht mehr zurück.«

»Und Jay weiß, was dort vergraben ist.«

»Denken *sie.*«

»Weiß Marceno, dass Poppy mit dem Land vertraut ist?«

»Er könnte es ziemlich leicht herausfinden. Sie stehen mächtig unter Druck. Im Herbst finden die nächsten Stadtratswahlen statt, und ich bin ziemlich sicher, bis dahin wollen sie alles durchkriegen.«

Sie war da gerade an etwas entlanggestreift. Ich sagte: »Da sind Sie sich wohl ziemlich sicher, hm?«

»Ja.«

»Sie bezahlen Sie dafür, die Stimmung vor Ort zu sondieren?«

»Hm, ja.«

»Und Sie raten ihnen, das Ganze möglichst noch vor den Kommunalwahlen über die Bühne zu bringen.«

Sie sah mich an.

»Wie es aussieht, Martha, werden Sie dafür bezahlt, dass die Sache klappt, und Sie haben diese Leute beraten, und jetzt haben Sie ein Problem, von dem man erwartet, dass Sie es für sie lösen.«

»Also, das wäre …«

»Und Sie haben bei dieser ganzen Geschichte keineswegs nur Jays Interessen vertreten.«

»Mr. Wyeth«, sagte Martha, »ich bin hier, um zu *helfen.*«

»Ich verstehe immer noch nicht, warum Sie nicht mit Jay direkt reden.«

Statt zu antworten kaute sie ein Stück Steak, und es fiel ihr schwer. Aber sie gab nicht auf, genauso wenig wie bei mir.

»Wissen Sie von dem Unfall?«

Ich schüttelte den Kopf. »Nicht wirklich.«

»Ach so. Dann verstehen Sie auch nichts von dem, was ich Ihnen hier erzähle. Eines der Sommermädchen war total verschossen in Jay. Und er in sie. Das war vor fünfzehn Jahren, so in etwa. Er war noch nicht mal zwanzig. Ich glaube, sie stammte aus einer sehr reichen Familie. Engländer. Sie hatten ein paar Kilometer weiter ein Haus am Meer gemietet. Mädchen wie sie interessierten sich normalerweise nicht die Bohne für die einheimischen Farmerjungen. Doch dann kam Jay. Sie hatte sich in ihn verliebt, und ihre Eltern machten das Haus nach dem Sommer dicht, und das Mädchen war total unglücklich, wissen Sie, so habe ich es jedenfalls gehört, und sie rief bei Jays Eltern an, aber sein Vater sagte, er könnte jetzt nicht weg und – na ja, um es kurz zu machen, Jay schlich sich in dieser Nacht aus dem Haus, und auf dem Rückweg lief er über die Kartoffelfelder, die Felder seines Vaters, und jemand hatte einen Paraquat-Sprüher angelassen. Das verwendet man gegen das Unkraut, gegen alles, was wächst. Schreckliches Zeug. Sie fanden ihn am Morgen, so gut wie tot.«

Martha sah durch mich hindurch. »In derselben Nacht, in der das passierte, kam es zwischen Jays Eltern zu einem fürchterlichen Streit. Ich sagte Ihnen bereits, sein Vater war ein richtiges Ekel. Seine Mutter hat sich einfach aus dem Staub gemacht. Ist nie wieder aufgetaucht, hat sich bei niemandem mehr gemeldet. Irgendwie hatte keiner so recht damit gerechnet, obwohl natürlich alle wussten, dass ihr Mann unausstehlich war. Sie denken, sie hat die North Fork verlassen, sie könnte überall hingegangen sein. Sie sah sehr gut aus, hätte durchaus ein paar Männer anrufen können – wer weiß?

Und dann begann sich Jays Zustand wieder zu bessern. Er hatte wochenlang im Krankenhaus gelegen, kam aber langsam wieder auf die Beine. Es war schrecklich – ein schwerer Schlag für einen Jungen seines Alters. Er war noch ein Junge, neunzehn. Für mich ist das noch ein Junge. Seine Mutter blieb verschwunden, und sein Vater führte sich nicht weniger ekelhaft auf als vor dem Unfall. Und Jay selbst war – er saß einen Monat im Rollstuhl, zu schwach zum Laufen. Er hatte einen schweren Lungenschaden davongetragen. Dauerhaft.«

»Ja, ich weiß.«

»Deshalb, Mr. Wyeth, versuche ich, Jay zu helfen, von diesem Land freizukommen. Sich ganz auf sein eigenes Leben zu konzentrieren. Was ist daran falsch?«

»Daraus ist Ihnen kein Vorwurf zu machen«, sagte ich.

»Nach dem Unfall verließ er die North Fork. Die Familie war vollends auseinander gebrochen. Wir bekamen ihn nicht mehr zu sehen. Ich hörte, er ging nach Europa, versuchte dieses Mädchen zu finden, liebte sie immer noch. Sein Vater wirtschaftete die Farm weiter herunter, genau, wie ich es mir gedacht hatte. Schließlich verpachtete er sie, ließ die Farmhelfer in einem der Häuser wohnen. Er starb vor ein paar Jahren, als seine Leber nicht mehr mitmachte, und dann ging das Land an Jay, und wahrscheinlich fand er, es wäre Zeit, es zu verkaufen.«

Sie beobachtete mich, als sie ihre Geschichte zu Ende erzählte, und mir wurde bewusst, dass mir Martha Hallock, sosehr sie die Lücken in Jay Raineys Biographie gefüllt und mir das Ausmaß der Schwierigkeiten vor Augen geführt hatte, mit denen er – und ich – kämpfen mussten, in keiner Weise geholfen hatte, das Problem zu lösen. Im Gegenteil, ich könnte sogar sagen, dass sie die Schraube weiter anzog – gegen *mich.*

»Martha«, begann ich, »wie genau sieht Ihre Geschäftsbeziehung mit Marceno aus?«

»Also, wie gesagt, ich habe ihm ein wenig unter die Arme gegriffen. Mehr nicht.«

»Ich meine, offiziell. Vertragsrechtlich. Haben Sie eine Beraterfunktion, arbeiten Sie auf Honorarbasis, sind Sie prozentual beteiligt oder eine Haupteignerin?«

»Diese Frage ist doch vollkommen lächerlich, Mr. Wyeth. Ich bin nur eine alte Frau, die versucht ...«

»Da Sie mir nicht antworten, nehme ich an, Sie sind eine Haupteignerin. Für Sie steht bei dieser Sache einiges auf dem Spiel. Das heißt, rechtlich gesehen sind Sie Marcenos Partnerin. Das heißt, Ihre Interessen decken sich mit seinen, Martha. Genauso gut könnte ich mit ihm selbst reden.«

Ihre Augen waren besorgt, als sie mich ansah.

»Was ist da draußen im Boden vergraben, Martha?«

Sie schüttelte den Kopf, fast so, als wäre sie geschlagen worden. »Nichts.«

»Woher wissen Sie das?«

»Ich weiß es nicht«, zischte sie.

»Wie können Sie dann so eine Behauptung aufstellen?«

»Dort ist nichts im Boden, was irgendeinen *Schaden* anrichten wird.«

Das waren Späne einer Antwort. »Warum können Sie das dann Ihrem Geschäftspartner nicht sagen? Nachdem Ihre Interessen doch die gleichen sind, oder etwa nicht?«

»So ist es nicht.«

»Und weil wir schon bei diesem Thema sind: Für mich hört sich das so an, als hätten Sie einen Interessenkonflikt, Martha. Sie waren die Maklerin des Verkäufers. Ihr Schild lag da draußen im Gras.«

»Das stimmt nicht.«

»Wie sonst hätte ich Sie überhaupt gefunden?«

Das konnte sie nicht beantworten.

»Sie waren die Maklerin des Verkäufers, und gleichzeitig vertraten Sie die Interessen des Käufers. Ist sich Jay dessen bewusst? Und übrigens, weiß Marceno, dass der Mann, der den Toten fand, Ihr Neffe ist?«

»Diese Fragen kann ich nicht beantworten, und selbst wenn ich es könnte, würde ich es nicht.«

Sie machte sich daran, aufzustehen. Aber ich langte um den Tisch herum und packte ihren Stock. »Martha, Sie sind in die Stadt gekommen, um mich unter Druck zu setzen, nicht? Genau so, wie Marceno inzwischen *Sie* unter Druck setzt.«

»Nein.«

»Er will mich verklagen, und Jay auch.«

»Was Sie nicht sagen.«

Was sollte das für eine Antwort sein? »Marceno hat Sie geschickt.«

»Nein.«

»Er hat Ihnen aufgetragen, so zu tun, als würden Sie uns helfen.«

»Nein, Mr. Wyeth!«

»Und entweder wissen Sie, was dort draußen im Boden ist, und wollen nicht, dass es jemand anderer erfährt, was heißt, Sie kriegen mächtigen Ärger mit Marceno – übrigens könnte ich ihm das alles erzählen, oder« – ich geriet bei dem Versuch, das alles zu begreifen, kurz ins Stocken – »oder Sie wissen *nicht*, was dort draußen ist, und fürchten, *dass* da etwas ist. Etwas richtig *Schlimmes*. Vielleicht ein paar Lkw-Ladungen Arsen oder sonst etwas in der Art. Egal, was von beidem zutrifft, scheinen Sie sich zumindest ganz sicher zu sein, dass Jay Rainey keine Ahnung hat, was es ist. Genauso wenig wie ich! Und trotzdem lassen Sie zu, dass Marceno gegen ihn – und mich – gerichtlich vorgeht. Ist es nicht so?«

»Geben Sie mir meinen Stock!«

Aber das tat ich nicht. »Mir ist gerade klar geworden, was Sie wollen, Martha, warum Sie in die Stadt gekommen sind.«

»Das bezweifle ich.«

»Nein, ich habe schon verstanden, ich habe die Botschaft verstanden.«

»Was?«, stieß sie hervor, sichtlich stärker beunruhigt denn je.

»Sie wollten, dass *ich* drauf käme. Irgendetwas ist fürchterlich schief gelaufen. Das hätte auf keinen Fall passieren dürfen. Dort draußen *ist* etwas im Boden, und wenn Sie auch nicht wissen, was es ist, möchten Sie doch, dass ich es herausfinde. Jay weiß es nicht, deshalb kann er uns nicht helfen! Marceno weiß weder, dass *Sie* nicht wissen, was dort draußen ist, *noch* dass Jay es nicht weiß. Sie möchten, dass ich es irgendwie herausbekomme – und falls Sie es wissen, sagen Sie es mir nicht –, und Sie wollen, dass ich Jay *nichts* sage, Marceno aber schon, allerdings nicht so, dass es so aussieht, als hätten Sie mich dazu angestiftet. Ja, irgendwie fürchten Sie, mit *beiden* Männern Ärger zu kriegen, Martha, und jetzt wollen Sie das Ganze auf *mich* abwälzen!«

Ich reichte ihr behutsam den Stock, und sie stand auf. Der Wagen wartete draußen auf sie. Als sie nach ihrer Handtasche griff, kam ein ganz bestimmter Ausdruck in ihr Gesicht, und trotz ihres fortgeschrittenen Alters bekam ich kurz eine gerissene Geschäftsfrau zu sehen. »Ganz schön gut, Mr. Wyeth«, bemerkte sie anerkennend, »ganz schön gut.«

»Rechnen Sie nicht mit meiner Kooperation, Martha.«

»Keine Sorge. Aber Sie« – sie legte ihre beiden runzligen alten Hände auf den Stock und riskierte, sich vorzubeugen, bis zu meinem Gesicht, so weit, dass ich ihre Zahnstümpfe und die Härchen auf ihrem Kinn sehen konnte –, »*Sie* sollten nicht damit rechnen, dass Mr. Marceno weiter so viel Geduld mit Ihnen hat.«

»Mit mir?«

»Mit *Ihnen.*«

Sie war sich ihrer Position sehr sicher, als sie zurücktrat. Plötzlich begriff ich, dass mir Martha Hallock immer einen Schritt voraus gewesen war. »Sie haben Marceno gesagt, dass ich wüsste, was da draußen ist?«

Sie antwortete zwar nicht. Aber es war Antwort genug.

»Und Sie haben ihm gesagt, Jay wüsste es nicht?«

Jetzt nickte sie.

»Und wenn ich es herausbekomme und Jay sage?«

»Oh, Mr. Wyeth«, sagte sie und machte ihren ersten Schritt in Richtung Tür. »Das würde ich nicht tun.«

Auf dem Schaufenster stand STEINWAY, und an diesem Abend ging ich an herumwuselnden Eltern und aufgeregten Kindern vorbei auf eine von Stuhlreihen umgebene runde Fläche zu, in deren Mitte ein riesiger Flügel stand. Lauter gutsituierte Familien. Ich zog mich in den hinteren Teil des Raums zurück, der sehr elegant auf einen Flur hinausging, von dem ein Raum nach dem anderen abging, alle mit herrlichen Flügeln, Mahagoni, Ebenholz, Kirschbaum, einige neu, andere generalüberholt, jeder Zehntausende von Dollar wert. Ich hörte Applaus und kehrte in den Vortragssaal zurück. Eine Frau mit ambitionierter Frisur war vor die Anwesenden getreten und dankte der Steinway Company, dass sie den Raum für das Konzert zur Verfügung stellte, und falls irgendwelche der anwesenden Eltern an einem Instrument interessiert seien, stehe ihnen selbstverständlich jederzeit ein Verkaufsberater zur Verfügung. Die Eltern sahen müde und entschlossen aus, gewappnet für die Strapazen eines weiteren Events. Und dann sah ich Jay. Er saß ganz auf der Seite und hatte ein

Programm in den Händen. Wie bei dem Basketballspiel trug er einen guten Anzug und wirkte wie ein großer, wohlgenährter Wall-Street-Broker oder Banker oder leitender Angestellter, der sich eine Stunde vertrieb, der Anflug von Abwesenheit in seiner Miene zurückzuführen auf das Kopfzerbrechen, das ihm wichtige und dollarschwere Angelegenheiten bereiteten.

Sally Cowles war das elfte Kind, das auftrat. Ihre Interpretation von Beethovens »Für Elise« war weder besonders gut noch besonders schlecht – ganz passabel, ein bisschen Pedal, die Akkorde gut angeschlagen. Aber ihre Entschlossenheit war unübersehbar, und sie blickte angespannt auf die Noten und dann auf ihre Hände, und die Töne kamen mehr oder weniger rechtzeitig. Nicht, dass das eine Rolle spielte – sie war reizend und beherzt, und wäre ich ihr Vater, würde ich mir sagen, dieses Mädchen hat zwar keinerlei musikalisches Talent, aber sie ist glücklich, sie wird es packen, sie wird auf der Gewinnerseite stehen.

Ich nutzte die Gelegenheit, um zu sehen, was Jay machte. Er hatte mir das Halbprofil zugewandt und beobachtete Sally Cowles. Vornübergebeugt wie ein Diamantenschleifer, saß er vollkommen reglos da, ganz in seine Betrachtung versunken, ab und zu blinzelnd. Sein Gesicht war voller Schmerz. Ja, es war Schmerz in seinem Gesicht, eine Art blindes Leiden. Als das Mädchen zu Ende gespielt hatte, sprang es auf und machte eine steife, nervöse Verbeugung, die in ihrer Ungelenkheit etwas Bezauberndes hatte. Sie eilte an ihren Platz zurück und setzte sich sichtlich erleichtert neben eine Frau Anfang dreißig, die ein Baby, einen Jungen, im Schoß hielt. Das war die Frau, die ich gesehen hatte, als ich bei Allison aus dem Fenster geschaut hatte. Das Mädchen reagierte auf den Kommentar seiner Stiefmutter mit einem Achselzucken und kicherte kurz mit einer neben ihr sitzenden Freundin, bevor sie ihre Aufmerksamkeit dem nächsten Stück zuwandte, das von einem dicken kleinen Jungen mit roten Locken vorgetragen wurde, der wesentlich besser war.

Als wollte er sich sammeln, senkte Jay den Blick und richtete ihn dann wieder auf Sally Cowles, die nichts von seinem Interesse mitbekam. Sie war inzwischen auf ihrem Sitz weit nach unten gerutscht und kicherte, an sich ziemlich ungezogen, hinter vorgehaltenem Programm mit ihrer Freundin herum. Ihre Stiefmutter beugte sich zu ihr und richtete ein paar scharfe Worte an sie, worauf sich das Mädchen zwar gehorsam aufsetzte, aber den verstohlenen Austausch mit seiner Freundin fortführte. Währenddessen brachte der dicke kleine Junge den Raum mit Mozart zum Erklingen. Sally Cowles war ziemlich hübsch, schien sich dessen aber größtenteils noch nicht bewusst zu sein. Später würde es ihr Leben zweifellos komplizieren. Das tut Schönheit immer.

Dann trat ich einen Schritt von den Zuhörern zurück und beobachtete, wie Jay mitten in dem begeisterten Applaus für den Jungen aufstand und sich einen Weg durchs Publikum bahnte, direkt auf die Reihe hinter dem Mädchen zu. Höflich entschuldigend lächelnd, zwängte er sich an klatschenden Müttern und Vätern und Kindern vorbei, um direkt hinter Sally Cowles' Kopf stehen zu bleiben und auf ihr perfekt gescheiteltes Haar hinabzublicken. Er ließ seine Finger auf der Rückenlehne ihres Sitzes ruhen und berührte dabei vielleicht wie versehentlich ihre Schulter oder ihr langes Haar. Dann hob er seine Hand neben ihren Kopf, als wolle er ihr mit der Handfläche darüber streichen. Ich zuckte innerlich zusammen. Wollte er ihr etwas antun? Sallys Stiefmutter wurde auf ihn aufmerksam und blickte sich neugierig nach ihm um. Jay zwängte sich weiter die Sitzreihe entlang, nickte mit Lachfältchen um die Augen und sagte all die angebrachten Dinge, bis er das Ende erreichte und zum Eingang floh. Ich war darauf vorbereitet und folgte ihm, doch als ich auf die Fifty-seventh Street hinaustrat und seinen breiten Rücken entdeckte, war er bereits ein ganzes Stück die Straße hinunter.

Ich lief ihm hinterher und holte ihn ein. »Jay«, sagte ich. »Halt.« Ich packte ihn am Arm.

»Bill? Hallo. Was für ein Zufall.«

»Ganz und gar nicht.«

Er lächelte in gespielter Verwirrung, und ich musste mir in Erinnerung rufen, dass das derselbe Mann war, den ich kurz zuvor Adrenalin nuckeln und Baseballs in ein Fanggitter hatte dreschen sehen, ein Mann, der in einer Sauerstoffkammer saß und nicht abgeschickte Briefe an Sally Cowles' Vater aufsetzte. Ich behielt meinen Arm am Ärmel seines Mantels. »Sie beantworten mir jetzt ein paar Fragen, Jay, und zwar sofort.«

»Wieso? Was gibt's?«

Er war wirklich sehr überzeugend, und hätte ich es nicht besser gewusst, hätte ich möglicherweise geglaubt, einen schrecklichen Fehler gemacht zu haben. »Sie sind ganz schön raffiniert, Jay. Sie haben Allison getäuscht, und eine Weile haben Sie auch mich getäuscht, und wer weiß, wen Sie sonst noch alles getäuscht haben, aber …«

Er schüttelte meinen Arm ab. »Spinnen Sie jetzt komplett, Bill, oder was?«

Er stand da, kampfbereit, herausfordernd und irgendwie wahrscheinlich neugierig, was ich tatsächlich wusste.

»Das Mädchen, das da gerade Klavier gespielt hat, war Sally Cowles, Jay.« Um mich zu beruhigen, sprach ich betont langsam. »Wie Sie wissen, ist Sally Cowles die Tochter von David Cowles, einem der Mieter in Ihrem Haus in der Reade Street. Vor ein paar Tagen saß sie bei dem Basketballspiel der Mädchenmannschaft auf der Bank. Sie wollten unbedingt das Haus haben, in dem Cowles arbeitet. Dieses Haus, *ganz speziell* dieses Haus und kein anderes. Das weiß ich von Marceno, er dachte, Sie wären verrückt. Sie haben ihm Ihr Land zum Tausch angeboten. Er befasste sich mit der Sache und merkte, dass es sich dabei um ein fantastisches Geschäft handelte. Deshalb ging er darauf ein. Und dann ist da noch Allisons Wohnung. Das ist keineswegs alles Zufall. Ich durchblicke zwar noch nicht alle Zusammenhänge, Jay, aber was ich sehe, ist sehr eigenartig, sehr krank.«

Rainey betrachtete mich kalt, sein Mund ein schmaler Schlitz, als würde er mir gleich ins Gesicht schlagen.

»Und dann ist da noch die Sache mit Ihrer Lunge.«

Er sagte nichts, aber er schien weich zu werden, fast zu zerbröckeln.

»Wegen dieses Pflanzenschutzmittels.«

Er blinzelte. »Das haben Sie herausgefunden?«

»Martha Hallock.«

»Sie weiß das natürlich.«

Er werde mit mir reden, behauptete Jay, aber er wollte dazu nach Brooklyn zurückfahren. Zuerst leuchtete mir das nicht ein, da es in Manhattan jede Menge Bars und Restaurants gab, in die wir hätten gehen können, doch dann merkte ich, dass er wahrscheinlich entweder ein Medikament oder Sauerstoff brauchte.

»Ich weiche nicht eher von Ihrer Seite, als bis ich die ganze Geschichte kenne«, sagte ich.

»Gut.« Er hatte den Kopf gesenkt, und ich spürte, er war bereits ganz woanders.

»Da sind Leute, die nach Ihnen suchen, Jay, und sie machen mir das Leben verdammt schwer.«

»Gut, gut.«

»Nein, *nichts* ›gut, gut‹! Sie tun da jetzt was dagegen, Jay, und zwar noch *heute Abend*. Sie erzählen mir alles, was ich wissen muss, um endlich aus diesem Schlamassel, in dem Sie stecken, herauszukommen.«

Wir schwiegen während der langen Taxifahrt, und wer weiß, was sich der Taxifahrer dachte, als er im Bauch von Brooklyn zwei erwachsene Männer vor einer dunklen Garage absetzte. Als wir die Treppe hinaufstiegen, holte Jay seine Schlüssel heraus. Im Schein der Straßenbeleuchtung konnte ich auf den Stufen die Spuren der hinauf- und hinuntergeschleiften Sauerstoff-Flaschen sehen. »Gestern ist jemand bei mir eingebrochen«, sagte er. »Hat aber nichts mitgenommen.«

Wir gingen nach drinnen, und er setzte sich sofort auf das schmale Bett.

»Lassen Sie mich das noch kurz machen.« Jay nahm einen Gegenstand aus durchsichtigem Plastik vom Tisch, steckte sich das Mundstück zwischen die Lippen und blies fest hinein. Ein roter Zeiger schlug aus. Er hustete heftig und spuckte einen Klumpen Schleim in den Abfallkorb. Dann sah er auf den roten Zeiger und beugte sich über eine Tabelle und trug den Wert ein. Das Gerät, vermutete ich, war ein Peak-Flow-Meter, mit dem sich die Lungenfunktion messen lässt.

»Wie viel haben Sie?«, fragte ich.

Da er nicht antwortete, griff ich nach dem Gerät und schaute, wo der rote Zeiger auf der Messskala stehen geblieben war.

»Zweitausenddreihundert?« Aus den Tabellen in der Bibliothek wusste ich, dass ein Mann von Raineys Größe und Alter eine Lungenkapazität von gut über sechstausend Milliliter hatte. Ich überschlug es im Kopf. Seine ESK betrug etwa 35 – furchtbar. Es wunderte mich, dass er sich überhaupt auf den Beinen halten konnte.

Jetzt nahm er eine Spraydose vom Tisch, schüttelte sie, brachte sie am Inhalator an und drückte darauf. Ich konnte die kurze Medikamentensalve in seinen Hals schießen hören. Er schloss die Augen und hielt den Atem an. Schließlich ließ er ihn entweichen. Er machte die Atemwege durchlässig. Dann hielt er sich eine Sauerstoffmaske ans Gesicht, drückte auf einen quadratischen roten Knopf und atmete tief ein. Die Sauerstoffmaschine summte. Seine Bewegungen hatten die automatische Selbstverständlichkeit langer Gewohnheit. Dann machte er ein anderes Gerät an, das verschiedene Werte anzeigte: Puls, Blutdruck, Respiration pro Minute und prozentuelle Oxygenation. Alle Anzeigen standen auf null. Jay griff nach einem Kabel mit einer Schlinge und einem roten Lämpchen am Ende und streifte es über seinen Finger, worauf der Oxygenationswert auf dem Display angezeigt wurde. Er betrug 89 Prozent.

»Sogar ich weiß, dass das ein niedriger Wert ist.«

Er nickte. Hob die Maske an. »Wenn er niedrig ist, halte ich höchstenfalls ein paar Stunden durch, auf keinen Fall länger.«

»Wie neulich nachts, als wir in die Stadt zurückfuhren?«

»Ich stand kurz davor, ohnmächtig zu werden.«

»Haben Sie hinten in Ihrem Wagen eine Sauerstoffflasche oder so was?«

»Ja.« Er sah auf die Anzeige. Sie stand inzwischen auf 91. Er stocherte in einer Schüssel mit Pillen, nahm einige heraus und schluckte sie ohne Wasser hinunter. Ich merkte, dass er in einem Medikationszyklus lebte, auf und ab, den Tag hindurch, und so viel ich gesehen hatte, war er in jeder Phase dieses Zyklus ein anderer: euphorisch und charismatisch und überschwänglich, wenn die Steroide zu wirken begannen, niedergeschlagen und fast katatonisch, wenn die Wirkung nachließ.

»Haben Sie gerade irgendwelche Steroide genommen?«

»Ja. Tut mir Leid, Mann, dass ich Sie da reingezogen habe, Bill. Ich hätte nie gedacht, dass es dazu kommen würde, ja? So war das nicht geplant, ich habe nur versucht … ich bin, ich bin schon ganz schön weggetreten, Mann. Aber langsam spüre ich den Sauerstoff.«

Er lag schlaff auf dem Bett, die Augen geschlossen, ein Lächeln auf den Lippen, und ich hatte das Gefühl, dass er mir entglitt.

»Was war Ihr Vater für ein Mensch?«, fragte ich.

»Mein Vater? Er war schrecklich, ein richtiger Sturschädel. Er ist schuld … er war einfach ein schlechter Farmer. Hätte nie Farmer werden sollen, aber meine Mutter hing sehr an dem Land, wissen Sie. Seine Familie lebte schon seit langem vom Kartoffelanbau, aber in den sechziger Jahren ging es auf Long Island mit dem Kartoffelanbau immer stärker bergab. Er war frustriert. Das kann ich noch verstehen. Ein frustrierter, verbitterter Mann. Meine Mutter war, glaube ich, auch nicht einfach. Sie stritten immer fürchterlich. Einmal warf sie mit einer Kanne Kaffee nach ihm. Aber ich habe sie sehr gern gemocht, immer.«

»Haben Sie auf der Farm gearbeitet?«

»Sicher, klar, ich konnte mit elf schon einen Pick-up fahren. Einen Traktor auch.«

»Ihr Vater hat die Farm weiterbewirtschaftet?«

»Ja, obwohl damit kein Geld mehr zu verdienen war. In manchen Jahren kam er immerhin auf seinen Schnitt. Wir pflanzten Zierbäume, verkauften sie an Gartenbaufirmen, solche Sachen.«

»Wer war dieses Mädchen aus England?«

Auf diese Frage war Jay nicht gefasst, und über sein Gesicht legte sich die gleiche schmerzliche Melancholie, die mir an dem Abend, an dem ich ihn kennen lernte, aufgefallen war, als er nach der Vertragsunterzeichnung, mit der er das Haus in der Reade Street erworben hatte, Allison umarmte.

»Sie hieß Eliza Carmody«, sagte er. »Ausgesprochen schönes Mädchen. Und richtig pfiffig. Es war im Juni, nach meinem zweiten Jahr auf dem College. Ich wollte … ich war …« Außerstande, es zu sagen, seufzte er nur.

Ich deutete auf den vergilbten Zeitungsausschnitt an der Wand. »Die Yankees?«

Er nickte und presste die Lippen zusammen und schloss die Augen.

»Hätten Sie es geschafft?«

»Wer weiß? Vielleicht. Aus ihren Farmteams gingen viele gute Spieler hervor. Ich hatte auf dem College zwei Jahre sehr gut gespielt.«

»Sie hatten einen tollen Schlag drauf.«

»Ja.«

»Sie waren ein großer, kräftiger Junge aus einem kleinen Kaff weit draußen auf Long Island, Ihre Familie hatte kein Geld, Ihre Eltern stritten viel, und Sie hatten einen mordsmäßigen Schlag drauf. Sie hätten sich voll reingehängt«, dachte ich laut. »Könnte man das so sagen?«

»Könnte man so sagen, ja«, stimmte er mir zu. »Zu diesem späten Zeitpunkt.«

»Aber dann«, hakte ich nach. »Eliza Carmody?«

»Ja, es war im Sommer, ich arbeitete zu Hause auf der Farm. Damals hatte ich auf dem College schon ein paar Freundinnen gehabt. Sie kennen das ja, nichts Festes, nichts richtig Ernstes, im Grunde genommen habe ich mehr rumgebumst als studiert, Baseball gespielt und Bier getrunken, dann wurde ich unter Vertrag genommen, und sie sagten mir: Spiel die Saison noch am College zu Ende, mach die Playoffs mit, dann kommst du im Juli ins AA-Team. Ich hatte zwei oder drei Wochen totzuschlagen, deshalb fuhr ich nach Hause, trainierte, machte jeden Tag Wurftraining. Ich wartete nur darauf, dass es richtig losging.«

Er half in diesen Wochen auch auf der Farm seiner Eltern, erzählte Jay, brachte eine Ladung Ligusterhecken zu einem großen, schindelverkleideten Haus am Wasser, das ein paar Meilen weiter lag, er und zwei andere schwitzende, sonnenverbrannte Jungs, die für sieben Dollar die Stunde arbeiteten, mehr, als die Mexikaner bekamen, bloß wegen ihrer Hautfarbe, und sie hielten mit dem grünen Pick-up in der Einfahrt und fingen an, die Büsche abzuladen, jeder mit einem schweren mit Sackleinen umwickelten Erdballen um die Wurzeln. Und da sah er eine ungefähr zwanzigjährige hoch gewachsene junge Frau einen Tennisball gegen eine Übungswand schlagen. Sie trug ein gefälteltes Tennisröckchen, das ihr gerade bis zum Po reichte, und die Jungen beobachteten sie voller Gier, beobachteten nicht nur ihre braunen Beine und Schultern, sondern auch die aggressive Art, mit der sie den Ball schlug, immer und immer wieder, bei jedem Schlag aufstöhnend.

»Ich musste sie einfach ansprechen«, sagte Rainey und stellte dabei an der Sauerstoffzufuhr herum. »Sie war unglaublich. Es war mir völlig egal, dass ich nur ein armer Bursche von einer Kartoffelfarm war. Das Schlimmste, was mir passieren konnte, war, dass sie mir einen Korb gab.«

Er legte seine Schaufel beiseite, erzählte er, und ging auf den Tennisplatz, plötzlich verlegen und irgendwie deplatziert zwischen den sauber gezogenen weißen Linien.

»Hallo«, hatte sie gerufen, »das sind aber nicht gerade Tennisschuhe.«

Er hatte auf seine Arbeitsstiefel hinabgesehen. »Nein.«

Sie kam auf ihn zu. »Kann ich dir irgendwas helfen?«

Amüsierte sie seine Anwesenheit? Sie hatte einen britischen Akzent, merkte er. Das gefiel ihm. »Nein. Eigentlich nicht.«

»Dann hast du also nicht vor, mir mal ordentlich zu servieren?«

»Wie bitte?«

»Du hast nicht vor, ihn mir so richtig reinzudreschen?«

»Nein.«

»*Spielst* du denn überhaupt Tennis?«

»Eigentlich nicht.«

»Was kann man dann mit dir anfangen?« In Anbetracht der Tatsache, dass sie nicht einmal den Namen des anderen wussten, stand sie ziemlich dicht vor ihm. »Machst du irgendeinen anderen Sport?«, fragte sie und sah mit zusammengekniffenen Augen zur Sonne hoch.

»Baseball.« Er sah ihren Blick von seinem Gesicht zu seinem Hals zu seinem Brustkorb wandern und dann wieder zurück.

»Aha.«

»Bist du Engländerin?«, fragte er zaghaft.

»Ja.«

»Ich habe dich beobachtet, wie du die Bälle gegen die Wand geschlagen hast.«

»Das war ja auch nicht zu übersehen.«

Sie war ein, zwei Jahre älter und um Jahrzehnte weltgewandter. »Machst du Ferien hier?«

»Ja, mit meiner Mum, aber in einer Woche heißt es wieder: zurück nach London.«

»Wohnst du dort?«

»Ja. Bist du von hier?«

»Aus Jamesport.«

»Wo ist das?«

»Hier auf der North Fork. Eigentlich nur ein Dorf.«

»Dann bist du sozusagen ein Dorfjunge?«

Er war nicht sicher, ob sie ihn neckte oder heruntermachte. Aber er wusste auch, dass sie bald miteinander schlafen würden, vielleicht noch am selben Tag.

»Na ja, wahrscheinlich schon.«

»Aber ein *großer* Dorfjunge.«

»Schon möglich, ja.«

»Du machst doch sicher viel Sport?«

»Ja, Baseball.«

»Ach stimmt, das hast du ja bereits gesagt. Bist du gut?«

»Ja.«

»Tatsächlich?« Sie lächelte in sich hinein. »Wie gut?«

Es war sein einziges Zahlungsmittel, hatte er damals gewusst und erinnerte er sich jetzt, sein einziges, und er hatte es bis dahin nie benutzt, zumindest nicht unter solchen Umständen, bei jemandem so weit außerhalb seiner Welt, und er wusste nicht, ob sie es wertvoll finden würde oder überhaupt wusste, was es bedeutete.

»Na ja«, begann er, »ich bin von den Yankees unter Vertrag genommen worden.«

»Von den New York City Yankees?«

»Ja, sie heißen New York Yankees. In ihrem Farmteam natürlich.«

»Das Baseballteam.«

»Ja«, sagte er leicht frustriert, »die *Yankees.*«

»Die haben dich also unter Vertrag genommen?«

»Zuerst spiele ich in ihrem Farmteam, aber irgendwann kriegt man in der ersten Mannschaft eine Chance.«

Sie war sogar noch näher gerückt, zog ihren Tennisschläger über den grünen Bodenbelag. »Wirst du es schaffen?«

Er wartete. »Das weiß ich nicht.«

»Was *glaubst* du?«

»Ich glaube, ich schaffe es. Ja.«

Und dieses zwanzigjährige englische Mädchen, das, wie Jay später herausfinden sollte, bereits eine Reihe von Liebhabern gehabt hatte, von einem Oxford-Dozenten bis zu einem Bankerkollegen ihres Vaters, sah vermutlich in Jay, was wirklich da war. Stärke und Anständigkeit und Selbstvertrauen und Talent in Reinkultur. Es war nicht nur seine Größe und animalische Gesundheit, es war auch die Offenheit seines Gesichts, von der sich genügend gehalten hatte, um Jahre später Allison Sparks anzuziehen, merkte ich. Sie war verbittert und amüsiert und skeptisch, aber sie sah es noch in ihm. Genau wie ich. Er war ein schöner junger Mann gewesen, wie er auf diesem Tennisplatz in der Sonne stand. Eliza Carmody hatte schon vorher solche Männer kennen gelernt, aber er war rein, und das reizte sie. Es war neu.

»Ich finde«, sagte Eliza Carmody etwas weniger forsch, »du solltest mich heute Abend um sieben hier abholen.«

»Okay«, sagte er.

»Du willst es doch, oder?«

»Ja«, hatte er geantwortet, und sein Blick ging durch sie hindurch. Fünf Minuten zuvor war es noch unkompliziert zwischen ihnen gewesen, aber mittlerweile nicht mehr.

Jetzt nahm Jay die Sauerstoffmaske von der Halterung, drückte sie sich auf den Mund und schloss die Augen. Der Pulsmesser auf dem Zuflussregler blinkte. Ich sah ihn einatmen. Er ließ die Maske fallen.

»Wir waren zwei Wochen zusammen. Ich war jede Nacht bei ihnen drüben. Ich wusste, sie musste nach Hause zurück, und ich wusste, ich würde mich beim Farmteam melden. Wir verbrachten praktisch jede Nacht miteinander. Ich war damals neunzehn, Mann, ich stand voll im Saft, ich war verliebt.«

Doch dann, erzählte er weiter. Ihr letzter Abend. Eliza rief bei ihm zu Hause an, um ihm zu sagen, ihre Eltern hätten kurzfristig beschlossen, schon am nächsten Tag abzureisen. Sie wollte ihn in dieser Nacht unbedingt sehen, er musste heimlich zu ihr kommen. Es war nicht weit, und er beschloss zu laufen, um in Form zu bleiben. Das Auto seiner Mutter war ein peinlicher Kleinwagen, der lediglich zeigte, wie arm sie waren, und sein Vater fuhr klapprige Pick-ups, die er nur ungern herausrückte. Es war also besser zu laufen, und das tat er auch. Er schlich am Tennisplatz vorbei und traf sich am Strand mit ihr. Sie war schon da, mit Decken und einem Picknickkorb. Sie verbrachten den größten Teil der Nacht am Strand, und nicht eine Sekunde lang musste ich nicht daran denken, wie es war, in diesem Alter zu sein, von Liebe und Kummer und Verlangen hin und her gerissen, und deshalb bagatellisierte ich es nicht, deshalb sah ich es nicht als etwas Geringeres als das, was Männern und Frauen später in ihrem Leben geschieht, was intensiver ist und von dem Bewusstsein durchtränkt, dass man nicht mehr jung ist. Jay erzählte mir von dieser Nacht, und wenn ich ihn mir mit dieser jungen Frau vorstelle, sehe ich, wie sie sich geradezu verzweifelt küssen und Jay sich dann gewaltsam von ihr losreißt. Es ist spät. In wenigen Stunden geht die Sonne auf. Er muss nach Hause. Er hat kein Auto, aber das macht nichts. Er hat nur das Mädchen im Kopf, und er fühlt sich stark. Er weiß, er ist stark genug, die paar Kilometer nach Hause zu laufen, auch nach dem Sex und den Tränen und dem schweren Abschied. Er weiß das über sich, ohne darüber nachdenken zu müssen. Er ist ganz Arme und Beine und Lungen, und er genießt den Schweiß, der sich auf ihm bildet, denn die letzte Viertelmeile zum Haus seiner Eltern kann er im Gehen zurücklegen und sich abkühlen. Er rennt die Hauptstraße entlang, freut sich an den Schatten, ein Insekt gerät in seinen Mund, er spuckt es aus, dann biegt er um die Ecke, nähert sich den Feldern seines Vaters. Er kennt alle Biegungen und Feldwege, jeden einzelnen, und in der Ferne, hinter den Feldern, sieht er das Licht seines Elternhauses und fragt sich, ob er Ärger bekommen wird. Ja, wahrscheinlich kriegt er Ärger. Sein Vater erwartet, dass er früh aufsteht, um sechs. Es ist schon nach zwei. Vielleicht kann er ja noch ein paar Stunden schlafen. Deshalb wird er, um ein paar Minuten zu gewinnen, eine Abkürzung nehmen, einfach über das Kartoffelfeld laufen. Er spürt die Kraft in seinen Armen und Beinen, ein harmloses Seitenstechen, nichts, was er nicht zur Genüge vom Footballtraining kennt oder wenn er auf dem Basketballfeld Wind-Sprints macht. Und die Trainer der Yankees-Farmteams haben ihn für den Fitnesstest laufen lassen, zuerst die Bases und das Outfield und dann auf dem Laufband. Sie haben ihn gegen einen Trainingswerfer antreten lassen, der Bälle im unteren Neunzigerbereich warf, sie haben ihn aus der Hocke vom dritten zum ersten Mal werfen lassen, um seine Armkraft zu testen. Er will Second Base spielen. Ryne Sandberg hat diese Position revolutioniert. Sandberg war über eins achtig groß. Die zweite Base war einmal etwas für kleine drahtige Typen, jetzt eignet sie sich auch für große, kräftige. Er weiß allerdings, dass sie möglicherweise versuchen werden, einen Fänger aus ihm zu machen. Das haben sie ihm bereits gesagt. Er hat die Statur dazu, vor allem die Beine. Sie testeten ihn auf der Beinpresse, und er konnte sich 300 Kilo auflegen, und sie sagten, das genügt, du wirst noch stärker, wir wissen, du hast Highschool-Football gespielt, das ist sogar mehr als genug. Zufrieden hatten sie den Wert in ihre Tabellen eingetragen. Und sie gingen mit ihm ins Freie, damit er die Fängerausrüstung anziehen und den Wurf zum zweiten Mal machen konnte, und er verbockte es nur zweimal bei zehn Versuchen. Nicht überragend. Manchmal die Schnelligkeit, aber nicht die Genauigkeit; manchmal die Genauigkeit, aber nicht die Schnelligkeit. Lass den Arm oben, komm über die Schulter. Blöde schlechte Angewohnheit, der Seitenarm. Und die Ausrüstung störte ihn, am meisten die Fängermaske. Die Trainer wirkten nicht sonderlich besorgt. Sie wussten, er hatte nie Fänger gespielt, außer viel früher in der Pony League. Er hatte die Statur, sie wussten es. Deshalb wollte er sich darauf einlassen, Fänger zu spielen, aber trotzdem versuchen, auf der zweiten Base zum Einsatz zu kommen. Ihm wurde bewusst, dass er sogar jetzt, nach dem schweren Abschied von ihr, an Baseball dachte, und das war ein gutes Zeichen. *Ich glaube, ich bin verliebt in sie, aber wenn ich einen Baseball habe, kann ich es ertragen, kann ich ertragen, nicht mit ihr zusammen zu sein.* Sie hatten davon gesprochen, dass er sie im Herbst in London besuchen würde. Ja, sie würde warten. Er machte sich Sorgen, dass sie mit anderen Männern schlafen würde. Er hatte bereits mit genügend Mädchen zu tun gehabt, um zu wissen, welche so waren. Aber sie hatte ihn gemocht, das merkte er. Und nicht allzu viele andere Männer waren Baseball-Profis. Das war schon mal etwas. Was bedeutete ihm mehr? Baseball oder Eliza? Es war eine blöde Frage. Nein, war es nicht. Sie waren unterschiedlich, aber man konnte auf die gleiche Art an sie denken. Das war es. Er konnte es sehen. Sie war genauso wichtig für ihn wie Baseball. Jetzt brauchte er beides. Er hatte gedacht, für ihn gäbe es nur Baseball, aber jetzt gab es auch sie. Vielleicht würde sie in die Staaten kommen, um ihn spielen zu sehen. Er würde es in die erste Mannschaft schaffen und ihr einen Spielplan schicken, vielleicht auch ein paar Zeitungsausschnitte. *Rainey erzielt in Dreier-Heimspielserie 8 Hits von 13.* Diese beknackten Engländer mit ihren Cricketschlägern. Sie würde rüberkommen und sich amerikanisches Baseball ansehen. Er stellte sie sich auf der Tribüne vor. Was ist ein Flugball? Warum nennt man ihn »Flug«ball? Wie er diesen melodischen Akzent mochte. Diese vielen Fragen. Er freute sich auf die Busfahrten und die Motelzimmer. Natürlich war es anstrengend, aber es war auch spannend. Die besten Typen, gegen die oder mit denen er jemals gespielt hatte. Das beste Training, die besten Spielfelder. Na ja, einige der Universitätsspielfelder waren auch nicht schlecht. Aber die Farmteams hatten ihre festen Fans, alles, was dazugehörte. Es war gut, gut, gut. Eine völlig andere Welt als die Farm, seine Eltern. Sein Vater war ein richtiger Arsch, und seine Mutter reagierte mit offenem Hass, und Jay konnte ihnen beiden entkommen, indem er Baseball spielte. Das war das Schöne daran. *Je besser er spielte, desto weiter weg wäre er.* Er behielt sein Tempo bei, als er auf das Feld seiner Eltern bog. Sicher würde er einige Mädchen kennen lernen. Noch brauchte er Eliza nicht treu zu sein. Er liebte sie, aber es würde auch andere Mädchen geben. Das musste drin sein. Dafür war es einfach zu schön. In dieser Nacht hatten sie es zweimal gemacht, das zweite Mal wesentlich länger. Er hatte keine Angst, zu früh zu kommen. Er hatte gelernt, es hinauszuzögern. Beim ersten Mal war sie feucht gewesen und beim zweiten Mal irgendwie klebrig, aber während er zugange war, wurde sie wieder feucht. Er fasste in seine Shorts und rieb den Finger an seinem Unterleib, dann hielt er ihn sich an die Nase. Dieser Geruch. Man musste lernen, ihn zu mögen, aber dann mochte man ihn sehr. Er fühlte sich gut. Seine Bewegungen waren flüssig und koordiniert, Arm, Bein, Arm, Bein, quer durch den Kartoffelacker. Das Seitenstechen war weg. Er neigte zu Wadenkrämpfen, aber in dieser Nacht fühlten sie sich gut an, warm und locker.

Und während er das denkt, riecht er etwas, ein metallisches Kitzeln in seiner Nase, dann fangen seine Augen zu brennen an. Blinzeln, heftiges Tränen. Er läuft langsamer, um sich die Augen zu reiben; dann kann er nicht mehr atmen. Inzwischen geht er nur noch, bleibt schließlich ganz stehen, beugt sich vornüber. In seiner Brust hämmert es wie verrückt. Die Augen brennen. Er lässt den Kopf sinken und merkt, er riecht Unkrautvernichtungsmittel. Jemand hat den Paraquat-Sprüher angelassen. Er fällt zu Boden und kriecht weiter. *Aus welcher Richtung kommt der Wind?*, denkt er. Normalerweise kommt er aus Südwesten. Aber er kann sich drehen. *Bewege ich mich weiter rein oder auf der anderen Seite wieder raus?* Er kann die Augen nicht öffnen. Er hustet fürchterlich. Seine Lungen fühlen sich geschwollen an, schwer. Eben hatte er noch den ganzen Nachthimmel in seinen Lungen, und auf einmal saugt er das Leben durch einen brennenden Strohhalm ein. Er spürt, wie er immer stärker benebelt wird. *Ich werde, so gut ich kann, in eine Richtung laufen, das ist meine einzige Chance.* Und das tut er auch, schafft es irgendwie aufzustehen, und dann, die Augen geschlossen, die Lippen aufeinander gepresst, die Lungen brennend, rennt er los, taumelt und stolpert über die niedrigen Kartoffelpflanzen hinweg durch die Nacht. So läuft er vielleicht fünfzehn, dreißig Sekunden, auf keinen Fall länger. Niemand kann laufen, wenn er die Lunge voll Paraquat hat, und dann – und dann liegt Jay auf dem Boden, er übergibt sich, er blutet aus der Nase, er hat Schaum vor dem Mund, und wenn es einen gütigen Gott oder ein höheres Wesen oder eine höhere Macht gibt, würde sich der Wind genau in diesem Augenblick drehen.

Aber das tut er nicht.

Als Jay am nächsten Morgen von einem der Farmhelfer gefunden wird, einem Schwarzen namens Herschel, liegt er halb tot auf der Erde. Der Wind hat sich gedreht, aber erst später. Ein neunzehnjähriger Junge, in der Blüte seiner Jugend, der am Rand eines Kartoffelfelds liegt. Seine Fingernägel sind schwarz geworden.

Darüber könnte man lange nachdenken, und das habe ich getan, seit Jay es mir erzählt hat.

»Als ich im Krankenhaus wieder zu mir kam, ungefähr drei Tage später, hatten sie mir einen Tubus gelegt …« Er legte sich auf das Bett zurück. Ich merkte, dass er am Drehknopf des Sauerstoffgeräts herumspielte. Er atmete, inzwischen mühelos, durch die Nase. Der Oxygenationsmesser zeigte 96 Prozent an. »Ich fragte nach meiner Mutter. Sie sagten, sie sei weg. Einfach weggefahren. Wahrscheinlich hatte sie keine Ahnung, dass ich im Krankenhaus lag. Sie und mein Vater hatten in dieser Nacht einen gewaltigen Streit. Ich glaube, sie war wütend, weil er mir den Pick-up nicht geliehen hatte. Wahrscheinlich hat er sie geschlagen. Höchstwahrscheinlich sogar. Sie hatte so eine kleine alte Dreckskiste, einen Toyota, und fuhr einfach weg damit. Ohne zu packen. Verschwand einfach.«

»Wohin ist sie gefahren?«

»Keine Ahnung. Ich dachte immer, sie wäre zu ihrem Vater nach Texas zurück, er war irgendwie in der Ölindustrie.«

»Sie hat Ihnen nie gesagt, wo sie hin ist?«

Bevor er meine Frage beantwortete, machte Jay etwas Seltsames. Er fasste in seine Schublade und zog etwas heraus, das aussah wie eine Zigarre. Es *war* eine Zigarre. Er biss das Ende ab.

»Wollen Sie die etwa rauchen?«

»Das würde ich gern.«

»Sie würden gern?«

»Ich liebe den Geschmack von Zigarren. Ungefähr einmal im Monat zünde ich eine an. Ein Zug, und damit hat es sich.«

Ich erinnerte mich an den Abend, an dem ich Jay kennen gelernt hatte. »Ist das die, die Ihnen Allison im Havana Room gegeben hat?«

»Genau die, Mann. Ich habe sie für einen besonderen Anlass aufgehoben.«

»Welcher wäre?«

»Ich werde Ihnen etwas erzählen, was ich noch niemandem erzählt habe. Öffnen Sie doch bitte mal die Fenster, ja?«

Es gab zwei, eins ging auf die Straße hinaus, das andere auf die Treppe. Ich schob sie hoch, und die kalte Nacht strömte herein. In der Zwischenzeit ging Rainey in die Küche, drehte den Wasserhahn auf und kam mit einem fast vollen Glas zurück. »Machen Sie auch die Tür auf.«

Das tat ich. Er zog einen Inhalator heraus und sprühte sich mehrmals damit in den Mund, und als er ihn herausnahm, strömte der Medikamentendunst aus seinem Mund.

»Okay.« Er zog das Glas Wasser zu sich heran, dann zündete er die Zigarre an. Er blies Luft durch sie hindurch, brachte die Spitze zum Glühen, sah zu mir hoch, nickte, paffte dann einmal, behielt den Rauch im Mund, bis seine Augen groß wurden, ließ dann den Rauch nach oben entweichen. Er zerstreute sich im Luftzug von Tür und Fenstern so rasch, dass ich kaum etwas roch.

»Das war gut.« Er tauchte die Zigarre ins Wasser, sie zischte kurz, dann schloss er die Augen, und es schien, als träumte er den Geruch der Zigarre noch einmal. Sein Gesicht rötete sich. Er hustete heftig und sprühte sich noch einmal mit dem Inhalator in den Mund. »Keine Angst … alles in Ordnung. Da sehen Sie's. Total bescheuert, der reinste Selbstmord.« Er hustete sich fast die Seele aus dem Leib, aber er lachte. »Ein halber Zug und Sie können mich weg …« – er hustete – »*wegwerfen.*« Er sog heftig den Sauerstoff ein. »Vollkommen idiotisch, aber darauf stehe ich nun mal. Das Lungengewebe reagiert sehr schnell. Das war es. Mein Laster, Bill. Einmal im Monat, verdammte Scheiße noch mal, ein halber Zug.« Er legte das Feuerzeug in die Schublade zurück, hustete wieder, heftig, und spuckte einen braunen Schleimklumpen in den Müll.

Ich stand auf, um Fenster und Tür zu schließen. »Also, Sie haben eben erzählt …?«

»Richtig. Meine Mutter verschwand in dieser Nacht, und ich habe sie nie wieder gesehen, Mann.« Er machte eine Pause, in der seine Augen die Ungeheuerlichkeit dieses Sachverhalts, seine unfassbare Eigenartigkeit überdachten. »Ich habe meinen Vater immer wieder gelöchert, wo sie sein könnte, aber er war völlig durcheinander wegen der ganzen Geschichte, manchmal sagte er, sie hätte wahrscheinlich einen Freund, manchmal wusste er es nicht, und manchmal sagte er, sie wäre nach Texas zurück. Er sagte, er hätte dort unten, in Houston, die Auskunft angerufen. Einmal machte er eine Reise, und ich vermute, er suchte nach ihr. Er wusste es und sagte mir nur nichts. Vielleicht hatte er sie mit einem anderen Mann gesehen. Aber sicher war ich nicht. Es ging ihm nicht gut. Als er starb, musste ich ihm versprechen, ihr zu sagen, dass es ihm Leid täte, dass er sie immer geliebt hätte, dass er – Scheiße, er war ein einziges Wrack, er heulte Rotz und Wasser, er war völlig im Eimer. Es ist schlimm, den eigenen Vater so zu sehen. Sein Leben war ein einziges *Nichts,* er war ein Säufer und ein Versager, und er kam nie darüber hinweg, dass er einmal eine schöne Frau gehabt hatte und einen Sohn, der vielleicht, na ja, Baseball-Profi geworden wäre – aber nur vielleicht, und mit einem Schlag hatte er keine Frau mehr und einen Sohn, der nicht mal mehr ein Streichholz ausblasen konnte.«

Wir saßen da. Ich hatte nichts Brauchbares zu sagen. Ich glaube, es ist möglich, den eigenen Vater zu hassen und zugleich um ihn zu trauern, und so ließe sich vielleicht beschreiben, was in Jay vorging. Aber ich verlieh dem Gedanken keine Stimme; stattdessen beobachtete ich, wie die Kompressionsvorrichtung auf der Sauerstoffkammer auf und ab ging, während draußen an den winzigen Fenstern des Zimmers die Brooklyner Nacht vorbeiwirbelte.

Aber nach einer Weile begann sich Jay wieder zu erinnern, und jetzt sprach er einfach in das Zimmer hinein zur Decke, aber seine

Stimme hatte nichts von einer Beichte – für eine Beichte ist nämlich nicht nur eine Sünde nötig, sondern auch ein Zuhörer, der bereit ist, ein moralisches Urteil zu fällen – nein, sie war dumpfer, so, als machte er in einem langen und verwickelten Gerichtsfall, dessen einzelne Punkte er beherrschte, eine Aussage, wobei ihm sehr wohl bewusst war, dass sie für jemand anderen wahrscheinlich von geringem Interesse war. Es bringt nur wenig Erleichterung, eine solche Anhäufung von Fakten einfach aus sich herausströmen zu lassen, aber wir waren alle einmal in den Bäumen schnatternde Schimpansen, von dem verzweifelten Wunsch beseelt, gehört und verstanden zu werden, eine dem eigenen Wesen gemäße Sprache zu finden, und da war auch Jay keine Ausnahme.

Zwei Monate nach dem Unfall, fuhr er fort, war er wieder so weit zu Kräften gekommen, um nach England fahren zu können. Seine Chancen, Baseball-Profi zu werden, waren inzwischen gleich null. Die Yankees riefen an, als er sich nicht meldete, erhielten dann von seinem College-Coach genauer Auskunft. Sie schickten ihm ein kurzes Schreiben, in dem sie ihm gute Besserung wünschten. Währenddessen hustete er Tag für Tag eimerweise Schleim hoch und lernte, einen Zerstäuber richtig einzusetzen. Er konnte kraftlos einen Schläger schwingen und ohne Speed werfen, aber das war auch schon alles. Der Schock war gewaltig, niederschmetternd. Ähnlich wie der Umstand, dass seine Mutter immer noch nicht nach Hause zurückgekommen war. Die einzige Kompensationsmöglichkeit war, Eliza Carmody zu finden. Er hatte ihr geschrieben, hatte einen Brief von ihr erhalten. Er erzählte ihr nichts von dem Unfall. Er versuchte, sie anzurufen, ohne Erfolg. Also kaufte er sich mit dem Rest der Prämie, die er bei Vertragsunterzeichnung erhalten hatte, ein Flugticket. Er kam in der Paddington Station an, zaundürr, mit langen Haaren, fast ohne Geld, fest entschlossen, in London zu leben, egal wo. Er zog von Viertel zu Viertel, von Bekanntschaft zu Bekanntschaft, manche wohlmeinend, manche nicht, das übliche Sammelsurium aus arbeitslosen Models, Möchtegern-Romanciers, Cannabis-Hängern, missbrauchten Wahrheitssuchern und Klavier spielenden Zimmermännern. Dass er die Schichtungen der englischen Gesellschaft nicht verstand, hieß, dass er von bestimmten Ängsten unbelastet war. Und überhaupt, wenn man ein junger Amerikaner in London war, zählten diese Dinge nicht sonderlich viel. Den Engländern gefiel diese Unbelecktheit, sie hatte in ihren Augen etwas Erfrischendes – sagten sie zumindest. Er fand die Londoner Mädchen aufregend, und er hätte gern mehr Geld gehabt, um ihnen nachzustellen. Er fand Eliza, sagte er. Ein Haus in Chelsea, in der Tite Street. Efeubewachsen, mit schwarzen Läden. Die Eltern waren nie zu Hause. Jay und Eliza waren ganz unter sich. Ihr Vater war damit beschäftigt, für den Chunnel, den Tunnel zwischen London und Paris, eine neue Finanzierung aufzustellen. Er war ein kleiner, dicker Mann mit Wurstfingern und so gut wie keinerlei Verständnis für zwanzigjährige Mädchen. Jay sah ihn einmal am Ende der Einfahrt und fürchtete den Mann auf der Stelle.

Eliza schien nicht sonderlich erfreut, ihn zu sehen. Wenn überhaupt etwas, schien sie mutlos oder schlapp. Sie spielte auf dem Sandplatz hinter dem Haus ihrer Eltern mit einer Freundin Tennis, und Jay sah ihnen zu. Aber es ging ihr nicht gut, und mitten in einem Ballwechsel ging sie ins Gebüsch und übergab sich einfach. Er war in Eliza verliebt, und als sie ihm sagte, sie sei schwanger, war er bestürzt, aber auch ein bisschen stolz. Bist du sicher?, fragte er. Natürlich, klar, natürlich bin ich das, sagte sie. Meins? *Mein* Baby? Ja, *hundertprozentig*, für wen hältst du mich eigentlich?, sagte sie. Sie hielten es mehrere Wochen geheim, aber ihre Mutter, einst selbst eine hoch gewachsene Schönheit, begann Fragen zu stellen, und schließlich sagte Eliza es in Jays Anwesenheit ihrer Mutter. Die Eltern waren sofort außer sich. Sie hatten Pläne mit ihrer Tochter, Pläne, in denen kein Platz für einen mittellosen, gut aussehenden Amerikaner war, der nach einem kurzen Spaziergang ausgepumpt über einer Parkbank hing.

Es kam es zu einer heftigen Auseinandersetzung, in deren Verlauf Eliza zwar der Missbilligung ihrer Eltern trotzte, sich aber auch Jay gegenüber auf nichts einließ. Schließlich stammte sie aus einer wohlhabenden Familie und hatte nicht die Absicht, jemanden zu heiraten, der kein Geld hatte. Und zwar niemanden, Ende der Diskussion, nicht dass Sie denken, in diesem Haus gibt sich jemand auch nur einen Augenblick lang irgendwelchen romantischen Illusionen hin, Mr. Raintree, oder wie auch *immer* Sie heißen mögen! Schließlich brach Elizas Mutter in Tränen aus und floh die Treppe hinauf, womit nur noch ihr Vater zurückblieb, um kalt in Jays Gesicht zu starren. Er begriff, dass seine Anwesenheit unerwünscht war, und sagte, er werde am nächsten Tag zu Eliza kommen; als er das tat und frühmorgens auf den Knopf neben der großen grünen Tür drückte, war sie nicht mehr da. Bedaure, sagte ihre Mutter, die Lippen entschlossen zusammengekniffen. Keine Diskussionen. In den nächsten zwei Tagen rief er fast hundertmal im Haus ihrer Eltern an, aber es ging niemand ans Telefon, und dann meldete sich eine Männerstimme und sagte, wenn er noch einmal anriefe, ließen sie ihn festnehmen und außer Landes bringen. Sie wüssten, wo er wohnte, sie würden ihm das Leben schwer machen, vielleicht sogar zu drastischen Mitteln greifen – nur zur Erinnerung, was Sache war –, Mr. Carmodys Bank verfügte über Sicherheitskräfte. Schließlich bezog Jay drei Tage lang mit einem kleinen Rucksack voll Essen vor dem Haus Stellung und verließ seinen Posten nur, um im nächsten Pub auf die Toilette zu gehen. Irgendwann erbarmte sich das Hausmädchen seiner und kam nach draußen, um ihm zu sagen, die Familie sei im Ausland, wo genau, wollte sie ihm nicht sagen. Er könne es genauso gut bleiben lassen.

Er kehrte in seine Wohnung zurück und setzte sein Armer-Schlucker-Dasein in London fort. Ein paar Monate arbeitete er in einem Pub, dann wieder fuhr er mit der Bahn ans Meer, wanderte herum und kam zurück. In diesem Jahr fuhr er mehrmals wöchentlich zu dem großen Haus mit den schwarzen Läden, um zu sehen, ob es wieder bewohnt war. Der Rasen wurde gemäht, die Büsche gestutzt, das Laub von der gekiesten Einfahrt gerecht. Aber von Eliza keine Spur. In seiner Niedergeschlagenheit und Ziellosigkeit fing er mit anderen Mädchen etwas an, mit Engländerinnen, Irinnen, Französinnen, alle paar Wochen oder Monate eine neue, abhängig von allen möglichen Umständen, unter anderem auch dem Zustand seiner Lunge, der beträchtlich zu schwanken schien, je nachdem, wie viel Pollen in der Luft waren oder wie kalt es war, eine Vielzahl von Faktoren, die alle seine Bronchien undurchschaubar launisch machten. Er nahm kein Medikament regelmäßig – das war dumm, wusste er, aber er sträubte sich trotzdem dagegen, denn wenn man einmal damit anfing, wurde man abhängig. Zunächst hatten die Mädchen Verständnis, aber früher oder später nervte es sie. Er konnte immer noch ganz passabel vögeln, aber es gab Tage, an denen er nicht aus dem Bett kam. Er besorgte sich ein paar Inhalatoren, und damit ging es ihm eine Weile besser. Aber die Mädchen kamen und gingen. Fünfzehn Jahre später konnte er sich nicht mehr an ihre Gesichter oder Namen erinnern. »Ich war immer noch nicht über Eliza hinweggekommen«, sagte Jay und starrte an die Decke. »Für mich war die Sache noch nicht erledigt.«

Er überwachte weiter das Haus, fuhr wöchentlich mehrere Male auf dem Fahrrad daran vorbei. Um seine Lungenkapazität am Absinken zu hindern, hatte er sich nämlich ein Rad gekauft. Eines Tages, fast ein Jahr nach Elizas Verschwinden, hielt ein Taxi in der Einfahrt. Von der gegenüberliegenden Straßenseite beobachtete er, wie ihre Mutter mit Einkaufstüten von Harrods und anderen Geschäften ausstieg. Am nächsten Tag rief er im Londoner Büro des Vaters an und gab sich als ein Mr. Williams von der Citibank in New York aus. Er hinterließ eine Nummer mit einer 212er-Vorwahl. Mr. Carmody werde in den nächsten zwei Tagen zurückrufen, versicherte man ihm, er werde in Kürze zurückerwartet. Die Familie schien also zurückgekommen zu sein. Als Jay das nächste Mal zum Haus der Carmodys fuhr, sah er im Garten einen blondhaarigen jungen Mann, der dort zu Hause zu sein schien. Der junge Mann stieg auf die Veranda, sagte etwas, als er unter ihrem Dach verschwand, und kam dann wieder nach draußen und hielt ein Baby in die Sonne.

Sein Anblick ging ihm durch und durch.

Er wollte bereits zu einem Spurt über den Rasen ansetzen, hielt sich aber gerade noch zurück, denn er konnte noch nicht glauben, was, wie er wusste, die Wahrheit war. Der Mann ging mit dem Baby ins Haus, und Jay wartete, bis Eliza nach draußen kam. »Nein!«, rief sie, als sie ihn kommen sah. »Nicht!«

Sie kam rasch an den Rand des Gartens und erklärte sich, unruhig über ihre Schulter blickend, bereit, sich zwei Tage später im Green Park an einer Bank mit Blick auf den Buckingham Palace mit ihm zu treffen. Er zählte die Stunden und war frühzeitig da. Eliza kam auf dem Gehweg näher und war dieses Mal gefasster. Das Baby schlief in seinem Kinderwagen. Sie sprachen nicht viel, sie berührten sich kaum. Nur mit den Fingerspitzen – widerstrebend von ihrer Seite. Der Sachverhalt war ganz einfach: Eliza hatte einen ihrer alten Freunde geheiratet, einen gewissen Cowles, ein paar Jahre älter als Jay und beruflich wesentlich weiter, da er zum einen seitens seiner Familie erheblichen finanziellen Rückhalt hatte und sich zum anderen in seinem Betriebswirtschaftsstudium hervorragend machte, und sie hatten einen Großteil des vergangenen Jahres in Südfrankreich verbracht. Es tut mir Leid, sagte Eliza. Mehr kann ich nicht sagen. Ihr Ton gab ihm zu verstehen, dass sie jetzt einem anderen Mann gehörte, dass alles, was einmal kurze Zeit zwischen ihnen gewesen sein mochte, der Vergangenheit angehörte, ausgelöscht durch vierhundert Tage mit einem anderen Mann – mit seinen Augen und Händen, seiner Stimme, seinem Schwanz, seiner Familie, seinen Schuhen, seinen Büchern, seiner Haarbürste. Weiß dieser Typ, dass das Baby – Sally, meine ich – nicht von ihm ist?, fragte Jay. Nein, nein, Eliza schüttelte den Kopf. Das würde ihn zu sehr verletzen. Er wird es *nie* erfahren. Natürlich stellte sich wie von selbst die Frage nach dem Sex, nach der Logistik. Das verstehe ich nicht, sagte Jay. Wie kann er glauben, er ist der Vater, wenn – ich war letzten Sommer ein-, zweimal mit ihm zusammen, unterbrach ihn Eliza, okay? Er kam mich in Amerika besuchen. Habt ihr miteinander geschlafen? *Ja.* Nachdem du mich kennen gelernt hast? Nein, sagte sie entschieden. Unmittelbar davor. Aber das Kind ist von dir. Das verstand Jay nicht. Warum? Weil ich unmittelbar danach meine Periode bekam. Ich war mit David im Bett, dann bekam ich meine Tage, er musste zurück nach London, dann lernten wir beide uns kennen und schliefen miteinander, und das war's. Wahrscheinlich habe ich nicht genügend aufgepasst. Alles in ungefähr acht oder zehn Tagen. Bist du *sicher?* Ja, Jay. Aber was war nach deiner Rückkehr nach London? Hast du nicht mit ihm geschlafen, als du wieder zurück warst? Doch, habe ich, gab sie zu, aber erst später. Ich wusste, ich war schwanger. Das wusstest du? Ja. Deshalb bin ich hier in London auch, so bald ich konnte, mit ihm ins Bett. Weil du wusstest …? Wie? Man spürt es, sagte sie. Man spürt es in den Brüsten, überall. Zeitlich hat es durchaus gepasst, sagte sie, er dachte, die Kleine sei ein paar Wochen zu früh gekommen. Mach mir bitte nichts vor, drängte Jay, bitte sag mir, von wem Sally ist.

Sie ist von dir, antwortete Eliza, ganz bestimmt.

Jay sah das winzig kleine Mädchen an. Darf ich sie mal halten, sagte er, ich habe noch nie ein Baby gehalten. Eliza half ihm, das schlafende Baby aus dem Kinderwagen zu heben und an seine Schulter zu schmiegen. So leicht, so winzig. *Sally.* Nach meiner Großmutter, sagte Eliza. Sally. Die winzigen Augen, die winzige Nase, von einer unglaublichen Vollkommenheit. Und er hatte dazu beigetragen, dieses Kind zu *machen.* Er spürte, wie Sallys warme Schwere ihn durchdrang. Als er sie in seine Arme bettete, spürte er, wie die Verkrampfung von ihm abfiel, und mit Augen, benommen vor Liebe, ließ er sein Kinn dem flaumigen Kopf entgegenfallen. Eliza beobachtete es und begann zu weinen. Als die Kleine nach ein paar Minuten aufwachte, suchten ihre gespitzten Lippen instinktiv sofort nach einer Brustwarze, und Jay gab sie Eliza zurück. Sie setzte sich auf die Bank und stillte die Kleine. Er sah Elizas Brust, groß und voll, und ihn packte Verlangen. Irgendwie war die feuchte, steife Brustwarze einer Mutter erotischer, sie spendete Leben. Und sie ist wirklich von mir? Aber ja, sagte Eliza, ich kann es dir sogar beweisen. Sally hat dein kleines Horn. Meinst du den Hubbel in meinem Ohr? Sie streckte die Hand aus und fuhr mit dem Finger über die Kante von Jays Ohrknorpel, auf dessen Innenseite eine kleine Spitze verborgen war. Sie war an seinem linken Ohr ausgeprägter als an seinem rechten, weshalb er Sallys linkes Ohr betastete, und obwohl es unvorstellbar zart war, hatte es den gleichen winzigen, aber deutlichen Vorsprung. Ein Horn, genau wie deins, sagte Eliza lächelnd. Was für einen besseren Beweis könnte es geben?

»Mein linkes Ohr«, sagte Jay jetzt und setzte sich auf. »Fühlen Sie mal.«

»Sie möchten, dass ich Ihr Ohr berühre?«, fragte ich.

»Machen Sie nur.«

Also tat ich es und streckte zögernd die Hand aus, um den Knorpel am Ende seines Gehörgangs zwischen die Finger zu nehmen. Die Ader an seiner Schläfe deutete auf sein Auge wie ein Pfeil.

»Spüren Sie es? Da ist ein Hubbel.«

»Nein.«

Er führte meine Finger mit den seinen. »Da.«

Ich spürte genau, was er meinte, ein kleiner dreieckiger Vorsprung, ein winziges Horn.

»Haben Sie die Kleine noch einmal gesehen?«, fragte ich.

»Nein.«

»Nein? Was haben Sie gemacht?«

Er hatte es sich zur Gewohnheit gemacht, erzählte er mir, ungefähr einmal im Monat mit dem Rad an dem Haus vorbeizufahren, sei es, um sich zu quälen oder um sich zu erinnern oder vielleicht auch beides. Und als er das, sagte er, eines Nachmittags im April wieder einmal tat, sah er, dass alle Holzteile der Fassade in einem grellen Blau, einem Coelinblau, gestrichen waren. Die Läden und das Gesims und die Glastüren. Also wirklich, dachte er, wie kann man das Haus so verschandeln, so etwas machen doch sonst nur frisch eingetroffene Türken oder Araber, Leute mit null Gespür für – dann dämmerte es ihm. Die Familie war ausgezogen. Diesmal endgültig. Sie hatten das Haus verkauft und waren woandershin gezogen, und das hieß, es musste etwas passiert sein. Er wendete und fuhr langsam in die andere Richtung zurück. Das werden wir gleich sehen, dachte er, ich werde einfach fragen. Er hielt vor dem nächsten Haus. Eine blonde Frau in den Dreißigern kniete in einem der Rosenbeete und mischte Kaminasche unter die Erde.

»Entschuldigung«, sprach Jay sie an.

Die Frau beschattete ihre Augen. »Ja?«

»Ich bin ein alter Freund der Carmodys«, sagte er. »Sind sie ausgezogen?«

»Ja«, sagte sie. »Wirklich jammerschade.«

»Aber warum?«

Die Frau stand auf, vielleicht wegen des nackten Elends in seiner Stimme. »Sie konnten nicht mehr in London bleiben.« Sie wischte etwas Erde von ihrer Gartenschaufel. »Aus beruflichen Gründen, nehme ich an.«

Zum Zeichen seiner Kenntnisnahme murmelte er irgendetwas. Er saß da und starrte auf die dünne Pollenschicht auf der Straße. Dann ging er zu der Frau zurück.

»Und das kleine Mädchen, die junge Familie?«

»Mr. Cowles, meinen Sie? Ich glaube, sie sind nach Tokio gezogen. Eine neue Niederlassung, soviel ich weiß, aber so genau habe ich das nicht verfolgt. Eine sehr günstige Gelegenheit bei der Bank.«

So verlor Jay Eliza Carmody und seine Tochter Sally Cowles aus den Augen.

»Ich versuchte, sie zu finden, telefonierte herum, aber es half nichts. Sie waren einfach zu weit weg.«

»Dachten Sie daran, ihnen nach Japan zu folgen?«, fragte ich.

Er drückte die Sauerstoffmaske an sein Gesicht. Schüttelte den Kopf.

»Zu weit?« Ich interpretierte. »Zu schwierig und zu teuer.«

Er nahm die Maske ab. »Ich war noch sehr jung, wissen Sie? Ich hatte von nichts eine Ahnung. Ich wusste auch nicht wirklich, was es bedeutete.« Er beschloss, nicht nach Amerika zurückzukehren, sagte er, weshalb er sich einen besseren Job suchte, nicht in einem Pub, wo ihm der Rauch zu schaffen machte. Er brachte in London wohnenden Saudi-Prinzen amerikanisches Englisch bei. Ein eigenartiger Job, der ihm aber Spaß machte. Alles, was er tun musste, war reden. »Sie hatten alle eine hervorragende Schulbildung«, sagte Jay, »wesentlich besser als meine. In der Regel Oxford. Einige waren in den Staaten zur Schule gegangen. Aber sie wollten die amerikanische Ausdrucksweise draufkriegen, dieses gewisse Etwas.« Als eine seiner Schülerinnen, eine junge Frau, seine Hustenanfälle mitbekam und die Geschichte seines Unfalls erfuhr, schickte sie ihn zu ihrem Vater, einem Arzt. Der setzte Jay auf eine Steroid-Therapie, die sein Leben veränderte. Von den Steroiden schwoll sein Lungengewebe ab, und sein Husten besserte sich. Die chronischen Infektionen konnten ausheilen, und er begann, wieder Gewicht zuzulegen. Binnen drei Monaten hatte er zwölf Kilo zugenommen, und seine Gesichtsfarbe wurde besser. Inzwischen etwas älter, fast wieder zu voller Kraft erstarkt, ein Großteil seiner natürlichen Substanz wiederhergestellt und mit etwas Geld zum Ausgeben ausgestattet, machte er sich daran, London zu erkunden.

»Ich glaube, im nächsten Teil der Geschichte spielen Frauen eine wichtige Rolle«, sagte ich.

»Ja.«

»Sie fühlten sich besser, Ihre Grundeinstellung war nihilistisch, Sie waren fest entschlossen, sich zu amüsieren.«

»So in etwa«, sagte er. »In dieser Zeit lernte ich übrigens auch, eine gute Zigarre zu schätzen. Pubs. Die jungen Engländer, die Broker und Banker, stiegen gerade von Pfeifen auf Zigarren um.«

Es folgten ein paar Jahre, fuhr Jay fort, in denen er in London Dutzende berufstätiger junger Frauen, einige wenige Amerikanerinnen, viele Europäerinnen, kennen lernte und sich einfach ein schönes Leben machte. Er hatte Beziehungen mit zwei oder drei Frauen gleichzeitig, traf sich manchmal mit unglücklich verheirateten älteren Frauen. In London war so viel Geld in Umlauf, dass die kollektive Euphorie die Enden dieser Affären abmilderte. »Es wurde immer verrückter«, sagte er. »Ich wurde immer verrückter. Manchmal schlief ich in einer Woche mit drei oder vier verschiedenen Frauen.«

»Sie können von Glück reden, dass keine schwanger wurde.«

»Was das angeht, war ich sehr vorsichtig«, sagte Jay. »Da gibt es so verschiedene Tricks.«

»Außer einem Gummi?«

»Man kommt einfach nicht.«

»Man zieht ihn vorher raus?«

»Nein, man kommt einfach nicht. Man bringt sich bei, nicht zu kommen.«

»Sie sind vielleicht ein verrückter Typ, wissen Sie das?«

»Man kann mit einer Menge Frauen schlafen, wenn man nicht kommt«, bemerkte Jay. »Oder wenigstens nicht oft.«

»Hört sich ganz schön frauenfeindlich an«, sagte ich. »So hat man die Frauen immer schön unter Kontrolle. Und natürlich war es auch eine Möglichkeit zu verhindern, dass Ihnen noch einmal ein Kind weggenommen würde.«

»Danke, Herr Doktor.«

»Ich bitte Sie, Jay, das liegt doch auf der Hand.«

»Ich weiß. Das heißt, *jetzt* weiß ich es.«

»Erzählen Sie weiter«, sagte ich. »Ich würde gern wissen, wie Sie Sally wiedergefunden haben.«

London war ein Geldkarussell, fuhr er fort. »Dort gab es einen ähnlichen Börsenboom wie hier in New York, und ich nahm eine Stelle bei einer Immobilienfirma an, die sich darauf spezialisiert hatte, Leuten und Firmen, die ihren Standort nach London verlegen wollten, Büros, Wohnungen und so weiter zu beschaffen. Alles, was man tun musste, war, einen Anzug zu tragen.«

»Sie haben viele Leute kennen gelernt. Es war eine hervorragende Schule.«

Er nickte. »Fünf Jahre. Ich übernahm verschiedene Sanierungsprojekte, ich machte ein paar Architekturkurse, Dinge in der Art. Ich lernte den Fachjargon. In dieser Branche gibt es nur Blender. Ich war im Bereich Investitionen und Verkauf tätig, auf einer sehr untergeordneten Ebene. Kleine Projekte, nichts Großes, nichts, bei dem meine komplette Ahnungslosigkeit offenkundig geworden wäre. Normalerweise heuerte ich irgendeinen versoffenen alten Handwerker an, der die Bauleitung für mich übernahm. Ich habe etwas Geld verdient, und ich habe etwas davon auf die Seite gelegt.«

»Standen Sie noch in Kontakt mit der Farm, mit Ihrem Vater?«

»Nein. So gut wie gar nicht.«

»Ihre Mutter hatte sich noch immer nicht gemeldet?«

»Mein Vater sagte mir, er wäre ziemlich sicher, sie wäre nach Texas zurückgegangen, weil ihr Vater von dort war. Sie hatte ihn immer schon kennen lernen wollen. Ich musste mich entscheiden, ob ich in Dallas oder Houston oder sonst wo nach meiner Mutter suchen oder in London bleiben wollte.«

»Sie warteten darauf, dass Eliza zurückkäme.«

In gewisser Weise ja, sagte er, zumindest unbewusst. Inzwischen hatte er die nötigen geschäftlichen Beziehungen, um David Cowles ausfindig zu machen, hatte sogar einige seiner Geschäftspartner persönlich kennen gelernt. Und dann erfuhr er eines Tages, dass Cowles wieder nach London gezogen war. »Ich machte sein Büro ausfindig und folgte ihm nach Hause. Mit Sonnenbrille und Hut. Überhaupt kein Problem, das Ganze. Er kannte mich ja nicht. Wir hatten nie direkten Kontakt miteinander, und ich bin sicher, Eliza hat ihm kein Wort von mir erzählt. Er wusste von nichts. Mittlerweile hatte er in einem Vorort ein sehr nettes Haus. Hohe Büsche, Mansardenfenster, Flügelfenster. Er hatte in Tokio eine Menge Geld gemacht. Ich spionierte ihn ein bisschen aus. Ich sah Sally. Sie war inzwischen fast sieben. Eine kleine Eliza. Sah genau wie sie aus, das Haar, die Augen, die Beine. Inzwischen sieht sie natürlich *wirklich* wie Eliza mit zwanzig aus. Ich meine, ganz schön eigenartig. Aber selbst damals schon war es ein wahnsinniger Schock für mich, sie zu sehen, Bill, ich war fix und fertig. Das war meine Tochter. *Meine* Tochter. Dann …«

Er hörte zu sprechen auf.

»Ja, was?«

»Sie starb.«

»Eliza?«

»In einem Auto, mit einem Mann.«

»Ein Unfall?«

»Er fuhr, fuhr zu schnell, und sie überschlugen sich, in einem Jaguar. Das Dach wurde eingedrückt.«

Aus dem Leben gerissen. Ich wusste nicht, welche Frage ich ihm als Nächstes stellen sollte.

»Er hat überlebt«, fuhr Jay fort. »Dieser Scheißkerl, obwohl nicht viel von ihm übrig ist.«

»Wer war er …?«

»Sie kannten sich. Waren irgendwo auf dem Land gewesen und fuhren am Spätnachmittag nach London zurück. Das ist so ziemlich alles, was ich herausbekommen konnte.«

»Wer war er?«

»Irgendein Typ, auch aus der Finanzszene. Ich habe Erkundigungen über ihn eingezogen, er war zur gleichen Zeit in Japan wie sie. Gleich alt.«

»Eine Affäre, hinterher schnell in die Stadt zurück?«

»Ja, wahrscheinlich. Schwer zu sagen. Zuzutrauen wäre es ihr. So wurde sie schließlich auch mit Sally schwanger.«

»Jeder hat seine Geheimnisse.«

»Ja«, sagte Jay. »Immer. Ich brachte es nicht über mich, zum Begräbnis zu gehen, ich schaffte es einfach nicht. Ich hätte es aber tun sollen. Absolut unverzeihlich. Ich war völlig von der Rolle. Es war an einem Sonntagnachmittag, und ich hing völlig besoffen in der Wohnung irgendeines Mädchens rum.«

Als wollte er sich von seinem letzten Gedanken fortbewegen, stand Jay auf und ging zum Kühlschrank und öffnete ihn. Er schüttelte drei Pillen aus einem Fläschchen und schluckte sie. »Das war der Anfang vom Ende«, murmelte er.

»Inwiefern?«

Danach, sagte er, ging es rapide mit ihm bergab. Er brachte nichts mehr auf die Reihe. Er verlor seinen Job, und es verschlug ihn zurück nach New York. Der Wirtschaftsboom begann abzuflauen. Er hatte genug Geld gespart, um die Wohnung zu mieten, in der wir saßen, und er begann, in den besseren Vierteln Brooklyns Brownstone-Häuser zu renovieren. Und dann kam der Tag, an dem er morgens aufwachte und feststellte, dass er an Atemnot litt, dass er zwar noch Luft bekam, dass ihm aber das Atmen mehr Mühe bereitete als je zuvor. »Ihre Lungenkapazität geht deutlich zurück«, eröffnete ihm der Arzt. »Und sie wird weiter zurückgehen.«

Und dann erzählte mir Jay das mit dem Sauerstoff. »Ich versuchte, solange es ging, ohne auszukommen. Sobald man nämlich einmal damit anfängt, auch nur ein bisschen, findet der Körper Gefallen daran und will immer mehr. Die meiste Zeit geht es mir ganz gut. Wenn ich müde werde, wird es allerdings schwierig. Das haben Sie ja neulich nachts draußen auf der Farm selbst mitbekommen. Da war ich echt am Ende.«

Mit dreißig begann sich sein Gesundheitszustand zu verschlechtern. Es machte sich zunächst in allen möglichen Kleinigkeiten bemerkbar. Er konnte nicht mehr wie früher Treppen steigen. Gelegentlich liefen seine Lippen bläulich an, und seine Fingerspitzen schmerzten, erzählte er. Er musste sich über seine Atmung Gedanken machen, wie er das vorher nie getan hatte. In seinem Fall hieß das, dass ihn der natürliche Rückgang der Lungenkapazität, von dem jeder betroffen ist, in den Bereich der Atemlosigkeit zu bringen begann. Wir werden fast mit dem Doppelten der Lungenkapazität geboren, die wir tatsächlich benötigen. Das ist der Grund, weshalb Menschen auch mit nur einer Lunge leben können und weshalb Raucher mit einem Lungenemphysem so lange brauchen, um zu sterben. Sobald die Lungenkapazität auf vierzig oder dreißig Prozent absinkt, wird es problematisch. Das Atmen fällt schwer, die Lungen können den Schleim, den sie erzeugen, nicht mehr ausstoßen. Jay bekam von einem Lungenspezialisten gesagt, er habe die Lungenkapazität eines Mannes, der sechzig oder siebzig Jahre geraucht hatte, oder, anders ausgedrückt, die Lungenkapazität eines Mannes, der nie geraucht und es irgendwie geschafft hatte, hundertzwanzig Jahre alt zu werden.

Seine Lebenserwartung war nun von der abfallenden Kurve seiner Lungenfunktion bestimmt; vorausgesetzt, er kam nicht bei einem Unfall ums Leben, würde er an fortschreitender Atemnot sterben. Das Tempo, mit dem sich sein Zustand verschlechterte, variierte; es konnte ansteigen, es konnte zurückgehen, aber die Richtung bliebe immer die gleiche. Er musste alle sechs Monate seine Lunge untersuchen lassen, und seine dabei gemessene exspiratorische Sekundenkapazität, die ESK, würde unaufhaltsam niedriger. Die Krankheit war insofern besonders grausam, als sein Zustand über längere Zeiträume hinweg durchaus stabil bleiben konnte, bis er eines Morgens aufwachen und feststellen würde, dass ein weiterer Prozentsatz seines Atems weg war.

»Und dann haben Sie irgendwo hier drinnen herausgefunden, dass David Cowles nach New York gezogen war?«

»Ja.«

»Wie?«

»Mich packte die Neugier, und ich rief in seinem Londoner Büro an. Er hatte die Firma gewechselt. Ich rief dort an. Bekam seine neue Nummer. Ich tat ein paar Leuten schön, sagte, ich hätte ein Geschäft, das ihn interessieren könnte. Sie wissen schon, was man da so erzählt. Mir tat der Typ Leid. Seine Frau war ums Leben gekommen, und das wahrscheinlich auch noch, weil sie mit einem anderen was gehabt hatte. Um ehrlich zu sein, ich bewunderte ihn. Er hatte sich zusammengerissen, noch mal geheiratet. Hatte genügend Kapital, um sich hier was Neues aufzubauen.«

»Und sobald Sie wussten, dass er in New York war …?«

»… war für mich alles klar.«

Ich sah ihn an.

»Ich wollte Sally finden. Um jeden Preis.«

»Sie kauften das Haus, in dem er sein Büro hatte.«

»Ja.«

»Warum?«

Seine Augen wurden hart. »Neugier.«

Es war eine beunruhigende Antwort, und ich erinnerte mich an Jays scheinbare Freundlichkeit, als er Cowles nach dem Kauf des Hauses in seinem Büro aufgesucht hatte. Dieser Auftritt war der Gipfel der Falschheit gewesen, wurde mir jetzt klar, und mehr noch, ich erinnerte mich, dass Jay sich von Cowles hatte breitschlagen lassen, mit der Miete herunterzugehen.

»Haben Sie Cowles' Telefon abgehört?«, fragte ich. »Im Keller?«

»Würden Sie das tun? An meiner Stelle?«

»Ja«, gab ich zu.

Er nickte. »Klar. Man verschafft sich Zugang zum Schaltkasten. Bestellt sich aus einem Katalog die Hardware.«

»Und?«

»Hauptsächlich ziemlich langweiliges Zeugs. Aber manchmal höre ich Sally sprechen. Cowles und seine neue Frau reden ständig über die Termine der Kinder, Babysitter, Kindergeburtstage, schulische Dinge, Arztbesuche, diesen ganzen Kram eben. Die Frau ist übrigens eine gute Mutter. Er hat eine gute Frau geheiratet.«

Als ich das hörte, musste ich an mein verlorenes Leben mit Judith und Timothy denken, und deshalb hatten seine Worte für mich etwas doppelt Trauriges; wie es schien, waren wir beide ziemlich erbärmlich, bis auf unsere Sehnsucht innerlich leer. Allerdings unterschieden Rainey und ich uns auch. Ich spürte es. Und sah es, in dem angespannten Leuchten seiner Augen. Irgendein Aspekt von Raineys Charakter entzog sich mir, aber es war nichts, was mit der alten Farm und dem zu tun hatte, was dort vielleicht vergraben war, nein, es war etwas Elementareres, das seine Entschlossenheit bündelte und ihn dazu trieb, riskante Dinge zu tun, wie zum Beispiel Sally Cowles bei Basketballspielen oder Klavierkonzerten nachzustellen.

»Also – deshalb haben Sie das Haus gekauft? Um ein paar Telefongespräche zu belauschen? Ich glaube, da muss mehr dahinterstecken.«

Er antwortete nicht. Er wollte nicht antworten.

»Das finde ich nicht in Ordnung, Jay.«

»Ich weiß, was ich tue«, sagte er ausweichend. »Ich überlege mir jeden Schritt sehr genau.«

Stell eine andere Frage, dachte ich, hack nicht weiter darauf herum. »Und Allison? Ist das der Grund, weswegen Sie was mit ihr angefangen haben?«

»Sie sind echt gut, Mann.« Jay grinste, baute Spannung ab, und wenn es auch kein bösartiges Grinsen war, hatte es dennoch etwas Kaltes, das mich beunruhigte. »So schwer war das ja nun wirklich nicht. Ich tat so, als interessierte ich mich für die Wohnung zwei Etagen über ihrer. Der Makler zeigte mir die Räume. Aber die Wohnung lag etwas zu weit oben, man konnte von dort nicht richtig sehen. Aber als ich das zweite Mal dort war, sah ich, wie der Liftführer die Post verteilte. Ich sah ihren Nachnamen. Es war das richtige Stockwerk. Somit hatte ich den Nachnamen und das Stockwerk. Sie steht im Telefonbuch. A. Sparks. Kein weiterer Name im Eintrag. Wahrscheinlich alleinstehend. Ich wettete sozusagen mit mir selbst, dass ich eine Chance hätte, wenn sie unter fünfzig wäre.«

»Aber Sie mussten erst herausfinden, wer sie war.«

Rainey lachte, aber über mich. »Der Doorman. Ein Hunderter.«

»Darauf hat er sich tatsächlich eingelassen?«

»Ich erzählte ihm, ich wäre von der Polizei, und ich würde mich nicht für sie interessieren, sondern für einen ihrer Freunde.«

»Wenn mich nicht alles täuscht, gehen bei ihr, übers Jahr gerechnet, einige Männer ein und aus.«

»Das hat der Doorman auch gesagt. Sobald er mir das erzählt hatte, wusste ich, dass ich es schaffen würde. Ich beobachtete sie, merkte, dass sie oft im selben Lokal frühstückt. Es war einfach. Ein guter Anzug, mit einer Zeitung rumsitzen. Nicht besonders schwer.«

»Treffen Sie sie oft?«

»Meistens nachmittags.«

Jay tat die Sache mit einem Achselzucken ab, und durch diese Geste wurde mir klar, warum Allison so schnell auf ihn angesprungen war. Irgendwie fand sie seine Gleichgültigkeit ihr gegenüber erregend, sie versetzte sie in einen primitiveren Teil ihrer Persönlichkeit zurück, vielleicht in die Position eines Kindes gegenüber einem strengen Vater. Ich fragte mich, ob sie auch bei ihm den Fisch aß, aber in Anbetracht der Seltenheit, mit der er erhältlich war, hielt ich das für unwahrscheinlich.

»Und wie sieht es jetzt mit Ihrer Gesundheit aus?«, fragte ich versuchshalber.

»Sie meinen, wie rasch es mit mir bergab geht?«

»Wie rasch es bergab geht, weiß ich.«

»Tatsächlich?«

»Ich habe vorhin überschlagen, dass Ihre ESK bei fünfunddreißig Prozent liegt.«

Er lächelte. »Nicht übel.«

Ich hob die Schultern.

»Aber trotzdem leicht daneben.«

»Wie meinen Sie das?«

»Ich bin bei vierundzwanzig Prozent.« Wie um das Gesagte zu unterstreichen, hustete er kurz.

»Sie sollten in einem Sauerstoffzelt liegen.«

»Ja, wahrscheinlich.«

»Und?«

»Ich habe noch Verschiedenes zu erledigen, Bill.« Er griff wieder nach der Sauerstoffmaske und schloss die Augen, als er ihren köstlichen Strom atmete.

Mir wurde plötzlich klar, dass er sich darauf vorbereitete, mit seiner Tochter Kontakt aufzunehmen. Sein Wunsch, sie, wenn auch nur gelegentlich, zu sehen, war zu dem Wunsch geworden, sie kennen zu lernen, der wiederum zu dem Wunsch geworden war, mit ihr zu sprechen. Das war das ordnende Prinzip, der Gravitationspol. Je mehr Jay über Sally erfuhr, desto mehr wollte er wissen. Sie mit Cowles telefonieren zu hören, musste eine köstliche Folter für ihn gewesen sein. Es liegt in der Natur der Menschen, das zu wollen, was sie nicht haben können, aber ihm musste es mit der unschuldig an seinem Ohr flötenden Stimme seiner Tochter so erschienen sein, dass alles möglich wäre, nachdem er einmal so weit gekommen war. Und vielleicht war es das auch. Erst an diesem Abend hatte Jay im Steinway-Showroom hinter seiner Tochter gestanden, mit den Fingern ihre Schultern streifend, den Blick auf ihr schimmerndes gekämmtes Haar gesenkt; eigentlich war es eine Art Triumph, es bewies, dass er nicht völlig von seinem früheren Selbst abgekoppelt war, es bewies, dass ein Teil seiner Jugend und Kraft und Unschuld weiterlebte. Dass Sally mit vierzehn Eliza Carmody mit zwanzig sehr ähnlich sah, musste eine weitere unwiderstehliche Pein für ihn gewesen sein, im Gesicht seiner Tochter Vergangenheit und Zukunft gleichzeitig zu sehen. Die Mutter des Mädchens war unwiederbringlich verloren, aber hier war sie, ein vollkommenes Kind ohne leibliche Eltern. Wie sollte er sich da abwenden? Wie sollte er nicht immer stärker angezogen werden, um zu schauen, und dann zu beschließen, länger zu schauen? Die ebenso simple wie kraftvolle Wahrheit zu leugnen, die dem innewohnte, hätte ebenfalls eine Art Tod bedeutet, einen Tod, der dem Elizas folgte und Jays eigenen ankündigte. Und wer wäre zu so etwas in der Lage, wer wäre in der Lage, sein eigenes Kind nicht anzusehen? Viele Male hatte ich gegen den Wunsch angekämpft, in ein Flugzeug an die Westküste zu steigen und mit einem Mietwagen zu Judiths neuer Villa zu fahren, egal, wo sie war, durch die Garage zu stürmen und die Gänge hinunter in Timothys Zimmer zu laufen und ihn in meine Arme zu schließen. Dass ich das nicht tat, war Beweis meiner verachtungswürdigen Schwäche, und ich merkte, dass mir Jay jetzt, in diesem Moment, etwas darüber beibrachte, was möglicherweise erforderlich war, um an seinem Kind festzuhalten. Man musste ein bisschen verrückt sein, man musste wie besessen auf seine Erlösung hinarbeiten. Ich spürte, wie meine vereiste Sehnsucht aufbrach; ich musste Timothy zurückhaben, ich brauchte ihn, wie ich Luft brauchte, und ich würde ihn zurückbekommen, koste es, was es wolle.

Deshalb urteilte ich an diesem Abend nicht streng über Jay, als ich seine Geschichte hörte, ganz im Gegenteil. Ich hatte Angst um ihn, aber ich bewunderte die Wahrhaftigkeit seiner Absicht. Alle seine Manöver und Lügen, das Labyrinth seiner Schachzüge, das alles diente nur dem Zweck, das einzig Gute zu erreichen, das er sich noch für sich vorstellen konnte, das gegenseitige Erkennen, das zwischen Vater und Kind überspringt.

»Und?«, sagte ich schließlich. »Wohin soll das alles jetzt führen?«

»Ganz einfach.« Jay ließ die Maske von seinem Gesicht gleiten und suchte meinen Blick. »Ich sterbe, Mann.«

| Neun |

»Kartoffeln!«, rief Allison am späten Vormittag des nächsten Tages durchs Telefon. »Der ganze Gehsteig vor dem Steakhouse ist übersät davon.« Ich hatte in meinem Hotelzimmerbett gelegen und überlegt, was ich wegen Jay unternehmen sollte, als ihr Anruf kam. »Auf dem Gehsteig steht ein großer, grüner Pick-up«, sagte sie. »In der Fahrerkabine sitzt ein kleiner alter Mann! Und er will nicht rauskommen. Er sagt, er kennt Jay. Er ist anscheinend betrunken und sagt, er muss auf der Stelle Jay sprechen. Ich habe ihm gesagt, ich weiß nicht, wo er ist, Bill!«

»Fehlt bei dem Pick-up eine Tür?«

»Ich glaube, ja.«

Es war Poppy. »Kannst du mir den Kerl ans Telefon holen?«

»Er will nicht aus dem Auto steigen. Ich bringe ihm das Handy.«

Das tat sie. Ich hörte, wie sie es nach draußen trug, und das Rauschen des Winds strich über die Sprechmuschel. »Poppy?«, sagte ich, als sie ihm das Handy reichte.

»Jay?«

»Nein, hier ist Bill, sein Anwalt. Sie kennen mich.«

»Ich rede mit keinem Rechtsverdreher.«

»Nur ein paar Minuten, ich bin gleich da.« Es war nur etwa zehn Straßen weiter. »Gehen Sie auf keinen Fall weg.«

»Bringen Sie lieber Jay mit, sagen Sie ihm einfach, ich werde sagen, was er nicht hören will, ich halte das nicht mehr aus …« Seine Stimme brach zu einem jämmerlichen Schluchzen. »Es tut mir schrecklich Leid, es war nie, ich …«

»Bill?« Allisons Stimme. »Er *weint*.«

»Sieh zu, dass er nicht wegfährt. Nimm ihm die Schlüssel ab.«

»Das hat Ha bereits getan.«

Ich sagte ihr, ich würde gleich kommen, dann rief ich in Marcenos New Yorker Büro an. Es meldete sich Miss Allana.

»Ich muss Marceno sprechen«, sagte ich ihr.

»Mr. Wy-eth«, kam seine Stimme fast sofort. »Reagieren Sie also doch auf meine Anfragen?«

»Hören Sie zu, Marceno. Jay Rainey weiß nicht, was auf Ihrem Land vergraben ist, und ich weiß es auch nicht. Aber ich kann Ihnen sagen, wer es weiß. Dieser kleine Alte, der auf der Farm gearbeitet hat.«

»Poppy?«

»Ja.«

Ein abschätziges Brummen. »Ihn haben wir bereits gefragt.«

»Sie persönlich?«

»Einer meiner Vertreter.«

»Wer?«

»Das ist vertraulich, Mr. Wy-eth.«

»Falls es Martha Hallock war, glaube ich nicht, dass Sie die ganze Wahrheit erfahren haben.«

Das gab ihm zu denken, merkte ich. »Und warum nicht?«

»Weil sie verwandt sind.«

»Verwandt?«

»Poppy ist Martha Hallocks Neffe.«

»Das hat mir niemand gesagt.«

»Warum auch?«

»Und dieser Poppy weiß Bescheid?«

»Er ist hier in der Stadt, vor dem Steakhouse, in dem wir den Vertrag unterzeichnet haben. Er sucht Jay Rainey, und er wird ihn nicht finden. Aber er sagt, er hat ihm etwas mitzuteilen. Deshalb fahre ich jetzt sofort dorthin. Ich würde Ihnen raten, auch zu kommen.«

»Ich hatte eigentlich erwartet, von Ihnen oder Jay Rainey Auskunft zu erhalten.«

Ich stand am Fenster und beobachtete die Taxis, die sich die Fifth Avenue hinunterzwängten. »Poppy ist gerade dort. Jetzt, in diesem Moment, nur wenige Minuten von Ihrem Büro entfernt. Mehr kann ich nicht für Sie tun, Marceno.«

»Wir werden sehen.«

»Hey, Sie sind derjenige, für den zweiundvierzig Millionen Dollar auf dem Spiel stehen, nicht ich.«

Ich machte mich auf den Weg zum Steakhouse und lauschte, wie mein Handy in Jays Garagenwohnung klingelte. Es ging niemand dran. Als wir uns am Vorabend verabschiedet hatten, hatte er mir in einer freundschaftlichen und entschuldigenden Geste die Hand gereicht, und ich hatte sie bereitwillig ergriffen, voller Trauer um ihn, nachdem ich endlich die simple emotionale Logik hinter seinem seltsamen Verhalten verstand – der Mann wollte lediglich seine Tochter finden und kennen lernen. An einem Montagmorgen war die Stadt schwer beschäftigt, Männer und Frauen, die aus den U-Bahnen hochkamen, bereit, Druck und Fristen und Telefonanrufe zu fressen. Und am nächsten Tag wäre auch ich, endlich, beschäftigt. Ich würde mich in Dan Tuthills neuer Kanzlei zur Arbeit melden, und dann würde ich mir eine neue Wohnung mieten – in einem Haus mit einem richtigen Doorman, der keine Gangster die Treppe hochließ –, und ein paar Wochen später würde Timothy mit Judith nach New York kommen.

Ich sah Poppys Pick-up bereits einen Block vom Steakhouse entfernt quer über dem Gehsteig der Thirty-third Street stehen. Er hatte eine der immergrünen Topfpflanzen umgefahren. Der riesige Keramiktopf war in ein Dutzend Stücke zerbrochen, und das Bäumchen selbst lag auf der Seite, die Wurzeln der Kälte ausgesetzt. Ha war auf dem Gehsteig, sammelte Kartoffeln auf und warf sie auf den Pick-up zurück. Der Wind lüpfte, was noch an grauem Haar auf seinem Kopf war.

»Ha!«, rief ich.

Er blickte auf und nickte. »Miss Allison Freund.«

»Ja. Sie hat mich angerufen.« Ich deutete auf den Pick-up. »Ist da noch ein kleiner alter Mann drinnen?«

»Jeden Montagmittag geschlossen«, murmelte Ha. »Aber Ha trotzdem arbeiten. Der Mann ist da drinnen.«

Da, wo die Tür hätte sein sollen, sah ich einen Stiefel aus dem Führerhaus ragen. Der schlappe Handschuh war immer noch mit Klebeband am Lenkrad befestigt. Eine halb leere Flasche Whiskey umarmend, lag Poppy zusammengesunken über dem Vordersitz.

»Poppy, was ist denn mit Ihnen passiert?«

»Ich hab ihnen nichts gesagt.« Er leckte sich benommen die Lippen. Sein Gesicht war geschwollen, als hätte er einige Schläge abbekommen. »Wenn Sie Jay sehen, sagen Sie ihm, ich hab ihnen nichts gesagt.«

Allison kam aus dem Eingang des Steakhouse geschlüpft, die Arme eng um sich geschlungen, die Augen besorgt.

»Wer *ist* er?«

»Das ist Poppy. Er hat auf Jays Farm gearbeitet.«

»Ist er betrunken?«

»Allerdings, sturzbesoffen.« Poppy drehte sich auf den Rücken, entblößte einen Bauch voll grauer Haare. »Ich bin alles Mögliche, ich bin besoffen und verprügelt worden und Kaffee hab ich auch getrunken.« Er übergab sich in den Spalt zwischen den Vordersitzen. »Scheiße«, stöhnte er.

Allison trat vom Pick-up zurück. »Was soll ich jetzt eigentlich tun, die Polizei rufen?«

»Nein, nicht.«

»Warum nicht?«

»An dem Abend, an dem wir den Vertrag unterzeichnet haben – das ist der Mann, der danach ins Restaurant gekommen ist.«

Sie runzelte die Stirn. »Ich erinnere mich aber nicht an ihn, und glaub mir, das würde ich.«

»Du warst schon weg, mit Jay feiern. Er wollte, dass Jay zu seiner alten Farm rausführe. Erinnerst du dich noch, dass du mich gebeten hast, mit ihm zu kommen? Wir fanden in dieser Nacht einen toten alten Schwarzen auf einer Planierraupe. Er hatte jahrelang auf Jays Farm gearbeitet. Die Planierraupe war über den Rand eines Kliffs gekippt. Poppy und Jay und ich haben ihn wieder hochgezogen, übrigens mit diesem Pick-up da. Jay dachte, der Alte hätte einen Herzinfarkt gehabt.«

»*Hatte* er auch«, grölte Poppy. Er stemmte sich hoch und sah uns mit feuchten Lippen gewichtig nickend an, als würde er vor Gericht befragt. »Er *hatte* einen Herzinfarkt, eindeutig. Ich hab's mit eigenen Augen gesehen. Niemand hat ihn angerührt.«

Ich zog an seinem Arm, um ihn hochzubekommen. »Uns haben Sie aber erzählt, Sie hätten ihn *gefunden.*«

»Nein, ich hab ihn gesehen!«, lallte er. »Ich hab ihn sterben gesehen.«

»Poppy, haben Sie ihn umgebracht?«

Er wirkte seltsam gefesselt von dieser Frage, sogar abgelenkt, und antwortete nicht.

»Sir, wir kriegen montags alle möglichen Lieferungen«, sagte Allison. »Sie versperren den Zugang zum Lokal. Fahren Sie bitte weg.«

Poppy reagierte nicht. Ich sah etwas Blut auf seiner Lippe und blaue Verfärbungen um sein Auge. »Er soll lieber nach drinnen kommen, Allison. Den Pick-up können auch wir wegfahren.«

Angesichts dieses Vorschlags nickte Poppy, als hätte er ihn aus weiter Ferne gehört. »Ich hab die Nase voll«, murmelte er. »Ich hab die Nase gestrichen voll.«

Allison zog mich von der Fahrerkabine weg. »Warum hast du mir nichts von all dem erzählt, Bill?«

»Jay hat eine Menge Probleme, Allison.«

Sie verschränkte wütend die Arme. »Also, *das* habe ich mir auch schon gedacht.«

»Nein, das glaube ich nicht.«

»Du hättest es mir sagen sollen.«

»Allison, du hast mich gebeten, Jay zu helfen. Weißt du noch?«

Sie hob die Schultern, hielt sich fest umschlungen.

»Es wird gleich ein Mann herkommen, hoffe ich«, fuhr ich fort. »Poppy wird ihm etwas erzählen, und dann ist zumindest ein Teil dieser Geschichte geklärt.«

»Das verstehe ich nicht.«

»Mit dem Land, das Jay verkauft hat, gibt es irgendein Problem«, erklärte ich ihr. »Der Käufer will wissen, was genau damit los ist. Er hat Jay und mir gedroht.«

»Ich will nicht, dass du mein Steakhouse da mit reinziehst!«

»Allison, dein Steakhouse hast du da mit reingezogen, nicht ich. *Du* hast Jay gesagt, er könnte den Vertragsabschluss im Havana Room machen. Du hast alles ins Rollen gebracht. Du dachtest, er hätte sich von dir angezogen gefühlt, du hast dich von ihm für seine Zwecke einspannen lassen.«

»Was soll das heißen?« Sie schaltete schnell. »Hat das etwas mit dieser Frau zu tun, dieser O, mit der er sich trifft?«

»Es gibt keine Frau, die O heißt. Jay hat dich wegen etwas anderem ausgesucht.«

»Wegen was?«

Es war zu spät, es ihr nicht mehr zu erklären. »Tut mir Leid, dass ich dir das sagen muss, Allison. Es ist bestimmt nichts, was du gerne hörst …«

»*Sag* es einfach.«

Also tat ich es. »Jay hat dich ausgesucht. Er fand heraus, wo du wohnst, in welchem Stockwerk, alles.«

»Warum?«

»Er wollte über die Straße schauen.«

Sie sah mich an, unschlüssig, ob sie verletzt oder wütend sein sollte. »Das Wohnzimmerfenster?«

Ich sah kurz zu Poppy hinein, dann wieder zu ihr.

»Er war immer am Fenster. Wir saßen immer dort und unterhielten uns. Das war, was wir dort mit Vorliebe gemacht haben. Es war schön, weißt du?«

Ich nickte wieder, bedächtig.

»Das Mädchen?«

»Ja.«

»Wer ist sie?«

Ich sah wieder zu Poppy. Er wirkte ziemlich weggetreten, wie bewusstlos, nur sein Mund arbeitete grübelnd.

»Wer *ist* sie, Bill?«

Ich wandte mich wieder Allison zu. »Seine vierzehnjährige Tochter.«

Sie war eine stolze Frau, Allison Sparks. Sie hatte einen tollen Job und ein unabhängiges Leben, eine Menge Geld und ein komisches kleines Drogenlaster, weshalb sie im Großen und Ganzen zu wissen glaubte, wie der Laden lief, vor allem, was Männer anging, denn im Grunde ihres Herzens, vermutete ich, traute sie ihnen nicht. Und hier hatte sie nun den Beweis, dass ihr ihre Eitelkeit und Vernarrtheit den Blick auf die Wahrheit verstellt hatten, und diese Wahrheit sah so aus, dass ein Mann, den sie sehr mochte, sie nicht attraktiv gefunden hatte, sondern sie nur deshalb in diesem Glauben gelassen hatte, um aus ihrem Fenster schauen zu können. »O Gott«, murmelte sie und ließ ihre Hand auf die Motorhaube des Pick-up sinken. »Das hat er dir erzählt?«

»Ich bin mehr oder weniger selbst darauf gekommen, und dann hat er es zugegeben.«

Sie starrte entgeistert auf die Windschutzscheibe.

»Schaffen wir Poppy nach drinnen«, sagte ich, »bringen wir es hinter uns.«

Sie hatte nicht die Kraft zu widersprechen.

»Dann wollen wir mal, Poppy«, sagte ich zu dem Alten.

»Können Sie das Auto wegfahren?«, fragte Allison Ha und deutete auf den schweren, alten Pick-up.

Ha nickte. »Ich parke ein Stück die Straße runter.«

Poppy ließ sich von mir hochziehen. Die Flasche fiel zur Mitte der Fahrerkabine um, der Whiskey lief aus. Er merkte es nicht. Ich wollte ihn nach drinnen schaffen, bevor Marceno kam, ihn halbwegs nüchtern kriegen, damit Marceno ihm glaubte. Als er stand, nahm ich seine beiden Arme und schob eine Hand unter ihn. Er ließ sich schwer gegen mich sinken, und er roch grauenhaft. Aber er schaffte es über den Gehsteig.

Allison öffnete die Eingangstür. Wir wankten ins Foyer. Poppy beugte sich über das Pult des Oberkellners.

»Gebt mir was zu – nein, halt …« Poppy deutete auf die Tür des Havana Room. »Da rein, ich will meine Ruhe.«

Ich sah Allison an.

»Also, Montagmittag haben wir geschlossen.«

»Aber es kommt doch Personal her, zum Saubermachen oder so?«

»Erst später, um vier. Und um sechs öffnen wir dann. Im Moment sind nur Ha und ich hier. Das ist natürlich *genau* das, was ich an meinem einzigen freien Vormittag tun wollte!« Sie sah auf die Uhr. »Ich meine, ich bin gestern Abend erst um eins aus dem Lokal rausgekommen.«

Sie schloss die Tür des Havana Room auf. »Schaffen Sie es die Treppe hinunter?«

»Klar«, ächzte Poppy.

Aber er schaffte es nicht wirklich, und ich stützte ihn, als er die Treppe hinunterwankte. Der langgezogene Raum war dunkel, und ich roch abgestandenen Zigarrenrauch. Ich fand einen Lichtschalter. Die riesige Nackte hing drohend über der Bar, ihre dunklen Augen forschend auf mich gerichtet. Poppy sackte mit gesenktem Kopf in eine der Sitznischen. »Geben Sie mir was zum Schreiben.«

»Ich glaube, Sie brauchen etwas Kaffee, vielleicht auch was zu essen.«

Poppy hob die Augen. »Nein. Geben Sie mir einen Stift oder was.« Er zog eine geprägte Havana-Room-Serviette aus dem Halter. Als ich die Wandlampe neben seinem Kopf anmachte, beugte ich mich so weit vor, dass ich die geplatzten Äderchen auf seiner Nase sehen konnte. Ich reichte ihm meinen Stift. Er hatte Mühe, ihn zu halten, mehr Mühe als das erste Mal, als ich ihn gesehen hatte. Er sah seine Hand an, und es schien, als könne er keine Faust machen. »Kann sein, dass ich sie mir gebrochen habe.«

»Wie?«

Er sah mit halb geschlossenen Augen auf. »Ich habe mich gestern zu wehren versucht, ungefähr eine Minute lang. Sie haben mich gefunden. Sie wussten genau, wo ich war.«

»Wer?«

»Irgendwelche …« Er sah den Stift an und warf ihn beiseite. »Ich habe keine Hände!«, schrie er feucht. »Kommen Sie schon, geben Sie mir was …«

Allison kam die Treppe herunter und machte das Licht über der Bar an. Sie schien sich wieder im Griff zu haben. Ich betrachtete im Spiegel ihren Rücken, die Krümmung ihrer Schultern, ihren Hals. Gegen meinen Willen musste ich daran denken, wie sie zusammengekrümmt im Bett gelegen hatte. »Ich habe Kulis, Bleistifte …«

»Nein!«, jammerte Poppy, die Augen fast geschlossen, der Kopf wackelte leicht. Ich fragte mich, ob er eine Gehirnerschütterung hatte. Schwer zu sagen bei dem vielen Whiskey, den er intus hatte.

Allison schien den gleichen Gedanken zu haben. »Er sieht *schlimm* aus, Bill. Als würde er halb schlafen oder so was. Vielleicht sollte ich lieber einen Krankenwagen rufen.«

Poppy zeigte seine vergammelten gelben Zähne. »Nein, keinen Krankenwagen.«

»Hier, hier.« Allison kramte in ihrer Handtasche und holte eine glänzende goldene Lippenstiftröhre heraus. Sie nahm die Schutzkappe ab und drehte einen Zentimeter des roten Stifts heraus.

»Halt«, sagte ich. »Ich möchte, dass Sie das jemand anderem erzählen, nicht uns.«

»Ich habe keine *Zeit.*« Poppy nahm den Lippenstift und beugte sich über die Serviette, wie ein müdes, aber gehorsames Kind, das eine Hausaufgabe zu machen versucht, die es nicht ganz versteht. »Ich lasse ihm das hier, dann verschwinde ich. Ich habe Geld und Kaffee und mache einen kleinen Ausflug.«

»Wohin?«

»Keine Ahnung. Nach Kalifornien vielleicht. In Florida ist es warm.«

»Mit dieser Schrottkiste?«

»Na klar. Ein kleiner Ausflug. War schon ewig nicht mehr in Florida.« Poppy machte eine rasche Aufwärtsbewegung, die in einem drei Zentimeter langen Strich resultierte. Dem folgten drei weitere Striche – die vier Seiten eines schiefen Vierecks. Er hustete nachdenklich. »Ich hab ihnen nichts gesagt. Aber sie haben auch kein Mitleid mit einem alten Mann gehabt. Kein Format, nur ein Haufen Penner.«

»Wer?«

Poppy machte hintereinander drei X auf die Serviette. Das Rechteck schien diagonal zum letzten X zu stehen, aber ich war zu weit entfernt, um es richtig sehen zu können.

»Wer?«, fragte ich noch einmal.

»Die Jungs, denen ich das zu verdanken habe.« Er betrachtete seine Zeichnung mit äffischer Neugier, dann faltete er sie in der Mitte. »Ach ja.« Er faltete sie wieder auseinander. »Fast hätte ich's vergessen.« Er sah Allison flehentlich an.

»Ja?«, sagte sie.

»Sehen Sie her.« Er stieß nach dem Viereck. »Ich möchte, dass Sie was für Jay aufschreiben, damit er sich auskennt.«

»Klar. Wo? Hier?«

»Egal, nur irgendwo da drauf!« Er reichte ihr den roten Lippenstift. »Erst ein C.«

»Okay, C.«

Er rollte eigenartig mit dem Kopf, so, als hätte er Wasser im Ohr. »Nein, nein, ein K. Es ist ein K!«

Allison korrigierte es.

»Dann R, wie Ringelreihen.«

»R, ja, okay.«

Er öffnete die Augen. »Dann, äh, ein O.«

Allison suchte meinen Blick, signalisierte mit ihrem Gesichtsausdruck, dass wir ihm seinen Willen lassen sollten. Sein Zustand schien sich zu verschlechtern. »Okay, Poppy, Sie machen das prima. Wir haben K, R, O. Was kommt als Nächstes?«

Er schloss die Augen wieder. »Machen Sie ein W. Wie *Whiskeyweib.* Ich hab mal ein Whiskeyweib gekannt.«

»War's das? KROW, wie *crow,* die Krähe?«

»Jetzt L-A«, drängte er. Seine Augen öffneten sich wieder. »Genau wie die Stadt.«

»*La* oder *lay* ausgesprochen?«

Poppy sah mich böse lächelnd an. Er wirkte nicht nur betrunken, sondern auch entweder verrückt oder hirngeschädigt. »Ich kenne Anwälte wie Sie. Auf Typen wie Sie scheiße ich.«

»Das kann ich mir vorstellen.« Ich beugte mich vor, um auf die Serviette zu schauen.

»Hey!« Poppy legte seine Hand darauf. »Das geht Sie nichts an, Mister.«

Ich lehnte mich zurück. Ich würde es später zu sehen bekommen, nahm ich an. »Und?«, sagte ich. »War das alles?«

»Ich habe L-A gesagt, ja?«

»KROW-lay? KROW-la?«

»Ja.«

Es klang wie der Anfang eines polnischen Familiennamens, etwas wie Kowalski oder Krawczyk, und mir fiel ein, dass sich zu Beginn des zwanzigsten Jahrhunderts einige Polen im Osten Long Islands niedergelassen hatten. Oder er hatte sich in der Schreibweise vertan, und es war ein anderes Wort, ein französisches vielleicht. »Was bedeutet es? Ist das der Name von jemand?«

Poppy schüttelte den Kopf. »Das ist für Jay. Ich bin nicht hergekommen, um es Ihnen zu sagen.«

»Das Wort ergibt keinen Sinn«, sagte ich ihm. »Krow-lay?« Wie sollten wir das Marceno beibringen?

Poppy reichte Allison die Serviette mit behutsamer Förmlichkeit. »Werden Sie es ihm geben, Miss?«

Sie nickte eifrig und steckte sie in ihre Handtasche.

»Allison«, rief Ha die Treppe herunter. »Hier sind Männer, Sie zu sprechen.«

»Okay«, rief sie, »schicken Sie sie runter.«

Wir hörten Schritte. »Das ist ein gewisser Marceno«, sagte ich ihr. »Der Mann, der Jays Land gekauft hat. Nur gut, dass Poppy noch hier ist.«

»Aber ich gehe«, erklärte Poppy. »Bevor sie kommen.«

Ha erschien mit weit aufgerissenen Augen im Havana Room. »Miss Allison …«, begann er, dann taumelte er nach vorn.

»Immer schön weitergehen, Buddha-Boy.«

H. J.s Männer, Denny und Gabriel, folgten Ha die Treppe herunter, ihre Pistolen auf den Boden gerichtet. Sie sahen sich um, registrierten ihre Umgebung. Ich erinnerte mich, dass der größere Denny war. »Los, zurück.«

»Wer sind Sie?«, fragte Allison.

»Sie können mich Gabriel nennen«, sagte der andere Mann, der eine Krawatte und eine ziemlich gute Uhr trug. »Wir suchen verloren gegangene Personen.« Er gestikulierte mit seiner Pistole. »Ich würde vorschlagen, Sie nehmen alle mal Platz in dieser schnuckeligen kleinen Kellerbar.«

Denny zog ein Handy heraus.

»Sag Seiner Hoheit, dem Fetten, dass seine unterbezahlten Ganoven in dem Restaurant sind, dass der große amerikanische Künstler namens Wyeth hier ist und dass er unbedingt herkommen und sich das ansehen sollte.«

Denny tippte eine Reihe von Zahlen ein.

»Ein richtiger Glückstag«, sagte Gabriel zu mir. »Und *dir* vielen Dank«, sagte er zu Poppy.

»Wofür?«

»Du hast genau das getan, was wir gehofft haben, Alter.«

»Hab ich das?«

»Du bist nach Manhattan gefahren und hast deine Freunde gefunden.« Er deutete auf mich, dann blickte er sich um. »Hier unten könnte man eine Menge Lärm machen, ohne dass jemand was hört.«

Wir saßen zehn Minuten da, ohne etwas zu sagen. Ich beobachtete Gabriel und Denny, achtete darauf, wie schnell sie atmeten. Die meiste Zeit normal. Gewöhnt an Situationen wie diese.

»Tut mir Leid, aber ich muss auf die Toilette«, sagte Allison.

»So ein Pech.«

»Es gibt eine im hinteren Ende des Raums.«

»Da muss Sie aber jemand begleiten.«

»Meinetwegen«, seufzte sie.

Gabriel folgte ihr auf die Herrentoilette, sah hinein, ließ sie dann reingehen. Er hielt die Tür mit der Hand auf. »Nein, lassen Sie die Tür dort auch offen«, sagte er ihr.

Ich hörte schwachen Protest.

»Ihre Intimsphäre ist mir egal.« Gabriel stand da und beobachtete sie. »Also keine Diskussionen. Sehr geschmackvolle Unterwäsche, Miss, ziemlich teuer, würde ich sagen. Victoria's Secret?«

»Wirklich?«, rief Denny, hin und her blickend.

»Kann ich nicht sagen.«

»Wie ist ihre weibliche Ausstattung?«

»Durchschnitt. Brauchbar.« Gabriel beobachtete Allisons Verrichtungen. »Jetzt das Papier, ein bisschen Beeilung, bitte.«

Einen Augenblick später kam Allison heraus. »Hoffentlich hat Ihnen die Vorstellung gefallen«, sagte sie.

»Setzen Sie sich neben Buddha-Boy«, sagte Gabriel.

Wir hörten oben Lärm, ein Klopfen. Vielleicht war das Marceno.

»Der Boss?«, sagte Gabriel. »So schnell?«

Denny stand auf und ging die Treppe hinauf. Dann hörten wir Schritte nach unten kommen. Ein großer Schwarzer in einem dicken Mantel kam herein, sah sich um und machte H. J. Platz, der mit erwartungsvoller Aggressivität auftrat, das Gesicht von einer Sonnenbrille umschlossen und von gigantischer Rundlichkeit, sein Kopf eine dicke Kugel aus rasierter Haut.

»Ist ja richtig klasse hier, Lamont!«, verkündete H. J. und sah sich mit blitzenden Zähnen um. »Sehr gemütlich.« Sein Blick fiel auf mich. »Der weiße Anwalt! Ich hab Ihnen gesagt, mir mein Geld zu beschaffen, und das haben Sie nicht, und jetzt, werden Sie sicher verstehen, haben wir ein Problem.« Er sah Allison an und hob seine Sonnenbrille. »Mmm, und wer sind Sie?«

»Ich bin die Geschäftsführerin.«

»Dann dürfen Sie für mein leibliches Wohl sorgen.« Er deutete auf Ha. »Wer ist der alte Chinese?«

»Er arbeitet hier«, sagte Allison. »Er hat mit all dem nichts zu tun.«

»Was macht er, die Klos der Weißen putzen?«

»Er ist ein hervorragender Koch.«

»Tatsächlich? Irgendeine Spezialität?« Aber er wartete nicht auf eine Antwort, sondern deutete, seine Macht genießend, mit einer Handbewegung auf den Raum. »Na schön, dann werden wir heute also hier verhandeln. Wir wollen sehen, dass wir diese dumme Geschichte endlich vom Tisch kriegen. Mein Onkel hockt in diesem kleinen Dings da voll Asche und wartet darauf, dass ich das hier regle. Sein Geist sagt mir, Junge, mach deine Sache gut. Da arbeitet ein Mann über sechzig Jahre lang, soll der am Ende etwa erfrieren? Meine Tante sitzt zu Hause und weint und sagt, ich muss etwas für die Familie tun. Sie machen mir mächtig Druck. Und diesen Druck gebe ich jetzt an jemand anders weiter. Meine Tante sagt, da ist was nicht mit rechten Dingen zugegangen, da ist was faul. Die Erklärung, die sie von der Polizei kriegt, gefällt ihr nicht. Sie sagt, sie hat niemanden außer ihrem Neffen. Deshalb trage ich hier eine gewisse Verantwortung, haben Sie gehört, was ich sage? Es ist mir egal, wie lang es dauert, ich habe den ganzen Tag Zeit. Später muss ich zwar nach Philadelphia, aber im Moment habe ich den ganzen Tag Zeit.« Er sah wieder mich an, lächelte über mein Unbehagen. »Sie können sich an mich erinnern, oder? An meine scheiß-antisozialen Neigungen?«

»Ja«, sagte ich.

»Gut. Und, wo treibt sich Ihr Mann rum?«

»Rainey? Keine Ahnung.«

»Na, dann rufen Sie ihn an.«

»Ich kann's versuchen.«

Ich holte mein Handy heraus und wählte Jays Nummer.

H. J.s neuester Mann, Lamont, richtete seine Pistole auf Allison und Ha. Gabriel richtete seine auf Poppy. Das Telefon klingelte. Niemand ging ran.

»Nicht da«, sagte ich.

»Bist du dieser Poppy, von dem ich ständig höre?«, fragte H. J. und zog eine vergoldete Automatik aus der Tasche seines Mantels.

Poppy hob die Schultern. »Was ich zu sagen habe, habe ich bereits alles gesagt.«

»Bist du der Typ, der meinen Onkel Herschel gekillt hat?«

»Ich habe ihn nicht umgebracht.«

»Meine Tante sagt, er war an einer Planierraupe festgefroren.«

Poppy hob den Blick. »Ich habe auf der Planierraupe gearbeitet. Er kam vorbei und wollte wissen, was ich da tue. Er hat eine Woche zuvor mit der Raupe planiert. Er dachte, ich mache alles wieder kaputt. Er dachte, ich tue was, was ich nicht tun soll. Ich sage zu ihm, das geht dich nichts an. Und wir fangen an, uns mordsmäßig zu streiten. Er ist größer, hat gesunde Hände. Er sprang auf die Raupe … wahrscheinlich war das zu viel für ihn, und er bekam einen Herzinfarkt.«

H. J. lächelte hasserfüllt. »Das stinkt ziemlich zum Himmel.« Er richtete die Automatik auf mich. »Na, Herr Rechtsverdreher, glauben Sie das?«

»Er kam vorbeigefahren«, stöhnte Poppy. »Das habe ich doch schon *gesagt*! Er sah mich und wollte wissen, was ich da mache.«

»Deshalb hat Herschel angehalten?«

Poppy legte den Kopf auf den Tisch. »Ja. Ich habe etwas mehr Erde aufgeschüttet.«

H. J. machte ein überraschtes Gesicht. »Warum?«

»Weil ich nicht wollte, dass jemand erfährt, was dort in der Erde ist.«

»Was *ist* dort in der Erde?«, fragte ich.

Poppys Augen schlossen sich. »Das sage ich nicht.«

H. J. ging zu Poppy und hielt seine Pistole direkt an sein Ohr. »Mein Onkel Herschel hat dich auf dem Feld arbeiten sehen, als er vorbeigefahren ist, und dann hat er angehalten und ist ausgestiegen und hat gesagt, hör auf mit dem, was du da tust?«

»Ja.«

»Bitte erschießen Sie ihn nicht!«, rief Allison.

H. J. rammte die Pistole tiefer in Poppys Ohr. »Warum? Warum hat er das getan? An einem kalten Tag, an dem es geschneit hat?«

Poppy wollte den Kopf heben, spürte aber die Pistole. »Weil ich Erde auf dem Feld verteilt habe!«

»Deshalb hat er gesagt, lass mich auf die Planierraupe? Das ist doch Quatsch. Das verstehe ich nicht.«

Ich erinnerte mich, dass die Planierraupe mit eingelegtem Rückwärtsgang an dem Hang über dem Meer festgesessen hatte. »Poppy«, fragte ich, »haben Sie ihn auf die Raupe gelassen?«

»Gelassen habe ich ihn gar nichts. Er ist größer als ich.«

»Er kam auf die Raupe hoch.«

»Ja.«

H. J., sichtlich interessiert an dieser Abfolge, nahm die Pistole weg. »Und dann?«

»Er wollte wissen, was ich da mache, und ich war so sauer, dass ich es ihm erzählt habe. Ich habe ihm die Wahrheit gesagt.«

»Und dann?«

Poppy hob die Augen. Er war ein trauriger Anblick, und er hatte keine Zeit mehr für weitere Lügen. »Er bekam einen Herzinfarkt. Er fasste sich an die Brust und fiel hintenüber.«

»Du hast es ihm gesagt, und er bekam einen Herzinfarkt?« H. J. schüttelte angesichts der scheinbaren Absurdität dieser Geschichte den Kopf. »Da musst du dir schon was Besseres einfallen lassen, Alter.«

»Geht es von da, wo Sie mit der Planierraupe gearbeitet haben, direkt zu dem Kliff?«

Poppy sah mich an. »Ja, aber …«

Das Problem war, merkte ich, dass H. J. noch nicht wusste, dass die Planierraupe mit Herschel drauf das Kliff hochgezogen und zu einer Scheune auf dem angrenzenden Grundstück gefahren worden war.

»Warum fragen Sie das?«, sagte H. J. »Sie haben ihn nicht auf einem Feld gefunden!«

Doch bevor ich antworten konnte, stemmte sich Poppy hoch und erklärte: »Ich gehe jetzt. Ich habe Ihnen genug gesagt.« Er machte eine Geste in Richtung Allison. »Geben Sie Jay diese Serviette. Ich kann es nicht.«

»Du gehst nirgendwohin!«, sagte H. J. »Setz dich wieder.« Er bedeutete seinem Bodyguard, sich vor die Tür zu stellen. »Lamont?«

»Ich gehe jetzt zu meinem Wagen raus …«

H. J. streckte den Arm durch, die Automatik einen Meter von Poppy entfernt. »Weißt du, wer ich bin?«

»Nein, und es interessiert mich auch nicht«, lallte Poppy. »Ich fahre nach Florida.«

»Du gehst hier erst, wenn ich das sage.«

»Nein.«

»Setzen Sie sich, Poppy«, warnte ich. »Diese Leute meinen es ernst.«

»Sie haben keinen Grund, mir etwas zu tun.« Poppy streckte die Hände aus.

»Geh schnell wieder zurück, Alter!«

»Ich halte das nicht mehr aus«, jammerte Poppy, wacklig auf den Beinen. »Ich bin müde, ich habe Kopfschmerzen.« Er wankte auf die Tür zu. »Ich war nicht mehr in Florida, seit …«

»Zurück!«

»Ihr könnt mich mal, ich will …«

Lamont stieß Poppy zurück. Er flog gegen die Wand. Es schien ihn nicht zu beeindrucken, und er schätzte die Entfernung zur Treppe ab.

»*Setz* dich, Alter«, sagte Lamont und streckte den Arm mit der Waffe aus. »Ich will dir nicht wehtun müssen.«

»Ich gehe jetzt hier raus«, sagte Poppy und tat einen Schritt nach vorn – beziehungsweise versuchte es, als der Raum von einem fürchterlichen Knall erschüttert wurde und sein Hals in einer Fontäne von Blut explodierte. Allison schrie auf. Poppy fiel zu Boden.

»Zurück!«, brüllte Lamont und richtete seine Waffe auf uns.

Poppy lag zusammengekrümmt auf dem Boden, und über die schwarz-weißen Fliesen spritzte Blut. Sein Gesicht wurde bleich, von der Wunde an seinem Hals kam ein saugendes Geräusch, und dann wurde er schlaff und starb vor unseren Augen.

H. J. sah Lamont an, der die Pistole weiter in der Hand hielt. »Scheiße, Mann«, sagte H. J. »War das nötig?«

»Er kam dir zu nahe, Boss.«

»O Gott«, stöhnte Allison, als Rauch über uns hinwegschwebte. »Er ist ein alter Mann! Tut doch etwas.«

Aber wir konnten nichts tun. H. J. hielt uns in Schach. »Ihr bleibt schön, wo ihr seid«, befahl er und sah sich um. »Scheiße, Lamont! Jetzt haben wir ein *Problem*, Nigga!«

Das hatte er allerdings, drei Personen, die nicht zu ihm gehörten – Allison, Ha und ich – und die gesehen hatten, was sein Bodyguard getan hatte. *Wir* waren das Problem. Er sah Allison an. »Wissen Sie, wo Rainey wohnt?«

Allison schüttelte den Kopf.

»Sie?«, fragte er mich.

»Ja«, sagte ich. »Aber ich glaube nicht, dass er dort ist. Er ist vorhin nicht ans Telefon gegangen.«

»Du weißt, wo er wohnt?«, fragte Allison.

H. J. sah Ha und Allison an. »So, Leute! Ihr erzählt mir jetzt, wie ich diesen Kerl dazu bringe, hierher zu kommen, mir mein Geld zu geben und mir zu sagen, was ich wissen muss, weil wir sonst nämlich ein noch *größeres* Problem haben, versteht ihr, was ich meine?«

Im Raum schien es plötzlich sehr heiß, aufgeheizt von bösen Vorahnungen. Vier Leute konnten drei mühelos umbringen. So etwas kam in New York ab und zu vor. Man las es beim Kaffee im Lokalteil der Zeitung, schüttelte den Kopf über das groteske Gemetzel, blätterte dann zu den Börsenkursen weiter. Die Männer konnten mit einem Pick-up vor den Eingang fahren und alles Mögliche aufladen, und niemand bekäme etwas mit.

»Ich will Antworten auf meine Fragen!«, tobte H. J. »Ich will wissen, was mit meinem Onkel passiert ist, und ich will Geld für meine Tante! Wir leben in einem verfickten Scheißland, wo in jedem College und in jeder Universität, die über hundertfünfzig Jahre alt ist, Sklavengeld steckt, und die ganzen Eisenbahngesellschaften und Banken, sie wurden ebenfalls mit Sklavengeld aufgebaut. Martin Luther King hat es nur zur *Hälfte* geschafft. Jesse Jackson, er hat einen einzigen Ausverkauf betrieben, Clarence Thomas kannst du vergessen. Die Weißen beuten die Schwarzen *immer noch* Tag für Tag aus. Wem gehören denn die Firmen, die Gefängnisse bauen, wem gehört die Scheiß-NFL? Meinem Onkel jedenfalls nicht, wenn ihr wisst, was ich meine. Und jetzt will ich wissen, warum er gestorben ist, warum er einen Herzinfarkt hatte!«

Ich saß wie betäubt in der Sitznische, Ha neben mir, den Kopf unterwürfig gesenkt.

»Boss«, sagte Gabriel schließlich in besänftigendem Ton. »Ich glaube, den Mann, der diese Frage beantworten könnte, hat Lamont gerade erschossen.«

H. J. befahl seinen Leuten, sauber zu machen. Gabriel und Denny fanden ein paar Müllsäcke und legten sie neben Poppy aus. Was sich in seinen Gedärmen befunden hatte, begann herauszusickern, und wir konnten es riechen. Sie hoben ihn, an Füßen und Achselhöhlen, in einem Schwung auf die Müllsäcke. Das Blut war inzwischen in die Fugen zwischen den Fliesen geflossen. Gabriel kramte hinter der Bar herum und fand etwas Schnur, mit der Denny Poppy verschnürte. Dann legten ihn die Männer hinter die Bar. Sie fanden die Besenkammer hinter der Bar und wischten den Fliesenboden sauber. »Nehmt Putzmittel«, befahl H. J., seine Automatik auf mich gerichtet. »Nicht ein Fleckchen. Und macht auch die Wand sauber, und zwar gründlich.«

Das taten sie. Fünfzehn Minuten später sah es wieder aus, als wäre nichts geschehen. Der Fußboden blitzte. Ha beobachtete alles mit gesenkten Lidern und ausdruckslosem Gesicht.

»Und was machen wir jetzt?«

»Wir denken erst mal nach, das machen wir.« H. J. zog sein Hemd zurecht. »Hey«, fragte er mich, »wie kriegen wir diesen Burschen?«

»Das weiß ich wirklich nicht.«

Gabriel hielt seine Pistole an Allisons Kopf. »Spuck's schon aus. Sag uns, wie wir deinen Freund finden.«

»Er ist nicht mein Freund!«

»Wie Sie ihn nennen, Miss, ist mir egal, meinetwegen auch Ihren pferdeschwänzigen Begleiter, aber sagen Sie meinem Boss, wo wir ihn finden können!«

»Ich weiß es nicht, ich weiß es nicht!«

Gabriel machte ein verkniffenes Gesicht. »Von nichts kommt nichts, Miss.«

»Ich *weiß* es nicht. Er kam immer nachmittags in meine Wohnung.«

»Klingt ja richtig romantisch«, bemerkte Gabriel.

»*War* es auch«, sagte Allison leise zu sich selbst.

»Schade«, versetzte Gabriel spöttisch. »Bitte fahren Sie mit Ihrer emotional aufgeladenen Aussage fort.«

Darauf hob Allison trotzig, mit wütenden Augen, den Kopf. »Also schön, er kam vorbei – na ja, aber eindeutig nicht, um mit *mir* zusammen zu sein, ist mir inzwischen klar geworden, es war, um …« Sie sah mich an, schloss mich in ihre Wut ein. »Also, da ist ein Mädchen, das gegenüber …«

»Nicht!«, schrie ich.

»… wohnt. Sie wird in fünfundvierzig Minuten die Eighty-sixth Street runterkommen. Sie kommt um zwei Uhr von der Schule nach Hause. Nur aus diesem Grund hat er sich in meiner Wohnung mit mir getroffen! Um diese Zeit! Wegen seiner Tochter. Wenn Sie seine Tochter haben, kriegen Sie ihn auch. Sie trägt eine blau-weiße Schuluniform und wahrscheinlich eine Art Rucksack. Sie ist um die vierzehn, fünfzehn, dunkelhaarig und *ziemlich* hübsch.«

»Das stimmt nicht«, sagte ich rasch. »Das Mädchen hat den ganzen Nachmittag Basketballtraining.«

Gabriel sah H. J. an.

»Sehen Sie?«, sagte Allison verbittert und deutete mit dem Finger auf mich. »Er weiß Bescheid. Er ist genauestens im Bild. *Er* weiß, wer sie ist.«

»Sie?«, sagte H. J.

Ich schüttelte den Kopf. »Sie hat nichts mit der ganzen Sache zu tun. Sie ist nur irgendein Mädchen.«

»Schnappt sie euch«, sagte H. J. zu Gabriel.

»Ich sage Ihnen, wo Rainey wohnt«, sagte ich. »Das hilft Ihnen mehr.«

»Wir wissen, wo er wohnt«, sagte Gabriel.

»Sie wissen es?«

»Klar. In Brooklyn, Seventeenth Street. Wir sind Ihnen gefolgt. Haben alles mitbekommen. Dann sind wir rein, uns ein bisschen umsehen. Ziemlich gespenstisch, die Einrichtung, nicht?«

Ich überlegte, wie sich vermeiden ließe, Sally Cowles in die Sache hineinzuziehen. »Haben Sie auch den Karton mit dem Geld gefunden?«

Misstrauisch richtete H. J. seine Automatik auf Gabriel. »Antworte, Mann.«

»Nein, nein, wir haben keinen Karton mit Geld gefunden.«

»Er hatte Geld in der Wohnung. Sie waren doch dort.«

»Was?«, sagte H. J. und sah Gabriel forschend an. »Was redet der Kerl da?«

»Ich habe Rainey bei einem Geschäft beraten«, sagte ich rasch. »Da war Geld in der Wohnung. Etwas über zweihunderttausend. Er hat das Geld in einem Karton mit nach Hause genommen. Das weiß ich. Ich war vor ein paar Tagen noch mal dort, und da war der Karton leer. Ihre Leute haben gerade zugegeben, dass sie in der Wohnung waren. Dass sie das Geld gefunden haben, haben sie wahrscheinlich nicht …«

»Das ist eine Lüge, Mr. Wyeth, und am liebsten würde ich Ihnen die Birne wegpusten, um es zu beweisen«, sagte Gabriel.

H. J. war geneigt, Gabriel zu glauben, konnte ich sehen, aber mit einem Rest Zweifel. Was gut war, weil ich log. Falls ich Denny und

Gabriel wirklich zu Jays Wohnung geführt hatte, konnten nicht sie der Grund für die leere Geldschachtel sein, die ich gefunden hatte. »Wart ihr in dem Haus, in dem meine Tante mit ihm geredet hat?«, fragte H. J. seine Männer.

»Einmal«, antwortete Denny.

H. J., konnte ich sehen, war eindeutig nervös. Von dem durchgeknallten Brutalo, mit dem ich es in dem Hip-Hop-Club zu tun bekommen hatte, war nichts mehr zu spüren; dieser H. J. war wortkarg und überlegt, beobachtete jeden von uns, sah auf sein vor ihm auf dem Tisch liegendes Handy, beobachtete dann wieder uns. Erwartete er einen Anruf? Musste er jemanden anrufen? Warum er diese Angelegenheit, ungeachtet ihres Ausgangs für uns, unbedingt zu Ende bringen wollte, war mir nicht klar. »Nein, schnappt euch seine Tochter«, ordnete er mit einem Blick auf die Uhr an. »Haben wir sie, haben wir ihn. Dann muss er mit mir verhandeln. Er muss mit mir reden, er muss mir mein Geld geben. Und wenn er es nicht hat, dann habt ihr ein Problem, Leute.«

Eine Minute später hatten sie mich in die weiße Stretch-Limousine verfrachtet, die draußen wartete. Es war dieselbe wie letztes Mal, neuestes Modell, picobello, getönte Scheiben. Denny und Gabriel saßen mir gegenüber, jeder mit gezogener Waffe. Das Auto glitt flüssig durch den Verkehr. Die Heizung war an, die Reihe kleiner Fußbodenlämpchen elegant. Ich machte mir Sorgen um Ha und Allison, obwohl sie Sally Cowles verraten hatte.

»Hören Sie auf zu denken«, sagte Gabriel.

»Ich werde es versuchen«, antwortete ich.

»Wenn es nach mir ginge«, erklärte er, »würde ich Ihnen auf der Stelle eine Kugel durch den Kopf jagen.«

Daran zweifelte ich nicht. »Was Sie da machen, ist doch kompletter Wahnsinn«, sagte ich. »Nur für den Fall, dass Ihnen das nicht klar ist.«

Sie hörten nicht zu. Der Fahrer machte einen Schmusejazz-Sender an. Wir glitten die Sixth Avenue hinauf, vorbei am Bryant Park, vorbei an der Forty-second Street, vorbei an den dicht gedrängten Büros, die sich in den Himmel türmten, jeder Dritte auf dem Gehsteig in ein Handy sprechend, vorbei an der Radio City Music Hall, dann am Central Park nach Osten, vorbei am Plaza Hotel und dann zur Upper East Side hoch.

Wo könnte Jay sein, überlegte ich, voller Befürchtungen über unsere Ankunft vor Sally Cowles' Schule. Wenn wir direkt zu Jay fahren könnten, ließe sich Sally aus allem raushalten. Es war immer noch Zeit, umzudrehen. Wo *könnte* er sein? Nicht in seiner trostlosen Wohnung. Was interessierte ihn am meisten? Sally Cowles. Aber was tat er, wenn sie nicht in der Schule war? Er arbeitete nicht. Trieb er sich vor der Schule herum? Spähte er durch die Fenster? Das war nicht ratsam und befriedigte wahrscheinlich nicht seine Bedürfnisse. Er musste natürlich in der Nähe von Sauerstoff bleiben, musste Zugang dazu haben. Allerdings ließ er sich auch da nicht in die Karten schauen. Es musste eine Antwort geben, aber ich hatte sie nicht.

Wir krochen die Park Avenue hinauf, kamen näher. Ich überlegte, ob ich irgendwie zur Tür hechten, nach draußen springen könnte. Höchstwahrscheinlich nicht. Gabriel und Denny erinnerten sich von dem Basketballspiel her noch an die Schule und forderten den Fahrer auf, gegenüber dem Eingangstor anzuhalten.

»Hier wird sie rauskommen«, sagte Gabriel.

Also warteten wir. Auf einer Seite versammelten sich mehrere Mütter, jede dem Anlass entsprechend gekleidet, Lippenstift perfekt, Sonnenbrille dunkel, unnahbar, Frisur fabuloso. Ich musste an Judith denken, wie sie Timothy von der Schule abholte.

»Ein paar von diesen knackigen Mammies sehen aus, als würden sie nicht genügend gewartet«, bemerkte Gabriel.

Denny schaute. »Findest du?«

Gabriel nickte. »Du kannst es an ihren Schuhen sehen. Frauen, die Wartung brauchen, sind oft richtig zwanghaft, was ihre Schuhe angeht.«

Denny grinste. »Du bist ein richtig krankes Arschloch, Gabriel.«

»Allerdings.«

Jetzt verließ eine Schar Mädchen in Schuluniformen die Schule. Auch Jungen in ihren Mänteln und Krawatten. Timothy hätte unter ihnen sein können.

»Wie erkennen wir, welche die Richtige ist?«

»Mr. Wyeth wird uns beraten.«

»Auf gar keinen Fall«, sagte ich.

Mehr Mädchen kamen aus der Schule.

»Mr. Wyeth, erkennen Sie eine?«

»Sie können mich mal.«

»Na schön, wenn Sie schon nicht aus dem Fenster sehen wollen, würden Sie sich dann vielleicht das ansehen?«

Ich schaute. Und war überrascht. Gabriel hielt mir ein Foto von Sally Cowles hin, dasjenige, das bei Jay an der Wand gehangen hatte.

»Woher haben Sie ...« Ich bremste mich.

»Vielen Dank«, sagte Gabriel. »Sehr gut. Danke. Ja, das ist sie. Hätte mich auch gewundert, wenn nicht.«

Er sah vom Foto zur Schule zum Foto. »Niemand wird sich wegen einer Limo, die vor der Schule wartet, etwas denken.« Tatsächlich standen noch andere Limousinen davor, und nicht gerade wenige.

»Das ist sie«, sagte Gabriel plötzlich. Er sah auf das Foto, blickte wieder auf.

Es war Sally. Sie ging mit einer Freundin die Eighty-sixth Street hinauf.

»Fahr ihr hinterher«, sagte Gabriel zum Fahrer. »Aber Abstand halten.« Die Limousine folgte den Mädchen langsam. »Jetzt verabschiede dich von deiner kleinen Freundin, Sally«, kommentierte Gabriel.

Die zwei Mädchen erreichten die Ecke.

»Nicht abbiegen, geradeaus weiter«, ordnete Gabriel an. »Schnell! Sieh zu, dass du noch über die Ampel kommst!« Die Limousine schoss über die Kreuzung. »Jetzt wieder langsam, langsam! Wir sind vor ihr.« Er schaute durch das Rückfenster. »So ist es brav. Sie verabschieden sich, sehr gut, ja, dann bis morgen, Pickel und alles, so ist es brav, immer schön weiter. Sie kommt ...« Er wandte sich mir zu und drückte mir die Pistole ins Gesicht. »Ein Wort und ich puste dir die Nase weg, gleich hier, im Auto.«

»Ich weiß, wo Rainey ist«, sagte ich ihm. »Ich bin gerade draufgekommen. Wir können hinfahren. Er ist in seinem Haus, er ist ...«

»Quatsch.«

»Doch. Er ist in der Reade Street 162.«

»Dort haben wir schon nachgesehen, halten Sie uns für blöd?«

»Sie haben nicht an der richtigen Stelle nachgesehen.«

»Wir waren im Heizungskeller.«

»Waren Sie auch oben?«

»Wir haben an verschiedene Türen geklopft.«

»Ich weiß, wo er ist, jetzt, in diesem Moment! Sie brauchen sie nicht zu entführen!«

»Doch, das müssen wir. So lautet unser Auftrag«, sagte Denny.

»Bist du so weit?«, fragte Gabriel.

»Ja.«

Gabriel zeigte mir seine Pistole. »Ein Wort, und Sie spielen nie mehr Fangen mit Ihrem Jungen …«

»Mit meinem Jungen?«

» … und seiner bezaubernden Mutter. Zurzeit in Italien, stimmt's?«

Ich verfluchte Jay Rainey und mich selbst, sank in den Sitz zurück. Der Wagen hielt an. In dem Moment, in dem Sally Cowles vorbeiging, öffnete Gabriel die Tür.

»Entschuldigung, Miss«, rief er mit theatralischer Freundlichkeit, »wir haben uns verfahren.«

»Oh«, sagte sie in einem leicht britischen Tonfall.

»Wir wollen zur Sixth Avenue.«

Da es eine Limousine war, kam sie bedenkenlos näher. »Hm, die Sixth Avenue ist ziemlich weit von hier.«

Gabriel stieg aus. Er ließ die Tür nur einen Spalt breit offen. Ich konnte einen Teil von Sallys Rücken sehen. Er zeigte ihr einen Stadtplan von New York. »Wir sind fremd hier«, brachte er zu seiner Entschuldigung vor.

»Klar«, kam Sallys Stimme, cool und gewandt für eine Vierzehnjährige, »ist ja auch nicht einfach, sich hier zurechtzufinden.«

Ich wollte schon schreien. Aber Denny schob seine Pistole in meine Achselhöhle, dann fasste er um mich herum und rammte mir drei Finger in den Mund.

»Schauen Sie, hier ist die Fifth Avenue«, erklärte Sally. »Und die Sixth – hey!«

Plötzlich war sie im Auto, ihr Rucksack fiel nach vorn, Gabriel schubste sie vor sich her, sprang nach drinnen und warf die Tür hinter sich zu. »Los!«, sagte er zum Fahrer und verriegelte die Tür. »Aber keine Hektik, ja? Ganz langsam losfahren.«

»He! Was *soll* das!«, schrie Sally. Ihre Augen richteten sich wütend auf die Männer, dann auf die Fenster und Türgriffe, ihren Abstand vom Entkommen. »Was machen Sie da?«

»Was sind denn das für Manieren, Kleine?«, sagte Gabriel. Er hob seine Pistole, schnellte seine Zunge gegen den Lauf und grinste mit so unverhohlenem Sadismus, dass Sally mit zusammengepressten Knien entsetzt den Kopf einzog.

»Zurück nach Downtown!«, befahl Gabriel dem Fahrer. Dann wandte er sich mir zu. »So, und jetzt dürfen Sie Ihr Versprechen halten.«

Die Limousine fuhr auf der Fifth Avenue nach Süden. Sally warf mir einen verstohlenen Blick zu. »Wo fahren wir hin?«

Denny legte den Finger auf die Lippen. »Streng geheim, Miss.«

Sie zog wieder den Kopf ein, sodass ihr Haar sich wie ein Vorhang vor ihr Gesicht legte, und gleich darauf sah ich, dass sie zu zittern begonnen hatte.

»Kein Wort mehr!«, knurrte Gabriel. »Nicht einen Mucks! Ist das klar?«

Sie nickte, und ihr Rücken begann zu zucken.

Vielleicht, dachte ich, lässt sich immer noch vermeiden, dass ihr wehgetan wird und sie etwas von Jay erfährt.

»Wo bringen Sie mich *hin?*«, schluchzte Sally, das Gesicht verborgen.

»Aber, Sally, Kleines«, sagte Gabriel, »wir bringen dich zu deinem Vater.«

Wir erreichten das Haus in der Reade Street. Sally erkannte es.

»Er ist oben. Ich weiß *genau,* wo er ist!«, sagte ich. »Ich bin ganz sicher!«

»Tun Sie meinem Vater nichts!«, schluchzte Sally. »Bitte nicht!«

»Raus«, sagte Gabriel zu mir. »Keine Dummheiten, oder sie fahren weg.«

Er stieg als Erster aus, mit einer Hand an meinem Hals. »Sind sich wohl besonders schlau vorgekommen mit Ihrer Geschichte von diesem Karton voll Geld.«

»Da ist tatsächlich ein ganzer Haufen Bargeld, glauben Sie mir.«

»Das würde ich an Ihrer Stelle auch hoffen.«

Ich dachte darüber nach, über die Drohung in diesen Worten.

»Sie denken schon wieder nach«, sagte Gabriel. »Ich spüre es ganz genau. Sie denken daran, abzuhauen, die Fliege zu machen.«

»Nein.«

»Tun Sie es nicht, Billy-Boy.«

»Ich *könnte* es tun.«

»Nein, könnten Sie nicht.«

»Ich wäre die Straße runter, ich …«

»Ich hätte Sie ganz deutlich im Visier. Würde Sie auch treffen. Würde Ihnen die Traumfabrik auspusten. Dann hätte Ihr Sohn keinen Dad mehr.«

Wir kamen zur Eingangstür. Gabriel holte einen Satz Schlüssel heraus. Aus Jays Wohnung gestohlen, nahm ich an. »Lassen Sie auch von den Klingeln die Finger.«

Er zog die Tür auf und schob mich nach drinnen. Auf dem Boden lagen immer noch dieselben chinesischen Take-away-Werbezettel.

»Nach oben«, sagte ich. »Aber leise.«

Im dritten Stock blieb ich stehen.

»Schließen Sie die auf.« Ich deutete auf die Tür gegenüber der von Cowles.

Gabriel steckte einen Schlüssel ins Schloss. Versuchte es mit einem anderen. Der passte.

Wir betraten ein leeres Büro. Es musste dringend gestrichen werden. Da, wo Schreibtisch und Stühle gestanden hatten, konnte man noch die Vertiefungen im Teppich sehen, ein Geistergrundriss. Ich sah Papiere auf dem Boden herumliegen. Irgendein E-Commerce-Schwindel.

»Wo ist er, Bill?«, fragte Gabriel und stieß mich vor sich her.

Im nächsten Zimmer stieg ich über Lebensmittelverpackungen, Dosen, Flaschen und Zeitungen. Verschiedene Kleider. Hier hatte jemand gewohnt. Jedenfalls viel Zeit verbracht. Unter dem Müll lag eine kleine Sauerstoffflasche. Über den ganzen Teppichboden waren Putzbrocken verteilt.

Dann, als ich um die Ecke zum nächsten Zimmer bog, sah ich, dass genau da, wo von unten ein Heizungsrohr hochkam, ein breites Stück einer Trennwand herausgebrochen war. Das Rohr versorgte sowohl das Büro, in dem wir waren, als auch das nebenan – Cowles' Büro –, und der Luftdurchlass war in etwa zweieinhalb Meter Höhe angebracht. Der Fußboden war mit Putz und altem Lattenwerk und Blechstücken übersät. Jay hatte seine Seite des Heizungsschachts, einschließlich Luftdurchlass und allem, herausgeschnitten und in das freigelegte Stück eine mit Stoff umhüllte Beobachtungskammer etwa von der Größe und Höhe eines Tennis-Schiedsrichterstuhls gebaut. Der mit einem Tacker notdürftig befestigte schwarze Stoff umgab den Stuhl vollständig, sodass von den Fenstern kein Sonnenlicht nach drinnen gelangen konnte. Von diesem erhöhten Standpunkt, wurde mir sofort klar, konnte Jay durch den Luftdurchlass von Cowles' Büro sehen. Knapp zwei Meter weiter war ein weiterer Durchlass freigelegt worden, und es waren mehrere lippenstiftgroße Kameras hineingezwängt worden, deren Kabel zu einem auf dem Boden vor sich hin summenden Computer führten. Aber das war nicht alles. Aus einem herausgebrochenen Stück der abgehängten Decke hing ein Telefonkabel, das zweifellos heimlich von Cowles' Büroanschluss abgezweigt worden war. Es war in zwei Leitungen geteilt, von denen eine zu einem auf dem Boden stehenden Telefon führte. Die andere führte zu dem Computer, an den die Miniaturkameras angeschlossen waren. Jay zeichnete alles auf, was Cowles in seinem Büro tat. Jede Handbewegung, jedes Wort, jeden Atemzug.

Ich richtete meine Aufmerksamkeit wieder auf den großen stoffumhüllten Stuhl und ging näher darauf zu. Was war hinter dem Stoff verborgen? Ich hob ihn ein Stück hoch und sah ein Bein und einen baumelnden Herrenschuh. Vor Überraschung ließ ich den Stoff fallen. Tot? Selbstmord? Hatte uns Jay vielleicht kommen hören, hatte er vielleicht … auf das Schlimmste gefasst, zog ich den Stoff zurück, und da war Jay, auf dem Stuhl, in Jackett und Krawatte, zur Wand vorgebeugt, schlafend, eine Sauerstoffflasche in einer primitiven, dafür gebauten Halterung, mit einem Schlauch, der zu seinem Kopf hochführte. Seine Nase und seinen Mund bedeckte eine Atemmaske aus Plastik. Für einen relativ jungen Mann sah er unglaublich fertig aus, was er natürlich auch war, weil er sich überallhin mit zu wenig Luft schleppen musste. Seine Lungen machten flache, zu schnelle Atemzüge, wie bei einem Kind mit Fieber. Wie viele Stunden hatte er lautlos durch das Lüftungsloch gespäht – Cowles beobachtet, ihn überwacht, sein Leben stellvertretend mitgelebt, das Bildmaterial der Digitalkameras angesehen? Was bewies ihm das? Die unüberwindbare Distanz, die zwischen ihm und seiner Tochter lag, die in diesem Moment unten in der Limousine festgehalten wurde? Beobachtete er den Mann, der für sie sorgen würde, wenn er selbst nicht mehr wäre? Und war das, so lächerlich es sich auch anhörte, der Hauptgrund, weshalb er, außerstande, weiteren voyeuristischen Akten zu widerstehen, das Haus gekauft hatte? Oder hatte die Idee in den Schatten seines Unterbewusstseins gehaust? Es spielte keine Rolle. Hier war er.

»Wecken Sie ihn«, forderte mich Gabriel auf.

Ich legte einen Finger an meine Lippen.

»Wenn das leise passieren soll, dann lassen Sie es lieber mich machen«, flüsterte ich. »Es ist anzunehmen, dass er ziemlich heftig reagiert. Wenn Sie hier Lärm machen, bekommen Sie noch mehr Probleme.«

Gabriel ließ sich auf nichts ein, sondern bedeutete mir nur mit der Pistole, Jay zu wecken. Ich beugte mich vor und hielt ein Auge an den Luftdurchlass.

Da war Cowles, im Anzug, am Telefon. Papiere auf dem Schreibtisch.

»Ja«, sagte er, »wir bringen es Ihnen rüber. Wunderbar.« Er legte auf. Sein Assistent kam herein. Cowles blickte auf und reichte ihm ein Blatt Papier. »Das sind die neuesten Zahlen für die Martin-Geschichte.«

»Okay.«

»Was macht der Euro?«

»Ein bisschen rauf.«

»Wie groß sind die Aktienpakete?«

»Unterschiedlich.«

»Kaufen die Japaner?«

»Kann ich nicht sagen.«

»Ich komme mal schauen.«

Cowles folgte seinem Assistenten aus dem Raum, und diese Gelegenheit nutzte ich, um Jay zu wecken.

»Hey«, sagte ich leise. »Aufwachen, Jay.«

Ich hatte erwartet, er würde erschrecken, aber das war nicht der Fall. Er öffnete langsam die Augen und hob den Kopf.

»Haben Sie mich gefunden«, sagte er leise, offensichtlich nicht verärgert.

»Aufwachen.«

Er rutschte auf dem Stuhl herum.

»Sie müssen mit nach unten kommen«, sagte ich und reichte ihm seinen Mantel.

»Warum?«

»Sie haben Sally.«

»Sally?«

Ich nickte.

»Das verstehe ich nicht.«

»Werden Sie aber gleich.«

Das war Gabriel, der mit erhobener Pistole nach vorne trat.

Draußen ging die Tür der Limousine auf, als wir auf sie zugingen.

»Einsteigen«, befahl Gabriel, und Jay und ich kamen seiner Aufforderung nach.

Sally, zwischen Denny und Jay eingezwängt, sah jeden von uns ängstlich an. Übrigens erkannte sie weder mich noch Jay. »Was soll das alles? Was machen Sie mit mir?«

Ich versuchte, meiner Stimme einen möglichst festen Klang zu verleihen, als ich antwortete: »Dir wird nichts passieren, Sally.«

»Aber es *ist* doch schon was passiert.« Sie begann wieder zu weinen. »Woher wissen alle, wie ich heiße?«

»Wenn dich jemand anrührt«, sagte Jay, »bringe ich ihn um.«

Doch das, sah ich, beruhigte sie nicht, sondern machte ihr nur noch mehr Angst. Gehetzt sah sie von einem Mann zum anderen, die Lippen aufeinander gepresst, die Hände über ihrer Schulbluse fest verschränkt. »Wollen Sie – werde ich …?«

»So, Gabriel«, sagte ich. »Jetzt können Sie sie laufen lassen.«

»Erst wollen wir das Geld.«

»Jay?«, sagte ich. »Der Herr will sein Geld. Wo ist es?«

Keine Antwort. Er hatte den Blick nicht von Sally abgewandt. Mit Ausnahme des Augenblicks, als er im Steinway-Showroom hinter ihr gestanden hatte, war er ihr nicht mehr so nahe gewesen, seit sie ein Baby war. »Ich will mit ihr reden.«

Das machte Sally nur noch mehr Angst. Aber ich fragte mich, ob sie tief in ihrem Innern vielleicht ihre Verbindung mit Jay spürte. Man konnte ihn in ihr sehen. Man konnte die Wildheit in ihren Augenbrauen und ihren gut gebauten Schultern spüren. Sie war langbeinig und würde es noch mehr werden.

»Dann machen Sie aber schnell«, sagte Gabriel.

Jay neigte sich zu Sally. Erschrocken über seine musternden Blicke, wich sie zurück und drehte den Kopf zur Seite.

»Immer mit der Ruhe, Jay«, sagte ich.

»Bist du glücklich?«, fragte Jay seine Tochter.

»Wer *sind* Sie?«, sagte sie.

Er atmete schwer. »Bist du glücklich?«

»Also, im *Augenblick* nicht.«

»Nein, ich meine ...« Jay hustete heftig. »Ich meine – grundsätzlich.«

Selbst Sally war sich der Absurdität dieser Frage unter diesen Umständen bewusst. »Sicher, klar.«

»Wirklich reizend, Ihre kleine Unterhaltung«, unterbrach sie Gabriel. »Allerdings müssen wir ...«

Jay wandte sich Gabriel zu. Er hatte keine Angst vor ihm, und das merkte Gabriel.

»Na schön, eine Minute«, lenkte Gabriel ein.

Jay wandte sich wieder Sally zu. »Hast du nette Eltern?«

»Ja.«

»Fehlt dir deine Mutter?«

Das Mädchen sah ihn blinzelnd an. »Wer *sind* Sie?«

»Ich bin ein alter Freund von ihr.«

Sie war misstrauisch. »Wann?«

»Vor Jahren.«

»Sie kannten sie?«

»Natürlich.« Jay lächelte gequält.

»Sie fehlt mir«, gab sie zu. »Ich denke oft an sie.«

»Du siehst aus wie sie, weißt du das?«

»Ja. Aber es macht mich traurig.«

Jay nickte, nagte an seiner Lippe.

»Okay«, rief Gabriel. »Das reicht!«

»Hör zu«, sagte Jay zu Sally Cowles, seine Stimme heiser vor Schmerz. »Ich muss dich um einen kleinen Gefallen bitten.«

»Was?« Sie blickte sich um, um zu sehen, wie die anderen reagierten. »Ist das der Grund für das Ganze hier?«

»Machen Sie ein bisschen zu, Rainman«, sagte Gabriel.

»Dürfte ich kurz in dein Ohr fassen? Nur ganz kurz.«

»Das ist aber ganz schön krass.«

»Ein bisschen, ja«, gab ihr Jay Recht. »Das ist das Letzte, worum ich dich bitten werde.«

»Na ja, *meinetwegen.*« Sie schnippte ihr Haar hinter die Ohren zurück und beugte sich leicht vor.

Mühsam holte Jay tief Luft, dann streckte er die rechte Hand aus. Seine Tochter zuckte überrascht zusammen, als er sie berührte. »Hab keine Angst«, murmelte er. Seine Finger berührten ihr Ohr vor ihrem langen Haar, und sein Daumen strich behutsam über die Innenseite des Knorpels. Sie sah ihn und mich an.

»Senk den Kopf ein bisschen«, forderte er sie auf.

Das tat sie, sichtlich bemüht, nicht in Tränen auszubrechen.

»Du brauchst keine Angst zu haben«, sagte ich.

Jay rieb das Ohr seiner Tochter.

»Ist das …«, begann Sally und wich zurück.

»Nicht bewegen«, befahl Jay. »Da.« Er schloss die Augen, erinnerte sich, maß die Zeit, seit er seine Tochter zum letzten Mal berührt hatte. Dreizehn Jahre zuvor in einem Park in London, als Eliza bereits mit Cowles verheiratet war, ihm bereits ausgespannt. Jay nahm seine Finger von Sally.

»Ja?« Ich sah ihn fragend an.

Er nickte stumm.

Sally krümmte sich ängstlich zusammen, ließ den Blick schnell hin und her wandern.

»Sally«, begann Jay mit trauriger Stimme.

»Nicht!«, sagte ich scharf. »Lassen Sie das, Jay.«

»Warum?«

»Weil es dafür keinen Grund gibt.« Ich erwiderte seinen Blick. »Es wäre pure Grausamkeit.«

Sally blickte zwischen uns hin und her. »Was reden Sie da eigentlich?«

»Nichts«, sagte ich. »Nichts, weswegen du dir Gedanken machen müsstest.«

»Das Geld«, sagte Gabriel.

»In einer ledernen Werkzeugtasche«, antwortete Jay. Er zog einen Schlüssel aus der Tasche. »In der Besenkammer, im Erdgeschoss.«

»Pass du auf sie auf«, sagte Gabriel zu Denny. Er nahm den Schlüssel und stieg aus.

Wir warteten. Ich schaute. Ich schaute zu, wie ein Vater sein Kind betrachtete. Jays Blick folgte der Linie von Sallys Stirn zu ihren Augen hinab, ihre Nase hinunter, über ihre Lippen, unter ihr Kinn, liebkoste, hielt, kannte sie. »Deine Mutter war ein wunderbarer Mensch«, sagte er schließlich.

Sally antwortete nicht.

»Und …« Er hustete, dann sammelte er etwas von tief drinnen, eine Gewissheit, einen Willen. »Und dein Vater – dein Vater liebt dich sehr.«

Jay hatte es gesagt, hatte es aus sich herausgekämpft.

»Danke«, sagte Sally in dem Bemühen, gut gelaunt und dankbar zu klingen. »Ich liebe ihn auch.«

Gabriel kam mit der Tasche zurück. Außerdem telefonierte er. »Wir sollen ihn trotzdem vorbeibringen? Gut. Sie kann gehen?« Er beendete das Gespräch.

»Miss«, sagte er barsch, »verlassen Sie uns auf der Stelle.«

»Ich kann gehen?«, sagte Sally.

»Ja, steigen Sie schon aus, hopp.« Er warf Jays Schlüssel in das Auto und traf mich damit am Kopf. »Da, machen Sie auf alle Ihre Fingerabdrücke drauf«, forderte er mich auf. »Auf jeden Einzelnen.«

»Okay«, sagte Sally und schnappte sich ihren Rucksack. »Mein Dad arbeitet übrigens hier.«

Verwirrt sah Gabriel erst mich und dann Jay an.

»Lassen Sie sie raus«, sagte ich und nahm die Schlüssel in die Hand.

Er öffnete die Tür. »Zisch ab.«

Sally sprang an ihm vorbei, landete auf dem Gehsteig und drehte sich um, um sich zu vergewissern, dass sie nicht verfolgt wurde. Ich konnte sehen, dass sie nicht verstand, was das Ganze zu bedeuten hatte. Sie war etwa eine halbe Stunde lang entführt worden, um vor dem Büro ihres Vaters abgesetzt zu werden. Deshalb war es eigentlich keine richtige Entführung, sondern eher ein bizarrer Zwischenfall. Die Angst wich aus ihrem Gesicht, wurde von Liebreiz und Neugier ersetzt. Sie beugte sich sogar ein wenig vor und spähte noch einmal in die Limousine. Ich glaube, sie suchte nach Jay, und er erwiderte ihren Blick mit traurigen Augen.

Dann ging die Tür zu, und wir fuhren los.

Jay wandte sich hustend H. J.s Männern zu. »Wozu brauchen Sie uns noch?«

»Der Boss will Ihnen noch was sagen«, antwortete Gabriel. »Jeden Schlüssel«, sagte er zu mir. Dann sah er in die Tasche mit dem Geld. »Sehr schön, der Anblick von Geld. Macht Menschen richtig optimistisch.« Er griff unter seinen Sitz, zog einen Lederkoffer heraus und fummelte mit dem Fuß seinen Deckel auf. Er enthielt kleine Schachteln mit Munition. Eine davon nahm Gabriel heraus und steckte sie in seine Brusttasche. Dann merkte er, dass ich ihn beobachtete.

Zehn Minuten später hielt die Limousine vor dem Steakhouse an. Gabriel ließ Denny nachsehen, ob die massive Eingangstür offen war. Lamont kam nach draußen und schob Jay und dann mich nach drinnen.

Das Restaurant war leer, alle Plätze in Erwartung des Gästeansturms in wenigen Stunden fertig gedeckt. Würde das Personal des Restaurants tatsächlich erst gegen vier Uhr anrücken, wie Allison gesagt hatte? Jemand musste den Wein kalt stellen, anfangen, die Steaks zu zählen.

»Die Treppe runter, meine Herren«, ordnete Gabriel an, und wir stiegen die neunzehn Marmorstufen hinunter.

Im Havana Room erwartete Jay der Anblick von Allison und Ha am hintersten Tisch. H. J. wartete. Zwischen Allison und Jay blitzte kurz etwas hin und her, was ich nicht verstand.

»Na schön«, begann H. J. »Dann wären wir ja fast so weit. Wie spät ist es?«

»Vierzehn Uhr achtundfünfzig.«

»Wann kommen Ihre Bedienungen?«, fragte er Allison.

»Bald«, sagte sie. »Gegen vier.«

»Bis dahin ist es noch lange hin. Ich habe Hunger.«

»Boss, wir sollten hier lieber verschwinden«, sagte Gabriel. »Du solltest hier verschwinden. Denny und ich kümmern uns hier um alles Weitere.«

»Erst will ich noch eine Antwort, was meinen Onkel Herschel angeht«, erklärte H. J. »Ich vergelte hier eine Schuld. Der Mann hat mich an die fünfzigmal im Gefängnis besucht. Ist den ganzen weiten Weg da raufgefahren.« Er deutete auf Jay. »Ihr Mann Poppy hat gesagt, mein Onkel hatte einen Herz… Augenblick, Augenblick, ich habe Hunger. Gibt's hier irgendwas zu essen, irgendwas Anständiges?«

»Boss«, sagte Gabriel. »*Jetzt hör endlich auf mich!*«

»Ich habe Hunger. Ohne Kalorien kann ich nicht denken. Das Gehirn verbraucht am meisten, wusstest du das? Ich bin fett, aber ich bin gefährlich, yo. Amerika liebt den fetten Schwarzen, weil es denkt, er ist nicht gefährlich.«

»Was?«, sagte Lamont.

»Hey, George Foreman, er ist fett und *reich*, dann ist da Bill Cosby, dann ist da Al Roker, der Wetterfrosch, da ist Sindbad, da ist dieser fette Typ in der Bierwerbung.« Er sah Allison erwartungsvoll an. »Diese ganzen schwarzen Typen sind *reich*, weil die Weißen vor einem *fetten* Schwarzen keine Angst haben.«

»Hier unten haben wir nicht viel«, sagte Allison. »Nur ein paar Snacks, Nüsse, Salzstangen, Dinge in der Art.«

»Alles Schrott«, sagte H. J. »Purer Dreck.«

Denny deutete mit dem Daumen zur Theke. »Hinter der Bar ist eine kleine Küche.«

»Mag der Herr Fisch?«, fragte Ha.

Allison sah ihn an. »Ich weiß nicht«, sagte sie bedächtig, obwohl die Frage nicht an sie gerichtet gewesen war.

»Fisch? Echt? Sie haben Fisch?«, sagte H. J.

Ha sah Allison ausdruckslos an. »Wir haben gute Fisch hier, ganz frisch.«

H. J. deutete auf Ha, der demütig den Kopf gesenkt hielt. »Haben Sie vorhin nicht gesagt, er kann kochen?«

Allison sah Ha an. »Ja, Fisch ist seine Spezialität.«

»Was, Schwertfisch? Thunfisch?«

»Was haben Sie denn hier, Ha?«, fragte Allison, ihre Stimme der Inbegriff von Aufrichtigkeit.

Ha nickte, als dächte er nach. »Ich habe Spezialfisch, gute Delikatesse. Für Sushi.«

»Tatsächlich? In einem Steakhouse?«, fragte H. J.

»Sehr gut, ja. Wir haben frische Fisch in Aquarium hinter der Bar, unter Regal.«

»Ich brauche was im Magen«, sagte H. J. »Fisch füllt aber nicht besonders.«

Denny ging hinter den Tresen. »Er ist hier.« Er bückte sich kurz, und wir konnten ihn nicht sehen. »Ganz schön hässliches Vieh!«

»Aber es ist eine Spezialität«, sagte Allison. »Eine Art chinesisches Sushi. Ha war Mao Tse-tungs Koch, wussten Sie das?«

»Ich habe auch Hunger«, gab Denny zu.

»Von diesem alten Chinesen, diesem Kaiser oder was?«, sagte H. J. »Bring uns was von seinem Fisch. Wir essen später unterwegs ein paar Burger.« Er richtete seine Automatik auf Jay. »Und dann werde ich mit diesem Kerl da reden. Hier geht es nämlich nicht nur um Geld.« Er sah wieder zu Ha. »Fang schon an.«

»Wenn Sie möchten.«

»Ja, wir haben hier Hunger.« H. J. grinste Lamont an. »Müssen bei Kräften bleiben. Steigt eine Riesenparty heute Abend.«

Ha senkte den Kopf. »Ich arbeiten ganz schnell.«

Er stand von dem Tisch auf, an dem er gesessen hatte, und schlurfte unter der Klappe im Tresen durch. Er steckte die Umwälzpumpe aus und schob den Glastank hinter der Bar hervor. Dann legte er sein Schneidbrett darauf und holte das weiße Tuch hervor, in das die Messer eingewickelt waren. »Bevor ich aufmache«, sagte er, »ich muss Ihnen sagen, diese Messer sehr scharf. Ich brauche sie, um zu zerlegen Fisch. Bitte nicht erschießen Ha. Diese Messer nur für Fisch.«

Denny nickte ungeduldig. »Schon klar.«

Ha trieb den Fisch im Tank in die Enge und spießte ihn durch die Nase auf.

»So, jetzt nehme ich …« Geschickt schlitzte Ha den zappelnden Fisch auf. »Eigentlich wir wollten Fisch heute Abend servieren«, sagte er und stellte die Schüsselchen für die verschiedenen Innereien auf.

»Für diesen Fisch zahlen die Leute sehr viel Geld«, sagte Allison. »Sie würden staunen.«

»H. J.«, sagte Gabriel, während er Ha beobachtete. »Ich arbeite jetzt drei Jahre für dich, okay? Ich war immer loyal und offen mit dir. Ich widerspreche nur, wenn ich es für nötig halte. Ich finde, wir sollten verschwinden. Du solltest verschwinden. Du hast ein Problem, und Denny und ich sollten uns darum kümmern. Diese Leute hier haben alles mitbekommen.«

H. J. schüttelte den Kopf. »Wir haben noch ungefähr zehn Minuten, wir haben Zeit. Die Straßen sind sowieso schon dicht. Aber erst will ich meinen Fisch.« Er deutete auf Jay. »Dann bist *du* dran, Motherfucker.«

Im Raum wurde es schlagartig still. Ich merkte, dass Jay der Einzige im Raum war, der furchtlos erschien. Die Seltsamkeit und Gefährlichkeit der Situation hatte keine Wirkung auf ihn. Andererseits wusste er auch nichts von Poppy, der verschnürt und verpackt auf der anderen Seite der Bar steif wurde.

Jay sah mich an. »Haben sie Sie gezwungen, ihnen von Sally zu erzählen?«

Ich warf einen Blick zu Allison hinüber. »Ich habe einen schweren Fehler gemacht«, sagte ich. »Ich habe es Allison erzählt.«

»Andererseits wäre ich ihr sonst nicht begegnet«, sagte Jay. »Noch nicht jedenfalls.«

»Wahrscheinlich nicht.«

»Deine Tochter?«, fragte Allison kleinlaut.

Jay sah sie an. Ich konnte sehen, dass er noch von den kurzen Minuten zehrte, die er mit Sally gehabt hatte. »Ja«, antwortete er. »Meine Tochter.«

Sie wollte wütend auf ihn sein, Allison, sie wollte ihn hassen, aber stattdessen kamen ihr die Tränen, als sie erst Jay ansah, dann mich und schließlich wegschaute, bemüht, ihren Stolz zu wahren. »Warum hast du mir nichts *gesagt*?« Sie sah Jay an. »Warum nicht?«

»Ich dachte, du wärst nicht gerade begeistert.«

»Es hätte mir nichts *ausgemacht*«, stieß sie hervor. »Verstehst du denn nicht, begreifst du denn nicht, wie sehr ich …?« Außerstande, es zu sagen, sah sie weg.

»Wie sehr du was …?«, begann Jay.

Sie war es nicht gewöhnt, Zufriedenheits- und Glücksbekundungen von sich zu geben, und mühte sich um eine Antwort. »Es war *schön*.«

Schön. Ein Wort, das immerhin zählte. Sie zog die Serviette aus ihrer Handtasche und reichte sie Jay.

»Was ist das?«, fragte er und nahm sie an sich.

»Das hat Poppy für Sie gezeichnet«, sagte ich. »Er hat Allison gesagt, wie sie das Wort schreiben soll.«

Jay nahm die Serviette. Sie war klein in seiner Hand, schon ein bisschen zerknüllt, und er betrachtete sie kurz, die Lippen zusammengepresst, die Augen zuckend. Verwirrung – dann totales Verstehen. Totales, bestürztes Verstehen. Er ließ den Kopf sinken, als hätte er einen Stockhieb darauf bekommen.

»Was ist?«

Jay betrachtete die Serviette, faltete sie und steckte sie in die Brusttasche seines Jacketts. Er wandte sich mir zu. »Sie haben Sally doch laufen lassen, oder? Sie ist in Sicherheit?«

»Ja«, sagte ich, »aber …?«

»Was ist mit meinem Essen!«, polterte H. J.

»Ganz schnell.« Ha kommentierte plötzlich mit mehr Energie seine Verrichtungen: »Ein bisschen Reis und Algen, für sehr gute Sushi … ich schneide … und rolle auf die Finger …« Innerhalb einer Minute hatte er acht identische Sushi gemacht. Ich beobachtete, wie sich sein Messer durch und um die Schüsseln mit den Innereien bewegte, in denen das Gift war, aber ich war nicht sicher, was er getan hatte. Acht Stück, das waren mehr Portionen als üblich. Allerdings, rief ich mir in Erinnerung, enthielten die Organe des Fischs auch für acht Portionen mehr als genug Gift.

»Wer will etwas davon, bitte?«, fragte Ha.

H. J. deutete auf seine Männer. »Wir teilen uns, was da ist.«

»Ich mag keinen Fisch«, brummte Lamont.

»Dann, für jeden ein paar? Jeder zwei?« Sorgfältig reihte Ha die Teller auf und legte auf jeden zwei Stücke von dem Fisch.

»Okay, egal«, sagte Gabriel und griff nach dem ersten Teller.

»Nein, nein, bitte«, sagte Ha. »Ich bin noch nicht fertig! Aber Sie sind der Erste.« Er zog den Teller zurück und drückte, wie es schien, die Enden des Sushi fester zusammen, rollte es noch einmal und taxierte Gabriel wie ein Porträtmaler sein Modell, vermutlich, um sein Gewicht und Alter zu schätzen, alles mit einem Blick, während er gleichzeitig sein kleines Messer behutsam in eins der Organschüsselchen tauchte, dann blitzschnell über die beiden Sushi wischte und mit der anderen Hand den Teller mit einer Karotte in Blütenform garnierte – alles in der verschnörkelten, der Ablenkung dienenden Manier eines Zauberers. »So!«, sagte er. »Jetzt.«

Gabriel zog den Teller über den Tresen zu sich hin, schien aber nicht daran interessiert.

Währenddessen bereitete Ha zwei weitere aus zwei Stücken bestehende Portionen Shao-tzou zu. Ich beobachtete, wie das Messer jedes Mal in die Schüsseln mit den Innereien tauchte, während die andere Hand mit Algen und Reis hantierte. Wieder die Ablenkung und das Fächeln, die flackernden Finger. Er legte vier Sushi auf zwei kleine Teller, und Denny nahm sie, reichte einen Teller H. J. und schob sich dann rasch ein Stück Fisch in den Mund. »Gut«, bemerkte er mit vollem Mund.

»Wer will den Rest?«, sagte Ha, an alle Anwesenden gewandt. »Noch zwei Stück. Allison?«

»Nein danke, Ha.«

»Mr. Jay?«, fragte Ha.

»Gern. Aber eine Zigarre will ich auch.«

»Eine Zigarre?«

H. J. deutete mit seiner vergoldeten Automatik auf die Wand aus Zigarren. »Gebt dem Motherfucker eine Zigarre, er hat keinen Ärger gemacht. Lasst sie ihn rauchen, während ich *ihn* rauche, die gottverdammte *Wahrheit* aus ihm rausräuchere. Bist du bereit für meine Fragen, Junge? Ich habe nämlich eine Menge Fragen, zum Beispiel, wie es kommt, dass kein Schwanz weiß, was mit meinem Onkel passiert ist.«

Denny ging zu der Wand aus Zigarren, zog eine heraus, steckte sie zurück, zog eine andere heraus, kam dann zu Jay zurück und reichte ihm die Zigarre. »Montecristo«, bemerkte er dazu. »Sehr gut.«

»Ich meine«, fuhr H. J. mit selbstgerechter Entrüstung fort, »was war dieser Poppy eigentlich für ein Typ? Er hatte so was *Angespanntes* im Blick, als ob da was wäre, was ihn nicht loslässt! Wie kommt es, dass ich das Gefühl nicht loswerde, dass er ein verlogener alter Sack ist? Könnt ihr mir das sagen? Kann mir das irgendjemand sagen?«

Niemand konnte es. In der Zwischenzeit machte Ha Jays Portion fertig. Ich achtete auf sein Messer. Er schien damit das Gleiche zu tun, was er zuvor getan hatte. Er stellte den Teller vor Jay hin. »Ein Stück übrig. Genau richtig«, sagte er zu mir. Seine Hände waren blitzschnell, sie packten den Streifen Fleisch und wickelten ihn in Reis ein, tauchten ein Messer in eine Schale, dann in eine andere. »Für Sie.«

Ich muss ihn erschrocken angesehen haben, als er den Teller vor mich hinstellte.

»Keine Angst, Mr. Wyeth.« Has alte Augen verschwanden hinter amüsierten Schlitzen, aber sein Blick blieb weiter auf mich geheftet. »Lassen Sie sich schmecken. Ha gibt Ihnen sehr gute Fisch heute. Sie kennen das, Sie sehen diese Fisch zuvor, Sie müssen andere zeigen, dass sehr gut ist zu essen.«

Ich nahm das Stück Sushi, sah es an. Ha kam hinter der Bar hervor und schlurfte auf H. J. und Gabriel zu, die noch nichts von dem Fisch gegessen hatten. »Bitte, ist sehr gut. Protein. Sehr stark.« Dann drehte er sich zu mir um. »Ist gut?«

Ich beobachtete, wie Jay die Zigarre neben seinem Teller auf den Tisch legte. Ich sah, wie Allison mich beobachtete. Ich steckte mir das Stück Fisch in den Mund. Ich kaute.

»Mmm«, sagte ich, »wirklich ganz hervorragend.«

»Ja.«

»Haben Sie wirklich nicht noch mehr?«, fragte ich. »In dieses Zeug könnte ich mich reinsetzen.«

Ha senkte bedauernd den Kopf.

Denny aß sein zweites Stück, Gabriel probierte sein erstes. Wir brauchten eine Unterbrechung, eine Verzögerung von einer Minute. Ich lauschte und glaubte, die ersten Schritte des oben eintreffenden Personals zu hören.

Allison sah auf die Uhr.

»Was ist da oben los?«, wollte H. J. wissen.

»Das Restaurant öffnet gerade«, sagte sie. »Die Kellner und Bedienungen kommen, die Köche, die Küchenhilfen, alle.«

»Können Sie es nicht schließen?«

»Nein«, sagte Allison. »Ich müsste dreißig Leuten absagen.«

Wir hörten, wie ein Staubsauger anging.

»Hast du die Tür oben an der Treppe abgeschlossen?«, fragte H. J.

Gabriel nickte.

»Hier kommt also niemand runter?«

»Niemand.«

»Wann gehen alle wieder nach Hause?«

»So gegen eins«, sagte Allison. »Bis dahin ist es noch ziemlich lang hin.«

»Rechnet ihr heute Abend mit viel Betrieb?«, fragte ich Allison, um Zeit zu schinden. Jay betrachtete seine Zigarre.

»Kongress-Reservierungen, zwei Wellen. Irgendwelche Versicherungsvertreter, glaube ich. Sie werden den ganzen Abend hier sein.«

Ha beschäftigte sich mit Saubermachen. Inzwischen schien eine Menge Spucke in meinem Mund zu sein. Ich sah kurz zu Gabriel; er hatte sein zweites Stück gegessen, H. J. sein erstes. Jay hatte sein Stück hochgehoben und begutachtete die Könnerschaft, mit der es gemacht war.

»Ich fühle mich irgendwie eigenartig«, verkündete Denny. »So komisch taub. Ich kann die Augen nicht bewegen.« Er versuchte sich an der Bar festzuhalten, sackte aber direkt vor mir zu Boden, die Pistole lose in seiner Hand.

»Denny?« Gabriel hob seine Pistole und sah auf Dennys eigenartig zuckende Beine. Doch dann begann auch er rasch zu blinzeln und mit den Händen um sich schlagen, als wollte er eine lästige Fliege verscheuchen. Gleichzeitig breitete sich in seinem Schritt ein nasser Fleck aus. Er sank auf ein Knie nieder, kippte zur Seite.

»Was soll die Scheiße?«, rief H. J. mit vollem Mund. »Denny? Gabriel?«

Ha stand weiter über den Tresen gebeugt, ein Bild der Unterwürfigkeit. Fast gramgebeugt. Ich wollte, dass er zu mir aufsähe, weil ich den Fisch natürlich in gutem Glauben gegessen hatte, in allem Glauben, den ich hatte, und ich musste – denn ich begann mich eigenartig zu fühlen – ich musste wissen, dass ich nicht zu viel gegessen hatte, dass mir Ha die *richtige* Menge serviert hatte, gerade genug und nicht mehr. Ich fühlte mich seltsam abgekoppelt von meinen Gedanken und hatte auch keinerlei Angst, mich zu Denny hinabzubeugen und ihm die Pistole aus der Hand zu nehmen.

»Hey!«, schrie Lamont, als er es bemerkte. Er richtete seine Waffe auf Ha, auf Jay, auf mich.

»Mir ist schlecht«, rief H. J. und wankte zur Tür. »Schafft mich hier raus.«

Lamont richtete seine Pistole auf mich.

Ich zielte mit Dennys Waffe auf ihn und drückte ab …

… und hatte ein Gefühl, als liefe eine Art elektrischer Reißverschluss meinen Gaumen hoch. Ich wunderte mich über meine Augen und wollte die Hand heben, um sie zu befühlen, aber sie war zu schwer. Ich fiel seitwärts auf die Sitzbank, und der Raum zersplitterte zu ineinander verschobenen Ebenen. Vielleicht wollte uns Ha alle umbringen, vielleicht war das die Wahrheit. Jay hielt sein Sushi in den Fingern. Er stand im Begriff, es sich in den Mund zu schieben. »Fisch«, hustete ich und deutete darauf.

»Was?«

Ob er allerdings den Fisch aß oder ihn ausspuckte, ob es H. J. die Treppe hinaufschaffte, oder ob Lamont getroffen worden war, bekam ich nicht mehr mit, denn ich lag zusammengesunken in der Ecke der Sitznische und starrte den Salzstreuer an. Inzwischen juckte mein Gaumen fürchterlich, und meine Zehen und Hände begannen zu prickeln und taub zu werden. Ich konnte mich nicht bewegen oder meine Augen fokussieren. Vielleicht hatten sie sich geschlossen, ich wusste es nicht. Es könnte einige Zeit verstrichen sein … währenddessen spürte ich den Atem in meiner Brust, feucht, mein ganzes Leben lang dort drinnen, wie es bei jedem Menschen der Fall ist, und ich spürte bei dem Gedanken an den Tod einen tiefen Frieden, vielleicht sogar eine Bereitschaft zu sterben, wenn es wirklich so einfach war, doch dann sah ich oder bildete mir ein zu sehen, wie Jay sich, zuerst heftig, dann schwach hustend, vornüber beugte. Hatte er den Fisch gegessen? Möglicherweise war Allison zu ihm geeilt. Ich war fasziniert von ihrem Haar, einer Perücke aus durchsichtigen Schlangen, die sich auf ihrem Kopf rhythmisch wanden. Allison kniete nieder, und ich beobachtete, wie Jay aufstand. Ob es allerdings Traum oder Wirklichkeit war, kann ich jetzt nicht mehr sagen … auf der Oberfläche meines Gesichts gefror eine Kaskade aus Funken, bis sie karamellisierte und in scharf umrissene Puzzlestücke aus Taubheit zersprang, die Stück für Stück herausfielen, weg von meinem Gesicht, und das war der Moment, in dem ich etwas zu hören glaubte, was sich wie ein weiterer Schuss anhörte, und ich sah oder glaubte zu sehen, wie die fliegende Kugel vor mir erschien, ihre Zeitlupenrotation einen eleganten Streifen blauen Rauchs hinter sich herziehend, und gerade als die Kugel direkt auf mein Gesicht zuschoss, fiel eines der geschmolzenen Puzzleteilchen ab, und das Geschoss – immer noch perfekt rotierend – durchschlug es und ließ es zerspringen wie Glas, allerdings lautlos. Ich hatte das Gefühl, zu zerfallen, zusammenzusacken. Dann wurde ich blind. Es war nicht die Wahrnehmung von Dunkelheit, sondern des Nichts, so, als versuchte man im Schlaf die Welt zu sehen, und ich spürte etwas Großes in meinem Ohr zucken, und es muss mein Trommelfell gewesen sein, das auf ein lautes menschliches Geräusch reagierte, und ich spürte Hitze oder, genauer, Rauch, der sich meine Nase hinaufkräuselte, vertraut und doch ominös, und dann ein Schrei direkt am Trommelfell, der ewig zu dauern schien, und erst danach begriff ich, dass es der Schrei einer Frau war, aber wer sie war, wusste ich nicht. Die normalen Dinge weiß man nicht mehr, wenn man Shao-tzou-Fugu aus China gegessen hat. Man weiß nicht mehr, wer Menschen sind, man selbst eingeschlossen. Man kann nur hoffen, dass noch irgendwo in einem selbst etwas Atem ist, ein schwaches Glühen in den Lungen, und vielleicht weiß man auch, dass man in dumpfer Lähmung auf den kalten schwarzweißen Fliesenboden des Havana Room gefallen ist, was einem wie der erste Schritt zum ewig währenden Tod erscheint.

| Zehn |

Feuchte, scheppernde Dunkelheit, kalt und voller Abgase – auf mir ein sperrig sich verlagerndes Gewicht, das schmerzhaft auf meinen Rücken und meine Beine und meinen Kopf drückte. Sobald ich mich dagegen aufzubäumen versuchte, schossen Schmerzfunken meinen Nacken hinunter, die nachließen, wenn ich schlaff zurücksank. Ich stieß mich fester hoch und bekam nun besser Luft. Ich befand mich in etwas, was sich anhörte wie ein mit vierzig oder fünfzig Meilen fahrender Truck. Meine Schädeldecke schien zuerst flach zu werden, sich dann zu einem Krater nach innen zu wölben und schließlich in ihre ursprüngliche Form nach außen zu schnalzen. Ich übergab mich, aber ich konnte weder riechen noch fühlen, was aus mir herauskam. Ich stemmte mich auf Händen und Knien hoch, und erst jetzt begann ich, gedämpftes Gezeter in einer fremden Sprache zu hören, blechern und unverständlich – Chinesisch, das sich anhörte, als ob es aus einem Radio käme. Es folgte ein Schwall Musik, dann nahezu Stille. Diese Gelegenheit nutzte ich und schrie so laut wie möglich.

Unter aufgeregtem Gebrüll von Männerstimmen verlangsamte das Gefährt seine Fahrt. Der Wagen schien eine Seitwärtsrolle nach der anderen zu vollführen, aber vielleicht war auch ich es, der zur Seite kullerte. Ich übergab mich wieder, und dieses Mal schmeckte ich mich, spürte ich, wie die Magensäure in meine Augen lief. Der Truck, vielleicht war es auch ein Lieferwagen, beschleunigte wieder und schoss über Erhebungen und Steine und Krater hinweg, bremste dann ab, wobei sich seine Masse nach vorn zu schieben schien, zurückfederte und schließlich endgültig zum Stehen kam. Ich erbrach mich ein drittes Mal. Ein Sack fiel auf mich. Der Motor lief weiter. Ich hörte die Stimmen, eine Tür ging auf, und dann kamen die Stimmen an den Seitenwänden des Fahrzeugs entlang. Das Schloss an der Tür wurde geöffnet. Ich hob den Kopf. An einem Ende des Raums öffnete sich ein Rechteck aus Licht, und zwei Chinesen in Overalls und mit Gummihandschuhen standen vor mir. Sie zogen mich mit den Füßen voran grob nach draußen, und ich setzte mich instinktiv zur Wehr, aber sie klammerten ihre feuchten Handschuhe um meine Beine und zerrten mich unsanft zwischen den leckenden Müllsäcken hindurch über den glitschigen Boden der Ladefläche. Ich fiel mit voller Wucht auf den Boden und schlug mit der Schulter gegen die Stoßstange, und bevor sie die Türen zuwarfen, hob einer der Männer einen herausgefallenen Sack mit Eierschalen und Krabbenpanzern auf, eine Unterbrechung, gerade so lange, dass ich aufblicken und in den Lieferwagen schauen konnte – es *war* ein Lieferwagen – und erkannte oder zu erkennen glaubte, dass unter den Abfällen ein brauner Männerschuh lag, ein Schuh, der nicht mir gehörte, weil ich meine noch beide anhatte. Matt und benommen, die Lunge voller Abgase, sank ich auf den Rücken, als der Lieferwagen in aberwitzigem Tempo über eine müllübersäte Brache davonraste und durch ein Tor im Zaun auf die Straße hinausschoss. Der Himmel über mir war eine wolkenlose Unendlichkeit aus Blau. Eine Möwe flog träge vorbei. Meine Augen schmerzten, mein Kopf fühlte sich riesig an, mein Rücken taub, die Beine steif und kraftlos. Ich wälzte mich auf den Bauch, kam auf ein Knie hoch, stand auf, wankte, erbrach mich wieder, diesmal eine dünnflüssige, ätzende Brühe, wischte mir mit dem Ärmel den Mund ab, zupfte ein schlaffes Salatblatt aus meinen Haaren und sah jetzt, dass ich auf einem mit Ziegelsteinen und Flaschen übersäten Grundstück stand. Mir war plötzlich kalt, und mein Mund fühlte sich trocken an. Der Müll hatte mich warm gehalten. Ich durchsuchte meine Taschen und entdeckte zu meiner Freude meine Brieftasche mit allen meinen Papieren. Und einen Satz Schlüssel, die ich zuerst nicht wiedererkannte. Ich sah sie mir genauer an. Es waren die von Jay. Ich musste sie zurückgeben. Ich zählte mein Geld und stellte fest, dass ich nicht beraubt worden war. In gewisser Weise wäre das sogar eine Erleichterung gewesen. Ich hingegen war beseitigt worden, mit dem Müll weggeschafft.

Beseitigt, als sei ich tot.

Wie der andere Kerl in dem Lieferwagen.

Ich stolperte und wankte durch eine mir unbekannte Gegend und fand drei Straßen weiter eine Bodega, wo mich der Besitzer, ein großer, Respekt einflößender Mann, die Toilette benutzen ließ. Dort zog ich erst einmal mein stinkendes Hemd aus. Ich konnte kaum die Arme bewegen, so steif war ich. Im Ärmel steckte eine Kakerlake. Ich wusch mir mit Papierhandtüchern Brust, Achselhöhlen und Gesicht, warf das Hemd weg und zog ein Sweatshirt an, das mir der Wirt gegeben hatte.

»Sie sind überfallen worden, oder?«, sagte der Mann, als ich wieder nach draußen kam, und rieb mit der Hand seinen birnenförmigen Bauch. Er hatte einen Stift hinters Ohr geklemmt.

»So ungefähr. Wo bin ich hier?« Mein Kopf war ein einziges Durcheinander.

Er kam mit einem vollen Tablett an meinen Tisch und stellte Kaffee, Saft, drei Rühreier und Bratkartoffeln vor mich hin. Ich war nicht sicher, ob ich das Essen bei mir behalten könnte, aber ich griff trotzdem hungrig zu.

»Im tiefsten Queens, würde ich sagen. Sie können sich an nichts erinnern, stimmt's? Sie sind mit Sicherheit überfallen worden, so wie Sie aussehen – Jimmy, wie oft kommt es vor, dass sie da, wo früher die alte Farbenfabrik war, irgendwelche Leute abladen?«

Aus einem Nebenzimmer kam eine Stimme. »Woher soll'n ich das wissen?«

»Der hat heute nicht gerade die beste Laune«, erklärte der Wirt. »Seine Frau hat ihre Tage, und das überträgt sich auch auf ihn. Leute werden überfallen, und sie laden sie auf dem Gelände dort ab, weil es gleich am Expressway liegt. Ein Kerl gabelt eine Nutte auf, sie bugsiert ihn mit seinem Wagen hierher, und als sie seinen Schwanz rausholt, geht plötzlich die Tür auf, und ihr Komplize nimmt ihn aus. Einmal haben sie dort einen Typen liegen lassen, richtig durchgeknallte kranke Säcke, haben ihm mit Klebeband eine tote Katze am Kopf festgemacht, hat schon mal jemand so eine kranke Scheiße gesehen, wahrscheinlich, um ihm Angst zu machen. Und einmal haben sie dort Giftmüll abgeladen, sodass gleich diese ganzen Behördentypen in ihren weißen Raumanzügen angerückt sind, ich sage Ihnen, wir haben an die zweihundert Tassen Kaffee verkauft.«

»Sie haben aber nicht alles weggeschafft!«, kam die Stimme durch die Tür.

»Was? Was hast du gesagt, Jimmy?«

»Sie haben nicht den ganzen Scheißgiftmüll weggeschafft.«

»Wieso nicht? Wie meinst du das?«

»Weil sie *dich* dagelassen haben.«

Ich sah auf meine Uhr. »Welchen Tag haben wir heute?«

»Heute ist *Diens*tag, Mann.«

»Nein, das Datum meine ich.«

»Das Datum? Lassen Sie mich mal – welches Datum haben wir heute, Jimmy?«

»Woher soll'n ich das wissen?«

Der Wirt strich mit der Hand über seinen Kopf und sah auf den fleckigen Kalender neben der Registrierkasse. »Heute ist der Erste«, sagte er, »der Erste des Monats.«

Der 1. März. Der Tag, an dem ich meine neue Stelle antreten sollte. In drei Stunden wurde ich geduscht, rasiert, im makellosen Anzug und mit einer neuen Krawatte zur Arbeit erwartet – wandelndes menschliches Kapital. Es dauerte noch einmal eine Weile, bis mir einfiel, dass ich nirgendwo mehr wohnte. Ich zählte das Geld in meiner Brieftasche.

»Könnten Sie mir einen Gefallen tun?«, sagte ich.

»Klar. Sagen Sie nur.«

»Könnten Sie mir ein Taxi rufen, das mich nach Manhattan bringt.«

»Nein.«

»Warum nicht?«

»Weil ich Sie fahre.«

»Nein, nein, das ist schon in Ordnung.«

»Kommen Sie, es sind nur zwanzig Minuten.« Der Wirt griff nach seiner Jacke. »Jimmy, übernimm du hier vorne.« Er deutete auf die Eingangstür. »Heute ist sowieso nichts los. Schlechte Woche. Eigentlich war sogar das ganze Jahr ziemlich flau.«

Wir fuhren schweigend in einem alten Chevy Caprice, der neu lackiert aussah. Möglicherweise ein altes Taxi. Ich war ungeheuer dankbar. Ich bat den Wirt, mich in Midtown rauszulassen.

»Und, kannten Sie die Leute, die Sie überfallen haben?« Der Mann richtete seine Augen auf mich, und unter ihrem durchdringenden Blick konnte ich nicht lügen. »Oder ist es völlig überraschend passiert, falscher Ort, falsche Zeit?«

»An sich kannte ich sie schon«, sagte ich.

Der Wirt nickte, als hätte er erwartet, das zu hören. »Ich will Ihnen mal was sagen. Ich war selbst mal Cop. Aber jetzt nicht mehr. Ich hatte keine Lust mehr und habe aufgehört. Aber ich habe einiges erlebt.«

In mir zog sich alles zusammen. »Das kann ich mir denken.«

»Sie wollen einfach Ihre Ruhe, habe ich Recht, Sie wollen nicht noch mehr Ärger?«

Hatte ich eine Waffe abgefeuert? Konnte ich mich erinnern, das getan zu haben? »Ganz genau.«

»Versuchen Sie nicht, sich zu rächen.«

»Will ich doch gar nicht.«

Er steuerte den Wagen durch Spanish Harlem. »Hören Sie auf mich. Versuchen Sie nicht, sich zu rächen, versuchen Sie nicht, es allen möglichen Leute zu erklären, erzählen Sie es niemandem, erzählen Sie es um Gottes willen vor allem nicht der Polizei, unternehmen Sie nichts. Und gehen Sie nicht zu diesen Leuten zurück, halten Sie sich von ihnen fern, reden Sie nicht darüber.«

»Okay.« Ich merkte, dass ich ihm nicht gesagt hatte, wie ich hieß.

»Sie sind mit heiler Haut davongekommen, richtig?«

»Ja.«

»Sie haben Glück gehabt.«

»Ja.«

Er nickte, als er anhielt. »Kehren Sie in Ihr normales Leben zurück und bleiben Sie dort. Sterben Sie alt.«

Wie spaziert man um acht Uhr morgens nach Müll stinkend ohne Kleidung zum Wechseln in sein Hotel und erscheint zwei Stunden später wie aus dem Ei gepellt in einem neuen Anzug an seinem neuen Arbeitsplatz? Antwort: Es ist einfach ein bisschen zu viel verlangt. Ich ging steif in das Hotel, duschte, rasierte und säuberte mich, tappte dann in meiner Hose und einem Hotelbademantel nach unten, kaufte in einer Geschenkboutique in der Fifth Avenue einen bescheuerten roten Trainingsanzug, kehrte in mein Zimmer zurück, zog mich um, nahm mir dann ein Taxi zu Macy's, wo sie um neun öffnen, kaufte einen Anzug von der Stange, Hemd, Krawatte, Gürtel, Socken, Schuhe, zog mich in der engen Umkleidekabine um, fuhr dann mit der U-Bahn zur Arbeit – und kam siebzehn Minuten zu spät.

Aber es machte nichts. Dan telefonierte gerade mit jemandem – seiner neuen Geliebten, erfuhr ich später. An diesem Morgen, nachdem er mich den anderen leitenden Mitarbeitern (jüngere Männer und Frauen, die, scharf auf Ruhm und Beförderungen und das große Geld, in den Startlöchern hockten) und den neuen Assistentinnen vorgestellt hatte (drei kampferprobte Frauen in den Fünfzigern, die sich besonders für Sonderleistungen der Krankenversicherung und gleitende Arbeitszeiten interessierten, um die Schulaufführungen ihrer Enkel besuchen zu können), und nachdem ich mein Büro inspiziert hatte (anständig, aber kein Vergleich zu meinem alten, von dem man einen Hubschrauberblick auf die Lexington Avenue gehabt hatte), nachdem ich meine Assistentin gebeten hatte, mir Briefpapier und eine auf die Kanzlei laufende American-Express-Karte zu besorgen, nachdem ich meinen neuen Kanzlei-E-Mail-Account eingerichtet und die Lohnsteuerkarte unterschrieben hatte, nachdem ich diesen ganzen verwaltungstechnischen Kram und verschiedenes mehr erledigt hatte, schlich ich zu einem Münztelefon ein paar Straßen weiter und versuchte Allison anzurufen. Zuerst in ihrer Wohnung. Niemand nahm ab. Dann versuchte ich es im Restaurant. Ein Anrufbeantworter mit ihrer Stimme meldete sich. Das Restaurant sei »wegen der jährlichen Grundreinigung« die nächsten drei Tage geschlossen, werde aber am Wochenende wieder öffnen. Und so weiter. Ich wählte Jay Raineys Nummer. Ich hatte seine Schlüssel noch. Nichts. Ich rief Martha Hallock an, aber sie hatte nichts von Jay gehört. Ich auch nicht, sagte ich.

Ich kehrte in mein Büro zurück, erledigte das bisschen an Schreibkram, das auf meinem Schreibtisch lag, führte mit einer Stimme, die sich wie meine anhörte, einige Telefonate und kehrte schließlich ins Hotel zurück. Von dort rief ich Judiths Anwalt an und hinterließ meine neue Büronummer.

Das ist jetzt der Punkt, an dem ich beginne, zweideutige Antworten zu geben, meinen Kopf aus der Schlinge zu ziehen, zu gestehen, dass ich niemandem etwas gesagt habe. Im Fall einer Beteiligung an gesetzwidrigen Handlungen kann einem Anwalt in zehn Minuten die Zulassung entzogen werden, weshalb ich verständlicherweise nicht mit dem Gedanken spielte, zur Polizei zu gehen, alles zu erzählen, was ich wusste, und es ihnen zu überlassen, sich einen Reim darauf zu machen. Ich konnte mir nicht so recht vorstellen, was dabei anderes herauskommen könnte als eine Menge Ärger. Poppy war von Lamont umgebracht worden, den möglicherweise ich erschossen hatte. Gabriel und Denny waren angesichts ihrer heftigen Reaktion auf Has köstliches Sushi vermutlich tot. Natürlich hatten diese Männer irgendwo Angehörige. Jemand würde wissen wollen, was aus ihnen geworden war. Doch nichts, was ich sagen konnte, würde sie wieder lebendig machen. Zudem war die Sache mit Marceno und Jay Raineys Land noch nicht geklärt. Poppy war tot, und was er auf die HAVANA-ROOM-Serviette gekrakelt hatte, befand sich bei Jay Rainey. *Erzählen Sie es niemandem, erzählen Sie es um Gottes willen vor allem nicht der Polizei, unternehmen Sie nichts.* Das, wurde mir klar, war ein guter Rat. Gesetzwidrig, unmoralisch, unethisch, unanwaltlich, eigennützig, feige und in jeder Hinsicht verwerflich. Aber dennoch ein hervorragender Rat, und ich erschien brav jeden Morgen zur Arbeit, begierig, über den anstehenden Aufgaben alles andere zu vergessen, Stunde um Stunde auf den Moment wartend, an dem Timothy in New York einträfe. Timothy, mein Junge, mein eigenes verlorenes Kind.

Am nächsten Samstag stieß ich im Lokalteil der *Times* auf eine kurze Meldung, derzufolge ein gewisser Harold Jones, Inhaber eines New Yorker Rap-Clubs, hinter einem McDonald's in Camden, New Jersey, tot neben einem Müllcontainer aufgefunden worden war. Das war H. J. Er war in Overbrook, einem Schwarzenviertel Philadelphias, am späten Abend des vergangenen Dienstag in seiner Limousine zum letzten Mal lebend gesehen worden. Um die ganze Geschichte zu erfahren, kaufte ich auch die *Daily News* und die *Post*. Sie bauschten den Vorfall weniger auf, als ich erwartet hatte, wahrscheinlich, weil H. J. außerhalb New Yorks gestorben war und weil es keine guten Fotos gab und weil H. J. auch nicht weiter prominent war. Er war kein Musiker, produzierte keine Platten. So funktionierte die kulturelle Logik. Nur ein kleiner Geschäftsmann. Nur ein weiterer fetter Schwarzer mit einer Golduhr, der vorgab, reicher zu sein, als er war. Das Ganze endete damit, dass ich zu dem Zeitungsladen in der Grand Central Station ging und die Zeitungen aus Philadelphia kaufte. Die Berichterstattung war ausführlicher, und mithilfe aller vier

Blätter konnte ich mir die Geschichte relativ gut zusammenreimen. Ich las, dass sich sein Fahrer nicht erinnern konnte, dass er irgendwelche Drogen genommen hätte. Die toxikologischen Untersuchungen ließen laut Aussagen der Zeitung keine eindeutigen Schlüsse zu. Nach einer Besprechung in Midtown war er mit einer Ledertasche in seine Limousine gestiegen, hatte ein bisschen herumgeschrien und sich nach Philly fahren lassen. War im Auto eingeschlafen, sagte der Fahrer. Nachdem sie am New Jersey Turnpike eine Weile im Stau gestanden hatten, erreichten sie schließlich Philly und Overbrook. Großes Haus, große Party. Der Fahrer sagte aus, die Wagentür geöffnet zu haben, schwor, H. J. in der Limousine sitzen gesehen zu haben. Bald waren Leute im Fond bei ihm. Quatschten, feierten. Der Fahrer gab zu, den Rest des Abends in einem Hotelzimmer versumpft zu sein. Die Limousine wurde später auf dem Footballfeld einer Highschool in Chester, Pennsylvania, gefunden, einer Industriestadt, mit der es rapide bergab ging. Wie Harold Jones in Camden, New Jersey, gelandet war und sein Wagen zwanzig Meilen entfernt in Chester, war unbekannt. Die Polizei fand »Drogen-Utensilien« sowie »eine nicht näher spezifizierte Menge Bargeld« auf dem Rücksitz der Limousine. Das dürfte der Rest des Geldes gewesen sein, das ich für Jay zusätzlich herausgehandelt hatte, Geld, das, genauer besehen, ursprünglich von Arbeitern auf chilenischen Weingütern Tausende von Kilometern weiter südlich erwirtschaftet worden war. Ich war überrascht, dass überhaupt etwas davon übrig geblieben war. Man konnte sich den Ablauf gut vorstellen, Leute finden H. J., eine dicke Tasche mit Geld, laute Musik vor einem Haus, Durcheinander, Stunden vergehen, Gerüchte über einen Toten, schafft die Karre weg, yo, nicht auf meinem Grundstück, gebt mir die Schlüssel, karrt seinen toten Arsch woanders hin. Was sie dann auch getan hatten.

Ich hatte ein komisches Gefühl, als ich die Zeitungen studierte, und es kam noch einmal alles in mir hoch. Man könnte sagen, H. J. hatte sich das alles selbst zuzuschreiben, aber andererseits auch wieder nicht, denn sein Grundmotiv war ehrenwert; seine trauernde Tante hatte ihn gebeten, dafür zu sorgen, dass ihre Familie eine Entschädigung für den Tod ihres Mannes erhielt. Ich hatte nicht erwartet, wegen H. J. ein schlechtes Gewissen zu bekommen, aber ich bekam eines.

Am nächsten Montag erreichte ich Allison in der Arbeit.

»Bill?«, meldete sie sich argwöhnisch. »Wo bist du?«

»Wir müssen unbedingt reden, Allison.«

Sie wollte sich auf keinen Fall im Restaurant mit mir treffen, weshalb wir uns an der Südostecke des Central Park gegenüber dem Plaza Hotel verabredeten und zu dem Teich gingen, der von grünen Bänken mit Zum-Gedenken-an-Plaketten umstanden ist. Allison sah gut aus, , die Fingernägel manikürt, beim Gehen einen schwarzen Pumps vor den anderen setzend, gefasst, die Ruhe in Person – genau, wie ich es erwartet hatte.

»Hast du das von H. J. gelesen?«

Sie nickte.

»Wahrscheinlich der Fisch.«

»Keine Ahnung«, sagte sie.

»Was ist aus Poppy geworden? Aus seiner Leiche?«

»Keine Ahnung.«

»Und aus Denny und Gabriel?«

»Keine Ahnung.«

»Habe ich Lamont erschossen? Habe ich doch, oder?«

»Das kann ich nicht sagen. Ehrlich. Ich habe es nicht mitbekommen. Möglicherweise hast du ihn nur verletzt.«

»Es fiel, glaube ich, noch ein zweiter Schuss. Dieser Krach ...«

»Niemand hat etwas gehört«, sagte sie. »Weil oben staubgesaugt wurde.«

»Wer hat den zweiten Schuss abbekommen?«

»Du hast Lamont nicht umgebracht«, gab sie schließlich zu. »Er war bloß verletzt. Er hat mit seiner Pistole rumgefuchtelt.«

»Hat ihn jemand anders erschossen? Wer?«

Sie zuckte mit den Achseln. Ich hatte einen Verdacht.

»*Du* hast ihn erschossen?«

Sie antwortete nicht.

»Mein Gott, Allison.«

»Es war furchtbar, mehr sage ich dazu nicht.«

»Ha? Was ist mit ihm?«

»Er ist weg. Einfach weg.«

»Umgezogen?«

»Verschwunden. Sein kleines Zimmer oben unter dem Dach ist völlig leer geräumt. Er kann überall sein.«

»Wenn sie nachsehen kommen, lenkt er den Verdacht auf sich.«

»Ja, wahrscheinlich. Das müsste ihm an sich klar gewesen sein.«

»Was ist mit den Videos von den Leuten, die im Steakhouse ein und aus gehen? Da sind doch überall diese Überwachungskameras. Hat Ha die Videos mitgenommen?«

»Nein.«

»Dann ist also genau festgehalten, wer Montagnachmittag alles im Steakhouse war?«

Allison schüttelte den Kopf. Sie war gefasst. Sie war unbesorgt. »Die Bänder werden alle achtundvierzig Stunden mit einem Magneten gelöscht und neu bespielt. Das geschieht automatisch, solange das Gerät nicht anders eingestellt wird.«

»Inzwischen sind mehrere Tage vergangen. Das Band wurde also überspielt.«

Sie nickte. »Hat Jay dich angerufen?«

»Nein.«

»Ich dachte, das hätte er vielleicht.«

»Ging er, als ich bewusstlos wurde?«

»Ja«, sagte sie. »Er ging.«

»Ich kann mich noch erinnern, dass er gehustet hat.«

»Er hat gehustet.«

»Hat er noch etwas über seine Tochter gesagt, bevor er ging?«

»Nicht zu mir«, sagte sie mit gepresster Stimme.

»Er ging einfach.«

»Ja.«

»Er stand auf und ging raus?«

»Ja.«

»Das hast du gesehen.«

»Ha hat es mir erzählt.«

»Was war mit H. J.?«

»Er ging die Treppe rauf und nach draußen. Vom Personal hat ihn niemand weggehen sehen. Ich glaube, die Limousine hat vor dem Eingang auf ihn gewartet.«

»Was ist mit Lamont? Er wurde erschossen.«

Sie sagte nichts.

»Was hast du getan, die ganzen Leichen im Havana Room eingeschlossen, ganz normal das Restaurant geöffnet und nach der Sperrstunde alle weggeschafft?« Ich stellte mir vor, wie die Gäste eintrafen, wie die Garderobiere ihre Trinkgelder einstrich, die Kellner und Köche, die ganze Show, Allison, die seelenruhig den Abend über die Runden brachte, während unten im Havana Room die Leichen lagen.

»Wie meinst du das?«

»Wie viele Leichen wurden weggeschafft, Allison?« Ich erinnerte mich an den Herrenschuh, den ich in dem Lieferwagen kurz gesehen hatte.

Sie antwortete nicht.

»Dachte Ha, ich wäre tot?«

»Das weiß ich nicht.«

»Natürlich dachte er das. Dachtest *du*, ich wäre tot, Allison?«

Sie wandte sich mir zu. »Ja, das dachte ich. Das heißt, sicher war ich nicht.«

»Du hast es nicht für nötig gehalten, mal kurz nach meinem Puls zu fühlen, um zu sehen, ob dein alter Freund Bill Wyeth, den du in dieses ganze Schlamassel reingeritten hast, vielleicht doch noch schwach atmete?«

»Ich war total durcheinander, Bill. Ha sagte, ich solle mich einfach oben um alles kümmern. Er blieb unten im Havana Room. Ich bin an diesem Abend kein einziges Mal mehr da runter, ja? Er rief ein paar Leute an, irgendwelche Chinesen, die er kennt, er sagte, ein Lieferwagen würde kommen. Ich glaube, sie trugen einige der Leichen die Treppe hoch, dann durch die Küche und durch den Seiteneingang nach draußen. Das war das Einfachste. So bekam niemand etwas mit.« Sie nickte. »Ha hat sich um alles gekümmert. Als ich am nächsten Morgen in den Havana Room runterging, war er sauber, *richtig* sauber.«

»Und Ha?«

»Wie gesagt, er ist verschwunden.«

Allison log, aber wobei genau, wusste ich nicht. Ich täuschte vor, dumpf alles hinzunehmen, was sie gesagt hatte, und stand beiläufig auf, um zu gehen.

»Bill?«

»Ich komme mal im Steakhouse vorbei, lass mir etwas Zeit.«

Allison sah mich an und blickte dann auf den Teich, als wüsste sie nicht, dass ich noch da war, als hätte sie mich nie gekannt.

Falls Jay tatsächlich aus dem Steakhouse gegangen war, dann ohne seine Schlüssel, weil ich sie noch hatte. Allerdings hatte er bestimmt einen zweiten Satz in seiner Wohnung. Hatte er seinen Geländewagen weggefahren? Spielte es eine Rolle, dass meine Fingerabdrücke auf den Türgriffen und wahrscheinlich auch im Inneren des Wagens waren? Vermutlich nicht, aber ich wollte mir deswegen keine Gedanken machen müssen. Und wahrscheinlich konnte es auch nicht schaden, nachzusehen, was noch in seinem Auto war. Ich fuhr mit der U-Bahn zu seinem Haus in der Reade Street. Ich brauchte zwanzig Minuten, um den Offroader drei Straßen weiter zu finden. Eine Woche war vergangen, und die Windschutzscheibe war mit drei bunten Warnhinweisen bepflastert, dass das Fahrzeug wegen Falschparkens am nächsten Tag abgeschleppt würde. Ich fand den richtigen Schlüssel am Bund, schloss, ohne die Handschuhe auszuziehen, die Beifahrertür auf und nahm den Spielplan der Mädchenbasketballmannschaft, den ich dort bei einer früheren Gelegenheit gesehen hatte. Wäre ich nicht zu diesem Spiel gegangen, hätte mich H. J. möglicherweise nie gefunden. Andererseits hätte ich auch von Dan Tuthill keinen Job bekommen. Ich steckte den Spielplan in meine Tasche. Sonst noch etwas, was sich auf Sally Cowles bezog? Ich sah unter und hinter den Sitzen nach, im Handschuhfach, hinter den Sonnenblenden, überall. Nichts. Ich zog ein Taschentuch heraus und rieb damit fest über Armaturenbrett, Innenfenster und Beifahrertürgriff. Dann über die Außenseite der Fahrertür. Niemand sah es, und es hätte auch niemanden interessiert. Wahrscheinlich war ich nur paranoid. Ich schloss die Tür ab und verdrückte mich und vergaß auch nicht, Taschentuch und Spielplan ein paar Straßen weiter südlich in einen Abfallkorb zu werfen.

Am darauffolgenden Abend ging ich noch mal zur Reade Street hinunter. Raineys Geländewagen war weg; zweifellos stand er inzwischen beschlagnahmt auf einem städtischen Abstellplatz. Ich hatte eine Säge und eine Packung extra fester Müllsäcke gekauft. Ich schloss die Haustür auf, stieg leise die Treppe hinauf, betrat das leer stehende Büro neben dem von Cowles. Die Abfälle waren in wenigen Minuten eingesammelt. Dann nahm ich mir den seltsamen verhüllten Schiedsrichterstuhl vor, zersägte ihn und packte die Teile in eine Mülltüte. Danach machte ich mich mit einem Hammer über die Digitalkameras und den dazugehörigen Computer her und riss das Telefonkabel heraus. Eine Stunde später stand der ganze Müll, in Tüten verpackt, auf dem Gehsteig, und das Büro sah aus, als sei es durch abgebrochene Renovierungsarbeiten verhunzt worden. Ich durchsuchte den Raum eine weitere halbe Stunde nach irgendwelchen Dingen, die Probleme machen könnten, dann nahm ich mir den Keller vor, fand aber nichts.

Danach rief ich Jay ein paar weitere Male an, jedes Mal von einem anderen Münztelefon und ohne eine Nachricht zu hinterlassen. Schließlich fuhr ich zwei Abende später mit der U-Bahn nach Brooklyn und ging zu seiner Wohnung. Es war dunkel, und über der Tür am Ende der Treppe, die seitlich an der Garage nach oben führte, brannte kein Licht. Die Glasscheibe in der Tür war nicht ersetzt worden, aber jemand hatte von innen ein Stück Sperrholz über das Loch genagelt. Ich hatte die Schlüssel. Um besser sehen zu können, schirmte ich die Augen mit einer Hand an der Scheibe ab, konnte aber nur Raineys ordentlich gemachtes Feldbett und das blinkende Licht des Sauerstoffkompressors sehen. War in der Wohnung jemand, lag er tot auf dem Küchenboden? Ich fand den passenden Schlüssel, sah dann hinter mich. Auf der anderen Straßenseite stand jemand auf der Eingangstreppe eines Hauses und versuchte, sich eine Zigarette anzuzünden. Er musste mich nicht unbedingt gesehen haben, aber wenn ich in der Wohnung Licht machte, wüsste er, dass sich jemand darin aufhielt. Es war ein Fehler gewesen, nachts zu kommen. Als ob nichts wäre, stieg ich die Treppe hinunter und entfernte mich.

In dieser Verfassung besorgter Selbstabsicherung kam mir der Gedanke, dass ich meine schäbige Wohnung in der Thirty-sixth Street auch offiziell loswerden musste. Ich rief den Hausverwalter an und sagte, ich sei bereit, für alle nötigen Instandsetzungsmaßnahmen aufzukommen, und wolle den Mietvertrag kündigen. Er lachte und sagte, machen Sie sich da mal keine Gedanken, wir haben Ihre Wohnung drei Tage nachdem Sie verschwunden sind wieder vermietet. Alles Gute auf Ihrem weiteren Lebensweg, Mister. Daraufhin nahm ich mir nicht weit von meiner früheren Adresse in der Upper East Side eine kleine möblierte Wohnung, diesmal allerdings mit einem Schlafzimmer mehr.

Das alles geschah in den zehn Tagen, nachdem ich zu arbeiten begonnen hatte, lange Tage, die von Entsetzen und gleichzeitiger Erleichterung darüber bestimmt waren, dass die Welt vollkommen ahnungslos blieb, was die wahrscheinlich vier Morde anging, die sich an einem Abend des vergangenen Monats im privaten Clubraum eines Steakhouse in Manhattan ereignet hatten, sowie einen vermutlich damit zusammenhängenden Todesfall, zu dem es am darauffolgenden Tag irgendwo auf dem Weg nach Philadelphia gekommen war. Wo waren die Leichen von Poppy, Gabriel, Denny, Lamont? Wo war Jay Rainey? Dann, eines Morgens, als ich beim Rasieren war, klingelte das Telefon. Ich hatte meine neue, nicht eingetragene Nummer den Leuten im Büro gegeben, aber sonst niemandem.

»Spreche ich mit William Wyeth?«

»Am Apparat.«

Es war ein Detective aus Brooklyn, ein gewisser McComber.

»Kennen Sie einen Mann namens Jay Rainey?«

»Ja«, sagte ich in dem Wissen, dass ich angesichts von Zeugen, Telefonunterlagen und meinem Namen auf Raineys Verträgen nicht lügen konnte. »Ich war vor kurzem bei einem Immobiliengeschäft als sein Anwalt tätig.«

»Wann war das?«

»Vor etwa drei Wochen.«

»Wann haben Sie Mr. Rainey zum letzten Mal gesehen?«

»Das ist schon eine Weile her. Vor zwei Wochen, würde ich sagen.«

»Mr. Rainey ist verstorben.«

War ich überrascht? Ich weiß es nicht. »Tatsächlich?«

Seine Leiche war in den Gewässern vor Coney Island gefunden worden, sagte McComber, in stark verwestem Zustand. Ein paar Jugendliche in Neoprenanzügen auf Jet-Skis hatten ihn im Wasser treiben sehen, eine aufgedunsene Gestalt in Hemd und Hose, und sie riefen über Handy die Polizei an. In der Brusttasche von Jays Mantel befand sich seine Brieftasche, und darin fanden die Beamten meine Handynummer.

»Aber Sie rufen mich auf dem Apparat in meiner neuen Wohnung an«, sagte ich.

»Ja.«

»Wie sind Sie denn an diese Nummer gekommen?«

»Wir wissen eben immer gern, wo wir die Leute finden«, bemerkte McComber. »Können Sie uns irgendwelche Familienangehörigen nennen?«

»Sein Vater starb vor ein, zwei Jahren, und mit seiner Mutter hatte er schon über zehn Jahre keinerlei Kontakt mehr. Ich bin ziemlich sicher, dass er keine Geschwister hatte.«

»War er verheiratet?«

»Nein.«

»Kinder?«

»Nein«, sagte ich ohne Zögern.

»Eine Freundin?«

»Über solche Dinge hat er eigentlich nicht mit mir gesprochen.«

»Verstehe.« Der Detective machte eine Pause. »Da wäre jetzt allerdings ein Problem.«

»Ja?«

»Wir brauchen jemanden, der den Toten identifiziert. Die Obduktion mussten wir gleich machen, da konnten wir nicht warten, aber jetzt müssen wir die Leiche freigeben.«

»Ich weiß von keinerlei Familienangehörigen.«

»Könnten Sie ihn identifizieren?«

»Äh, wahrscheinlich schon. Ich meine, ich habe so was zwar noch nie gemacht …«

»Wir müssen die Leiche freigeben.«

»Wohin muss ich dafür kommen?«

Er beschrieb mir den Weg. Ich sagte, ich müsse vorher im Büro noch Verschiedenes erledigen, aber in drei Stunden könne ich da sein.

»Darf ich Ihnen vielleicht noch einen guten Rat geben?«, sagte der Detective.

»Ja«, sagte ich in der Befürchtung, er meinte eine juristische Vorsichtsmaßnahme.

»Essen Sie nichts zu Mittag.«

»Oh.«

»Wirklich nicht.«

»Okay. Danke.«

Auf dem Weg nach Brooklyn zur Gerichtsmedizin legte ich einen kurzen Zwischenstopp in Jays Wohnung ein. Ich behielt die Handschuhe an. Das war meine letzte Chance, vermutete ich, und ich wollte sie nutzen. Ich schloss leise die Tür und machte das Licht an. Alles war wie zuvor. Ich hatte eine Plastiktüte dabei und packte sechzehn nicht abgeschickte Briefe Jays an Sally Cowles hinein, darunter auch ein paar, die ich in der Sauerstoffkammer fand. Mir war jedoch klar, dass es mehr gab, was ich finden musste. Ich ließ mir Zeit, ich sah in Schubladen und in die Kisten unter dem Bett. Ich fand insgesamt 36 schriftliche Dokumente mit Verweisen auf seine Tochter. Und einige Fotos. Und einige weitere Programme für Schulveranstaltungen. Und die Ankündigung des Konzerts bei Steinway. Und seine Kamera, in der ein belichteter Film war, den ich herausnahm. Außerdem fand ich einen Satz Ersatzschlüssel, sowohl für den Geländewagen wie für das Haus in der Reade Street. Das Auto war inzwischen ins bürokratische Nirwana eingegangen, um irgendwann bei einer Auktion verkauft zu werden. Ich streifte die Reade-Street-Schlüssel von ihrer Kette, sah mich noch einmal in der Wohnung um, stellte das Türschloss so, dass es sich selbst verriegelte, und zog die Tür hinter mir zu. Dann schloss ich sie auch noch von außen ab. Die ganze Aktion nahm 25 Minuten in Anspruch. Ich nahm die U-Bahn, stieg an der Atlantic Avenue aus, suchte einen Abfalleimer, der dringend geleert werden musste, kippte bis auf Jays Briefe an Sally Cowles alles hinein und fuhr mit der nächsten U-Bahn weiter. Da ich die Briefe in Gegenwart eines Polizisten nicht bei mir haben wollte, suchte ich ein Postamt auf, kaufte einen Umschlag und schickte sie an meine Privatadresse.

Ich traf mich mit McComber auf dem Flur der Gerichtsmedizin. Er war ein kleiner, gepflegter Mann. Ich schüttelte ihm die Hand.

»Sie waren sein Anwalt?«

»Nur für ein Immobiliengeschäft.«

»Wie haben Sie sich kennen gelernt?«

»Wir kamen fast zufällig ins Gespräch«, sagte ich, um Allison aus allem herauszuhalten, wenn auch nur um meinetwillen. »Ich brauchte das Mandat, deshalb sagte ich zu.«

»Warum hat er das Haus gekauft?«

Ich sagte, es sei eine gängige Investition, aber dennoch sei die Frage berechtigt.

»Warum ist die Frage berechtigt?«, wollte der Detective wissen.

»Weil er schwer krank war.«

»War er das?«

»Er hatte massive Atemprobleme. Richtig schlimm.«

McComber sog seine Backen ein, hielt meinem Blick stand. Natürlich hatte er den Obduktionsbefund gesehen, aus dem, nahm ich an, die Schädigung seines Lungengewebes hervorging. »Wie meinen Sie das?«

»Er wuchs auf einer Kartoffelfarm auf der North Fork von Long Island auf und kam bei einem Unfall mit einem Pflanzenschutzmittel fast ums Leben.«

»Wann war das?«

»Ich schätze, vor fünfzehn Jahren. Es war degenerativ. Es hatte eine langsame Lungenfibrose zur Folge.«

»Woher wissen *Sie* das alles?«

»Er hat es mir erzählt, aber ich bekam es auch mit. Manchmal hatte er wirklich Probleme.«

»Sie beide müssen sich ja ziemlich gut gekannt haben.«

»Er hat mir Verschiedenes über sich erzählt.«

»Aber was ich eigentlich wissen möchte, ist, wie *gut genau* Sie sich kannten«, hakte McComber nach.

»Nicht so, wie Sie denken«, sagte ich.

»Sie sind nicht verheiratet.«

»Geschieden.«

»Kinder?«

»Ich habe einen Sohn, ja.«

Das beruhigte ihn. »Also gut, fahren Sie fort.«

»Er hatte einfach Probleme mit der Atmung.«

»Wissen Sie, wo er wohnte?«

Die ganzen Sauerstoff-Gerätschaften, die Schwarzmarkt-Steroide und Inhalatoren und Tabletten waren dort, um von der Polizei entdeckt zu werden. »Hier«, sagte ich und gab ihm die Adresse. Tu so, als wolltest du helfen, sagte ich mir, mach auf rechtschaffener Bürger. »Kann ich Ihnen auch meine Büronummer geben, falls sich noch etwas ergeben sollte?«

»Ja, sicher.«

»Sonst noch was?«, fragte ich.

»Ging er zu einem Arzt?«

»Ich glaube nicht, jedenfalls erwähnte er nie etwas in der Richtung.«

»Er war schwer krank, ging aber nicht zum Arzt?«

Ich sagte nichts, scheinbar auf Diskretion bedacht.

»Kommen Sie schon«, drängte mich McComber. »Wir haben es hier mit einem Toten zu tun, wir versuchen die Sache aufzuklären.«

»Na schön«, sagte ich. »Ich hatte den Eindruck, dass Rainey ziemlich mit Medikamenten rumexperimentiert hat. Er sagte, sein Zustand würde sich kontinuierlich verschlechtern. Er maß sehr oft seine Lungenkapazität. Er machte sich deswegen große Sorgen. Er hatte immer irgendwelche Pillen und Mittelchen für seine Lunge dabei. Im Großen und Ganzen, glaube ich, hat er sich selbst behandelt.«

Der Detective nickte, und ich spürte einen Anflug von Missbilligung und Geringschätzung. *Einsamer Typ, krank, probierte alle möglichen Medikamente aus, wusste, dass er sterben müsste.*

Zehn Minuten später zog ein Assistent das Schubfach einen Meter heraus, und da war Jay Rainey, sein Kopf und seine breite Brust, seine Haut ein geperltes Grau, scheinbar geschrumpft in dem gekühlten Schubfach, mit einem langen, fest vernähten Schnitt vom Hals bis zum Nabel. Der Gerichtsmediziner hatte ihn aufgeschnitten, ausgenommen. Mir wurde unsäglich übel. Ich fing die Galle in meiner Kehle ab, brauchte einen Moment, um zu schlucken. Als ich näher rückte, konnte ich sehen, dass sein Haar vom Meer salzverkrustet war, weiteres getrocknetes Salz in sternförmigen Flecken auf seinen Wangen. Seine Augenlider waren nach oben gezogen, aber die Augäpfel fehlten, und unwillkürlich fühlte ich mich an die heroischen römischen Skulpturen erinnert, deren Marmoraugen dunkel ausgehöhlt sind und so einen eigenartigen Eindruck von visionärer Blindheit hervorrufen. Der Assistent hatte etwas Watte in seine Nasenlöcher gestopft. Jays Mund stand offen, als holte er ein letztes Mal tief Luft, und ich stellte fest, dass ihm mehrere Backenzähne fehlten, vermutlich weil er in seinen mageren Jahren nicht genügend Geld für eine ordentliche Zahnbehandlung gehabt hatte. Sein Gesicht war stoppelbärtig, und er sah sowohl jünger als auch uralt aus.

»Ist er das?«

Ich nickte. »Ja.«

»Sind Sie sicher?«

»Hundertprozentig.«

»Unterschreiben Sie das Formular?«

»Ja.«

»Keine Zweifel?«

»Keine.«

»Wissen Sie zufällig, ob er einen Zahnarzt hatte?«

»Ich glaube schon, ja. Aber ich bin ganz sicher, dass das Rainey ist.«

»Ab und zu unterläuft einem ein Fehler.«

Ja, das stimmte natürlich. »Ziehen Sie ihn ganz raus«, sagte ich.

»Warum?«

»Um uns seine Waden anzusehen.«

»Warum? War er dort tätowiert?«

»Nein.«

»Was dann?«

»Sie waren unglaublich muskulös. Richtig dicke Waden.«

Der Assistent zog am Griff. Der lange Schub rollte reibungslos ganz heraus, obwohl ich sehen konnte, dass er sich unter Jay Raineys Gewicht ganz leicht senkte. Er war nackt. Seine Brustbehaarung war dicht und lief pfeilförmig zu seinem Unterleib. Sein Penis hing auf eine Seite. Seine dicken Waden wölbten sich vom Druck auf die Unterlage. Der Assistent nickte. Dann zog er ein Maßband heraus. »Hmm.«

»Sehen Sie?«

»Dreiundfünfzig Zentimeter. Sonst sieht man das höchstens bei extrem übergewichtigen Personen, aber nicht bei jemandem mit niedrigem Körperfettanteil.«

»Könnten Sie ihn noch kurz draußen lassen?«, fragte ich. »Er war ein Freund.«

»Kein Problem. Aber nur eine Minute.«

Darauf ging ich zu Jay Raineys Kopf hoch und berührte sein Ohr, das linke, das mit dem von Sally Cowles übereinstimmte. Das ausgeprägte Knorpelhorn war da, wie zuvor, nur dass es diesmal kalt war. Irgendwie ließ es mich an meinen Sohn denken, wie sehr er mir fehlte, wie sehr ich noch an ihm hing.

Ich ließ meine Handfläche kurz auf Jays Stirn ruhen, aber das war natürlich für mich, nicht für ihn.

»Okay«, kam die Stimme des Assistenten.

Ich trat vom Schub zurück. Der Assistent reichte mir ein Klemmbrett. Darauf war eine Identifikationsbestätigung. Hiermit versichere ich eidesstattlich, dass die mir gezeigten sterblichen Überreste … ja. Ich unterschrieb.

»Das wär's«, sagte der Assistent. »Sie können jetzt gehen, danke.«

»Nein, noch nicht«, kam die Stimme des Detective.

»Nein?«

»Wollen Sie denn nicht, dass jemand einen Antrag auf Auslieferung der sterblichen Überreste stellt?«, fragte der Detective den Gerichtsmediziner.

»Je früher, desto besser.«

»Sie«, sagte McComber. »Sie werden diesen Antrag stellen. Familienangehörige konnte ich zwar keine auftreiben. Aber einen Anwalt.«

»Moment, Moment …«

»Alles nur halb so wild.« McComber reichte mir die Karte eines Bestattungsinstituts. »Es ist nur drei Straßen von hier, sie holen die Leiche ab und bewahren sie auf oder balsamieren sie ein oder was auch immer. Wir müssen Platz schaffen. Das ist Brooklyn. Hier sterben ständig Leute.«

»Na schön«, sagte ich. »Meinetwegen.«

»Werden Sie heute noch anrufen?«

»Sicher.«

»Gut. Dann kann ich jetzt auch seinen persönlichen Besitz herausgeben.«

Er nickte dem Assistenten zu, der zu einem anderen Schubfach ging. Er zog eine Schachtel heraus. »Hier.«

Ich sah hinein. Kleidungsstücke.

»Und das da.« Der Detective händigte mir eine durchsichtige, verschließbare Plastiktüte aus. »Uhr und Brieftasche, durchweichtes Streichholzheftchen.«

Ich sah die durchsichtige Tüte an. Die Streichhölzer waren aus dem Steakhouse, die Uhr durch das Meerwasser ruiniert. Dann die Kleider. »Das Zeug riecht ein bisschen«, sagte ich.

»Allerdings.«

Ich musste an das letzte Stück Sushi auf dem Teller vor Jay Rainey denken. »Übrigens, woran ist er eigentlich gestorben?«

Der Detective reichte mir das Klemmbrett, schlug zwei Seiten um und hielt einen Finger auf einen langen Absatz:

Die Autopsie und weitere Sektionen ergaben schwere und fortgeschrittene Erkrankung der Lungen und Atemwege. Diffuse, symmetrische Alveolarerkrankung festgestellt. Anzeichen von Lungenkollaps und Konsolidierung. Mögliche Bronchiektasie, allerdings wurden diese Gewebeproben nicht präpariert. Obliterative oder konstriktive Bronchiolitis festgestellt, mit charakteristischen Pfropfen aus fibrösem Bindegewebe in Organisation, einhergehend mit ähnlichen Veränderungen in den Alveolen. Kein Hinweis auf Bronchialkarzinom. Mithilfe digitaler Untersuchung festgestellte reduzierte Ausdehnungsfähigkeit der Lunge. Luftröhre vernarbt, was auf zahlreiche Fälle von mechanischer Beatmung hindeutet. Anzeichen chronischer arterieller Hypoxie. Sekundäre Atmungsmuskulatur im Brustkorb zeigte ungewöhnliche kompensatorische Entwicklung. Fußverfärbung wurde ebenfalls festgestellt, was typisch ist. Todesursache: Erstickung infolge von chronischer, degenerativer Atemwegsstörung mit diffuser Lungenalveolitis oder -fibrose unbekannter Ätiologie.

Ich gab das Klemmbrett zurück.

»Das heißt, er bekam keine Luft mehr«, sagte der Detective.

Ich nickte.

»Und Sie rufen im Bestattungsinstitut an?«, erinnerte er mich abermals.

»Ja.«

»Dann können Sie jetzt gehen.«

Ich konnte vielleicht gehen, aber bereinigt war die Angelegenheit noch nicht. Ganz und gar nicht. Ich ging mit der Schachtel zu dem kleinen Park eine Straße weiter und suchte mir eine Bank. Ich steckte die Tüte mit Brieftasche, Uhr und Streichhölzern in meine Manteltasche, dann nahm ich mir die Kleider im Sonnenlicht noch einmal genauer vor. Sie kamen mir bekannt vor, und es war auch die Krawatte darunter, die Jay an dem Abend im Havana Room getragen hatte, an dem ich ihn zum letzten Mal gesehen hatte. Die Sachen waren in einen Trockner geworfen worden und waren steif, aber ungewaschen. Von der anderen Seite des Parks beobachteten mich drei Obdachlose. Zuerst die Schuhe, Größe 12, größer als meine. Ich stellte sie auf die Bank. Dann die Socken. Ich schob meine Hand in jede. Leer. Ich rollte sie zusammen, wie meine Mutter es mir beigebracht hatte, als ich ein kleiner Junge war, und steckte sie in einen der Schuhe. Als Nächstes war die Hose dran. Sie war ihm mit einer Schere vom Leib geschnitten worden und zu nichts mehr zu gebrauchen. Ich schob meine Finger in jede Tasche. Nichts. Ich legte sie auf die andere Seite der Bank. Dann die Unterwäsche. Auch sie war aufgeschnitten worden. Ich registrierte die Hüftweite, 38. Ohne Flecken, fast neu. Dann das Hemd, ebenfalls aufgeschnitten. Ich sah nach der Größe. A 48 lang, Brooks Brothers. Nichts in der Brusttasche. Ich stand auf und warf die zerschnittenen Sachen, Unterwäsche, Hose, Hemd, in einen Abfalleimer und kehrte zur Bank zurück.

Die Krawatte behielt ich. Sie war aus Seide und sehr schön und ließ sich reinigen. Ich steckte sie in meine Manteltasche. Als Nächstes kam das Jackett. Es war von Salzwasser und anderen Flüssigkeiten ausgebleicht, aber intakt. Ich schob zwei Finger in die Außenbrusttasche. Die HAVANA-ROOM-Serviette, die Allison ihm gegeben hatte, war noch dort, immer noch zu einem straffen Quadrat gefaltet. Ich schob sie in meine Tasche. Dann durchsuchte ich die Innenbrusttasche und die Seitentaschen. Nichts. Ich faltete die Jacke und legte sie neben die Schuhe. Zum Schluss kam der dicke Mantel, ein schönes Stück. Auf dem Etikett stand Brentridge of London. Ich durchsuchte die Seitentaschen. Nichts. Ich durchsuchte die Innenbrusttasche. Nichts.

»Hey«, rief ich den Obdachlosen zu. Dann deutete ich auf den Haufen Kleider. »Wollt ihr die?«

Einer der Männer stand auf, schlurfte zu mir herüber, stocherte desinteressiert in dem Haufen, hob dann das ganze Bündel hoch und schlurfte davon.

Jetzt zog ich die HAVANA-ROOM-Serviette aus meiner Tasche und machte mich daran, sie auseinander zu falten. Was mit rotem Lippenstift darauf festgehalten worden war, hatte der kalte Atlantik fast ganz ausgebleicht. Dennoch konnte ich mir im Gegensatz zu damals ansehen, was darauf gezeichnet worden war. Es war eine kleine Landkarte, mit den drei X und dem Kästchen, unter dem KROWLA stand.

Ja, eine primitive Karte. Von einem kleinen Teil von Jay Raineys elterlicher Farm, die inzwischen Marceno und seiner chilenischen Weinfirma gehörte. Die Größenverhältnisse stimmten nicht ganz, aber die drei X entsprachen vermutlich den drei alten Bäumen an der Zufahrt, wobei das Rechteck anzeigte, dass sich vermutlich direkt neben dem dritten Baum etwas befand: KROWLA, in Allisons Druckbuchstaben.

Am Nachmittag rief ich Marceno an.

»Spreche ich mit William Wy-eth?«

»Jawohl. Ich habe was für Sie«, sagte ich. »Was Sie *wollten.*«

»Versuchen Sie etwa, die Klage abzuwenden, Mr. Wy-eth?«

»Warum sind Sie damals nicht in das Restaurant gekommen?«, fragte ich. »Nachdem ich Sie angerufen hatte?«

»Ganz einfach.«

»Ganz einfach?«

»Ich rief Martha Hallock an, um mich zu vergewissern, dass Sie die Wahrheit gesagt hatten, dass Poppy tatsächlich ihr Neffe ist.«

»Und?«

»Sie sagte, er habe ihr erzählt, er wolle nach Florida fahren.«

»Aber wie hat sie sich dazu geäußert, dass er ihr Neffe ist?«

»Sie sagte, in diesen alten ländlichen Gemeinden sei irgendwie jeder mit jedem verwandt. Außerdem sagte sie, er sei ein ziemlich unzuverlässiger Bursche, trinke zu viel.«

»Aha.« Das hörte sich nach einer glatten Lüge an. Aber ich hatte nicht die nötigen Druckmittel, um ihm die Wahrheit abzuringen, wie auch immer sie aussehen mochte.

»Was wollen Sie eigentlich?«, fragte Marceno, seine Stimme beherrscht, aber nicht ohne drohenden Unterton.

»Ich habe die Informationen, die Sie wollten.«

»Verstehe. Warum schicken Sie sie mir nicht einfach?«

»Weil ich sie Ihnen persönlich übergeben möchte. Ich möchte, dass Sie sie bekommen.«

»Ich treffe mich morgen mit Ihnen.«

»Wir treffen uns Samstagmorgen«, sagte ich. »Sie und ich werden zu der alten Farm rausfahren, und dann, und nur dann, werde ich Ihnen die Informationen geben. Haben Sie verstanden?«

Hatte er. Sein von einem Chauffeur gesteuerter Wagen hielt am Samstagmorgen um acht vor meinem Haus. Die Sonne war draußen, der Frühling nicht mehr weit. Wir kamen zügig voran, wenn auch nicht besonders schnell. Der Expressway ist ein Albtraum, Tag und Nacht. An den Wochenenden sind alle einkaufen. Ab und zu führte Marceno auf seinem Handy kurze Gespräche auf Spanisch.

Als wir uns der alten Farm näherten, sagte Marceno: »Es tut mir Leid, dass ich Ihnen so viel Umstände gemacht habe, Mr. Wy-eth.«

Ich nickte.

»Aber Sie werden sicher verstehen, dass ich etwas Druck ausüben musste, wie Sie es nennen würden.«

»Ich verstehe, dass Sie in Panik geraten sind, ja.«

»Das hängt davon ab, was wir finden.« Er schaute auf seine Handflächen. »Vielleicht waren meine Befürchtungen begründet.«

Wir erreichten die Farm. Die alten Scheunen waren abgerissen worden, und alles, was blieb, war ein qualmender Haufen Bauholz.

»Dort kommt das Weingut hin«, sagte Marceno und deutete über das Feld. »Wir sind genau in der Zeit. Wir haben beschlossen, schon anzufangen; dieses Risiko mussten wir eingehen.«

Ein Stück weiter hatte ein Dutzend Arbeiter gerade begonnen, die parallelen Spalierreihen zu errichten. Der Wagen fuhr auf einer neuen Kiesstraße. Ich merkte, dass am Wegrand Unmengen von Blumen, offensichtlich Narzissen, durch die Erde sprossen. Als wir die Stelle erreichten, wo die Scheune gestanden hatte, zählten wir die drei Bäume, die auf der Serviette eingezeichnet waren. Das heißt, wir zählten zwei Stümpfe und einen alten Eschenahorn, auf einen astlosen Stamm zusammengestutzt, der wie ein riesiger, knotiger Finger in den Himmel ragte. Er sollte an diesem Tag gefällt werden. Marceno sagte dem Fahrer, er solle anhalten, und wir stiegen aus. Der Boden des Felds war weich – schwammig und nass – und saugte an unseren Schuhen.

Wir gingen zu dem Baum. Marceno betrachtete die Serviette, machte dann zehn Schritte nach Osten auf den Atlantik zu und stieß eine Schaufel in die Erde. Das, merkte ich, war eine gerade Linie zu der Stelle, wo die Planierraupe mit Herschel den Abhang zum Meer hinuntergerutscht war. Die Serviette anders in den Händen haltend, schritt Marceno erneut von dem Baum los und erreichte wieder mehr oder weniger dieselbe Stelle. »Da.« Ein Schaufelstich brachte ein Büschel braunes Gras zum Vorschein. »Dieses ganze Stück wurde neu planiert«, sagte Marceno. »Da wurde einiges an Erde aufgeschüttet.« Er deutete auf das verfaulende Gras. »Bis vor ein paar Wochen war das noch das Bodenniveau.« Aber das sagte er so leise, als wäre er für die Aufgabe, die ihn erwartete, noch nicht bereit.

Seine Männer kamen mit ihren Arbeitsgeräten zu uns. Der Bulldozer wendete, rammte seinen Schild in die Erde und trug dreißig Zentimeter Boden ab. Der Bulldozer – nicht die rostige alte Planierraupe, auf der Herschel gestorben war, sondern ein knallrotes Ungetüm, das doppelt so groß war – schürfte einen langen Streifen frei. Die Baggerschaufel, vom Fahrer geschickt und exakt bedient, löffelte flache

Erdportionen hoch. Die Stelle maß etwa fünf auf fünf Meter. Sobald die Raupe durch die aufgeschüttete Erde zum darunter liegenden Sand vorgestoßen war, ging die Arbeit rasch voran.

»Fast, als würde man am Strand rumbuddeln«, bemerkte Marceno.

Fünf Minuten später verfingen sich die Zähne der Baggerschaufel in etwas. Der Fahrer machte den Motor aus, deutete auf das Loch in der Erde und rief: »Da, schauen Sie!«

In diesem Moment sah ich auf der neuen Straße, eine Staubfahne hinter sich herziehend, ein Auto angebraust kommen. Es fuhr von der Straße, holperte über das Feld. Martha Hallock stieg aus und blieb in drei Meter Entfernung stehen.

»Halt!«, schrie sie. »Aufhören!«

Aber Marceno ließ weiterarbeiten. Und eine Minute später hatten seine Männer mit ihren Schaufeln ein flaches, rostiges Stück Metall freigelegt, das sich nach weiterem Graben an den Rändern nach unten bog. Es war durchgerostet, und die ursprüngliche Farbe war vollständig abgeblättert. Dann sprangen die Männer in das Loch und gruben weiter, bis die nach unten gebogenen Ränder in eine Chromleiste übergingen und dann in Glas; wir blickten auf ein vergrabenes Auto.

»Nein, nicht!«, schrie Martha Hallock. »Das, das …«

Die Männer gruben jedoch ungerührt weiter, und was sich im Innern des Fahrzeugs, das inzwischen nach einem alten Kleinwagen aussah, befinden mochte, wurde vom Schmutz auf der Windschutzscheibe und einem hängenden Wald aus Pilzen im Innern verborgen. Marceno strich mit dem Daumen über den Kühlergrill. Ein Toyota Corolla. KROWLA geschrieben, wenn man ein halber Analphabet und betrunken war. Die Männer konzentrierten sich darauf, den Sand vor dem Auto wegzuschaufeln, um an die Vorderachse zu kommen, und nachdem ihnen das gelungen war, konnte der Bulldozer das Auto aus der Erde hieven. Dabei drehten sich die platten, bereits in Auflösung befindlichen Reifen nicht, sondern schleiften schlaff den sandigen Abhang hinauf, bis der Wagen auf dem Rand des Lochs aufsaß. Nach einem weiteren Ruck des Bulldozers schnellte er noch einmal drei Meter nach vorn, prähistorisch in seinem rostigen Verfall, aber zugleich erkennbar aus unserer Epoche, unserer modernen Zeit, ein Auto, das einmal neu gewesen und vom Hof eines Autohändlers gefahren worden war, gedacht für die Beförderung von Menschen und Kindern und Lebensmitteln und wofür wir Autos sonst noch alles verwenden, aber weil sein Inneres dunkel war und die Fenster außen mit Erde und innen mit Schimmel und Pilzen bedeckt waren, blieben wir in bangem Staunen zurück.

»Öffnen Sie die Tür«, befahl Marceno einem seiner Männer.

»Nein!«, stieß Martha Hallock hervor. »Nein!«

»Öffnen Sie sie!«

Doch der Mann, mit hängenden Schultern und jämmerlich wie ein Hund, der es wagt, sich seinem Herrn zu widersetzen, schüttelte nur in unterwürfigem Trotz den Kopf und flüsterte etwas Verängstigtes und Besorgtes. Marceno wandte sich einem anderen Mann zu, der sich bereit erklärte, die Tür mit seiner Schaufel zu berühren – er pikste vorsichtig dagegen, als würde sie zurückzucken, aber das war alles, was er sich traute.

»Nicht«, sagte Martha Hallock. »Lassen Sie das. Das reicht. Ich verlange, dass Sie damit aufhören.«

Ich sah Marceno an und sagte leise: »Wenn Sie anständig sind, lassen Sie sie von hier wegbringen, egal, was in dem Auto ist oder nicht ist. Es geht ihr sehr nahe.«

»Ja.« Marceno nickte. »Natürlich.« Und er bedeutete seinen Männern, Martha Hallock wieder in ihr Auto zu helfen, wo sie in den gepolsterten Sitz sank und zu schluchzen begann.

Dann wandte ich mich Marceno zu. »Ich mache es.«

»Sie?«

»Ja.« Und ich machte es.

Ich packte den Türgriff auf der Fahrerseite und zog daran. Nichts geschah. Ich riss ziemlich fest daran, und die Tür fiel heraus, einfach vom Auto weg, die Angeln bis zur völligen Auflösung verrostet. Ich sprang zurück. Auf der Fahrerseite sahen wir eine ungeheure Menge sich aneinander drängender Pilze, die sich mit dicker Üppigkeit über Sitz und Boden und alles andere breiteten und alles, was darunter lag, wie eine dicke Decke verhüllten, und ich traute mir nur zu, mit der Hand über sie zu streichen. Was ich dann sah, machte uns allen klar, dass dies nicht nur ein vergrabenes Auto war, sondern eine tropfende, unvollständig verschlossene Gruft – was ich sah, war eine Damenarmbanduhr und ein nach oben gebogener brauner Turnschuh und ein verrottetes Stück geblümten Stoffs, wie er verwendet worden sein könnte, um ein Sommerkleid zu nähen. Was ich sah, war, was von Jay Raineys Mutter übrig war.

Wie die amtlichen Untersuchungen später ergeben sollten – einige erhaltene Zähne, Haare, die Seriennummer im Motorblock des Autos –, war es wirklich, was von Jays Mutter übrig geblieben war, neununddreißig Jahre, als sie starb, eine Frau, die ihr einziges Kind, ihren strammen, gut aussehenden Sohn, *nicht* verlassen hatte, sondern sich – dem Fundort des Autos auf dem Feld nach zu schließen – auf die Suche nach ihm gemacht und möglicherweise etwas von dem in der Nachtluft schwebenden Pflanzenschutzmittel abbekommen hatte, und dadurch den Tod fand.

Marcenos Männer breiteten ein Stück Plastikplane auf dem Boden aus, und darauf legten sie, was sie fanden: einen Ohrring, einen Ehering, die Turnschuhe, eine Halskette aus Halbedelsteinen und einen kleinen Keramikhund. Marceno untersuchte ihn und gab ihn dann mir. Er lag schwer in der Hand, und ich wischte den Schmutz ab. Die Figur hatte einen gewissen primitiven Charme und war glasiert. Ich drehte sie um, und mein Daumen fand die Inschrift auf dem Bauch: JAY R. 4. KLASSE.

Wir brachen den Kofferraum auf, und darin befanden sich folgende Gegenstände: ein Benzinkanister aus Plastik, ein Klappliegestuhl, ein Baseballschläger aus Aluminium und ein Paar Gummilatschen. Keine Koffer, keine Gegenstände, die auf eine Flucht vor einer schlechten Ehe hindeuteten. Ich wandte mich Marceno zu. Er und seine Männer standen schweigend da; sie verstanden, was die Artefakte bedeuteten, und erwiesen ihrer Besitzerin wie eine Stammesgemeinschaft die letzte Ehre.

Martha Hallock saß, von Weinkrämpfen geschüttelt, in ihrem Auto. »Meine Kleine«, schluchzte sie. »Meine süße Kleine.« Wie war es möglich, dass ich nicht darauf gekommen war, dass sie Jays Großmutter war?

Marceno und ich gingen von dem Auto weg in Richtung Meer.

»Verkauft hat sie mir das Land«, sagte er. »Gehört hat es ihm, aber verkauft hat sie es mir.«

»Ich glaube, sie ahnte, dass hier jemand begraben war, und fürchtete, es könnte stimmen.«

»Wer?«

»Ihre Tochter, Jay Raineys Mutter. Ihr Neffe, Poppy, wusste es auf jeden Fall; er muss derjenige gewesen, der sie vergraben hat. Es passierte ein Unfall, mit einem Herbizid. In derselben Nacht verschwand auch die Mutter, und alle dachten, sie hätte ihren Mann verlassen. Aber irgendwo tief drinnen wusste Martha Hallock, was tatsächlich passiert war.«

Betroffen strich sich Marceno mit den Fingern durchs Haar. »Dieser Poppy hat also nur etwas mehr Erde über dem Auto aufgeschüttet? Das war alles?«

»Ganz so sieht es aus.«

»Und dieser Herschel kam zufällig vorbei«, rekonstruierte Marceno den Hergang. »Wollte wissen, was er da machte. Und die beiden gerieten aneinander. Dabei könnte er ohne weiteres einen Herzinfarkt bekommen haben.«

»Oder Poppy sagte ihm, was er da machte. Oder Herschel kam von selbst drauf. Oder Herschel wusste, was passiert war, und hatte Angst, es könnte herauskommen.«

Marceno betrachtete das rostige Wrack des Toyota.

»Poppy wollte auf Nummer Sicher gehen«, fuhr ich fort. »Sobald die Reben einmal gesetzt gewesen wären, hätte es sehr lange gedauert, bis der Wagen, wenn überhaupt, entdeckt worden wäre.«

»Er wäre längst tot gewesen.«

»Was noch wichtiger war, Jay Rainey wäre tot gewesen.«

»Das verstehe ich nicht.«

»Es war vermutlich Poppy, der den Herbizidsprüher angelassen hatte. Er hatte Jays Mutter praktisch umgebracht. Fand sie, geriet in Panik, vergrub das Auto.«

»Selbst bei dem lockeren Boden müsste das doch Stunden gedauert haben.«

»Er hatte eine Planierraupe. Er könnte Jays Mutter mehrere Stunden vor Tagesanbruch gefunden haben.«

Marceno kniete nieder, um die Erde zu berühren. »Dann wollte er also Jay Rainey ersparen, es herauszufinden?«

»Ich glaube eher, er wollte nicht wegen Totschlags angeklagt werden. Setzen wir doch mal da an.«

»*Wusste* es Rainey denn?«

»Ich glaube nicht. Zumindest bis vor kurzem nicht. Er fand es im Havana Room heraus.«

Marceno klopfte seinen Anzug ab und sah mich an, ganz der korrekte internationale Geschäftsmann. »Und, sind wir beide dann miteinander fertig?«

»Nicht ganz.«

»Hmm?«

»Ich möchte wissen, warum Sie nicht ins Steakhouse gekommen sind, als ich Sie anrief und Ihnen sagte, dass Poppy dort aufgetaucht war.«

Er betrachtete seine Fingernägel. »Ich hielt es nicht für nötig, Mr. Wy-eth.«

»Aber ich hatte die Informationen, die Sie wollten.«

Keine Antwort. Marcenos Schweigen fühlte sich kalt an. Er rückte seine Armbanduhr zurecht – um Zeit zu gewinnen, nahm ich an, um sich eine Erklärung zurechtzulegen. »Ein gewisser H. J. kam in mein Büro«, sagte er schließlich, »und drohte mir.« Er sah mich an und hob die Schultern, als sei der Rest offenkundig.

»Und weiter?«

»Wir trafen eine Abmachung. Wir suchten beide nach denselben Leuten. Es sollte nicht …« Er schien zu spüren, dass ich ihm immer noch enormen Ärger machen konnte. »Ich muss mich bei Ihnen entschuldigen.«

»Für Sie war es etwas rein Geschäftliches«, murmelte ich.

Aber Marceno war nicht bereit, es so zu sehen, und sein Blick fand den Weg zurück zu dem verrosteten Wrack, das auf der Erde aufsaß, in seinem Innern die Decke aus Pilzen. »Menschen sind für nichts gestorben. Für Geld, für *Wein.*«

Nicht Jay, dachte ich.

Ich werde jetzt vier weitere Dinge erzählen. Ich werde erzählen, warum ich in den nächsten Tagen sehr schlecht schlief; ich werde erzählen, was ich mit Jays Hinterlassenschaft machte, einschließlich seiner Briefe an seine Tochter Sally Cowles; ich werde erzählen, was ich ihr über ihren richtigen Vater sagte; und ich werde erzählen, was zwischen mir und Allison Sparks bei unserem letzten Gespräch ablief, als wir über die Vorfälle im Havana Room sprachen.

Wenn man nur zwei Dinge weiß – nämlich dass Jay, dem Tod nahe, auf dem Feld lag und dass seine Mutter mit ihrem Auto dorthin gefahren kam –, kann man sich das Entsetzen vorstellen, das sich ihrer bemächtigte, als sie ihren Sohn auf dem Boden liegen sah. Ihre spontane Reaktion war sicher gewesen, die Tür zu öffnen und ihm zu Hilfe zu eilen. Aber zögerte sie vielleicht? Hielt sie ihr Selbsterhaltungstrieb zurück? Roch oder schmeckte sie vielleicht das Pflanzenschutzmittel, das bereits durch das Fenster oder die Lüftungsschlitze eingedrungen war? Spürte sie, dass sie auf der weichen Erde zurücksetzen und wegfahren musste? Und bekam Jay irgendwie etwas von den auf ihn gerichteten Scheinwerfern mit, wusste er, dass es seine Mutter war? Vielleicht rief sie nach ihm. Vielleicht wusste er, dass das Herbizid auch bei ihr seine Wirkung zu zeigen begann. Auf jeden Fall musste sie ihn gesehen haben, ihn sterben gesehen und dann gemerkt haben, dass auch sie sterben würde. Das sind die verlorenen Sekunden von Jay Raineys verlorenem Leben. Sekunden, die unbekannt verstreichen. Und hatte Jay, fragte ich mich, irgendeine Erinnerung an die Lichter des Autos seiner Mutter oder an ihre Stimme oder vielleicht sogar an den Anblick ihrer über dem Armaturenbrett zusammengesunkenen Gestalt oder sogar daran, wie sie aus dem Auto stieg und auf dem Feld starb? Hatte es ein einziges Molekül dieser Erinnerung gegeben? Glaubte er, dass sie sich auf die Suche nach ihm gemacht hatte, dass er sie unbeabsichtigt in den Tod gezogen hatte? Auch das ließ sich nicht mehr feststellen. Aus seiner Suche nach seiner verlorenen Tochter könnte man den Schluss ziehen, dass die Antwort darauf ja lautet – dass es in seinem Innern einen verborgenen Ruf des Fleisches gab, das Fleisch zu finden, das seines und das seiner Mutter war. Das sind die tiefen Zwänge des Menschseins, und diejenigen von uns, die Eltern sind, spüren die Unbeirrbarkeit des Fleisches, auch wenn wir wissen, dass wir selbst scheitern werden. Das rhythmische Hinwegmähen der vorangegangenen Generation zwingt unsere Aufmerksamkeit auf unsere Kinder, denn wenn wir unsere Kinder nicht haben, dann haben wir, wohl wissend, dass wir dem Untergang geweiht sind, überhaupt nichts. Menschen, die keine Kinder haben, wehren sich oft heftigst gegen den Gedanken, dass sich ihr Leben auf einer ganz elementaren Ebene vom Leben derer unterscheidet, die Kinder haben. Darüber kann ich nur finster in mich hineinlachen und denken, Na schön, du kannst das ja gerne denken, aber du bist bereits tot, mein Freund. Auch ich bin schon tot, aber ich lebe in meinem Sohn weiter, der seinen Sohn oder seine Tochter haben wird, wenn ich mich mit dem FCKW aufgelöst habe, Teil des Ozons bin, das die Erde gart. Ja, ich werde noch leben. Und ich glaube, das ist in allen von uns. Auch in Jay Rainey. Der Wille zu leben. Nach dem Leben streben ist immer vor dem Tod fliehen, und dazu gehören auch Morde, an denen man irgendwie mitschuldig ist, und dieses Streben nach Leben ist nicht nur Grundvoraussetzung für das Überleben der Art, sondern auch ein mutiges Ankämpfen gegen die Schrecken biologischer Anonymität. Wir wollen gekannt werden. Wir wollen, dass uns jemand kennt. Und da gibt es noch etwas, was in Jay Raineys Fall zutraf. Wenn man ein Mann ist, kann man nicht ohne Frauen leben, aus denen Männer hervorgehen. Damit meine ich nicht, dass Männer sexuell nicht ohne Frauen leben können, was sie natürlich können; nein, sie können nicht ohne die Tatsache ihrer Existenz leben, als Mutter und Schwester in der Vergangenheit des Mannes, als mildernder Einfluss bei allem, was schrecklich in der mörderischen endokrinologischen Natur des Mannes ist. Frauen, sollte man zugeben, machen Männer häufig besser, als sie sonst wären, und schützen sie vor sich selbst. Jay konnte natürlich Geliebte finden, aber außer Martha Hallock, seiner Großmutter, hatte er kein weibliches Wesen, das ihn kannte, keine Frau, die Einblick in seine Essenz hatte, kein weibliches Blut. Ist da der Gedanke so unsinnig, dass er, und sei es nur instinktiv, hoffte, seine Tochter möge ihn eines Tages ansehen und ihn kennen, wie keine andere Frau das könnte, nämlich mit dem Wissen des gemeinsamen Fleisches? Als Tochter zu ihm, ihrem Vater? Darauf gibt es eine Antwort. Und sie lautet ja.

Und dann wäre da die Frage von Jays Briefen an Sally und was sie wissen könnte.

Das war das Schwerste von allem. Mit dieser Frage beschäftigte ich mich sehr intensiv. Das tat ich wirklich. Sie verstand nicht, warum sie entführt worden war. Ihr war kein Leid zugefügt worden, zumindest kein physisches. Nicht ein Haar war ihr gekrümmt worden. Sie hatte weniger als eine Stunde ihres Lebens in der Gesellschaft einiger seltsamer Männer verbracht. Falls sie traumatisiert war, hatten ihr Stiefvater und ihre Stiefmutter vielleicht eine Reise nach Disney World oder einen Skiurlaub mit ihr gemacht, irgendeine Ablenkung, die diese eine seltsame Stunde wegschmolz und verwischte. Eine Stunde im Leben eines Mädchens, was konnte sie bedeuten?

Es war eine enorme Verantwortung. Ich konnte ihr diese Briefe geben, entweder direkt oder über Cowles, den ich jederzeit erreichen konnte. Aber am Ende tat ich es doch nicht. Sie hatte nicht darum gebeten, todgeweihten Eltern geboren zu werden, sie hatte nicht darum gebeten, denken zu müssen, sie könnte verlassen worden sein. Es genügte, fand ich, dass sie den Tod ihrer Mutter hatte erleben müssen. Wir haben eine Verantwortung, gnädig zu sein, glaube ich, nicht nur ein Leben zu retten, sondern, wenn möglich, die beste Version eines Lebens. Ich kann mir nicht vorstellen, dass ich mir den Tod des kleinen Wilson Doan und alles, was daraus resultierte, jemals werde vergeben können, aber ich glaube, richtig entschieden zu haben, als ich Jays Briefe nahm und beobachtete, wie sie, in kleine Stücke zerrissen, den Hudson River hinuntertrieben und seine Tochter einem Leben entbanden, das sie nicht führen musste. Sollte mich das schuldig machen, geschieht es nicht zum ersten Mal, aber ich bin mir sicher, dass es das nicht tun wird. Ich werde nie mehr im Frieden mit mir sein – wie könnte ich das? –, aber der Anblick der auf dem Wasser treibenden Briefe gab mir etwas Hoffnung, den flüchtigen Glauben, dass die Vergangenheit unsere Körper vielleicht genauso verlassen wird, wie wir die Erde verlassen werden.

Ich dachte, diese Frage sei geklärt. Doch dann rief mich David Cowles in meinem Büro an.

»Ich habe ein paar Fragen an Sie«, sagte er. »Es war nicht einfach, Sie ausfindig zu machen. Aber über die alten Voodoo-Hauseigentümer und einen gewissen Mr. Marceno, über sein Büro, ist es mir schließlich doch gelungen.«

»Was kann ich für Sie tun?«

»Irgendwie kann ich Mr. Rainey nicht finden, und …«

»Er ist tot«, sagte ich.

»Tot?«

»Aber lassen Sie mich trotzdem versuchen, Ihre Fragen zu beantworten.«

Eine Stunde später stieg ich die Treppe zu Cowles' Büro hinauf und fragte mich, was er wusste, was er wissen wollte, welche Antworten ich ihm geben könnte. Er erwartete mich an der Tür, die er wortlos auf- und hinter mir wieder abschloss. Ich folgte ihm in sein Büro. Dort war Sally.

»Ist das der Mann?«, fragte Cowles. »War dieser Mann auch dabei?«

Sie drehte sich um. Einen Augenblick lang sah sie älter aus, wie die Frau, die sie einmal würde. »Ja.« Sie nickte Cowles zu. »Er ist der, der mich gerettet hat.«

Er bedeutete mir, Platz zu nehmen, was ich mit einiger Besorgnis tat.

»Sie werden verstehen, dass ich eine Erklärung verlange«, begann Cowles. »Ich will wissen, warum meine Tochter auf dem Nachhauseweg von der Schule in ein Auto gezerrt und fünfzig Häuserblocks weiter südlich gebracht wurde.« Er holte Atem. »Das hat sie sehr stark mitgenommen. Sie war erst nach drei Wochen in der Lage, es uns zu erzählen. Meine Frau und ich waren *schockiert*. Wir stehen *so* dicht davor, zur Polizei zu gehen. Wir sehen keinen Grund, Sie dafür rechtlich nicht in vollem Umfang zur Verantwortung zu ziehen, Mr. Wyeth!«

»*So* lang war es doch gar nicht, Daddy. Sie haben mich zu *dir* gebracht.«

»Du wurdest entführt!«

»Es war nicht seine Schuld, Daddy.«

»Ich weiß nicht, ob ich das glauben soll.«

»Jay Rainey ging es gesundheitlich nicht gut«, begann ich. »Da waren Leute, die hinter ihm her waren.«

»Was hat meine Tochter damit zu tun?«

»Er war …« Ich wollte vorsichtig sein. »Er war labil.«

»Aber was zum Teufel hoffte er mit der Entführung meiner Tochter zu bezwecken?«, wetterte Cowles.

Mein lieber Freund, dachte ich, du solltest jetzt lieber Schluss machen.

»Für mich ist es sehr schwer zu sagen, was in ihm vorging.«

»Sally«, sagte Cowles. »Würdest du bitte rausgehen, damit Mr. Wyeth und ich uns ungestört unterhalten können. Aber wenn du Mr. Wyeth vorher noch etwas fragen oder ihm etwas sagen möchtest, dann kannst du das jetzt tun.«

»Okay.« Sie stand auf. »Ich will, glaube ich, wissen, ob es gefährlich war für mich. In dem Auto zu sein, meine ich. War ich ernsthaft in Gefahr?«

»Ja.« Ich nickte. »Aber wie sehr genau, weiß ich nicht.«

»Warum waren Sie dabei?«

»Ich wollte nicht dabei sein.«

»Aber warum waren Sie dabei?«

»Ich habe versucht, Jay Rainey aus der Patsche zu helfen.«

»Und? Ist es Ihnen gelungen?«

Ich wartete, dass mir Worte einfielen.

»Ich meine, was ist passiert?«

»Er ist gestorben, Sally.« Dein Vater ist gestorben, dachte ich. Jetzt wirst du ihn nie kennen lernen.

»Dieser Mann? Wie?«

»Mr. Rainey hatte Atemprobleme. Er war krank.«

»Wurde er ermordet?«

»Nein. Wie bereits gesagt, er hatte massive gesundheitliche Probleme.«

»War er nett?«

»Er war jemand, der verletzt worden war«, antwortete ich. »Er meinte es gut.«

»Wollte er mir etwas tun?«

Ich sah Cowles an, bevor ich antwortete. »Nein. Er wollte dir auf gar keinen Fall etwas tun, Sally.«

Das hörte sie, und etwas in ihr schien sich zu entspannen. »Dann war es also mehr so etwas wie ein großes Missverständnis, etwas in der Art?«

Ich nickte. »Ein gewaltiges Missverständnis, ja.«

Sally hob die Schultern. »Okay.« Sie sah Cowles an. »Dad, ich sehe jetzt mal nach meinen E-Mails, ja?«

»Ja, klar.«

»Brauchst du noch lang?«, fragte sie.

»Nein, warum?«

»Ich dachte nur, ob wir auf dem Heimweg noch in dem Sportgeschäft vorbeischauen könnten?«

»Klar, machen wir.«

Sie ging, und Cowles schloss die Tür und sah mich an, außerstande, seine Wut zu zügeln. »Was an Ihrer erbärmlichen Geschichte soll ich nun eigentlich ernst nehmen?«

»Was wollen Sie wirklich, Mr. Cowles?«

»Ich will wissen, warum Rainey so besessen von Sally war.«

»Das werde ich Ihnen nicht sagen.«

»Was?« Er hielt seine Fäuste fest geballt, und ich dachte an Wilson Doan Sr. und wie ich schon einmal ruiniert worden war. »Ich kann jederzeit zur Polizei gehen, Mr. Wyeth. Sie werden …«

»Ich weiß. Und dann müsste ich es ihnen leider sagen.«

»Zu *Ihrem* Leidwesen, meinen Sie doch?«

Ich war hier allen möglichen Leuten etwas schuldig, zum Beispiel Wilson Doan und seiner Frau, denen ich ein Kind genommen hatte, und ich war meinem Sohn etwas schuldig, weil ich zugelassen hatte, dass er mir weggenommen wurde, und ich war Jay Rainey etwas schuldig, der sich, um das noch einmal in Erinnerung zu rufen, seiner Tochter nie als ihr Vater zu erkennen gegeben hatte, auch wenn es noch so schmerzhaft für ihn gewesen war. Außerdem war ich Cowles selbst etwas schuldig, und ganz besonders war ich Sally etwas schuldig. Ihr war ich etwas schuldig, weil sie, noch, ein Kind war und ich ein Erwachsener, so einfach war das. Ihnen allen und mir war ich schuldig, nie wieder das auslösende Moment zu werden, das ein Kind von einem Elternteil trennte. Nie, nie wieder.

»Zu wessen Leidwesen?«, wiederholte Cowles aufgebracht. »Wer hätte darunter zu leiden, wenn die Wahrheit ans Licht käme?«

Ich blickte auf ihn und in ihn hinein und schaute auf seine ängstliche Selbstgerechtigkeit hinunter. Er blinzelte mehrere Male, dann wandte er den Blick ab. »Die, die Sie sehr lieben«, sagte ich schließlich. »Die, die einen liebenden Vater brauchen.«

Das ließ Cowles stutzen. Ich glaube nicht, dass er es ganz verstand. Aber er wusste, da war etwas, was er nicht zu wissen brauchte. Er fiel ein wenig in sich zusammen und seufzte. »Sie bitten mich, Ihnen zu vertrauen?«

»Ich bitte Sie, sich selbst zu vertrauen. Auf das zu vertrauen, was Sie wissen.«

Darüber dachte er nach. Schließlich nickte er sich selbst zu.

»Na schön. Meine Tochter macht einen recht stabilen Eindruck. Es hat ihr gut getan, diese Fragen zu stellen.«

»Es war sehr vernünftig von Ihnen, diesen Vorschlag zu machen«, sagte ich.

Er gab ein unverbindliches Brummen von sich. »Ich kündige meinen Mietvertrag«, erklärte er. »Wir ziehen nach London zurück.«

»In Ordnung.«

»Sind Sie Raineys Nachlassverwalter?«

»Möglicherweise«, wurde mir bewusst. »Falls sich sonst niemand findet.«

»Sie würden nicht auf Einhaltung des Vertrags klagen.«

»Natürlich nicht.«

»Würden Sie mir für den Fall, dass ich noch weitere Fragen habe, Ihre Adresse und Telefonnummer geben?«

»Natürlich.«

»Nur noch eine Frage ...«

»Sicher.«

»Wie lange haben Sie für Mr. Rainey gearbeitet?«

»Nur ein paar Wochen.«

»Sie kannten ihn also kaum.«

»Kaum.«

»Hatte er eine Frau?«

»Nein.«

»Familie?«

»Nein«, sagte ich. »Er hatte absolut niemanden.«

Darüber dachte er eine Weile nach, und sein natürlicher Anstand gewann die Oberhand. »Ziemlich traurige Geschichte also.«

»Ja.«

Er stand auf und schüttelte mir die Hand. »Ich hoffe, Sie können verstehen, dass ich mir Sorgen gemacht habe – bei einem Vater regt sich, wie soll ich sagen, der Beschützerinstinkt, wenn ...«

»Dafür brauchen Sie sich nicht zu entschuldigen.«

Ich folgte ihm nach draußen. Sally saß an einem der Bürocomputer und tippte wild drauflos. Sie merkte, dass ich ging, und stand auf.

Sie hatte Jays breite Schultern, die dunklen Augen, seine langen Beine. Aber Cowles sah es nicht. »Wiedersehen«, rief sie höflich.

»Wiedersehen.«

Die Bürotür schloss sich hinter mir, und ich sah David und Sally Cowles nie wieder. Aber ich blieb noch an der Tür stehen und lauschte.

»Daddy?«

»Ja, was ist, mein Engel?«

»Es ist so langweilig hier!«

»Willst du nach Hause fahren?«, fragte Cowles.

»Du hast doch gesagt, wir könnten den neuen Hockeyschläger kaufen!«

»Gut, machen wir. Ich packe nur noch schnell meine Sachen zusammen, Schatz, nur noch eine Minute.«

»Ach, Daddy!«, rief Sally Cowles genervt. »Ich langweile mich so!«

Das war es, was ich zuletzt von ihnen hörte, ein für alle Mal, und ich ging rasch die Treppe hinunter und nach draußen. Das Wetter wurde wärmer, und ich wanderte eine Stunde lang mit einem seltsamen Gefühl der Leere durch die Stadt. *Jay,* sagte ich zu mir selbst, *ich habe es getan, um sie zu schützen.* Sie brauchte nicht zu wissen, wer ihr Vater war, denn wenn sie es herausfände, bekäme ihre Beziehung zu dem Mann, den sie für ihren Vater hielt, Risse, und außerdem war ihr richtiger Vater inzwischen für sie verloren. Es war eine Wahrheit in einer Lüge oder eine Lüge in einer Wahrheit – was genau, war mir nicht ganz klar. Aber ich vermutete, ich könnte das Richtige getan haben. Es belastete mich nicht. Ich hatte um eines größeren Gutes willen gelogen, und wenn es den armen Wilson Doan auch nicht wieder lebendig machte, war es ein kleines Angebot der Buße, eines, das vielleicht zählen würde.

Irgendwann ertappte ich mich dabei, dass ich am Steakhouse in der Thirty-third Street vorbeiging, es aber nicht betrat. Der zweite Keramiktopf war ersetzt worden, einschließlich des immergrünen Gewächses. Er musste noch Patina ansetzen und passte nicht richtig zu dem anderen. Eines Abends schließlich, als es langsam wieder wärmer wurde, ging ich durch die massive Tür, an der goldenen Schrift vorbei, und alles war wie früher, die Mahagonivertäfelung und die Ölgemälde. So wie immer, als wäre nichts passiert. Es war etwa eine Stunde vor dem abendlichen Ansturm. Ich sah einen Lehrling, der im hinteren Ende des Speisebereichs staubsaugte, den Oberkellner, der im Reservierungsbuch etwas nachsah. Die Tür des Havana Room stand offen, bemerkte ich, und bevor mich jemand daran hindern konnte, huschte ich hindurch und die neunzehn Marmorstufen hinunter, wo ich das Gemälde der schwarzäugigen Nackten über der Bar zu sehen erwartete, die Bücher in den Regalen, den alten Barkeeper, der ein Glas polierte, die staubigen Leuchter über der Wandverkleidung.

Aber der Raum war in einem unpassenden Gelb gestrichen, heiter und harmlos wie ein Kinderzimmer, und alle Bilder und alten Bücher waren entfernt worden. Der Fliesenboden war mit einem schönen Teppichbelag versehen, und man hatte die Sitznischen und die Herrentoilette entfernt. Zwei lange, mit Leinentischtüchern gedeckte Banketttische dominierten den Raum, und auf jedem stand ein Schild mit der gedruckten Aufschrift: Frauen im Dialog – monatliches Dinner mit Gastredner. Wie auf ein Stichwort hin hörte ich Stimmen durch die Tür dringen und fand mich fünfzehn oder sechzehn Geschäftsfrauen gegenüber, die zielstrebig Platz nahmen.

»Ich hätte gern drei Flaschen Mineralwasser auf jedem Tisch, bitte«, sagte eine Frau zu mir. »Danke.«

Ich verzichtete darauf, sie auf ihr Versehen hinzuweisen, und verdrückte mich einfach über den Durchgang und die Treppe hinauf ins Restaurant. Auf der Suche nach Allison ging ich durch die Küche. Ich sah Köche und Lehrlinge und Bedienungen, von denen ich viele kannte, aber keine Allison.

»Kann ich Ihnen vielleicht helfen, Sir?«

»Ich suche Allison Sparks.«

»Sie muss hier irgendwo sein.«

»In ihrem Büro?«

»Ich glaube, sie ist in einem der Kühlräume unten.«

»Würden Sie mich zu ihr bringen?«

»Ist es …?«

»Es ist ziemlich wichtig, ja.«

Ich folgte der Bedienung die Treppe hinunter und einen Flur mit Rohren an der Decke entlang, bis ich die offene Tür des Kühlraums sah.

»Allison?«, rief die Bedienung.

»Ja.«

Die Bedienung nickte mir zu und entfernte sich rasch.

»Ja?« Allisons Stimme klang verärgert.

Ich betrat den Kühlraum. Wie früher hingen dort ungefähr fünfzig Rinderhälften, jede mit Veterinärstempel und dem Lagerungsdatum versehen. Allison stand mit dem Rücken zu mir und sah auf ihr Schreibbrett. Sie drehte sich um und holte erschrocken Luft. »Bill.«

Ich nickte. »Fast hätte ich dich angerufen.«

»Das hättest du tun sollen.«

»Du hast den Havana Room streichen lassen«, sagte ich.

»So würde ich es nicht unbedingt nennen.«

»Nein?«

»Ich habe den Havana Room *zerstört.*«

»Weggeschrubbt.«

»Ich finde es schrecklich, wie er jetzt aussieht. Absolut *schrecklich.*«

Zwischen uns lag eine unangenehme Spannung.

»Willst du es mir erzählen?«, fragte ich.

»Was?«

»Was passiert ist?«, sagte ich.

Sie schüttelte den Kopf. »Ich weiß nicht. Ich habe es dir doch schon erzählt. Ha ließ ein paar Männer kommen.«

»Männer mit einem Lieferwagen, das weiß ich. Ich meine, was mit Jay passiert ist.«

Allison sah mich an. Etwas huschte durch ihre Augen.

»Ich meine, wie ist er gestorben? Du hast mir gesagt, er wäre einfach rausgegangen, aber ich weiß, dass er das nicht ist. Er ist nicht zu seinem Auto, er ist nicht in seine Wohnung, er starb in genau den Kleidern, die er an diesem Abend trug.«

»Ich weiß wirklich nicht, was passiert ist, Bill.«

»Hat er von dem Fisch gegessen?«

»Das weiß ich nicht.«

»Hast du *gesehen,* dass Jay etwas von dem Fisch gegessen hat?«

»Nein.«

»Hast du ihn zusammenbrechen sehen?«

»Nein.«

»Hast du ihn gesehen, *nachdem* er zusammengebrochen ist?«

»Ja.«

»Hast du ihn gesehen, nachdem er gestorben ist?«

Sie wollte nicht antworten.

»Du *hast* es.«

»Ja.«

»Dann hast du gesehen, wie ihn Has Männer weggeschafft haben?«

Nichts.

»Und mich auch?«

Nichts.

»Sie haben mich einfach liegen gelassen, als wäre ich tot, Allison!«

Sie war bereit gewesen, meinen Tod in Kauf zu nehmen, und ich hätte sie dafür hassen können, aber immerhin, hier war ich, und zwar lebendig. Ich hatte mich wie die anderen auf meine Art schuldig gemacht, und das Seil gegenseitigen Verrats war aus unser aller Begierden geflochten worden.

»Erzähl mir, wie Jay wirklich gestorben ist, Allison.«

»Ich weiß es nicht.«

»Allison, *erinnere dich.* Ha hat acht Portionen Fisch zubereitet. Denny und Gabriel hatten jeder zwei. H. J. hatte zwei. Ich hatte eine. Eine war übrig. Ich befand mich direkt vor Jay, als ich bewusstlos wurde. Hat er sie gegessen oder nicht?«

»Nein.«

»Und es ging ihm gut?«

»Ein bisschen schwach, aber sonst ganz okay, würde ich sagen.«

»Was meinst du mit ein bisschen schwach?«

»Er war vornübergebeugt, so wie manchmal. Erschöpft.«

Ich wartete.

»Ich ging nach oben, um das Restaurant für die Gäste zu öffnen. Das Küchenpersonal war da, die Bedienungen, alle. Ha kam mit mir.«

»Dachte Ha, er hätte mich umgebracht?«

»Ja. Aus Versehen. Er sagte, er hätte dir zu viel gegeben. Er sagte, dein Hirn wäre kaputt und du würdest im Lieferwagen sterben.«

»Ich habe den Eindruck, die Dosierung war in seinen Augen genau richtig«, sagte ich. »Wo ist Ha jetzt?«

»Das habe ich dir doch schon gesagt. Ich weiß es nicht.«

»Verschwunden?«

»Unmittelbar danach. Noch am selben Abend.«

»Hast du daran gedacht, nach ihm zu suchen?«

Allison schüttelte den Kopf – traurig, fand ich.

»Warum nicht?«

»Weil ich keine Ahnung habe, wo er sein könnte, deshalb.«

»Wie ist sein vollständiger Name?«, fragte ich. »Du könntest nach ihm suchen, indem du ...«

»Das weiß ich nicht.«

»Das weißt du nicht? Ist Ha sein Vor- oder Nachname?«

»Das weiß ich nicht.«

»Aber er hat doch für dich gearbeitet.«

»Ich habe ihn schwarz bezahlt. Wir haben nie etwas schriftlich festgehalten.«

»Ist Ha sein richtiger Name?«

Sie lächelte. »Das weiß ich nicht.«

»Kein komischer chinesischer Fisch mehr.«

»Nein.«

»Also gut.« Ich wollte die Rekonstruktion wieder aufnehmen. »Wo war Jay, als du mit Ha nach oben gingst, um das Restaurant zu öffnen?«

»Er hatte eine Zigarre in der Hand.«

»Hast du gesehen, dass er sie angezündet hat?«

»Nein.«

»Und das war das letzte Mal, dass du ihn gesehen hast, lebend gesehen?«

Allisons Augen füllten sich, und sie musste blinzeln.

»Jetzt komm schon!«

Sie nickte. »Ja. Als wir, ich weiß nicht, vielleicht zehn Minuten später zurückkamen, war er tot. Auf dem Boden, tot. Es war schrecklich.«

»Hatte er die letzte Portion Fisch gegessen?«

»Nein. Ich konnte mir nicht erklären, wie ...«

»Lag dort eine Zigarre? War sie angezündet? Brannte sie noch?«

»Ich weiß es nicht. Vielleicht. Ich bekam einen hysterischen Anfall.«

Da war etwas, was sie mir nicht sagte.

»Vor kurzem habe ich das Mädchen gesehen«, fuhr Allison mit niedergeschlagenem Blick fort. »Auf der Straße. Sie sieht genau wie er aus.«

Ich fragte mich immer noch, warum ich Allison die Geschichte mit Jay und der Zigarre nicht glaubte. Oder wie ich sie ihr glauben könnte.

»Wusstest du es?«, fragte sie. »An dem Abend, an dem wir …?«

»Ich bin darauf gekommen, ja.«

»Sie wohnte direkt gegenüber von mir.« Allison sprach nun zu sich selbst. »Er versuchte, sie zu finden …«

»Halt«, sagte ich. »Was ist mit dem letzten Stück Fisch passiert?«

Allison sank nach vorn und fiel gegen mich. Gegen meinen Willen hielt ich sie fest. »Ich sah es ständig vor mir«, sagte sie. »Dann habe ich es gegessen.«

Sie weinte an meiner Brust. Ja, Allison Sparks, hart und tough und verkommen, schluchzte an meiner Brust. »Jay war *tot,* ich dachte, *du* wärst tot, du hattest Schaum vor dem Mund, und dieser Lamont, *er* war auch tot, und ich bekam Panik, Bill. Ich war wegen des Mädchens total durcheinander, und ich begriff, warum Jay es tat, warum er – ich war nicht mehr wütend auf ihn, es war nur so traurig, so wahnsinnig *traurig,* und ich wollte nur noch *sterben,* einfach mit ihm sterben.«

»Und deshalb …?«

»Ich nahm den Fisch und aß ihn, und Ha schrie mich an und zog mich runter und steckte mir die Finger in den Mund, und ich wehrte mich und schlug ihn, und er wollte mich daran hindern, Bill, er nahm den Löffel und schob ihn mir in den Mund und brachte mich zum Erbrechen.«

Sie sank wieder gegen mich. Ich hatte den Fisch aus freien Stücken gegessen, aber ich hatte mich darauf verlassen, dass es eine nicht tödliche Portion war. Aber das stimmte nicht, nicht ganz – oder gerade noch? Aber Jays Portion *war* giftig gewesen. Hatte Ha ihn umbringen wollen? Warum? Weil er Allison hintergangen hatte? Weil er all die Probleme in das Steakhouse gebracht hatte? Oder vielleicht wäre eine Portion Fisch, die für einen Mann von Jays Größe gerade richtig bemessen wäre, für Allison tödlich gewesen, und sie war sich dessen bewusst gewesen. Ich würde es nie erfahren.

Ich ließ Allison, wo sie war, gegen die Wand des Kühlraums gesunken, und fand meinen Weg nach oben, durch die Küche und aus dem Restaurant. Ich konnte der Versuchung nicht widerstehen, noch einmal einen Blick in den Havana Room zu werfen, der, wie ich jetzt sah, in Flower Lounge umbenannt worden war, und als ich die Tür erreichte, beschwor ich den Raum vor mir herauf – die Mahagonivertäfelung, die schwarz-weißen Fliesen, die Bücher in den Regalen –, und das war der Punkt, an dem ich Halt machte. Ich konnte die smarten Stimmen der Frauen-im-Dialog-Gruppe hören und spürte, dass es das Beste für mich wäre, diese Treppe nie wieder hinunterzugehen.

Ich wandte mich dem Ausgang zu, und in diesem Moment traf der alte Literat, den ich zweimal zuvor gesehen hatte, in einem exquisiten Anzug ein. Nüchtern war er ganz der distinguierte Salonlöwe.

»Ich halte einen Vortrag«, verkündete er in der Annahme, ich hätte ihn erkannt. »Ich werde erwartet.«

Ich bemerkte die arroganten grauen Augenbrauen, die lebensecht wirkenden Zähne. »Sie sind der Gastredner?«, fragte ich.

Er war in Eile. »Ja.«

Ich deutete auf die Tür des Havana Room. »Sie waren auch früher da unten.«

»Ja«, antwortete er, »und wie ich sehe, haben sie mit diesem lächerlichen Affentheater endlich Schluss gemacht.«

Ich konnte nicht lächeln. Meine Stimmung war nicht danach. Ich stapfte durch die schwere Eingangstür nach draußen. Wenn man lang genug in New York lebt, gibt es Orte, die man meidet, und das Steakhouse ist für mich jetzt einer davon.

Ein, zwei Wochen vergingen, und ich war froh, in meinem neuen Job mit Arbeit überhäuft zu werden. Mehr als froh – erleichtert. Tuthill verstand nach wie vor etwas von seinem Geschäft, und die jungen Männer, die er angestellt hatte, blühten in der neuen Kanzlei auf. Insgeheim lachten er und ich uns ein bisschen ins Fäustchen, ältere Männer, die wussten, wie jüngere Männer uns reich machen würden. Und reich würden wir, das heißt, er war es bereits, und ich würde es werden, denn er sagte mir, bald würde ich sein Partner werden, und dann würden wir weitersehen. Es war ein neuer Zyklus, eine neue Saison, eine neue Chance – etwas, was einem die Stadt von Zeit zu Zeit gibt. Es kam sogar noch besser. Judith rief an, um mir zu sagen, sie werde nächsten Monat mit unserem Sohn nach New York kommen.

In der Zwischenzeit stand Jay Raineys Besitz zur Übertragung an. Da er kein Testament hinterlassen hatte, fragte das Gericht bei mir als seinem letzten Anwalt an, ob ich die Teilung des Erbes übernehmen wolle. Das würde ein langwieriger Prozess, und als ich Martha Hallock anrief, um sie zu fragen, wer sein nächster lebender Verwandter sei, sagte sie: »Das bin ich.«

»Was, stellen Sie sich vor, soll ich mit dem Geld tun?«

»Ich möchte, dass Sie dieses Haus verkaufen.«

»Und den Erlös? Wie kann ich ihn Ihnen zukommen lassen?«

Sie hustete. »Ich brauche das Geld nicht. Geben Sie es der Naturschutz-Organisation hier draußen. Sie kaufen unbebaute Areale und erhalten ihren ursprünglichen Charakter. Mit ein paar Millionen Dollar lässt sich einiges anfangen.«

Ich dachte an Jays Kindheit dort draußen, auf diesem weiten, offenen Land, und fand es ein passendes Gedenken an ihn.

»Geben Sie auch der Familie was«, sagte Martha Hallock. »Geben Sie ihnen die Hälfte.«

»Der Familie?«

»Herschels Witwe. Geben Sie ihnen nach Abzug Ihres Honorars die Hälfte von dem, was übrig bleibt.«

Ich rief Mrs. Jones an und teilte ihr mit, dass ihr ein hoher Geldbetrag vermacht werde. Sie klang freundlich. »Unsere Familie hat vor kurzem einen unserer Jungen verloren«, sagte sie.

»Mein aufrichtiges Beileid«, antwortete ich. Und es war ehrlich gemeint. Ich hätte ihr sagen können, dass H. J. gestorben war, weil sie ihn für ihre Bemühungen um eine Entschädigung für Herschels Tod eingespannt hatte und sich ein falsches Bild von der Sache gemacht hatte, aber andererseits war ihre Forderung, wie auch die H. J.s, berechtigt gewesen, und keiner von beiden hatte geahnt, dass H. J.s Schicksal auf eine Portion Sushi hinauslaufen würde, das ihm in einem Steakhouse von einem illegalen chinesischen Einwanderer serviert wurde. Niemand hätte sich das vorstellen können, und deshalb wiederholte ich meine Beileidsbekundung und legte auf.

Ich wartete darauf, dass die Polizei anrufen würde. Sosehr ich mich auch bemühte, ich konnte nicht die Augen davor verschließen, dass ich von bestimmten Straftaten und Morden wusste. Ich sagte mir, die Aufklärung dieser Fälle würde keinen der Toten wieder lebendig machen, sondern nur mich und andere gefährden. Ja, ich dachte ganz und gar an mich. Ich kann es nicht leugnen. Aber ich wusste auch, dass, wenn ich zur Polizei ginge, eine Frage zehn andere aufwarf und in wenigen Tagen Sally Cowles in das Ermittlungsverfahren hineingezogen würde, und wenn es dazu käme, erführe sie, dass der Mann, der ihr in der Limousine ins Ohr gefasst hatte, ihr Vater gewesen und inzwischen tot war. Und David Cowles, der Mann, der sie wie sein eigenes Kind behütet und ernährt und großgezogen hatte, würde vor sich selbst, vor der Welt und vor Sally als Stiefvater, als fremder Mann bloßgestellt. Ein Kind würde seinen Vater und ein Vater sein Kind verlieren.

Nein, die Polizei rief nicht an, aber die Sache war noch nicht ausgestanden. Ein Splitter Angst steckte in mir, das nagende Gefühl, dass ein Punkt noch ungeklärt war. Und dann, endlich, kam ich drauf, erinnerte ich mich.

In dem Plastikbeutel mit Jay Raineys persönlicher Habe, den ich inzwischen in meinem Bürosafe aufbewahrte, war das HAVANA-ROOM-Streichholzbriefchen. Meines Wissens war Jay nur zweimal im Havana Room gewesen, einmal bei dem Vertragsabschluss und dann das letzte Mal. Ich erinnerte mich nicht, ihn bei seinem ersten Besuch Streichhölzer einstecken gesehen zu haben, und mit Ausnahme der wenigen Minuten, die ich den Raum verlassen hatte, um den Vertrag durchzulesen, war ich jede Minute, die er dort war, ebenfalls dort gewesen.

Im Bewusstsein all dessen öffnete ich meinen Safe, dessen Kombination Timothys Geburtsdatum war, und holte das Streichholzbriefchen heraus. Bis dahin war ich nicht darauf gekommen, es zu öffnen, aber jetzt tat ich es …

… und was dort war, war kein Beweis, nicht unbedingt, aber es wird als solcher dienen müssen. Aus dem Briefchen war ein Streichholz herausgerissen. Jay hatte ein Streichholz angerissen und das Briefchen in seine Tasche gesteckt. Man könnte sich das Ganze so vorstellen: Er blickte sich im Havana Room um, sah drei Tote sowie seinen bewusstlosen Anwalt (mit Schaum vor dem Mund und verdrehten Augen) und fragte sich, was er noch vom Leben zu erwarten hätte. Immerhin hatte er sich gerade möglicherweise für immer von seiner Tochter verabschiedet, und er hatte ihr nicht gesagt, wer er war. Das allein war bereits ein schwerer Schlag gewesen, auf den dann auch noch Poppys primitive Karte folgte, aus der hervorging, wo seine Mutter all die Jahre über begraben gewesen war – was ihm verriet, dass sie aller Wahrscheinlichkeit nach genau derselbe Tod ereilt hatte, dem er mit knapper Not entronnen war.

Ich glaube, dass das durchaus ausreicht, um einen Mann umzubringen, alle Hoffnung aus seinem Herzen zu reißen, zumal wenn es sich dabei um jemanden handelt, der weiß, dass er bereits dem Tod geweiht ist. Jays lange Suche war vorüber; jetzt gab es für ihn nur noch das Warten auf den Tod, den langsamen Abstieg in das endgültige Ersticken. Deshalb machte er eine symbolische Geste, eine grandiose sogar – nur dass niemand sie sah.

Im Havana Room wurden erstklassige kubanische Zigarren angeboten. Und so, wie der Tabak hervorragend war, der Rauch dick, aromatisch und verlockend, wenn er an der Mahagonivertäfelung und den Ölgemälden vorbei zur Walzblechdecke hochstieg, so todbringend war genau dieser Akt für einen Mann wie Jay Rainey, wenn er den Rauch tief inhalierte und in seinen Lungen hielt, bis das lang geschundene und empfindliche Bronchialgewebe sich verkrampfte und anschwoll. Nach etwa dreißig Sekunden dürfte Jay dann mit weit hervortretenden Augen und krampfhaft nach Luft schnappend zu Boden gefallen sein, das Atmungssystem von der Belastung zerstört, das Gesicht eine rote Grimasse der Auszehrung. Er sackte zu Boden; die Zigarre kullerte davon, später von Ha nichts ahnend aufgefegt; er wälzte sich herum, er schnappte nach Luft, und er litt auf den schwarz-weißen Fliesen des Havana Room.

Ja, in Anbetracht dessen, was ich über meinen ehemaligen Mandanten Jay Rainey weiß, und in Anbetracht des immer noch in meinem Besitz befindlichen Streichholzbriefchens mit dem Stumpf eines herausgerissenen Streichholzes bin ich hier und jetzt und für immer der Ansicht, dass er sich selbst das Leben nahm, bevor es ihm langsam genommen würde, und es fällt mir sehr schwer, seine Geste nicht paradoxerweise als eine selbstbejahende zu sehen, gewissermaßen sogar als ein Geschenk an sich selbst, auch wenn sie eine nicht gerade geringe Tragödie für die wenigen von uns war, die den Mann, und sei es auch noch so kurz, kannten.

Judith hatte gesagt, sie werde in einem Hotel in Midtown wohnen und anrufen, wenn sie und Timothy einträfen. »Es wäre schön, die Stadt um mich herum zu spüren«, fügte sie hinzu, und ich glaubte, eine gewisse Wehmut in ihrer Stimme zu hören. »Timothy will dich unbedingt sehen.«

Als sie ankam, wartete ich auf ihren Anruf. Ich wusste, sie wäre nervös, genau wie ich. Endlich klingelte am Abend das Telefon.

»Ich würde euch gern sehen«, sagte ich.

Darauf antwortete Judith nicht direkt. »Es ist so viel passiert«, sagte sie schließlich.

Da konnte ich ihr nur Recht geben.

»Du arbeitest also wieder?«

»Ich bin vor kurzem in einer neuen Kanzlei eingestiegen«, sagte ich und ließ es bedeutender erscheinen, als es war, und Judith gab einen Laut überraschter Anerkennung von sich.

»Aber es ist nicht gerade so, dass am Ende 852 Millionen dabei herausspringen«, fügte ich hinzu.

»Ach ja«, seufzte sie. Aber sie ging nicht weiter darauf ein.

Ich überlegte, was ich sagen könnte.

»Weißt du, Bill«, begann sie wieder, »im Grunde genommen habe ich einfach die Nerven verloren.«

»Mhm.«

»Triffst du dich mit jemand?«, fragte sie vorsichtig.

Ich ließ mir mit der Antwort Zeit. »Ja«, sagte ich schließlich.

»Oh«, antwortete sie, etwas in Verlegenheit gebracht. »Würdest du – ich meine, es geht mich ja nichts an, Bill – aber würdest du mir vielleicht sagen, mit wem du dich triffst?«

»Natürlich.«

»Und … mit wem?«

»Mit dir«, sagte ich. »Ich treffe mich mit dir. Morgen um drei Uhr im Tearoom des Plaza Hotel.«

Ich spürte, wie sich Judith freute, das zu hören. Ich kannte sie immer noch, hörte immer noch alles in jedem Atemzug. »Gut … sehr gut«, antwortete sie, und ich dachte mir, dass es sehr schön sein könnte, mich mit ihr zu treffen, ihr in die Augen zu sehen, sie im hektischen Getriebe der Stadt zu entdecken, sie aus der Menge herauszulösen und vor ihr zu stehen – und sie zu umarmen.

Und ich hatte Recht. Da waren sie am nächsten Tag und kamen auf mich zu. Judiths Schritte waren entschlossen, konnte ich sehen, und Timothy hatte einen Baseballhandschuh an seiner Hand, den Handschuh, den ich ihm geschickt hatte, und er warf und fing einen Ball. Ich blieb stehen, um sie zu begrüßen. Judiths Körper fühlte sich vertraut an. Wie der von Timothy, obwohl er viel größer war. Ich drückte ihn unter Judiths Blicken an meine Brust. Es würde eine Frage des Verzeihens werden, auf allen Seiten. Vielleicht war es nicht möglich. Vielleicht überstieg es unsere Fähigkeiten. Aber vielleicht war es auch nicht undenkbar. Schließlich sind schon seltsamere Dinge passiert, viel seltsamere Dinge.

Danksagung

Jedes Buch führt mir deutlicher vor Augen, dass mir bei der Arbeit viele Menschen geholfen haben. Ihre Geschenke sind unterschiedlicher Art – sie reichen von Zeit über Nachdenken und Ermutigung und unerschütterlichem Vertrauen bis zu Rhabarberkuchen –, und jedes Geschenk war auf seine Art entscheidend für die langsame Entstehung dieses Buches. Ich möchte folgenden Personen danken: Lynn Buckley; Charles Church; Mark Costello; Jill Cross, Kris Dahl; Brian DeCubellis; Jim Dillon; Janet und Don Doughty; Jeremy Epstein; Nan Graham; Sloan Harris; Kathryn, Sarah, Walker und Julia Harrison; Dan Healy; Mike Jones; Larry Joseph; Abby Kagan; Christopher Kent; Naomi Kristen; Sarah Knight; Dr. Al Kulik; Jud Laghi; Susan Moldow; Dr. Spencer Nadler; Aodaoin O'Floinn; Rich und Nancy Olsen-Harbich; Vince Passaro; Joyce und Rose Ravid; Tom Schindler; Lynn Schwartz; Earl Shorris; Charles Spicer; Scott Wolven.

Wie ein Lektor hilft, einen Roman aus einem Autor hervorzuholen, ist eine intime und geheimnisvolle Sache. Ich habe das Glück, mit einem der großen Lektoren des Verlagswesens zusammenzuarbeiten, mit John Glusman. Seine Fragen waren katalytisch, seine Vorschläge perfekt, seine Vorbehalte weise. In diesem Buch sind auch Johns Talente.